スクリーム

THE SILENT WIFE
BY KARIN SLAUGHTER
TRANSLATION BY MIHO SUZUKI

THE SILENT WIFE
BY KARIN SLAUGHTER

Published by K.K. HarperCollins Japan, 2021

ウェンズデイに

Speak to me.
Let me have a look inside these eyes while I'm learning.
Please don't hide them just because of tears.
Let me send you off to sleep with a "There, there,
now stop your turning and tossing."
Let me know where the hurt is and how to heal.
Spare me? Don't spare me anything troubling.
Trouble me, disturb me with all your cares and your worries.
Speak to me and let our words build a shelter from the storm.

Trouble Me
by Natalie Merchant and Dennis Drew,
10,000 Maniacs

著者注：本書はフィクションです。
時間軸に改変があります。

スクリーム

おもな登場人物

ウィル・トレント――ジョージア州捜査局特別捜査官
サラ・リントン――ジョージア州捜査局の検死官。ウィルの恋人
フェイス・ミッチェル――ジョージア州捜査局特別捜査官。ウィルのパートナー
アマンダ・ワグナー――ジョージア州捜査局の副長官。ウィルとフェイスの上司
ニック・シェルトン――ジョージア州捜査局特別捜査官
ダリル・ネズビット――服役中の犯罪者
ジーザス・ロドリゴ・ヴァスケス――服役中の犯罪者。事件の被害者
ジェフリー・トリヴァー――グラント郡警察署長
レナ・アダムズ――グラント郡警察の警察官。ジェフリーの部下
ブラッド・スティーヴンス――グラント郡警察の警察官
フランク・ウォレス――グラント郡警察の刑事
ダン・ブロック――グラント郡検死官
レベッカ（ベッキー）・カタリノ――大学生
ジェラルド・カタリノ――ベッキーの父親
ヒース・カタリノ――ベッキーの弟
レスリー・トゥロン――大学生
トマシナ（トミ）・ハンフリー――大学生
シビル・アダムズ――大学教授。レナの双子の妹

プロローグ

ベッキー・カタリノは、寮の共用冷蔵庫のなかを薄暗い奥のほうまで覗きこんだ。苛立ちながら食べ物のラベルに目を走らせ、自分が書いたイニシャルを探した——カッテージチーズでも、クラッカーとハムとチーズのランチャブルでも、冷凍ピザのベーグル・バイツでもヴィーガン・ソーセージでも、この際、人参スティックでもなんでもいい。KPはカイリー・ピアース。DLはデニーシャ・ラックランド。VSはヴァネッサ・サッター。

「あいつら」冷蔵庫のドアを乱暴に閉めたせいで、ビール瓶がガチャンと鳴った。手近なものを蹴り飛ばしたところ、たまたまゴミ箱だった。

空のヨーグルト容器がいくつか床に転がった。くしゃくしゃに丸めたスキニー・ガールのポップコーンの空き袋も。それに、すすいだダイエットコークの空き瓶数本。どれも目立つところに黒いマジックでふたつの文字が書いてある。

BC。

有機化学講座で成績の五十パーセントを占めるレポートを図書館で夜通し書いているあいだに、ルームメイトたちに食べつくされたなけなしの食料の空容器を、ベッキーはまじまじと見つめた。

目がさっと時計へ向いた。

午前四時五十七分。

「くそビッチ！」ベッキーは天井に向かって叫んだ。目につくかぎりの照明スイッチを押した。なにも履いていない足が廊下のカーペットに足跡を焼きつけた。もうくたくただ。立っているのもやっとだ。図書館の自動販売機で買って食べたドリトスと特大シナモンロール二個が胃袋のなかでコンクリートの塊に変わってしまった。もうすぐ栄養のある食べ物にありつけるという期待だけを原動力に、図書館から寮まで歩いてきたのに。

「起きろ、泥棒！」カイリーのドアを拳で強く叩くと、思いがけずさっと開いた。

天井近くでマリファナの煙がたゆたっている。シーツの下からカイリーが目を丸くした。

隣の男が寝返りを打ってこちらを向いた。

ヴァネッサのボーイフレンド、マーカス・パウエルだ。

「やばっ！」片方の靴下以外はなにも身に着けていないカイリーが、ベッドから飛び出した。

ベッキーは廊下の壁を拳でドンドンと叩きながら自室へ向かった。寮のなかでもっとも狭い部屋をみずから進んで選んだのは、年齢は同じでも銀行口座の残高は二倍の女子学生三人組にはっきりとものを言えず、いいように使われるやつ、それが自分だからだ。

「ネッサには黙ってて！」カイリーが裸のまま、あわてて追いかけてきた。「あたしたちなにもしてないよ、ベック。ただ酔っ払って、それで――」

ただ酔っ払って、それで。

ビッチたちのいまいましい言い訳は、いつもこの言葉ではじまる。ヴァネッサがデニーシャのボーイフレンドのあれをくわえているのを見つかったときもそうだった。カイリーの兄がクローゼットで間違えて小便をしたときも。デニーシャがベッキーの下着を〝借りた〟ときも。連中はいつも酔っ払っているか、ラリっているか、だれかれかまわずセックスしているか、たがいに寝取り合っている。それはここが大学の寮ではなく、だれひとり規則違反で立ち退かされずにひとり残らず淋病をもらうリアリティ番組のセットだからだ。

「ベック、待ってよ」カイリーがむき出しの腕をさする。「ネッサはどうせあいつと別れるつもりだったんだから」

ここでえんえんと叫び声をあげることにするか、それともさっさと出ていくべきか。

「ベック――」

「走ってくる」ベッキーは抽斗をぐいとあけた。靴下を探したが、どれも片方ずつしかない。気に入っているスポーツブラはベッドの下で丸まっていた。かごから汚れたランニングショーツを取り出し、左右ばらばらの靴下を履くことにした。片方はかかとに穴があいているが、ここにいてあらゆる有機体にむかついておかしくなるくらいなら、靴擦れのほうがよほどましだ。

「ベッキー、そんなにカリカリすることないでしょ。あたし傷ついてるんですけど」

ベッキーは鼻声のたわごとを聞き流した。ヘッドフォンを首にかけた。ｉＰｏｄシャッフルがあるべき場所にあったのが驚きだ。寮の受難者を気取っているカイリーが罪を犯すのは、すべて大義のためということになっている。マーカスと寝たのはヴァネッサが彼を悲しませたから。デニーシャのテストを丸写ししたのは、これ以上単位を落としたら母親が絶望するから。ベッキーのマカロニチーズを食べたのは、痩せすぎだと父親が心配しているから。

「ベッキー」カイリーは話をそらしにかかった。「どうして口をきいてくれないの？　ほんとはなにが気に入らないの？」

なにが気に入らないのかはっきり教えてやろうとしたそのとき、ヘアクリップがいつもの置き場所であるナイトテーブルにないことに気づいた。

肺から酸素が抜けた。

カイリーが降参したように両手をさっとあげる。「あたしじゃないから」

ベッキーはつかのま、もう一対の目のようにこちらを見あげているカイリーのまん丸な乳輪をぼんやりと見つめた。

カイリーが言った。「ねえ、たしかにあたしは冷蔵庫に入ってたあんたの食料は食べたけど、ヘアクリップは盗んでない。わかるよね」

ベッキーは胸に黒い穴があいたような気がしていた。ヘアクリップは、ドラッグストアで買えるようなプラスチックの安物だが、ベッキーにとっては世界一大切なものだ。車で仕事に出かけ、州間高速道路（インターステート）を逆走していた酔っ払いに殺された母親から最後に手渡されたものなのだ。

「ちょっとブレアにドロータ、悪巧みもほどほどにしなよ」ヴァネッサの部屋のドアがあいた。起きたばかりでむくんだ顔のなかで、目が細い裂け目になっている。裸のカイリーを無視していきなりベッキーに言った。「ねえ、こんなレイプ時(どき)にジョギングなんかやめといたほうがいいよ」

ベッキーは逃げ出だした。ふたりのビッチの脇を通り過ぎて。廊下を抜けて。ふたたびキッチンに入って。リビングルームを通って。ドアの外へ。また廊下。三階分の階段。メインのレクリエーションルーム。玄関のガラス扉はカードキーがなければ外からはあけられないが、かまうものか、とにかくあのモンスターたちから逃げなければ。あの気まぐれな悪意から。辛辣な言葉と尖(とが)った乳房と剃刀(かみそり)のような視線から。

芝生の中庭を走っていくと、脚に朝露がぴしゃぴしゃとはねかかった。コンクリートの防護柵をまわり、キャンパス内の道路に出た。空気はまだひんやりとしている。曙光(しょこう)が差しはじめ、街灯がひとつひとつ消えていく。離れたところでだれかが咳払(せきばら)いしたのが聞こえた。不意に背筋に戦慄が走った。

レイプ時。

わたしがレイプされようがなんとも思わないくせに。食料を買うのもままならないことも、あの子たちよりバイトに勉強に励み、懸命に努力し、走りつづけているのに、どんなにがんばっても、決して、決してほかのみんなのスタート地点にすらたどり着けないことも、わかろうともしないくせに。

ブレアにドロータ。

がブレアでだれがドロータと思っているか、回答はふたつにひとつ。
ベッキーはヘッドフォンを装着した。Tシャツの裾にとめたｉＰｏｄシャッフルの電源を入れた。フロー・ライダーの曲がはじまった。

Can you blow my whistle baby, whistle baby...

曲と同じビートで足が地面を叩く。キャンパスと田舎くさいダウンタウンを隔てる正門を抜けた。この大学は禁酒郡にあるので、周囲に学生がたむろするようなバーはない。ベッキーの父親は、『メイベリー１１０番』のメイベリーと似ていると言ったが、もっと保守的で退屈な町だ。ホームセンター。児童診療所。警察署。婦人服店。太陽が森の上に顔を出しはじめたばかりだが、ダイナーの老店主は歩道にホースで水をまいている。夜明けの光がすべてを気味の悪い朱色に染める。店主がベッキーのほうを向いて野球帽を軽くあげた。ベッキーはアスファルトのひび割れにつまずいた。なんとか転ばずにすんだ。まっすぐ前を向き、ホースを捨てて駆けつけようとした店主に気づかなかいふりをした。地球上の人間はひとり残らずくそ野郎で人生は最悪だという真実を忘れたくない。

「ベッキー」母親がバッグからプラスチックのヘアクリップを取り出しながら言う。「今度こそ本気よ。ちゃんと返してね」

あのヘアクリップ。二枚の櫛を蝶番でつないだもので、歯が一本折れていた。べっこう色、というよりも猫の毛色みたい。ジュリア・スタイルズが『恋のからさわぎ』で似たようなものをつけていた。あの映画は、母親も自分も好きな数少ない映画のひとつだったから、何度も一緒に観た。

ナイトテーブルからヘアクリップを盗んだのはカイリーではないだろう。意地悪なやつだが、あのヘアクリップがどんなに大切なものかは知っているはずだ。ふたりとも酔っ払っていた晩に、ついあのときのことを洗いざらいしゃべってしまったからだ。英語の授業中に校長が呼びに来たこと。校内駐在警察官が廊下で待っていたので、それまで一度も警察沙汰を起こしたことがなかった自分はぎょっとしたけれど、そのときも悪いことをしたせいで呼び出されたのではなかったこと。体の奥深くで、なにかがひどくおかしいと気づいていたらしいこと。なぜなら、その警官が口を開いたとたんに、神経細胞の結合部に不具合が起きたかのように聴覚がなくなり、静寂の合間にところどころ言葉が聞こえはじめたから――

お母さんが……インターステートで……酒酔い運転の車に……

あのとき、ベッキーはなぜか頭の後ろに手をやり、ヘアクリップを探した。母親が家を出る前に、最後に触れたヘアクリップ。それを開いた。髪を指で梳いて、ヘアクリップをはずした。手のひらできつく握りしめたせいで、歯が一本折れた。ママにめちゃくちゃ叱られると思ったのを覚えている――**ちゃんと返してね**。だが、母親にめちゃくちゃ叱られることは二度とない、なぜなら母親は死んだのだから、と頭ではわかっていた。

ベッキーは頰を濡らす涙を払いながら、メイン・ストリートの端へ近づいていった。左と右、どちらに曲がるか？　大学の教授や裕福な人々が住む湖畔へ行くか、トレイラーハウスや小さな家が並ぶ地区にするか？

湖畔とは反対方向の右を選んだ。iPodの曲はフロー・ライダーからニッキー・ミナージュに変わっている。胃袋のなかでドリトスとシナモンロールがかき混ぜられ、甘ったるいものが喉元にこみあげてくる。音楽を止めた。ヘッドフォンをまた首にかけた。肺がガタガタと震え、いまにも止まりそうだという信号を送ってくるのもかまわず、深く息を吸いこみながら走りつづけたが、母親とソファに座ってスキニー・ガールのポップコーンを食べながらヒース・レジャーの〈君の瞳に恋してる〉に合わせて歌ったのを思い出し、まだ涙が目に染みていた。

You're just too good to be true...

ベッキーはスピードをあげた。みすぼらしい家が並ぶ界隈(かいわい)の奥へ入っていくほどに、空気がよどんできた。標識に書かれた通りの名前は、なぜか朝食がテーマになっている。SW・オムレツ・ロード。ハッシュブラウン・ウェイ。このあたりへ来たのははじめてだ。とくにこの時間帯は。朱色の光は汚い茶色に変わっている。色あせたピックアップトラックや古い車が路肩にぽつぽつとまっている。塗装のはげかかった住宅が並ぶ。窓の多くは、板を打ちつけられている。かかとがずきずきと痛みはじめた。案の定だ。靴下に穴があいているせいで靴擦れしている。脳裏に映像がぽんと浮かんだ。片方の靴下を履いただけの姿でベッドから飛び出てきたカイリー。

わたしの靴下の片方。

ベッキーはスピードを落として歩きはじめた。しばらくして、通りの真ん中で立ち止まった。両膝に手をついて息を継いだ。もはやかかとの痛みは靴のなかにスズメバチがいるかのようだ。キャンパスへ戻るころには、かかとの皮がむけてしまうに違いない。午前七時にアダムズ先生に会い、レポートをチェックしてもらうことになっている。いま何時かわからないが、約束の時刻に間に合わなかったら先生の機嫌を損ねてしまう。ここはハイスクールではない。教授の時間を無駄にしたら、ほんとうにまずいことになりかねない。カイリーに迎えに来てもらうしかない。カイリーはいやなやつだが、助けを求めればかならず車を出してくれる——あとで大げさに恩を売るためであっても。ポケットに手を入れた瞬間、また別の映像が脳裏に浮かんだ。図書館で携帯電話をリュックに入れる自分、そのあと寮でリュックをキッチンの床に置く自分。

携帯電話がない。カイリーは来ない。助けが来ない。

いまでは太陽がすっかり森の上にのぼりきっていたが、ベッキーはあいかわらず闇に侵食されているような気がしていた。自分がここにいるのはだれも知らない。帰ってくるのを待っている者もいない。この界隈はよく知らない。よく知らない、治安の悪い界隈。そのへんの家のドアをノックして電話を貸してほしいと頼むのは、いかにも犯罪ニュース番組『デイトライン』の冒頭場面にありがちだ。ナレーターの声が頭のなかで聞こえる——ベッキーのルームメイトは、彼女が頭を冷やしているのだろうと思っていた。アダムズ博士は、約束の時刻にベッキーが現れなかったのは、レポートを完成させることができなかったからだろうと考えた。そのころ腹を立てた大学一年生が喰人鬼(しょくじんき)のレイプ魔の玄関ドアをノックしているとは、だれひとり思ってもいなかったのだ……。

なにかが腐ったようなツンと鼻をつくにおいに、ベッキーはわれに返った。ゴミ収集車が交差点に入ってきた。収集車はブレーキをきしませて停止した。オーバーオール姿の男が後ろから飛び降りた。キャスター付きのゴミ容器を収集車までごろごろと押していく。収集車のリフト装置にゴミ容器を取りつける。ベッキーは、車体につながっているその装置がぎしぎしと動く様子を見ていた。オーバーオールの男はベッキーに目もくれないのに、なぜかベッキーはじっと見られているような気がした。

レイプ時。

ベッキーは、この道に入ったときに左右どちらに曲がったのか思い出そうとした。通りの名前を記した標識もない。見られている感覚はますます強くなってきた。周囲の家やとまっているトラックや車のなかに、さっと目を走らせた。窓辺のカーテンに動きはない。喰人鬼のレイプ魔が、お困りですかと声をかけに出てくることもない。

彼女の脳がとっさに命じたのは、こういうときに女性がすべきではないことだった。びくついた自分を叱りつけ、直感を抑えつけ、怖いものから子どものように逃げるのではなく、そちらへ向かっていけと命じたのだ。

ベッキーは直感に反論した。通りの真ん中にいるからいけないのだ。家のそばを歩くようにすれば、家のなかには人がいる。怪しい人が近づいてきたら、頭が吹っ飛びそうなほど大きな悲鳴をあげればいい。そして安全なキャンパスに帰るのだ。

いいアドバイスだが、そのキャンパスはいったいどっち？

二台の車のあいだを通って歩道に入ったつもりが、そこは二軒の家に挟まれた細長い草地だった。街中なら路地と呼んだかもしれないが、こちらは空き地という言葉のほうが似つかわしい。煙草の吸い殻や割れたビール瓶が散らかっていた。家の裏手には手入れされた草地が広がり、その先の小高い丘の上に森があるのが見えた。

なんとなく森に入るのはやめたほうがいいように思ったが、森のなかを縦横に走る固い土の道は知りつくしている。そこで自転車に乗ったり、太極拳をしに湖畔へ向かったり、早朝ランをしたりしている活動的な学生に会うかもしれない。目をあげて朝日の位置で方角を確かめた。キャンパスは西にあるはずだ。靴擦れだろうがなんだろうが、とにかく寮に帰らなければならない。有機化学の単位を落とすわけにはいかないのだから。

かすかにシナモンの風味がするげっぷが出た。喉の内側がふくれあがっているような感覚があった。自動販売機の食べ物がふたたび外に出たがっている。吐くのは寮に戻ってからだ。草地で吐くなんて、猫じゃあるまいし。

二軒の家のあいだを歩いていると、歯がカチカチ鳴るほど体が震えだした。ペースを速めて空き地を突っ切った。走ってはいないが、のんびり歩いてもいない。足を地面におろすたびにかかとにずきりとした痛みが走った。顔をしかめるとやや楽になったような気がした。そのうち、歯を食いしばって我慢するようになった。さらにもうしばらくすると、ベッキーは走りだしていた。千人分もの視線で背中を焼かれているようだったが、たぶんそんな視線は存在しない。

たぶん。

森に入ったとたん、気温がぐっとさがった。周囲で影がうごめいていた。ほどなく、何度も走ったことのある小道が見つかった。ｉＰｏｄに手をのばしかけて、考えなおした。

森の静寂を聴きたい。ところどころ、鬱蒼と茂った木々の梢を透かして細い光が差しこんでいた。ベッキーは今朝のことを思い返した。冷蔵庫の前に立って。焼けつくように熱い頬に冷気を浴びて。床に散らかったポップコーンの空き袋とコーラの空き瓶。ルームメイトたちはあとでお金を払ってくれるはずだ。いつもそうだから。みんな泥棒ではない。買い物に行くのを面倒くさがり、なにか買ってこようかと声をかけても、横着だからリストも作れないだけなのだ。

「ベッキー?」

男の声にベッキーは振り向いたが、体は前へ進みつづけた。つまずいて転ぶまでの一瞬、男の顔が見えた。親切そうで、心配そうな顔つき。倒れたベッキーに手を差しのべようとしている。

ベッキーの頭が固いものにぶつかった。口のなかに血があふれた。視界がぼやけた。寝返りを打とうとしたが、途中で動けなくなった。髪がなにかに引っかかっている。引っぱられる。強く引っぱられる。ベッキーは頭の後ろに手をやった。なぜかそこに母親のヘアクリップがあるような気がした。だが、手に触れたのは木、そして鋼、そのとき男の顔がはっきりと見え、ベッキーは悟った。自分の頭にめりこんでいるのはハンマーだと。

1

アトランタ

ウィル・トレントは、パートナーのミニの車内で脚が楽に収まる角度を探して、百九十三センチの長身をもぞもぞと動かした。頭のてっぺんはちょうどサンルーフの下にはまるが、後部座席のチャイルドシートのせいで、助手席の狭さは如何ともしがたい。うっかりギアをニュートラルに入れてしまわないよう、ウィルは両膝を合わせて抱きかかえた。傍から見れば体を自由に曲げられる曲芸師かもしれないが、ウィル自身は、フェイス・ミッチェルの独り言とおぼしきおしゃべりのなかで泳いでいるスイマーの気分だった。ストローク・ストローク・ブレス、ではなく、上の空・上の空・〝えっ　いまなんて？〟、の繰り返しだ。

「で、夜中の三時に、どう見ても欠陥のあるスパチュラを酷評する一つ星レビューを投稿してるあたしがいるってわけよ」フェイスはハンドルから両手を離してタイピングのまねをした。「ところがそのとき気づいたの、あたしが食洗機に入れたのはタイドのジェルボールだったの。それってかなりどうかしてるのよ、だって洗濯機は二階にあるんだから。

その十分後には、窓の外を見あげながら考えてる。〝マヨネーズってほんとは楽器だっけ?〟」

フェイスの語尾があがったのは聞き取れたが、反応を求められているのかどうかはわからない。頭のなかで会話を巻き戻してみた。それでも、なんの話をしていたのかはっきりしなかった。車に乗って一時間足らずのあいだに、フェイスは脈絡なく話題を変え、スティック糊の値段がばか高い話、ファミレスの〈チャッキーチーズ〉によって子どもの誕生日会が産業化している話、自分の子どもはずっと家にいるのに長期休暇明けに登校する子どもたちの写真という残虐ポルノがSNSで流れてくる話をしていた。

ウィルは首をかしげ、ふたたび沈潜した。

「そうしたらね、ムファサがみずからの死に向かって突撃する場面になったの」どうやらいまは映画の話をしているらしい。「エマが大泣きしはじめたんだけど、その泣き方があの年頃のジェレミーとそっくりでね。それで気づいたの、あたしふたりの子どもをふたつの『ライオン・キング』と同じ間隔で産んだんだなあって」

ウィルは浮上した。エマの名前を聞くと、胃袋がぎゅっと縮こまるのがわかる。胸のなかに、罪悪感がバックショット弾のように散開する。

フェイスの二歳の娘を殺しかけたからだ。

ことの次第はこうだ。ウィルはガールフレンドのサラとふたりでエマを預かっていた。サラはキッチンで書類仕事をしていた。ウィルはリビングルームの床にエマと座っていた。カニ型ロボットのおもちゃヘクスバグに、小さなボタン電池を入れるところをエマに見せているところだった。コーヒーテーブルに、分解したヘクスバグがのっていた。ウィルは人差し指の先にブレスミントサイズのボタン電池を乗せ、エマに見せた。電池はそのへんに置きっぱなしにしてはいけない、ぼくの犬のベティが間違って食べちゃうかもしれないからね、と言おうとしたとき、不意に、なんの前触れもなく、エマが身を乗り出してボタン電池を口のなかに吸いこんだ。

ウィルはジョージア州捜査局(GBI)の特別捜査官だ。生と死の天秤(てんびん)が危ういバランスを保っているような状況で、とっさに動ける能力だけを頼りに切り抜けたことが何度もある。

だが、ボタン電池が一瞬で消えたとき、ウィルは動けなかった。

なにものっていない人差し指の先端が、頼りなく宙に浮いていた。心臓は電柱に激突したバイクのようにひしゃげていた。エマが体を引き、ふっくらした顔いっぱいに得意げな笑みを浮かべ、いまにも電池を飲みこもうとしているのをスローモーションで見ているよりほかに、ウィルにはなすすべがなかった。

そのとき、ふたりを救ってくれたのはサラだ。エマが電池を吸いこんだとほぼ同時に、サラが猛禽類(もうきんるい)さながらに舞い降りてきて、エマの口のなかに指を入れて電池を掻(か)き出した。

「とにかく、レジの列に並んでるあいだに、その子の後ろからそーっと覗いてみたの。そうしたら、その子はすごい勢いで彼氏にメッセージを打ってた」フェイスはまた別の話をしている。「その子がいなくなっても、その彼氏がほんとにその子の妹と浮気してたのか気になってしかたがなかった」

急カーブを曲がるミニの車体が傾き、ウィルは肩を窓に押しつけられた。もう少しで州立刑務所に到着する。サラがそこにいると思うと、エマに対する罪悪感はサラに対する気後れと入れ替わった。

ウィルはまた体をもぞもぞと動かした。革張りの座席の背からシャツがはがれた。この汗は暑さのせいではない。サラとの関係を思って冷や汗をかいているのだ。

これといった問題があるわけではないが、なにかがすごく、すごくおかしい。

表面的にはなにも変わっていない。夜はたいてい一緒に過ごす。日曜日にはサラの好みに合わせて裸で朝食をとり、ウィルの好みに合わせて裸で二度目の朝食をとる。サラのキスも以前と変わりない。以前と変わりなく愛されているように思う。彼女はあいかわらず汚れた服を洗濯かごのすぐ横に脱ぎ捨てるし、サラダを注文したくせにウィルのフライドポテトを半分食べる。けれど、なにかがひどくおかしい。

この二年間、ウィルのしゃべりたくないことも無理やりしゃべらせてきた張本人が、ここに来て突然、ある話題は口にするなとはっきり言い放ったのだ。

ことの次第はこうだ。六週間前、ウィルは外で用事をすませて帰宅した。サラはキッチンのテーブルの前に座っていた。そして、前置きもなしにこの家をリフォームしたいと話しはじめた。それも、ただリフォームするのではなく、自分専用のスペースを確保するために改築したいと言った。つまり、一緒に暮らそうという遠回しの提案だったので、ウィルとしても遠回しのプロポーズとして、きみのお母さんによろこんでほしいから結婚するなら教会で、というようなことを話した。

そのときだ、足元の地面が凍りつくピキッという音が聞こえ、サラが〝ええ、あなたと結婚するのが待ちきれないわ〟という言葉ではなく、はっと息を吐いたのは。そしてサラは、天井から垂れさがる氷柱よりも冷たい声で言った。「この話のどこに母が関係あるの？」

そこから口論になったのだが、ウィルはそもそもなにが問題なのかわかっていなかったので劣勢に立たされざるを得なかった。どうせこの家はきみにふさわしくないと苦し紛れにいやみを言ったら、今度は金の話になり、ウィルは一転して優位に立った。なぜならウィルは薄給の公務員だが、サラは――いや、いまでこそ薄給の公務員だが、その前は裕福な医師だったからだ。

そして口論は決着しないまま、サラの両親とブランチをする時間になった。サラは、これから三時間は結婚の話も同棲の話もしないと宣言し、その三時間はその日の夜まで延長され、その週末に再延長された。あれから一カ月半たったいまも、ウィルは基本的に、とてもセクシーでセックスはしたがるが、夕食に注文するものの相談か、人生を台無しにしようとしている頑固な妹に対する愚痴か、ルービックキューブの二十通りの解法を覚えるのは簡単だという話しかしたがらないルームメイトと暮らしている。

フェイスが刑務所の駐車場に車を入れながら言った。「もちろんあたしのせいなのよ、ちょうどそのとき、ようやく生理が来たから」

そこでフェイスは黙り、空きスペースへゆっくりと車を走らせた。いまのひとことで話が終わった感じではなかった。反応を求められているのだろうか？　間違いなく求められている。

ウィルはとりあえず言った。「そりゃむかつくね」

フェイスは、たったいまウィルが隣にいることに気づいたかのようにぎょっとした。

「なにがむかつくの？」

反応を求められていなかったことがいま判明した。

「あのねえウィル」フェイスは苛立たしげにギアをパークに入れた。「今度からはちゃんと聞いてるってあらかじめ言ってくれる？」

フェイスは車を降り、足音も荒く職員専用入口へ向かった。ウィルには彼女の背中しか見えないが、ぶつぶつしゃべりながら歩いているのは想像がついた。フェイスはゲートの外の監視カメラにＩＤを見せた。ウィルは顔をこすり、車内の熱い空気を吸いこんだ。自分の周囲にいる女性はひとり残らず短気なのか、それとも自分が間抜けなのか？

そんな疑問を口にするのは間抜けなやつだけだ。

ウィルはドアをあけ、ミニからなんとか抜け出した。汗ばんだ頭皮がちりちりする。十月も今週で終わるのに、外も車内と同じくらい暑い。腰のホルスターの位置をなおした。スーツのジャケットは、エマのチャイルドシートと、いつからそこにあるのかわからないゴールドフィッシュのチーズクラッカーの袋に挟まれていた。ウィルは公道へ出ていく護送バスをじっと見送りながら、クラッカーを一袋全部平らげた。バスは路面のくぼみを踏んで傾いた。鉄格子のはまった窓のむこうにいる受刑者たちの表情は、程度の差こそあれ暗い。

クラッカーの空き袋を後部座席に放った。だが、もう一度拾いあげて手に持ったまま職員専用入口へと歩いた。高さのない、陰気くさい建物を見あげた。州立フィリップス刑務所は、アトランタから一時間ほどのビュフォードにある中警備の施設だ。それぞれ二区画からなる収容棟が十棟ある。そのうち七棟には、定員二名の雑居房が入っている。残りは独居房と雑居房、そしてＭＨもしくはＳＭ専用の隔離室の混合だ。ＭＨはメンタルヘルスに問題のある受刑者、ＳＭ（スペシャル・マネージメント）は特別な管理あるいは保護拘置が必要な受刑者、つまりどの刑務所でも憎悪の対象となる警察官と小児性犯罪者をあらわす。

ＭＨとＳＭが一箇所に集められるのは理由がある。外部の人々には、独居房は贅沢（ぜいたく）に見える。だが、受刑者にとっては、独居房とは幅二メートル奥行き四メートル足らずの窓もないコンクリートの箱のなかで一日二十時間、ひとりで過ごすことを意味する。ジョージア州がかつて採用していた独居拘禁の規定は非人道的であると認めた革新的な判決のあとですら、この状況なのだ。

四年前、フィリップス刑務所を含めた十箇所のジョージア州立刑務所にＦＢＩの捜査が入り、四十七名の刑務官が汚職容疑で逮捕された。残った刑務官はいっせいに異動を命じられた。フィリップス刑務所に新しく赴任した所長は非常に厳格な方針を取ったが、孤独で激しやすい男たちを収容する場所につきものの危険に対して、その厳しさは功罪相半ばするものだった。二日前に暴動が起き、現在フィリップス刑務所はロックダウンされている。刑務官六名と受刑者三名が重傷を負った。さらに、受刑者一名がカフェテリアで惨殺された。

ウィルとフェイスは、その殺人事件の捜査のためにやってきた。

刑務所内で発生した不自然死の捜査はＧＢＩが担当すると州法で定められている。護送バスに乗せられていた受刑者たちは、今回の殺人事件に直接関与していないにせよ、なんらかの役割を果たしている連中だ。彼らはこれから〝ディーゼル・セラピー〟と呼ばれる処罰を受ける。所長がバスに乗せたのは、口の軽い者やすぐに騒ぎを起こす者、対立関係にあるギャングの下っ端などだ。トラブルメーカーの排除は所内の健全化には資するが、ツアーに送り出された者たちにとっては、たまったものではない。ホームと呼べる唯一の場所を失い、はるかに危険な施設へ移動させられるのだ。転校にも似ているが、待ち受けているのは意地悪な女の子やいじめっ子ではなく、強姦魔と殺人犯の集団だ。

正面ゲートに金属の看板がかかっている。ＧＤＯＣ、ジョージア州矯正局。ウィルはゴールドフィッシュの空き袋をドアのそばのゴミ箱に捨てた。両手についた黄色い粉をパンツになすりつけた。それから、チェダーチーズくさい手のひらをこすり合わせて、見た目だけはきれいにした。

監視カメラはウィルの頭頂から五センチほど上にあった。ウィルはあとずさって身分証明書を見せた。大きなブザー音とカチッという音ののち、建物に入ることができた。銃をロッカーに入れ、ロッカーの鍵をポケットにしまった。だが、そのあとすぐにセキュリティチェックがあり、鍵を含めてポケットの中身をすべて渡さなければならなかった。最終関門となる通路へウィルを案内した無口な刑務官は、よう、あんたのパートナーはこの先にいるよ、ついてきな、と顎の動きで伝えてきた。

刑務官が普通に歩かずにのろのろと足を運ぶのは、職業上の習慣だ。いままでいた場所と代わりばえしない場所へ行くのに、わざわざ急ぐことはない。

刑務所のなかは刑務所らしい音で満ちていた。受刑者たちは鉄格子を叩きながらロックダウンに抗議するか、人権侵害だと叫ぶか、その両方をわめいている。ウィルはネクタイをゆるめ、刑務所の奥へ進んだ。首筋に汗が伝った。どこの刑務所も、構造的に室温の調節が難しい。廊下は幅が広くて距離も長く、曲がり角は急だ。コンクリートブロックの壁にリノリウムの床。すべての房にトイレの排水溝があり、なかにいる男たちはひとり残らず、流れの穏やかなチャタフーチー川も第六級の激流になるほど大量の汗をかいている。

フェイスが閉じたドアの前でウィルを待っていた。うつむいてノートにメモを取っている。フェイスが警官として有能なのは話し好きだからだ。ウィルがパンツをチーズまみれにしていたころ、フェイスはせっせと情報を集めていたらしい。

フェイスは無口な刑務官にうなずいてドアの脇で待たせ、ウィルに言った。「殺された受刑者の遺体はカフェテリアにある。アマンダがたったいま到着したところ。所長に会う前に、まず現場を見たいんだって。北部ジョージア支局の捜査官六名が三時間前から容疑者をふるいにかけてる。容疑者がある程度絞れたら、あたしたちの出番。サラもそれまでには準備ができてるって」

ウィルはドアの窓からなかを覗いた。

カフェテリアの中央に、白い防護服を着たサラ・リントンが立っていた。赤褐色の長い髪は青いベースボールキャップにたくしこんである。彼女はしばらく前にＧＢＩの検死官になった。ウィルは当初、その新たな展開に浮かれていたが、それも六週間前までのことだった。サラはいま、GBIの科学捜査班の主任、チャーリー・リードと話している。チャーリーはひざまずき、血に濡れた靴底の跡を撮影している。足跡の大きさを示すために定規を並べているのは、サラの助手のゲイリー・クインタナだ。

サラは疲れているようだった。四時間前から現場検証をしている。今朝、ウィルがジョギングに出かけているあいだに、サラは呼び出しの電話で叩き起こされた。そして、中央にハートのマークを書いたメモ用紙を残して出勤した。

そしてウィルは、生きている人間のだれにも言えないほど長いあいだ、そのハートを見つめていた。

フェイスが言った。「さて、暴動が起きたのは二日前。土曜日の午前十一時五十八分ね」

ウィルはわれに返った。話のつづきを待った。

「二名の受刑者が殴り合いをはじめた。止めに入ったひとり目の刑務官はノックアウトされた。肘が頭にぶつかって頭が床にぶつかって、ハイ気絶。ひとり目の刑務官がやられてゲーム開始。ふたり目の刑務官は首を絞められた。そこに駆けつけた三人目は殴り倒された。そして、だれかがテイザー銃を奪って、だれかが鍵を奪って、ここは暴動の都になったってわけ。明らかに、殺人犯はこの機会を待っていた」

ウィルは明らかにという言葉にうなずいた。刑務所の暴動は発疹に似ているからだ。予兆となるむずむずした掻痒感があり、それをいちはやく感じ取る者、あるいはグループがかならずいて、暴動に乗じる策略を練りはじめる。購買部を襲撃するか？　看守を自分たちの代わりに監房に閉じこめるか？　敵対するやつを何人か始末するか？

だが、今回殺された受刑者がたまたま暴動の巻き添えになったのか、それとも最初から標的にされていたのか、まだ断定はできない。カフェテリアのドアの外からは判断しがたい。ウィルはふたたび窓のむこうを眺めた。十二席のピクニックテーブルが三十台あり、椅子もテーブルも床にボルトで固定されている。室内のあちこちにトレーが散らばっている。紙ナプキン。腐りかけの食べ物。大量の乾いた液体、そのほとんどは血だ。折れた歯もいくつか。テーブルの下からのびたまま固まっている手が見え、ウィルは被害者のものだろうと考えた。被害者の胴体は、厨房に近い別のテーブルの下に転がっていた。背中がドアのほうを向いている。漂白した囚人服の白地に青いストライプのせいで、アイスクリームパーラーの虐殺のような趣がある。

フェイスが言った。「ねえ、まだエマとボタン電池の件を気にしてるんだったら、もう忘れてよ。ボタン電池がおいしそうに見えるのはあなたのせいじゃないんだから」

どうやらサラの姿を見たせいでシグナルを発してしまい、それをフェイスにキャッチされてしまったようだと、ウィルは思った。

「幼児って極悪受刑者みたいなもんよ。面と向かって嘘をつくし、ものを壊すし、そうじゃなきゃ昼寝してるかうんちしてるか、人を怒らせる方法を新たに編み出そうとしてる」

刑務官が顎をあげた。そのとおり、と。

フェイスは刑務官に尋ねた。「あたしたちが到着したってみんなに伝えてくれる？」

刑務官は、仰せのままに、奥さま、とうなずき、のろのろと立ち去った。

ウィルは窓越しにサラを見ていた。彼女はクリップボードで記録を取っている。防護服のファスナーをおろして袖をウエストに巻きつけて縛っていた。帽子も脱いでいる。髪はゆるくひとつに結んである。

フェイスが尋ねた。「サラとなにかあった？」

ウィルはフェイスを見おろした。いつも忘れてしまうが、彼女はとても小柄だ。ブロンド。青い瞳。つねにつまらなそうな顔つき。腰に両手を当て、ウィルの胸のあたりにある顎をぐいとあげている彼女は、マイティマウスのガールフレンド、パール・ピュアハートを思い起こさせる。パールは十五歳で妊娠していないし、三十二歳でふたたび妊娠してもいないけれど。

ウィルは、だからサラのことをフェイスに相談しない。フェイスは、勾留中の容疑者だろうが食料品店のレジ係だろうが、自分の生活圏内にいる者に対して有無を言わせず世話焼き母さんになる。ウィルはなかなかに大変な子ども時代を過ごした。たいていの子どもが知らずにすむ世界についてはよく知っているが、世話の焼かれ方はよくわからない。フェイスに黙っているふたつ目の理由は、彼女がおそろしく有能な警官であることだ。突然無口になったガールフレンド事件など、フェイスにかかれば二秒で解決できる。

手がかりその一。サラは一本筋の通った人間だ。ジェットコースターに乗って地獄の口から飛び出てきた元妻とは違い、安定している。腹を立てたり苛立ったりむっとしたり、あるいはうれしかったりすると、サラはどうしてその気持ちになったのか、自分はどうしたいのか、きちんと説明してくれる。

手がかりその二。サラは駆け引きをしない。気持ちを察してもらおうとだんまりを決めこんだり、口を尖らせたり、あてこすりを言ったりしたりしない。いつも言葉にしてくれるから、ウィルはサラの気持ちをあれこれ推測したことがない。

手がかりその三。サラは明らかに結婚というものを嫌ってはいない。これまで二度、結婚したことがあり、どちらも相手は同じ男性だった。ジェフリー・トリヴァーが五年前に殺されていなければ、いまでも彼と結婚生活を送っていたはずだ。

以上から導かれる解答。サラは結婚することがいやなのではなく、遠回しのプロポーズがいやなのでもない。

自分と結婚するのがいやなのだ。

「ヴォルデモート卿だ」フェイスが言ったのと同時に、アマンダ・ワグナー副長官がハイヒールをカツカツ鳴らして歩いてくる音が聞こえてきた。

アマンダは両手で携帯電話をいじりながら廊下を歩いてきた。彼女はいつもメールや電話で昔なじみのネットワーク、つまり退職した警察関係者から成る怖いおばさんグループから情報を集めている。ウィルの想像では、彼女たちは隠れ家で毛糸の手榴弾カバーを編みながら待機している。

フェイスの母親もそのひとりだ。

「あら」アマンダは十メートル先からチーズの筋がついたウィルのパンツに目をとめた。

「トレント捜査官、列車から転がり落ちた流れ者はあなただけ？　それともまだほかに探すべきかしら？」

ウィルは咳払いした。

「早速ですが」フェイスはノートを開き、いきなり要点に入った。「被害者はジーザス・ロドリゴ・ヴァスケス、三十八歳、ヒスパニック男性、AWDでフル・ダイムを食らって六年目でER、三カ月前にメス・クイズ不合格」

ウィルは黙って翻訳した。**ヴァスケスは凶器を用いた暴行（アサルト・ウィズ・デッドリー・ウエポン）により懲役十年の判決を受け、六年服役したところで早期釈放（アーリー・リリース）されたが、三カ月前に薬物検査に引っかかって刑務所に戻され、残りの刑期を務めていた。**

アマンダが尋ねた。「所属は?」

ギャングのメンバーだったのか?

「スイスでした」フェイスは答えた。**特定のグループのメンバーではなかった。**「シートは携帯を尻に突っこんだショットで一杯です」**肛門に携帯電話を隠しているのを何度も見つかっている。**「どうやら本物のスプーンだったようです」**受刑者たちを引っかきまわして問題を起こしてばかりいた。**「余計なことをしゃべりすぎたせいで消されたのかもしれません」

「事件解決ね」アマンダは窓ガラスをノックした。「ドクター・リントン?」

サラはまずいくつかの備品を取り、それからドアをあけた。「犯行現場の検証は終わりました。防護服は必要ありませんけど、大量の血や体液が残ってますので」

そう言って、靴カバーとマスクを差し出した。ウィルの分を渡しながら、手をぎゅっと握った。

「遺体はすでに硬直が解けて腐敗しはじめています。肝温と外気温の高さを合わせて勘案すると、被害者は死後およそ四十八時間が経過していると考えられ、被害者が襲われたとされている時刻とも矛盾しません。暴動がはじまってまもなく殺されたと考えていいでしょう」

アマンダが尋ねた。「はじまった直後？　それとも数時間後？」

「大雑把（おおざっぱ）に言って、土曜日の正午から午後四時。もっと絞りこむなら、目撃者の証言に頼るしかないですね」サラはウィルのマスクの位置をなおしながらアマンダに釘（くぎ）を刺した。「言うまでもないでしょうけど、科学だけでは正確な死亡時刻は割り出せませんから」

「言うまでもないわね」アマンダは大雑把が好きではない。

サラはウィルのほうを向いて、目を上に向けてみせた。彼女はアマンダの口調が好きではない。「ヴァスケスは三箇所で暴行されています――このメインエリアでは二箇所、厨房では一箇所。かなり抵抗したようです」

ウィルはサラの背後へ手をのばしてドアをあけた。カフェテリア内の分子一粒一粒に、暴動者たちの痕跡である人糞（じんぷん）や尿のにおいが染みついている。

「うわ」フェイスが手の甲でマスクを押さえた。彼女は概して犯罪現場が苦手だが、ここの悪臭は強烈で、ウィルの目も潤んだ。

サラは助手に言った。「ゲイリー、バンからもっと小さなプライヤーレンチを持ってきてくれる？　テーブルのボルトをはずさないと、遺体を動かせないから」

ゲイリーはヘアネットに包まれたポニーテールを揺らしながら、嬉々（きき）として道具を取りに行った。彼がＧＢＩに入局してからまだ半年もたっていない。もっとひどい現場も経験しているとはいえ、刑務所内の事件が精神に与えるダメージはより大きい。

　チャーリーのカメラのフラッシュが光った。ウィルは思わずまばたきした。

　サラはアマンダに言った。「監視カメラの映像を見ました。言い争いがはじまって、たちまち暴動に発展する様子が九秒間映っていました。そこで何者かがカメラの後方、フレーム外から近づいてきて、映像が途切れています」

　チャーリーが補足した。「壁やケーブルやカメラから有用な指紋は検出されていません」

　サラはつづけた。「言い争いがはじまったのは、カフェテリアの入口側、サービスカウンターのそばです。あっというまにヒートアップしている。敵対しているギャングのメンバー同士、六名が揉み合いになりました。ヴァスケスはあそこの隅のテーブルから動かなかった。同じテーブルを囲んでいた十一名は、喧嘩を間近で見ようと駆け寄った。カメラに映っているのはそこまでです」

　ウィルは距離を測った。監視カメラはカフェテリアのいちばん奥にあるので、十一名のなかのだれかが戻ってくれば、かならず映っていたはずだ。

「来てください」サラは一行を隅のテーブルへ連れていった。十二脚のプラスチックの椅子それぞれの前にランチトレーが置いてある。食べ物がかびている。テーブルにこぼれた牛乳から酸っぱいにおいがする。「ヴァスケスは背後から襲われました。鈍器で殴られて頭蓋骨が陥没しています。凶器はおそらく小さくて重みのあるもので、それを勢いよく振りおろした。殴られた衝撃で、ヴァスケスは突っ伏した。彼の前歯の破片と見られるものがトレーにめりこんでいます」

ウィルはカメラを振り仰いだ。ふたりがかりの犯行のような気がする――ひとりがカメラを止め、もうひとりが標的を襲ったのではないだろうか。

フェイスのマスクがへこんだりふくらんだりしているのは、口で呼吸をしているからだ。

「最初の一撃から殺すつもりだったのか、それともとりあえず気絶させたかったのかな？」

サラは答えた。「それはなんとも言えない。ただ、相当な力で殴ってる。裂傷内部は見えないけれど、陥没骨折というのはその名のとおり――頭蓋骨が内側に折れて、脳を圧迫してる」

アマンダが尋ねた。「すぐに気絶したのかしら？」

「証拠から推論すれば、死亡する瞬間まで意識がありました。どんな状態だったかはわかりません。吐き気がしていたか？　間違いなくしていたでしょう。視界はぼやけていたか？　ぼやけていたかもしれない。意識ははっきりしていたか？　それはわからない。頭部外傷に対する反応には個人差があります。医学的見地から言えば、脳の損傷についてはわからないということしかわからないんです」

「言うまでもないわね」アマンダは腕組みをした。

ウィルも腕を組んだ。全身がこわばっていた。肌が引きつっているように感じた。犯罪現場の捜査を何度経験しても、暴力で人の命が奪われた場所にいることに、体は決して慣れようとしない。腐りかけた食べ物と排泄物のにおいはやり過ごせる。だが、血液中の鉄が酸化するときに発する金臭さは、その後一週間は喉の奥にへばりついたままだ。

サラは言った。「ヴァスケスは殴られて床に倒れました。左の臼歯三本が根元から折れ、左顎と眼窩の骨が折れています。予備検査では、左の肋骨も折れていると見られます。壁と天井に半円状の血痕が認められます。ここにある足跡は三組、つまり攻撃者は二名、どちらも右利きです。おそらく凶器はソックロック、攻撃者の手に目立った外傷はないと思われます」

ソックロックとは、その名のとおり——ソックスにダイヤル錠を入れたものだ。

サラはつづけた。「ヴァスケスは最初の一撃のあと、どこかの時点で靴と靴下を脱がされました。どちらもカフェテリアのなかでは見つかっていません。攻撃者二名が履いていたのは、靴底が蜂の巣状の模様のスニーカー、刑務所の支給品です。靴と足跡から多くのことが推測できます。ヴァスケスが次に連れていかれたのが厨房です」

「このタトゥーは？」アマンダが部屋を突っ切り、切断された手を見おろした。「これは虎？　猫かしら？」

チャーリーが答えた。「タトゥーのデータベースで調べたところ、虎は警察への憎悪の象徴か、二階の窓から忍びこむのを専門にしている泥棒を意味します」

「警察を憎んでいる犯罪者。めずらしくもないわね」アマンダはサラに向かって手をくるくるとまわした。「早送りで話して、ドクター・リントン」

サラは一同についてきてと合図してカフェテリアの入口側へ向かった。ベルトコンベアに空のトレーがのっているので、何人かの受刑者は暴動が勃発する前に昼食を食べ終えていたようだ。

「ヴァスケスは身長約百七十センチ、体重六十五キロ弱といったところです。栄養状態があまりよくなかったようですが、静注薬物乱用者だったので、まあ当然ですね。左腕、左足指のあいだ、右頸静脈に注射痕があるということは、彼は右利きだった。厨房の調理場に肉切り包丁と大量の血液が残っているので、そこで左手を切断されたと考えられます」

アマンダは尋ねた。「自分で切り落としたのではないのね?」

サラはうなずいた。「はい。靴跡と裸足(はだし)の足跡があるので、押さえつけられたんでしょう」

チャーリーがつけたした。「スニーカーの靴跡には、特徴的な傷などはありません。サラが言ったように支給品です。受刑者はみんな持っている」

サラはヴァスケスがこときれた場所へ全員を移動させた。先ほどとは別のテーブルの前にしゃがむ。アマンダ以外の三人も彼女につづいた。

ウィルの鼻孔が広がった。死体は丸二日間、蒸し暑いこの場所に放置されていた。腐敗がかなり進んでいる。肉が骨からすべり落ちかけている。何者かが、ベッドの下に汚れた服を蹴りこむように、死体をテーブルの下に足で押しこんだらしい。血の筋と蜂の巣状の靴跡が、少なくとも二名の男の仕業であることを示している。

ヴァスケスのむき出しの足には血がこびりついていた。脇腹を下にして、体をふたつに折っている。右手は前にのばしている。手首から先がない左腕は、腹のなかに突っこまれていた。文字どおり、腹のなかに。ヴァスケスは何度も刺され、腹部がグロテスクな花のように開いている。その穴に、手首が茎のように突き刺してあった。

サラが言った。「矛盾する証拠がないので、おそらく死因は失血死、あるいはショック死でしょう」

たしかにヴァスケスはショックを受けたような顔をしていた。目を大きく見ひらいている。口もあいている。それを除けばとくに変わったところのない顔だが、頭部の下側には血がたまり、黒く三日月形に腫れている。剃りあげた頭。口髭。細い金のネックレスには十字架がぶらさがっている。ジョージア州矯正局は宗教的なシンボルの着用を認めている。繊細な金鎖だ。母親か娘かガールフレンドからの贈り物かもしれない。攻撃者がヴァスケスから靴と靴下を脱がせたのに、このネックレスには手をつけなかったことが、ウィルには気になった。

「無理。もう無理」フェイスはマスクの上から両手で口を押さえて吐き気をこらえた。ヴァスケスの腹部から生のソーセージのような腸があふれ出ている。空気の抜けたバスケットボールほどの大きさの便が床にたまって黒く乾いていた。

アマンダがフェイスに言った。「ヴァスケスの監房の捜索は終わったのか確認してきて。終わったのなら、だれが捜索してなにを発見したのか。終わっていなければ、あなたがやって」

死体から離れられるので、フェイスは即座に従った。

「ウィル」アマンダはすでに携帯電話をタップしはじめていた。「ここが終わったら、事情聴取の二回戦に取りかかって。時間はたっぷりあったんだから、みんなそろそろまともな話ができるでしょう。さっさと片付けたいの。干し草の山から針を見つけるような案件じゃないし」

ウィルはまさにそういう案件だと思っていた。容疑者はざっと千人ほど、しかも札付きの犯罪者ばかりだ。「わかりました」

サラはウィルにうなずき、厨房へ連れていった。マスクをおろす。「フェイスはもっと早く降参するかと思ってた」

ウィルもマスクをおろした。厨房もやはりひどいありさまだった。トレーと食べ物と血痕があたり一面に散らばっている。まな板に置いた黄色いプラスチックのマーカーは、そこでヴァスケスの左手が切り落とされたことを示す。肉切り包丁が床に落ちている。血が滝のように流れ落ちた跡がある。

「包丁から指紋は検出されなかったの」サラが言った。「持ち手にラップを巻いて、あとでそのラップはシンクの排水口に突っこんだ」

シンク下の排水管が取りはずされているのが見えた。サラは配管工の娘だ。Pトラップの扱い方を心得ている。

「どの証拠も、攻撃者が痕跡を隠すほどの冷静な精神状態だったことを示してる」

「なぜ切り落とした手をカフェテリアへ持っていったんだろう？」

「カフェテリアのこっちからむこうへ投げたのよ」

ウィルは事件がどのように起きたか仮説を組み立ててみた。「喧嘩がはじまったとき、ヴァスケスはテーブル席に座っていた。立ちあがらなかったのは、関係がなかったからだ」受刑者たちの同盟関係はNATOさながらだ。味方が攻撃されたら、反撃しなければならない。「ヴァスケスに襲いかかったのは二名だけ。ギャングの集団ではなかった」

「それで容疑者を絞りこめる？」

「受刑者たちは棲み分けをする傾向にある。ヴァスケスも同じ人種の受刑者以外とはおおっぴらにつきあっていなかったかもしれない」干し草の山がほんの少しだけ小さくなった。「随伴的な犯行のような気がするんだ。もしも暴動が起きたら、やつを殺すぞ、みたいな」

「混乱が機会を作るというやつね」

ウィルは顎をこすりながら、床を突っ切る血の足跡と靴跡を眺めた。ヴァスケスは必死に抵抗したらしい。「犯人はヴァスケスの握っている情報がほしかったんじゃないか？　とくに理由もなく手を切断したりしない。押さえつけて脅迫して、それでもほしい情報を吐かなかったから、包丁で手を切り落とした」

「わたしでもそうするでしょうね」

ウィルはかすかに笑った。

サラも笑みを返してきた。

ポケットで携帯電話が振動した。ウィルは無視した。「ヴァスケスは体内に携帯電話を隠していたのを何度も見つかっている。それと、はらわたを引きずり出されたことは関係がないかな」

「あれは何度も繰り返し刺した結果かもしれない。電話を探しているのなら、脇腹をソックロックで力一杯殴れば、バルサルバ効果で息ませることができる。刑務官が受刑者を前屈させて咳をさせるのは、そういう理由もあるの。腹圧をかければ、括約筋がゆるむ。最初の一撃で、電話はぽろっと出てきたはずよ。それに、腹部を切り裂くのは合理的ではない。肛門に隠した携帯電話を探すなら、肛門を調べるでしょ」

フェイスがこのうえないタイミングで現れた。「邪魔してもいい？」

ウィルはポケットから携帯電話を取り出した。先ほど無視した相手はフェイスだった。

「ヴァスケスを殺した犯人たちはなにかを探していたんじゃないかと話してたんだ」

フェイスは言った。「ヴァスケスの監房からはなにも出てこなかった。密売品はなかった。彼のアートコレクションから察するに、半裸の女性とわれらが主、ジーザス・クライストのファンだったみたい」サラにじゃあねと手を振り、ウィルを連れてカフェテリアの出口へ向かった。悪臭を遮断しようと両手で鼻を覆った。「ニックとラシードが容疑者を十八名まで絞りこんだ。謀殺の前科があるやつはいないけど、故殺が二名、指を嚙みちぎったやつが一名含まれてる」

「自分の指？　それとも他人の？」

「他人の。意外や意外、信用できる目撃者の証言はひとつもないけど、でたらめな陰謀論をでっちあげようとする連中は山ほどいる。ディープ・ステートが刑務所の図書室システムを利用して、小児性犯罪者のネットワークを運営してるって知ってた？」

「知ってた」ウィルは尋ねた。「個人的な怨恨だと思わないか？」

「思う。あたしたちが捜すのは二名のヒスパニック男性、ヴァスケスと同じくらいの年齢で、彼の属していた社会的集団のなかでもとくにつながりが強かった人物？」

ウィルはうなずいた。「ヴァスケスの監房が最後に検査されたのはいつ？」

「十六日前に、刑務所全体で一斉検査があった。所長がコンピューター緊急対応チーム八組を呼んで、徹底的にやったの。保安官事務所からも十二名の保安官代理が来た。衝撃と戦慄。あんな結果はだれひとり予想していなかった。携帯電話四百台以上、充電器二百台、それからよくある薬物と武器が押収されたの。だけど、なんと言ってもやばいのは携帯電話よね」

ウィルにはフェイスの言いたいことがわかった。刑務所内に携帯電話を持ちこまれるのは、そのすべてが悪用されるわけではないとはいえ危険極まりない。州は刑務所の固定電話専用のテレホンカードに最低五十ドルのチャージを課し、十五分の通話におよそ五ドル、追加チャージをするたびに五ドルのチャージ料を徴収する。一方で、受刑者仲間からプリペイド式携帯電話を借りれば、二十五ドル程度で一時間通話できる。

もちろん、悪用されることもある。スマートフォンを使えば、刑務官の個人情報を入手したり、暗号化したテキストで組織の手下に指示を出したり、受刑者の家族から用心棒代を取り立てたりできるし、なによりも資金を調達できる。現在では、送金アプリのベンモやペイパルが、煙草やそのほかの雑貨に代わって刑務所内の通貨となっている。知識のあるギャングはビットコインを利用する。アーリアン・ブラザーフッド、アイリッシュ・モブ・ギャング、ユナイテッド・ブラッド・ネイションは、州立刑務所受刑者のネットワークを通じて荒稼ぎしている。

合衆国では、携帯電話の電波を妨害することは違法だ。

ウィルは外に出て、フェイスのためにドアを押さえた。だれもいない運動場を太陽が容赦なく照りつけている。並んだ監房の細長い窓のむこうに人影が見えた。複数の受刑者が叫んでいる。ロックダウンによる抑圧感は、頭にネジをじわじわとねじこまれるような、はっきりとした実体を伴っていた。

「あれが管理棟」フェイスは反対側にある平たい屋根の平屋を指さした。ふたりは踏み固めた赤土の運動場を突っ切らずに、舗装された長い通路を歩いていった。

途中、うつろな目でフェンスに寄りかかっている三人の刑務官の前を通った。いまは監視する対象がなにもない。刑務官も受刑者と同じくらい退屈している。いや、チャンスを待っているのかもしれない。今回の暴動で六名の同僚が負傷した。一般に、刑務官とは寛大になんでも水に流す能力で知られているわけではない。

フェイスが声をひそめて言った。「携帯電話の件で、所長はカンカンに怒った。隔離棟はすでに満員。そこで、運動の時間をなくして、購買部を閉めて、面会禁止、パソコンとテレビも使用禁止、図書館まで閉鎖したの。二週間、受刑者たちはほかにやることがなくて、おたがいにいらいらしてた」

「手っ取り早く暴動を起こすやり方だな」ウィルは別のドアをあけた。見通しをよくするためのガラス窓がある事務室が並んだ廊下を進んだ。どの部屋も無人だ。ものを隠すことができないよう、デスクの代わりに折りたたみ式のテーブルを使っている。事務処理のほとんどは受刑者の担当だ。時給三セントの賃金はなかなかあがらない。

所長室にガラス窓はないが、閉めたドアのむこうでアマンダがうわべだけ穏やかにしゃべっているのがウィルにはわかった。所長は腹を立てているに違いない。刑務所の所長たちはよそ者にあれこれほじくり返されるのを嫌う。それもあって、所長は携帯電話の大量押収に激怒したのだ。みずからが運営する施設内から受刑者たちがテレビ局に暴動を実況中継しているのを聞かされるとは、このうえない屈辱だ。

ウィルはフェイスに尋ねた。「暴動中に外に電話をかけたやつはどれくらいいたんだ?」

「CNNにかけたのがひとり、11アライヴにかけたのがひとり。でも、選挙のスキャンダルで持ちきりだったから、相手にされなかった」

広くて長い廊下に出ると、受刑者たちがもっと長い行列を作っていた。彼らが容疑者の十八名かと、ウィルは思った。全員がみじめな二等辺三角形のポーズを取らされている。上半身を前に倒してひたいを壁につけ、両脚をまっすぐのばして足首を曲げているのは、担当刑務官二名に肛門を探られるためだ。

ロックダウンに関する規定により、受刑者は監房の外では四つ揃い(フォーピース・スーツ)と呼ばれるやり方で拘束される。手首に手錠をかけられ、その手錠は体の前で腹部に巡らせた鎖にとめられている。左右の足枷(あしかせ)は長さ三十センチの鎖でつながっているので、絶えずツーステップを踏むはめになる。その格好でコンクリートブロックの壁にひたいを押しつけていると、首と両肩に相当な重みがかかる。さらに、腹部の鎖につながった手首が重力に引っぱられ、腰にストレスをかける。どうやら十八名はしばらく前からこの体勢を取らされているらしい。洗壁に汗の筋が伝っている。彼らの四肢がぶるぶる震えているのがウィルにもわかった。洗濯乾燥機のなかの五セント硬貨のように鎖がかちゃかちゃかちゃ鳴っている。

「あーあ」フェイスがぼそりとつぶやいた。

ウィルはフェイスについていきながら、がたつく線で描かれた、ありふれたプリズン・

タトゥーの列を見た。十八名全員が三十歳を超えているようだった。経験上、ウィルは二十代までの若者が愚行を繰り返すことを知っている。生まれてから三十年以上たってもまだ刑務所にいるとしたら、よほどしくじったか、追い詰められたか、あるいは自由になれないと承知のうえで過ちを犯すことをみずから選び取っている。

フェイスは取調室のドアをノックせず、いきなりあけた。特別捜査官のニック・シェルトンとラシード・リトレルが、ファイルを積みあげたテーブルの前に座っていた。

「……その女がケンタウルスみたいなケツだったと」ラシードは、フェイスが入ってきたとたんに口をつぐんだ。「すまん、ミッチェル」

フェイスは怖い顔をしてドアを閉めた。「あたしは半分馬じゃないし」

「ああ、ケンタウルスってそういうことか」ラシードは悪びれもせずに笑った。「よう、トレント」

ウィルは挨拶代わりに顎をあげた。

フェイスはテーブルのファイルをめくった。「これで全部？」

受刑者の個人記録は、その人物の人生の日誌のようなものだ――逮捕の記録、量刑ガイドライン、移送に関する詳細、医療カルテ、精神障害の有無、脅威評価、教育レベル、治療プログラム、面会記録、懲罰歴、信仰する宗教、性的指向。

フェイスは尋ねた。「めぼしい人物は？」

ラシードは、廊下に並んでいた十八名の容疑者の情報を話しはじめた。ウィルはラシードのほうを向いて傾聴しているふりをしたが、心のなかではニック・シェルトンにどう声をかけるか考えていた。

ニックはGBIの南東部を管轄する支局にいた数年間、サラの亡くなった夫と緊密に組んで仕事をしていた。ジェフリー・トリヴァーはグラント郡警察の署長だった。大学ではフットボール選手で、凄腕の署長だったとだれもが言う。彼とニックが協力して解決した事件の記録のなかには、まるで映画の台本のようなものもあった。ジェフリー・トリヴァーがローン・レンジャーなら、ニックはトントだった。トントはフォグホーン・レグホーンのようなしゃべり方をしないし、金のチェーンネックレスにタイトすぎるスキニージーンズというカジュアルデーのビージーズのような格好もしないけれど。

トリヴァーが二度目の結婚生活の途中で死亡していなければ、サラは三度目も彼と結婚していただろう。

「それは調べてみる価値があるね」フェイスが言った。ウィルと違い、ラシードの話をちゃんと聞いていたようだ。「ほかには？」

「以上だ」ニックはバリー・ギブ髭を掻いた。「この部屋を使ってくれ。ラッシュとおれは、もう一度話したい目撃者がいるんだ」

フェイスはラシードが座っていた椅子に腰をおろし、とくに疑わしい容疑者のファイルを仕分けはじめた。ウィルの見たところ、フェイスは真っ先に懲罰歴に目を通している。歴史は繰り返すと強く信じているのだ。

ニックがウィルに尋ねた。「サラはどうしてる？」

ウィルは心のなかで情けない現状をまくしたてたあと、とりあえずニックにはこう答えた。「カフェテリアにいるよ。会ってくるといい」

「ありがとう」ニックはウィルの肩をぎゅっとつかむような、ごしごしさするようなしぐさをしてから部屋を出ていった。

ウィルはその〝肩ぎゅっごしごし〟に気を取られた。バルカン殺人グリップと、犬の尻の毛皮を手で梳く動作の中間のようだった。

ドアが閉まってから、フェイスが尋ねた。「いまの、いやな感じじゃなかった？」

「ケンタウルスの前後どっちに尋ねているかによるね」ウィルはドアノブに手をかけたが、その手を止めた。「なぜぼくたちはここへ呼ばれたんだろう？　受刑者たちは女性に尋問されるのはいやがりそうなものだけど」

「そうよね」フェイスはファイルの山から一冊抜いた。「マドゥロを呼んで」

ウィルはドアをあけた。刑務官が外で待っていた。ウィルは声をひそめた。「ぶん殴られたくなければ、あの体勢をやめさせろ」

刑務官はウィルをにらみつけたが、いばりちらす連中の例に漏れず、この男も臆病者だった。「全員！　休め！」

安堵(あんど)のうめき声がいっせいにあがった。受刑者たちはコンクリートブロックの壁から離れるのも一苦労のようだった。全員のひたいに真っ赤な跡が残り、目はどんよりしている。何人かはなんとか座った。ほっとして床にどさりと腹這(はらば)いになる者もいた。

ウィルは呼びかけた。「マドゥロ、入れ」

背は低いが、がっしりした男が中腰の姿勢で動きを止めた。振り向くために片足を出したが、両の足首は短い鎖でつながっている。三十センチは一ドル札を二枚横に並べたのと同じくらいの長さしかない。マドゥロはぎくしゃくと歩いてきた。腰骨に食いこんでいた鎖を持ちあげている。コンクリートブロックで擦れたひたいに血がにじんでいる。小股でドアのなかに入り、テーブルの前で待った。

ジョージア州の刑務所では、軍隊式の規律を採用している。受刑者は、手錠をかけられていなければ腰の後ろで両手を組み合わせなければならない。背筋はまっすぐのばす。監房は塵(ちり)ひとつなく掃除し、寝台のシーツは皺(しわ)ひとつないようととのえる。なによりも、刑務官には敬意を払わねばならない――はい、サー、いいえ、サー、タマを掻いてもよろしいでしょうか、サー。

マドゥロはウィルを見つめて指示を待っている。

ウィルは胸の前で腕を組み、フェイスにまかせた。彼らは殺人の容疑者だ。だれに尋問されるのか選ぶ権利はない。

「座りなさい」フェイスは命じた。受刑者のIDカードと個人記録の写真を確認した。「ヘクター・ルイス・マドゥロ。複数の不法侵入罪で服役して四年目。暴動に参加して刑期が十八カ月延びそうね。自分の権利は知ってる?」

「スペイン語で(エスパニョール)」マドゥロは椅子の上でふんぞり返った。「おれには通訳者を頼む法的権利がある(テンゴ・デレーチョ・レガル・ア・ウン・トラドゥクトール)。それとも、そのシャツを脱いで巨乳をしゃぶらせてくれてもいいぜ(オ・テ・ポドリアス・サカル・カミーサ・イ・テ・チューポ・エーサス・テータス・グランデス)」

エマの父親はメキシコ系アメリカ人三世だ。フェイスは、二言語で彼を挑発できるようにスペイン語を学んだ。「通訳ならあたしがしてあげるし、あんたは独房に戻ってその(ヨ・プエード・トラドゥシール・ポル・ティ・イプエデ・アセルテ・ラ・パハ・ゴン・エサ・ヴエルギータ・デ・ナーダ・)

粗チンをこすってな（クアンド・ヴエルヴエス・ア・テユ・セルダ）、くそ野郎（ベンデーホ・デ・ミエルダ）」

マドゥロの眉がアーチ形に持ちあがった。「なんだ、そんな汚（きた）ねえ言葉は白んぼの女子校で教わったんじゃねえよな」

フェイスはさっさと話を進めた。「あなたはジーザス・ヴァスケスとは親しかったそうね」

「ちょっと待て」マドゥロはテーブルの端を両手でつかみ、身を乗り出した。「この刑務所には無実を言い張る連中が山ほどいるが、おれはそうじゃねえよ、な？　おれはたしかに盗みをやったし、だからここへ来た。でもいいか、ここで不当な仕打ちをいやというほど見てきた——刑務官が受刑者にひどいことをするのも、受刑者同士でやり合うのも、どっちもだ。言っとくが、おれはクリスチャンだ。正しいやつは正しいし、間違ってるやつは間違ってる。だから、受刑者たちがある共通の目的、つまり人権の確立のために——」

「TEDトークの途中で悪いけど」フェイスは言った。「ジーザス・ヴァスケスとは親しかったのね？」

マドゥロがそわそわとウィルを見た。

ウィルは無表情を崩さなかった。尋問では沈黙が会話のスターターとして非常に有効だと、経験から知っている。

フェイスがマドゥロに言った。「あなたは以前、携帯電話を所持しているのを見つかったことがある。それから、記録によれば二度——」

突然、ニックがポップアップトースターから出てくるポップターツのように飛びこんできた。走ってきたらしい。もみあげから汗がしたたっている。くしゃくしゃの髪を握りしめている。彼はマドゥロに命じた。「外に出ろ」

フェイスはいぶかしそうにちらりとウィルを見た。ウィルは肩をすくめた。ニックは二十年この仕事をしている。凶悪なものからばかげたものまで、あらゆる犯罪を見てきている。そのニックがうろたえているなら、よほどのことがあったのだ。

「早くしろ」ニックはマドゥロを廊下の刑務官のほうへ押しやった。「全員、監房に戻せ」

ドアが閉まった。ニックは黙っている。テーブルに紙を広げた。その上に汗の滴がぽたりと落ちた。息が荒い。

フェイスはもう一度、なんだろうと問うようにウィルを見た。

ウィルも五秒前と同様に肩をすくめた。

フェイスが探りを入れようと口を開いたそのとき、ニックがしゃべりはじめた。

「ダリル・ネズビットという受刑者がこの手紙を渡してきた。取引を希望している。ヴァスケスを殺した犯人を知っている、携帯電話を所内に持ちこんだ方法も知っていると言うんだ」

今度はウィルのほうが問いかける目でフェイスを見た。じつに望ましい展開ではないか。それなのに、なぜニックはこんなに狼狽(ろうばい)しているのだろう?

フェイスは落ち着いて尋ねた。「ほかにはなんて書いてあったの?」

ニックが答えないので、ますます不可解な感じが強まった。彼は手紙の上下を反転させてフェイスのほうへすべらせた。

フェイスは目を通し、冒頭を読みあげた。「〝取引したい。携帯電話の隠し場所を知っている……〟」

ニックは言った。「三段落目だ」

「〝おれは田舎警察の陰謀にはめられた被害者で、無実の罪で一生刑務所に閉じこめられるはめになった〟」

ウィルはフェイスの肩越しに手紙を見おろした。ニックの表情をうかがう。惑乱している人間の見本のようだ。ただし、ひたすらウィルのほうを見ないようにしている。

フェイスはつづけた。「〝あのくそ田舎町は圧力鍋そのものだ。ある白人の大学生が暴行された。キャンパスは厳戒態勢だった。女はみんな怯えた。警察署長はだれかを逮捕しなければならなかった。だれでもよかった。自分のクビがかかっていたからだ。そして、でまかせの口実をでっちあげておれを逮捕した〟」

彼女は振り返ってウィルの顔を見あげた。その先に気に入らないことが書いてあったようだ。

ウィルはニックから目をそらさなかった。ニックは不意に、青いカウボーイブーツのつま先にはまった金属の飾りから汚れを拭き取りたいという衝動に屈した。ハンカチを取り出し、靴磨きのように屈んで銀色の飾りを磨いている彼を、ウィルはじっと見ていた。

フェイスは先をつづけた。「〝おれは無実だ。おれがこんなところにいるのは、あの嘘つき署長と嘘つき部下のせいだ。グラント郡のだれもが署長のでたらめを信じた〟」

彼女はさらに読みつづけたが、ウィルはそれ以上聞かなくてもわかった。

大学。グラント郡。警察署長。
ネズビットが書いているのは、ジェフリー・トリヴァーのことだ。

2

たった一箇所しかない女性用トイレまでは面会室のある区域から十分歩かなければならないので、フェイスはやむを得ず男性用トイレを使った。見るからにぬるついたシンクで手を洗った。冷水を顔にもかけた。スチールたわしでも使わなければ、毛穴に詰まった刑務所の埃(ほこり)を落とせそうになかった。

管理棟のなかですら、空気が絶望でよどんでいた。隔離区域からどなり声が聞こえた。それに泣き声。叫び声。懇願の声。肌が闘争逃避反応でちりちりする。ゲートに入った瞬間から逃げ出したかったのだけれど。フェイスは職業柄、ほかに女性がひとりもいない状況でほぼ毎日を過ごしている。だが、ほかに女性がひとりもいない男子刑務所に来ることはまれだ。まともだとわかっている男たちからはぐれてはいけない。まともな男とは、つまりフェイスを集団でレイプしない男のことだ。

両手の水滴と一緒に怯えを振り払った。いまはダリル・ネズビットのことに頭を使わなければならない。注目されたいだけのケチな犯罪者のせいでサラがひどく傷つけられるのを許すわけにはいかないのだから。

フェイスはドアをあけた。ニックもウィルも、まったくの無表情だった。ふたりがひとことも言葉を交わしていないのがわかった。ひとりで黙って考えこみたいときにしゃべる者はいない。

「そのネズビットとかいうばかが言ってることは全部たわごとでしょ？　そもそも犯罪者だし。自分は悪いことなんかしてない、無実だ、警察がずるをした、いつもそう。ほっとけばいい。違う？」

ニックは〝まあそうなんだがしかし〟という顔でうなずいた。

ウィルは顔をしかめた。

フェイスはニックに尋ねた。「ネズビットのことはよく知ってるの？」

「小児性犯罪者だってことは知ってるが、資料を読みこんではいない」

頭をちょん切られた鶏よろしく大騒ぎする前に、まずはダリル・ネズビットについて掘りさげたほうがよさそうだ。

「どうして？」

フェイスは、ニックの顎の骨が甲状腺腫のように突き出るのを見ていた。だからウィルは難しい顔をしているのだ。ダリル・ネズビットの言い分はでたらめだと断言できるのなら、ニックはこれほどうろたえたりしない。大あわてで取調室に駆けこんできたりしない。ソーセージを茹でた湯のような顔色にはならない。いまのところ、ニックの行動のすべてが、〝もしかしたら！〟という言葉を指している巨大な矢印のネオンサインになっている。

「さっさと片付けようよ」フェイスは廊下を歩きだした。ウィルと打ち合わせる必要はなかった。ウィルは嘘偽りのない話をしようなどとは思ってもいないはずだ。フェイスは経験にもとづき、ウィルの頭のなかでいまなにが起きているか推測してみた。おそらく、どうすればこのことをサラに知られずにすむか考えている。

フェイスとしても、もちろん隠蔽の片棒をかつぐつもりだ。サラは五年前、夫が死ぬのをその目で見た。地獄の業火を這うように抜けて深い悲しみから戻ってきた。ようやくウィルと幸せになれたところだ。たぶん、ウィルが勇気を出してプロポーズすれば結婚するだろう。ダリル・ネズビットのことを話す理由はない。ほんとうに話すべきことがないうちは。

フェイスは廊下の突き当たりの左側にあるオフィスに入った。

折りたたみ式のテーブルのむこう側の椅子に、ネズビットが座っていた。白人、三十代半ば、白髪交じりの茶色い髪、ブリッジをテープで修繕した眼鏡。拘束はされていない。手錠なし、チェーンなし。片方の脚の下半分がない。膝下までの義足が壁に立てかけてある。スケートボードのスターになりたかったのに、ダンキンドーナツで強盗を働いて逮捕された麻薬常用者という感じだ。前のテーブルに、新聞の切り抜きがきちんと重ねて置いてある。

ニックが紹介した。「ダリル・ネズビット、トレント特別捜査官とミッチェル特別捜査官だ」

ネズビットは前置きなしに切り出した。「この女は――」切り抜きの記事に人差し指を突き立てる。「二十二歳だった」別の切り抜きを指さす。「こっちは十九歳」

フェイスはネズビットとテーブルを挟み、もう一脚の椅子に座った。ネズビットから腐臭が漂ってきたが、ひょっとしたらフェイス自身のにおいかもしれなかった。服も髪もカフェテリアの悪臭を吸いこんでいる。部屋は狭く、独房よりやや広い程度だ。ニックはネズビットの真後ろに立った。背中が壁にくっついている。ウィルはフェイスの後ろ、入口のすぐ内側にいた。

どちらがこの場を主導しているのかネズビットにわからせるべく、フェイスは沈黙を長引かせた。あえて切り抜きの束に視線を落とさないようにしたが、だいたいのことは見て取れた。全部で十束、一束は五枚から六枚。そのうち二束は新しいものに見えたが、残りの八束は経年劣化で黄ばんでいた。一束はインクがすっかり薄れている。灰色の文字が一面にぼんやりと浮かんでいた。『グラント・オブザーバー』のロゴが見えた。ニックはこんな切り抜きがあるとはひとことも言っていなかった。いや、ほとんどなにも言っていなかった。

ネズビットがフェイスに言った。「それを読んで――」

「ちょっと待った」フェイスは正式な事情聴取として前置きした。「あなたは収監中だけれど、黙秘権はあるし――」

「権利は放棄する」ネズビットは手のひらを見せて両手をあげた。「おれは取引をしたいんだ。隠すことはなにもない」

フェイスは少しも信じていなかった。街中でネズビットを見かけていたら、すぐさま犯罪者ではないかと注目しただろう。小さな目。だらしなく丸めた不機嫌そうな背中。彼がほんとうになにも隠していないとすれば、フェイスはいまの仕事に向いていないことになる。

ネズビットはまた切り抜きを指さした。「とにかく読んでくれ。あんたらにもわかる」

フェイスは最初の束からいくつかの記事の見出しを読みあげた。「〝森で十代女性の遺体発見〟。〝行方不明の学生、公開捜査へ〟。〝行方不明の娘を捜してほしいと母親が警察に訴え〟」

ほかの束もめくった。どれも同様に、女性の遺体が発見された記事からはじまり、それぞれの女性が職場や学校や家族の食事会に現れなかったことを伝える記事で終わっていた。だれかがこれらの記事をネズビットのために集めたのだ。刑務所で新聞を購読することはできない。記事は郵送してもらったのだろう。現物を切り抜いたものなので、収集役を担っているのはおそらく母親か年長の親族だ。

フェイスはそれぞれの記事の日付を確かめた。グラント郡の事件の記事は八年前のものだ。ほかは以降八年間にわたっている。「古い記事が多いね」

「この状況じゃあ調べようにも限界があるからな」ネズビットは直近の二件の記事を指さした。「こっちは半年前に失踪。先月、遺体で見つかってる。こっちは昨日の朝見つかった。昨日の朝だぞ！」

最後はわめき声になった。フェイスはしばらく黙り、大声は許さないと明確に示してから答えた。「暴動のあとロックダウンしていたのに、どうしてそのことを知ったの？」

ネズビットの唇がぱっと開き、すぐに閉じた。スマートフォンを使ったからだと見て間違いない。「女の名前はアレクサンドラ・マカリスター。ふたり組のハイカーが発見した」

フェイスはウィルの様子を見たかった。振り向いて、遺体が発見された町の名前を彼に教えた。「ソーティー・ナクーチー」

ウィルはうなずいたが、視線はネズビットの顔から動かさなかった。彼は嘘つきを見分けるのが得意だ。その表情から判断すれば、ネズビットが嘘をついているとは考えていないようだ。

フェイスはアレクサンドラ・マカリスターが失踪したことを知らせる八日前の記事を読んだ。マカリスターはハイキングに出かけたまま、帰ってこなかった。捜索は悪天候のため中断された。ソーティー・ナクーチーはホワイト郡だから、捜索を担当したのは郡保安局だ。女性の遺体が森で発見されたというニュースはフェイスも見た。事件性はないと、記者が話していた。

「これはだれが送ってきたの?」ネズビットに尋ねた。

「友人だ、でもそんなことはどうでもいい。おれが売りたいのは貴重な情報だ」ネズビットは両手を握り合わせた。シャワー室のタイルの目地のように爪の端が黒ずんでいる。

「おれはジーザス・ヴァスケスを殺したやつを知ってる」

「教えてもらわなくても今日中にわかりそうだけど」フェイスはさも自信ありげに答えたが、はったりではなかった。十八名の容疑者の記録に目を通したところ、解決は難しくなさそうな感触があった。「〝刑務所から釈放〟のカードは安くないのよ」

「あんたらの手間を省いてやる。おれはただ、フェアな扱いを求めてるだけだ」

ネズビットは情報を出し惜しみしている。もちろんそうだ。犯罪者とは、母親の誕生日でも〝おめでとう〟を出し惜しみする連中なのだから。

「よく見ろ」ネズビットはまた記事を指し示した。「シリアルキラーを逮捕する警官になれるぞ。この女たちは、おれが有罪になったあとに拉致されてる。あんたらが捕まえるべきなのはそいつだ。おれじゃない。おれは無実だ」

「つまり、自分はこの塀のなかの連中とは違うと」

「ちくしょう、おれの話をちゃんと聞けよ」ネズビットの大声が狭苦しい部屋のなかで反響した。歯を食いしばり、爆発しそうな言葉を抑えこんでいる。怒りは望みどおりの結果をもたらさないと知っているくらいには刑務所暮らしが長いのだ。もっとも、刑務所暮らしをしているくらいだから、そもそも自制心に難があるとも言える。

「いいか、おれがここに入れられたのは間違いなんだ。たまたま巻きこまれただけだ。おれが逮捕されたのは、白人の若い大学生が殺されて、地元の警察はだれかを犯人に仕立てあげなければならなかったからだ。でたらめなプロファイリングを根拠にしやがって」

フェイスは言った。「統計では、白人女性を殺すのは白人男性が多いのよね」

「おれが言ってるプロファイリングはそういうのじゃねえ！」ネズビットはついに怒りを爆発させた。「いいからおれの話を聞けよ、頭の悪いくそビッチめ」

フェイスは、背後でウィルがガラガラヘビのように身構えたのを感じた。

ニックは壁から背中を離していた。

ネズビットは完全に包囲されていても両手を拳に握りしめていた。椅子の座面から尻が浮きそうになっている。フェイスは、ウィルとニックが止めに入るより先にあちこち殴られるのを思い浮かべた。すぐさまその想像を打ち消した。仕事に集中しなければならない。受刑者は幼児のようなものだと先ほどウィルに力説したばかりだ。自分がよく知っていることと言えば、反抗的な子どもの扱い方ではないか。

「タイムアウト」フェイスは両手をTの形に合わせた。「ネズビット、話をつづけたければあたしの言うことを聞きなさい」

ネズビットはまだ椅子の上で憤然としているが、聞く姿勢ではある。

「深く息を吸って、ゆっくりと吐いて」

彼は面食らったようだが、それがフェイスの狙いだった。

「五回ね。あたしも一緒にやるから」フェイスは深く息を吸って彼を促した。「吸って、吐いて」

ようやくネズビットが態度をやわらげ、胸を一度、二度と上下させるうちに、目から怒りが退きはじめた。

フェイスは自身の胸の動悸が収まりはじめたのを感じながら、五回目に吸った息を吐いた。「はい、では説明して。なぜ所長ではなくシェルトン捜査官に取引を持ちかけたの？」

「所長はフニャチン野郎だからだ。おれは例の法律を知ってる。汚職警官を捜査するのはGBIの仕事だろ」ネズビットは吐き捨てるようにそう言ったが、できるだけ落ち着いた口調で話そうとしているのは傍目にも明らかだった。「おれは警察の不正の被害者なんだ。おれが目をつけられたのは、貧しかったからだ。前科があったからだ。女の子たちに近づきすぎたせいだ」

女の子たち。

フェイスは尋ねた。「その女の子たちって、どのくらいの年齢？」

「それはどうでもいいだろ。くそっ」ネズビットの拳がテーブルの上に浮かんだ。彼はそれを振りおろす前にぐっとこらえた。そして、みずからふたたび深く息を吸い、食いしばった歯のあいだからシューッと吐き出した。息は饐えたにおいがした。フェイスは、彼の肌が冷や汗でぬめっていることに気づいた。

ネズビットの背後にちらりと目をやった。ニックが眼鏡をかけ、グラント郡の事件の記事を読んでいる。たった八年前なのに、大昔の記事のようだ。古い新聞の切り抜きは両手で持たなければ破れてしまいそうに見える。ニックの顔つきから察するに、読んでいる言葉のすべてがみぞおちに食らうパンチのように効いているらしい。

フェイスはネズビットに言った。「さっきも言ったけど、ヴァスケスの件はほとんど解決してるし、あたしたちがこの女性たちについて捜査することになっても、記事はもうもらったから、これ以上話しても――」

「待て！」ネズビットはフェイスの手をつかもうとして、すんでのところで思いとどまった。「待ってくれよ、な？　話はまだあるんだ」

フェイスはテーブルに置いた手をそのままにしたが、引っこめたくてたまらなかった。腕時計を見る。「一分あげる」

「ヴァスケスはやつの持ってる流通網のせいで殺されたんだ」ネズビットはどんな反応が返ってくるか心配している様子で唇を舐めた。「おれはやつらが携帯をどうやって持ちこんでいるか知ってる。隠し場所も知ってる。金のやり取りの方法も。証言台には立たないが、運びこまれた携帯がどこにあるのか具体的に教えてやる」

フェイスはわかりきったことを指摘せずにはいられなかった。「あたしたちは自力でその流通網をぶった切れるの。四年前にもやったから。その結果、いまでも五十名近い元刑務官が塀のなかにいるのよ」

「GBIは解決を一年先延ばしにしていいのか？」ネズビットが尋ねた。「時間と金と人材を無駄にして、FBIとDEAと保安局を引っぱりこんで、囮捜査をやって、さらに何百万ドルもかけてまた囮捜査をやって、あげくのはてにテレビをつけるたびに悪徳警官が裁かれるニュースを見て恥をかきたいか？」

ネズビットはきちんと宿題をすませていた。金。連邦の捜査機関。公然と屈辱を与えられること。巡査部長以上の階級にあるすべての警官の心臓に恐怖を撃ちこむ言葉ばかりだ。

「おれは携帯の密売をしている連中を銀の皿にのせて、あんたらに供してやれる」ネズビットがつづけた。「一週間やるから、この新聞記事の事件を洗いなおしてくれ。一年間じゃなくて一週間で捜査終了だ。それに、シリアルキラーを捕まえられるんだぞ。とにかく――」

「いいかげんにしろ！」ニックがいきなりネズビットの椅子を引き、彼を壁に叩きつけた。

フェイスは驚いて立ちあがり、ベルトに手をかけたが、銃は金属探知機のそばのロッカーに入っている。「シェルトン捜査官」警官モードの野太い声で言った。「さがって――」

「子どもを食い物にする変態野郎のくせに」ニックはネズビットのシャツをつかんで立ち

あがらせた。「おまえは絶対にここから出られない。有罪が二度にわたって支持されたことはその記事にも書いてあるじゃないか。おまえのたわごとを信じるやつなどいなかった。陪審にはいなかった。控訴審でも。州の最高裁でも」

「それがどうした？」ネズビットがどなり返した。「サンドラ・ブランドは死んだ！　ジョン・ヒンクリーは自由の身だ！　ＯＪはフロリダでゴルフをしてる！　あんた、この国の法のシステムは公正だと言いたいのか？」

ニックはネズビットと鼻が触れ合いそうになるほど顔を近づけていた。拳を振りあげる。

「口のきき方に気をつけないとぶちのめすと言いたいんだ」

ウィルの手がニックの肩にかかった。彼はフェイスが気づかないうちに動き、そこにいた。フェイスが見ていると、ウィルの指は曲がり、先ほど取調室でニックがしたように彼の肩を揉んだ。

危っかしいこの状況が最悪の事態に変わる流れが幾通りかフェイスの頭に浮かんだ瞬間、室内の空気が変わった。

ニックがゆっくりと振り向いた。ウィルの顔を見る。その目は怒りに満ちていたが、ふっと落ち着いた。拳がほどけた。一歩あとずさる。

「ちくしょう！」ネズビットが片脚で跳びすさり、ニックからできるだけ離れようとした。

ウィルは椅子を起こした。ネズビットを座らせた。

フェイスはニックに頼むから出ていってくれと念を送ったが、彼はふたたびネズビットの背後に陣取り、ジーンズの前ポケットに両手を突っこんでいる。

「くそったれが」ネズビットは皺の寄ったシャツをなでおろした。見てわかるほど動揺している。フェイスも同じ気持ちだった。いつもならこんなやり方はしない。ニックがあんなふうに激昂するのは見たことがない。二度とあんなニックを見たくない。

「では」自身の激しい鼓動の音にかき消されて、声がよく聞こえなかった。事情聴取を軌道に戻さなければならない。受刑者に暴行した容疑でニックを起訴した検察官から証言台に呼び出されるなどまっぴらだ。「ネズビット、あなたの話を聞くわ。その記事についてもう少し詳しく話して。なにを調べてほしいの？」

ネズビットは両手で口を拭った。「そいつはおとがめなしか？」

「なんのこと？」フェイスはわけがわからないと言わんばかりにかぶりを振った。みずから最低の警官になりさがったわけだ。「あたしはなにも見てない」

振り返らなくても、ウィルもかぶりを振っているのがわかった。

「ネズビット、チャンスはいましかないのよ。話をしないのなら、あたしたちは帰る」

「おれははめられた」ネズビットはまた口を拭った。「誓って嘘じゃない。おれは罠にかけられたんだ」

「なるほど」汗が背中をだらだらと流れているのがわかった。この男に、ちゃんと話を聞いてもらっていると感じさせなければならない。「だれにはめられたの？　詳しく話して」

「あの田舎警察に決まってるだろう？　あの郡ではなにもかも、あいつらの思うがままだった。検察も判事も陪審も――みんな、ひとりよがりなカウボーイの御託を鵜呑みにしやらせた。

「口を慎め」ニックの声はしわがれていた。「気をつけたほうがいいぞ、こぼしたものは瓶に戻せないんだからな」

ネズビットの怒りは絶望に変わっていた。「ばかな田舎野郎だな、おれにはこれ以上、失うものはないってわからないのか？」

フェイスはニックがまたなにか愚行を犯すのを覚悟したが、彼は顎をあげ、廊下を見つめている。

ネズビットの顔を観察した。目の下に黒いくまができている。ひたいには深い皺が刻まれている。まるで老人だ。刑務所ではだれもが早く老けるが、身体障害があって服役していれば、まったく別種の苦痛がえんえんとつづくに違いない。

沈黙のなか、フェイスはテーブルを指で小刻みに叩いた。「ヴァスケスの携帯ビジネスを知ったいきさつは？」ネズビットに尋ねた。

「おれはここで六年間、清掃係をやってるんだ。だれもおれには目もくれないが、おれはみんなを見てる」ネズビットは指を折って数えあげた。「おれは買ったやつの名前、取引の場所、調達してくるやつ、売るやつの名前を知ってる。あんたら、所長が携帯をひとつ残らず発見したと思ってるのか？　ここじゃだれかがくそをひりだせば携帯の電波が噴き出てくるのに」

グラント郡の記事にすばやく目を通すと、ニックの言ったとおりだった。「あなたはすでに二度の上訴に負けてる。判事というものはほかの判事が間違っていたとは認めたがらないものだって思い知ったでしょう。再捜査をしても、あなたのためになることはないんじゃない？」

「みんなのためだ。警察が腐ってるんだぞ。無実の人間を刑務所に入れたんだ。おれをはめて、ほんとうの人殺しを逃がした。腐敗はグラント郡からはじまって、いまや州全体に広まって、そのせいで女がどんどん死んでる」ネズビットは得意げな顔で椅子にゆったりと背中をもたせかけた。「あと一週間はロックダウンがつづく。さっきも言ったとおり、そのあいだに捜査しろ」

「具体的なものがないとね。あなたがほんとうに情報をくれることを証明するものが」

「あんたらが真面目に捜査する気があると確認できたら、携帯の隠し場所を教えてやる」

「明確にして。〝真面目に捜査する〟とはどういう意味？」

得意げな顔つきがますます得意げになった。「さあな」

あいかわらずテーブルをカタカタと叩きながら、フェイスはこの駆け引きのなりゆきを見極めようとした。「仮に、警察が不正をしたことを示す証拠が見つかったとしましょうか。見つかったとしても、かならずしもあなたがここを出られるとはかぎらない」

フェイスの読みがひとつ当たっていたことが、ネズビットの次の言葉で裏付けられた。

「出られなくても、おれとしてはあの腐った連中をこの地獄に叩きこめればそれでいい」

「これは言いたくないんだけど、ジェフリー・トリヴァーは五年前に亡くなったの」

「おれが知らないと思ってるのか？　郡全体で喪に服してたんだぞ。メイン・ストリートのど真ん中に記念の銘板までできた。まるで英雄扱いだが、いいか、あの男は毒薬だったんだ」ネズビットはまた興奮しはじめたが、今度は義憤に駆られていた。「トリヴァーは不正を主導していた。あいつが組織全体に不正をしても捕まらないやり口を教えたんだ。いまでもそれがまかりとおってる。あのくそいまいましい銘板を引っぺがしてやりたい。あいつの名前の上にくそをして火をつけてやる」

ニックがまた逆上する前に、けりをつけなければならない。

フェイスはネズビットに言った。「あなたの情報に根拠があるとしても、州が復讐にリソースを割くわけがない。あたしたちの仕事は犯罪の捜査よ。事件の捜査。時間をさかのぼって、すでに亡くなった人を告発することはできないの」

「この腐れ女に手錠をちらつかせてやれ、すぐさまトリヴァーを裏切るぞ」ネズビットはグラント郡の記事のひとつに人差し指を突き立てた。

〝刑事が証人台に〟

ネズビットは言った。「この女はいまも警官だ。トリヴァー直伝のずるいやり口で、触れたものすべてをぶっ壊している。悪徳警官を捕まえるのはあんたらの仕事だろうが。この女を捕まえろ。断言してもいいが、こいつはトリヴァーもほかの仲間も道連れにするぞ」

記事を読み返さなくても、〝この女〟がだれを指すのかははっきりしていた。グラント郡史上、女性刑事はひとりしかいない。レナ・アダムズはポリス・アカデミーを卒業してすぐにグラント郡警察に入った。彼女が当初背負っていた期待は、怠慢ゆえの手抜きと卑劣な手口の肥溜め(こえだ)に溶けて消えた。

フェイスがそんなことを知っているのは、レナが以前GBIの捜査対象になったことがあるからだ。捜査を担当したのはウィルだ。そのことを知ったサラは、ウィルと別れそうになった。無理もない。ネズビットは、レナが触れたものをすべてぶっ壊すと言ったが、たしかにそのとおりなのだ。

ジェフリー・トリヴァーが殺されたのは、レナ・アダムズのせいだった。

フェイスは片手で頭を支え、ダリル・エリック・ネズビットの個人記録を読んだ。聖書並みに分厚いファイルのほとんどのページは、切断した脚の治療の記録だった。わけのわからない医学用語の羅列に、フェイスの目はかすんできた。背中も痛んだ。いまいるのは刑務所内のチャペルで、信徒席に座っている、というよりひっくり返らないようにバランスを取っている。目をあげてウィルの様子をうかがった。いつものように壁に寄りかかり、話を聞いているようで聞いていない。ニックがアマンダに、あの狭い部屋でネズビットが語った話の要約と、そのことをいままで報告しなかった理由を説明している。

受刑者に暴力を振るったところはちゃんと話すのだろうかとフェイスは思ったが、彼はネズビットの得意げな態度ばかりを強調していた。今夜はベッドに入っても一部始終を頭のなかで再生し、ニックをかばった自分を責めさいなむことになりそうだ。悪いものを食べたときに嘔吐(おうと)するように、あれは理屈抜きの反射的な行動だった。

最悪なのは、自分が次も同じことをするだろうとわかっていることだ。

フェイスは目をしばたたいた。静かにつづくアマンダの鋭い追及は聞き流した。室内を見渡すと、あらゆる宗派に合わせた造りになっている。さまざまな肌の色のイエス像と一緒に置かれている金属のザルは、何度かの訴訟の結果、宗教であると州が法的に認めた空飛ぶスパゲティ・モンスター教の信者のためのものだろう。説教壇にはグラフィティが描かれている。ひとつしかない細長い窓には色つきステッカーが貼ってあり、ステンドグラスめいた趣を与えている。このじめじめした狭い部屋の陰気くささには、教皇すら無神論者になってしまいそうだ。

「副長官」ニックは明らかに自分を抑えようとしている。「トリヴァーは真っ当な警官でした。あなたもご存じのはずだ。この州でも一、二を争うすばらしい警官――すばらしい人間だった。おれは一度ならず彼に命を預けた。いまもトリヴァーが生きていたら、おれはよろこんでそうします。いや、いますぐあいつと入れ替わってもいい」

フェイスはもう一度ウィルの様子を確かめた。死んだ者と競うのはただでさえ大変だ。ジェフリーが聖人のように祀りあげられるのを聞いているのはつらいに違いない。

アマンダが尋ねた。「どちらか一方だけを助けることはできないでしょう？　アダムズを犠牲にしてトリヴァーの名誉を守れるの？」

ニックはかぶりを振った。

フェイスもそうした。ダリル・ネズビットは、レナと一緒にジェフリーの名前も泥まみれにすると固く心に決めているようだった。あのいまいましいビッチの特異な才能はそれだ。レナは周囲の人間の名誉をことごとく汚す。

「まあいいわ」アマンダは軽くうなずいた。「ネズビットが提供する情報はふたつ。ひとつはヴァスケスを殺した者たちの名前。ふたつ目は、この刑務所に携帯電話を運びこむ方法。交換条件は、一週間以内に、新聞記事の女性たちの死亡事故とグラント郡の事件を再捜査すること。それでいい？」

「はい」ニックが答えた。

フェイスはうなずいた。

ウィルは壁に寄りかかっている。

アマンダが言った。「まずはヴァスケス殺しから。容疑者は二名。マドゥロと、もうひとりは？」

「おれはマイケル・パディラに賭けますね」ニックが言った。「精神面に問題があり、暴力的だ。グウィネット郡立刑務所で受刑者の指を嚙みちぎってここへ送られてきた」

フェイスは先ほど読んだ個人記録の山のなかにその名前があったのを覚えていた。「指を嚙みちぎったやつなら手首をちょん切るかもと考えるのは、まあ自然かもね」

アマンダが言った。「ニック、マドゥロがパディラを売るかどうか試してみて。ヴァスケス殺しの犯人がわかれば、ネズビットをがっくりひざまずかせてやれるわ」

フェイスはぎくりとした。アマンダはネズビットの片脚が義足だと知らないが、いまそのことを知らせれば、どうしたってあてつけがましくなる。

アマンダがニックに言った。「サラにはなにも言わないで。いい？」

「了解」ニックは口元を引き締めた。チャペルを出ていく途中で、ウィルの肩をぽんぽんと叩いた。ネズビットに襲いかかったときに止めてくれたウィルに感謝して、おまえの味方だと言いたいのか、それとも余計なことを言うなという合図か、フェイスには判じかねた。必要以上にジェフリー・トリヴァーの名前を出さないように、せいぜい気をつけるだけだ。

アマンダが言った。「フェイス、要約して」

「はい、ちょっとややこしいんですけど。ネズビットは、殺人罪では不起訴になってるんです」

「不起訴？」

「事実上、捜査はおこなわれず、未解決事件として処理されました。ネズビットが殺人犯ではないかと考えられるに至った状況証拠は山ほどあった。なかでも有力なものは、ネズビットが刑務所に入ってからは事件が起きていないということです」

「ウェイン・ウィリアムズと同じ（状況証拠のみで有罪となった連続殺人犯）ね」

「そうなんです。ネズビットは別件で逮捕されて有罪になりました。たまたま殺人事件の捜査中に発見された、まったくの別件ですが、だから余罪があってもおかしくないと見なされている」フェイスはつづけて言った。「陳腐な喩えですが、ネズビットはチェッカーではなくチェスをやってるんじゃないでしょうか。殺人の容疑が完全に晴れれば、その次の段階に進む可能性が開ける。つまり、ほかの件も無罪と認められるかもしれないと考えている」

「ほかの件とは？」

「もともとグラント郡警察が彼を逮捕したのは、彼のノートパソコンから児童ポルノがどっさり見つかったからなんです。八歳から十一歳の子どもたちです」フェイスは自分の子どもたちのことを考えないようにした。「ネズビットは懲役五年を言い渡され、素行がよければ三年で仮釈放されたのに、そうはならなかった。彼は自爆の王様です。ゲートのなかに足を踏み入れたとたんに問題を起こすようになりました。度重なる喧嘩、禁制品の所持、やばいものをやばい相手から盗む。あげくのはてに刑務官を殴って、二週間昏睡状態にした。刑務官に対する殺人未遂罪で、当初の五年にくわえて二十年が加算されたというわけです」

「バック・ロジャース・タイム確定ね」刑期満了がファンタジーじみて感じるほど遠い未来であることをあらわす、古参たちのスラングだ。「ネズビットにはたいして失うものはない。さんざん問題を起こしている。あなたはどう思う？　彼はここを歩いて出られると本気で考えてるのかしら？」

「彼は片脚の膝下を失っています」

「だからといってあなたの答えは変わる？」

「いいえ」フェイスはネズビットの立場で考えてみた。「児童ポルノ所持罪が取り消されようが、刑務官を攻撃したのだから刑務所からは出られない。彼が犯人ではないかと言われている殺人と、刑務官に対する暴行とは、なんの因果関係もない。けれど、チェスの駒が動くのはここです。グラント郡警察の捜査によってかけられた疑いが晴れる。そして児童ポルノ所持の前科が消えれば、彼は保護拘置の対象からはずれる。つまり、移送を願い出ることができるんです。たしかに刑務官に対する殺人未遂は犯したけれど、障害を理由に責任能力の低減を申し立てるという筋書きがあたしには見えます。うまくいけば、ここにくらべればカントリークラブのような、警備のゆるい刑務所へのチケットが手に入る」

「もっと待遇のいい場所に移るために、わたしたちを利用しているということ？」

「間違いなく利用していますよ。犯罪者はしょせん犯罪者です。ネズビットは少なくとも二十は目的があるからこそ、こんなことをしている。あたしの勘ですが、彼の第一の目的はグラント郡警察に対する復讐だけど、そもそものきっかけになった事件をＧＢＩに再捜査させることができれば、ほかにも手に入るものはたくさんある。注目。特別待遇。警察署や裁判所へのお出かけ」

アマンダが尋ねた。「ウィル？　なにかつけたすことは？」

ウィルは答えた。「ありません」

アマンダはフェイスに言った。「ネズビットが審理後に救済措置を求めたいきさつは？」

「児童ポルノ所持の有罪判決には問題が二点あると申し立てたんです」フェイスは間違いがないかノートを見て確認した。「第一に、最初の家宅捜索で警察がパソコンのハードディスクの中身を発見したのは〝毒樹の果実〟だった。警察は令状も相当な理由もないのに、自宅に押し入った。彼が容疑者であることを示す証拠もなかった」

「第二は？」

「相当な理由があったとしても、捜索できる範囲は限られていて、容疑者や武器、人質を探すことはできても、パソコンには手をつけてはいけない。パソコンの中身を調べるには令状が必要である」

アマンダの眉がまたあがった。ネズビットの弁護士のほうが、足元がしっかりしている。

「そして?」

フェイスは頰が熱くなるのを感じた。ウィルが真剣に耳を傾けはじめていた。彼の第六感は妙に鋭く、問題が起きそうになるといちはやく気づく。「グラント郡の女性刑事が法廷で証言しました。武器を探してデスクの抽斗をあけたとき、うっかりパソコンに腕をぶつけてしまったら、画面が復帰して、児童ポルノが映った。違法画像を所持している容疑で、ネズビットを逮捕した、と」

「レナ・アダムズか」アマンダの吐き捨てるような口調がすべてを語っていた。アマンダもフェイスも、レナの証言など信用しない。ニックがネズビットを聴取するあいだずっといらいらしていた理由はこれだ。フェイスに言わせれば、レナが聖書の山に手を重ねて太陽は東からのぼると証言したとしても、それすら嘘に聞こえるだろう。

フェイスは、言うまでもないことをどうしても言いたくなった。「レナがネズビットのパソコンに児童ポルノを発見したいきさつについて嘘をついていたことがわかったら、彼女が関わった捜査はひとつ残らず精査されることになる。そしてネズビットはここぞとばかりに児童ポルノ所持の罪を取り消せと申し立てる。あたしたちは小児性犯罪者を助けようとしているようなものです」

「でもあなたは、彼は刑務所から出られないって言ったじゃない」

「もっと居心地のいい刑務所からです」

「その橋を渡ったら後戻りできないわね」アマンダは顎の下で両手を握り合わせ、説教壇と壁のあいだを行ったり来たりした。「新聞記事の内容を報告して」

フェイスはもう少しネズビットについてしゃべりたかったが、アマンダの言うとおりだ。

「記事はグラント郡の事件に関するものを除いて、すべて『アトランタ・ジャーナル・コンスティテューション』から切り取られたものでした。どうやって記事を手に入れたのかネズビットに尋ねると、〝友人〟が送ってきたと言っていました」

「母親かしら？　それとも父親？」

「個人記録によれば、母親はネズビットが子どものころに薬物の過剰摂取で死亡しています。彼は養父に育てられましたが、その養父もこの十年ほどはアトランタの連邦刑務所で服役しています。手紙や電話のやり取りはありません。ほかに親族はいません。刑務所に入って以来、面会に来た者はひとりもいない。電話もかけないし、メールも送らない。ただし、密売品の携帯電話を使っていれば、だれと連絡を取っていてもおかしくない」

「ネズビットの郵便物の開示を請求するわ。受刑者の通信文をすべて調べて、犯罪行為を示唆するものがないか確認する部署があるの」アマンダは携帯電話のメッセージで指示を送りながらフェイスに尋ねた。「ネズビットが一週間の期限を切ったのはなぜ？　一週間後になにがあるの？」

「ロックダウンが解除されます。ネズビットの持っている携帯電話の持ちこみに関する情報は、受刑者たちが監房から出られるようになったら価値がなくなるのかもしれない。警察とおしゃべりしていたのがばれたら痛めつけられるのかもしれない」フェイスは肩をすくめた。「塀のなかに長くいるせいで、惰性は進歩の敵だと知っているのかも」

「かもね」アマンダはポケットに携帯電話をしまった。「ニックのことは心配したほうがいい？」

フェイスの胃はぎゅっと縮こまった。「だれでも心配になるときはありますから」

「ありがとう、フォーチュン・クッキー捜査官」アマンダは、では次と言うように手のひらをひっくり返した。「記事の話に戻って」

「殺された可能性のある女性は合計八名。グラント郡の被害者は除いています」フェイスはノートを見返した。「全員が白人で、年齢は十九歳から四十一歳。学生、オフィス従業員、救急救命士、幼稚園教員、獣医助手。既婚者。離婚経験者。独身者。いちばん古い記事はグラント郡のものです。ほかのものはその後八年間にわたっていて、事件が起きた場所はピケンズ、エフィンガム、アップリング、タリフェア、ドゥーガル、そして昨日発見された女性もネズビットの言うとおり被害者だとすれば、ホワイト郡」

「州をダーツの的にしたって感じね」アマンダはくるりと後ろを向き、ゆっくりと説教壇へ戻っていった。「犯行の手口は？」

「全員、友人もしくは家族が捜索願を出しています。行方がわからなくなって八日後から三カ月後に、ほとんど森林地帯で発見されている。遺体は隠された形跡はなく、地面に横たわっていた。仰向けで。うつ伏せで。横を向いて。ほとんどの遺体、とくに北部で発見された遺体は野生動物に食べられていました。全員が自分の服を着たままでした」

「レイプは？」

「記事には書いてありませんが、殺人だったらレイプもあったと考えるべきでしょうね」

「死因は？」

ノートを見なくてもすぐに答えられたのは、どれも同じだったからだ。「どの遺体にも検死官は不審な点を見つけていません。死因不明、犯罪行為の痕跡なし、死因特定できず、不明、不明、以下同文」

アマンダは眉をひそめたが、明らかに驚いてはいない。郡警察では、検死官だけが不審死を正式に認定し、専門の監察医による検死解剖を依頼できる。検死官は選出された公務員で、医師免許は必須ではない。ジョージア州の検死官で医師の資格を持つ者はひとりしかいない。残りは葬儀社の社員、教師、美容師、洗車場経営者、空調設備の技術者、モーターボートの整備工、射撃場オーナーだ。

フェイスは言った。「新聞記事のなかには、殺人の可能性があると書いてあるものもありますが、断定はしていない。地元の警察が検死官と意見が合わず、マスコミに漏らして事件化しようとしたのかもしれません。あたしたちは所轄の警察に依頼して記録を閲覧し、不審な点がなかったかどうか捜査員や目撃者に聴き取りをする必要がある。つまり、八つの警察と交渉しなければならない」

その結果として、どんな面倒なことになるかは言わずにおいた。ＦＢＩが合衆国全体の捜査機関であるように、ＧＢＩはジョージア州全体を管轄する。ごく少数の例外はあるものの、たとえ殺人事件でも特定の地域内で起きた事件の管轄権は、ＧＢＩにはない。勝手に乗りこんでいって捜査を引き継ぐことはできないのだ。所轄の保安官か検察官の依頼、もしくは州知事の命令が必要だ。

「非公式のルートで情報源に当たってみるわ」アマンダは言った。「被害者について教えて。ブロンド？　平凡な容貌？　美人？　小柄？　太ってる？　コーラス隊に入ってた？　フルートを演奏した？」

アマンダが求めているのは、女性たちを結びつける特徴だ。フェイスは言った。「新聞記事に載っていた写真を見たかぎりですが、何人かはブロンドでした。ブルネットもいました。眼鏡をかけていた人も、かけていない人も。歯を矯正中だった人がひとり。ショートカットも、ロングヘアもいました」

「ということは」アマンダは要約した。「グラント郡の件を除いて、年齢も職業も外見もばらばらな八名の女性の遺体が州のあちこちで見つかって、死因はわかっていないわけね。しかも、この州では数千人の女性が失踪して、国全体では成年未成年合わせておよそ三十万人の女性が毎年姿を消している」

「森です」ウィルが言った。

アマンダとフェイスは彼のほうを振り向いた。

ウィルは言った。「彼女たちを結びつけるものは森です。遺体はすべて森林地帯で発見されている」

アマンダが返した。「ジョージア州の三分の二は森林地帯よ。遺体を森で発見しないほ

う が難しいわ。狩猟のシーズン中は通報の電話がじゃんじゃんかかってくるんだから」

「彼女たちがどうして死んだのか調べないと」ウィルはつづけた。「ひと目で他殺だとわかるような乱暴な殺し方ではないし、シリアルキラーがよくやるのとは違って、遺体はこれ見よがしに放置されていなかった。殺す以前にレイプが目的だったんです」

フェイスは彼の仮説を平易な言葉になおしてみた。「要するに、犯人はシリアルキラーじゃないと言いたいのね。シリアルレイピストで、被害者を殺したのは、顔を見られたから？」

アマンダが割りこんだ。「いまは〝シリアル〟という言葉をそんなに軽く使わないで。ダリル・ネズビットは小児性犯罪者で、わたしたちをいいように動かそうとしているようなやつよ。現時点で〝シリアル〟は、あなたがたが朝食に食べたものだけ」

フェイスはノートに目を落とした。アマンダが正しいことはわかっている。だが、それなりに長く警官をやっていれば、自分の直感を信じるようになる。フェイスは、いまここでアマンダをばらばらに分解したら、自分の骨をカタカタと震わせているのと同じ興奮が見つかるのではないだろうかと思った。

ウィルが尋ねた。「レイプキットがすぐには検査されないことをご存じですよね？」

「もちろん」アマンダが答えた。「検査結果を待たずに犯人を逮捕することなどめずらしくもない」

「医学誌にこんな論文が載ったとサラに聞いたんですが」ウィルは説明した。「どこかの大学院生のチームが、解決した暴行事件の加害者の犯行の手口を研究した。合衆国全体の話です。すると、少数の例外はあるが、レイプの常習犯の大多数はひとつのやり方に固執しないことがわかった。暴力的なこともあれば、そうでないこともある。女性を別の場所へ連れていくこともあるし、そうでないこともある。同一人物が、あるときはナイフ、あるときは銃を使い、被害者をロープで縛ることもあれば、次の被害者には結束バンドを使うといった具合です。つまり、レイプの常習犯のＭＯはレイプなんです」

アマンダは短く返した。「で？」

「ネズビットの記事の事件がすべてつながっているとして、被害者の職業や趣味から共通点を探しても、犯人には結びつかない」

「当該地域で起きたレイプ事件を洗いましょう」フェイスの見たところ、ウィルはなにか考えている。「犯人にレイプされても殺されはしなかった被害者がいるかもしれません。犯人の顔を見ていないかもしれない。逃がしてもらえたのかもしれない」

「直近八年間に起きた何千というレイプ事件から怪しいものを選り分けるの？」アマンダが訊き返した。「レイプされたけれど通報しなかった女性もいるでしょう？　民家を一軒一軒訪ねてまわるわけ？」

辛辣な返しに、フェイスはため息をついた。

ウィルが言った。「八名の死者が亡くなった状況を確かめる必要があります。犯人は、一見しただけでは死因がわからないような方法で被害者を殺した。いつもうまくいくとはかぎらない。骨には銃弾やナイフの刃の跡が残る。絞殺であれば、たいてい舌骨が折れている。毒物検査にかければ毒殺かどうかわかる。犯人はどんな方法で被害者を殺しているのか？」

やはりフェイスはウィルの推論が気になった。「犯人が殺人も犯すレイプ犯であって、レイプもする殺人犯でないとしたら――」

「あなたが引き合いに出した学術論文は、しょせん学術論文よ」アマンダははねつけるように手を振った。「ネズビットの話に戻りましょう。彼はどうしてこの八つの記事に注目しているの？」

「注目しているのはネズビットでしょうか？」フェイスは尋ねた。「外部に協力者がいる。ネズビットの友人とはだれなのか、その友人はなぜこれらの記事を選んだのか、それが知りたいですね」

ウィルが言った。「その友人が殺人犯かもしれない。模倣犯か」

「いかれたやつか。ネズビットの協力者か」フェイスは言った。「ネズビットは、あたしたちが〝真面目に捜査する気があると確認できたら〟と言った。確認するには外部の協力者が必要よ。調査員とか。刑務官とか。それどころか、警察関係者かもしれない」

「その崖っぷちに突っこむのはもう少しあとにしましょう」アマンダが釘を刺した。「ネズビットは全知全能を気取ってるけれど、わたしたちがちゃんと捜査しているかどうか、世間の人たちと同じ方法で知るしかないの。マスコミが連続殺人事件かもしれないと大騒ぎするかもしれない。地方局だけじゃなくて、全国ネットでね。そのたぐいの注目こそ、わたしが避けたいことなの。今後のことは、いっさい外に漏らさない。わたしたちはレーダーに引っかからないように超低空飛行をしなければならない。蛇にこちらの動きを気取られないようにね」

フェイスとしても異論はなかったが、それはダリル・ネズビットの思いどおりにはさせないという一心からだった。「主観の問題ですよね。真面目な捜査とは？　だれが決めるんですか？　小児性犯罪者？　そんなわけありませんよね」

「現時点では、目の前にあるものを片付けていくしかないわ。ヴァスケスの件はニックにまかせる。わたしはダリル・ネズビットの外部の友人を捜す。あなたたちは、グラント郡警察がどんな捜査をしたのか、アダムズの口から語らせなさい。彼女は当時まだ制服を着ていた。なんでもかんでも記録していたはずよ。くれぐれも慎重にね。壊れて針が止まった時計だって一日に二度は正確な時刻を指すわ。アダムズの証言が必要になるかもしれない。午後にまた話し合って、どうするか決めましょう」

「待ってください」ウィルの次の言葉は、フェイスだけでなくアマンダも驚かせたようだ。「サラにはこのことを知る権利があります」

「このこと？」アマンダが訊き返した。「小児性犯罪者が根も葉もない言いがかりをつけていること？　とくに共通点の見られない新聞記事のこと？　受刑者がありもしない連続殺人事件をでっちあげようとしているわけじゃないとは、わたしには言いきれないわ。あなたは違うの？」

「サラはグラント郡の検死官でした。当時のことを覚えているかも――」

「ジェフリー・トリヴァーが不正をしていたと言われているなんて知ったら、サラはどんな反応をするかしら？　ニックでさえあのざまよ。わたしはこの二十年、彼があんなふうにうろたえるのを見たことがない。サラが耐えられると思う？　しかもレナ・アダムズが関わってる」アマンダはとどめを刺した。「前回もそれで大変だったんじゃなかった？」

ウィルは黙っていたが、前回ウィルがレナの嘘に巻きこまれたときにサラが逆上したことは、三人とも知っている。取り乱すのも無理はない。レナに近づいた人々はなぜか命を落とすのだ。

「わたしたちには情報が必要なのよ、ウィルバー。わたしたちは捜査官だから。捜査をしましょう」アマンダの口調は、この話は終わりだと告げていた。「レナ・アダムズはいまもメイコンにいる。いますぐメイコンへ行って、アダムズから真実を絞り出してきなさい。事件の資料のコピー、検死報告書、ノート、メモを走り書きした紙ナプキン――アダムズが持っているものを全部持ち帰って。さっきも言ったように、感じよくして。だけど、このほかほか湯気のあがる馬糞をわたしたちの膝にのせた張本人はアダムズだということを忘れないようにね。まずいことになったら、この糞を彼女の顔に投げ返してやらなくちゃ」

フェイスはアマンダとチャペルを出ていくつもりだったが、ウィルはセメントブロックのように頑として動かない。

アマンダがウィルに言った。「しばらくサラには話さないと同意してくれたら、ホワイト郡の検死官に最近の事件の検死解剖をサラに依頼させるわ」

ウィルは顎を掻いた。

「五分前には、殺し方で犯人がわかるようなことを言っていたじゃないの。サラがひとり目の被害者を解剖していたら、最近の被害者に犯人特有の特徴があれば気づくでしょう」

「サラは一人前の女性で、占い棒じゃありません」

「そして、あなたもサラもわたしの部下よ。わたしの事件はわたしのルールでやるわ」アマンダはポケットから携帯電話を取り出した。ウィルに頭頂部を見せて、話は終わりだと暗に言い渡した。チャペルを出るときも、ずっと携帯電話をタップしていた。

ウィルは信徒席に腰をおろした。木の板がきしんだ。「いままでサラと何度か喧嘩をしたけれど、原因の九割はぼくがなにかを黙っていたことなんだ」

フェイスは九割どころではないだろうと思ったが、あえて口にはしなかった。「あのさ、『スポンジ・ボブ』のイカルドが絵を描いてくれたとしても、あたしには健全な関係をつづける方法はわからない。だけど、今回はめずらしくアマンダと意見が一致してる。サラになにを隠すってわけでもないでしょ？　いまの時点では、わけわからんってことしかわかってないんだし」

またウィルは顎を掻きはじめた。「何時間か待って、そのあいだにあちこち掘ってみて、なにか見つかっても見つからなくても、今夜サラに伝えるということかな」

今夜かどうかは新たな問題だが、フェイスはウィルに訊き返した。「サラはなんでもないことのために六時間悩むはめになるかもしれないのに、ほんとうにそれでいいの？」

しばらくして、ウィルはのろのろとかぶりを振った。

フェイスは腕時計を見た。「もうすぐお午だ。メイコンに向かう途中でなにか食べましょう」

ウィルはまたうなずいたものの、ぼそりと尋ねた。「なんでもないことじゃないとわかったらどうなる？」

フェイスには答えがわからなかった。なによりまずいのは、シリアルキラーが何年にもわたって犯行を繰り返していたのに、自分たちは気づいていなかったことだろう。二番目の問題は、もっと個人的な性質のものだ。冤罪とは玉葱のような構造をした不祥事だ。マスコミは幾重にも重なった層をどんどんはがす。不正。審理。捜査。事情聴取。訴訟。非難。ポッドキャストやドキュメンタリーのネタになるのは避けられない。

ウィルが総括した。「サラは夫がもう一度殺されるのを目の当たりにすることになる」

3

グラント郡
火曜日

ジェフリー・トリヴァーは大学を出て左に曲がり、メイン・ストリートを進んだ。窓をあけて新鮮な空気を取りこんだ。冷たい風が車内をビュービューと吹き抜けた。パシャッ、パシャッという警察無線の音が低く鳴っている。眉間に皺を寄せて早朝の太陽を見あげる。ダイナーの前を通りかかると、店主のピート・ウェインが帽子を傾けて挨拶した。

今年は春が来るのが早かった。街路樹のハナミズキがすでに白いカーテンを織りなしている。道路沿いに並んだプランターの花は、ガーデニングクラブの女性たちが植えたものだ。ホームセンターの外にはガゼボが展示されている。洋品店の店先には〝セール品〟の札がついたラックが出ている。遠くの雨雲さえ、絵のような町の美しさを損ねてはいなかった。

グラント郡の名前は、アポマトックスでリー将軍の降伏を受け入れた北軍のユリシーズ・シンプソン・グラント将軍にちなんだのではなく、一八〇〇年代後半にアトランタからジョージア州南部、さらには海岸地帯へと鉄道を敷設したラミュエル・プラット・グラントに由来する。新しい支線が敷かれると、ハーツデール、アヴォンデール、マディソンといった地方都市の名前が地図に載った。平坦(へいたん)で肥沃な土壌のおかげで、一帯は州で有数のトウモロコシ、綿花、ピーナッツの生産地帯になった。勃興する中産階級をターゲットにしたサービス業も成長した。

急成長のあとにはかならず揺り戻しが来るが、はじめての揺り戻しは一九二九年の大恐慌だった。三つの市が生き延びる唯一の手立てが合併だった。経費削減のため、下水をはじめとした衛生設備、消防、警察を統合した。支出を抑えた結果、なんとか破綻は免れ、やがてマディソンに建設された陸軍基地が次の好景気をもたらした。そのあとアヴォンデールがアトランタ・サバンナ鉄道の保全拠点となり、さらに郡は栄えた。数年後には、ハーツデールが州から資金を引き出し、メイン・ストリートの突き当たりにコミュニティ・カレッジを建設した。

郡がそれらの好景気に沸いたのは、ジェフリーがやってくるよりずいぶん昔のことだが、彼は近年の財政破綻を招いた政治勢力には詳しかった。ジェフリーは故郷アラバマの小さな町で、破綻を目の当たりにした。基地閉鎖再編委員会はマディソンの陸軍基地を閉鎖した。レーガノミクスの影響で鉄道産業は衰退し、アヴォンデールは干上がった。それからさまざまな貿易協定だの終わりの見えない戦争だのが重なり、世界経済は停滞するどころか、トイレをすっ飛ばしてじかに下水に流れこんだ。農業専門の技術工科大学に発展したグラント大学がなければ、ハーツデールもほかのアメリカの田舎町同様に凋落(ちょうらく)の一途をたどっていたに違いない。

入念な計画のおかげにせよ、まったくの幸運だったにせよ、グラント大学は郡の活力源だった。学生は地元の商業を生き延びさせた。地元の商業は、きちんと支払いをする学生には寛大だった。警察署長に就任したジェフリーが真っ先にハーツデール市長から受けた命令は、職を失いたくなければ大学当局の機嫌を損ねるなというものだった。

今日、大学当局の機嫌を損ねずにすむかどうかは大いに疑問だった。森で女性の遺体が発見された。女性は若く、おそらく大学生で、現場で死亡が確認された。確認した巡査は、事故のようだとジェフリーに報告した。女性はジョギング用の服装で仰向けに倒れていた。木の根につまずいて転倒し、後頭部を石にぶつけたのではないかと見られた。

ジェフリーが署長になって以来、学生が死亡したのはこれがはじめてではない。大学には三千人を超える学生がいる。統計のうえでは毎年数人が死亡する。髄膜炎や肺炎、自殺あるいは麻薬の過剰摂取、なかには――たいていは若い男性だが――みずからの愚行により亡くなる者もいる。

森での死亡事故が悲劇であることに疑いの余地はないが、今回の件はどうも気になると、ジェフリーは思っていた。自身も同じ森をいつも走っている。木の根につまずいたことも、認めたくないが何度もある。転び方によっては怪我をすることもある。手をつくことができても、手首の骨を折るかもしれない。間に合わなければ鼻の骨を折るだろう。横に倒れれば、こめかみを打ったり、肩を負傷したりするかもしれない。怪我の原因はさまざまだが、転ぶ途中で宙返りして仰向けに倒れることなどあるだろうか。

ジェフリーは急ハンドルを切り、フライパン・ロードに入った。この道が貫いている地区が朝食レストランチェーンにちなんでIHOP(アイホップ)と呼ばれているのは、そこのメニューにありそうな名前の通りが集まっているからだ。パンケーキ・プレイス。ベルジャン・ワッフル・ウェイ。ハッシュブラウン・ウェイ。

SW・オムレツ・ロードの南東の端でパトカーの回転灯が点滅しているのが見えた。ジェフリーはタウンカーをななめに止めた。民家の前庭から住人たちが様子をうかがっている。太陽はまだ低い位置にある。住人たちのなかには、通勤用の服装をしている者もいた。夜勤で汚れた制服を着たままの者もいる。

ジェフリーは部下のブラッド・スティーヴンスに指示した。「見物人が入ってこないように非常線を張れ」

「はい、署長」ブラッドは不器用な手つきでいそいそとキーを取り出してトランクをあけた。この新米警官は、まだ母親に制服にアイロンをかけてもらっている。この三カ月間は違法駐車のチケットを切り、交通事故の後片付けをしていた。これがブラッドにとってははじめての死亡事故だ。

ジェフリーは通りを歩きながら現場一帯を眺め渡した。道路沿いに古いトラックや自家用車がとまっている。IHOPは労働者階級の多い住宅地だが、率直に言ってジェフリーが育った地域よりはよほどましだ。板を打ちつけられた窓は数えるほどしかない。前庭の芝生も手入れされている。街灯の電球は壊れていない。民家のペンキははげかけているもののの、カーテンはきれいだし、ゴミ箱はルールに従って収集しやすいように縁石沿いに並んでいる。

手近なゴミ箱の蓋をあけてみた。空（から）だ。

部下たちは立ち並ぶ民家の裏手に広がる空き地にいた。百メートルほどむこうの小高い丘の上に森がある。ジェフリーは通りからそれた。歩道はない。空き区画の草を踏み固めた道を歩きながら、地面に注意深く目を走らせた。煙草の吸い殻。ビール瓶。丸めたアルミホイル。身を屈めて観察した。かすかに猫の尿のようなにおいがした。

「署長」レナ・アダムズが小走りにやってきた。制服の青いジャケットは大きすぎて、顎が埋まっている。ジェフリーは、次に制服をオーダーするときは女性用のサイズがないか確認することと頭のなかにメモした。レナは不満を言わないが、ジェフリーは自分のミスを申し訳なく思っていた。

「通報に応じたのはきみか？」

「はい」レナはノートを読みはじめた。「午前五時五十八分、携帯電話から九一一に通報がありました。ただちにわたしが指示を受け、六時二分にこの場所へ到着。六時四分、補助のブラッド・スティーヴンス巡査が到着。トゥロンがわたしたちを遺体発見場所へ案内。六時八分、わたしが被害者の死亡を確認しました。遺体の状況を検分して、被害者の頭部脇に血で覆われた大きめの石を発見しました。六時九分、ウォレス刑事に電話をかけました。遺体周辺区域に非常線を張って待機、六時二十二分にフランクが到着しました」

フランク・ウォレスはここへ来る途中でジェフリーに電話をかけてきた。だからジェフリーは詳細を知っていたが、レナにうなずいて先を促した。なにかを学ぶ唯一の方法は、そのなにかを実際にやることだ。

レナはノートを読んだ。「被害者は白人女性、十八歳から二十五歳くらい、服装はグラント大学のロゴが入った紺色のTシャツ、ランニングショーツ。発見者は大学生のレスリー・トゥロン、二十二歳。トゥロンは週に四、五回、この道を歩いています。湖畔へ太極拳をしに行くためです。わたしは無線で車を呼んで被害者を知らないそうですが、それでも非常に動揺していました。わたしは無線で車を呼んで大学の保健センターまで送ると申し出ました。けれど、トゥロンはひとりで考えたいので歩いて帰ると言いました。スピリチュアルにかぶれてるタイプに見えました」

ジェフリーの顎に力が入った。「ひとりでキャンパスまで歩いて帰らせたのか？」

「はい。保健センターには行くそうです。ちゃんと約束させました――」

「キャンパスまで二十分以上かかるんだぞ、レナ。そのあいだずっとその子はひとりだ」

「本人がひとりで歩いて帰りたいって――」

「もういい」平静な口調を保つのに骨が折れた。警官の仕事はミスから学ぶことが多い。「二度とこんなことをするな。目撃者は家族や友人のもとに送り届けるんだ。三キロもの道のりをひとりで帰してはいけない」

「でも――」

ジェフリーはかぶりを振ったが、いまは思いやりについてレナに説教している場合ではない。「今日中にトゥロンと会って話がしたい。被害者を知らなかったとしても、傷つくような体験をした。警察がみんなの安全のために目配りしていると知ることは大事だ」

レナは納得のいかない顔でうなずいた。

ジェフリーはあきらめた。「きみがここに到着したとき、被害者は仰向けに倒れていたのか？」

「はい」レナはノートをめくった。木立と遺体の位置関係を示す大雑把な絵が描いてあった。「石は頭部の右側にありました。顎はわずかに左側を向いていました。地面にはなんの痕跡もありません。被害者は仰向けに倒れて、頭をぶつけたんです」

「それを断定するのは検死官だ」ジェフリーはアルミホイルを指さした。「最近、覚醒剤をやったやつがいるな。ジャンキーは習慣の生き物だ。このアルミホイルにつながる名前がないか、過去三カ月間の事件報告書をすべて調べろ」

レナはペンを取り出したが、なにも書いていなかった。

ジェフリーは言った。「今日はゴミ収集の日だ。作業員に聞きこみをするのを忘れるな。不審なものを見ていないか確認しろ」

レナは通りのほうを振り向いてから、森へ目を転じた。「被害者は転倒したんですよ、署長。大きな石に頭をぶつけたんです。石が血まみれでした。それなのになぜ目撃者が必要なんですか？」

「きみはそのときその場にいたのか？　きみがいま言ったとおりのことをその目で見たのか？」

レナはすぐには答えなかった。ジェフリーは空き地へ向かって歩きだした。レナが小走りに追いかけてきた。警察官になってまだ三年半だが、頭はいいし、たいていは人の話をよく聞くので、ジェフリーも彼女の教育にはことさら心を砕いていた。

ジェフリーは言った。「大事なことだから覚えていてほしいんだ。被害者の若い女性には家族がいる。両親、きょうだい、友人。おれたちは女性の死をその人たちに伝えなければならない。そしてその人たちは、女性がなぜ亡くなったのか、きちんと捜査がなされたということを知る必要がある。どんなときも他殺ではないと確認できるまでは、他殺として扱うんだ」

レナのペンがようやく動きはじめた。ジェフリーの言葉を漏らさず書き取っている。〝他殺〟という単語の下に二重線を引くのが見えた。「事件報告書をチェックして、ゴミ収集車の作業員に聞きこみをします」

「被害者の氏名は？」

「身分証明書を身につけていませんでしたが、マットが大学で聞きこみをしています」

「よし」マット・ホーガン刑事は署内でもっとも思いやりがある。パトロール警官も信頼の置ける者たちばかりだ。前署長の時代からいる署員のほとんどが頼りになるのは幸運だった。お荷物がほんの数人いるが、今年中にいなくなる予定だ。自分はこの仕事をやる能力があると四年かけて証明してきたのだから、そろそろ悪いリンゴを取り除いてもいいのではないかと、ジェフリーは感じている。

「署長」フランクが空き地の真ん中に立っていた。ジェフリーより二十歳上で、喘息持ちのセイウチのような存在感がある。フランクは、署長のポストが空いたときに引き継ぐのを断った。政治は苦手で、自分の限界をわきまえていたのだ。ジェフリーは、仕事ではフランクを支えるつもりでいる。だが、彼の私生活に関してはわからない。

「ブロックが――」フランクは煙草をくわえたまま咳きこんだ。「ブロックが到着した。遺体の発見現場に向かっている。遺体はあっちのほう、丘をのぼって六十メートルほど奥に入ったところにある」

ダン・ブロックは郡の検死官だ。普段は葬儀会社で働いている。ジェフリーはブロックを有能だと思っているが、彼は二日前に父親を心臓発作で突然亡くしていた。父親は階段の下で倒れているのを発見されたのだが、ジェフリーはそれを聞いても驚かなかった。ブロックの父親の飲酒癖は公然の秘密だった。いつもアルコールのにおいをぷんぷんさせていた。

ジェフリーは尋ねた。「ブロックにまかせて大丈夫だと思うか？」

「気の毒に、まだ取り乱してるよ。親父さんと仲がよかったからな」なぜかフランクはそこでにんまりと笑った。「どうやら問題なさそうだぞ」

ジェフリーは振り向き、フランクの笑顔の理由を知った。

サラ・リントンが空き区画を歩いてきた。色の濃いサングラスをかけている。赤褐色の髪はポニーテールにしている。白い長袖のTシャツと白いミニスカートという出で立ちだ。

「ああよかった」レナがぼそりと言った。「テニスのバービーが助けに来た」

ジェフリーは視線でレナに釘を刺した。離婚したころにレナの前でサラの悪口を言ったのは失態だった。それ以来、レナは平然とサラを侮辱するようになった。レナに命じた。「ブロックが森で迷わないように案内してやれ。サラが到着したと伝えるんだぞ」

レナはしぶしぶ走っていった。

サラが空き地を歩いてきたので、フランクは煙草を靴底で揉み消した。

ジェフリーはサラを眺めるのを自分に許した。客観的に言って彼女はきれいだ。脚は長くて引き締まっている。物腰には独特な美しさがある。ジェフリーは驚くほど頭のいい女性を何人も知っているが、サラはそのだれよりも聡明だ。離婚後、ジェフリーは彼女に憎まれていると思っていた。最近、彼女が自分に対して抱いている気持ちは憎しみより厳しいものだと気づいた。根深い失望だ。

調子のいいときには、こっちこそ失望していると思えるのだが。

フランクが言った。「おれは死ぬまであんたのタマを殴りつけてやってもいいんだが、それでもあんたのしたことの罰には足りないよ」

「そりゃどうも」ジェフリーは少しもありがたくないと思いながらフランクの肩をぽんと叩いた。サラの家族は大学と同じくらい地域にしっかりと根づいている。フランクはサラの父親とカードをする仲だ。フランクの妻はサラの母親とボランティア活動をしている。ジェフリーがハイスクールのマスコットの首をはねたとしても、ここまで嘆かれることはないだろう。

「やあ、スイートピー」フランクはサラのキスを頬に受けた。「アトランタから帰ってきたばかりか？」

「ゆうべは泊まることにしたから。おはよう」サラは最後のひとことをテニスボールよろしくジェフリーの顔にぶつけた。「遺体が見つかったって母に聞いたの。ブロックを手伝ってあげたほうがいいんじゃないかって言われて」

ジェフリーは、フランクがプライバシーを尊重しようとしないことに気づいていた。それから、今日が火曜日の朝であることも。普段なら、サラはこの時間には出勤する準備をしているはずだ。「テニスをするには少しばかり早い時間じゃないか」

「昨日プレイしたの。こっち？」彼女は返事を待たなかった。道をたどって森へ入っていく。

フランクはジェフリーと肩を並べて歩いていた。「サラはアトランタから帰ってきたばかりなのに、昨日と同じ服を着ている。どういうことだろうな？」

ジェフリーは歯に詰めた金属の味を感じた。

フランクがサラに大声で尋ねた。「パーカーは元気か？　また飛行機に乗せてもらったのか？」

金属の味が血の味に変わった。

サラは黙っているが、フランクはジェフリーに言った。「パーカーは元海軍の戦闘機乗りなんだ。本物のトップガンだぞ。いまは弁護士をやってる。車はマセラティだとさ。エディがなんでも教えてくれるんだ」

サラの父親が上機嫌でトランプの手札越しにその情報を伝えているところが目に浮かんだ。フランクが細かい描写でジェフリーをちくちく刺すのを承知のうえだ。

フランクはまた笑った。それから、タールまみれの肺のせいで咳きこんだ。

ジェフリーは深刻な雰囲気に戻そうとした。自分たちは若い女性の遺体がある場所へ向かっているのだ。腕時計を見て、サラの背中に向かって言った。「被害者は三十分前に発見された。レナが通報に応じた」

サラは振り向かなかったが、うなずいた拍子にポニーテールが揺れた。ジェフリーは、サラが来てくれてよかったのだと自分に言い聞かせた。サラはブロックの前任で、ブロックは葬儀屋だが、彼女は医師だ。遺体の状況に関する専門家の見解は、まさに今回の事件に必要なものだ。ジェフリーはだれよりもサラを信頼している。最近は、その信頼が相互のものではないということが癪に障るようになっているのだが。

サラが離婚を申請してから一年はたつ。ジェフリーは当初、サラの怒りもいずれは燃えつきるだろうと思っていたが、どうやら永遠の炎の様相を呈してきた。彼女がいつまでも怒っているのも当然だと、ジェフリーも頭では理解している。自分はサラを裏切ったろくでなしで、裏切っただけでなく屈辱を味わわせた。サラは、ジェフリーがふたりの家のふたりのベッドで、よその女と文字どおりパンツをおろしているところを見つけたのだ。たいていの妻は憤る。恐ろしかったのは、サラが次にやったことだ。

あのとき、ジェフリーは待ってくれと叫んだが、サラは待ってくれなかった。ジェフリーは毛布を腰に巻きつけ、サラを追いかけて家のなかを走った。サラは出ていく途中で、玄関のドア脇に置いてあるジェフリーの野球のバットをつかんだ。ポーチの階段をよろよろとおりていくジェフリーの目の前で、サラはそのルイスビルスラッガーを大きく振りかぶった。彼女はジェフリーの一九六八年型フォード・ムスタングに向かっていた。ジェフリーの口から漏れた声は、まるで獣の遠吠えのようだった。

ところが、サラが破壊したのはジェフリーの車ではなかった。バットを地面に放り出すと、自分のホンダ・アコードのほうへ歩いていった。アコードに乗って出ていくのかと思いきや、開いた窓のなかに手を入れ、ハンドブレーキを解除すると、ギアをニュートラルに入れて車を湖に突っこませた。

ジェフリーはショックのあまり毛布を取り落とした。

その翌日には、サラは離婚弁護士を雇い、コンバーチブルのＢＭＷ・Ｚ４を購入し、郡検死官の辞職願を提出した。市長のクレム・ウォーターズはジェフリーを呼びつけ、サラの辞職願を読みあげた。たった一文だけの、詳しい説明などない手紙だったが、そのころにはジェフリーの浮気は町中に知れ渡っていて、彼はクレムに小言を食らった。

それから、職場で秘書のマーラ・シムズに搾られた。

三人目のピート・ウェインには、昼を食べに行ったダイナーで叱られた。

それではまだ足りないとばかりに、血圧の薬を買いに行った薬局では、薬剤師のジェブ・マグワイアがほとんど口をきいてくれなかった。

駐車場では、神を畏れ教会通いを欠かさないひとりよがりの聖女にしてサラの母親、キャシー・リントンに両手で叩かれた。

アヴォンデールのはずれにある安モーテル、〈クズ・アームズ〉のじめついた部屋に落ち着いたジェフリーは、静寂をしみじみありがたく思った。そのあとスコッチをしこたま飲みながらテレビを観るともなく観ているうちに、すべては自分のせいだという自覚がじわじわと湧いてきた。ジェフリーの考えでは、浮気そのものよりも、むしろ浮気を見つかったのが失敗だった。ジェフリーは小さな町で育った。サラを裏切ればグラント郡を丸ごと敵にまわすことになるとよくわかっていたはずなのだ。

森の奥へ進みながら、フランクがまた耳障りな咳をした。ようやく場にふさわしい、厳粛な雰囲気になった。気温がさがった。地面で影が揺れている。前方に、木立の周囲に張りめぐらせた黄色いテープが見えた。レナが遺体のある一帯を立ち入り禁止にしたのだ。

サラが石に足をすべらせた。ジェフリーは手をのばして彼女の背中のくぼみを支えた。一年前だったら、このあとどうなっていただろうか。きっとサラは後ろに手をやり、ジェフリーの手を握っただろう。あるいは、ほほえみかけてくれたかもしれない。いま彼女がしたように、さわるなと言わんばかりに体を離しはしなかったはずだ。

斜面をななめにのぼっていくうちに、フランクの咳がひどくなった。三人は黄色いテープの前で立ち止まった。五メートルほど先に被害者が横たわっていた。女性は身長百七十センチに少し足りないくらい、体重五十五キロほどで、ほっそりした体格だ。目は閉じている。唇はわずかに開いている。髪は濃い褐色。ジョギング用の服装。頭部のそばに、半分がた地面に埋まったフットボールほどの大きさの石があった。表面は血で覆われている。被害者の右の鼻孔から血が流れ出ていた。手首や足首に目立つ痕跡はない。一見したところ痣（あざ）はないが、おそらく死亡後一時間もたっていない。痣は時間がたってから現れる。

ほんとうに遺体をひっくり返していないかどうか、レナにもう一度尋ねようとしたとき、嗚咽（おえつ）が聞こえてきた。

ジェフリーは振り返った。ダン・ブロックが木の幹に力なく寄りかかっていた。両手で顔を覆い、悲嘆に身を震わせている。

「ブロック」サラが彼に駆け寄った。サングラスをはずした。目の下にくまができていた。トップガンにはあまり夜更かしに慣れてもらいたくないものだ。「お父さまのこと、ほんとうに残念ね」

ブロックは涙を拭った。恥ずかしそうだが、ジェフリーとフランクに見られているからだ。「なんでこんなに取り乱したのか自分でもわからないんだ。すまない」

「ダン、すまないなんて思わないで。あなたのつらさはわたしには想像もできないくらいよ」袖の内側からティッシュを取り出した。サラは以前からブロックには弱い。ブロックの人生は決して楽なものではなかった。彼には奇異なところがある。育った家は葬儀場だ。子どものころはずっと、学校のランチルームで彼の隣に座るのをいやがらないのはサラだけだった。

ブロックは洟をかんだ。ジェフリーを申し訳なさそうに見た。

「サラの言うとおりだよ、ブロック。こういうときに取り乱すのは当たり前だ」ジェフリーの親も飲んだくれだ。ブロックにもっと同情してしかるべきだろう。「現場はおれたちにまかせてくれ。お袋さんのそばにいてやるといい」

ブロックは喉仏を上下させ、言葉を絞り出そうとした。結局はうなずいただけで立ち去った。

「なにあれ」レナが吐き捨てるように言った。

ジェフリーはレナを視線で黙らせた。まだ若い彼女には、だれかを失うつらさがわからない。あいにく、共感できるようになるには身をもって学ぶしかない。

「では、雨が降りはじめる前に終わらせましょう」サラはブロックが置いていった用具箱に手を突っこんだ。試料管。証拠品袋。ニコンのカメラ。ソニーのビデオカメラ。照明器具。それから、検査用手袋をはめた。「遺体は三十分前に発見されたのよね?」

ジェフリーは黄色いテープを持ちあげてサラをくぐらせた。フランクから聞いた情報を伝えた。「通報してきたのは学生だ。レスリー・トゥロン。湖畔へ向かう途中だった。被害者のヘッドフォンから音楽が聞こえたそうだ」

サラは被害者のそばの地面に落ちているヘッドフォンに目をとめた。被害者のシャツの裾にとめたピンク色のｉＰｏｄシャッフルにつながっていた。サラはレナに尋ねた。「あなたが音楽を止めたの?」

レナはそうだと返事をする代わりに顎をあげた。ジェフリーは彼女の襟首をつかんで揺さぶりたくなった。レナはジェフリーの苛立ちに気づいたらしく、補足した。「重要なものが入っているかもしれないから、電池を消耗させたくなかったんです」

サラは冗談でしょと言わんばかりにジェフリーと目を合わせた。

以前からサラはレナを嫌っていた。ジェフリーに言わせれば、一過性のものにすぎない若さゆえの無知が、サラには終生まわりの人をいやな気持ちにさせる傲慢さに映るらしい。

サラ・リントンの欠点は、愚かな間違いを犯した経験が一度もないことだ。ハイスクール時代はどんちゃん騒ぎのパーティとは無縁だった。大学に入ってからも、貝殻のネックレスをつけた、名前も思い出せない男子学生の隣で目を覚ましたことはない。彼女は子どものころから自分がどんな人生を送りたいのかしっかりと考えていた。ハイスクールは一年飛び級した。大学はダブルメジャーで、しかも三年で卒業した。エモリー大学のメディカル・スクールは三位の成績で卒業した。それなのにアトランタでバリバリの外科研修医になるのではなく、グラント郡へ帰ってきて、永久に資金不足にあえぐ田舎町の小児科医として働いている。

ジェフリーが町全体に憎まれるのも当然だ。

サラはレナに尋ねた。「遺体は発見されたときもいまとまったく同じ状態だった?」

レナはうなずいた。「ブラックベリーで写真を撮ってあります」

サラは言った。「署に戻りしだい、ダウンロードしてプリントアウトして」

ジェフリーは同調のしるしにうなずいた。レナはサラの指示を聞かない。そのことについてはまたあらためて話をしなければならない。

「転び方が変じゃないか」ジェフリーはサラに言った。

サラの目がきらりと光ったのが見えた。彼女は人間ができているので、部下の目の前でジェフリーの意見に異議を唱えたりしないのだ。

ジェフリーは誘導尋問をした。「どうすれば仰向けに転ぶことができるのか説明してくれないか?」

サラは地面から突き出ている木の根を見おろした。地面が細長く抉(えぐ)られている部分があり、被害者の左のスニーカーのつま先の汚れと符合する。「転倒の因果関係に関する論文はたくさんある。不慮の外傷の原因として多いのが、交通事故に次いで転倒なの。この遺体の転び方はSLF、つまり水平面での転倒と分類される。TBI――外傷性脳損傷は、全SLF中二十五パーセントで発生する。転倒した人のおよそ三十パーセントに、いわゆる制御不能の変化が起きる――手首の螺旋骨折から腰部骨折、TBIまで、怪我の重さはさまざま。十パーセントは百八十度回転する。重心が体幹と足の支持域からはずれた場合ね。損傷は衝撃時の吸収エネルギーによるもので、運動エネルギーは体の質量と倒れるスピードに等しい。落下の高さが関係するんだけど」

ジェフリーがしかつめらしくうなずいたのは、サラの話の原理を理解したというよりは、いかにも専門家らしい屁理屈に感心したからだ。「被害者の左足が止まったのに体は前に進みつづけて、空中で回転して石に後頭部をぶつけたことになるが」

「不可能ではないわ」サラは遺体のかたわらにひざまずいた。まぶたを押しあげた。それから、遺体のひたいに手の甲を当てた。

その様子に、ジェフリーは違和感を抱いた。世の母親たちがそんなふうにして子どもの熱を測るが、根拠のない迷信じみた方法ではないか。サラは非常に科学的な考え方をするタイプで、ときに極端すぎるほどだ。遺体の体温を測りたいのなら、温度計を使うはずだ。

サラはレナに尋ねた。「あなたが現場に最初に到着したの？」

レナはうなずいた。

サラは被害者の首の脇に指を当てた。案ずるような表情が驚愕に、そして怒りに変わった。どうしたのかとジェフリーが尋ねようとしたそのとき、サラは被害者の胸に耳を押し当てた。

カチッというごくかすかな音がジェフリーにも聞こえた。

最初は虫か小動物が音をたてていると思った。だが、次の瞬間には、その音が被害者の口から漏れていることに気づいた。

カチッ。カチッ。カチッ。

静寂のなか、音は少しずつ間遠になっていった。

「呼吸が止まった」サラがはじかれたように行動を開始した。膝立ちになり、被害者の胸に両手を当てた。指を組み合わせた。肘の関節をロックして被害者の胸骨を圧迫しはじめた。

ジェフリーは脳髄に突き刺さるような恐怖を覚えた。「生きてるのか？」

「救急車を呼んで！」サラはどなった。その言葉で、だれもがいっせいに動きだした。

「くそ！」フランクが携帯電話を取り出した。「くそくそくそ！」

サラはレナに指示した。「除細動器（AED）を持ってきて！」

レナはあわてふためき、テープをくぐった。

ジェフリーは膝をついた。被害者の頭を後ろに傾けた。口のなかを覗きこみ、気道が確保されているのを確かめた。サラの合図に合わせて深く息を吸い、被害者の口に吹きこんだ。

空気はほとんどジェフリーの口に戻ってきた。もう一度、喉の奥を覗いてなにかが詰まっていないか確かめた。

サラが尋ねた。「空気は通ってる？」

「あんまり」

「つづけて」サラは胸骨圧迫を再開し、つづけざまに胸を押しながら回数を数えた。ジェフリーには、被害者の心臓に手動で血液を送ろうとしている彼女の荒い呼吸の音が聞こえた。

「八分後に救急車が到着する」フランクが言った。「下におりて、合図してくる」

サラが回数を数え終わった。「三十」

ジェフリーは再度、二回に分けて短く息を吹きこんだ。麦わらに息を吹きこむようなものだった。空気は通るものの、充分ではない。

「三十分」サラは言い、二ラウンド目に取りかかった。「レナは脈を確認しようとは思わなかったの？」

彼女は返事は求めていないし、ジェフリーも答えることができなかった。サラがまた三十まで数え終わるのを待ち、身を屈めて精一杯、息を吹きこんだ。

突然、吐瀉物（としゃぶつ）が口のなかに入りこんできた。被害者の顔がびくりと持ちあがり、ジェフリーの顔にごつんとぶつかった。

ジェフリーは後ろによろめいた。星が見えた。鼻がずきずきする。目をしばたたいた。目のなかに血が入っていた。顔にも血がついている。口のなかも。ジェフリーは血を吐き出そうとした。

サラがジェフリーのズボンの前をぱたぱたと叩きはじめた。いったいなにをしているのかとジェフリーが面食らっているうちに、彼女は前ポケットからスイスアーミーナイフを取り出した。

「気道を確保できない」サラはナイフを開きながらジェフリーに言った。「頭を固定して」

ジェフリーはかぶりを振ってめまいを追い払った。両手で被害者の頭をしっかりと挟んだ。彼女の顔色はもう真っ白ではなく、青紫になっていた。唇は海の色に変わりかけている。

サラは被害者の首の付け根を手で探り、水平に小さく切開した。血がにじみ出た。詰まった喉にバイパスをあけるため、野外で気管切開をするつもりなのだ。

ジェフリーはポケットからボールペンを取り出した。軸をひねり、インクカートリッジをはずした。空洞になったプラスチックの軸の下半分が、被害者が呼吸をするための管になる。

「くそっ」サラがつぶやいた。「なにかある——なんだろう」

親指で切開部を押し広げた。鮮血に代わって食道をふさいでいるスポンジ状の物体が覗いた。染料を飲みこんだかのように、真っ赤な血のなかに青い筋が交じっているのが見えた。

「詰まっているものより下に穴をあけないと」サラは被害者の薄いTシャツを引き裂いた。スポーツブラは厚みがあるので、アーミーナイフの鋸歯状の刃で切れ目を入れ、残りを手で破いた。

ジェフリーが見ていると、サラは切開部の真下、胸骨の上端に指を当てた。そこから胸骨圧迫をしたときと同じように、上から数本目まで肋骨(ろっこつ)の数を数えた。被害者はとても痩せているので、ジェフリーにも皮膚の下の骨の形が見て取れた。

サラは鎖骨の下に左手の親指を当てた。その上に右の手のひらの付け根を重ね、全体重をかけて押した。

彼女の両腕がぶるぶると震えはじめた。両膝が地面から浮いた。

ボキッ、という鋭い音が聞こえた。

サラは少し手を下にずらし、また同じことをした。

ふたたび、ボキッ。

「いまのは第一肋骨と第二肋骨」サラはジェフリーに言った。「急がないと。胸骨柄(へい)結合をナイフではずすわ。わたしが胸骨柄を持ちあげて、胸骨体を押しさげる。そうしたら、あなたはペン軸の上半分でそうっと動脈と静脈をどけて。わたしは輪状軟骨の隙間から気管を切開する」

ジェフリーには指示の意味がわからなかった。「いまだというときに指示してくれ」

サラはシャツの袖をまくった。目に入る汗を拭った。手元はしっかりとしていた。小さなナイフの鋭い刃先で、最初の切開部の下を十センチほど切った。

切り口から黒っぽい血が湧き出た。皮膚の下から真っ白い骨が見え、ジェフリーの胸はむかついた。胸骨は平らでなめらかで、厚さは一センチほど、ちょうど自動車の窓の霜を取るコテのような大きさと形をしていた。ジェフリーはフットボール選手だったので、人体の構造はそれなりに知っている。衝撃に弱い場所もすべてわかっている。胸骨は三つの部分からできている。いちばん上の短い部分、真ん中の細長い部分、その下から短剣のように突き出ている部分。その三つの部分はつながっているが、大きな力をくわえるとはずれることがある。

ジェフリーの読みが正しければ、サラはスープ缶の蓋をあけるようにいちばん上の骨をこじあけようとしている。

サラはアーミーナイフの鋸歯状の刃を開いた。「この子が動かないように押さえて。結合部に切れ目を入れてはずれやすくするから」

ジェフリーは被害者の肩を両手で押さえつけた。

サラはふたたび膝立ちになった。ターキーの脚の関節を切るように、刃を前後させて骨を切った。

ジェフリーは頬の内側を噛んだ。血の味のせいで、またまいがした。

「ジェフ?」しっかりしろと気合いを入れるような声だった。

ジェフリーに被害者の肩をがっちりとつかませ、サラは刃を前後させつづけた。被害者は華奢だった。どこもかしこも脆そうに見えた。刃が骨に食いこむたびに、その体がびくんと動くのがジェフリーの手に伝わってきた。

「ちゃんと押さえてて」

ジェフリーへの警告はそのひとことだけだった。

サラは骨の結合部の下に刃をねじこんだ。

骨が削れる音に、ジェフリーの歯は勝手にカチカチと鳴りはじめた。

ふたたびサラは全体重をかけた。右手の付け根で胸骨体をぐっと押しさげた。左手でナイフの柄を握りしめ、鋸歯状の刃で胸骨柄を持ちあげようとした。

彼女の両肩がまた震えだした。

スープ缶の蓋をあけるようにはいかなかった。むしろ蓋の隙間にナイフを突き立て、力ずくでこじあけようとしているようなものだ。

サラはジェフリーに言った。「わたしの右手を押して左手を引っぱって」

ジェフリーは彼女の手に手を重ねた。被害者を壊してしまいそうで、そろそろと身を乗り出した。

「もっと強く」

両手に力をこめたが、全身の筋肉はやめろと声をあげていた。被害者はあまりにも華奢だ。まだティーンエイジャーと言ってもいい。ひとりの男としてのジェフリーは、彼女をこじあけることに懸命に抗っていた。

「もっと」サラが厳しい声で言った。鼻の頭から汗がしたたり落ちた。彼女の肩の震えが手に伝わってきた。「もっと強く、ジェフリー。肺に空気を入れないと、この子は死んでしまうのよ」

ジェフリーは渾身の力でサラの右手を押し、左手を引っぱった。刃が曲がりはじめたが、ジェフリーには、屈しかけているのはナイフではないとわかっていた。骨のほうだ。

牡蠣の殻のように結合部に裂け目が入った。

ジェフリーはまた吐き気をこらえた。骨の裂ける感触は両腕を伝って歯までのぼってきた。だが、胸骨柄が引きはがされた瞬間、軟骨が割れて腱がはがれ、ちぎれる音のほうがさらにおぞましかった。

「ここよ」サラは開口部を指した。「これが静脈。これが動脈。手は邪魔になるから、ペンでどけて」

輪状の気管の前に、二本のピンク色のストローのような静脈と動脈がへばりついているのが見えた。一方の表面には細かな赤いものがくっついていた。もう一方はなめらかそうだった。ジェフリーはどうしても手の震えを止められなかったが、ペン軸の上半分の先端で動脈と静脈をそっと押しのけた。

「そのままじっとしてて」サラはプラスチックのペン軸の下半分を親指と人差し指でつまんだ。肘は体の側面にぴったりとつけている。ペン軸の銀色の先端を気管に押しこみ、三分の一まで入れた。

「ペンをどけて」

ジェフリーはそろそろと手を引いた。動脈と静脈がするりと元の位置に戻った。

サラは深く息を吸った。隙間ができないようにペン軸をくわえ、気管に直接空気を吹きこんだ。

なにも起きなかった。

サラはもう一度息を吸った。その息をまたペン軸から吹きこんだ。

ふたりともじっと耳を澄ませた。小鳥のさえずりや葉擦れの音しか聞こえないまま、永遠にも感じる時間が流れたのち、ついにペン軸から空気が漏れる音がした。

被害者の胸が震えながら空気を吸いこんでふくらんだ。そして、見た目にはほとんどわからないほどゆっくりとしぼんだ。ジェフリーも息を止めて秒数を数え、また被害者の胸がふくらみ、肺が空気で満ちるのを待った。

被害者の呼吸に合わせてジェフリーも息を吸っては吐いているうちに、彼女の顔から青みが退き、全身に生気が戻ってきた。

サラは血まみれの検査用手袋をはずした。被害者の髪をなでつけながらささやいた。

「もう大丈夫よ。息をして。もう大丈夫だからね」

彼女が被害者に話しかけているのか、それとも自分に言い聞かせているのか、ジェフリーにはわからなかった。彼女の両手は震えていた。目が涙で潤みはじめた。

ジェフリーは手を差しのべた。

サラにびくりと身をすくめられ、ジェフリーはこのときほど自分が大きいだけの役立たずだと感じたことはなかった。

ジェフリーはむなしく両手を地面についた。

沈黙のなか、サラとふたりで救急車の到着を待つしかなかった。

4

アトランタ

「テッサ」サラは電話に向かってほとんど金切り声で言った。「テッシー、頼むから――」

妹は少しも耳を傾けようとはしなかった。そのまましゃべりつづけ、やがてその声は『ピーナッツ』のアニメに出てくる大人たちの声ような意味のない音になった。

ワ、ワ、ワ、ワワワワ、ワワワワ。

サラはスピーカーフォンに切り替え、シンクの上の棚に置いた。ディスペンサーからピンク色の液体ソープを出して顔を洗った。質の悪いペーパータオルは手のなかでぼろぼろになった。早くこの刑務所を出なければ、自分が独房に入れられることになりそうだ。

テッサが物音を聞きつけたようだ。「ちょっと、なにしてるの?」

「州立フィリップス刑務所の訪問者用トイレであちこち洗ってるの」サラは頰から濡れた紙をはがした。「この五時間、血とおしっことうんちにどっぷりはまってたから」

「大学に戻ったみたいね」

サラは笑ったが、テッサには気づかれないように声を嚙み殺した。「テッシー、自分の好きなことをすればいいじゃない。助産師になるトレーニングを受けたいなら、助産師になるトレーニングを受ければいい。わたしの承認はいらないでしょ」

「嘘ばっか」

サラは、もう一度同じことは言えなかった。正直なところ、ふたりはどんなときもたがいの承認を必要とするからだ。サラはテッサを怒らせたら夜も眠れなくなる。テッサはサラの機嫌を損ねたら日常生活もまともに送れなくなる。幸い、大人になるにつれてその頻度は減ったが、今回ばかりは事情が違う。

テッサは歯止めが利かなくなっていた。ほんとうなら一カ月前に飛行機で南アフリカへ帰っていたはずなのに、延期した。夫には離婚するとメールで告げた。五歳の娘にはフェイスタイムで感謝祭までには帰ると話した。だが、どうやらすっかり実家のガレージ二階の住人になっている。ある日は大学院に行きたいと言った。その翌日には、助産師になると言いだした。むしろテッサに必要なのは、今回の心機一転計画はなにひとつ一転させないとわからせてくれる、腕のいいセラピストを見つけることだ。

古いことわざの言うとおり、どこへ行こうが悩みはついてくる。

「姉さん、これは知っておいたほうがいいと思うんだけど」テッサは言った。「ジョージア州の周産期死亡率は国内でも高いほうなの。とくに黒人女性。白人女性の六倍もお産で亡くなる率が高いの」

サラは、もちろん知っている、あなたがいま放り投げてきたそのやりきれない統計結果を州の監察医としてまとめたのはほかならぬわたしだから、とは言わなかった。「それはつまり、助産師ではなく医師を増やすべきという議論になるわ」

「話をすり替えないで。自宅出産は病院のお産と同じくらい安全だって証明されてるんだから」

「テス」黙って、サラ。黙れってば。「それはイギリスの研究結果よね。農村地帯に住んでいる妊婦は、医療施設まで車で一時間以上かけて――」

「南アフリカでは――」

ワワワワ、ワワワワ、ワワワワ。

南アフリカでの宣教師生活がテッサを〝よりよい人間〟にしたという心温まる物語をまた聞かされるのは耐えられない。テッサはパーティに明け暮れて四年で足りるはずの現代英語詩の学位取得に六年かけ、その後の五年間は父親の配管設備の会社を手伝いつつ、近隣三郡の見てくれのいい男たちと片っ端から寝ていたのに、そんなことはもう忘れるべきだと言いたいのだろうか。

いや、見てくれのいい男と寝るのがだめなのではない――サラとて、そういう男と週末をファックして過ごした経験はある――が、ここまで反対する根拠は、絶対に、なにがあっても口にしてはならない。

助産師になりたいと考えることそのものは悪くない。ただ、テッサが、あの妹が、助産師として働けば、大惨事は免れないと思うのだ。サラは妹を愛しているが、テッサはかつて靴紐(くつひも)の切れた靴を窓から放り捨てたことがある。やり方を目の前で教えてやってもルービックキューブを解くことができない。栄養バランスのとれたダイエットとはマカロニ・

アンド・チーズをセロリですくって食べることだと思っている。そんな女が、ときに危険を伴い、緊張感みなぎる分娩の最前線で、いかなるときもあわてず騒がず、トレーニングを放り出さずにいられるのか？

テッサが言った。「話を聞く気がないのなら、もう切るね」

「いや、聞いてるって――」

電話は切れた。

サラはテッサの首を絞める代わりに携帯電話を握りしめた。

時刻を確かめた。いまごろチャーリーは、サラがトイレに落ちたのではないかと思っているかもしれない。髪をまとめなおした。Tシャツの袖を手首までおろした。ウィルのTシャツだ。肩がだぶついている。袖も長すぎる。生地に指をすべらせた。洗濯したばかりのスクラブパンツをはいたのに、カフェテリアの悪臭が史上最悪の香水のように染みついていた。

トイレのドアをあけると、チャーリーが面会者用のテーブルの前にじっと座っていた。言われなくてもサラのダッフルバッグを持ちあげた。自転車のハンドルの形の口髭に隠れた笑みは本心からのものだった。チャーリーは優しい男で、サラがチームにくわわったばかりのころぎくしゃくしなかったのはひとえに彼の人柄のおかげだ。彼は何年も前からウィルに片思いをしていた。ウィルは当初サラの気持ちにも気づかなかったが、チャーリーの気持ちにもまったく気づいていない。目の前にヒントがあってもわからない。

チャーリーは尋ねた。「大丈夫？」

「ええ、ありがとう。ちょっとひと息つきたかったの」

彼は薄い木のドア越しになにもかも聞いていた者の笑みを浮かべた。

「ごめんね」サラは謝った。女性用トイレの外で辛抱強く待つことは、チャーリーの通常業務のなかには含まれていない。彼が普段より警戒しているのは、ここが男子刑務所だからだ。「ゲイリーは証拠の記録を終わらせた？」

「そろそろ終わるんじゃないかな」チャーリーは出入口のドアをあけて押さえた。たちまち日差しがサラの肌の水滴を乾かした。刑務所の塀の外に出て駐車場を歩いていても、建物は依然として不気味な感じがした。叫び声が聞こえたが、それもそのはず、人は檻に閉じこめられたらかならず叫び声をあげるものだ。

「ところで」チャーリーはサングラスをかけた。「潜在指紋の新人に会ったか？」

「アウトドア好きのロブ・ロウみたいな人？」

「飲みに誘われたんだ。危うくスーツケースに荷物を詰めそうになったよ」チャーリーはかぶりを振った。「おれはチャーリーじゃなくてシャーロットだな」

「シャーロットはいつだって自分の求めてるものをわかってる」サラは努めてさりげなく振る舞った。「最近、ウィルと話した？」

チャーリーはサングラスをはずした。「なんの話を？」

余計な質問だった。訊いても意味がないのに。ウィルは自分から気持ちを話したりしない。いつもなら彼を殻から引っぱり出す方法が見つかるのだが、サラは手詰まりに陥っていた。ウィルのことは全身全霊で愛している。彼とともに生きていきたいとなによりも望んでいる。ただ、花火やパレードの演出がほしいわけではないが、せめて例の質問をしてほしかった。〝きみのお母さんによろこんでほしい〟は、人生の目標ではあるけれど、結婚を申しこむ言葉ではない。あれから四十三日が過ぎたが、そのあいだ一度もウィルはこの話を持ち出さず、そのことも頭に来た。しゃべらない夫なんていやだ。しゃべらない妻になる気もない。

「サラ？」チャーリーが尋ねた。「なにかあったのか？」

タイミングよくサラの携帯電話が振動しはじめた。ウィルから受話器とクエスチョンマークの絵文字だけのショートメッセージが届いていた。彼とのメッセージや書き置きのやり取りは、いつも絵を使う。ウィルは読み書き障害（ディスレクシア）だ。文字は読めるが、時間がかかる。世界中で絵文字が使われているのはサラも知っているが、ウィルとふたりだけの特別な言語を使っているのだと思うのが好きだった。

「ちょっと電話をかけたいの」

「ゲイリーの片付けを手伝ってくるよ」チャーリーは先を歩いていった。「五分後に出発するよ」

「二分で行く」ウィルは夕食になにをオーダーするか話し合いたいのだろうと、サラは思った。彼は一時間以上なにも食べずにいたら飢え死にするのではないかと、恐怖に近いものを抱いている。

ウィルは一度の呼び出し音で応答した。もしもしとも言わずに、いきなり尋ねた。「いま話せるかな？」

変だ。「大丈夫？」

「ぼくは大丈夫だ」心許なそうな声だった。「話があるんだ。怒らないでほしい。こんなに長いあいだ黙っていたのはぼくが間違ってた。ごめん」

サラは手を目に当てた。四十三日間も待たせて。よりによっていま電話でこの話をするなんてありえない。「ここ、刑務所の駐車場なんだけど」

サラがわざと冷たく言うと、案の定ウィルはひるんだ。「サラ、ぼくは——」

「ウィル」ただでさえテッサのせいで虫の居所が悪いのに、こんなことをされてはもう限界だ。「六週間も時間があったのに、あなたは——」

「ダリル・ネズビット」

一瞬、わけがわからなかった。

そして、思い出した。

丸いビューファインダーのように、サラの脳裏にいくつかの映像が立てつづけに映し出された。サラはグラント郡にいる。野原を歩いている。背中にジェフリーの視線を感じながら。森のなかでひざまずいている。救急車を待っている。血まみれの両手。ジェフリーのプラスチックのペン軸を空気が出入りするかすかな音。結局は必要のなかったAEDを抱えて、木立のなかの空間へ無駄に駆けこんできたレナ。

サラはまぶたを指先で押した。涙が絞り出された。

「サラ？」

「ネズビットがどうしたの？」

「ここにいる。以前、レナ・アダムズを告訴した」ウィルは、サラがなにか言うのを待っているかのようにいったん黙った。「そして、ええと、そのほかにも訴えていることがあって、ある人について非難するようなことを……」

サラは胸を締めつけられながら声を押し出した。「ジェフリーね」

「ああ」ウィルはまた言葉を切った。「ひどいことを言ってる」

サラは喉に手を当てた。ジェフリーはふたりでベッドに横たわっているときによくサラの喉をなでたが、そのときの彼の手つきを不意に思い出した。すぐさまその記憶を追い払った。「はめられたって言ってるんでしょう？　警察の捜査が違法だったと」

「そのとおりだ」

サラはうなずいた。いまにはじまったことではないからだ。「ネズビットはジェフリーに損害賠償を求めて民事訴訟を起こしたの」事実上サラに対する訴訟だった。当時、サラはまだジェフリーの死から立ちなおっていなかった。眠っているか泣いているかのどちらかで、二度と目覚めなくてもかまわないと思いながら睡眠薬を大量に飲んでいた。「でも、却下された。いまさらどうして？」

「情報と引き換えに再捜査をしろと言っている」

サラはうなずくのをやめられなかった。体は勝手に理解しようとしているが、サラはこうなることを予測していたわけではなかったし、あっさり受け入れられるはずもなかった。

「情報？」

ウィルは詳しく話したが、なにもかもばかげていた。サラはジェフリーを失ったあと、悲しみに溺れて死にそうになった。町のあちこちで見かける彼の亡霊から逃れるためにアトランタへ来た。そしてウィルに出会った。彼に恋をした。思いきって新しい人生をはじめようとしていたのに、いまになって——。

「サラ？」

感情を取り除いて、論理的に考えようとした。簡単ではなかった。心臓が拳のように胸郭を叩いていた。「ネズビットの事件のことで、レナに連絡を取らなければならないのね」

ウィルは少しためらってから答えた。「そういうことだ」

「そうしたらレナは、ネズビットの言ってることはでたらめだ、ずっとでたらめばかりだったからって答えるでしょうね。もしかしたら、でたらめじゃないかもしれない。レナは嘘つきだし、悪徳警官だから。だけど、ネズビットは小児性犯罪者で刑務所にいる。みんなどっちを信じるかしらね？」

「そうだね」彼の声が遠くに聞こえ、なにもかもが遠く感じられた。「まだあるんだ」

「もちろんあるでしょうね」

「ネズビットは、ほかにも被害者がいると言っている。ひとり目は——」

「レベッカ・カタリノ」あの若い女性の名前は記憶に焼きついていた。「ベッキーと呼ばれていた」

「ネズビットは、自分が逮捕されたあとほかにも女性が殺されていると言うんだ」ウィルはまたちょっと黙った。「シリアルキラーが州のあちこちで犯行を重ねていると言ってる」

サラはいまだに聞いていることが呑みこめずにいた。手で口を覆った。体のどの部分もこの話を終えたがっていた。「ネズビットを信じるの？」

「わからない。フェイスとアマンダからは、もっと詳しいことがわかるまではきみに話すなと言われた。でも、ぼくは知らせるべきだと思った。すぐにでも。いまようやく話すことができた。いまトイレにいる。フェイスが車で待ってるんだ」ウィルは明らかになんらかの反応を待っていたが、サラは黙っていた。「この話、してもよかったんだよね？」

正直に答えることはできなかった。「ほかには？」

「アマンダを説得して、直近の被害者をきみに検死解剖してもらうことになった。被害者とされている女性だ。まだ確定じゃない」ウィルはごくりと唾を呑みこんだ。「アマンダはきみに先入観を持ってほしくないんだよ、たぶん。検死解剖でグラント郡の事件を連想させるような特徴かなにかが見つかったら――」

「フェイスもわたしに嘘をつけと言ったの？」

ウィルは答えなかった。

サラは駐車場のなかを見渡した。フェイスの赤いミニが職員専用入口のそばにとまっていた。フェイスは助手席でうつむいている。おそらくダリル・ネズビットの事件のファイルを読んでいるのだろう。嘘をつくようウィルに促す役目は果たしたのだから。

「ウィル？」

彼の呼吸の音は聞こえたが、やはり返事はなかった。

サラは唇を嚙んで、震えを止めた。手を見おろした。

手根骨。中手骨。基節骨、中節骨、末節骨。

手には二十七の骨がある。全部数えあげてもウィルが話しはじめなかったら、電話を切ろう。

ウィルが咳払いをした。

舟状骨。月状骨。三角骨。豆状骨。大菱形骨。小菱形骨。

「サラ?」ウィルがようやく口を開いた。「ぼくのしたことは間違ってた?」

「いいえ」

サラは電話を切った。携帯電話をポケットにしまった。ふたたび駐車場を歩きだした。

心と体が五センチずれているような、自分の輪郭がぼやけているような気がした。一部はここにいて、ウィルと同じ時間を生きている。もうひとつの部分は、グラント郡に引き戻されている。ジェフリー。フランク。レナ。森。被害者。陰惨な事実のあれこれ。とめどなく湧きあがってくる映像を押しとどめようとした。なにかしっかりとした形のあるものが必要だ。

ゲイリーとチャーリーが鑑識のバンの後ろに立っていた。

フェイスはあいかわらずミニのなかにいた。

アマンダは白いアウディ・A8に乗っていた。耳に携帯電話を当てている。ヘッドレストに頭をもたせかけているので、ヘルメットのような白髪交じりの髪がベルのように傾いていた。アマンダはサラに気づいて手招きした。

助手席の窓がおりた。「一緒に来て。ソーティーで興味深い事件が起きたの」

アマンダはきみに先入観を持ってほしくないんだよ」

サラはドアハンドルをあげた。体は勝手に動いた。脳は過負荷状態で、筋肉に指示を送る以外になにも処理できていなかった。ドアをあけた。なかに乗りこもうとした。

「サラ」ウィルが車のほうへ走ってきた。彼もサラと同じように感じているらしい――不意をつかれたように。そばへ来た彼は息を切らしていた。アマンダ、チャーリー、ゲイリー、フェイスを順番に見た。おそらく四人ともネズビットの訴えを知っていて、サラには伏せておくことに同意しているのだろう。

サラはウィルに言った。「夕食はサラダがいいな」

ウィルは一瞬たじろぎ、うなずいた。

サラはウィルの胸に手を当てた。手のひらのそばで彼の心臓が激しく鼓動していた。

「帰りがけに電話する」

普段と同じように、彼の唇にキスをした。アマンダの車に乗りこんだ。ウィルがドアを閉めてくれた。シートベルトを締める。ウィルが手を振る。手を振り返す。

アマンダは駐車スペースから車を出した。左へ曲がって道路に出た。州間高速道路(インターステート)に入り、ようやく話しはじめた。「ソーティー・ナクーチーはホワイト郡で、ここからだいたい八十キロくらい。アレクサンドラ・マカリスターという二十九歳の女性が、昨日の午前六時ごろ、州立ユニコイ公園で遺体となって発見された。八日前、母親が捜索願を出していた。大規模な捜索がおこなわれたけれど、彼女は発見されなかった。ところが、ふたり組のハイカーが犬を連れていた。犬は、二本の登山道に挟まれた森のなかで遺体を見つけた。

郡の検死官は事故死と認定した。でも、わたしの直感は違うと言ってる」
「裏から手をまわして、遺体を見せてもらうことになったの」アマンダはつづけた。「とりあえず足の親指だけはこじ入れたけれど、いつ引き戻されてもおかしくないから、あんまりどたばた入っていかないほうがいいわ」

まだあるんだ。

ほかにも被害者がいる。ほかにも女性が。シリアルキラー。

サラは、ダリル・ネズビット本人に一度しか会ったことがない。法廷で弁護士の隣に座っていた。サラは、ジェフリーに対する民事訴訟で弁護を頼んだバディ・コンフォードと並んで立っていた。体がひどくふらついて、バディに支えてもらわなければならなかった。ジェフリーを失った悲しみは、世界の回転を止めてしまった。それまでずっと、サラは自分を強い人間だと思っていた。頭がよく、行動力があり、窮地でも突き進んでいける、と。だが、ジェフリーの死はサラを分子レベルで変えた。家族以外のだれにも泣く姿を見せたことのない女が、スーパーマーケットの通路を歩いているだけで突然泣き崩れるようになった。自分がこんなに弱くなるとは想像したこともないほど弱くなった。

弱くなったから、ウィルと一緒にいられるようになった。

ぼくのしたことは間違ってた?

サラはうなだれ、片手で頭を押さえた。ウィルになんということをしてしまったのだろう? ショックで黙りこみ、そのくせ彼の沈黙に腹を立て、あげくのはてに夕食はサラダがいいなどと言い放った。いまごろウィルはパニックを起こしているに違いない。サラはポケットから携帯電話を取り出した。彼にメッセージを打とうとキーパッドを呼び出した。でも、なんて書けばいい？　サラがいましたいことをあらわす絵文字はない。家に帰ってベッドにもぐりこみ、すべてが終わるまで眠っていたいのだが。

アマンダが尋ねた。「なにか問題でも？」

サラはウィルの番号にかけた。呼び出し音が何度か鳴った。

今回は「もしもし」と応答があった。

車が道路を走っている音が聞こえた。先ほどフェイスはミニの助手席にいたということは、ウィルが運転しているのだろう。ということは、いま彼はスピーカーフォンで通話している。

サラはさりげない口調を装った。「もしもし。やっぱりサラダじゃないものがいいな」

ウィルは咳払いをした。サラは顎をこすっている彼を思い浮かべた。緊張したときの彼の癖だ。「わかった」

アマンダがサラの言葉を聞き漏らすまいと耳を澄ませているのがわかる。フェイスもウィルの言葉を聞いているに違いない。それぞれが秘密を抱えているとそうなるものだ。

サラはウィルに言った。「マクドナルドで買って帰るね」

ウィルがまた咳払いをした。本物の食べ物ではないからという理由で、サラはいままで一度もマクドナルドでテイクアウトしたことはない。「わかった」

「わたし――」

動揺してる。怖がってる。怒ってる。傷ついてる。引き裂かれてる。ジェフリーのため

に。でも、やっぱりどうしようもなくあなたを愛していて、それなのになんて言えばいいのかわからない。

サラはもう一度言った。「帰りがけにまた連絡する」

一瞬遅れて返事があった。「わかった」

サラは電話を切った。三度の〝わかった〟。事態を悪化させただけだったかもしれない。だから、嘘や隠しごとは嫌いなのだ。イースターバニーの真実を受け止めきれない子どもを相手にしているかのように、もっともらしい言い訳を使って今回のことを隠しているアマンダにも腹が立つ。

ネズビット。ジェフリー。レナ・くそったれ・アダムズ。

なにより傷ついたのは、フェイスも加担していることだった。アマンダが隠しごとをすることに怒るのは、蛇がシューシューいうことに怒るようなものだ。ウィルが打ち明けてくれたのは、アメーバですら負の刺激を避けるのだから当然だ。でも、フェイスは友達なのだ。ふたりでウィルのことは話さないが、ほかのことはなんでも話す。真面目な話もする。たとえば、フェイスが十五歳で妊娠してどんなつらい目にあったか。ジェフリーが亡くなったときにサラがどんなに嘆き悲しんだか。どちらも試すことのない料理のレシピも教え合う。職場のゴシップも話す。フェイスは性生活の愚痴をこぼす。サラはフェイスの娘のベビーシッターをする。

アマンダが言った。「窓をあけてくれない？　においがするの、なんだか――」

「血まみれのトイレみたいな？」サラはほんの少しだけ、自分が新鮮な空気を吸える分だけ窓をあけた。高速道路の脇を流れていく木立を眺めた。森を見ていると、あの日の森のなかへ引き戻された。脳裏のビューファインダーに映像が映し出された――ひざまずいた自分。向かい側にいたジェフリー。

あのとき、サラはジェフリーに支えてほしくてたまらなかったが、そのことにふたたび打ちのめされてもいた。慰めてほしい相手はたったひとりしかいないのに、そのひとりは慰めを与えることができない人間だった。結局は妹に電話をかけて職場へ呼び出し、ひとしきり泣くあいだそばにいてもらった。

アマンダが言った。「あなた、いやに静かね」

「そうですか？」口のなかで舌がふくらんでいるような感じがした。

「なにを考えてるの」

アマンダにはとても教えられない。サラは言った。「あの道路脇の盛りあがった線。タイヤが踏んだら、ガタガタいうやつ。あれってなんていうんでしたっけ？」

「ランブル・ストリップ」

サラはしばらく息を止めてから吐き出した。「あれを見ると、いつもウィルのお腹(なか)に指を這わせるときのことを思い出すんですよね。彼の腹筋って――」

「音楽でもかけましょうか」アマンダのラジオはつねにフランク・シナトラ専門局に合わせてある。スピーカーから、耳慣れたボサノバが流れはじめた――。

The girl from Ipanema goes walking...

サラは目を閉じた。息が浅くなっていた。頭がぼうっとした。無理やり呼吸を落ち着けようとした。膝の上で握っていた拳をゆるめた。またあの日のグラント郡に引き戻されていった。

レベッカ・カタリノが発見されたのは、サラが裁判所に離婚を申請して一年と一日後だった。一周年記念に、サラはアトランタへ男に会いに行った。とくに記念すべき男でもなかったが、サラとしてはなにがなんでも楽しんでやると自分に言い聞かせた。そして、ワインをがぶ飲みした。それから、ウィスキーをがぶ飲みした。そして、便器に頭を突っこむはめになった。

次に覚えているのは、目を覚ますと実家の寝室で、すさまじい二日酔いだったことだ。テッサと父親がアトランタまで迎えに来てくれたのだ。サラは普段、泥酔するほど飲まない。朝食のテーブルで、テッサにからかわれた。父親には「都会で嘔吐かい？」と訊かれた。母親にはブロックを手伝ってあげなさいと言われた。古いチェストに入っていた清潔な服は一揃（ひとそろ）いだけ、それもスウィート・ヴァレー・ハイスクール時代のテニスのユニフォームだった。

「これ知ってる？」アマンダがラジオの音量をあげた。シナトラの歌は《わが町シカゴ》に替わっていた。「父がよくこの曲を歌ってくれたの」

サラはアマンダとともに思い出の小道を歩くつもりはなかった。こっちはこっちで思い出と格闘中なのだ。

ジェフリーはフランク・シナトラ的な男だった。尊敬されていた。有能だった。高く評価されていた。自然と周囲に人が集まり、従った。ジェフリー本人はなにごとにもマイペースだった。フットボールで奨学金を得てオーバーン大学で学んだ。専攻はアメリカ史。警官になったのは、人生の師が警官だったからだ。グラント郡にやってきたのは、小さな町というものを理解していたからだ。

はじめてジェフリーと会ったときのことは、はっきりと思い出せる。サラはボランティアでハイスクールのフットボール部のチームドクターをしていた。新監督のジェフリーは集まった人々と握手をしてまわっていた。息を呑むほどハンサムな男だった。あんなふうに無防備に、理屈抜きでだれかに魅力を感じたことはそれまでなかった。しばらく彼をまじまじと眺めながら考えた。この土日のあいだに、テッサが彼と寝ることになるだろうな、と。

ところが、ジェフリーが選んだのはサラだった。

最初から彼とは違うところばかりだった。サラは舞いあがっていた。完全に調子が狂っていた。安易な女になった。最初のデートで寝た。壊れた女でもあった。アトランタで残虐にレイプされて以来、はじめてつきあった男がジェフリーだった。

ジェフリーには、田舎のコミュニティの役に立ちたかったからグラント郡へ帰ってきたと話した。それは嘘だった。十三歳のときからアトランタで最高の小児外科医になると決めていたのだ。そう決めたときから、空き時間はデスクチェアにお尻をくっつけて教科書とにらめっこをしていた。

グレイディ病院の職員用トイレの十分間がサラの人生を脱線させた。

サラは手錠をかけられた。口をふさがれた。レイプされた。ナイフで刺された。子宮外いた。

妊娠し、そのせいで子どもを産むことはできなくなった。そのあと、裁判があった。有罪の評決が出るのを待つのはつらかった。そのあとも判決が出るのを待ち、グラント郡へ帰り、新しい職に就き、新しい人生が、新しい日常がはじまるのを待ち、つらい日々がつづいた。

そんなときに、あの美しい理知的な男に会って衝撃を受けた。

当初レイプのことを打ち明けなかったのは、しかるべきときを待っていたからだ。しばらくして、しかるべきときなどないと悟った。ジェフリーがサラに惹かれたいちばんの理由であり、ほかのだれにも負けないサラの長所が、強さだった。だから、自分が壊れていることを彼に知られるわけにはいかなかった。夢をあきらめたことを。被害者だったことを。

一度目の結婚生活のあいだ、サラは秘密を守り通した。離婚していた期間は、秘密を守ってよかったと思っていた。ふたたび彼と会いはじめ、愛し合うようになってからも隠しつづけた。あまりに長いあいだ隠していたので、ついに打ち明けたときには、すべて自分が悪かったのではないかとやましい気持ちになった。

ラジオの曲がサラをいま現在に引き戻した。シカゴをたたえるシナトラの歌に合わせて、ハンドルを叩くアマンダの指輪がカチカチと鳴っている——。

One town that won't let you down.

サラはティッシュを探した。Tシャツの袖のなかは——ウィルのTシャツの袖のなかは空っぽだった。ダッフルバッグはチャーリーが持っていってしまった。バッグはバンのなかだ。チャーリーに電話をかけて、バッグをオフィスに入れておいてくれと頼むべきなのだろうが、ポケットから携帯電話を取り出して彼の番号にかけて、と思っただけでいやになった。

ウィルにそばにいてほしい。ソファで二本のスプーンのように体を重ねたい。彼の膝に座って両腕で包まれる感触が恋しい。ウィルはもうすぐメイコンに着くころだろう。彼と自分は文字どおり正反対の方向に向かっている。

レイプの体験をウィルに話したときのことは、はっきりと覚えていた。まだ知り合って数カ月しかたっていなかった。ウィルにはまだ妻がいた。サラの気持ちはまだ揺れていた。ふたりはサラの実家の前庭にいた。とても寒かった。飼い犬の二頭のグレーハウンドは震えていた。サラはウィルのキスを待ち焦がれていたのだが、もちろん彼は自分からそんなことはしないので、サラのほうからキスをした。そして、自然とその話になった。いや、精一杯、自然に話した。夫にずっと黙っていたのは、弱い人間だと思われたくなかったからだと、ウィルには打ち明けた。

ウィルは、きみが強くないと言う人間などいない、と言ってくれた。

そんなふうに、彼は優しい。体もきちんと鍛えている。勘も鋭い。だが、彼は注目を浴びたがるタイプではない。パーティでは隅っこで隣人の飼い犬をなでている。冗談を言うけれど、たいていは自虐的なものだ。人にどう思われているのか気にする。物静かだが、絶えず周囲に目を配っている。サラの見たところ、子どものころに苦労したせいだろう。ウィルは児童養護施設で育った。当時の話はほとんどしないが、サラは彼がすさまじい虐待を受けていたことを知っている。体に残る傷痕がそれを物語っている——煙草の火を押しつけられた跡、電気火傷、骨が皮膚を突き破った跡に残るぎざぎざのふくらみ。ウィルは傷を見られるのをいやがり、自分が人に憎まれるような子どもだったことを恥じる必要はないのに恥じている。

それは、サラ以外のだれも知らないウィルだ。多くの人は彼があまり口をきかないことにとまどう。彼には野生の獣のようなところがある。激しさが底流にある。ナイフの刃のように、内なるばねがいまにも飛び出ようとしている。まかり間違えば、フィリップス刑務所に閉じこめられている犯罪者のひとりになっていたかもしれない。彼はかろうじてハイスクールを卒業した。十八歳でホームレスになった。逮捕歴もあったが、アマンダがなんらかの手を使って抹消した。経歴がきれいになったおかげで、ウィルはやりなおしの機会を得た。多くの人はその機会を無駄にする。ウィルはその多数ではなかった。大学へ行った。特別捜査官になった。良い警官の見本のような警官だ。市民の安全を考えている。正しさを追求している。

心から愛する者をくらべたくはないが、ふたりのあいだにはくっきりとした違いがあった。サラは、ジェフリーには自分と同じくらいの強さで彼を愛せる女性が何十人も、ひょっとしたら何百人もいるかもしれないと思っていた。

だが、ウィルにふさわしい愛し方ができる女はこの世で自分だけだと、きっぱり言いきれる。

アマンダが言った。「あと三十分で着くわ。ラジオ、替える？」

サラはチューナーをポップ2Kに合わせて音量をあげた。窓を全開にした。強い風が肌を斬りつけた。目が乾かないようにまぶたを閉じた。

アマンダはレッド・ホット・チリ・ペッパーズに十秒しか耐えられなかった。

ラジオはいきなり切れた。助手席の窓がするすると閉まった。

アマンダは言った。「ウィルがネズビットのことを話したのね」

サラは頰をゆるめた。アマンダにしては気づくのが遅い。「あなたは刑事だと思っていました」

「わたしもよ」不本意そうな口調だった。「どこまで知ってるの？」

「ウィルが知っていることは全部」

その言葉は明らかにショックだったようだ。アマンダはウィルに逆らわれることに慣れていない。それでも、サラにこう言った。「後ろにわたしのブリーフケースがある。そのなかにネズビットの個人記録が入ってるわ」

サラは腕をのばしてファイルを取った。膝の上で開いた。記録の厚みは、五センチはあった。やはり、とうなずける部分は飛ばして――あの男は救いがたいことにみずから刑期を二十年延ばしていた――医療記録を探した。中身を読むのに令状は必要ない。服役中のネズビットにプライバシーの権利はないからだ。過去の入院歴や刑務所内の診療所で受けた治療の記録は膨大な量にのぼったが、サラはざっと目を通した。

ネズビットは片方の脚がBKA、つまり膝から下が切断されている。八年間の刑務所生活で、何十回、いや何百回もさまざまな医師の診察を受けていた。刑務所では継続的な治療を受けることができない。しかも、外傷の専門家はユニコーンより稀少だ。受刑者は充分な治療を受けることはできず、よほど運がよくないかぎり、担当医師は医療過誤訴訟から逃げている者か、最低限の治療しか提供しないことで利益を得ている民間業者に雇われた者だ。

サラは請求書のページをめくった。鬱血性心不全だろうが足の巻き爪だろうが、症状にかかわらず診察を受ければ、受刑者は一回につき五ドルを自己負担しなければならない。ネズビットはジョージア州に対して二千六百五十五ドルの未払い金がある。購買部の口座も、雑用で得る時給三セントの賃金も、未払い金を清算するまでは差し押さえられる。出所後も彼に収入があれば没収される。この八年間だけでも、ネズビットは五百三十一回診察を受け、二十八回入院していた。週に一度以上の頻度だ。

サラはアマンダに言った。「ネズビットは車の事故で足首から下を切断しています。刑務所に収容されて以来、さらに十センチ脚を失っている。義足が合っていないんです。粗末な義足は合わない靴のようなものです。摩擦が正常な毛細管圧を阻害する。組織が虚血を起こす。刑務所にいるかぎり、この状態が長引くわけですが、そうすると組織は壊死していきます」

「それから？」

「それから――」サラはカルテをめくった。まるで発展途上国の医療の事例研究だ。「患部の重症度は目視で診断するんです。ステージⅠは表面的なもの、発赤です。ステージⅡは、皮膚の上からふたつの層が欠損した段階です。基本的には水ぶくれのように見えます。

ステージⅢは全層皮膚欠損。ただれですね。脂肪は見えますが、骨と筋肉は見えない。白色あるいは黄色のスラフが付着し、拭えば取れる」

「膿のこと？」

「というより、ぬるぬるした薄膜ですね。悪臭がします。清潔にしなければ、嫌気性細菌が繁殖してしまう」カルテには、ネズビットの脚が繰り返し細菌に冒されていることが記されていた。受刑者は居房で治療を継続して受けることは許されず、一回五ドルの診療では滅菌布をもらうのも難しそうだ。

サラはつづけた。「ステージⅣは全層組織欠損。そうなると、骨も筋肉も腱も外から見えます。この段階を過ぎるとステージの分類はできなくなります、なにも視認できないんですから。皮膚は真っ黒になって、傷口の組織は靴底のように分厚くなります。そのなかを露出させなければならない。腐臭がします。腐った肉を思い浮かべてください、要するにそれです。筋肉は崩れている。骨は細菌感染を起こしている。ネズビットはこの八年間で四度、この状態になっている。そしてそのたびに脚を少しずつ切断されていたんです」

「それが精一杯の治療なの？」

こんなぞっとするような話でなければ、サラは大笑いしていただろう。「南北戦争の戦場ならそうでしょうね。でも、いまは二十一世紀ですよ。陰圧閉鎖療法が標準的ですし、理想としては高圧酸素療法で患部に血流を促したいところです。最高の環境のもとで集中的な治療を受けても、治癒には数カ月かかります」

「州がそんな費用を払うわけがないわね」

サラはとうとう笑ってしまった。州は清潔なシーツ代すら出し渋っているのに。「ネズビットは現在ステージⅢ、全層皮膚欠損です。間近に立てば、肉の腐るにおいがわかる。あと一度か二度、感染症を起こせば、膝関節を失うことになるでしょう。すると、新たな問題が持ちあがる。大腿義足に適応するのは、比較的条件のよい患者でも大変なんです」

「少しずつ切断していったら、しまいには脚がなくなってしまうんじゃないの？」

「そうはならないでしょうね。車椅子に乗ることになるのは避けられない。理学療法は受けられない。運動は制限される。トイレの水で水分を補給するわけにはいかない。すでに適正体重を十キロ近くオーバーしている。血圧もコレステロールも血糖値も高い。糖尿病まであと少しです」

「地獄をさらに下へおりるわけね」

「どん底です。居房で血糖値を測定することはできても、注射のたびに診療所へ行かなければならない。それがどんなことか、想像はつきますよね。毎年数百人の受刑者が糖尿病性ケトアシドーシスで死亡している。ネズビットは寿命を数十年短縮されるかどうかの瀬戸際にいるんです。もちろん、脚の傷はひどくなる一方ですし」

「自分の夫を訴えようとした小児性犯罪者をやけに哀れむのね」

アマンダが独自に下調べしていたことに、サラは気づいた。ネズビットの個人記録には、民事訴訟に関する記載はない。「医療面の見解を述べただけであって、個人的な話はしていませんので」

それでも、母親のとがめるような声で聖書の一節が聞こえた。〝わたしの兄弟であるこのもっとも小さい者のひとりにしたのは、わたしにしてくれたことなのである〟

「変ね」アマンダは言った。「ネズビットは、取引の材料として、自分が医療を必要としていることを匂わせもしなかった。いますぐにでも病院で治療を受けさせてもらえたかもしれないのに」

「海に唾を吐くようなものです。ちゃんと治療しようと思えば百万ドルではききません」サラは必要な費用をあげてみせた。「創部ケア専門の看護師。患肢温存と切断が専門の整形外科医。心臓専門医。血管外科医。脚に合った義足。理学療法。三カ月ごとの義足調整。三年から四年ごとの義足交換。栄養学的なサポート。疼痛管理」

「そんなのわかってるわ」アマンダが言った。「ネズビットもわかってる。だから、復讐にこだわってるのよ。グラント郡警察の名を穢したいの」

「つまりジェフリーの名を」

「レナ・アダムズの名よ。ネズビットはアダムズを刑務所に送りたがっている」

「まあ驚いた。わたしと小児性犯罪者の意見が一致するなんて」サラは直近の治療記録にページを戻した。「奇跡が起きなければ、ネズビットは二週間以内に敗血症を起こすでしょう。症状が重くなれば、病院へ搬送される。それから、また刑務所に戻される。さらに具合が悪くなる。また病院へ送られる。彼はいままで四度、これを繰り返しています。自分がどうなるか知っているんです」

「だから、一週間の期限を切ったのね。グラント郡の事件の捜査で、覚えていることはないの？」

「監察医の立場でしか話せませんけど」サラは如才なく振る舞おうとした。あのころ、ジェフリーと話してもたいていはすぐさま中傷や悪口になるだけだった。「わたしは地元の検死官のアドバイザーでした。ジェフリーとはうまくいってなくて」

アマンダはスピードを落とさず側道に入った。サラは時間を忘れていた。いつのまにかソーティーのイングル葬儀場に到着していた。アマンダは建物のまわりを一周して、正面玄関の前に車をとめた。携帯電話を取り出し、だれかに到着を告げた。

玄関のそばにはもう一台、赤いシボレー・タホーがとまっていた。サラは二階建ての煉瓦(れんが)の建物を見あげた。白い装飾。赤銅色の雨樋(あまどい)。このなかにアレクサンドラ・マカリスターがいる。二十九歳。八日間、行方不明だった。遺体は、犬を連れていたふたり組みのハイカーに発見された。

黙って過去に浸っていないで、アマンダに現在のことを根掘り葉掘り問いただすべきだった。

「二分待って」アマンダは電話を切った。「遺族がもうすぐ帰るそうよ」

サラは、三十分前に訊くべきだったことを訊いた。「ネズビットの言い分は正しいと思いますか？　ほんとうにシリアルキラーがいるんでしょうか？」

「だれもが連続殺人事件を手がけたがるわ」アマンダは言った。「わたしの仕事は、部下たちが蝿(はえ)を追うのをやめて腐肉のある場所を見つけられるように、彼らのピントを合わせてあげることよ」

玄関のドアがあいた。静まりかえった車のなかで、ふたりは建物から出てきた男女を見ていた。男女は五十代後半だった。どちらも悲しみで背を丸めている。アレクサンドラ・マカリスターの両親だろうと、サラは思った。ふたりとも黒ずくめの服装だった。言われるがままに、棺を選んだのだろう。優しく促されるがままに、枕とサテンの裏張りの色を選んだのだろう。娘が最後に着る服を持ってくるように言われたのだろう。下着と靴とアクセサリーも忘れずに、と。それから、書類にサインし、小切手を切り、写真を渡し、弔問の時間帯と葬儀と埋葬の日程を決めたのだろう――親がわが子のためにしたくないことばかりだ。

妻が夫のためにしたくないことでもある。

アマンダは、マカリスター夫妻が車で走り去るまで待っていた。「ジェフリーの捜査資料はどこにあるの？」

ふと、ジェフリーの流麗な手書きの文字がサラの脳裏に浮かんだ。あのととのった筆記体が彼に恋をした理由のひとつだった。「すべて倉庫に預けてあります」

「彼の資料がほしいの。とくにノートが」アマンダは車を降りた。

アマンダは正面玄関に入らず、サラを通用口へ連れていった。サラは、ジェフリーの捜査資料をアトランタに運ぶ方法を考えた。彼は資料を整理して保管していたから、該当する箱を見つけるのはたやすいだろう。テッサに車で運んでくれないかと頼むことはできる。ただ、テッサはいやがりそうだ。それに、間違いなくウィルと気まずくなる。やはり今日中にフェイスと話をする必要がある。にわかに、やりたくないことばかりのやることリストができあがった。

通用口に鍵はかかっていなかった。建物の外に防犯設備はなく、監視カメラすらなかった。アマンダがドアをあけ、ふたりはなかに入った。アマンダはあらかじめ内部の構造を教わっていたらしい。長い通路をどんどん歩いていき、やがて階段を地下階へおりはじめた。

地下の空気はひんやりとしていた。消毒薬のにおいがした。階段の下に机、奥の壁沿いに書類戸棚が見えた。貨物用エレベーターのシャフトはアコーディオンゲートでふさがれていた。ウォークイン式の冷蔵庫から低いハム音が聞こえた。床はグレーのラミネートタイルで、中央に太い排水溝があった。ステンレスの業務用シンクの水栓から細く水が流れていた。

サラは人並み以上に長い時間を葬儀場で過ごしてきた。ジョージア州の〝きみも検死官になろう!〟式の選定ゲームショーには反対だが、グラント郡の検死官をしていた男性が――たいてい男だ――葬儀場の管理者だったことはありがたいといつも思っていた。葬儀管理の資格を持つ者は、人体の構造を学んで理解している。州が新人検死官に受講させる四十時間の入門講座も、葬儀管理者なら細部まで吸収できただろう。

アマンダが腕時計を見た。「さっさと終わらせましょう」

サラとしてもぐずぐずするつもりはなかったが、急かされたくはなかった。「予備的な目視検査しかできませんよ。検死解剖が必要なら、遺体を本部まで搬送する必要があります」

「了解」アマンダは言った。「覚えておいて、現時点では公式な死因は事故よ。ここの検死官が自分の検死結果は間違っていたと認めなければ、遺体はどこにも運べない」

それは大丈夫だろうと、サラは思った。アマンダは人に考えをあらためさせるコツを知っている。

ウィーンと大きな音をたてて、貨物用エレベーターが地下階へおりてきた。まず黒いウィングチップシューズが見えた。それから、黒いパンツ。そろいのジャケット。首の数センチ下まできっちりボタンをとめたベスト。最後に黒いネクタイ、白いシャツ。エレベーターが止まった。アコーディオンゲートが開いた。降りてきた男は、サラの想像どおりだった。灰色の髪は後ろになでつけてあり、髭もきちんと手入れされていた。七十代後半にはなっているだろう。古風な外見に、この職業にふさわしいいかめしさを漂わせている。

「やあどうも」男はエレベーターからストレッチャーを引き出し、地下室の中央へ押してきた。遺体は白いシーツで包まれていた。分厚いコットン地にプリントされたモノグラムのロゴは、ジョージア州内の葬儀場の半分を所有している複合企業のダニーデン・ライフ・サービス・グループのものだ。

「ようこそ、副長官。ドクター・リントン、エズラ・イングルです。お待たせして申し訳ない。ご両親にはやめておいたほうがいいと申しあげたのだが、どうしてもお嬢さんに会いたいとおっしゃってね」アパラチア地方のやわらかなアクセントから、彼がこのあたりの出身であることがわかった。握手のしかたが、いかにも慣れた感じだった。

サラは言った。「ありがとうございます、ミスター・イングル。拝見するのをお許しくださって感謝しています」

イングルは警戒するような目でちらりとアマンダを見やったが、サラに言った。「セカンドオピニオンは大歓迎だ。とはいえ、正直なところ今回のご要望には驚いたな」

アマンダは黙っていたが、ふたりは知り合いらしかった。サラにとってはありがたくない。こんなときに、これ以上のストレスは無用だ。

「両親によれば、この女性は経験豊富なハイカーだったそうだ。公園内で丸一日、ひとりで過ごすこともめずらしくなかったらしい」デスクへ行き、書類を取って戻ってきた。「わたしの仕事に抜かりはないと、おわかりいただけるといいんだが」

「ありがとうございます。もちろんわかっています」イングルがつま先を踏まれたような気分になるのももっともだと、サラは思った。自分にできるのは、痛みを最小限にすることくらいだ。

イングルの記録は本物のタイプライターで打ったものだった。一箇所、タイプミスをなおしたばかりらしく、新しい修正液のにおいがした。

遺体はジョージア州北東部の州立ユニコイ公園内、スミス川から五十メートルほど離れた場所で発見された。公園の面積は四百ヘクタールを超える。スミス川はチャタフーチー川の支流で、全長十キロほどだ。難易度中級から上級とされる全長十二キロの土の道、マウンテン・バイク・トレイルから約六十メートル離れたあたりで、遺体は東西にのびる形で横たわっていた。スミス川をまたいでユニコイ側とヘレン側を結ぶ8の字形のトレイルの入口には、木の幹の樹皮を削って白い塗料を塗った目印がある。

サラはページをめくった。

遺体から二十五度の急斜面を五十メートルほどくだったあたりがスミス川だ。亡くなった女性の服装は、ハイキングの玄人レベルだった。遺体発見日までの七日間、現場一帯の気温は摂氏十四度から二十一度だったので、腐敗がゆるやかに進んでいた。女性のスバル・アウトバックは、ジョージア州道七十五号線沿いの公園入口で先に見つかっている。のちに遺体が発見された現場まではおよそ六・七キロだ。バッグと携帯電話はロックのかかった車のなかにあった。車のキーは、女性が着ていたレインジャケットの内側の胸ポケットに入れてあり、ポケットのファスナーは閉まっていた。中身が半分ほど残っているステンレスの水筒が、遺体から二メートル離れたところで見つかった。

サラは言った。「ミスター・イングル、わたしの先生方にはここまで徹底している方はいらっしゃらなかった。すばらしく詳細な予備検死報告ですね」

「予備、かね」イングルは繰り返した。

サラはアマンダに目顔で助けを求めた。だが、見えたのはアマンダの頭頂部だった。アマンダは携帯電話をタップしている、というか、このあたりの言い方では非常に失礼なことをしている。サラのポケットのなかでも携帯電話が振動しているが、いまは応答している場合ではない。

「失礼」イングルは木のデスクに二十枚以上のKGサイズの写真を並べた。

彼の記録は無駄がなかった。発見されたときの状態で、四つのアングルから撮影した遺体全体の写真。野生動物に捕食されたあとが認められる、露出した上体。両手。首。サングラスをかけた状態の目と、はずした状態の目。クローズアップは口腔内のものだけだった。ややピントがはずれているが、見たところ喉にはなにも詰まっていないようだ。

イングルは言った。「この次の一連の写真から、だいたいのことは推測できる。当日、マウンテン・バイク・トレイルは混雑していたので、女性は森を突っ切って、あまり人のいないスミス・クリーク・トレイルを目指していたと思われる。だが、森を抜けるのはかなり大変だ。イバラやなにかが生い茂っているのでね。女性は途中で転倒した。そして岩に頭部をぶつけたんだろう。あのへんは岩だらけなんだ。女性は頭部外傷によって動けなくなった。そこへ激しい雨が降った。報告書の最後に、天候について記してある。あの夜は土砂降りだった。かわいそうに、彼女は精一杯自衛しようとしたが、結局は力尽きたのだね」

サラは、インクジェットプリンターで印刷された一連の写真を丹念に見ていった。最初の一連のものと同じく、黒と茶色の色調をやわらげてあった。光の具合があまりよくない。アレクサンドラ・マカリスターの遺体はウエストでねじれ、曲げた両膝は森の奥のほうを、胴体は川の方向を向いていた。サラは、胴体のクローズアップに目をとめた。かなり食い荒らされているが、めずらしいことではない。開放創がなければ、肉食生物は身体の開口部から食べていく——口、鼻、目、膣、肛門だ。写真で見るかぎり、野生動物による損傷は腹部と胸部に集中していた。

イングルはサラに質問されるのを予期していたようだ。「見てのとおり、高級なレインジャケットを着ていた。アークテリクスのゴアテックス、完全防水仕様で、袖口とフードをきっちり紐で締めることができる。ただ、前身頃のファスナーが壊れていて閉まらなかった。ズボンはパタゴニアで、登山用の防水素材だ。足首を締めて、裾をハイキングブーツにたくしこんであった」

サラには、イングルが詳細をいちいち説明する理由がわかった。彼の見立てでは、紐を締めたフードのおかげで顔が守られた。目はサングラスに保護されていた。袖口とズボンの裾も締めてあったので、昆虫や小動物は侵入できなかった。ただ、一箇所だけ露出していた部分があった。ファスナーが壊れていたせいで、ジャケットの前が開いていた。その下のシャツは、タンクトップのように袖がなく、襟ぐりが深いVネックだった。見たところ、複数の動物が遺体を奪い合ったらしい。体がねじれていたのもうなずける。

「この近辺は狐が多い」イングルは言った。「二年前に、女性が狂犬病の狐に嚙まれてね」

「覚えています」サラはデスクの上の箱から検査用手袋を取った。「現時点では、いまあなたからうかがったことからも、拝読した報告書からも、不幸な事故だったと考えられますね」

「よかったよ、見解が一致して」イングルはつけたした。「現時点ではね」

サラは、イングルが遺体を覆った白くて分厚いシーツを取り去るのを見ていた。遺体の肩から下は、ミイラのように別のシーツにくるまれていた。見ないほうがよいものを両親に見せないための配慮だろう。イングルは薄いシーツに鋏を入れた。その手つきは優しく、胸部から足までゆっくりと切り開いていった。

イングルはアレクサンドラ・マカリスターの両親を娘の遺体に会わせる前に、丁寧な処理をほどこしたらしい。遺体は消毒薬のにおいがした。顔はまだらになっているが、見苦しいほどではない。髪は梳かしつけてあった。できるかぎり自然でくつろいだ表情に見えるよう、顔の死斑をマッサージで薄くしたに違いない。上手に化粧をほどこし、彼女が最期の数時間に味わった恐怖の痕跡も消し去っていた。このような気遣いは、グラント郡のダン・ブロックを連想させた。とくに父親を亡くしたあと、ブロックは悲しむ遺族に対して聖人にも匹敵する優しさをもって接していた。

遺族の悲しみは、ジェフリーが死んだときにサラも身をもって知った。

イングルは薄いシーツを遺体の両脇で折りたたんだ。その下に、もう一層の覆いがあった。体液がにじまないよう、胴体をビニールシートで包んであった。まるで鍋いっぱいのスパゲティにラップフィルムをかけているかのように見えた。

「ドクター？」イングルはビニールシートをなかなかはずそうとはしなかった。これだけ入念に処理されていても、においはきついはずだ。

「ありがとうございます」サラは頭部から目視で調べはじめた。後頭部に開放創が認められた。めまい。吐き気。視力障害。昏睡。意識喪失。この女性が、負傷したあとにどんな状態にあったかはわからない。外傷に対する脳の反応には個体差がある。唯一の共通点は、頭蓋骨が密閉容器であることだ。脳が膨張しはじめたら逃げ場がない。ガラス鉢のなかで風船をふくらませるようなものだ。

サラは女性のまぶたを押しあけた。角膜にコンタクトレンズが密着している。眼球に散らばる小さな赤い斑点は、毛細血管からの点状出血だ。首を絞められたときにも見られる特徴だが、脳の腫れが脳幹に達し、呼吸が阻害されて死亡したのかもしれない。解剖すれば、人の手による圧迫があったことを示唆する舌骨の骨折が認められるかもしれないが、これは解剖ではない。

いまのところ、解剖を提案する理由はない。

サラは首を触診した。首は凝り固まっていた。転倒時に鞭打ち(むちう)ちを起こした、あるいはリンパ節腫脹(しゅちょう)など、原因はいくらでも考えられる。

「懐中電灯はお持ちですか？」サラはイングルに尋ねた。

彼はポケットからペン型のライトを取り出した。

サラは女性の口を押しあけた。写真と異なるところはない。舌を押しさげ、ライトで奥を照らした。なにもない。人差し指をできるだけ奥まで突っこんだ。

イングルが尋ねた。「なにか詰まっている感触は？」

「いえ、ないですね」確認する唯一の方法は、解剖して気管を切り開くことだ。だが、やはりそうする理由がない。それに、胸に一物ある小児性犯罪者の仮説にもとづいて、遺族をふたたび悲しませたくはなかった。

サラはイングルに言った。「お願いします」

イングルは胴体のビニールシートをゆっくりとはがした。

低い天井にピチャッという音が反響した。腹部は、内部で手榴弾が破裂したかのようだった。鼻をつくにおいに、サラは咳きこんだ。目が潤んだ。アマンダのほうを振り向いた。あいかわらず頭頂部しか見せず、片手で携帯電話をタップしている。もう片方の手を鼻の下に当て、においをさえぎっていた。

サラにはそんな贅沢は許されていない。何度か深呼吸して、体にこの状況を無理やり受け入れさせた。イングルは平然としている。口角があがり、得意げな笑みになった。

サラは遺体に向きなおった。

防水素材に守られていた部分と、薄いコットンのシャツに覆われていた部分の境界線は、定規で引いたようにはっきりしていた。鎖骨の上と腰の下はまったくの無傷だった。だが、胸部と腹部は違った。

腸は食い荒らされていた。乳房は嚙みちぎられていた。内臓はほぼすべてなくなっていた。骨が歯でかじられた跡があった。胴体から左腕を離し、ずたずたの胸部から脇腹まで、捕食の跡をたどった。腋窩がえぐられている。神経、動脈、静脈が、壊れた電化製品のコードの束のように突き出ていた。右腕を離すと、やはり同じような惨状だった。

イングルに尋ねた。「腋窩はどうしてこうなったんでしょう?」

「脇の下のことかな? 狐は非常に獰猛だ。とくに争うときはね。鉤爪は剃刀のように鋭い。ひどく興奮していたのかもしれないな」

サラはうなずいたが、その見立てには疑問があった。

「ちょっと待って」イングルはふたたびデスクへ行った。いちばん上の抽斗から拡大鏡を取り出した。「コットンのシャツの青い生地がこびりついているはずだ。時間がなくて、すべて取り除くことはできなかった」

「ありがとうございます」サラは拡大鏡を受け取った。ストレッチャーのかたわらにひざまずいた。歯と鉤爪の跡ははっきりと視認できた。小動物が遺体を食べたのは間違いない。調べたいのは、腋窩の損傷具合だった。

肉食獣は内臓や筋肉の血に引き寄せられる。彼らにとって腋窩はさほど食べごたえがない。腕神経叢の神経、静脈、血管は脊髄から首を通り、第一肋骨の上から腋窩へのびている。実際にはもっと複雑な仕組みだが、基本的には腕神経叢が腕の筋肉の動きを制御する。さまざまな管は色で見分けることができる。静脈と動脈は赤い。神経は真珠色から黄色だ。拡大鏡を通して見たところ、静脈と動脈は血に引き寄せられた動物の歯で食いちぎられていた。

一方、神経は鋭い刃で断ち切られたかのように、切り口がきれいだった。

「サラ？」アマンダがようやく携帯電話から目をあげた。

サラはかぶりを振り、イングルに尋ねた。「背中の引っかき傷とはなんでしょう？」

「擦り傷かな？」

「背中に引っかき傷があると報告書に書いてあります」

「擦り傷。切り傷。首の下のほうをなにかで引っかいたんじゃないかな。岩かなにか。服は破れていないが、そういう例は見たことがある。ちょっとした摩擦だ」

彼は擦り傷と切り傷と引っかき傷を一緒くたにしているが、犬は鶏でリンゴですと言うようなものだ。サラは尋ねた。「遺体を横向きにしてもいいですか？」

イングルは遺体の腹部をふたたびビニールシートで覆い、肩を押して向きを変えた。サラは腰と脚を押した。ペンライトの細い光線で遺体の背中を観察した。背筋に沿った痣のように黒い死斑が浮いていた。皮膚は内部の腐敗のせいで引きつり、破れていた。
頭蓋骨の基部から頸椎を数えた。メディカルスクール時代の記憶をたぐった――。

C3、4、5は横隔膜の運動を支配する。

横隔膜の弛緩と収縮を制御する横隔神経は、第三頸椎、第四頸椎、第五頸椎で脊髄神経から枝分かれする。脊髄の損傷を判断する基準として、横隔神経が損なわれていなければ、患者に人工呼吸器は必要ない。C6以下に損傷があれば、両脚が麻痺する。C5以上に損傷がある場合、四肢に麻痺が出るだけでなく、患者の自発呼吸も妨げられる。

イングルの報告書には、C5のすぐ下に引っかき傷があると記されていた。

引っかき傷、というのはまさに皮膚が引っかかれていたから引っかき傷なのだが、それは親指の爪くらいの大きさで、片方が深く、反対側は彗星のように薄れている。イングルがこの傷に注目しなかった理由がサラにはわかった。いつのまにかこのような傷を負うのはよくあることだ。たとえば鋭いもので首をこすってしまった。痒いところを強く掻きすぎた。痛みはあっても、たいしたものではない。しばらくして夫や妻に見てくれと頼む。なぜ首がひりひりするのか、心当たりがないからだ。

だが、この傷は掻き壊しなどではない。ある傷を隠すために皮膚を削り取ったのだ。それは傷というより、鋭いものを刺した穴だ。穴の円周はストローの四分の一くらい。サラがすぐさま思い浮かべたのは、スイスアーミーナイフの錐だ。円柱形で先の尖ったあの道具は、革に穴をあけるのに適している。サラの父親は、大工仕事をきれいに仕上げたいとき、釘の頭を板に埋めるネイルパンチという似た道具を使う。

穿刺孔を指で押すと、濃い茶色のさらさらした液体がにじみ出てきた。

イングルが尋ねた。「脂肪かな？」

「脂肪はもっと粘ついて、色も白っぽいんです。これは髄液です。わたしの見方が正しければ、殺人犯は金属の道具で脊髄を突き刺した。そして、腕神経叢を切断して、両腕を麻痺させたんです」

「ちょっと待ってくれ」イングルの声から、熟練者らしい落ち着きが消えた。「麻痺させるなんて、いったいどうしてそんなひどいことをするんだ？」

サラには答えがはっきりわかっていた。これと同じ損傷を見たことがあるからだ。「抵抗されずにレイプするためです」

5

グラント郡
火曜日

ジェフリーは、大学構内の目抜き通りを正門へ向かって歩いていた。横殴りの雨で、傘の下も濡れていた。雷が鳴りだしたのは、ジェフリーが学長のオフィスで大衆のもののの見方の講義を受けていたときだ。ケヴィン・ブレイク学長は歩くダブルスピーク辞典で、彼は〝高度一万フィートから事態を概観〟し、〝船を舵取り〟し、〝頭をやわらかくして考え〟、〝ホリスティックなアプローチを唱道〟している。

普通の言葉に翻訳すると、学長は、森で起きた悲劇的な事故を乗り越えて癒やしの旅に出発する全学生を応援する〝がんばれがんばれグラント大〟式のメッセージを発表したがっていた。ジェフリーは、自分はまだその旅に出かける準備はととのっていないとはっきり伝えた。あと一週間ほしいと頼んだ。ブレイクは今日一日やると返してきた。それ以上ほかに話すことはなかった。ジェフリーの選択肢は限られていた。雨のなかを歩いて頭を冷やすか、それともブレイクを窓から放り出すか。

朝、森で救急車を待っているときから雨が降りつづいていたが、僅差で〝歩く〟が勝った。正門までまだずいぶん距離があるのに、靴下はぐっしょり濡れていた。警察の支給品の重たい傘も肩に食いこんだ。ジェフリーは傘の柄をしっかりと握りなおした。あれから四時間がたっているのに、あの若い女性の胸の骨を折ったおぞましい記憶を両手から振り払うことができなかった。命令されることには慣れていないが、サラに指示されたこと、彼女とふたりでしたことのすべてが、ひとりの人間の命を救ったのはたしかだ。

その命が尽きるのは数時間後か、それとも数日後か、あるいは数十年後になるのか、まだわからない。

女性の名前はレベッカ・〝ベッキー〟・カタリノといった。十九歳だ。ひとりっ子で、父親は健在だが、母親とは死別。環境化学を専攻している。悲劇的な事故にあったと見られるが、手術後に目覚めることはないかもしれない。

事故の部分が、ジェフリーがブレイクに時間をくれと頼んだ理由だった。サラはSLFだかTBIだかBLTだか略字を並べていたが、ジェフリーはベッキー・カタリノが仰向けに倒れたとは思えなかった。くわえて、カタリノの父親から不穏な電話がかかってきた。父親は娘に三十分と遅れずに病院に到着した。彼が伝えてきた医学的な情報は、ジェフリーにはよく理解できず、サラに翻訳してもらわなければならなかった。要するに、森のあの場所でベッキー・カタリノが寝返りを打つことは不可能だったらしい。つまり、仰向けに倒れたのでなければ、何者かが彼女を置き去りにしたということになる。

ジェフリーは後者の可能性が高いと思うが、その理由は説明できなかった。犯罪行為があったことを示す証拠はない。だが、ジェフリーは経験上、目より勘のほうがよく見えている場合があると知っている。

整理したタイムラインをなぞってみた。カタリノのルームメイトによれば、彼女は午前五時ごろに出かけた。その一時間後に、九一一に通報があった。カタリノはジョギングを習慣にしていた。統計を調べると、カタリノの年齢層の女性は一キロを七分半程度で走る。彼女が遠回りしたりどこかへ立ち寄ったりせず、ＩＨＯＰへ直行したと考えると、二・四キロだから十八分かかる。

そして、残りの四十二分間のあいだになにかが起きた。

カタリノが狙われていたのであれば、彼女を襲いそうな人物を特定する必要がある。振られて腹を立てた元ボーイフレンドか？　その反対で、元ボーイフレンドの新しい恋人が過去を消したがっているのか？　ルームメイトと口論したのか？　学業のライバルがいたのか？　それとも、セクハラ教授の逆恨みか？

ジェフリーはチャック・ゲインズに探りを入れるため、フランクを大学へ行かせた。ゲインズは学内警備の責任者とは名ばかりの怠け者だ。カタリノの寮の学生たちの聴取はマット・ホーガンが担当している。ブラッド・スティーヴンスは、森でカタリノを発見したレスリー・トゥロンに会いに行った。レナはドクター・シビル・アダムズに話を聞くことになっている。偶然にもレナの妹がカタリノの取っている講座の教授だった。シビルは今朝、カタリノの有機化学の課題を受け取るためにいつもより早く出勤していた。

カタリノから手がかりを得ることは無理だろうと、ジェフリーは考えていた。サラはカタリノをいちばん近い外傷センターへ搬送するよう救急車に指示していた。それはメイコンにある。ハーツデール医療センターには、かすり傷と打撲を治療できる程度の設備しかない。ジェフリーはサラにカタリノの予後を尋ねたが、ほとんどなにも答えてもらえなかった。彼女はカタリノの脈拍を確認しなかったレナに激怒し、その怒りをすべてレナに集中させているが、その剣幕はジェフリーがひそかに胸をなでおろしそうになるほどだ。今回ばかりは、非難の的になっているのは自分ではない。

ジェフリーは近づいてきた車をよけた。開放した正門を抜けた。メイン・ストリートがまっすぐ前にのびていた。雨が地面を激しく叩き、アスファルトから五十センチの高さまで跳ね返った。左側に警察署がある。右手の坂の上に、ハーツデール児童診療所が一九五〇年代の悪趣味な建築の記念碑のように立っている。

煉瓦造りの建物は、端的に言って重罪犯の刑務所のようだった。外から見たかぎり、子どもたちを優しく迎え入れるような雰囲気はまったくない。窓は小さい。ポリカーボネートの張り出し屋根は自然光を冴えない茶色に変える。建物の端にあしらわれた八角形のガラスブロックの壁はおできのようだ。そのなかは待合室になっている。夏には室温が摂氏三十度を超える。診療所のオーナーのバーニー医師は、子どもは汗をかいて病気を治すのだからちょうどいいと言って譲らない。サラの意見は異なるが、バーニー医師は彼女の上司である以前に、子どものころのかかりつけ医でもあった。率直にものを言うのはなかなか難しそうだ。

バーニーは自分の幸運をわかっていない。

ジェフリーは勾配の急な私道をのぼっていった。サラのシルバーのZ4ターボが建物の脇の駐車スペースにとまっていた。サラはいつもそれをショールームのように角度をつけ、警察署の方角に向けるだけでなく、玄関ときっちり対面するように駐車する。ナイフで去勢すれば一度きりで終わりだが、こうすれば毎日、職場を出るジェフリーの頰を八万ドルのコンバーチブルで張ってやれるというわけだ。

去勢といえば、テッサ・リントンが診療所の通用口の小さな張り出し屋根の下に立っていた。カットオフしたデニムショーツ、豊かな胸に張りつく長袖Tシャツには〝リントン・アンド・ドーターズ・プラミング〟のロゴ。いつものようにストロベリーブロンドの髪をてっぺんで渦巻き形に結いあげている。ジェフリーは作り笑いを浮かべようとしたがうまくいかないので、テッサに傘をさしかけた。

「久しぶりだな」

テッサはぼんやりと通りを見つめている。

ジェフリーは、町の住民のなかでだれよりもテッサが罪を犯した自分に同情してくれると思っていた。彼女も前科のない女ではない。現在も清廉潔白というわけではない。グラント郡の街角には、テッサ・リントンが傷つけたハートがごろごろ転がっている。はじめてサラの家に招待されて家族に会ったとき、ジェフリーとテッサはたがいに同族の気配を感じ取った。テッサは、姉を悲しませたら許さないと冗談混じりに警告した。ジェフリーは、やるたびに相手を変えれば裏切りにはならないと、やはり冗談めかして返した。そんなふうに、何年もふざけ合っていた。ところが、サラがジェフリーの浮気の現場に踏みこんだ。すると、テッサはムスタングのタイヤをナイフで切り裂いた。

ジェフリーは尋ねた。「サラは大丈夫か？　今朝は大変だったから」

「父さんが迎えに来るんだけど」

ジェフリーはこわごわと通りに目をやった。テッサに傘を差し出した。「署の入口に置いておいてくれればいい」

テッサは胸の前で腕を組んだ。

ジェフリーは雨の幕に打たれている駐車場を見た。小さな張り出し屋根からも、滝のように水が流れ落ちてくる。外に出たら、テッサはとたんにずぶ濡れになるだろう。放っておいてもいいのかもしれないが、騎士道精神が勝った。それに、傘を置いていけば、使われずに放置されたままだろう。

「コルトン・プレイスの住み心地はどう？」

ジェフリーは、なぜ家を買ったことを知っているのかと訊き返しそうになり、町中に知れ渡っているのだと気づいた。「間取りはいい。キッチンを改装するつもりだ。壁を塗って」

ようやくテッサが笑顔になった。「トイレはまだあふれるの？」

ジェフリーの気持ちは沈んだ。いまだに修理してくれる配管工が見つからなかった。だれも電話を折り返してくれない。エディ・リントンが、配管工版の沈黙の掟を周知したのだ。

「あの古い粘土の排水管には木の根っこが詰まってる。来月のいまごろはバケツで用を足さないといけないかもね」

住宅ローンの支払いで精一杯なのに。貯金は頭金で消え去った。「頼むよ、テス。助けてくれないか」

「助けてほしい？」テッサは縁石からおりた。エディ・リントンのバンが通りを走ってきた。「金属のバケツを買うことね。プラスチックはにおいを吸着するから」

エディの車が駐車場に入ってきたので、ジェフリーはあわてて傘をたたもうとした。バンのグローブボックスには三八口径のルガーが入っている。

バンは建物の前で勢いよくカーブを描いた。

ジェフリーは傘を捨てた。建物のドアをぐいと引く。なかに入ったとたん、ネリー・モーガンにぶつかりそうになった。

「あら」診療所の事務局長は舌を鳴らし、踵を返して歩み去った。ジェフリーは皮肉のひとつも言いたかったがこらえた。ネリーに皮肉は通じない。

ドクター・バーニーは違う。ジェフリーに「よく似合うぞ」と言い、あてつけがましく診察室のドアを閉めた。

ジェフリーは廊下の洗面台の上にかかった鏡に映る自分を眺めた。雨はきっちりと仕事をしていた。シャツはびしょ濡れだった。後頭部の髪はアヒルの尻尾のようにはねあがっている。

「なんの用？」看護師のモリー・ストッダードは、ジェフリーに会えて少しもうれしそうではなかった。

ジェフリーは髪をなでつけた。「サラに話がある」

「急ぎの用事？」モリーは腕時計に目をやったが、ほんとうはつねに時刻を知っているタイプだ。「診察が立てこんでるの。あとにして——」

「モリー」サラのオフィスの引き戸があいた。「ジミー・パウエルのネブライザーをはじめて。わたしもすぐ行くから」

モリーは最後にジェフリーをひとにらみしてから、のろのろと歩み去った。

サラはジェフリーに尋ねた。「あの子の容態はどう？」

「手術中だ。あの子は——」

サラはオフィスに消えた。

追うかやめておくか、ジェフリーは逡巡（しゅんじゅん）した。もう一度、髪をなでつけた。廊下で非難がましい顔をした母親とすれ違った。連れの幼児まで眉間に皺を寄せて見あげてきた。ロシア文学の本の一ページ目にあるような人物相関図がほしい。サラの周囲の人々と、彼らがそれぞれ自分をどれくらい嫌っているか明記された図が。

オフィスに入ると、サラはデスクについてペンを手に処方箋を書いていた。このオフィスの広さはドクター・バーニーのオフィスと変わらないが、壁一面に患児の写真をテープで貼ってあるせいで狭く感じた。写真の数は百枚をくだらないだろう。そろそろ木の壁板には空きスペースがなくなりそうだ。ほとんどは学校の写真だった。猫や犬、なかにはスナネズミと撮ったスナップもあった。混沌（こんとん）とした装飾スタイルは部屋じゅうに広がっている。書類入れはあふれている。床には学術書が積みあがっている。書類戸棚はカルテがぎっしり詰まっていて、さらに戸棚の上と二脚の椅子もカルテの山でふさがっている。なにも知らなければ、泥棒が入ったのではないかと勘違いしそうなありさまだ。

ジェフリーはファイルの束をどけて座った。「外でテッサに会った」

「ドアを閉めて」サラはジェフリーが立ちあがってドアを閉め、また椅子に座るのを待った。「ついにレナを辞めさせる気になった?」

ジェフリーも質問を用意してきていた。「きみが脈拍を確認するまでどれくらいかかった?」

「とにかくわたしは確認したわ」

「レナも現場に到着したときに確認した。メモにそう書いてあった」

「インクの色は全部同じだった?」サラは返事をさえぎるように手を振った。「病院の先生はなんて言ってるの? あの子の容態は?」

ジェフリーはサラの辛辣な態度に押し黙った。この一年で、サラのふたつの面をよく知るようになった。人前ではけなげにも沈黙を貫き、できた女性だとつねに褒められるサラと、プライベートではことあるごとにジェフリーの尻の毛をむしるサラ。

ジェフリーはカルテの束をすでに崩れかけている別の束にのせた。「名前はレベッカ・カタリノ。通称ベッキー。病院は彼女の容態について公表できない――」

「けれど?」

「けれど」わざと言葉を切り、サラを牽制(けんせい)した。「父親と話した。神経外科医は――」

「開頭術で頭蓋内の圧力を抜く? 喉に詰まっていたものはなに?」

「呼吸器科医は――」

「未消化のパンと言ってる？」

ジェフリーは椅子のアームをつかんだ。「なにひとつ最後まで言わせてくれないのなら……」

サラは調子を合わせてくれなかった。「なにしに来たの、ジェフリー？」

ジェフリーはなんとか苛立ちを抑えて思い出した。「彼女の両脚が麻痺していたことに気づいたか？」

「麻痺？」ようやくサラが真面目に話を聞きはじめた。「どういうこと？」

「父親が外科医に聞いたところでは、彼女の背骨は断裂していたらしい」

「脊柱？　脊髄？」

ジェフリーはおもむろにポケットからノートを取り出し、メモを取ったページをめくった。「検査中、両脚全体が刺激に反応しなかった。ＭＲＩで、脊髄の左側に尖ったもので刺したような傷があるのがわかった」

「刺し傷？」サラはデスクの上に身を乗り出した。「もっと詳しく。皮膚も刺されていたの？」

「これ以上はわからない」ジェフリーはノートを閉じた。「父親はもちろん動転していた。医者も詳しい話はできなかったんだ。こういうことが起きると、最初はほとんどなにもわからないことは、きみも知っているだろう。わからないものはわからない」

「むこうからなにもかも教えてくれるわけがないでしょう。刺し傷の正確な場所は訊かなかったの?」

ジェフリーはふたたびノートを見た。「C5の下」

「じゃあ人工呼吸器は必要ない。不幸中の幸い」サラは椅子に深く座りなおした。彼女が頭のなかでさまざまな可能性を考えているのが、ジェフリーにはわかった。「そう、脊髄損傷ね。原因の多くは身体外傷。たとえばスポーツによる怪我。交通事故。銃で撃たれた、ナイフで刺された。不慮の怪我もね、ただし普通は転倒で脊髄損傷はない。よほどの力がかからないと、脊髄が断裂するなんてありえない。椎骨が折れて破片が刺さったのか?なにか尖ったものの上に倒れたのか? 現場で刺し傷の原因になりそうなものは見つかった?」

「父親から話を聞いたときには、現場は雨に洗われてしまっていた」

「テントで保護しようとは考えなかったの?」

「なんのために?」核心を突かれて、ジェフリーは訊き返した。「事故に見えるできごとのために、なぜわざわざそこまでしなければならないんだ? 事故ではないと考える理由があるのか?」

サラはかぶりを振った。「あなたの言うとおりよ」

ジェフリーは、聞こえないぞと言わんばかりに耳に手を当てた。

不本意そうな笑みが返ってきた。チアリーダーの気を惹こうとしている中学生ではあるまいし、サラから肯定されてよろこんでいる自分が情けなかった。

「どうも怪しいんだよな。そう感じるのはおれだけか?」

サラは曖昧にかぶりを振ったが、彼女も同じように引っかかりを感じているのが伝わってきた。「MRIを見たい。脊髄断裂は変よ。事態が一転するかもしれない。あるいは、説明がつくかもしれない。もっと情報がほしい」

「おれもだ」ジェフリーは胸の重しが軽くなりはじめるのを感じた。サラと別れて悔やまれることのひとつは、気になる問題を相談できないことだった。「ケヴィン・ブレイクから今日中に声明を発表しろとせっつかれてる。人々の不安を鎮めたいんだ。学長の言い分はもっともだとは思う。でも、一方ではなにかを見落としていると思えてならない。そして〝そのなにかとはなんだ？〟と自問する。捜査の必要な事件だと疑うような具体的な証拠はなにもない」

「あの子が手がかりをくれるとは思えない」サラは言った。「たとえ手術が成功して、話ができるようになったとしても、おそらく心的外傷後の記憶喪失で証人にはなれないでしょうね」

「レスリー・トゥロンの話を聞いてみるよ。カタリノを発見した学生だ。なにか覚えているかもしれない」

「かもね」

ジェフリーはサラの顔をじっと見た。まだなにか言いたそうだ。「なんだ？」

「これってただの雑談よね？」

「そうだ」

サラはメトロノームのようにペンでデスクをコツコツと叩いた。「あの子に内診を受けてもらったほうがいいかも」

「レイプの可能性があると?」ジェフリーは話の飛躍に面食らった。「真面目な子だぞ。服装を見ただろう。化粧すらしていなかった。一晩中、図書館で過ごしていたんだし。いかにも襲われそうな派手な子じゃない」

ペンの動きが止まった。「襲われてもしかたのない女性がいると言いたいの?」

「まさか、そんなばかな」サラはわざと曲解しているのだ。「事実を見ろと言いたいんだ。カタリノは縛られていなかった。殴られた痕跡もなかった。着衣に乱れもなかった。揉み合った形跡もなにもない。民家の多い通りから二百メートルしか離れていない森で、朝っぱらから強姦事件が起きるわけがない」

「そして、彼女はゆうべバーじゃなくて図書館にいた。襲ってくださいと誘うような服装でもなかった」

「おれが言ってもないことを言ったように言うのはやめてくれ。そんな誘い方をする女性がいるか。わかった、おれの言い方がまずかった。でも、あの子がハイリスクなタイプではないことはたしかだ。真面目な学生だし、ドラッグもやってない。きみのように、いつも本に鼻を突っこんでる。いいか、あの子は朝早くジョギングをしていたんだ、ドラッグ目当てに路地をうろついてたんじゃない」

サラは唇を引き結んだ。深く息を吸った。彼女の鼻孔が広がるのをジェフリーは見た。

「ねえ、ジェフリー。これはもうわたしの仕事じゃないんだけど」

「仕事?」

「わたしはあなたが事件の話をしてもいい相手じゃない。怪しい話をする相手じゃない。わたしはあなたにケヴィン・ブレイクのなだめ方を教えてあげるつもりもない。わたしはもう、あなたの気分を安定させるための足場じゃないの」

「いったいなんの話だ？」

「もうあなたの話を聞く必要はないし、心配してあげる必要はない、助けてあげる必要も、あなたの顔を見る必要もないって話よ」サラは人差し指をデスクに突き立てた。「明日はあなたのお母さんの誕生日でしょ。覚えてた？」

「しまった」ジェフリーはつぶやいた。

「花屋は四時に閉まるし、即日配達はしないから、お母さんに電話で泣かれたくなかったら、忘れないうちに電話したほうがいいわ」

ジェフリーは腕時計を見た。あと五時間ある。絶対に忘れないぞ。「それはそれ、これはこれだ。おれはきみにそんな役目を頼んだことは――」

「ポッサムとネルの十七回目の結婚記念日が来月だって覚えてた？」サラは覚えていたらしい。「この前あっちに行ったとき、パーティにはかならず出席するって約束したんじゃなかった？　乾杯のスピーチをするって。それから、ジャレドにはスパイラルの投げ方を教えてやるって言ってた。それと、インフルエンザの予防接種をしなくちゃ。抗体価を検査したほうがいいわ。あ、性感染症の検査もやったら？　健康診断も期限を過ぎてるし。血圧ももう一度診てもらったほうがいいんじゃない？　処方薬がなくなる前に、かかりつけ医に予約を入れないとね」

「全部わかってる」嘘だ。「もう予約は取った。スピーチはノートパソコンに入ってる」

「嘘ばっかり」

「きみはどうなんだ、サラ？ きみでもたまには失敗するって話でもするか？」身を乗り出した拍子に膝をデスクにぶつけた。「アトランタで一緒に遊びまわってた新しい男の話はどうだ？ パーカーだったか？ そいつは男の名前じゃない。おじいちゃんがプレゼントしてくれるシャープペンシルの名前だ」

サラは笑い声をあげた。「はっ、痛いところを突くのね」

ジェフリーは、なんとしてもサラを言い負かすつもりだった。「いまのきみを見てみろ。なんだそのなりは？ 今朝は髪も梳かさなかったのか？ 二日酔いだろ。一週間、ろくに寝てないんじゃないか。話も聞こうとしない。おれは一人前の大人として話を――」

「ジェフリー」サラは喉でその名前を締めつけるように発音した。彼女は怒っても声を荒らげない。怒気をはらんださささやき声になる。「わたしのオフィスから出ていって」

「いいかげんにしろ」ジェフリーはデスクを手のひらで叩いた。いまサラに怒る権利はないはずだ。「なんなんだ、サラ。おれは事件の話をしたいだけなのに、きみは――」

「わたしはもう検死官じゃない。あなたの相談役でもない。あなたの妻でもない。あなたのせいでね」

ジェフリーは無理やり笑った。「離婚を申し立てたのはおれじゃないぞ」

「ええ、あなたはわたしにずっと嘘をついてただけよね。なぜいつも帰りが遅いのか、なぜ電話が鳴ったら急に外へ行くのか、なぜメールのパスワードを変えたのか、なぜ携帯の通知を切ったのか、なぜノートパソコンにプライバシーフィルターを貼ったのか、わたしに訊かれて嘘をついてた」彼女の喉がこわばるのがわかった。「あなたのせいで、わたしは自分がおかしくなるんじゃないかと思った。あなたはこの町全員の前でわたしに恥をかかせた。それなのに、いまだに――」

「たった一度の過ちだ。たった一度だけ」

「一度だけ」その言葉は鋭い息のように発音された。ジェフリーがなにを言っても、サラはあれがたった一度の過ちだったと信じようとはしない。「もうすぐ一年がたつのに、まだ事実を認めないのね」

「いいことを教えてやろうか？　事実はこれだ。おれはもう、きみの夫じゃない」ジェフリーは立ちあがった。「だから、こんな言いがかりを聞く必要もない」

「だったらさっさと帰って」

言われっぱなしで帰るつもりはなかった。「きみだって無罪じゃないぞ、サラ」

サラは挑発するように両腕を広げた。

「日曜日の朝を夫とベッドで過ごさずに、いそいそと実家のランチに行くのはどうなんだ？　週に六日、いきなり訪ねてくるのはやめてくれと母親に言わないのは？　おれが留守中にやってきて、おれが自由時間にやるつもりだった大工仕事を勝手に仕上げるのはやめろと父親に言わないのは？　おれたちの性生活をこと細かに妹に話すのは？　一度たりとも、結婚生活で一度たりとも、自分の家族よりおれを優先したことがないのは？」

サラはデスクの抽斗を漁（あさ）り、書類や事務用品を床にばらまきはじめた。

ジェフリーは目を丸くして見ていた。車と一緒だ。サラは逆上したらジェフリーのものではなく自分のものを破壊する。「なにをしてるんだ？」

「これを探してたの」サラは計算機をデスクに放り出した。「これがないと、どうでもいいことが多すぎて数えられない」

ジェフリーは、顔の血管が脈打つのを感じるほどきつく歯を食いしばった。「その計算機、小さいケツの穴に突っこんでろ」

「そっちはせいぜいマスかいてろ」

「やってくれる女は山ほどいるんでね」

「はっ、この嘘つき」

「勝手にしろ」

サラの返事は、ジェフリーが引き戸を戸袋に叩きこんだせいで脇柱が割れる音にかき消された。木材に裂け目が入った。写真が宙を舞った。廊下に出たジェフリーは白い壁にぶつかりそうになった——白衣の看護師や助手、バーニー医師がナースステーションの前に集まっていた。だれもが軽蔑もあらわにジェフリーを見た。サラが狡猾(こうかつ)にもジェフリーの声だけが廊下に漏れるようにしたからだ。

こんなのは離婚じゃない。『2300年宇宙の旅』の新生の儀式だ。

廊下を歩いていくと、靴がキュッキュッと鳴った。濡れた靴下が足首にたまっていた。頭から湯気が出ているような気がした。ドアを肩で押しあけた。外はあいかわらず荒れ狂う嵐だ。稲妻が空を割った。雲はジェフリーの気分と同じく黒々としている。

ジェフリーは傘を探した。傘は駐車場の真ん中に落ちていた。シャフトが曲がっている。ジェフリーは激しい雨のなかへ出ていった。傘を拾った。そのとき、携帯電話が鳴りだした。電話を無視し、傘を無理やり開こうと腕に力をこめた。

「くそっ！」ジェフリーは役立たずの傘を閉まったドアのほうへ放り投げた。頭頂を雨に叩かれながら、のろのろと私道へ歩いた。サラの車にちらりと目をやったが、愚行を犯してみすみすサラをよろこばせるほど自分を見失ってはいなかった。

傘のほうを振り向いた。サラの車を見た。

また電話が鳴った。

ジェフリーはポケットから電話をつかみだした。「ったく、なんだ？」

相手はためらった。かすかに息を吸いこむ音がした。発信者を確かめなくてもレナだとわかった。

「どうした、レナ？　なんの用だ？」ジェフリーは問いただした。

「署長？」レナがぐずぐずしているので、ジェフリーは携帯電話を地面に叩きつけたくなった。通りのむこうに彼女が見えた。警察署玄関のガラスドアの内側に立っている。「署長？」

「おれが聞いてるのはわかってるだろう、レナ。そのドア越しにおれが見えるはずだ。どうしたんだ？」

「あの子が――」レナは途中で黙った。「あのもうひとりの。学生が」

「きみは形容詞の使い方を忘れたのか？」

「いなくなりました」レナは言った。「レスリー・トゥロンが。ベッキー・カタリノを森で見つけた参考人です。保健センターに現れませんでした。寮にも帰っていないし、授業にも出ていません。どこにもいないんです」

6

アトランタ

ウィルが黙ったまま車を運転している隣で、フェイスはダリル・ネズビットから受け取った新聞記事の内容をノートに書き写していた。ボールペンが紙を引っかく音が聞こえた。フェイスは重要な言葉を丸で囲むのが好きだ。刃に紙やすりをかけているようなその音は、ウィルの神経に障った。ウィルはなにか気晴らしになるものがほしくてたまらなかったが、余計なストレスを避けるため、フェイスと車に乗っているときはラジオをつけないことになっていた。フェイスはブルース・スプリングスティーンを聴きたくない。ウィルはイン・シンクを聴きたくない。

フェイスはときおり「ふーん」とつぶやくだけで、長引く沈黙を気にもとめていないようだった。ウィルの頭のなかは、フェイス中心の会話のとっかかりを探してぐるぐるまわっていた――ところで、エマの父親とはどうだ？　専業主婦の母親とワーキングマザーはほんとうにブラッズとクリップス（ストリートギャングの二大勢力）みたいなのか？　〝サメのかぞく〟ってなんだ？――ここ一時間以内にサラが発した言葉をすべて分析せずにはいられないウサギ穴から抜け出せるならなんでもいい。

とはいえ、生データの量は少ない。いつもはっきりとものを言う愉快なガールフレンドが、突如としてアラン・チューリングもお手あげの暗号でしゃべりはじめた。刑務所のトイレから電話をかけたときは途中で切られたわけではないが、話が急に終わったので、ウィルはあわてふためいて廊下を走った。刑務官に背中を撃たれなかったのは幸運だった。だが、そのあとのあれは、サラに顔を撃たれたようなものだ。

サラダ?

マクドナルド?

いいい?

なんだそれ?

ウィルは子どものころ、どうにも行き詰まったときは頭のなかに積み重ねたランチトレーを想像した。昔から仕切りのある皿で出された食べ物が大好きだった——大きな長方形の仕切りにはピザ、正方形の仕切りにはコーンとテイタートッツとアップルソース。トレーを想像すると、問題を明確に仕分けすることができた。そうして取っておいて、あとで考えるのだ。もしくは、考えない。トレーを積みあげていくやり方で苦しい時期をやり過ごしたこともあった。養親にひどいことをされたり、勉強ができなくて教師にどなられたりしたとき、いやな気持ちを仕切りに入れ、すべての仕切りが満杯になったら、新しいトレーを上に積むのだ。

だが、サラとの三度の会話はどの仕切りに入れたらいいのかわからなかった。ふたつ目と三つ目は、ほとんど理解不可能だった。サラはいつもランチの前に夕食の話はしない。

ウィルにマクドナルドを買ってくることなど絶対にない。ということは、子細に検討すべきは最初の電話、あの一分もつづかなかった電話だ。サラはまず混乱し、それから怒り、次に無感情になり、そのあと泣きだしそうな声になった。

ウィルは顎をこすった。

明白な手がかりを見逃していた。

サラは駐車場の真ん中にいると言った。だから電話を切ったのだ。人前で取り乱したくなかったのだ。開かれたコミュニケーションが大事だといつも言うわりに、サラの感情の振れ幅は『ルーニー・テューンズ』のミシガン・J・フロッグ並みに激しい。人前ではつねに安定している。だれもいないときは、みんなが意外に思いそうなほど感情的になることがある。完全にキレたサラなど、ウィルも片手で足りるくらいしか見たことがない。怒ったときにそうなることもあるし、傷ついたときのこともあるが、絶対に、なにがあっても、人にはそんな姿を見せない。

ウィルはバックミラーを覗いた。後方に道路がのびている。いまごろサラは州の反対側へ向かっているはずだ。携帯電話を取り出す。アプリでサラの居場所はわかるが、それを知ったところで、彼女がなにを考えているかアプリは教えてくれない。

携帯電話を見おろした。待ち受け画像はサラと飼い犬の写真だ。ベティはサラの顎の下に抱かれている。サラの二頭の巨大なグレーハウンド、ボブとビリーは、彼女の膝を独占しようと押し合いへし合いしている。サラの眼鏡は傾いている。クロスワードパズルに取り組んでいるところだった。あのとき笑いだしたサラを撮影すると、ばかみたいだから消してくれと言ったからわざと待ち受け画面にしたのに、いや、いまはそんなことを思い出している場合ではなくて、なぜなら——。

どうしてメッセージを送ってこないんだ？

「ねえウィル。よく座ってられるね」フェイスが言った。「その体格で、よくその狭いところに入るねってこと」

　ウィルはフェイスにちらりと目をやった。彼女は座席を後ろに引き、足元を少しでも広くしようとしていた。

「エマのチャイルドシートがあるから」

「動かせばいいでしょ」

「きみの車だし」

「でもあなたは大男だし」フェイスは膝立ちになり、チャイルドシートを動かしはじめた。

　ウィルは携帯電話をポケットにしまった。話をつづけようとした。「設置するのは大変なんだろ。チャイルドシートって」

「ロケットの手術じゃないし」フェイスは座りなおし、広々とした空間に両脚をのばした。「あたしは制服時代、ほとんど毎週のように土曜日は家族連れの車を止めてチャイルドシートをチェックしてたんだから。人間の愚かさにはあなたもびっくりするよ。ある夫婦の車を止めたとき——」

　思いがけずドラッグを発見して動物管理センターに連絡したという結びにいたるまで、ウィルはなんとか集中して聞いた。フェイスが息継ぎをするのを待ち構え、ノートのほうへ顎をしゃくった。「なにか気になることはある？」

「携帯電話の件が気になるのよね」フェイスはダリル・ネズビットが捜査の見返りに差し出そうとしている情報にこだわっていた。「やり方が洗練されてる。普通じゃない。暴動の前に四百台の携帯が没収されてる。肛門に隠して持ちこめる量じゃないよね。うん、肛門の大きさは知ってるし、携帯電話の大きさも知ってる。でも、どうやってるのかわからない。物理的に無理でしょ。ほら、あたしの携帯」

ウィルはフェイスが掲げたｉＰｈｏｎｅＸを見やった。「三千ドルが入ってたこともあるらしいよ」

「あたしは一度に二ドルがせいぜいかな」

フェイスの携帯電話がメッセージの到着を告げた。つづけてもう一通。さらにもう一通。アマンダだろうと、ウィルは思った。アマンダがメッセージを一文ずつ送信してくるのは、国際的な人道法ジュネーヴ条約も彼女のチームには無効だからだ。

フェイスは要約した。「アマンダが、ネズビットは脚に重大な医療的問題を抱えていて、それが一週間の期限を切った理由だって言ってる。メッセージを送ってきたということは、葬儀場に着いたのね」

ウィルは時計を見た。アマンダはかなり車を飛ばしたようだ。一方、こちらはレナの自宅まであと十分くらいだろう。先ほどレナに不意討ちをしかけるために、メイコン市警に寄った。ところが、びっくりさせられたのはウィルたちのほうだった。レナは産休中だという。臨月らしい。

フェイスは言った。「レナの聴取はあたしがリードする」

ウィルはなにも戦略を考えていなかった。「そのほうがいい。彼女は妊娠してる。きみはふたりの子持ちだ」

「あのディンゴと母性でつながる気はないからね」フェイスは顔をしかめた。「あたしはね、妊婦が嫌いなの。とくにひとり目を妊娠してる人はね。ほんとに鼻持ちならないもの。なにか魔法みたいなことが起きて、不意に命を授かった、みたいな。あたしがジェレミーを授かった魔法って知ってる？　発情した十五歳のくそ野郎に、先っちょだけなら妊娠しないってだまされたのよ」

ウィルはダッシュボードのカーナビをじっと見つめた。

「あたしがリードしたほうがいい理由は、あたしはあなたが離婚した嘘つき腹黒女を知ってるから。それと、あなたがいままで二度にわたってレナを捜査したときのノートを読んだから」

「捜査したのは一度目だけだ。それに、彼女の容疑は晴れた。とにかく、ぼくは彼女が不正をしたことを証明できなかった」ウィルは自分をかばっているわけではないことを自覚していた。「二度目は偶然のできごとだ。レナはたまたま事件に巻きこまれただけで——」

「巻きこまれただけ、ね」フェイスはウィルをじろりと見やった。「犬のあとをついていくから犬の糞を踏むのよ」

ウィルとてドッグパークに行ったことがないわけではない。「ちゃんと下を見て歩けばすむことだ」

フェイスはうめいた。「レナの悪いところがあなたには見えてない。あの手の人間の悪いところが見えてない」

ウィルは内心、もしかすると、ひょっとしたら、フェイスが正しいのかもしれないと不本意ながら認めざるを得なかった。たしかに、自分は以前から、傷つけられて怒りを抱えた女性に弱かった。そういう女性の多くは、だれよりも自分自身を傷つけている。

また、メイコンへはセラピーをほどこしに来たわけではないことも認めなければならない。レナから情報を得るために来たのだ。そして、それがどんなに難しいことか、ウィルはだれよりもよく知っている。

「彼女はころころ変わるんだ」

「鬼みたいに？」

「信頼していたのに急に信頼できなくなる人間みたいに。たとえば彼女の話を聞くだろ、もっともなことを言ってると思うだろ、ところが突然、いつのまにかどういうわけか、彼女は怒るか傷つくか、疑心暗鬼に取り憑(とっ)かれていて、こっちは怒って傷ついて疑心暗鬼に取り憑かれた人間を相手にしなきゃならない」

「楽しそうね」

「厄介なのは、レナがときとしてほんとうにいい警官になることなんだ」フェイスがフンと鼻を鳴らしたのが聞こえた。「勘は鋭い。話を聞き出すのがうまい。四六時中、ずるをするわけじゃない。ときどきやらかすだけなんだ」

「ちょっとだけ腐敗してるって、ちょっとだけ妊娠してるって言うようなものよ。あたしがほしいのはレナのノートなの。彼女にとってはじめての大きな事件だったわけでしょ。アマンダの言うとおり——新人のうちは、風に乗って漂ってきたおならでさえ書きとめる。レナがしくじってるとしたらそこよ。彼女自身の言葉で締めあげることができるかもしれない」

フェイスの言うとおりだ。この仕事について数年のうちは、螺旋綴じ(らせんとじ)のノートは日記のようなものだ。上司はノートまでチェックしない。正規の、公式の報告書ではない。事実だけを並べたものではない。とりとめのない考えや、どうしても気になってあとで調べたいことなどを書きとめたものだ。被告側弁護士がノートの開示を請求し、判事が認めれば、ノートの持ち主は証言台に立って冷や汗をかきながら、この〝DQ〟とはランチを食べた店の名前で、真犯人かもしれない別の容疑者のイニシャルではないと説明することになる。

ウィルは言った。「レナは抜け目がない。ノートを提出してほしいと言われた瞬間に、狙いは自分だと気づくはずだ。それに、いまごろもう策を練ってるよ。メイコン署でぼくたちはみんなに姿を見られたからね。GBIが会いたがってるって知らされてないわけがない」

「警官ってほんとにおしゃべりだからね」フェイスはぼやいた。「でも、なんの事件を捜査しているかはだれにも話してないし。レナがやきもきしなきゃならない事件なんていくらでもあるでしょ。ついにあいつも運の尽きね。そうしたら手錠をかけるのはあたしよ」

ウィルはフェイスの激しさに驚いた。「きみはいつからそこまで彼女が嫌いになったんだ？」

「あいつはもう三十二歳。警官になって何年たつ？　これ以上、〝疑わしきは罰せず〟で終わらせちゃだめなのよ」フェイスは、そしてこれが肝心というように人差し指を立てた。「あたしはサラの友達だもの。友の敵はわがネメシス」

「チャーチルはそんなこと言ってないと思うけど」

「あの人の敵はたかがナチスでしょ。あたしたちの相手はレナ・アダムズなんだからね」

ウィルはその比較を聞き流した。フェイスの痛烈な批判を聞いていると、彼女の言うとおりだと思えなくなってきた。フェイスがレナを悪く言えば言うほど、ウィルはレナをかばいたくなる。ウィルの致命的な弱みは、レナがとんでもないミスをする理由がわかることだ。レナは間違いを犯すが、そこに悪気はない。本気で正しいことをしているつもりなのだ。

そう考えると、アマンダに教わったことのなかでなにより大切な教訓を思い出した。捜査をするに当たってもっとも危険な警官は、つねに自分が正しいと信じている警官だ。

フェイスは言った。「ダリル・ネズビットのこと、やっぱりサラに話したほうがいいかも」

ウィルの首が機銃塔のようにくるりとまわった。

フェイスは肩をすくめた。「あなたは正しい。サラに隠すのは間違ってる。サラには知る権利がある」

ウィルは、正直に話すかどうか逡巡した。「刑務所ではあんなにきっぱり言ってたのに。アマンダに賛成とまで言ったじゃないか」

「ええ、まあ、九時半を過ぎたら眠くなるやつにしてはしゃべりすぎたわ」またフェイスの携帯電話が鳴った。もう一度鳴った。さらにもう一度。フェイスはメッセージを開いた。「アマンダよ。ネズビットの文通相手はまだわからない、新聞記事を送ってきたお友達がだれかはわからない。サラはアレクサンダー・マカリスターの目視検査を開始した。レナについては随時報告しろって。うー、ありがと、マンディ、思い出させてくれて。すっかり忘れてた」

ウィルはパチパチという音を聞き、フェイスがもう少し整然とした文章で返信を打っているのだろうと思った。

フェイスは言った。「ほんとに、サラに話したほうがいいよ。どっちにしてもガソリンスタンドに寄らなくちゃ。あたしは店のなかにいるから、ふたりで話して」

ウィルは前方の道路を見つめた。フェイスがこの話をやめないことはわかっていた。

「もう話したんだ」

フェイスはおもむろに携帯電話の角でひたいを押した。きつく目をつぶっている。「冗談よね？」

「刑務所を出る前にトイレで電話をかけた」

「なんてことしてくれたのよ、ウィル。サラに恨まれるじゃない。それって――」フェイスは嘆息した。「うん、あなたが考えてることはわかる。恨まれるのはあなただし、サラのボーイフレンドだから話すべきだと思ったのよね、だから話した。あたしは友達だから話すべきじゃないと思ったんだけど、あー、やっぱり健全な関係って難しいな。あなた、よくやってるわ」

ウィルにはなにひとつよくやってないとしか思えなかった。

「あたし、いますぐサラに謝る」フェイスはしゃべりながら携帯電話をタップした。「ぼくが話したって言う前にフェイスもやっぱり話すべきだと言ってたよって、あとでサラに伝えといてくれると助かるんだけど」

「事実だね」

「ニックがネズビットに手をあげたこと、あれはだめだよね？」

不意に話が変わり、ウィルは面食らった。ニックが逆上したことをほぼ忘れていた。普段は威嚇支持派だが、取り調べの相手に暴力を振るうのは一線を越えている。「ああ、あれはだめだ」

「むかつく話よ、いざというときにニックの援護が必要だから、ニックを援護しなければならない――そりゃ、あたしたちはあんなことしないけど、ほんと、ただでさえむかつく日なのに、あんなむかつくことがあるなんて」

フェイスは携帯電話をカップホルダーに入れた。

「亡くなった女性たちに関する新聞記事がもっと必要よ。出会い系アプリに登録していたか？　SNSは活発に使っていたか？　外で働いていたのか、自宅で仕事をしていたのか？　捜査資料と検死報告書と写真と目撃者の証言と現場の見取り図と毒物検査結果の報告書がほしい。いま手元にあるのは、森で見つかった八名の女性のものだけ。そしてアマンダが言っていたことは正しい。窓の外を見て。たしかに、ジョージア州で死んだら森で発見されないほうが難しい」

ウィルは一時間近く窓の外を見ていた。それでも、フェイスほど確信が持てなかった。だれかがあの八名の遺体に一定のパターンを見出している。そのだれかはこの八年間、八名を追跡して調べていた。よほど執着していなければ、そんなことはしない。その執着の根が多くの疑問の答えではないかと、ウィルには思えてならなかった。

「すべての管轄に当たれば、しゃべるやつもいるだろう。きみもそう言ったじゃないか。警官はおしゃべりだって。ただ、ぼくたちが連続殺人事件かもしれないものを調べているのが漏れてもいいのか？」

携帯電話が鳴り、フェイスは答えるのを免れた。電話はすぐにまた鳴った。フェイスはメッセージを読んでうめいた。「アマンダから、あなたとサラの関係を利用してレナと心のつながりを作れって」

ウィルは眉間に皺が寄るのを感じた。サラは、ジェフリーが殺されたのはレナのせいだと考えている。サラがレナとつながるとすれば、野球のバットを介する方法しかない。

「あいつは小児性犯罪者なのよね？」フェイスはダリル・ネズビットに話を戻した。「あたしのなかの一部分は、ニックやっちまえ、そいつをぶちのめせって言ってる。でも別の部分は、ネズビットにも人権があるって言ってる。あたしたちは自分の気持ちではなく憲法に従うと宣誓して警官になった。ネズビットも人間よね。おそらく子どものころに虐待を受けていたこともあって、こうなった」

ウィルは最後の言葉を頭のなかの仕切りの上で転がした。

「もちろん、子ども時代の虐待経験と小児性犯罪とのあいだに因果関係はないよ」フェイスがそう言ったのは、だれを相手にしゃべっているのか思い出したからだろう。「第一に、子ども時代の虐待経験が原因だったら、この世は小児性犯罪者ばかりになってしまう。第二に、研究者が聴き取りをした小児性犯罪者はたぶん刑務所にいる。受刑者の大半は子どものころにつらい体験をしている。生まれながらの悪人でないかぎり、受刑者の前提条件みたいなものでしょ」ふたたび自説を翻した。「とはいえ、愚かさは無視できない。あたしは立派な家庭で育ったばかたれを数えきれないほど逮捕したもの」

ウィルはラジオを焦がれるような目で見やった。

また立てつづけにフェイスの携帯電話が鳴った。

「アマンダから。アレクサンドラ・マカリスターの検死官による予備検査では、事故死と見られている。それを覆すようなものは、いまのところサラも見つけていない。まだ調べてるけど、おざなりな感じ」フェイスは電話から目をあげた。「サラがなにかをおざなりにしたことってある？」

ウィルはいくつか覚えがあったが、話すつもりはなかった。「マカリスターが殺されたのでなければ、あの新聞記事は適当に選んだもので、ぼくたちは無駄骨を折ってることになる」

「でもレナが不正をしたというネズビットの訴えがある。そしてあなたもわたしも、もしかしたらそのとおりかもしれないと思ってる。なぜならレナは悪い警官だし、悪い警官のすることをして人をだますから」

ウィルは前方の空いた道路を見つめた。なんとなくレナ旋風が渦を巻いているような気がして、するとフェイスの犬の糞の比喩がもっともらしく感じられるようになった。

フェイスの携帯電話が鳴った。「アマンダとあたしは波長が合ってる。〝レナに手加減は無用〟だって」

通知音。「全部、大文字で。〝レナのノートを持って帰ること〟。はいはいわかってますって」

通知音。「〝ネズビットを動かすのに役立つものを手に入れて〟」

通知音。「〝ウィルに戦略はあるのか訊いて〟」

フェイスはまたうめいた。「はいはい、もう黙ってて」携帯電話をサイレントモードにしてカップホルダーに戻した。「今回のこと、いやじゃないの?」

カーナビがもうすぐ出口に到着するとアナウンスした。ウィルは車のスピードを落として端の車線に移動した。

フェイスは少しあいだを置いて、もう一度尋ねた。「質問に答えてくれる気はない?」

ウィルは顎を締めつけられたように感じた。胃も縮こまった。体のほかの部分もすべてこわばった。話したあとにフェイスを記憶喪失にする方法があるのなら、よろこんで洗いざらいぶちまけるのだが。「もう少し具体的に言ってくれ」

思ったほど時間稼ぎにはならなかった。フェイスはまっすぐ急所を突いてきた。「ジェフリーのこと。好きな女が死んだ夫の亡霊と急に会うことになったら、あたしだったらどんな気持ちがするかな、いやだろうなあと思ったの。いやでたまらないだろうなあって」

ウィルは肩をすくめた。カーナビは次の角を曲がれと指示している。車は高速道路のランプへすべるように走っていく。ランプの先に分岐点が見えた。

フェイスは言った。「サラに結婚を申しこまないのは理由があるんでしょう?」

ウィルはカーナビの次の指示を待った。

「警官クラブのルールその一。気に入らない答えが返ってきそうな質問はしない」フェイスはカーナビの音声を消した。ウィルにとって左右をとっさに判断するのが難しいことを彼女は知っている。道路を指さした。「こっちよ」

ウィルは言われたほうへ向かった。

「これはあたしの意見だけど、サラはほんとうにあなたを愛してるよ」フェイスは言った。「あなたのことをマイ・ラヴと呼ぶし、それも嘘くさく聞こえない。あなたに会ったとたん、顔を輝かせる。今朝だってそうだった。凶悪な犯罪の現場にいたのに、あなたの姿を見たとたん、『タイタニック』ではじめてジャックに会ったローズみたいににっこりした」

ウィルは顔をしかめた。

「まあね、ジャックは死んだけど、あたしの言いたいことはわかるでしょ。こっち」フェイスは次の曲がり角を指さした。「じゃあ『きみに読む物語』のデュークと――ヒロインの名前はなんだっけ? だめだ忘れて、あのふたりも死ぬんだった」次の角を指す。「『ゴースト』。だめだ。そもそもパトリック・スウェイジは殺されたんだった。『きっと、星のせいじゃない。』。『ブライト・スター　いちばん美しい恋の詩』。『ある愛の詩』――ねえ正直に言って、ヒロインはあの下手な演技のせいで死ぬって筋書きにすべきだったよね。

あ、そうだ――『プリンセス・ブライド・ストーリー』。ウェスリーは死にかけるだけで死なない。そこ曲がって」

「仰せのままに」

フェイスは遠くの郵便受けを指さした。「道路のあたし側。三百四十九番地」

ウィルは隣家の前の路上に車をとめた。レナが夫と住む家は、黄褐色と白で塗装した小さな平屋建てだが、通りのどの家も似たり寄ったりだった。庭には針葉樹が一本。根元に花を植えた郵便受け。私道は急勾配だ。レナの夫のジャレド・ロングは、庭の通路をふさぐようにバイクをとめていた。庭用のホースを巻いているところだった。洗車を終えたばかりらしいが、これほど美しいバイクはウィルもめったに見かけない。

フェイスが「ほおおおお……」と語尾をのばした。

「チーフ・ヴィンテージだ」ウィルは、フェイスがバイクマニアだったとは知らなかった。

「六段変速、パワープラス105Ci空冷Vエンジン、クローズドループ――」

「黙って」

ウィルは自分の勘違いに気づいた。フェイスはバイクに目をみはったのではなかった。ジャレドに目をみはったのだ。一日三時間はジムで過ごしている二十五歳の体にボードショーツ一枚しか着けていないジャレドに。

ウィルは男としての自分にそれなりの自信はあるので、ジャレドはすこぶるつきの男前だと認めることができた。その自信をぐらつかせるのは、ジャレドがすこぶるつきの男前だった実の父親にそっくりで、その父親の名前がたまたまジェフリー・トリヴァーだという点だ。サラの夫は、ジャレドが自分の息子だと知らないまま死んだ。危うく死にかけるウェスリーの視点から見れば、それこそジャックとローズ型の悲劇ではないか。

「レナのやつ」フェイスはバイザーをおろして鏡を見た。「現代のリジー・ボーデン（殺人容疑をかけられたが無罪になった女性）がよくもジェニファー・ロペスの人生を手に入れたもんだわ」

ウィルは車を降りた。もう一度、携帯電話をチェックしてからジャレドのほうへ歩いていった。まだサラからメッセージが届かない。スマイルマークも。ハートも。

携帯電話の電源を切った。

仕事があるのだ。恋煩いの中学生みたいに、五分ごとに携帯電話をチェックしている場合ではない。

「どうも、お久しぶりです」ジャレドは満面の笑みでウィルを迎えた。「どうしたんですか？」

「レナに会いたいんだ」ウィルは胸を張った。身長はこっちのほうが高い。「いるかな？」

「家のなかにいます。ようこそ」ジャレドはウィルの手をがっちり握った。それから肩をぽんぽんと叩いた。南部の田舎町の男はたがいを犬のようにぽんぽんと叩くものだからだ。

「サラおばさんは元気ですか？」

「サラは――」ウィルの口はとんでもないことをした。「ぼくたち、結婚するんだ」

「わあ、そりゃすごいや。おばさんに伝えてください――」ジャレドはたじろいだ。フェイスがミニのなかへパチンコ玉よろしく引き戻されていた。シートベルトをはずすのを忘れていたのだ。「式はいつ？」

「もうすぐだ」汗がどっと噴き出てきた。フェイスに聞こえていませんようにと祈った。

「まだだれにも話していないんだ、いいね？」

「了解」ジャレドは、のろのろと斜面をのぼってくるフェイスに愛想よく笑いかけた。

「ようこそ。レナの夫のジャレドです」

「ミッチェル。フェイス。フェイスと呼んで」感心にも、フェイスは失神せずに持ちこたえた。「はじめまして。ジャレド」

「どうも」ジャレドは腕組みをした。筋肉が妙な盛りあがり方をした。上腕三頭筋のためのプッシュダウンをさぼっているようだ。「わざわざアトランタから来たということは、このへんの事件の捜査ですか？」

ウィルはフェイスをちらりと見た。彼女の警官脳がやっと動きだした。フェイスは尋ねた。「署からレナに電話はなかった？」

「ぼくが携帯の電源を切ったんです」ジャレドは家のほうへ顎をしゃくった。レナのブルーのトヨタ・RAV4が、ガレージの前にバックでとめてあった。「かわいそうに、二時間ほど前から寝てるんです。なんて言うか、お腹のなかで新しい人類を育んでる。すごいですよ」

「すごいね」フェイスはおうむ返しに言った。色男の魔法もすっかり解けたようだ。「レナと話をしたいの。起こしてくれる？」

フェイスは返事を待たずに急勾配の私道をのぼりはじめた。

ジャレドがウィルにいぶかしそうな顔を向けた。

ウィルはほほえもうとした。唇がコーラの六缶パックに巻いたビニールフィルムのように伸びるのを感じた。バイクのそばにあるバケツを取った。ジャレドに行こうと言う代わりに、私道のほうへ顎をしゃくってみせた。

ジャレドはホースを肩にかけてフェイスを追いながら、ウィルに尋ねた。「レナが担当した事件ですか？」

ウィルは、ジャレドが自分の携帯電話の電源も切ったとは言わなかったことに気づいた。彼はレナの同僚で、白バイ隊のパトロール警官だ。レナが電話に出なければ、ジャレドにかかってくるだろう。

「レナの視点が必要なんだ」ウィルは言った。「協力してくれると思う」

「興奮させないでくださいよ。いまはデリケートな状態なんですから。お腹に赤ん坊がいるし。最後の追いこみがすごくきついみたいなんだ」

フェイスがあきれたように長々とため息をついたのが、ウィルには聞こえた。

ウィルはジャレドに言った。「動揺させるようなことは言わないと約束するよ」

「助かります」肝心なことを省略されたのも知らず、ジャレドはまたウィルの肩をぽんと叩いた。

ウィルの前方で、フェイスがレナのＲＡＶ４の脇を通る際に後部クォーターパネルに触れた。ジャレドも同じことをした。ふたりともおそらく無意識にやっていた。日々のパトロール業務のせいで、筋肉が記憶しているのだ。あとで追跡調査が必要になった場合に備えて、パトロール警官は止めた車両の後部にはかならず自分のＤＮＡと指紋を残すように訓練されている。

レナも警察署に勤務している。バックパネルには数えきれないほどの指紋が付着しているだろう。

「長い階段ね」フェイスは玄関ポーチの階段をのぼった。そのうれしそうな口調は、ウィルが思うに、レナがベビーカーを引きずりながらこの急な階段をのぼるのを想像しているからに違いない。フェイスはベビーカーにいろいろ思うところがあるようだ。

ウィルはジャレドを先に行かせた。一年前にこの階段をのぼったのを思い出した。あのときは潜入捜査でここへ来た。自分が侵入しようとしているのがだれの家なのか知らなかったった。そして、ショットガンの銃声を聞いた。そして、両手を血まみれにしたレナを発見した。

ジャレドが玄関のドアをあけて押さえた。ウィルからバケツを受け取り、ホースと一緒にドアのなかに置いた。「リーを呼んできます。おれはもうそろそろ出かけるんですけど、ゆっくりしてってください。出勤前にシャワーを浴びてこなくちゃ」

「ありがとう」フェイスが言った。

ウィルはホースを見おろした。一緒に草の切れ端を家のなかへ運びこんでしまっている。ホースがすでにだらしなくほどけているのは、ジャレドが両端を三回巻いて、結合部をねじり合わせておかなかったからだ。男がホースをしまうときにはそうするものなのに。

「ふーん」フェイスの眉が髪の生え際まで持ちあがった。

どうやら彼女はレナの家をすみずみまで品定めしているようだ。家族共用の空間は仕切りのない間取りで、手前がリビングルーム、キッチンと食堂が奥、そのあいだに玄関ホールがある。どこもかしこも片付いているが、キッチンだけはリフォーム中で、前回ウィルが来たときとほとんど変わっていない。戸棚の塗装も終わっていない。ラミネートの床タイルが箱のなかで貼られるのを待っている。だが、以前は水栓の下にバケツしかなかったのが、シンクが設置されていた。

ウィルは大いに満足した。以前から、ジェフリー・トリヴァーは大工仕事にぐずぐず手間取るタイプの男だったらしいと見当はついていた。一方、自分は釘穴を最後のひとつまでパテで埋め、ペンキを三度重ね塗りするまでは夜も眠れない。

「ふーん」フェイスがまたつぶやいた。レナが女性の唇にキスをしている写真のほうへ顎をしゃくった。

「シビルだ。レナの双子の妹だよ。数年前に亡くなった」

フェイスはややがっかりしたようだった。

「ウィル？」レナが廊下を歩いてきた。両手を壁についてバランスを取っている。本来はとても小柄だが、妊娠して顔はむくみ、濃い褐色の髪の艶もいくぶん失われていた。ジャレドの言うとおり、最後の追いこみはつらいらしい。普段は明るい褐色の肌がスポーツソックスじみた灰色を帯びていた。目は充血している。見るからにくたびれていて、光り輝くどころか痛々しい。腹部のふくらみは、ストローにソフトボールを詰めこんだように見えた。

「わあ」フェイスが言った。「そのお腹！　もうそろそろね」

レナはどういうわけかぎょっとした。「あとひと月だけど」

「あら」フェイスは少し間をあけて言った。「ふくらんでる位置が低い。双子なの？」

「え、ひとりだけよ」レナはうろたえたようにウィルを見たが、ウィルにはその表情の意味がよくわからなかった。彼女は怯えた犬をなだめるように両手で腹部をなでている。フェイスに尋ねた。「あなた、だれ？」

「フェイス・ミッチェル。ウィルのパートナー」フェイスは元気よくレナの手を握った。「ごめんね、いきなりで。あたしも子どもがふたりいるの。妊娠中は楽しかったな」

なるほど、フェイスはレナをからかっているのだ。

「あとひと月だって？」フェイスの話し方はいかにも大げさだった。「いちばん大変な時期だ。もうすぐ人生が永久に変わるんだものね。上の子は予定日を二週間過ぎても生まれてこなくてね。あたし、自分が爆発するんじゃないかと思ったわ。痛みなんか終わってしまえば忘れるってみんな言うけど、丸鋸台の上に座ってるみたいな感じなのよ。ジャレドが赤ちゃんを抱っこするのが好きだといいね」

フェイスは声をあげて笑った。レナも笑い声をあげた。ほんとうに笑っているのはひとりだけだった。

ウィルは言った。「座って話さないか？」

レナはほっとした様子でソファへ歩いていった。

フェイスはレナが座ろうとするのを待ち構えていた。「水を一杯もらえる？」

レナは腰をおろしかけていたが、苦労して立ちあがった。

とした。
「ぼくがやるよ」ウィルは、いいかげんにしろという気持ちを表情でフェイスに伝えよう

伝わらなかった。

ウィルがキッチンへ行くあいだも、フェイスはぺらぺらしゃべりつづけた。

戸棚の扉はまだ取り付けが終わっておらず、冷蔵庫の上に積みあげてあったので、グラスはすぐに見つかった。ウィルは水道の水を汲んだ。床は箒で掃いてあるようだが、ざらざらしたものが靴底をこすった。グラウトだ。床にはタイルをはがした跡があり、下張りがむき出しになっている。もうすぐ子どもが生まれるのだから、床を平らにするのは大事だ。小さな子どもにとって長くまっすぐな平面が不可欠だと知ったのは、エマとテニスボールを転がして遊んだからだ。二歳児はこの遊びを五時間ぶっつづけでやる。

「ビヨンセもね」フェイスがしゃべっている。「妊娠前の体重に戻すのに半年かかったんだって。あんなにお金持ちならもっと早く戻せると思うでしょ」

ウィルはフェイスをにらみながらソファへ戻った。レナにグラスを渡した。レナのほうが水を必要としているように見えた。

「グラント郡で起きた事件について、きみに訊きたいことがあるんだ」

「グラント郡で？」レナは意外そうな顔をした。「先月のドラッグ事件のことかと思ってた」

フェイスが要確認と頭のなかにメモしているのが、ウィルにはわかった。

ウィルはネクタイをなでおろしながらレナの向かいに座った。「いや、八年前の事件だ。

「ある男が――」

「ダリル・ネズビットね」

レナがすぐに感づいたことに、ウィルは驚かなかった。あれはあっさり忘れられるような事件ではない。

「嘘つきの小児性犯罪者がいまさらなにを言ってるの？」

フェイスはこれ見よがしにバッグからノートを取り出した。

レナはウィルに尋ねた。「ネズビットになにか言われて、あの事件を再捜査してるの？」

ウィルは訊き返した。「どうして彼は再捜査を求めるんだろう？」

「それがあいつのやり口だからよ。あいつはいつもなにかをたくらんでる。人を利用しようとする。ずるい男よ」レナはコーヒーテーブルにグラスを置くのに手間取った。腹が邪魔をしていた。

ウィルは代わりに置いてやった。

「ありがとう」レナは座りなおし、長々と息を吐いた。両手を腹部に置いた。「ネズビットは二度、訴訟を起こしたの。どっちも敗訴。そうしたら、今度はジェフリーを訴えた。ジェフリーが亡くなって三カ月もたってなかったのよ。わたしは裏で検察と取引して、ネズビットを金で追い払った。当時、サラは使い物にならなかったから。わたしたちみんなそうだったけど」

「〝ネズビットを金で追い払った〟」フェイスはノートを開き、ペンを持っていた。ようやく本腰を入れたのだ。「どういうこと？」

「ネズビットは九死に一生を得た。障害のせいでPULHESDWITの数値がでこぼこになった。ところが、刑務官に対する殺人未遂で、全部の項目で四点を叩き出した」

レナが話しているのは、ジョージア州立診断分類刑務所が受刑者の収容先を決定するのに採用している評価システムのことだ。各項目の点数がほぼ一点なら、もっとも警備のゆるい施設に送られる。ほとんど四点なら、閉鎖施設か警備が最重度の施設に入ることになる。PULHESDWITの最初の五文字は身体的な状況の項目だ。全体の状態、上半身と下半身の状態、聴力、視力。残りの五文字に肝心なものが集まっている。精神病歴、歯の状態、作業能力、機能障害、移送可能性。当初、ネズビットは脚の障害のために点数が抑えられたが、この評価システムが絶対ではない。殺人未遂を犯せば、もっと警備の厳しい施設へ移送されてもおかしくなかった。

レナはつづけた。「やっぱりGBIを巻きこむ方法を思いついたのね。ネズビットは制度を利用するやり方を心得てる。民事訴訟を起こしたのも、郡刑務所にバカンスに行けるからよ。州は公判中、あいつを郡刑務所に閉じこめる費用を出した。聴聞だの申し立てだのがあるたびに移送料を払うのをいやがったの」

「ネズビットを金で追い払ったというのは？」

「ジェフリーのあとに臨時の署長になったフランク・ウォレスが検事局に直接かけあったの。うちの郡の刑務所にネズビットを入れたくなかったから。ずるいだけならまだしも、神経に障るのよ。あのくそ野郎は、いつまでたってもわたしとジェフリーを中傷するのをやめなかった。殺されたいのかって感じだった」

ウィルは、それに対してレナ自身がなにをしたのか話すのを待った。

レナは言った。「検事局は州知事を巻きこむことに成功した。殉職警官の妻が嫌がらせを受けていたら、偉い人も電話に応じるってわけ。審理が予定されていた日に、警備レベルが中度の刑務所に移送するのを条件に、ネズビットに訴えを取りさげさせることができた。州知事が許可してくれたの。GDOCも許可した。判事は訴えを却下した」

ウィルは顎をこすった。レナは嘘つきだと信じかけていたが、彼女の話は具体的で、それなりに詳細だ。サラは、最初の電話でここまで詳しい話をしなかった。もっとも、一分以内で語るには情報量が多すぎるが。

レナはウィルの考えていることに気づいたらしい。「サラは裏でなにがあったのか知らないの。さっきも言ったように、あのころは使い物にならなかったから。どっちにしても、ネズビットが敗訴していたのは間違いないわ。証拠もない、証人もいないんだもの。あいつに弁護士がついたのが驚きだけど、だれかがお金を出したのよ。わたしが訴えられたのなら、あいつが墓に入るまで戦ったと思う。でも、サラは顔をあげるのもやっとだった。フランクとわたしは相談したの。ジェフリーはわたしたちがサラの面倒を見ることを望んでいるだろうってことになった。だから、サラの面倒を見てあげた」

ウィルはうなじがちりちりするのを感じた。レナのやり口は知っている。いまは理性的で、思いやりがあると言ってもいいような態度だが、それが長続きしないことは経験上わかっている。

フェイスが口を挟んだ。「ときどき受刑者は自分の犯した犯罪の情報を手に入れたくて民事訴訟を起こすよね。証人に宣誓供述させることができる。事件の資料や非公式の報告書の開示請求をすることもできる。捜査ノートとか」

「そうね」レナは言った。「そういうこともある」

レナの声がかすかに変わった。レナのアンテナが立つのが、ウィルの目には見えるようだった。

フェイスも気づいたようだ。戦法を変えた。「ネズビットは警備が軽度の刑務所を要求してもよかったのに、なぜ中度にしたんだろう？」

「軽度には絶対に入れないもの。刑務官を殺そうとしたなんて個人記録に載っていたら、まず無理でしょう」レナは肩をすくめた。「さっきも言ったけど、あいつは制度をよくわかってる。ゲーム歴も長い。あんなところにいるのはもったいないほど賢い。児童ポルノ容疑で逮捕できたのは幸運だったのよ」

フェイスは言いかけた。「そのことだけど――」

「ノートパソコンのことを訊きたいのなら、わたしの一次報告書、宣誓供述書、法廷での宣誓証言のとおりよ。わたしは武器を捜して机の抽斗をあけた。たまたまノートパソコンに腕をぶつけた。モニターに子どものヌード写真が何枚か映ったのが見えた。上訴審の記録を読んで。判事も認めたわ。わたしが真実を証言していることに疑いの余地はないとね」

レナの向かいに座っていながら、ウィルには彼女がほんとうのことを言っているのかどうかわからなかったが、本人は百パーセント正直に話しているつもりらしいと感じた。それがレナ・アダムズという人間の厄介なところのひとつだった。彼女はいつもみずからの犠牲者だ。

「あなたが児童ポルノを発見したいきさつを訊きに来たんじゃないのよ」フェイスは嘘をついた。「もともとどんな事件だったのか知りたいの。あなたの捜査資料、たとえばノートはないの？」

「ないわ」

「ない？」フェイスは訊き返した。警官がノートを処分するなどありえない。ウィルは屋根裏に保管している。フェイスのノートは実家にある。彼女の母親が一九七〇年代にアトランタ市警に入ったころから取ってあるノートも一緒に保存されている。古い事件にいつ尻を嚙みつかれるかわかったものではないからだ。

レナは言った。「メイコンに来る前に、ノートは全部シュレッダーにかけたの」

「シュレッダー？」フェイスとウィルは、同時に同じくらいの驚きをこめて声をあげた。

「ええ、全部忘れたかったから」レナはウィルにウィンクした。「新規まきなおしよ」

レナが新規まきなおしをしたかった理由はわかる。足を火傷する前に焼き払える橋はそう多くない。ウィルが前回捜査をしたとき、グラント郡警察は毒に満ちていた。レナは幸運にも、メイコン警察に不正疑惑を嗅ぎつけられずにすんだ。

だが、ノートをシュレッダーにかけるのは新規まきなおしとは言わない。それは罪証になるかもしれないものを破壊することだ。

フェイスは尋ねた。「正確にはいつシュレッダーにかけたの？」

「正確には？」レナはかぶりを振った。「覚えてないわ」

「民事訴訟の前、それともあと？」

「前だったかも。違ったかな」レナはかぶりを振りつづけたが、含みのある笑みからゲームを楽しんでいることがわかる。「あなたもわかるでしょう、フェイス。妊娠脳ってやつよ。いまのわたしは霧のなかにいるも同然」

フェイスはうなずいたが、同意のうなずきではなかった。レナはすべてを承知している。もはや遠慮する必要はない。

「ネズビットは民事訴訟の際にあなたのノートを開示するよう請求したかもね」

「したでしょうね。わたしの公式の報告書はすべて署のメインフレームに保存されてるわ」

「だけど、そのもとになるメモはあなたのノートに書いてあったはずよ」

「そうね」

「ノートには、なんとなく気になるけれど、根拠がなくて報告書には記載しないことも書くよね」

「そのとおりよ」

「だけど、あなたのノートはもうない」

「シュレッダーにかけたからね」レナはもはやあからさまに笑っていた。彼女の本性は、ついに姿を現すことができてよろこんでいる。「いま現在、わたしがＧＢＩのために役に立てそうなことはほかにないの？」

フェイスの目が険しくなった。彼女はそう簡単に屈しない。「レベッカ・カタリノ。覚えてる?」

「ぼんやりとは」レナはあくびを噛み殺した。「失礼、ほんとうに疲れちゃって」

「すぐ終わるわ」フェイスはノートをめくった。「あなたたちは、ベッキー・カタリノを襲ったのはネズビットと見て……」

「レスリー・トゥロンもね」レナは、グラント郡のふたり目の被害者の名前をあげた。「いい子だった。ふたりともいい子だったのは覚えてる。優等生だった。みんなに好かれていたけど、人気者というほどではない。妹がふたりを教えてたの、めずらしいことじゃないわ。あのころ、シビルは学部のトーテムポールでも下のほうにいたから。有機化学は必修だった。たしか、レスリーにはステディなボーイフレンドがいた。ベッキーは一年前くらいにガールフレンドと別れたけれど、友人たちの話では、そのあとだれかとつきあっていた様子はなかった」

ウィルはレナの視線をたどった。彼女は妹の写真を見つめていた。シビルは目を閉じてガールフレンドにキスをしている。とても幸せそうだ。双子のラテンアメリカ系の顔立ちはそっくりだ。鼻の脇のほくろの位置まで同じだった。妹が亡くなったとき、レナは自分の一部を失ったような気がしたに違いない。

レナが言った。「おかしいかもしれないけど、あのころのことでいちばん覚えているのは、シビルにやきもきしていたことなの。わたしはシビルがレズビアンだということがばれるのを本気で心配していた。いまは〝ばれたらなんなの?〟って感じ。ほんとうにそう思う。いまお腹にいる子には健康で幸せでいてほしい、それだけよ」

フェイスは一拍置いて尋ねた。「シビルのことを心配していた。シビルがベッキーとつきあっていたから？」

「まさか。シビルがナンを裏切るなんてありえない。シビルがレズビアンだったことはわたしの不安の種だった」レナは正直に言った。「あなたも警官ならわかるでしょ。女だし。わたしはまだ新人で、いまのジャレドよりも一歳下だった。先輩刑事はフランクとマット。ふたりとも昔気質（むかしかたぎ）だった。保守的なくせに、浮気はするし、自分の子どもは捨てるし、勤務中に飲酒するしでね。わたしはあの人たちにシビルのことを知られたら受け入れてもらえないと思ってたの。若かったのよ。受け入れてもらえないなんて耐えられなかった。それがいまでは、こっちが受け入れるかどうか、そっちが心配しろって感じだけど」

きみが人を寄せつけないようにしているんじゃないかとは、ウィルは言わずにおいた。ノートの話が終わり、ころころ変わるレナが先ほどまでのレナに戻った。

レナはつづけた。「ひとつ思い出した。ジェフリーはトゥロンの母親の話をじっくり聞いてあげてた。親切だったのよ。共感力が高くて。忍耐強くて。トゥロンの母親からいろいろな情報を聞き出してたけど、公式の報告書には載ってないわ」

ウィルは、それこそシュレッダーにかけたノートに書いてあったのではないかと、フェイスが言い返すのを待ったが、彼女は賢明にもレナにしゃべらせつづけた。

「ジェフリーにかかると、みんなほかの人に話さないようなことも話したわ」レナは悲しみを振り払うようにかぶりを振った。「とにかく、カタリノの暴行事件より一週間ほど前に、レスリーは怒った様子で母親に電話をかけてきたそうよ。ルームメイトになにか盗まれたと思ってたらしい。ほんとうに盗まれたのかもしれないけれど、ルームメイトと暮らしていれば、そういうこともあるでしょ。だから、重要視されなかった」

フェイスは尋ねた。「レスリーはなにか特定のものを盗まれたと思ってたの、それともいろいろなものがなくなってたの？」

「さあ」

「レベッカ・カタリノは？　なにかなくしたものは？」

「さあね、あったかもしれない」レナは肩をすくめて質問をいなした。「ごめんなさい。八年ってかなり長い年月だから」

「そうね」フェイスは〝だからノートを取っておくんでしょうが〟という顔をウィルに向けた。

レナはその表情に気づいた。「当時のわたしたちは手一杯で、手癖の悪いルームメイトに時間を割く余裕はなかったのよ」

「カタリノの事件を捜査することになったきっかけは覚えてる？」

「はっきりとは覚えてない」これもまた、レナのノートに書いてあったはずのことだ。

「ジェフリーは最初から変だと言ってた。わたしはあの人より有能な警官を知らないわ。ジェフリーが変だと言えば変なのよ」

「あなたも同じように感じた？」

「いいえ。正直なところ、あのころのわたしはなにもわかってなかった。フランクのせいにしたくはないけど、あの人はいつもたわごとばかり言ってた。たとえば、〝人種プロファイリングをするのは理由があるんだ〟とかね。それをわたしの前で言うのよ。わたしの前で」と、レナは自分の褐色の顔を指さした。「ほかにも時代遅れなことを言ってたわ。〝おれが捜査した強姦事件で女がほんとうに強姦されていたためしはない〟なんてのもあった」

フェイスはぎょっとした。

「ね？」レナが言った。「統計的に見ても、そんなのありえないでしょう？　毎年二千人近い女子学生が入学してくる大学のある町に三十年も勤務していて、女性がひとりもレイプされたことがないなんて」

フェイスはレナを元の軌道に戻した。「で、あなたもジェフリーの勘が正しいと思うようになったのは、なにがきっかけ？」

「レスリー・トゥロンよ。あんな恐ろしい事件はほかに知らない。あの町の六倍の人口規模で、凶悪犯が山ほどいる都市で性犯罪捜査課を率いているわたしが、そう言うのよ」

「麻薬取締課じゃなかったの？」

「移動を願い出たの」レナは腹部をさすった。「被害者に寄り添えると思ったから」

「なるほど。妊娠して、女性の部分が目覚めたってわけね」

「かもね」レナは皮肉に気づいていたが、肩をすくめて聞き流した。「わたしは七年前にレイプされたの。そしてもうすぐ娘が生まれる。この子のために世界を楽な場所にすることはできないけど、少しでも安全な場所に近づける努力はできる」

ウィルは、フェイスの喉が動くのを見ていた。これがレナの才能だ。拳をあげもせずに相手にきつい一撃を見舞うことができる。

レナは言った。「それはそうと、あなたたちもわたしの人生哲学を聞くためにわざわざ来たわけじゃないでしょう。わたしに訊きたいのは、レベッカ・カタリノとレスリー・トゥロンを襲ったのはネズビットだと考えているのかってことじゃない？　間違いなくそうよ。証拠は？　ない。なぜ彼が犯人だと思うのか？　ネズビットが刑務所に入ったとたん、犯行が止まったから。わたしに言えるのはそれだけよ」

フェイスが静かになったので、ウィルは代わりに尋ねた。「ほかにも事件が起きていたとしたら？　被害者がほかにもいるとしたら？」

レナは疑わしそうにウィルを横目で見た。「グラント郡では起きてない。ネズビットの犯行には特徴があった。その特徴がある事件はあれから起きていない。訊かれる前に言うけど、ジェフリーは直近五年間の性犯罪をわたしに調べさせたの。グラント郡だけじゃなくて、隣接する郡もね。あれより以前に、わたしたちが見逃していた被害者がいないか確認するためよ」

それは警官として正しいやり方だと、ウィルも認めざるを得なかった。「ネズビットは、自分が収監されて以降も八件、同様の事件が起きたと言っている。すべて関連があるというのが、彼の言い分だ」

「信じられない」レナは声をあげて笑った。「そうなんだ。つまり、あなたがたは刑務官を殺そうとした小児性犯罪者の言い分を信じるわけね、その理由は……？」

フェイスが言った。「ネズビットは、児童ポルノ所持以外では有罪になっていない。カタリノとトゥロンの事件は、事実上未解決だからよ」

「未解決だなんてばかばかしい。ネズビットがまたジェフリーの名誉を傷つけようとしているだけよ」レナはウィルをじっと見つめた。眉がアーチ形になった。急な表情の変化にウィルが気づいた〇・五秒後、レナは質問を発した。「あなた、サラにそそのかされたんじゃない？」

ウィルは咳払いをした。レナとはサラの話をしたくなかった。「関係ない」

「あるに決まってるでしょう」

「レナ――」

「やっとわかった。わたしとしたことが鈍かったわ、でも――」レナは尖った笑い声をあげ、また表情が変わった。「ゲーム歴が長いと言えばサラじゃないの。サラはわたしの弱点を見つけたつもりなのね？　あなたたちはネズビットの言い分を利用してわたしをつぶしに来た。だからわたしのノートがほしいのよ。わたしが愚かにも自分の首を絞めるようなことを書き残したと思ってるのね」

フェイスが言い返した。「わたしたちは捜査に来た――」

「ミッチェル」レナは、たったいま紹介されたばかりのように言った。「あなたたち、パートナーを組んでどれくらいたつの？」

フェイスは答えなかった。

「あなたはウィルのためならなんでもする、そうでしょう？」レナは、答えはもう知っていると言わんばかりにうなずいた。「サラはそれがどういうことかわかってるつもりだけど、しょせんあの人は警官じゃない。悪党、上司、殺し屋に犯罪者、一般市民に被害者、彼らのやることなすことが、それこそ呼吸ですら、あなたを少しずつねじれさせる。そして万一、自分ならまだしもパートナーが傷つけられたら、あなたはもうそのねじれをほどくことはできない。復讐心の指示するままに、やみくもに銃をぶっ放す」

フェイスは言った。「そもそもだれも傷つかないようにすることが大事でしょう」

「そんなに簡単なことじゃないって知ってるくせに。これは助言よ。わたしはさんざん見てきたの。ジェフリーは、サラがパチンと指を鳴らすたびに駆けつけてた。そのせいで、あげくのはてには殺されてしまった」

ウィルは顎をこすった。視界の隅に赤い雲がかかるのが見えた。

フェイスが言った。「それはあなたの記憶違いじゃないの」

レナはフェイスを無視してウィルに言った。「認めなさいよ。勇気を出して。サラはネズビットを利用して、あなたをもてあそんでる」

「もういい」フェイスはノートをバッグにしまった。「帰るわ」

レナが得意げに笑った。「サラはたいした女よ。取り澄ましたお堅い女に見えるけど、あのビッチはハエトリグサみたいなアソコの持ち主なのよね」

ウィルは拳を握りしめた。「口のきき方に気をつけろ」

「そっちこそ気をつけることね。あなたもジェフリーと同じで色ボケしてるわ」

ウィルは椅子を後ろに蹴り倒しそうな勢いで立ちあがった。

「落ち着いて」フェイスも立ちあがっていた。「だれかが妊婦の顔をぶん殴らなきゃいけないとしたら、あたしがやる」

「ふたりとも出ていけ」ジャレドがレナの背後に現れた。廊下で立ち聞きしていたのだろう。制服姿だった。銃把に手をかけている。「いますぐ出ていけ」

ウィルはジャケットの前をめくった。銃ならこっちも持っている。

「ちょっと！　もう帰るってば」フェイスはウィルの腕をつかんで玄関のほうへ押した。「行こう」

ウィルはフェイスに押されるがままに歩いた。そうしなければ流血騒ぎになるとわかっていたからだ。

ジャレドがあざけるように言った。「サラおばさんに、おめでとうと伝えてくれ」

その嘲笑を殴り飛ばしてやりたくて、ウィルの両手はむずむずした。もう一度フェイスに押され、玄関を出てポーチの階段をおりた。振り返ってジャレドをにらんだ。あんな若造、片手で叩きのめしてやれるのに。

「ミッチェル」レナがドア口で夫の背後に立っていた。「なにか大事なことを思い出したら連絡する。残念ながらノートがないから、記憶を掘り返さなくちゃ」

「くそが」フェイスはうなった。「黙れ」

ウィルは背中にフェイスの手のひらを感じた。フェイスを先に行かせ、私道から通路へ歩いた。フェイスは助手席のドアをあけた。ウィルが乗るのを待った。それから、運転席に座り、ギアをドライブに入れた。車を大きくUターンさせて、ミニのタイヤでレナとジヤレドの庭をかなり掘り返した。

「ちっくしょー！」フェイスは両手でハンドルを握りしめた。「あのくそ女、ほんっとむかつく。大嫌い。むかつきすぎて、血中酸素濃度がぐんとさがるわ」

ウィルは拳に握った両手を見おろした。激しい怒りで前が見えなくなっていた。あの若造め。それにレナ。とくにレナだ。ウィルはいままで女性に手をあげたことは一度もない。別れた妻にしつこい嫌がらせを受けても、完全に逆上したことはなかった。それがいま、ありったけの自制心を総動員しなければ、引き返してレナの汚い口から二度とサラの名前が出てこないように殴ってしまいそうだった。

フェイスが言った。「深呼吸して。もう忘れよう」

忘れるものか。だれかを殴ってやらなければ気がすまない。

「もう一回、深呼吸」フェイスが促した。

手のひらに爪が食いこんでいることに気づいた。これではタイムアウトが必要な容疑者と同じだ。

「よし」フェイスはもう気持ちを切り替えたようだった。「あそこでうまくいったことだけを考えよう。めちゃくちゃになる前に、一応は新事実をふたつ発見したじゃない」

ウィルは歯を食いしばった。新事実なんかくそ食らえ。

フェイスは言った。「ひとつ、ネズビットに弁護士の費用を出してやったのはだれか？殉職警官の妻を相手取って訴訟を起こすなんて、それなりの理由があるはず」

レナにも同情の余地があると思った自分がばかだったと、ウィルは思った。レナに人間らしいところなどあるものか。それなのに自分は少しも警戒せず、あっさりコルク抜きのようにねじ曲げられてしまった。

「ふたつ」フェイスはウィルの様子に気づかずにつづけた。「トゥロンの母親によれば、彼女はルームメイトに私物を盗まれたと思っていた。犯人が記念に盗んだ可能性がある」

ウィルは拳をさらにきつく握りしめた。なにかをぶち壊したい。傷つけたい。殺したい。

「新聞記事に載っていた八名の女性も――」

「やめろ、フェイス！」ウィルは爆発した。「こんな話になんの意味があるんだ？　さっきアマンダも言ってたじゃないか。マカリスターは事故死だ。泥棒のルームメイトも金目当ての弁護士も、なんの手がかりにもならない。それに、きみの言うとおり、森も手がかりにならない。森なんかそこらじゅうにあるからな」

フェイスは唇を引き結んだ。

「どうなんだ、フェイス？　こんな話をしてなんになる？　無意味じゃないか」

フェイスは黙っている。

ウィルは、レナの家を出発してからずっとシートベルトサインの警告音が鳴りつづけていたことに気づいた。ベルトのバックルを手荒に引っぱった。ストラップが引っかかった。さらに強く引っぱった。「やっぱりでたらめだ。全部でたらめだ、サラもそう言った。アマンダも。きみも。レナは嘘つきで、ネズビットも嘘つきで――」

ベルトのバックルをはめることができなかった。警告音が大釘のように耳に突き刺さった。

「達成したものなんかなにもないじゃないか。きみが言ったとおり、レナはくそくだらないたわごとばかり並べただけだ。そう思わないか？　どうなんだ？」

「思うよ」

「思うよ」ウィルはおうむ返しに繰り返した。「つまり、ぼくたちは丸一日無駄にしたってことだ。腐った小児性犯罪者の言い分を鵜呑みにして。嘘つき女のたわごとを聞かされて。おかしくなりそうだ。なぜならフェイス、そう、きみの問いは大当たり、ぼくはジェフリーのことがいやでしかたがない。でも全部ぼくのせいなんだ、サラに話すのは待てと言ったアマンダは正しいよな。それなのにぼくは耳を貸さず、そのせいでサラは一日中ジェフリーのことばかり考えて、ぼくにはメッセージひとつよこさない。ところがぼくは、これからサラのもとに戻って、レナはきみが裏で糸を引いて自分を偽証罪で刑務所にぶちこもうとしてると思っているよと、面と向かって伝えなければならない。それなのに、きみまでレナに会っていいことがあったとか嘘をつくのはやめてくれよ、ぼくは嘘つきじゃない。ちくしょう！」

　ウィルはシートベルトを放り出した。金属のバックルが窓に跳ね返った。ダッシュボードを拳で殴った。何度も何度も。

「ちくしょう！　ちくしょう！」

　自分の暴力性におののき、ウィルは最後のパンチを途中でこらえた。拳がハンマーのように振りあげたままになった。ウィルは汗ばみ、蒸気機関のように荒い息をしていた。車体は殴られるたびに揺れていた。いったい自分はどうしたんだ？　いつもはこんなふうに逆上しないのに。逆上した人間を止めるほうなのに。

フェイスは車のスピードを落とした。路肩に車を寄せ、ギアをパークに入れた。ウィルがいつもの自分に戻る時間をくれたのだ。いまウィルは恥辱に呑みこまれていた。フェイスの顔を見ることもできなかった。

長くはかからなかった。

フェイスは言った。「知り合って以来、いちばん長いしゃべりだったね」

ウィルは手の甲で口元を拭った。血の味がした。殴った衝撃で関節の皮膚が裂けていた。

「ごめん」

「気にしないで。ほんとに。エマが大学を卒業するまで、これがあたしにとって最後の新車だけどね」

ウィルはダッシュボードをなで、割れていないか確かめた。

「よくエアバッグが開かなかったよね」

「大丈夫かな？」

フェイスはバッグからティッシュを取り出した。「新しいルール。レナ・アダムズの話は二度としない」

ウィルは手の傷口をティッシュで押さえた。サラにどう話せばいいのだろう？　レナの聴取がいつの時点であんな惨憺(さんたん)たる結果へ向かいはじめたのか、いまだにわからなかった。最初からレナはそのつもりだったのだろうか？　カエルの背に乗って川を渡るサソリのように、それがレナの性(さが)なのだろうか？

フェイスの携帯電話が鳴りはじめた。

「アマンダよ」

ウィルは両手で顔をこすった。アマンダということはサラだ。なんて言えばいい？　マクドナルドではなくバーガーキングがいいと言うべきか？　それともサラダを食べたいと？　いや、二秒もあればなにも問題ないとメッセージを送れたはずだ、そうしてくれていれば、ぼくも逆上してフェイスの車を攻撃せずにすんだのに、と言ってもいいのか？

電話は鳴りつづけている。

「出てくれ」

フェイスはボタンを押した。「ウィルもいます。スピーカーフォンです」

「どこにいたの？」アマンダが問いただした。「こっちは二十八分前からメッセージを送ったり電話を鳴らしたりしつづけてたのよ」

フェイスは十個以上の通知を見て小声で悪態をついた。「すみません、レナの話を聞いていて――」

「サラが目視検査中に見つけたものがあるの。アレクサンドラ・マカリスターは、強姦殺人で間違いないわ。グラント郡の事件との共通点が見つかった」

ウィルはフェイスを見た。

フェイスは驚いて両手で口を押さえていた。

レナの言ったことすべてが、にわかに重要性を帯びてきた。手に入れ損なった手がかりはなにか？　ジェフリーの損害賠償請求のためにだれかが弁護士費用を出した。レスリー・トゥロンの私物がなくなったが、よくあることでもある。カタリノの私物もなくなっていたかもしれない。なくなっていないかもしれない。引き返してレナを問いただすことはできない。彼女がノートをシュレッダーにかけて処分してしまったから。ウィルが彼女の夫に銃を向けそうになったから。フェイスがウィルの代わりに彼女の顔を殴ってやると脅したから。ふたりともレナ・アダムズと同じ部屋には二度と入れない。

「まだあるの」アマンダは言った。「ダリル・ネズビットに新聞記事を送ってきた人物がだれか、GDOCから回答が来た。トリヴァーの損害賠償請求に弁護士費用を出した人物と同じだった」

「わかりました」フェイスはようやく声が出るようになったようだ。「だれなんですか？」

「ジェラルド・カタリノ。レベッカ・カタリノの父親よ」

7

ジーナ・ヴォーゲルはノートパソコンから目をあげ、窓の外を見た。焦点がなかなか合わない。木々、小鳥の餌台、ウィンドチャイム。ジーナもついに、老眼鏡がとうぶん使う必要のない屈辱の品ではなくなり、生活必需品になる年齢に達した。

ノートパソコンに目を落とした。やはり文字がかすんで見えた。フォントサイズを視力検査表のいちばん上の文字と同じ大きさに拡大した。それから、〝メールのフォントサイズを拡大したら相手にもわかるのか〟とグーグルで検索した。十二歳の上司に、おばあちゃんからメールが届いたみたいだと思われたくなかったからだ。

グーグルはさらに細かい情報を求めてきたが、ジーナは応ずることができなかった。

ノートパソコンを閉じ、コーヒーテーブルに置いた。もう一度、外の木に目をやった。眼科医からは、一時間に二度は遠くを見るように指示されている。去年はくだらないアドバイスだと思っていたのに、いまでは十分ごとに木を眺めなければ気がすまない。視力がひどく落ち、テレビ画面の登場人物がテキストメッセージを送ったり読んだりするシーンでは、そのたびに立ちあがってそばへ行かなければならない。

ジーナは立ちあがり、背中のストレッチをした――背中もジーナを裏切った部分だ。食生活を見なおしてもっと運動しなければあちこちガタが来ると数年前から医師に警告されていたのが、まだ四十三歳なのにことごとく現実になっている。

まさかこんなことになるなんて。

右膝が歩くコツを思い出すまでに数歩かかった。ソファに長時間座っていたせいだ。自宅勤務にはメリットもあるが、これからはデスクにつくようにしなければならない。猫のようにのんびりソファに座っていられるのは、若者だけに許される贅沢だ。

ジーナはキッチンのテレビをつけた。天気予報をしばらく見た。そのあと、森で女性の遺体（ボディ）が発見されたというニュースがはじまったので、HGTVにチャンネルを替えた。プロパティ・ブラザーズのナイスなボディの話なら聞いてもいいけれど。

冷蔵庫をあけた。野菜を抱え、シンクへ持っていって洗った。ウーバー・イーツで注文しようかとちょっと思ったが、数字のうえではもうすぐ四十四歳で、その翌年には四十五歳になり、ということはほとんど五十歳だから、夕食は脂っこいチーズバーガーとフライドポテトではなくヘルシーなサラダにすべきだろう。

そうよね？

考えが変わる前に水栓をひねった。戸棚からザルを取り出した。シンクの上に置いてあるボウルに手をのばした。そこに入っているはずのシュシュが手に触れなかった。ジーナは整頓好きなほうだ。いつもあのシュシュをこのボウルに入れている。ピンクの地に白いデイジー模様のシュシュは、十年前に家族旅行で海へ行ったときに姪（めい）っ子（こ）から黙って失敬したものだ。

カウンターのキャニスターやクイジナートのミキサーをどけて、シュシュを探した。戸棚の下を覗いた。ダイニングテーブルの椅子の背にかけたバッグのなかを漁った。ドアのそばに置いたジムバッグのなかも確かめた。それから、廊下の床。バスルームの棚のなかもくまなく見た。寝室の抽斗もひとつ残らずあけてみた。客用寝室も。リビングルームも。冷蔵庫のなかまで調べた。以前、ミルクの横に携帯電話を置き忘れたことがあるからだ。

「変ね」ジーナはキッチンの真ん中で両手を腰に当てた。

あのシュシュをつけて外出することはない。人前でつけるには気恥ずかしい色だし、姪は象に匹敵する記憶力と甘やかされた三歳児の肺活量の持ち主だからだ。

それでも、ジーナはコンソールテーブルから車のキーを取り、車内を探した。トランクもあけた。

ピンクのシュシュはどこにもなかった。

ジーナは家のなかに戻った。ドアに鍵をかけた。車のキーをコンソールテーブルに置いた。妙に肌がちりちりした。だれかが家のなかに入ったのだろうか？　先週、変な気がしたのだ。いろいろなものが動かされたような。なくなったものはなかった。シュシュもいつもの場所にあった。

昨日、窓のひとつに鍵がかかっていなかったことに気づいたが、そもそも昨日は気持ちのいい天気だった。だから、昼間は家じゅうの窓をあけはなっていた。一箇所だけ鍵をかけ忘れたのかもしれない。この近隣を狙ったシュシュ泥棒がいると考えるより、よほど可能性が高い。パソコンやｉＰａｄや五十五インチのテレビではなく、十年もののピンク地に白いデイジー柄のシュシュをシンクの上のボウルから持っていく者がいるわけがないのだから。

ジーナはキッチンに戻った。いやな感じを振り払うことができなかった。この感覚は言葉にしづらい。言葉にすれば、そんなばかなと笑われるようなことだからだ。

いいい、たしかにおばかさんだ。ジーナは水道の水を出しっぱなしにしていた。シンクの栓がいつのまにか排水口をふさいでいた。危うくキッチンを水浸しにするところだった。

失いかけているのは若さだけではない。

理性も失いかけている。

8

男性が女性を取り巻く問題について語るときに、娘や妻や姉妹がいることを理由にするのが、フェイスは嫌いだった。女の子を育てたおかげで、レイプやセクハラは罪なのだと突如気づいたとでもいうのだろうか。だが、フェイス個人としては、繊細な息子を育て、気難しい兄と育った経験のおかげで、ふさぎこんでいる男の扱い方が身についたと感じていた。決して気持ちを尋ねてはいけない。無理やりしゃべらせようとしてはいけない。ラジオでつまらない音楽を聴いていても放っておき、ジャンクフードの店に連れていくしかない。

ウィルがコンビニエンスストアでジャンクフードを買いこんでいるあいだ、フェイスは車で待っていた。彼はいまだに口元をこわばらせている。野生の獣めいた表情は、サラと出会う前の彼が戻ってきたようだ。

フェイスは携帯電話のメッセージ画面を見おろした。

フェイス：あなたに話すべきだといまウィルに言ったけどもう話したんだってね悪い友達でごめん許してくれるかな。

サラ：ありがとう。大丈夫。わたしたちみんな大変な一日だったし。またあとでね。

返信は五分前に送られてきた。半日ウィルと一緒に過ごしていなければ、まったく問題のない、普通の返事だ。

これにどう返したものか、フェイスは考えあぐねていた。サラとのあいだには、ウィルに関するルールがあった。サラは最初からウィルについて私的な話はしないと明言していた。ウィルのパートナーであるフェイスは、いつもどんなときも彼の味方でいなければならないからだ。

フェイスは、頭ではその理屈を理解していた。職業上、ウィルとは修羅場をともにしなければならない。携帯している銃はただのお飾りではない。フェイスはいま、このルールがあってよかったと心底感じていた。ひどく傷ついているウィルを目の当たりにし、十分ごとに携帯電話をチェックしてついには電源を切ってしまった彼を見ていると、サラの喉を引き裂いてやりたくなるからだ。

携帯電話をカップホルダーに戻した。試しにレナ・アダムズを思い出し、目もくらむほどの憎悪が少しでもやわらいだか確かめてみた。

少しもやわらいでいない。

車のドアがあいた。ウィルが乗りこんできた。両腕いっぱいのドリトス、チートス、ビューグルスを置き、すでに半分がたなくなっているホットドッグを口に詰めこんでからドアを閉めた。ジャケットのポケットからドクターペッパーを取り出し、フェイスにダイエットコークを渡した。散財したもののなかに絆創膏(ばんそうこう)は入っていないようだ。ウィルは妙なところにケチくさい。怪我をした手に、コンビニエンスストアのトイレでくすねたトイレットペーパーを巻いている。

「セロテープ、持ってないか?」ウィルは下手くそに巻かれたペーパーを掲げた。タンポンの紐のようにだらしなく垂れている。「すぐゆるんでくるんだ」

フェイスは大げさにため息をついた。アームレストのコンソールをあけた。救急セットのなかに絆創膏が入っていた。「エルサとアナとどっちがいい?」

「オラフはないの?」

フェイスはまたため息をついた。最後の一枚のオラフを取り出した。お気に入りの雪だるまがなくなったことに気づいたエマが泣きわめくのは必至だ。「レナとジャレドのことを考えていたの」

ウィルはトイレットペーパーをはがしはじめた。薄っぺらい紙が傷口に貼りついていた。

「レナがカタリノの事件を捜査していたとき、ジャレドは高校生だったのよね」フェイスは絆創膏の袋を歯であけた。「計算すると気持ち悪い」

ウィルは言った。「見栄えのいい若者だな」

「ええ、そうね」フェイスはまだ出血している傷口に絆創膏を貼った。「二十代のころは、繊細で誤解されがちだと思われていたのが、三十代になるとただのくそ野郎だったとわかるパターン」

ウィルはラジオに目をやった。フェイスはEストリートに局を替えていた。

「あたし、老人が何度も咳払いをするのを聞くのが好きなんだ」

ウィルはラジオを消した。「ジェラルド・カタリノのことでなにかわかったか?」

フェイスは携帯電話を取った。少し検索しただけで、数時間前に調べておくべきだった情報がざくざく出てきていた。「前科なし。駐車違反すらなし。造園会社を経営してる。洒落たウェブサイトがある。いかがわしい会社ではなさそう。事務長ひとり、現場監督がふたり。見る？」

ウィルは携帯電話を受け取り、サイトをざっくり見た。経営者のページをクリックした。ジェラルド・カタリノは写真で見るかぎり五十代なかばで、二十七歳の娘がいる事実とも矛盾しない。残り少ない濃い褐色の髪には灰色の筋が交じっている。押し箒のような口髭を生やし、メタルフレームの眼鏡をかけている。

フェイスは言った。「プロフィールによれば、趣味はガーデニング、息子に本を読んでやること、娘のために正義を見つけること。ここを見て」

フェイスはリンクをタップした。画面にフェイスブックのページが現れた。

「レベッカに正義を」フェイスは、ウィルがどのくらいの速度で読めるのか知らなかった。「カタリノは五年前にこのページを立ちあげた。グループの参加者は四百人くらい。行方不明の女性や殺人事件の被害者女性のページとつながってる。そのほとんどは、警察が怠慢でばかで無能で、ろくに捜査していないことを憤る親のページ」

「警官とドーナツのジョークにいいねしている人が三十人もいる」ウィルは画面をスワイプした。「ネズビットがくれた新聞記事と同じものを投稿していた？」

「直近のものはＡＪＣの記事で、昨日朝にアレクサンドラ・マカリスターの遺体が発見されたってやつ」

「カタリノはつねにこのページを見てるんだな。だれかがコメントを投稿したら数分以内にかならず返信している」

「覚悟して。かなり雲行きが怪しくなるから」フェイスはブラウザの履歴から〝レベッカに正義を〟のサイトに戻った。フェイスはメニューを指さしながら読みあげた。「犯罪。捜査。証拠。隠蔽」

〝隠蔽〟のサブメニューをタップした。

ハイパーリンクつきの青い文字を読んだ。「ジェフリー・トリヴァー。レナ・アダムズ。フランク・ウォレス。マット・ホーガン」

ウィルは適当に選んだ名前をタップした。現れた顔写真は、フォトショップでマグショット風に加工されていた。射撃練習場の紙の標的のように、顔の部分に金的を重ねてある。ジェフリー・トリヴァーは眉間に偽の弾痕をあけられていた。

フェイスは、ウィルが買い物をしているあいだにこの写真を見ていたのだが、また見るとひどくいやな気分になった。法律上では、これらの投稿は保護されている。カタリノが悪ふざけや気まぐれでこんな写真を作ったのか、それとも警官に対する暴力を奨励しているのか、判断することはできない。

だが、フェイスは警官のひとりとして、カタリノにも疑わしきは罰せずと言えるほどの寛容さは持ち合わせていない。

ウィルが言った。「違法じゃなければなんでもやっていいと思ってる連中はネット上に山ほどいる」

車内に沈黙がおりた。ウィルは被害者と警察両方の立場に立とうとしているが、やはり同じようにとまどっているのがフェイスにはわかった。彼はいつまでも写真を見ていた。死んだ夫の眉間に弾痕をあけた加工写真をサラが見つけてしまったらどうなるか考えているのだろう。

しばらくして、ウィルは言った。「これは、必要がなければサラには見せたくない」

「賛成」

ウィルはフェイスに携帯電話を返した。「ほかには？　どんなことが書いてあった？」

フェイスはすぐには答えられず、深呼吸をした。自分がこんなふうに書き立てられたら家から出られそうにない。「〝犯罪〟と〝証拠〟をざっと読んだ。カタリノは副詞を多用するの。憶測と陰謀論にまみれていて、具体的な事実はほとんどない。警察はむかつく、ろくに仕事をしない警官は死刑にすべきだ、というのがだいたいの主張。ペッパピッグがジョン・グリシャムになろうとしてる感じ」

「死刑？」

「そう」

ふたたび沈黙がおりた。

ウィルは言った。「で、カタリノはネズビットの協力者？　模倣犯？　いかれたやつ？　殺人犯？」

今朝、刑務所のチャペルで交わした疑問だ。

「たぶん、娘が暴力を受けて嘆き悲しんでいる父親。そして、警察のせいで自分たちの人生はめちゃくちゃになったと考えてる。というか、警官を憎んでるドン・キホーテ」

「カタリノがオンライングループを立ちあげたのは五年前だ。ベッキーが襲われたのは八年前。三年の間隔が空いている。五年前になにがあったんだろう？」

「本人に訊いてみよう」

フェイスはギアを入れた。カーナビにカタリノの住所は入力してある。レナのおかげで、とりあえず州の中央までは来ている。ジェラルド・カタリノの自宅はメイコンから三十分ほどのミレッジヴィルにある。彼のオフィスに、造園の見積もりをしてほしいと偽の電話をかけたところ、今日は自宅で仕事をしているとのことだった。郡の税務記録を調べると、カタリノの二十四万ドルの自宅は町の旧地区にあるとわかった。

ウィルはドリトスの袋をあけた。「レスリー・トゥロンの事件をもっと調べる必要がある。アマンダの話では、サラはアレクサンドラ・マカリスターの脊髄にも、ベッキー・カタリノと同じような刺し傷を見つけた。トゥロンはどうだろう？」

「レナがノートに図を描いていたはずなのに」フェイスは言った。「あのくそビッチ」

「公式の資料にもあるんじゃないか」

フェイスはウィルがドリトスを咀嚼する音を聞いていた。

公式の資料とは、ジェフリーの資料だ。サラがそれを倉庫から運び出すことになっている。アマンダの命令でチームが今日中に完了させなければならない大量のタスクのひとつだ。今週エマが父親の家で過ごしているのは幸いだった。時計の針はいつのまにか午後三時を指そうとしている。フェイスは今朝、三時に起きた。いまは自宅玄関に入ってブラジヤーをむしり取り、エスカレーターの死亡事故の話を読みながら暗くなるのを待ち、ベッドにもぐりこむことしか考えられない。

ウィルが口を開いた。「被害者が三人いないと連続殺人にはならない」

「新聞記事の女性たちを掘り出したら三人以上になるかもよ」お嬢さんのご遺体を発掘させてくださいと遺族に頼む役目がまわってきませんようにと、フェイスは祈った。「ジェラルド・カタリノが聴取に応じたとしての話だけど。マカリスターが他殺だと認められたことは伝える？」

「必要があれば。でも、詳しいことは伏せておこう」

「了解」

フェイスはいまだにアマンダの話が呑みこめずにいた。女性を襲ってレイプし、恐ろしい思いをさせたあげくに殺すなんてもちろん残酷だ。だが、あんなやり方で女性を痛めつけるのは、抵抗できないように麻痺させるのは――おぞましさのレベルが違う。

「サラは下腹と脇の下にナイフの傷を見つけた。殺人犯は野生動物の習性について知識がある、そうでしょう？　マカリスターの肌を傷つけて出血させ、肉食動物に証拠を食べさせたのよ」

ウィルはひとつかみのドリトスを口に入れた。サラが関わる話を避けているらしい。いや、フェイスと同様に、陰惨な情報を処理しきれずにいるのかもしれない。殺人犯の多くが捕まるのは、本人しか訪れていないはずの遠い島特有の砂粒を犯罪現場に残したからではない。不注意で愚かだからだ。

だが、この犯人はそのどちらでもない。

「ブラッド・スティーヴンス」ウィルはチートスの袋をあけた。「〝隠蔽〟の警官のなかにいなかったな」

「彼は事件当時、アカデミーを出たての新人だったはず」新人の仕事とはどういうものか、フェイスにも覚えがあった。「退屈な仕事をしてたでしょうね、報告書を集めたり整理したり、事実確認や聞きこみ、あまり重要ではない目撃者の聴取」

「でも、一部始終を見ていたかも」

フェイスはウィルをちらりと見た。ネクタイから食べかすを払っている。事件の話をしているうちに、ウィルは落ち着いてきたようだ。「あなたの意見を聞かせて。ジェラルド・カタリノとブラッド・スティーヴンスをつなぐ線は？」

「ぼくがジェラルド・カタリノだとする」ウィルは言った。「娘が重傷を負った。まずはそちらを優先しなければならない、だろ？　娘の治療とかリハビリとか。でも一方では、娘を襲った男が刑務所にいるということを考えてる。そいつは二度、上訴してどちらも却下された。三年がたった。ぼくはなんとか日常を送っているが、てっきり有罪だと思っていた男から、無実を訴える手紙が届く」

いかにもありそうな展開だと思い、フェイスはうなずいた。「そいつの言うことは信じたくない」

「信じたくないね」ウィルはチートスの残りを口にあけた。咀嚼して呑みこんでから、先をつづけた。「でも、ぼくは父親だ。無視することはできない。娘を襲った犯人とされている男が、ほかのだれかがやった、真犯人はまだ捕まってなくて、女性を襲っているかもしれないと言っている。ぼくは次にどうするか？」

「中流階級の白人男性だから、警察が助けてくれると考える」フェイスはダイエットコークをウィルに渡してあけてもらった。「五年前にマット・ホーガンは亡くなった。トリヴァーもね。フランク・ウォレスは臨時署長になった。レナは刑事。ブラッドは巡査長」

ウィルはダイエットコークをフェイスに返した。「フランクは助けようとはしなかっただろうな。レナは助けようとしたかもしれないが、ほんとうの助けにはならない」

状況を操作して路肩爆弾のように爆発するのを眺めているレナが、フェイスには想像できた。「民事訴訟を起こしても、トゥロンとカタリノの捜査資料には手が届かないかもしれない。ネズビットは犯人と疑われているにすぎない。彼の罪は児童ポルノ所持だけ」

「そう、だが警官個人を告訴する方法がひとつだけある。職権濫用だ。合衆国憲法第四条違反、不合理な捜査と押収。差別もしくは嫌がらせ、あるいはその両方の疑い。ただ、一度の違反行為だけでは充分な根拠にならない。常習であることを証明する必要がある。そこでカタリノとトゥロンの捜査資料を開示請求する。常習であることを証明するために、以前の捜査資料が必要だと判事に訴えるんだ」

フェイスはコーラをひと口飲んだ。法的戦略としてはよくできている。「ところが、ネズビットが警備中度の刑務所に移送することを条件に告訴を取りさげたものだから、ジェラルド・カタリノはさぞ怒ったでしょうね」

「それでも連絡は取り合ってる」ウィルは言った。「刑務所のネズビットに記事を送りつづけてる」

「記事だけよね」フェイスは、アマンダがよこした情報に触れた。「手紙やメッセージを書いた付箋は同封されていない。記事の切り抜きが、返送先の私書箱が記された封筒に入ってるだけ」

「GDOCは郵便の記録を三年で破棄する。それ以前のやり取りがどうだったのかはわからない」

その空白を埋めることができるのは、ジェラルド・カタリノしかいない。聴取に応じるかどうかはまだわからないが。「で、ブラッド・スティーヴンスはどう関係してくるのかしら」

「そう急ぐなって。フランクとレナは助けてくれない。そこでぼくは、グラント郡警察の弱点を探しはじめる。事件が起きた直後に現場にいた人物。自由な裁量が与えられていない人物。ブラッド・スティーヴンスしかいない」

フェイスにはそう思えなかった。「彼がジェフリーを裏切るかな?」

「いや、だがレナに対してなら、パンケーキよろしく裏返る」

「ブラッドとレナはパートナーだったんじゃないの?」

「そうだよ。でも、ブラッドはくそまじめだ」

フェイスはウィルの言わんとするところを了解した。ブラッドはものごとを善悪の二項に分ける。いい警官にはなれるが、かならずしもいいパートナーになれるとはかぎらない。告げ口屋と組みたがる者はいない。

「ブラッドに話を聞く必要があるな」

「まずはネズビットがくれた新聞記事に載っていた女性の近親者、捜査員や検死官全員に会って、そのあとね」

ウィルはビューグルスの袋を傾け、残った屑を口に流しこんだ。デザートのジョリーランチャーのグミをポケットから取り出すのを見て、フェイスは思わず顔をそむけた。

カーナビが右へ曲がれと告げた。

車は歴史のありそうな住宅地を走り抜けていった。背の高いハナミズキの並木道がつづいた。民家の前庭には立派な低木や観賞用の樹木が植わっていた。このあたりは、フェイスの自宅近辺に似ている。第二次世界大戦の復員兵のために数百軒の乱平面造りのランチハウスが建てられたアトランタ都心の住宅地だ。成金趣味の豪邸に改築されるのを免れた数軒のうち一軒がフェイスの家だ。公務員の安月給では壊れた温水ヒーターを修理するのがやっとだが、祖母があの家を遺してくれたおかげで、実家に住まずにすんでいる。おかげで、フェイスも母親もまだ生きている。

フェイスは車のスピードを落として郵便受けの番地を読んだ。「八四七二番地を探して」

「あそこだ」ウィルは通りの向かいを指さした。

ジェラルド・カタリノの自宅は、上品なコロニアル様式の煉瓦の二階家だった。きちんと手入れされた芝生は、季節の変わり目で休眠期に入るのだろう。フェイスには名前のわからない花がテラコッタの鉢から咲きこぼれている。砂利敷きの私道には敷石が並べてある。フェイスは閉まった鋳鉄の門の前に車をとめた。門の内側の駐車スペースで、男の子がバスケットボールで遊んでいるのが見えた。八歳か九歳くらい。フェイスはカタリノの会社のウェブサイトに載っていたプロフィールを思い出した。カタリノが本を読み聞かせる息子とはこの子だろう。

「上を見ろ」ウィルが顎をしゃくった先に防犯カメラがあった。

フェイスは家の前面に目を走らせた。両端に防犯カメラが一台ずつ設置されていた。

「アマゾンで買えるような代物じゃないぞ」

フェイスはうなずいた。銀行で見かけるような、本格的なカメラだ。

にわかに鋳鉄の門が重要なものに見えてきた。フェイスは生まれてからずっとアトランタに住んでいる。このような門を見たことがある。だが、ここはミレッジヴィル、年間の殺人事件発生率はゼロで、静かな並木道に並ぶ家の半分は玄関に鍵をかけていないような町だ。

「娘が暴行されてから八年たってるよね」

「そのあいだずっと、カタリノはぼくたちに非があると主張している」

「あたしたち個人を責めてはいない。グラント郡警察を責めてる」

ウィルは答えなかったが、答える必要はなかった。ジェラルド・カタリノのネット上の活動からも、彼が個人と組織に区別をつけていないことは明らかだった。

フェイスはきっかり二秒間、ジェフリー・トリヴァーの眉間に入念に配置した銃痕を思い浮かべた。

「用意はいい？」

ウィルが先に車を降りた。

フェイスは後部座席からバッグを取った。門の前でウィルと並んだ。彼は門の上部に肘をのせた。男の子がゴールネットにボールを投げるのを見ていた。ボールは大きくはずれたが、男の子は得意げにウィルを見た。

「わあ、惜しいな」ウィルは家の裏手のほうへ小さく顎をしゃくってフェイスに合図した。「もう一度やってごらん」

男の子はバウンドしたボールを楽しそうに追いかけた。

フェイスはつま先立ちになって家屋を眺めた。裏手に網戸で囲ったポーチがあった。テーブルに座っている男の姿は影になってよく見えない。そのとき、男が日向のほうへ身を乗り出した。残り少ない濃い褐色の髪に灰色の筋。押し箒の形に刈りこんだ口髭。メタルフレームの眼鏡は頭の上に押しあげてある。

「なんの用だ？」刺々しい声に、フェイスのうなじの毛が逆立った。

「ミスター・カタリノですね」IDは出しておいた。それを門の上に掲げてみせた。「ミッチェル特別捜査官です。こっちはトレント特別捜査官。ジョージア州捜査局から来ました。お話をうかがいたいんですが」

カタリノは座ったまま男の子に指示した。「ヒース、お姉ちゃんの様子を見ておいで」

ヒースは跳ねていくバスケットボールを放置して、家のなかに駆けこんだ。

カチッという音がして、門がゆるゆるとあいた。

フェイスは先に入り、さえぎるもののない私道を歩いていった。裏庭は広く、やはり厳重にガードされていた。敷地の周囲には高さ二メートル近い金網フェンスが張りめぐらされているのが見えた。軒下に数台の防犯カメラ。門と同じ鋳鉄のフェンスに囲まれた美しいプールがあった。石造りのプールサイドにリフトチェアが置いてある。金網で囲ったポーチに階段はなく、スロープが設置されている。ガレージには、造園の道具を積んだピックアップトラックと並んで、車椅子を乗せることのできる大きなバンがとまっていた。

網戸の枠も鋳鉄だった。網など簡単に切り裂けるのだから不可解だが、フェイスはここにセキュリティの査定に来たわけではない。ヒースはスクリーンドアをきちんと閉めていなかった。とはいえ、許可もなくポーチに足を踏み入れるわけにはいかない。

防犯カメラ。鋳鉄の門。背の高いフェンス。グラント郡の警官のマグショットにあしらわれた金的。ジェフリー・トリヴァーの眉間にあいた銃痕。

レベッカ・カタリノの暴行事件から十年近くが経過した。それなのに、まだこんなに警戒している。フェイスは、悲しみが被害者の家族、とくに父親に大きな影響を与えるのを知っている。だが、これだけ厳重な警備を敷いているのに、ジェラルド・カタリノはフェイスたちのIDも確認せずに門をあけた。ネット上では反警察のプロパガンダを展開している男が。彼が椅子から立ちあがろうとしないのは、テーブルの下に銃をテープで貼りつけているからではないかと、フェイスは思った。けれどすぐに、自分も過剰なまでに用心している、だからこそ自宅が娘にとって安全な場所になっているのだと思いなおした。

これ以上、勝手に進むことはできないところまで来た。「ミスター・カタリノ、お住まいに入ってもいいという許可をいただきたいのですが」

ジェラルド・カタリノは太い腕を胸の前で組み、そっけなくうなずいた。「どうぞ」

ウィルがフェイスの背後から腕をのばしてドアをあけた。フェイスはバッグを脇にしっかりと抱えた。いやな予感が最高潮に達した。ジェラルドはいまにも爆発しそうなほどピリピリした緊張感をみなぎらせていた。椅子に浅く腰かけ、組んだ腕をほどこうとしない。ノートパソコンは閉じてあった。その横にタイムカードの束があった。黒いカーゴショーツ、黒いポロシャツという出で立ち。ボタンをはずしたV字形の襟元から真っ白い肌が覗いていた。ワークシャツから露出する部分だけが日焼けしているのが、いかにも造園業者らしい。

フェイスは周囲をすばやく見まわした。ドーム形の防犯カメラが勝手口のそばの天井からさがっていた。ポーチは奥行きが狭く、幅が広い。ジェラルドのいるテーブルのまわりには椅子が三脚と車椅子用の空間があった。

フェイスはIDを差し出した。ジェラルドは少し時間を置いて受け取った。眼鏡をかけ、IDをじっと見つめ、フェイスの顔写真と本人を見くらべた。ウィルも財布を渡し、同じように念入りに検められた。

ジェラルドが尋ねた。「用件は？」

フェイスは体重を片方の足からもう片方へ移した。座っていいとは言われていない。

「ダリル・ネズビットの件です」

とたんに、ジェラルドの体がますますこわばった。この五年間ネズビットに新聞記事の切り抜きを送っていると自分から申し出ることはなく、彼は裏庭へと目をそらした。日光を反射しているプールの水面が鏡のようだった。「今度はなにをたくらんでるんだ?」

「煎じ詰めれば、もっと警備のゆるい刑務所に移りたがっています」

ジェラルドは納得したようにうなずいた。たしかにうなずけることかもしれない。前回、ネズビットは取引によって最重度警備の刑務所から移送された。裁判費用の十万ドルを出したのはカタリノなのに。

「ミスター・カタリ――」

「娘はあの森で生きていると気づかれるまで、三十分もほったらかされた」彼はフェイスを見つめ、ウィルに目を転じた。「その三十分が、娘の回復にどれだけ影響したかわかるか? 娘の人生に?」

その疑問は永遠に答えが見つからないだろうとフェイスは思ったが、ジェラルドがこだわりつづけているのは明らかだった。

「三十分だ。娘は麻痺し、傷を負い、話すことはおろか、まばたきすらできずに放っておかれた。そのあいだずっと、汚らわしい警官どものだれひとり、あの子が生きているのか確認しようともしなかった。顔に触れたり、手を握ったり、そんなことすらしなかったんだ。もしあの小児科医がいなかったら……」

フェイスはジェラルドの苦しげな口調に引っぱられないよう、さりげない声で話そうと努めた。「あの日、ブラッド・スティーヴンスからほかにどんなことを聞きましたか?」

ジェラルドはかぶりを振った。「役立たずの若造もほかの連中と同じだ。警察など、公式に発表してくれと頼んだとたんにだんまりを決めこむ。警察の象徴の青い線はわたしの首に巻きつく輪縄のようなものだ」

「ミスター・カタリノ、わたしたちは真実を知るために来たんです」フェイスは言った。「わたしたちは、正しいことと間違っていることを分かつ線だけが重要だと思っています」

「嘘だ。おまえたち蛆虫(うじむし)はたがいにかばい合ってばかりじゃないか」

フェイスは、ダリル・ネズビットの襟首をつかんで壁に叩きつけたニックを思い浮かべた。

「役立たずめ」ジェラルドは食いしばった歯のあいだから長々と息を吐き出した。「やはりあんたたちを入れるんじゃなかった。断る権利があるのは知ってるぞ。あんたたちに話すことなどない」

フェイスは親の立場のカードを切ってみた。「わたしにも息子がいます。ヒースはいくつですか？」

「六歳だ」ジェラルドはテーブルの上でパソコンをまっすぐに置きなおした。「母親はわたしの女友達だったが、ベッキーの件が耐えられなかった。円満に別れたわけではなかった。当時、わたしも怒りを抱えていたのでね」

いまでもその怒りを抱えたままではないかと、フェイスは思った。「残念です」

「残念？　なんであんたが残念がるんだ？」

もちろん自分のせいではないとわかっていても、やはり責任を感じた。〝レベッカに正義を〟のページには、被害にあう前とあとのベッキーの写真が何十枚も掲載されていた。

若く潑剌とした女性が、あの日あの森で一生残るダメージを負った。下半身麻痺。言語障害。視覚障害。外傷性脳損傷。ウェブページによれば、二十四時間の介護が必要なまでに知的能力が損なわれたという。

あの森の三十分間を最後に、レベッカは死ぬまでひとりきりの時間を過ごすことはない。ジェラルドは眼鏡を頭の上に戻した。またプールを見やった。ふたたび話しだす前に、咳払いをしなければならなかった。

「十二年前のわたしは、妻を失うほどつらいできごとはもう一生ないだろうと本気で思っていた。ところが八年前、大学へ進んだ娘が、帰ってきたときには……」声が途切れた。

「このふたつよりもつらいことを知っているか、フェイス・ミッチェル特別捜査官？」

彼は何度もこのゲームをしているのだろう。愛する者を失うよりつらいことなど、フェイスにはわからない。そんなことが起きないよう祈るだけだ。

ジェラルドは言った。「あんたはどうだ、ウィル・トレント特別捜査官？　もっとつらいことがあるか？　あんたたちはいまここで、わたしにもっとひどいことができるのか？」

ウィルはためらわずに答えた。「期待させることができます」

ジェラルドは不意討ちを食らったような顔をした。目が潤みはじめた。一度だけうなずいた。またプールのほうを見やった。

「すみません、ミスター・カタリノ。ぼくたちはあなたに期待させるために来たんじゃないんです」

ジェラルドの喉がまた動いた。怒りを抱えているように見えたのは彼なりに恐怖と闘っているからだと、フェイスは気づいた。彼が娘の代わりに復讐を志して数年がたつ。この先五年、十年、ひょっとしたら三十年、気持ちの整理がつかないまま生きていくのかという恐怖に、彼は怯えているのだ。

ウィルは尋ねた。「ダリル・ネズビットに新聞記事を送る理由を教えてもらえませんか？」

ジェラルドはかぶりを振った。「あの卑劣漢はここまでずる賢いのなら、警察に入るべきだったな」

「なぜあの八件だったんですか？」

ジェラルドはウィルの顔を見据えた。「それが問題かね？」

「それを調べに来たんです、ミスター・カタリノ。あの八件の死亡事故について捜査しています」

「捜査？」ジェラルドは信じられないというように笑い声をあげた。「わたしが調査会社にいくら無駄金を使ったと思ってるんだ？　遺族に会うために、飛行機や電車のチケット代にホテル代もかかった。犯罪心理学者や引退した警官、怪しいサイキックにも金を払った。それもこれも、そもそも利己的で怠慢なおまえたち警察がちゃんと仕事をしなかったからじゃないか」

フェイスは彼に長たらしい非難をはじめる隙を与える気はなかった。「アレクサンドラ・マカリスターの遺体が昨日の朝に見つかったことはご存じですね」

ジェラルドは、それがどうしたというように肩をすくめた。「ニュースでは事故死だと言っていたが」

フェイスはウィルのゴーサインが出てから言った。「この情報はまだ公にしていませんが、マカリスターは他殺と断定されました」

ジェラルドがとまどったように眉をひそめた。聞きたかったことを聞かされたためしがないのだろう。「なぜ?」

「検死官が彼女のうなじに刺し傷を発見したんです」

ジェラルドはのろのろと立ちあがった。口をあけているが、言葉は出てこなかった。驚愕し、混乱しているようだった。

「ミスター・カタリノ?」

ウィルが答えた。「そうです」

「それは——」片手で口を覆った。禿げあがったひたいに汗がにじんでいた。「C5を刺した跡か?」

ジェラルドはなにも言わず、家に駆けこんだ。

フェイスが見ていると、彼は長い廊下をせかせかと歩いていった。突き当たりを右に曲がった。

そして、姿が見えなくなった。

ウィルは息を吐いた。「ふう」

フェイスは頭のなかで会話を再生した。「彼は期待させられたくなかったんだよね」

「させてしまったな」

フェイスは背筋に悪寒が走るのを感じた。ジェラルドは急いでトイレに行きたかっただけだと、自分に言い聞かせた。そしてすぐさま、銃を取りに行ったのではないかと思いなおした。ウェブページの激しい糾弾と加工写真が、やはりどうしても気になった。警官を殺せと訴える人々は大勢いる。警官殺しを歌った曲もあるくらいだ。もっとも、実行に移す人間は少数だ。口先だけの人間と実行する人間を見分けるのは簡単だ。前者はなにもしない。後者は黙って銃を構えて引き金を引く。

自分はおかしいのだろうかと思い、フェイスはウィルを見た。

ウィルは言った。「ぼくらを殺すか自分を殺すか、どっちだろう？」

おかしいやつがもうひとり。「ヒースが家のなかにいる。たぶんベッキーも」

「行こう」

フェイスは家のなかに入った。キッチンは煌々（こうこう）と明かりがついていた。それに、既視感があった。戸棚と抽斗のすべてにチャイルドロックがついている。コンセントにもカバーを差しこんである。あらゆる角には発泡スチロールのパッド。六歳のヒースには、乳幼児を危険から守る設備は必要ないはずだ。二十七歳の娘、ベッキーのためのものだろう。

フェイスはウィルのほうを振り向いた。彼は戸棚のなかの料理本の隙間に挟まれた防犯カメラを見ていた。つま先立ち、戸棚の上を手で探った。親指を立てて人差し指をのばし、銃をあらわすハンドサインを作った。

「あら、いらっしゃい」看護師の制服を着た女性がキッチンに入ってきた。空のストローマグを片手にぶらさげている。「ジェラルドのお客さま？　あの人、なんだか知らないけど階段を駆けのぼっていったわ」

フェイスは恐怖が少しだけやわらぐのを感じた。第三者がいる。目撃者が。フェイスはＩＤを見せて自己紹介した。キッチンに特別捜査官が二名いるのに、女性は平然として、少しもひるんだ様子がなかった。

「あたしはラシャンダ」彼女はシンクでストローマグを洗った。「昼間、ベッキーの介護をしてるの」

この機会に聞きこみをしておこうとフェイスは思った。

「今日は調子がよさそうよ」ラシャンダはにっこりと笑った。「抑鬱と闘ってるの。脳の怪我のせいでね。ときどき癇癪(かんしゃく)を起こすの。でも、今日は落ち着いてる」

調子の悪い日はどんな感じなのかと尋ねようとしたとき、ヒースがスキップでキッチンに入ってきた。彼はハロウィンのカボチャのようににんまりと笑った。

「ほら見て！」ヒースは六歳児にしてはうますぎるティラノサウルスの絵をウィルに見せた。

ウィルは作品をじっと見つめた。「すごくよく描けてるなあ。全部、自分で描いたの？」

ヒースは急にもじもじしてラシャンダの脚の後ろに隠れた。

「かわいい子ね」フェイスはラシャンダに言った。「いくつなの？」

「六歳だけど、あと二カ月で七歳になるの。クリスマスに生まれた子羊ちゃんよ」

「六歳にしては大きいねえ」フェイスはヒースと目の高さが同じになるように屈んだ。

「足し算はもうできるんでしょう？　二たす二は？」

「四！」ヒースはまた笑顔になった。永久歯が一本ゆがんで生えている。

「どっちの手で字を書くの？」

「右！」ヒースは右手を宙に振りあげた。

「今日は自分で靴の紐を結んだ？」

「うん！」スーパーマンのように両腕をあげた。「ベッドもきれいにしたし、歯磨きもしたし、抜けかけてるやつもね、それから――」

「はいはい、ちびちゃん、今日なにをやったか全部お話ししたら、この人たち困っちゃう」ラシャンダはヒースの髪をくしゃくしゃにした。「おふたりとも、居間にいらっしゃいな。ジェラルドがいつ戻ってくるかわからないし」

フェイスはよろこんで従った。ジェラルドが急にいなくなったことはまだ気になっていた。あのいかれたウェブページがなくても、ジェラルドは変わり者だ。でも、現にあのいかれたウェブページは存在する。

「こちらへどうぞ」ラシャンダに案内されて、フェイスとウィルは長い廊下を歩いていった。食堂の前を通った。教科書がテーブルに広げてあった。

フェイスは尋ねた。「宿題をやってたの？」

「ヒースはホームスクーリングをしてるのよ。先生はさっき帰ったところ」

ホームスクーリングにもきちんとした理由があるのはフェイスも重々承知しているが、仕事上の経験から言えば、子どもを学校に通わせない親とは、たとえば近親相姦はしてはいけないこと、人間を奴隷にするのは悪いことなど、子どもに教えてほしくないことを教えられるのを恐れた危険人物ばかりだった。

壁に巨大な鉤十字はない。リンゴと地球儀と本を小道具にあしらったおなじみの学校写真が数枚ある。ベッキーの写真が額縁に入れて飾ってあるのが見えた。ベッキーは陸上選手だったらしい。一枚の写真では、ユニフォーム姿の少女たちと立っている。ゴールテープを切る瞬間の彼女をとらえたものもあった。

ハイスクールを卒業したところで、写真はぷつりとなくなった。フェイスは、ヒースのスナップ写真すらないことに気づいた。ジェラルドはウェブサイトのプロフィールで息子に触れていたが、サイトにも写真はなかった。

フェイスは居間に入りながらちらりと目をあげた。吹き抜けの天井まで六メートルはある。二階から手すりつきのロフトスペースが張り出し、後付けのエレベーターでどちらにものぼれるようになっていた。

フェイスはもう一度、腕時計を見た。ジェラルドがいなくなってから四分が経過した。振り向くと、ウィルと目が合った。彼は明らかに防戦する方法を考えながらロフトを見あげていた。フェイスは、猜疑心でおかしくなっているのが自分だけではないと知ってほっとした。

「ミス・ベッキー」ラシャンダが言った。「こっちを向いて。お父さんのお客さまよ」

ベッキー・カタリノの車椅子は、裏庭に面した大きな窓のほうを向いていた。庭には花やコンクリートの動物像のほかに、おそらく彼女の目を楽しませるための噴水があった。

喉がルビー色のハチドリが餌台にいるのが見えた。

「ベッキー?」ラシャンダは繰り返した。

彼女の両手が動き、車椅子の向きが変わった。膝にヘアブラシがのっていた。ピンク色の部屋着。水色のソックスもピンク色のウサギの形のスリッパに包まれている。

「こん・にち・は」口の半分側だけ笑みの形になった。片方の目はフェイスに焦点を合わせている。もう片方の目はうつろだった。フェイスの祖母も亡くなる前に何度か脳卒中を起こし、顔面麻痺を患っていた。この若い女性は、そうなるには数十年早すぎる。

「口を拭かせてね」ラシャンダはベッキーの口をティッシュで拭った。フェイスは、彼女の喉から胸骨のほうへT字形の薄い傷痕があることに気づいた。「ミズ・ミッチェルとミスター・トレントよ」

「はじめ――」ベッキーはごくりと唾を呑みこみ、残りを絞り出すように発音した。「まして」

「はじめまして、ベッキー」フェイスは努めて普通にしゃべろうとした。油断すると、相手は大人の女性なのに、子どもに話しかけるような口調になってしまいそうだった。ベッキーは無垢な感じがした。とても痩せている。ぎこちない手つきでヘアブラシを取った。シャワーを浴びたばかりらしい。髪が濡れている。着ている服は、洗濯したてのもののようだ。

ヒースが姉の膝に座った。胸に頭をあずけた。フェイスは、この年齢のころのジェレミーがほんとうにかわいかったのを思い出した。愛らしかった息子は、あれからすぐに〝なんで?〟しか言わないサド侯爵に変わってしまった。
「はい」ベッキーはヘアブラシをラシャンダのほうへ突き出した。「三つ編み」
「お嬢さん、わたしが三つ編みのやり方を知らないのは知ってるでしょう」ラシャンダは
フェイスに言った。「エルサのように編んでほしがるのよ。ユーチューブで見たけど、う
まくできなくて」
ウィルが咳払いした。ベッキーに尋ねた。「よかったら、ぼくがしてあげようか?」
ベッキーは笑顔でウィルにブラシを差し出した。
「車椅子の向きを変えてもいいかな?」
ベッキーは輝くような笑みを浮かべてうなずいた。
ウィルはベッキーを部屋の内側へ向かせた。そうすると、ウィルにはロフトスペースが
よく見えるようになった。彼はベッキーの長い髪にそっとブラシをかけた。ヒースが見て
いるので、ウィルは説明した。「まず、髪を三つに分けるんだ」
ウィルは手早く髪を編んでいった。フェイスは、週末のサラがいつもこんなふうに三つ
編みにしているのを思い出した。パラレルワールドのフェイスなら、無責任に種をまき散
らして逃げるだけのろくでなしにつねに吸い寄せられることはなく、ウィルに吸い寄せら
れていたかもしれない。現実には、せめて言われなくてもちゃんと水を飲む男で手を打っ
しかない。
「待ってて」ラシャンダが言った。「ヘアゴムかなにか持ってくるから」
ラシャンダがデスクの抽斗のなかを探すあいだ、ウィルは三つ編みの先をつまんで待っ

ていた。ヒースにウィンクした。

「こっちへあがってきてくれ」ロフトスペースの手すりから、ジェラルドの顔が覗いた。「準備ができた。だれもついてこないように気をつけるんだぞ」

彼はふたたび消えた。

ウィルは三つ編みの先をラシャンダに渡しながら、なんだろうと目顔で問いかけたが、彼女は肩をすくめた。

「ジェラルドってああいう人なのよ。やることが変わってるのよね」

ウィルはフェイスを先に行かせず、まず自分が階段をのぼった。ふたりともものぼりきってから、彼はジャケットの裾を引っぱった。グロックがサイドホルスターに入っている。フェイスは今日は一日刑務所にいるつもりだったので、リボルバーはクラウン・ローヤルの巾着袋に入れてバッグにしまってあった。用心するに越したことはないので、フェイスはバッグのファスナーをあけた。巾着袋の紐をゆるめて口を広げた。

パトロール警官のころを思い出した。駐車違反。重窃盗罪。家庭内暴力。よくある犯罪が、不意によくある犯罪でなくなる。人間は人間であり、相手の本心は相手が見せてくれなければわからないからだ。

ウィルは階段の上にまた防犯カメラを見つけた。フェイスの猜疑心がふたたび立ちあがった。カタリノが待ち構えているかもしれない。彼は警察を憎んでいる。恨みを抱いている。彼の行動が予測できないことは、もうわかっている。

ふたりは左へ曲がり、廊下を歩いた。ウィルが立ち止まった。その場にひざまずいた。

ピンク色の糸屑を拾いあげた。遮音材だ。ウィルは天井を指さした。屋根裏部屋へのぼる梯子が最近おろされたのだろう。

「なんだかいやな予感がするな」

フェイスもそうだった。「ミスター・カタリノ?」

「寝室にいる。絶対にふたりだけで来てくれ」

ロフトスペースの反対側から声がしたが、長さ二百メートルの廊下のむこうから聞こえてくるようだった。

今日だけでも二度、ジェラルドは不意に姿を消した。一階には銃があった。二階にもあるだろう。最近、屋根裏部屋へのぼった形跡がある。彼はふたりだけで来いとしつこく言いつづけている。

フェイスはウィルのあとを追って寝室へ向かった。各部屋のドアの前を通り過ぎるたびに、さっと首を巡らせた。トイレ。洗濯室。ヒースは自室の壁を恐竜と『トイ・ストーリー』のキャラクターで埋めていた。ベッキーの部屋には医療機器と病院用のベッドと移乗用リフトがあった。反対側の客用寝室は夜勤の看護師が使うのだろう。介護費用はどのくらいだろうかと、フェイスは思った。ベッキーは障害者と認定されているのだろうが、開放性胸部創には包帯が必要だと認定するようなものだ。

ふたりはロフトスペースの前を通った。テレビのまわりに玩具が散乱していた。ゲーム機はフェイスの自宅にあるものの最新版だ。廊下をその先へ進むには、プラスチックのコードケースを越えなければならなかった。道路のスピードバンプほどの大きさだが、コードは入っていなかった。ベッキーの車椅子が通れないようにするものだ。

「やばいな」ウィルがつぶやいた。

フェイスはウィルのむこうの寝室を見やった。明かりはついていない。窓はイケアで売っているようなボックスを重ねてふさいであり、ボックスにはたたんだ服が詰まっている。ボックスの隙間から日光が細く差しこんでいた。

ウィルは大股で六歩歩き、寝室に入った。フェイスは廊下で待った。ウィルが手の甲で口を拭うのが見えた。オラフの絆創膏がはがれかけていた。汗で粘着力が弱まったのだ。

「ミスター・カタリノ？　ベッドのそばにあるのは銃ですよね？」

ジェラルドが言った。「おお、そうだ。いま――」

「ぼくが取りに行きます」ウィルはフェイスの視界から消えた。

フェイスのリボルバーはバッグの外、手のなかで、いつでも発砲できる状態になった。寝室に入ろうとしたそのとき、ウィルがドア口に現れた。

彼はブローニング・ハイパワー九ミリ口径を持っていた。フェイスはウィルほど銃器に詳しくないが、この拳銃の弾倉ははずすのにコツがいるのを知っている。ジェラルド・カタリノは火器に精通しているのか、そうでなければ不必要な銃をだれかが彼に売りつけたことになる。

ウィルは弾倉を捨てた。天井の照明のスイッチを入れた。

フェイスはリボルバーをバッグにしまったが、手を外に出さなかった。敷居をまたぎながら、室内にさっと目を走らせた。窓、異状なし。ドア口、異状なし。手、出してよし。

この部屋はジェラルドの寝室らしい。装飾はまったくなかった。キングサイズのベッドは乱れたまま、ベッドとちぐはぐなナイトテーブル、壁かけ式テレビ、イケアのボックス、バスルームのドア。ウォークインクローゼットとおぼしきドアは閉まっている。デッドボルト錠の鍵穴に鍵が刺さっている。

ジェラルドがフェイスに言った。「ドアを閉めてくれ」

フェイスはほんの少し隙間を残してドアを閉めた。

「ヒースの前でこの話をしたくないんだ。それに、ベッキーの理解力や記憶力はわたしにもよくわからない。攻撃されたときのことは覚えていないが、聞かせたくないことを聞かれるのが怖いんだ。いや、これを見られるのが怖い」

ジェラルドはデッドボルト錠の鍵をまわしてドアを押した。

フェイスは、自分の口がぽかんとあくのを感じた。

ウォークインクローゼットの壁は、新聞記事の切り抜き、ウェブサイトをプリントアウトした紙、写真、図表、メモなどで埋まっていた。すべて色つきの画鋲でとめてあった。赤、青、緑、黄色の紐にさまざまなものがぶらさがっている。奥の壁際には、床から天井まで積み重なったファイルボックス。ジェラルドはウォークインクローゼットを捜査本部に改造したのだ。そして、子どもたちに見られるのを恐れている。

フェイスの胸は痛んだ。ここにある書類の一枚一枚、画鋲の一個一個、紐の一本一本が、ジェラルドの苦悩を象徴していた。

ジェラルドが言った。「このクローゼットの鍵は、いつもは屋根裏に隠してある。ヒースがわたしのキーホルダーで遊ぶのが好きだから。一度、ここに入られそうになったことがある。ラシャンダは安心して子どもをまかせられるが、どうしても目が届かないこともある。万一、ヒースにここを見られたら——あの子には知られたくないんだ。理解できる年になるまでは。では、お見せしよう」

フェイスは寝室のドアを閉めて鍵をかけた。携帯電話を取り出し、ウィルにつづいてクローゼットに入った。ビデオカメラを起動させた。記録のために尋ねた。「ミスター・カタリノ、わたしの携帯で撮影してもいいですか？」

「ああ、かまわん」ジェラルドは、まず写真を指した。「これは、入院初日のベッキーだ。暴行を受けたおよそ十二時間後。これは、気管を切開したところ。ここは、あの子の命を救うために胸骨を折ったところ」彼の指が下へおりた。「これはX線写真だ。頭蓋骨の陥没している部分がはっきり写っている。形を見てくれ」

フェイスはX線写真をアップで撮影した。その隣に、犯罪現場の古びた写真がとめてあった。「お嬢さんの事件の資料はブラッド・スティーヴンスから手に入れたんですか？」

ジェラルドの口が開き、すぐに閉じた。「わたしが手に入れたんだ。手段はどうでもよかろう」

フェイスは深追いしなかった。おかげで時間を節約できたからだ。目撃者の供述調書、捜査ノート、検死報告書、蘇生（そせい）に関するノート、現場の略図をアップで撮影していった。

ウィルは両手をポケットに突っこんでいた。身を乗り出し、ゴールデンゲート・ブリッジを背景に立っている若い女性の写真を見ていた。「これはレスリー・トゥロンですね？」

「彼女の資料は手に入らなかった。事実上、未解決事件だからな。その写真は母親のボニータからもらった。以前はよく話をしていた。いまは疎遠になっている。ある時点を境に忙しくなることはあるだろう？　生活が変わって……」

最後まで言う必要はなかった。ベッキーの暴行事件からこっち、彼の生活がどうなったか、ここの壁を見ればわかる。

フェイスは体の向きを変え、別の壁を少しずつまんべんなく撮影していった。ジェラルドは何十ページものウェブページをプリントアウトしていた。フェイスブックの投稿、ツイート、メール。発信者のアカウントはひとつひとつアップで撮った。メールの大半はdmasterson@Love2CMurderから送信されていた。

ジェラルドに尋ねた。「新聞記事の八件の資料を見ることはできましたか？」

「情報開示を請求したが、どの女性もせいぜい数ページの記録があるだけだった」壁の該当部分を指さした。「すべて事故死で処理されていた。ベッキーも、生きていなかったら事故死にされていただろう。生きていても、あの子は以前のあの子ではなくなってしまったが。そして、二度と元に戻れない」

彼の絶望が室内をきつく締めつけた。

ウィルが言った。「ミスター・カタリノ、ネズビットにあの八件の記事を送ったのは、なにか理由があってのことでしょう。どうしてあの八件を選んだのですか？」

「遺族に話を聞いたんだ」ジェラルドはクローゼットの奥へ足早に向かった。ファイルボックスのかたわらに立った。「これは全部わたしのノートだ。全部持ってってくれ」

フェイスはカメラをそちらへ振り向けた。ジェラルドの姿も撮影しておきたかった。

「何十回となく電話をかけた。女性の遺体が発見されるたびに、遺族を探し出して連絡を取った。そして、被害者をあの八名に絞りこんだ」

彼はフェイスの背後を指さしたが、フェイスは振り向かなかった。新聞記事に女性たちの顔写真は載っていたが、壁に貼ってある写真はもっと私的で、写真立てに入れてデスクに飾っておくようなものだった。

ジェラルドはひとりひとりを指さしながら名前を言った。「ジョーン・フィーニー。バーナデット・ベイカー。ジェシカ・スピヴィー。レニー・シーガー。ピア・ダンスク。シャーリーン・ドリスコル。ディアンドラ・ボーム。シェイ・ヴァン・ドーン」

フェイスはジェラルドをフレームに入れながら、それぞれをアップで撮った。

ジェラルドは、もう一度それぞれを指さしながら言った。「ヘアバンド。櫛。バレッタ。ヘアバンド。ブラシ。ブラシ。シュシュ。櫛」

「ちょっと待って」フェイスは言った。「なんのことですか？」

「女性たちがなくしたものだ。調べてないのか？　なにも読んでないのか？」

「ミスター――」

「やめてくれ！」彼はどなった。「これが落ち着いていられるか。わたしはあの警官に話したんだぞ、ベッキーは母親からもらったヘアクリップをなくした。べっこう色のやつだった。ベッキーはうっかりして歯を一本折ってしまった。それをいつもナイトテーブルに置いていた。あの朝――」また足早に部屋を突っ切った。「見ろ、ここに書いてある。あの子のルームメイトだったカイリー・ピアース。これがカイリーの公式な供述調書だ」

フェイスはカメラで追った。

「カイリーによれば、ベッキーが発見された朝、あの子は着替えながら――」彼は息苦しそうだった。「着替えながら……」

フェイスは声をかけた。「大丈夫ですよ、ミスター・カタリノ。こちらを向いてください」

絶望のまなざしがフェイスを射貫いた。

「ゆっくりでいいんです。わたしたちはあなたの話をちゃんと聞いています。どこにも行きませんから」

「わかった、わかってる」ジェラルドは拳で胸をとんとんと叩きながら、落ち着きを取り戻そうとした。「カイリーによれば、ベッキーはナイトテーブルに置いたヘアクリップをなくした。その朝はクリップがそこになかった。ナイトテーブルに置いてあるはずなのに。大学生になる前から、そのクリップはいつもナイトテーブルに置いてあった。壊したくなかったからだが、ジルのそばにいると感じたいときは髪につけた。わかるな？」

「ジルはお母さんですね？」

「そうだ」ジェラルドは、事件以前のベッキーの写真を指さした。ベッドで本を読んでいる。髪はヘアクリップでまとめてあった。「ヘアクリップは結局見つからなかった。カイリーやルームメイトたちが、寮の部屋をすみずみまで捜してくれた、それでも見つからなかったんだ。警察が調べるより前だ。だが、警察が熱心に捜したとは思えない。あの時点では重要視されていなかったからな。ルームメイトたちはベッキーがヘアクリップを大切にしていたのを知っていたから、入院しているあの子に持っていってやろうと思って捜してくれた。でも見つからなかった。警察がようやく本腰を入れて捜査をはじめてからも、やはり見つからなかった」

フェイスは舌の先を噛んだ。レナ・アダムズがこんな大事な事実を忘れていたのが信じられなかった。

「無能な警官ばかりだったが」ジェラルドは言った。「トリヴァー、あいつがだれよりもひどかった。いかにも同情しているような顔をしていたが、適当に捜査して解決したことにしたかったんだ。給料目当てで警官をやっていただけだ」

フェイスは警官の給料がどのくらいか知っているが、やる気を鼓舞する額ではない。

「あの嘘つきの人でなしが、わたしになんて言ったか――」ジェラルドは自制した。「トリヴァーはネズビットをはめた。それは間違いない。証明できるなら、あの町を訴えてつぶしてやりたいくらいだ。知っているか、大学が金を払ったんだ。それに郡も。警察が腐っているのを連中は知っていた。だから大金を出した」

とたんにフェイスは、カメラの前にいるのが警察を相手取って訴訟を起こした男であることを思い出した。「損害賠償を請求したんですか？」

「連中は裁判沙汰になるのをいやがった。まずい事実が公になると困るだろう。わからないのか？　保険会社も行政も弁護士も――わたし自身の弁護団ですら――みんな隠蔽に加担した」

フェイスの経験では、弁護士は自分たちの取り分を最大にするためならどんなことでもやる。

「郡とは和解したことになったが、むこうに非があることは絶対に認めようとしなかった。非があるのは事実だとわかっているはずなのに。わかっているんだ。三十分だ。娘の命にかかわる三十分。わたしはもう、守秘義務など破ってしまおうと思う。やはり報道機関に訴えるべきだった。いまからでも遅くはない。金なら持っていくがいい。やれるものならやってみろ」

フェイスは親指でマイクをふさごうとしたが、もう手遅れだ。

ジェラルドはフェイスに言った。「あんたは息子がいるんだろう。大学へ送り出すとき、どんな気持ちだったか？ 大学を信用して息子を託したんじゃないか？ 警察を信用して。みんなが自分の息子を守ってくれるはずだったのに、そうじゃなかったら賠償させる、それが筋だ」

ウィルは咳払いした。「賠償額はいくらでしたか？」

「たいした額じゃない」ジェラルドは室内を見まわした。唇がわななきはじめた。「あんな額で足りるものか」

最後に声がひび割れ、嗚咽になった。ジェラルドは口を押さえてこらえようとした。だが、闘いには勝てなかった。体をふたつに折った。苦しげなむせび泣きが口から漏れた。膝が折れ、床に座りこんだ。両手で顔を覆い、子どものように号泣しはじめた。

フェイスはカメラを止めた。ジェラルドのそばへ行こうとすると、ウィルに止められた。

彼は部屋の隅からティッシュの箱を取った。そばのゴミ箱はすでにあふれていた。

ジェラルドは絨毯に突っ伏していた。部屋いっぱいに彼の泣き声がこもった。慰めても意味がない。慰められればあきらめがつくというものではない。

ウィルはジェラルドのかたわらにひざまずき、ティッシュを箱ごと差し出した。

「すまない」ジェラルドはティッシュを一枚取り、目元を拭いた。「ときどきこうなる。止められないんだ」

ウィルはジェラルドを助け起こした。

ジェラルドは洟をかんだ。顔が真っ赤だった。恥ずかしそうにしている。

フェイスは少し待ち、彼をいまここに引き戻した。「ミスター・カタリノ、下でわたしのパートナーからC５に傷痕があったと言われて、なにか思い出したんじゃありませんか」

ジェラルドはまた洟をかみ、シャツの裾を引っぱりおろした。

「ペッキーにも刺し傷があった」壁のモノクロ写真を指さした。「これをあんたたちのところへ持っていこうと思ったんだ。だが、ここへ呼んで、全部見てもらったほうがいいと考えなおした。資料が大量にあるから、わたしは――わたしには――」

「大丈夫です」フェイスは彼をなだめた。「見せてくださってよかった。あなたが苦労して集めた資料をそのまま見せていただく必要があるので」

「ああ。そうだな」ジェラルドはふたたび壁を指さした。「これがその傷だ」

フェイスはビデオ撮影を再開し、モノクロのＭＲＩ画像をクローズアップした。素人目

にも、脊髄に損傷があるのが見て取れた。タイヤがパンクした漫画のようだが、空気では

なく液体が漏れている。

「原因はわからなかった」

「ほかに、わたしたちが知っておいたほうがいいことはありませんか？」

「全部、なくなってしまった。手がかりがない。話を聞く相手もいない。どっちにしろ、だれもなにもしゃべってくれないがね」ジェラルドはティッシュを放り捨てた。「トリヴァーが必死になってベッキーとレスリーの事件の真相が永遠にわからないようにしたせいだ。あの男はお役所仕事で書類が散逸したとか言い訳して、情報を隠した。しかも手下のレナ・アダムズ、なんとこいつはノートを全部シュレッダーにかけた。なにが書いてあったか想像できるか？　娘の生死を確かめもせずに放置した張本人がこの女だ。連中は、娘が脳に重大な損傷を受けたのに、そばで突っ立って冗談を言い合って笑っていたんだ」

フェイスはふたたびジェラルドを引き戻した。「ベッキーのヘアクリップについて、もう少し詳しく教えてください」

「おお。ヘアクリップがなくなった。それだけでは、とくに妙なことではない、そうだろう？　だが、ボニータと話したとき――」

「レスリー・トゥロンの母親ですね？」フェイスはもう一度、ジェラルドにブレーキをかけた。「なんと言ってました？」

ジェラルドの涙は乾いた。怒りが戻ってきていた。「レスリーが夜に顔を洗うときに使っていたヘアバンドがなくなった、と」

「なくなったのはヘアバンドだけですか？」

「そうだ」ジェラルドは少しためらい、言いなおした。「いや、わからない。シャツとか服とか、ほかにもまだあったかもしれないが、ヘアバンドがなくなったのはたしかだ。レスリーは怒ってボニータに電話をかけてきたんだ。こんなつまらないものを盗むなんてばかじゃないかと。怒っていた理由もそれだ、こんなものをなぜわざわざ盗むのかと」

フェイスはほかの女性たちがなくしたものを思い出した。「シェイ・ヴァン・ドーンはヘアブラシでしたよね？」

「櫛だ。車に乗っていたときに、なくなっていることに気づいた。ショックを受けて、櫛がないと母親に話した」ジェラルドは新聞記事の女性たちの写真の前へ戻った。「ジョーン・フィーニー。ジムでヘアバンドをつけていた。いちばん気に入っている紫のヘアバンドがなくなったと家族に話していた。シーガーは、ヴァン・ドーンと同じく車のなかで気づいた。家族と電話でしゃべっているときに、コンソールに入れておいた青いヘアバンドがないと言った」

フェイスはうなずき、先を促した。

「ダンスクは、祖母の形見の銀色のヘアブラシ。ドレッサーからなくなった。ドリスコルは車のグローブボックスに入れておいたブラシをなくした。夫が調べたら、なくなっていた。スピヴィーは、職場のデスクに入れていたバレッタ。前髪をとめるのに使っていた。ベイカーは、ラインストーンで〝chillax〟とロゴを入れた櫛をなくした。ボームの家族は、彼女はいつも服に合わせたシュシュをつけていたと言っている。発見されたとき、緑色のシャツを着ていたが、シュシュはつけていなかった。家族が私物を確認すると、そのほかの色はあったんだ――赤も黄色もオレンジ色も。だが、緑色のものはなかった」

フェイスは、このビデオはジェラルド・カタリノが嘆き悲しむ遺族に間違った考えを植えつけたという証拠に使われそうだと思った。厳しい見方をすれば、彼は証人に不当な圧力をかけていると言われかねない。でも、なんのために？

ヘアブラシ。櫛。シュシュ。ヘアバンド。ヘアクリップ。フェイスの車にもバッグにも家にもそれらはあるし、複数持っているものもある。家族が亡くなったあと、そう言えばそういうものがなくなっていたと言わせるのは簡単だ。

とくに、なんとかして共通点を見つけようと必死になっている場合には。

ウィルもどうやらフェイスと同じことを考えているようだった。フェイスが撮影を中断するのを待っていた。

彼はジェラルドに尋ねた。「遺族に連絡を取ったら、反応はどうでした？」

「話をしてくれない人もいた。連絡がつかない遺族もいた。わたしは質問をリストにしてふるいにかけた。その結果、あの八名に絞りこんだ」ジェラルドは反対側の壁へ移動した。画鋲でとめた一枚の紙を破り取った。「これがそのリストだ」

フェイスは読みあげた。

1　自己紹介をする（穏やかに！）

2　ベッキーの事件を説明する（事実のみ！）

3 故人の死因に疑わしい点はないか尋ねる（さりげなく！）
4 故人がなにかをなくしたと言っていなかったか尋ねる
5 なくなったままか確かめてほしいと頼む

ジェラルドは言った。「女性の遺体が見つかったというニュースを読んだら、行動するんだ。いまはインターネットがあるからな。人捜しは簡単だ。それから、電話をかける。この数年で、何十人もの遺族と話をした。わたしもだんだん上手になっていった。少しずつ探りを入れて、事故ではない可能性を受け入れてもらわなければならない。子どもを失うのはつらいことだ。だが、不当に奪われたと知るのはもっとつらい」

フェイスはリストを読み返した。誘導尋問のお手本だ。「この最後の五番ですが。なにを捜してほしいか指示しましたか？ 髪に関連するものがなくなっているかもしれないと？」

「もちろんしたよ。ほかに捜すものがあるか？」ジェラルドはまた別の壁の前へ行った。「シLove2CMurderのドメインから送られてきたメールのプリントアウトを指し示した。「シリアルキラーがやることのリストだ。一、記念の品物を持ち去る。ベッキーを襲った犯人もそうした。シリアルキラーはストーキングをする。相手のものを盗む。それから、暴行して事故のように見せかける」

「待ってください。ストーキングとは？」

「八名の女性の全員が、亡くなる数週間前、だれかに見られているような気がすると家族や同僚に相談している」

この新情報について、フェイスは少し考えこんだ。彼女たちがそう感じた理由はいくらでもあげられる。そもそも、女性ならだれでもそんな不安を感じることはあるものだ。

「それは質問のリストにありませんね。見られていると感じていたかどうかという質問は」

「訊けばなんでも話してくれるわけではないということくらいは、わたしだって知っている。自分から言わせるんだよ」

「そんなに簡単に？」

「わたしは慎重だ」彼はLove2CMurderのメールを指さした。「彼は退職した元刑事だ。めずらしく有能な男だよ。わたしの調査を手伝ってくれている。彼が言うには、女性の最大の過ちは直感に耳を傾けないことだそうだ」

フェイスはメールをざっと読んだ。Ｄ・マスターソンは二年以上前からジェラルドとメールをやり取りしていた。請求書のＰＤＦもあった。「調査員を雇ったと言っていましたね。彼のことですか？」

「いや、チップ・シェパードのことだ。五年前に仕事をしてもらった。チップも退職刑事だ。三カ月分の報酬を払った。半年間、働いてくれたよ。彼のファイルはここにある」と、積み重なった箱を蹴った。「チップはなにも見つけられなかった。見つけられなかったのは彼だけじゃない。わたしは五年間、調査をつづけるために身を粉にして働いてきた。事業は好調だが、儲かっているわけではない。蓄えはもうすぐ底を突く。退職金などない。この家は抵当に入っている。賠償金はベッキーの介護費用にあてるために信託財産に入れた。わたしはベッキーとヒースを養うために生きている。あとどれくらい生きられるのかわからないが、犯人捜しに一生をかけるつもりだ」

フェイスは長々と息を吐いた。部屋が窮屈に感じた。どんどん狭くなるような気がした。今朝、刑務所のチャペルであれこれ話し合ったときに、ウィルが発した質問の答えがいまわかったかもしれない。

その質問を、フェイスはそっと切り出した。「ミスター・カタリノ、なぜダリル・ネズビットにあの八件の新聞記事を送ったんですか？　手紙もメモもつけず、記事だけを送りましたよね」

「それは――」ジェラルドは口をつぐもうとしたが、一瞬遅すぎた。「あの男はいまだに無実だと言い張っている。わたしは彼にも自分と同じように、八方塞がりでなにもできない無力感を味わってほしかった」

ほんとうにネズビットを苦しめたかったのかもしれないが、それだけではないとフェイスは考えていた。「こんなことを訊くのは心苦しいのですが、ダリル・ネズビットがお嬢さんを襲った犯人ではないと確信している理由はなんですか？」

「わたしがいつそんなことを――」

「ミスター・カタリノ、五年前にダリル・ネズビットがジェフリー・トリヴァーに対して民事訴訟を起こしたとき、あなたは弁護費用に大金を出しましたね」

ジェラルドの顔に驚きがあらわになった。

「民事訴訟はしばしば警察に情報を開示させるために利用されるんです。開示された情報は、のちに刑事訴訟で警察にとって不利な証拠として使われる」

ジェラルドは唇をきつく引き結んだ。

「五年前にあなたはベッキーに関するフェイスブックのページやウェブサイトを立ちあげましたね」フェイスはつづけた。「そして五年間、女性が行方不明になったら、ベッキーの事件とつながりそうなものを選んで、記事を集めた」

「ほかの女性たちは――」

「聞いてください」彼をもう一度さえぎった。「あなたは五年前に調査をはじめた。記事のなかには八年前のものもあります。ダリル・ネズビットがベッキーを襲った犯人ではないと確信するに至ったできごとが、五年前にありましたね？　それが、調査をはじめる動機になったのではありませんか？」

ジェラルドはわななく唇を噛んだ。だが、また湧きあがってきた涙を止めることはできなかった。

フェイスはゆっくりと説明した。「ミスター・カタリノ、あなたはネットに大量の記事を投稿していますが、息子さんの記事はひとつもない」

ジェラルドは目を拭った。「ヒースはベッキーのサイトだと理解している」

フェイスは手加減しなかった。「家じゅうに防犯カメラがありますね。なかも外も。このあたりは治安が悪いのですか、ミスター・カタリノ？」

「治安が悪いのはこの世界全体だ」

「このあたりはとても安全な感じがしますけどね」フェイスは言葉を切った。「だから、あなたがなにを守っているのだろうと不思議に思いまして」

ジェラルドは硬い表情で肩をすくめた。「防犯カメラやフェンスは違法ではあるまい」

「ええ」フェイスはうなずいた。「ただ、わたしは息子さんにとても感心したんです。息子さんはとても賢い。あの年齢のお子さんにしては発達が早い。かかりつけの小児科医はそう言いませんか？　ほとんど八歳児並みですよね」

「今度のクリスマスには七歳になるからな」

「ええ。ベッキーが暴行を受けた日の三十九週間後ですね」

ジェラルドはほんの数秒しかフェイスと目を合わせていられず、床を見おろした。

「わたしはこう考えています」フェイスはつづけた。「五年前、ダリル・ネズビットが刑務所からあなたに手紙を送ってきた」

ジェラルドの喉がこわばった。

「あなたはその手紙を受け取って、ネズビットは封筒の封をしたときに糊の部分を舐めたはずだと思いついた。切手の裏にも彼の唾液が付着しているかもしれない」フェイスはできるだけ優しい口調で言った。「あなたは封筒を使ってダリル・ネズビットのＤＮＡを検査したのではありませんか、ミスター・カタリノ？」

ジェラルドは顎が胸につくほどうつむいていた。涙が絨毯に落ちた。

「わたしがあなただったら、なにを恐れるでしょうか、ミスター・カタリノ？　どうしてわたしは防犯カメラやフェンスを設置し、枕元に銃を置いて眠るのか？」

彼は深呼吸したが、目は伏せたままだった。

「夜も眠れないほど不安になるのは」フェイスは言った。「娘を暴行した男に、その九カ月後に彼女がその男の息子を出産していたことを知られるのが怖いからです」

9

サラはガス台の時計を見た。

午後七時四十二分。

アレクサンドラ・マカリスターの件でさまざまな手配をしていると、あっというまに時間が過ぎていった。まず、エズラ・イングルに報告書の死因の欄を書き換えてもらうという難事業をこなさなければならなかった。アマンダはＧＢＩの介入を正式に要請するよう郡保安局に働きかけはじめた。次に、サラは検死解剖に備えて遺体をＧＢＩ本部に搬送した。それから、口述で報告し、書類や各種検査のオーダーにサインした。それが終わると、後輩監察医に頼まれ、刑務所の暴動中に殺されたジーザス・ヴァスケスの検死報告書をチェックした。そのあと、やたらと大変だった一日を整理しようと机の前に座っているうちに、またいつのまにか時間が経過していた。

もう夜だと気づいたのは、外に出て月のない真っ暗な空を見あげたときだった。

サラはキッチンのカウンタースツールから立ちあがった。のろのろと歩きだしたサラを、ソファから犬たちが見あげた。役立たずになったような気分だ。テッサがいま、ジェフリーの捜査資料を車にのせてグラント郡からこちらへ向かっている。ちょうどラッシュアワーが終わる直前にぶつかってしまった。サラは待つしかない。犬たちの食事も散歩も終わった。部屋の片付けも終わった。テレビをつけ、すぐに消した。ラジオをつけ、やはりすぐに消した。じっとしていられず、肌がむず痒かった。

カウンターから携帯電話を取った。先ほどウィルに送ったメッセージを読み返した。電話の絵文字とクエスチョンマーク。それから、ディナー皿とクエスチョンマーク。それから、クエスチョンマーク一文字。

ウィルから返信はない。

サラはわかりきっていることを自分に言い聞かせた――ウィルも時間を忘れているだけ。殺人事件の捜査中なのだ。おそらく、連続殺人事件だ。おそらく、レナがいつものようにすべてをひっくり返したのだ。ウィルが返信をよこさない理由を深読みすべきではない。ウィルがどうやら携帯電話の電源を切ってしまったことに意味を読み取ろうとしてはいけない。ウィルの居場所を確認したくて〝探す〟アプリを何回もタップしたが、そのたびに彼のアイコンはレナの自宅に表示され、実際にそこにいた時刻から経過した時間が数分、数時間と変化するだけだった。

そのとき、ドアをノックする音がした。

「姉さん?」テッサのノックは、むしろキックのように聞こえた。「早くあけて」

サラがドアをあけると、テッサは三箱重ねたファイルボックスを危なっかしげに抱えていた。ドアの下部に靴の跡がついていた。

「いいよ、自分で運べるから」テッサは三箱まとめてダイニングテーブルに放り出した。

ありがたいことに、ジェフリーは箱に紐をかけてくれていた。「渋滞がほんとにすごくて。クラクションを叩きすぎて、手のひらが真っ赤になっちゃった。そしていまは喉が渇いて死にそう」

サラはテッサの口調から、妹がほしがっているのは水ではないと察した。少しためらったが、戸棚の下段をあけた。ウィルは、サラがアルコールを飲むことをよく思っていないが、メルローをグラス一杯飲んだくらいでジュディ・ガーランドに変身するわけではない。

「スコッチだ」背後からテッサの腕がのびてきて、ボトルをつかんだ。「赤ちゃんにあげるくらい、ほんのちょっぴりでいいから。今夜じゅうに帰らないと。そのペーパータオルはなに？」

「訊かないで」ウィルがペーパータオルを乾かして再利用するのだ。サラの賢くセクシーなボーイフレンドは、どうやら大恐慌時代に育ったらしい。「どうして今夜じゅうなの？」

「明日の朝九時に、このあいだ話した助産師の面接を受けるの。インターンを募集してるんだって。絶対、わたしに決まる」テッサは戸棚からグラスを二個取り出した。「ダウンタウンに入ったと同時に、レミュエルから電話がかかってきた。こっちは渋滞でめちゃくちゃ機嫌が悪かったのに」

サラはグラスにスコッチを注いだ。自分の分はダブルにした。テッサの夫は娘と南アフリカにいる。「イジーは元気？」

「いつもどおり最高」テッサはグラスに口をつけた。「レムは離婚に応じてくれた。思ったよりすんなりいきそう」

サラはテッサとダイニングテーブルへ戻った。「すんなりいってほしくなかったの?」

「なんだか疲れちゃって」テッサはサラの隣の椅子にどすんと腰をおろした。「結婚していたくないときに結婚してるのって、ぐったりするよね。レムはときどき気取ったいやなやつになるし」

サラはときどきの部分を黙って否定した。

「姉さんとわたしでレムに対する見方が違うことはわかってる。あの人はタコベルみたいなものなの。タコミートを増量するには追加料金が必要」

サラはグラスを掲げた。

「ウィルは?」

「仕事」ファイルボックスを眺めた。ジェフリーの箱だ。見慣れた筆記体の文字がラベルに書かれている。手をのばして文字に触れたくなった。「ウィルに求婚されたの」

テッサがむせた。

サラは正直に言った。「六週間前に」

「それ以来、わたしと何度電話した?」

妹とは少なくとも一日一回、日によってはそれ以上、電話で話す。だが、この話はしていなかった。「ジェフリーと最初の結婚がうまくいかなかったのは、わたしがあの人を大事にしていなかったからだと思う?」

「質問の意味がわからない」

「わたしはいつも実家にいるか、あなたと会ってばかりで――」

「結婚って厳しい掟があるわけじゃないでしょ。家族と縁を切る必要はない」テッサはグラスを置いて、サラの手を取った。「ねえ、覚えてる？　ジェフリーをこっそりつけまわしたのも、パソコンに侵入したのも、モーテルの従業員を買収したのもわたし。だって、相手はひとりでたった一度の過ちだったなんて大嘘をつかれて、姉さんはおかしくなりそうだったから。ひとりどころか五人、一度どころか五十回はやってたって、わたしも姉さんも知ってたのにね」

ジェフリーが繰り返し誓ったことと実際の行動がつながらないように感じていたのをサラは覚えている。もっとも、テッサが調査員のまねごとをしていなかったら、サラ自身はいつまでたっても事実に気づかなかっただろう。

サラはテッサに答えた。「わかってる」

「ジェフリーが浮気をしたのは、自分のしていることを棚にあげて、自分がもらえなかったものばかり考えていたからよ」テッサはサラの手を握った。「でも、姉さんのために変わった。努力して、姉さんにふさわしい人になった。一度目の結婚はこの世の地獄だったけど、二度目はすばらしかったでしょう」

そのとおりだったので、サラはうなずいた。「ウィルに求婚されたと言ったけど、厳密には違うの。でも、彼のために言い訳すると、あのときは会話そのものが変だった。ウィルの家をリフォームしたい、二階を増築したいって話をわたしからはじめたのよね」

「いいじゃない。ふたりのしたいようにすればいい」

「わたしもそう言ったの。そうしたら、ウィルが言ったの。〝ぼくたちは教会で結婚しよう。きみのお母さんによろこんでほしいからね〟」

「どうしてそこで母さんの話になるの？」テッサは顔をしかめた。「で、父さんにはピッコロで〈ローエングリン〉を吹いてほしいって？」

サラはかぶりを振った。「あの人がなにを考えてるのかわからない」

「それが問題の本質よ。姉さんって、ほんとうに大事なことは彼に話さない。問題なんかないってふりをするでしょ」

サラは、もはや自分がなにをしているのかもわからなかった。「わたしは、話し合いを持ちかける側にはなりたくないの。いつもわたしが押してばかりだもの。たまにはウィルに押し返してほしい。でも考えたら、ウィルは考えなおしたのかもしれない。危うく弾をよけたような気分でいるのかも」

「なに言ってんの。ウィルの気持ちはわかってるくせに」テッサはスコッチを飲み干した。「話し合いたくないから黙ってる。それならそれで結構。でも、まだ心の準備ができてないって、ウィルに言ってあげるくらいの優しさは見せてあげないと」

「優しさを見せてほしいのはわたしのほうなんですけど」

「それはないものねだりっていうやつよ」

だから、いままでテッサにこの話をしなかったのだ。

「ウィルとは関係ないし、姉さんの気持ちとか結婚の話をしない理由とも関係ないけど、よかったらジェフリーの資料を整理するのを手伝ってあげる」テッサは言った。

「大丈夫よ、帰って休みなさい」サラはついに手をのばして箱に触れた。指先から温もりが広がっていくのを感じた。「一晩かけて資料に目を通さなくちゃ」

「目はふたつより四つあったほうが早いでしょ」

「専門用語だらけよ」

「わたしだって専門用語くらい読める」

テッサの尖った口調に気づいたときには手遅れだった。「テッシー、それはわかってるけど――」

「絵本のアメリア・ベデリアと違って文章はちゃんと読めるわ。専門用語もわかる。人体の基本的な構造も知ってる。助産師のブログをたくさん読んでるし」

サラは笑いを咳払いでごまかした。

「笑ったでしょ」

サラはもう一度咳をした。

「ひどい」テッサは椅子を後ろへ押した。「レミュエルからもたわごとを言われるのに。姉さんまで」

「ごめんなさい、テッサ」サラはまた笑ってしまった。「わたし――ほんとうにごめん。お願いだから――」

手遅れだった。テッサは乱暴にドアを閉めた。

また笑い声がサラの口から漏れた。

それから、言い訳の立たないほどひどいことをした後ろめたさで、気分が沈んだ。立ちあがってテッサを追いかけるべきだが、両脚は動こうとしなかった。ふたたびファイルボックスに目を戻した。全部で三箱。ジェフリーがラベルを貼ったのは八年前だ。サラのもとに戻ってくる前。もう一度、ふたりでやりなおすことになる前。あの美しい瞳からじわじわと命が消えていくのを見ることになる前。

レベッカ・カタリノ　1／1

レスリー・トゥロン　1／1

トマシナ・ハンフリー　1／1

サラはキッチンから鋏を取ってきた。それから、スコッチをテーブルに戻した。リモコンのボタンを押し、低く音楽をかけた。ブリーフケースからリーガルパッドとペンを取り出した。テーブルの前に座り、ひと箱目をあけた。

紙に香りが染みついているのだろうか？

ジェフリーは、だれも見ていないのを確かめてオートミールのローションを両手に塗っていた。コロンはつけなかったが、アフターシェーブローションが森のようないい香りだった。夜になるとざらついた頬の手触りをサラは覚えている。体をゆっくりとなでおろす優しい指の感触も。サラは目を閉じて、自分をぞくぞくさせ、怒らせ、そしてもう一度恋をさせたあの深いバリトンの声を呼び起こそうとした。

これは裏切りだろうか？

ジェフリーを思い出すのは、ウィルを裏切ることだろうか？

サラは両手で頭を抱えた。涙が出てきた。目を拭い、スコッチをグラスに注いだ。箱から最初の一束を取り出し、読みはじめた。

10

グラント郡
水曜日

ジェフリーはレベッカ・カタリノのファイルの中身を検めていた。デスクの上に広げたのは、森の事故に関する書類だ。寮のルームメイトの供述調書。レナとブラッドの報告書。フランクが書いた事故の概要。ジェフリー自身のメモ。レナがブラックベリーで撮影した写真。サラが書いた蘇生のメモ。ダン・ブロックがぞんざいに書いた予備検査報告書。彼はまだこの件の公式な担当者だ。検死官は必要ないけれど。いまのところはまだ。

ジェフリーはファイルを閉じ、デスクの後ろの段ボール箱に入れた。〝その他〟と書いたラベルが貼ってあるが、レベッカ・カタリノのファイルをこんなふうに片付けていいとは思えなかった。いや、いいとは思えないどころか、もはやはっきりと間違っているような気がする。

なにが理由でその線を越えたのか、自分でもわからなかった。事件の疑問点の答えを持っていたかもしれない唯一の人物が姿を消したせいかもしれない。

レスリー・トゥロンは、昨日の朝六時ごろに現場から立ち去った。キャンパスまでは二・四キロ、女子学生の足で二十分ほど、せいぜい三十分もあれば帰り着く。ただ、その時間帯は大雨が降っていた。彼女は木の下で雨宿りをしていたか、足をすべらせたのだと、ジェフリーは自分に言い聞かせた。彼女は足首を捻挫した。あるいは骨折した。だから、保健センターには現れなかった。いまごろ、だれかが見つけてくれるのを待っているはずだ。

パトロール隊の半分と大学のボランティア数人が、夜通し森でトゥロンを捜した。ジェフリーも行方不明のティーンエイジャーの捜索で苦労したことは何度もあるが、今回は事情が違う。トゥロンは大学四年生で、高分子化学の学位取得を目前に控えている。森でトゥロンが見つからなかったので、ジェフリーはキャンパスの外にある彼女のアパートメントへ車を走らせた。トゥロンの青いトヨタ・プリウスは、アパートメント裏手の駐車場にとめてあった。バッグは鍵のかかった寝室のなかで見つかった。ルームメイトの三人の学生は、トゥロンの行き先には心当たりがないと言った。ほかの友人たちの名前を教わって当たってみたが、不首尾に終わった。

トゥロンは携帯電話を持って森へ出かけ、カタリノを発見してその電話で九一一に通報した。電池が切れたか、濡れて壊れてしまったのかもしれない。電話は通じなかった。レナの公式の報告書によれば、トゥロンはカタリノを発見して動揺していたが、保健センターへ付き添いが必要なほどではなかった。レナは車で送ると申し出た。トゥロンはキャンパスまで歩いて帰りたいと答えた。

レナの報告書では、そういうことになっているのだが。

天候が回復したので、ジェフリーは森の捜索をつづけさせていた。最大の障壁は、トゥロンがどちらへ向かったのかわからないことだった。鬱蒼とした森のなかには、曲がりくねった道が何通りも走っていた。しかも、トゥロンが道をたどったのかどうかも定かではない。ひょっとしたら、なじみのある安全な場所へ一刻も早く戻りたくて、蔓やイバラの茂みを抜けていったのではないだろうか。ジェフリーは、木の下で待っている彼女をあえて想像した。いまごろだれかが見つけているかもしれない。

いや、そのどれもはずれていて、彼女は拉致されたのかもしれない。

レベッカ・カタリノのときと同じように、ジェフリーの考えは振り子のように揺れつづけた。一晩じゅう、トゥロンがいなくなった理由をあれこれ考えた。カタリノを発見したショックで、どこかに隠れているのではないだろうか。そう思った端から、やはり悪いことが起きて拉致されたのだと考えなおした。

けれど、あのふたりに悪いことが——なんであれ、悪いことが起きる理由がわからない。トゥロンもカタリノと同様に、大学では好かれていた。ルームメイトもコーヒーショップの上司も、アパートメントの管理人というより寮母のような女性も、そう言っていた。サンフランシスコ在住の母親、ボニータ・トゥロンは、娘から数日連絡がないと話していたが、それでうろたえた様子はなかったので、よくあることなのだろう。実家から大陸の反対側にある大学へ進学する理由は二種類あると、ジェフリーは思っている。両親からできるだけ遠くへ逃げたかったのか、子どもがみずから翼を広げて飛び立っていくように育てられたのか、どちらかだ。

レスリー・トゥロンは後者に入るような気がしてならなかった。入手したわずかな情報から推測すれば、トゥロンは分別があり、しっかりした努力家だったようだ。州に四日か五日は夜明けとともに起床し、湖畔まで三キロ歩いて太極拳をする。レナはスピリチュアル好きという言葉を使っていたが、トゥロンは夜の闇に姿を消すようなタイプとは思えない。もっとも、彼女が死んでいるように見える女性を森で発見したのは今回がはじめてではある。

ただ、気になることがあった。重要かもしれないように見えて、実はなんでもないのかもしれない。ゆうべの電話で、ボニータ・トゥロンは娘がルームメイトに腹を立てていたと言っていた。服がなくなったらしい。お気に入りのヘアバンドも勝手に借りられたまま返ってこない。レスリーは毎晩顔を洗うときにピンクのヘアバンドを使っていた。ジェフリーもサラと暮らしていたので、それがどういうものか知っている。サラがそもそも狭い洗面台にブルーのヘアバンドを置きっぱなしにするので、よく口論になった。こまごましたものをしまうために、ジェフリーはかごまで買ってやったのだが。サラはそれを犬の玩具入れにしてしまった。

ジェフリーは椅子の向きを変えて窓の外を眺めた。いつも駐車場でジェフリーをあざけっているZ4は、いまそこにない。腕時計を見ると、朝の六時を過ぎたところだった。診療所が開院するのは午前八時。カレンダーを見た。今月最後の水曜日だから、どちらにしてもサラは出勤しない。たいてい自宅で一カ月間ためこんだ書類の山と格闘する。

もう一度、腕時計を見た。ボニータ・トゥロンの乗ったサンフランシスコ発の飛行機が三時間後に到着する。アトランタから車でさらに二時間かかる。森の捜索隊を交替させ、休ませなければならない。署にいるのはブラッド・スティーヴンスだけだ。彼は、留置場の連中の子守役を買って出た。いま留置場へ行けば、眠っているブラッドを見つけてしまうだろう。だから、留置場へは行かないことにした。

席を立ち、背中のストレッチをした。コーヒーマグが空になっていた。点呼室に入った。室内は暗いままだった。ひとつひとつ照明をつけながら、キッチンへ歩いていった。ジェフリーの前任者だったベン・ウォーカーは、建物の奥の取調室のそばに署長室を構えていた。デスクは業務用冷蔵庫並みの大きさで、椅子の座り心地はユダの揺りかご並みだった。毎朝、ウォーカーはフランクとマットを署長室に呼び、その日の任務を小出しに伝えてから、ドアを閉めていくよう指示した。そのドアがあくのは、正午にウォーカーがダイナーへ昼食に出かけるときと、午後五時にダイナーへ寄って帰宅するときだけだった。ついに彼が退職したあと、デスクはまっぷたつにしなければドア口につかえて運び出すことができなかった。そもそもどうやって運びこんだのか、だれも知らなかった。

ベン・ウォーカーについては、わけのわからないことが多すぎた。デスクの件ひとつ取っても、見習うべきではない署長の見本だった。ジェフリーは着任して最初の週末に署長室を点呼室の前に移した。部下たちの様子が見えるように、そしてなによりも部下たちに自分の様子が見えるように、壁に穴をあけて窓を作った。ブラインドはあったが、めったに閉めることはなかった。ドアは、プライバシーが必要なときを除いてつねに開放していた。小さな町ではプライバシーを守れる場所は貴重だ。

電話が鳴った。ジェフリーは、キッチンの壁かけ式電話の受話器を取った。「グラント郡警察です」

「やあ」ニック・シェルトンが言った。「なんだか大変なことがあったそうだな」

ジェフリーはマグカップにコーヒーを注いだ。「早耳だな」

「メイコン病院におれのスパイがいるんだ」

その言葉の最後には紛れもなくピリオドが聞き取れたが、本題はこれからだとジェフリーにはわかっていた。「用件はなんだ、ニック？」

「ジェラルド・カタリノ」

「レベッカ・カタリノの父親？」ジェフリーは、六時半になったら彼に電話をかけるためにアラームをセットしていた。ニックの口調から判断すれば、予定を変更したほうがよさそうだ。「おれの聞きたくない話か？」

「ああ、ゆうべカタリノがうちの留守番電話サービスにメッセージを残した。今朝それを聞いて、介入してやろうと思った」

「介入？」ジェフリーは訊き返した。「その必要は感じていなかったが」

「タイミングの件だ」

ニックは慎重に言葉を濁しているが、ジェフリーには彼の言いたいことがわかった。病院のだれかが、現場に到着したレナがベッキーは死亡していると勘違いしていたことを父親に話したのだ。訴訟になりかねない。「警告ありがとう」

「なんの。なにかあれば連絡してくれ」

ジェフリーは電話を切った。頭痛が首筋におりてくるのを感じた。自身が部下に出した指示に従って仮眠を取るべきだった。そうしておけば、いまごろ必要な処置を進めていただろうに。昨日の朝の森でなにがあったか、全員の認識を統一させること。フランクとレナとブラッドのノートを読み返すこと。自分のノートを彼らの記述と一致させること。市長に電話をかけ、まずいことになりそうだと警告すること。学長のケヴィン・ブレイクに、修羅場を覚悟しろと伝えること。

コーヒーの黒い闇を覗きこんだ。カップの縁を黒い液体が舐めている。両手の下で骨が折れる感覚が、まだ体に残っていた。レベッカ・カタリノは森のなかで三十分間も余分に横たわっていなければならなかった。彼女にふたたび息をさせる方法をサラが考えつくまではほんの数秒だったような気がするが、蘇生のノートを読むかぎり、三分近くが経過していたらしい。

合計で三十三分間。ジェフリーの監督下で。

ジェフリーはなによりもジェラルド・カタリノに謝罪したかった。そしてベッキーに。こんなことになったいきさつを正しく伝え、人的ミスがいくつかあったこと、なかには愚かな間違いがあったが、すべてがうっかりミスではなかったことを説明したかった。

残念なことに、謝罪で妥結する弁護士はそうそういない。

「署長」フランクがフックからマグカップを取った。「レスリー・トゥロンの捜索に進展は？」

「手がかりすらない」

「よくあることだ」フランクは咳きこんだ。「女子学生はよくヒステリーを起こすからな。たぶんツリーハウスかどこかで泣いてるんだよ」

ジェフリーはこの老犬に新しいことを教える努力をとうに放棄していた。「昨日の朝カタリノの件で通報を受けた瞬間からいままでの経過を文書にしておいてくれないか」

フランクはすぐさま察した。「訴訟か？」

「おそらく」

「脈を見つけるのが難しかったことはサラが証言できるだろう。すぐに気づいていたらあの子がどうなっていたか、だれにもわからないじゃないか。あんな大怪我をすれば、二度や三度、心臓が止まっててもおかしくない」フランクはジェフリーのマグカップにコーヒーを注ぎ足してから、自分のカップに注いだ。「サラが気の毒になるな。あんたと離婚して、やっとあんたの尻拭いをしなくてもすむようになったはずなのに」

ジェフリーは軽口につきあう気分ではなかった。「おれが死ぬまでその話を蒸し返すつもりか？」

「自然現象でおれのほうがあんたより先にくたばると思うがね」

「それを言うなら自然淘汰だろう」ジェフリーは言った。「そっちこそ、二カ月に一度ビロキシまで賭博ツアーに出かけるときはよろしくやってるだろ」

「二カ月に一度ってところが肝心だ。子豚は太る。成長した豚は食われる」フランクはマグを掲げ、キッチンを出ていった。

ジェフリーはコーヒーの残りをシンクに捨てた。いらいらして、これ以上カフェインを摂(と)るのはやめておいたほうがよさそうだった。

点呼室に秘書のマーラ・シムズがいた。愛用しているＩＢＭ・セレクトリックを雑巾で拭いている。せっかくパソコンを購入してやったのに、ジェフリーの知るかぎり、電源が入っていたためしがない。ジェフリーの公文書はすべて彼女の完璧なパーマー法の筆記体で書かれるか、タイプライターでタイプされる。若い署員のなかには、彼女がものすごい勢いでタイプしはじめるたびにぎくりとする者がいる。活字が紙を打つ音が銃声のように聞こえるからだ。

スイングドアがきしんだ。レナ・アダムズがウエストに巻いたユーティリティベルトを調節しながら入ってきた。

「レナ、署長室へ」

レナはまさにヘッドライトに照らされた鹿のようにジェフリーを見あげた。

ジェフリーは席についた。本棚に目がとまった。本棚には本やマニュアルがぎっしり詰まっているほかに、母親の古い写真が飾ってあった。「まずい」

「署長？」

「なんてこっ――」ジェフリーはなんでもないというように手を振った。昨日、花屋に電話をかけるはずだったのに。誕生日を忘れられた母親が金切り声で電話をかけてくるに違いない。「ドアを閉めろ。座れ」

レナは椅子の端に腰かけた。「問題でもありましたか？」

ジェフリーには、彼女がいつも問題を想定しているのはたいていなにかやらかしているからだと、サラがちくちく言う声が聞こえるような気がした。「ノートを出せ」

レナは胸ポケットに手を入れかけ、動きを止めた。「わたしがなにか――」

「とにかく出せ」

レナが差し出したノートは、ほかの署員がひとり残らず持っているものと同じだった。ジェフリーが数百冊まとめ買いして常備してあるからだ。つまり、厳密に言えばノートは署の所有物だが、ジェフリーとしては、法廷でその〝厳密に言えば〟という部分が論点にならないよう願うしかない。

不首尾に終わったゆうべのレスリー・トゥロンの捜索のメモを飛ばし、ページをめくった。トゥロンの捜索については、レナの公式な報告書があればいい。ノートの最初のページに、探しているものがあった。

レナは〝身許(みもと)不明〟をバツ印で消し、〝レベッカ・カタリノ〟と訂正していた。当初の評価――〝事故死〟という文言は修正していなかった。

ジェフリーはレナのメモが公式な報告書の内容と一致しているか確かめた。

5:58　本部に911通報

6:02　LA現場へ

6:03　LA目撃者レスリー・トゥロンに会う。住宅地の裏の空き地で

6:04　BS到着。LAとトゥロンと遺体の場所へ

6:08 LA被害者の首と手首をチェック、死亡確認。遺体の位置は図のとおり
6:09 LAフランクに電話
6:15 BS現場に非常線を張る
6:22 フランク到着
6:28 署長到着

ジェフリーはレナに尋ねた。「きみがレスリー・トゥロンと話しているあいだに、ブラッドが到着した。遺体のある場所に着いて、ブラッドは脈を確認したのか？」

「ええと――」レナはもうびくびくしていなかった。頭のなかで戦略を練っている。「覚えていません」

レナのほうが現場では先輩だった。彼女がブラッドに二重チェックは必要ないと言えば、ブラッドもあえて二重チェックはしないだろう。「今度同僚をバスで轢(ひ)くときは、ガソリンを充分入れておくことだな」

レナはうつむいた。

ジェフリーはノートをじっと見つめた。昨日、レナのメモを確認したとサラに言ったが、それは嘘だった。レナの文字は罫線(けいせん)のなかにきっちり収まっていた。インクの色も途中で変わっていない。レナに不思議な予知能力があるのでなければ、ジェフリーに報告したとおりに行動していたことになる。

ページをめくった。レナは遺体のあった現場の略図を描いていた。怪しいところ、変わったところはないように見える。細大漏らさずメモしているようだが、ひとつ抜け落ちて

いることがあった。

「なぜｉＰｏｄの電源を切ったんだ？」

レナははっとした。

ジェフリーはノートをデスクに置いた。「悪いようにはしない。おれは真実が知りたいだけだ」

レナはしばらく考えた末に肩をすくめた。「わかりません。たぶん……ちゃんとやろうとしてたのに、うっかりやってしまったんだと思います。わたしも走りに行くときはｉＰｏｄシャッフルを持っていくけど、充電していなくてすぐに電池が切れてしまうので……」

「つい癖でやった、と」

レナはうなずいた。

ジェフリーは椅子に背中をあずけた。癖でついやってしまうことならいくらでも思いつく。「首と手首の脈を確認したとき、衣服をなおした覚えはあるか？」

「いいえ」ジェフリーが質問を言い終える前に、レナはかぶりを振っていた。「そんなことはしません。シャツに乱れはなかった。いえ、こんなふうに――」レナは腰に手を当てた。「片方がこっちに、もう片方がこっちにねじれていましたが、転べばそうなりますよね」

「ショートパンツは？」

「ウエストまで引きあげてありました。ほんとうです。わたしは服には手を触れていませジェフリーは両手の指を組んだ。「なにかにおいはしなかったか?」

「どんなにおいですか?」

ジェフリーはいくつものことを同時に意識した。レナは女性だ。自分は彼女の上司だ。ドアは閉まっている。これから話しにくいことを話す。だが、レナは警官でプロ同士なのだから、制服の男性警官と扱いを変えるべきではない。「きみは性的暴行事件を何度担当したことがあるか?」

「本物の性的暴行ですか? ほんとうに女性がレイプされた事件という意味ですか?」

ジェフリーの頭痛がふたたびはじまった。「つづけろ」

「届け出があっても、どれも捜査には至りませんでした」レナは肩をすくめた。「学生にはよくあることでしょう。はじめて実家を離れた。調子に乗って飲みすぎた。止め方を知らないことをはじめた。朝が来て、故郷のボーイフレンドを思い出したり、親に知られたら大変なことになるとパニックになったり」

レナがフランクのようなことを言うのなら、ジェフリーもフランクのように話すまでだ。

「カタリノからセックスのにおいがしたか?」

レナの首から顔がさっと紅潮するのを見て、ジェフリーは目をそらしたいのをこらえた。においのもとになりそうなものを列挙した。「潤滑剤、コンドーム、精液、汗、尿、男性用コロン。どうだ?」

「い、いいえ」レナは咳払いをした。もう一度、繰り返した。「強いて言えば、清潔なにおいがしました」

「清潔なにおい？」

「シャワーを浴びたばかりのような」レナはノートを手に取り、ポケットにしまった。

「変ですね？　大学から走ってきたんですよ。あの朝は寒くも暑くもなかったけれど、一キロ半は走ってたのに、汗くさくはなくて、清潔なにおいがしたのはなぜでしょう？」

「清潔なにおいを詳しく説明しろ」

レナはしばし考えた。「石鹸（せっけん）のような」

「性的暴行を受けたかもしれないと思うか？」

レナは即座にかぶりを振った。「いいえ。妹から話を聞きました。ベッキーはガリ勉そのものでした。夜も図書館にこもってた。授業ではいつもいちばん前の席に座っていたそうです」

自分がサラに言ったのと同じ言葉をこうして聞かされると、ジェフリーもいやな気持ちになった。「彼女の人となりは関係ない。おれたちの仕事は彼女になにがあったのか、事実を突き止めることだ。近隣三郡の未解決レイプ事件の報告書を集めろ――グラント郡、メミンジャー郡、ベッドフォード郡。森のなか、もしくはそばで暴行された被害者を探せ。とくにカタリノと似た身体的特徴の女性だ。いいか、レイプ犯には好みのタイプがある。それから、きみのノートのコピーを提出しろ。関連するページ全部だ。このことは他言無用。いいな？」

レナは不服そうだったが、うなずいた。「わかりました」

「妹さんと話がしたい。今日の午前中にここへ来てもらえないか」

レナの口が開いた。すぐにまた閉じた。「目が見えないんです。妹は」

「では、おれが自宅へ出向く」

「やめてください！」レナは叫んだ。ふたたび野火のように赤みが顔に広がった。「すみません、署長。いますぐ妹に電話をかけます。たぶん出勤する途中です。自力でどこにでも行けます。問題ありません。ただ、個人的な話はしないでください。妹はプライバシーを大事にするので」

ジェフリーはシビル・アダムズの私生活を掘り返そうなどと考えたこともない。「ここに到着したら知らせてくれ。ドアはあけていっていい」

「わかりました」レナはうつむいたまま自席へ戻っていった。

そのとき、ただでさえトラブルつづきの朝に追い打ちをかけるかのように、サラが受付カウンター越しにマーラ・シムズと話しているのが見えた。

サラが目をあげた。手を振った。ジェフリーは眉をひそめた。

彼女はひるまなかった。マーラのそばを離れた。署長室の入口の外で立ち止まった。手にブリーフケースをさげている。「あんな言い方をしたこと、謝るわ」

「言ったことそのものではなく？」

サラは引きつった笑みを浮かべた。「ええ」

ジェフリーはサラを手招きした。母親の写真が目に入り、頭痛の強さがまた一段階あがった。

サラはドアを閉めた。ブリーフケースを置き、椅子にゆったりと座った。「用件は三つあるの。ひとつ目が謝罪」

「いまのがほんとうに謝罪と言えるか？」

「ふたつ目、バーニー先生がついに退職するの。わたしは診療所を買い取るつもり。来週には患者さんたちに告知する。たぶん、もうひとり医師を雇わなければならなくなる。前もってあなたには知らせておこうと思って」

ジェフリーは驚かなかった。ここ何年も、サラはバーニー医師から診療所を引き継ぎたいと話していた。ジェフリーの学生ローンの返済を手伝う必要がなくなったいま、サラの手元には金が余っているだろう。

「三つ目は？」

「今朝、ベッキー・カタリノの手術を担当した医師と話したの。オフレコでね。ベッキーのX線写真を見せてくれた。あなたのプライベート用のメールアドレスを教えておいた」

「きみのではなく？」

「わたしは医師でしょう。HIPPA法に縛られて、患者のプライバシーを漏らすことはできないから」

「おれは警官で、合衆国憲法に縛られているんだが、そのことは思い出さなかったのか？」

サラは肩をすくめた。思惑どおりにジェフリーが食いついたからだ。

ジェフリーは尋ねた。「医師はなんて言ってる？」

「頭蓋骨の陥没が不自然に見えるって。詳しくは教えてくれなかった。脊髄の刺し傷について探りを入れてみたけれど、はぐらかされた。あと、法廷には呼ばれたくないそうよ」

ジェフリーが思うに、訴訟でキャリアに傷がつくのを恐れているのは自分だけではなさそうだ。「ニックから、父親が訴訟を起こすかもしれないと聞いた」

「無理もないわ。娘の人生が取り返しのつかないほど変わってしまったんだから。あの子には一生、医療のサポートが必要になる。自宅で介護しようとすれば破産は免れない、自宅介護が無理なら州に娘を託すしかない。それが父親にはどんなふうに見えているか、想像はできるでしょう」

ジェフリーは、ベッキー・カタリノが生きようと闘っているそばで、自分たちは突っ立っているだけでなにもしなかったあの時間を思った。「あの三十分があれば、あの子の予後は大きく変わったと思うか？」

サラは微妙な表情になった。「わたしがそばにひざまずいたときには、すでに徐脈と緩徐呼吸を起こしていた」

ジェフリーはその先を待った。

「つまり、呼吸も心拍も危険なまでに弱まっていたということね」

「きみが書いた蘇生の記録を読んだ。酸素のない三分間は長いよな」

サラはいまここでジェフリーを一撃で打ちのめすこともできたはずだ。重度の脳損傷にとって三分間は貴重だ。ジェフリーはインターネットで調べたが、サラは医学部で学んでいる。

「一秒一秒が大事よ」サラはそれだけしか言わなかった。そして、親切にも話を変えた。

「それより、頼みがあるの。ブロックは、わたしがあちこち電話をかけていることを知らない。あの子を検査するどころか、そばにも近づいていないけれど、わたしにつま先を踏まれたと思ってほしくないの」

ブロックなら、サラに喉を踏みつけられたとしても気にしないだろう。「あのとき、カタリノからにおいがしたか？」

「性交のにおい？」サラは前日、ジェフリーが一方的にどなりだす前にもその可能性を示唆していたので、当然考えてはいたのだろう。「性的暴行を受けていたとして、三十分間、意識がなかったのよね。麻痺させられて、動くことができなかった。でも、着衣に乱れはなかった。抵抗した痕跡はなかったし、大腿部に打撲や外傷は見られなかった。においもしなかった。でも正直に言えば、わたしたちはあの子が生きていると気づいたんだもの、においを嗅いでる場合じゃなかった」

ジェフリーは〝わたしたち〟という言葉をありがたく思った。「レナに、においがしなかったか訊いてみたが――」

サラは心からおかしそうに笑い声をあげた。「大丈夫だった？」

「問題ない。彼女もプロだぞ、サラ。敬意を払ってくれ」

サラは署長室のなかを見まわした。またたがいの喉をつかみ合うことになる一線から距離を置こうとしている。

ジェフリーは言った。「レナは、カタリナは清潔なにおいがしたと言っていた。石鹸のようなにおいだ」

サラは下唇を噛んだ。「そう。ひととおり考えてみましょうか。レベッカ・カタリノが暴行を受けていたとしたら、なにがあったのか?」

ジェフリーはデスクの抽斗をあけた。一線に近づくのは怖くなかった。どうでもいいことを数えるのに必要かもしれないので、計算機をサラのほうへ放った。

サラはひとことだけ発した。「フェアね」

そんなふうに認められても、ジェフリーの気分は軽くならなかった。「もう一年たったな」

「そうね」

「あの車はなんだ」

「BMW・Z4。直列六気筒」

ジェフリーは早くも自虐をはじめていた。「ホンダは買って四年だった。ローンが終わったばかりだったのに」

サラはまた室内を見まわした。「ホンダを買ったのは警官の妻だったとき。あの日、家を出た瞬間に、もう二度と警官の妻にはならないと思ったの」

「おれがしたことは愚かな間違いだった。なんの意味もない」

「あら、それはどうも。でも、なにも変わらないから」

ジェフリーは計算機を取り、デスクの抽斗に戻した。「レベッカ・カタリノの話をしよう。きみからどうぞ」

サラは片手で頭を支えた。彼女もこの話をせずにはいられないと、ジェフリーにはわかっていた。

「ベッキーが暴行を受けたと仮定しましょう。何者かが町から森まで彼女のあとをつけてきて、襲いかかった。木の枝か石で殴りつけて、気絶させた。彼女は倒れた。犯人は彼女をレイプした。そして――さて、なにがあった？　犯人は石鹸を取り出して、彼女の体をこすった？」

「赤ん坊に使うウェットティッシュは？」

「殺菌効果のあるウェットティッシュもある。無香料のものでもにおいはある」サラはうなずきだした。なにかが見えはじめたのだ。「犯人がコンドームを使っていたら、精液が残っている可能性は低い。彼女が意識を失っていたら抵抗できないから、犯人の腕や顔には典型的な反撃による傷がない」

「犯人は大学からあとをつけてきたと言ったが、彼女がジョギングに出かけたのは朝の五時ごろだ」

サラはジェフリーの考えていることを察した。「つまり、犯人は待ち伏せしていた。監視していた。でも、彼女はいつも早朝にジョギングしていたの？」

ジェフリーは読んだばかりの報告書の内容を思い返した。「いつもではないが、めずらしいことでもなかった。彼女はルームメイトのひとりと喧嘩をした。理由は聞いていない。そして、彼女は頭を冷やすために出かけた」

そのとき、窓のむこうに来客の姿が見えた。シビル・アダムズが受付カウンターの前に立っていた。黒いサングラスをかけ、パステルピンクのセーターを着ていたが、レナ・アダムズとの違いはそこだけだった。

サラも振り返っていた。「シビルと一緒に、ハイスクールの科学クラブの女の子たちにボランティアで講義をしたことがあるの」

「どんな女性だ？」

「鏡に映る自分は左右反転していて、右が左で左が右でしょ」

ジェフリーは、なるほどと思った。マウスを振ってパソコンを復帰させた。Gメールのアカウントにログインした。「シビルと話がある。ここで医師のメールを待っていてもいいぞ」

サラの眉が片方あがった。「パソコンを使わせてくれるの？」

「もちろんだ、サラ。隠すことなどなにもない」ジェフリーは、間違いなくサラの知っているアカウントであることをもう一度確かめた。「好きに使ってくれ。ここで待っていてもいいし、待たなくてもいい。どっちでもどうぞ」

ジェフリーは、人が増えてきた点呼室を抜けて受付カウンターへ向かった。スイングドアを押しあけた。「ミズ・アダムズですね？」

「ドクター・アダムズよ」目が見えないと耳が不自由になるとでも思っているのか、マーラがやけに大きな声で言った。「大学へ行く途中で、レナから電話がかかってきたんですって」

「ありがとう。マーラ」ジェフリーは手を差し出した。そして、引っこめた。

「こんにちは」双子の姉の声がもっとやわらかく穏やかになったような声だった。「トリヴァー署長ですか？」

「そうだ」ジェフリーは救いがたい間抜けになったような気がした。挽回するには正直に接するしかない。「申し訳ない、ドクター・アダムズ。こういうことに慣れていなくてね。どうすれば安心してもらえるかな？」

シビルはにっこりと笑った。「ここは騒々しいですね。少し外を歩きませんか？」

「いいね」

彼女は杖でドアを探した。

ジェフリーはドアを押さえてやった。「来てくれてありがとう。春休みが近いから、忙しいんだろう」

「こちらを優先させないといけませんから」シビルは太陽の方向を仰向いた。雨はやんでいた。さわやかな風が吹いている。彼女のアクセントはレナほど強くないが、それでも生粋の南ジョージアの訛りがあった。「ベッキーとレスリーについて聞きたいそうですね」

「大まかなことは知っている。ふたりとも優等生だった。きみはふたりを教えていた」

「今学期、ベッキーを教えました。昨日の朝七時に会う約束だったんです。どの学生にもわたしの時間を無駄にしないようにと釘を刺すのだけど、ベッキーが現れなかったのはほんとうに意外でした。普段から勉強熱心で礼儀正しかったので」

「レスリーはどうかな？」

「同じです。勉強熱心で礼儀正しくて。大学院に出願したので、わたしが推薦状を書きました。率直に言うと、学部生とは親しくしないようにしているんです。年齢が近いでしょう。わたしは終身在職権がほしいんです。学生の友人ではない。教師です。学生に教えるのが仕事なんです」

ジェフリーにはよくわかった。レナはたしかに強情だが、あの頑固頭にも役立つ知識を教えこむことができることがあり、そんなときは大いに報われた気持ちになる。「ベッキーとレスリーの友人関係について、思い当たることはないか？　なにか見ていないか――」

シビルはほほえんだ。なにも見ていないからだ。「噂はたくさん聞きますよ。学校に噂はつきものだから。レスリーがルームメイトと喧嘩したことは知っています。ルームメイトのひとりが、わたしが担当している三時の化学入門を受講しているので。ジョアンナ・ゴードンという学生です。ジョアンナは最近、いまの生活環境に不満を抱いていました。どうやら、ものが盗まれることがあったようなんです」

ジェフリーは、レスリーが服やヘアバンドがなくなると怒っていたというボニータ・トゥロンの話を思い出した。キャンパスの警備部門が相当な件数にのぼる学生の盗みを処理してくれるのはありがたい。「レスリーは感情の起伏が激しいタイプだったのかな？」

「腹を立てて、ぷいっとどこかへ行ってしまうとか、そういう意味ですか？」

ジェフリーは眉をひそめたが、その表情はシビルには見えないことに気づいた。「昨日起きたこと、あれはかなりつらいできごとだった。あの年頃の女の子が、ああいう体験をして平気でいられるとは思えないんだ」

「男の子だってそうでしょうけれど、もしこれが男の子だったら、こういう話になるかしら?」

ジェフリーはたじろいだが、それもシビルには見えない。「おれは気まずさをやわらげるのに表情に頼りすぎだな」

シビルは苦笑した。「わかります」

ジェフリーは通りを眺めた。学生の集団が授業へ向かっている。「今回の件で、きみはなにか感じることはないか?」

「目が見えないと、ほかの感覚が研ぎ澄まされると思ってます?」

「そうじゃないよ。きみは教師だし、学生生活も長かっただろう。教師の得意なことのひとつは、嘘を見破ることじゃないか。それも目で見破るんじゃない」

シビルはほほえんだ。「おっしゃるとおりです。なぜレスリーが逃げたとは思えないのか、それをお教えしましょう。彼女にとって、学業はなにより大切なんです。いままでの人生の大半をかけてここまで到達したんです。彼女は大学に深く根をおろしています。同じ信念を持つ集団の一員です。数学クラブでボランティアをしています。責任を負っているんです。外部の人は、責任が重荷になると考えがちですが、レスリーはそんなふうに思わない。科学の世界にいる女性は大変な苦労をします。サラを見ていればおわかりでしょう」

「ああ、わかるよ」

「男性の二倍の努力をしても、せいぜい半分の敬意しか得られない。眠って、翌朝目を覚まして、また同じ戦いに明け暮れるんです。レスリーはその覚悟ができていました。自分がどんな世界に入っていこうとしているのかわかっていた。挑戦を楽しんでいた」

　ジェフリーは通りの先を見つめつづけた。大衆のものの見方などどうでもいいが、行方不明の学生と重傷を負った学生、そしてヒステリックな女子学生たちについてあれこれ尋ねまわっている警官ども、というような見方を自分たちに当てはめられるのは不本意だ。

　シビルは尋ねた。「彼女がレズビアンだということはご存じですか?」

　ジェフリーは自分の眉があがるのを感じた。「レスリーが?」

「いいえ、ベッキーです。ハイスクール時代につきあっていた子から別れの手紙が届いたとカイリーに話しているのを聞きました。とても悲しそうでした。カイリーは、よりを戻しに帰るようにすすめていたけれど、ベッキーは学校の課題に集中したいと答えていましたね」

　ジェフリーは、なぜレナはこのことを報告書に書かなかったのだろうと思った。「ルームメイトのカイリー・ピアース?」

「ええ、そうです。これは他言しないでほしいんですが、ベッキーはカイリーが好きだったんじゃないかな。ベッキーの声の感じが変わることに気づいたんです。カイリーも同じ気持ちだったかどうかはわかりません。難しい年頃ですから。気持ちが強すぎて」

「レスリー・トゥロンもレズビアン?」

「ボーイフレンドがいます。もちろん、だから違うとは言えませんが。ここは小さな町ですし、わたしの勤務先はとても保守的な学校なので」

　ジェフリーは町を代表して謝らなければならないような気がした。「みんないい人たちなんだが、きみの言うとおりだ。おれたちはマイノリティに冷たすぎる」

「わたしもマイノリティだと思ってます?」シビルは片手を頬に当てた。「参ったな」ジェフリーは、シビルが冗談を言っていることにしばらく気づかなかった。これはヘイトクライムかもしれないと考えはじめていたからかもしれない。レナ・アダムズが妹にもできた捜査の基本をこなしていれば、レベッカ・カタリノがレズビアンだとわかり、もっと早くその可能性を考えていたのに。

「ありがとう、ドクター・アダムズ。きみの話はとても参考になったよ」

「あら、もういいんですか?」シビルは訊き返した。「レナからレスリーのことを聞いて、てっきりトミの話を聞きたいのかと思っていました」

「トミ?」

「トマシナ・ハンフリー。サラから聞いていませんか?」

ジェフリーはシビルの顔をじっと見た。邪念は感じられない。ほんとうに、ジェフリーが知らないとは思っていなかったらしい。

サラがジェフリーに伝えるべきことを伝えなかったとは。

シビルはジェフリーの考えていることに感づいたようだ。「余計なことを言ったみたい。ごめんなさい」

「いや、いいんだ。よかったら——」

「もう行かなくちゃ。がんばってください、トリヴァー署長。あまりお役に立てなくてすみません」

ジェフリーはシビルの腕をつかもうとして、直前でこらえた。シビル・アダムズが杖を使って歩道を歩いていくのを見送った。学生が彼女に声をかけた。さらにもうひとり。ほどなく彼女は人混みに紛れて見えなくなった。

ジェフリーは目を閉じて、シビルがしたように太陽のほうを仰向いた。トラックがそばを通り過ぎる音がした。風が強くなり、髪を吹き抜けた。トマシナ・ハンフリーという名前のある報告書がデスクに置かれていたことはないか、懸命に記憶をまさぐった。

思い出せない。

ジェフリーは署内に戻った。サラはまだ署長室にいた。自分のノートパソコンを開いて作業をしている。ジェフリーのパソコンのモニターも明るいので、メールを待っているのだろう。

ドアを閉めた。ドアノブをつかんだまま、ドアにもたれた。

「トマシナ・ハンフリー」

サラはその名前を聞いて顎をあげた。

「おれに話していないことがあるだろう？」

「もちろんある」サラはそれ以上、話すつもりがないようだった。

ジェフリーは点呼室を振り向いた。どの席も埋まっている。パトロール隊の半分は部屋の外にたむろしてジェフリーの朝一番の指示を待っている。また口論をして、自分だけがヒステリックな愚か者に思われるのは避けたい。

「サラ」

サラは眼鏡をはずした。ノートパソコンを閉じ、椅子の向きを変えてジェフリーを見た。「五カ月前、十月末にシビルがわたしのところに連れてきたの。トミはその日の午前中、シビルの講義を受けていて、講義が終わっても席を立とうとしなかった。出血していたから。トミは生理だと言ったけれど、シビルは様子がおかしいことに気づいて、どうしたのか尋ねてみた。少し時間がかかったものの、トミは前の晩にレイプされたことを打ち明けた」

ジェフリーは大声を出さないように、一拍置いた。レイプは犯罪だ。サラはそれを承知のうえで自分に黙っていたのだ。「加害者は知り合いか?」

「いいえ」

「通報は?」

「していない」

「通報しろと、きみは言わなかったのか?」

「一度だけ。でもいやだと言われたから、無理強いはしなかった」

「その理由は?」

「彼女が優等生だから。軽率なことはしないから。いつも本に鼻を突っこんでいたから」

「こんなときにその言葉をおれに投げ返してもいいと本気で思ってるのか?」

「いいえ、わたしの話をちゃんと聞いて、ジェフリー。ひとことでは言えない理由があるのよ」サラは立ちあがり、ジェフリーのそばへ歩いてきた。「わたしに読んでくれた本のことを覚えてる? ヒロシマの本」

どこか親密なその口調に、ジェフリーは過去のその瞬間へ引き戻された。ふたりはベッドに横たわっていた。ジェフリーは夜、サラに本を読み聞かせるのが好きだった。あのとき、ジェフリーはサラに本に載っている写真を見せながら、書いてある文章のなかでも強烈な部分を読みあげた。

「影の話が書いてあったでしょう、覚えてる？」

覚えていた。原子爆弾が爆発した際のすさまじい熱のせいで、その進路にあるものすべてが後ろの壁や舗道に黒い影となって焼きついた。階段に座っていた人間も。植物もボルトも機械も。なにもかも消えない影となり、いまでも目にすることができる。

「レイプはあれに似ている。黒い影となって焼きつく。ＤＮＡを変える。一生つきまとってくる」

「被害はひどかったのか？」

「とてもひどかった。わたしはトミを子どものころから知っていた。うちの診療所の患者だったから。それでシビルもトミをわたしのところへ連れてきたの。助けてもらおうと思ったのね」

「助けてやれたのか？」

「傷を縫合した。鎮痛剤をのませた。そして、だれにも言わないと約束した。トミはそれをなによりも恐れていたの。父親に知られるのを、友達にも教師にも、キャンパスじゅうに知れ渡るのを。だけど、わたしがあの子を助けてあげられたか？」サラはその疑問に苦しめられているような表情をした。「あんな体験をした人を助けてあげることなんかできない。安心してもらおうと努力することはできる。話を聞くこともできる。でも、ほんとうにできることはたったひとつ、本人が自分を救う方法を見つけることができるよう願い、祈ることだけよ」

「きみの言いたいことはわかる。だが、なぜシビルはレスリー・トゥロンの話をしているときにトミの名前を出したんだ？」

「たぶん、トミが襲われた翌日に大学からいなくなったからだと思う。私物は全部置いていった。戻ってくることもなかった。だれとも連絡は取っていない。携帯電話はつながらなくなった。ただいなくなったの」

「ケヴィン・ブレイクはそんなことを――」

「両親が退学届を出したから。私物がどうなったのかは知らない」

「でもシビルは――」

「この件はそっとしておいて」

「トミ・ハンフリーは犯罪の被害者じゃないか。きみの話を聞いたかぎりでは、それも凶悪な犯罪だ。いまもレスリー・トゥロンの行方はわからない。ベッキー・カタリノになにがあったのかもわからない。この三つはつながってるぞ、サラ。そのつながりを探らなければ」

「町のレイプ事件を全部ほじくり返すの？　深く傷ついたり、恐怖にとらわれたりして通報しなかった女性を探し出すの？　たった十五分、二十分、三十分のできごとにそれまでの二十年間の努力をすべて帳消しにされて、そのせいで大学を辞めた女の子たちをどうやって探し出すの？」

ジェフリーの前で、サラがこんなに生々しい話をこんなにむきになってしゃべったことはほぼ一度もなかった。ジェフリーはいつもテッサのことを心配していた。テッサはハイスクールのころから大学時代にかけて、しょっちゅうアルコールで失敗していた。ジェフリーはいまでもはっきりと覚えているが、夜中に車で五時間かけてフロリダまで行き、地元の保安官を説得し、治安紊乱罪で逮捕されたテッサを釈放してもらったことがある。

ジェフリーは慎重に言葉を選んだ。「トミ・ハンフリーに起きたことと、ベッキー・カタリノに起きたことのあいだにつながりがあったら、あるいはレスリー・トゥロンに――」

「トミをそっとしておいて、ジェフ。お願い。わたしのために」

もう少しで同意しそうになったが、それは納得したからではなく、サラの信頼を取り戻すためにどんなことでもしなければと、なかば思い詰めていたからにすぎなかった。

そのとき、パソコンが新しいメールの受信を知らせた。

サラはデスクの前へ行き、眼鏡をかけた。何度かクリックした。ジェフリーが見ていると、眼鏡のレンズに映像が映った。

「あなたも見て」

ジェフリーはサラの背後に立った。モニターに映っているのはＭＲＩの画像のようだ。頭蓋骨からのびているのは頸椎だろうが、そのなかにある紐のようなものは、ちぎれたロープのように見えた。繊維がぎざぎざになっている。そのあたりに泡状のものが広がっている。

「これは脊髄の刺し傷を撮ったものよ。尖ったものがここに刺さったの」

ジェフリーのうなじの一点をサラの指がぐっと押さえた。

「両脚は麻痺していたはず。ここから下がすべて」サラの手は彼女の腰へおりた。「これは人の手によるものよ。転倒でこんな怪我はしない。おそらく凶器は錐やネイルパンチのようなものだろうけど、わたしがそう言ったことは伏せておいて」

ジェフリーは質問を呑みこんだ。サラは次のファイルを開いた。X線写真だ。

「頭蓋骨陥没骨折」クリックして画像を拡大した。

無傷の頭蓋骨がどんな形をしているのかはジェフリーも知っている。陥没の場所は後頭部、多くの男性の髪が抜けはじめるあたりだ。中心から放射状にひびが入っていた。半円の破片が脳にくっついている。

サラはひざまずいてモニターに顔を近づけた。「ここを見て」

ジェフリーもサラの隣にひざまずいた。彼女の指先を目で追うと、骨折箇所の下半分に三日月形の輪郭が認められた。

それがどういうことなのか、サラが断言しないことはわかっていたので、ジェフリーはこう尋ねた。「もっとも妥当な推測は？」

「これは推測じゃない」サラは言った。「ベッキーは後頭部をハンマーで殴られたの」

11

アトランタ

サラは二杯目のスコッチを飲み終えることができなかった。胃がむかむかした。自分でもこの心許なさをどう表現すればいいのかわからなかった。ジェフリーのノート。ジェフリーのファイル。ジェフリーの聞きこみカード。ジェフリーが定規で線を引いた、ハーツデールの色あせた地勢図。テーブルの反対側に座っている彼の亡霊の前で、八年前の彼の言葉を読んだ。驚くほど鮮明に関係者の名前を思い出した。

リトル・ビット。チャック・ゲインズ。トマシナ・ハンフリー。

繊細な文字は、ジェフリーのたくましい外見からはおよそ想像できない。彼は日焼けした長身ハンサムを体現したような男だった。いかにもフットボール選手らしい自信と鋭い知性を併せ持っていた。厳密で明確であることが重視される専門用語だらけの報告書にも、目撃者の供述調書にも、電話の内容の要約にも、彼の人柄が透けて見えた。

螺旋綴じのノートを手に取った。インデックスカードほどの大きさだ。表紙には日付と事件名が書いてある。表紙をめくった。グラント郡警察は規模が小さいので、署長も捜査現場に出た。ジェフリーが担当した事件はすべてメモをとってある。彼は記録魔だった。ノートの最初の十ページほどをめくって、最初の一行を見ていくと——。

〝ハロルド・ナイルズ／強盗。ジーン・ケスラー／バイク窃盗。ピート・ウェイン／チップ窃盗。

八万ドル。〟

そのページには金額のほかになにも書かれていなかった。ジェフリーは金額の下に二重線を引き、丸で囲んでいた。筆圧が強い。ボールペンのペン先がブライユ点字のようなへこみを残している。

この八万ドルがなんの金額なのか、サラはあれこれ考えてみた。強盗の被害額ではない。バイクの金額でもない。では、ジェフリーの私生活に関するものだろうか。家は八万ドル以上かかった。学生ローンはもう少し安かった。クレジットカードの支払残高は、サラが最後に確認したときにはこの金額の五パーセントくらいだった。

サラはほほえんだ。

当時、八万ドルしたものといえばひとつしかなく、それはサラの一台目のZ4だ。ジェフリーに屈辱を与えるために買ったのだ。あの車を見るたびにジェフリーはみじめな顔になったが、それは彼が味わわせてくれたどんなオーガズムよりも強い快感をもたらした。彼はオーガズムに導くのが最高に上手だったけれど。

サラはページをめくった。〝レベッカ・カタリノ／DOA〟

警察の到着時にすでに死亡していたことをあらわすDOAはバツ印で消してあり、〝殺人未遂／性的暴行〟と訂正されていた。

カタリノとトゥロンの事件の捜査中は、ジェフリーとの緊張した関係が少しやわらいだ。何人の女性と寝て何度サラを裏切ったのか、彼は決して正直に言おうとしなかったが、サラはそのことと折り合いをつけられるようになっていた。いつも気持ちの切り替えができるのは家族のおかげだが、あのときもそうだった。ベッキーが発見された日の夜、母親と交わした会話をサラはいまでも覚えている。まだ事故だと考えられていて、本格的な捜査がはじまる前だった。

サラは実家のキッチンのテーブルを前に座っていた。ノートパソコンを開いて、カルテを更新しようとしたのだが、どうにもやる気が起きず、ついにはあきらめてテーブルに突っ伏した。

そばにキャシーが座っていた。サラの両手を取った。母親の手はがさがさしていた。庭いじりもボランティア活動も簡単な修理も、腕まくりが必要なことをなんでもこなす手だ。サラは涙をこらえていた。悲しい事故のために森で見つかったあの女子学生のことで気が立っていた。レナに腹が立っていた。そして、診療所のオフィスで、ジェフリーのすぐそばへ引きずり出され、動揺していた。逆上した元妻そのものという感じで彼と侮辱を投げつけ合ったのを心から恥じていた。

「大事な娘ちゃん」あのとき母は言った。「あなたの恨みをわたしにも背負わせて。重荷を少し分けて、あなたが前に進めるように」

対してサラは、ジェフリーへの恨みは大きすぎてみんなに配れるくらいだと冗談めかして答えたのだが、母親の力強い背中に自分の恨みと悲しみ、屈辱と失望を、そして愛情を背負ってもらうのを思い浮かべると――まだジェフリーを心から愛していることがなによりもつらかったので――それまでの一年間、全身の骨にのしかかっていた重みがほんとうに軽くなったような気がした。

サラはノートから目をあげた。スコッチに口をつけた。目を拭い、手元の作業を再開した。

〝レベッカ・カタリノ／DOA――殺人未遂／性的暴行〟

ジェフリーのメモによれば、彼は森の現場に到着し、ブラッドに非常線を張るよう指示し、レナの報告を聞いた。警官の例に漏れず、省略形を使い、レナをLA、フランクをFWというようにイニシャルで記していた。

余白に電話番号が書いてあった。名前はなく、番号だけだ。彼の浮気相手のものではないかと、サラは反射的に思った。椅子に深く座りなおした。反射的な思いと同時に火花のようにはぜた嫉妬を消そうとした。

ページをめくった。

〝SLと三十分間の話〟

ジェフリーは、ベッキー・カタリノが森に横たわっていた三十分間にこだわっていた。こだわっていたのはサラも同じだ。三十分間は長い。一時間以内にどんな救命措置をほどこされたかで予後が決まるが、その大事な一時間の半分だ。三十分あれば予後が大きく変わっていたかとジェフリーに尋ねられたときは答えをはぐらかした。医学的な見地から言えば、三十秒でも大きく変わっていたかもしれない。悲惨なうえにも悲惨なのが、はっきりした答えはだれにもわからないことだ。

サラはノートを見おろした。自分のイニシャルの下に、トマシナ・ハンフリーの名前があった。

ベッキーとトマシナの事件を並べて見たとたん、サラはあの日の署長室に戻っていた。あのとき、ジェフリーのパソコンにメールが届くのを待っていると、彼がシビル・アダムズとの話を終えて戻ってきた。サラは自分もレイプの被害者であることをもう少しで打ち明けそうになった。トミをつらい聴取から守りたい一心だった。トミの事件はレスリー・トゥロンとは関係ない、ベッキー・カタリノとも関係ないと信じていた。

でも、それは間違いだった。

ページを繰り、いま役に立ちそうな記述を探した。当時のグラント郡の検死官はブロックだったから、検査報告書やその他の所見などはすべて彼が保管しているはずだ。サラの見解はジェフリーがメモに書きとめている。だが、サラはなにを見落としたのか？　ジェフリーはなにを見落としたのか？　ささいな事柄が、証拠のかけらが目の前にあったのに、ふたりには見えていなかった、あるいは無視してしまったせいで、暴力的でサディスティックな殺人犯を逃がしてしまったのか？

サラはジェフリーの妻だった。彼が亡くなったときに財産を相続した。一緒に罪の責任まで相続してしまったらしい。

玄関の鍵穴に鍵が差しこまれる音がした。

サラはノートを閉じた。ファイルをまとめて箱に詰めこんだ。ウィルが部屋に入ってきたときには、立ちあがって彼を迎えることができた。

一瞬のうちに複数のことが見て取れた。彼がシャワーを浴びてきたこと。ジーンズとボタンダウンのシャツに着替えてきたこと。表情がこわばっていること。

難詰する言葉が口から出かかったが、なんとか呑みこんだ。どこにいたの？　なぜ連絡してくれなかったの？　なぜここへ来る前にシャワーを浴びてきたの？　いったいどうなってるの？

ウィルも探りを入れているようだった。視線が室内を動きまわり、手をつけていない夕食とスコッチのボトル、ジェフリーのファイルボックスをとらえた。

爆発すれば大惨事になるのは必至なので、サラは深く息を吸ってゆっくり吐き出して回避した。

「お帰りなさい」

ウィルはひざまずいた。犬たちが駆け寄った。ベティは彼の足元でぴょんぴょん跳ねた。サラのグレーハウンドたちは彼の脚に体をぐいぐいと押しつけた。空気は重く、ふたりともそれぞれ別のプールで溺れかけているような感じがした。

ウィルの中指の関節に擦り傷があった。血がにじみ出ている。

サラは冗談めかして言った。「それ、レナを殴ったからでしょう？」

ウィルは冷蔵庫へ行った。ドアをあけた。棚を覗きこんだ。

いまのサラは彼の沈黙に耐えられそうになかった。答えがあるはずの質問をしてみた。

「どうだった？」

　ウィルは先ほどのサラと似たような深呼吸をした。

「レナはきみが自分をつぶそうとしていると思ってる」

「そのとおりよ」それは正直な気持ちだったが、ただじっと座ってその機会を待っているとレナに思われているのは癪に障った。「ほかには？」

「レナの顔を殴りそうになった。それから、ジャレドに銃を向けそうになった。それから、フェイスの車をさんざん殴った。ああ、それからその前に、ジャレドにぼくらが結婚すると言ってしまった」

　サラは顎に力が入るのを感じた。前半はどう考えても誇張だ。最後の部分は、ウィル流の後ろ向きな求婚の新型だとしたら、ぜんぜんだめだ。「なぜジャレドにそんなことを言ったの？」

　ウィルは冷凍庫をあけた。なかを覗いた。

　サラはくるりと振り向いた。「夜は食べた？」

「家で少し」

　その〝家で〟の言い方が気に入らない。ここが彼の家だ、ふたりの暮らす家だ。「ヨーグルトがあるわ」

「ヨーグルトを盗むなって言ったよね」

　もう我慢できない。「ねえ、ウィル、わたしはヨーグルト警察じゃない。お腹がすいてるのなら、ヨーグルトを食べればいいでしょう」

「アイスクリームがいいな」

「アイスクリームはヨーグルトと違う。栄養的な価値はゼロよ」

ウィルは冷凍庫を閉め、振り返った。

「なに?」サラは尋ねた。「どうしたの?」

「きみは話を先延ばしにしたいんだと思ってた」

サラはウィルを蹴り飛ばしてやりたくなった。「つきあっているはずの相手がなにを考えているのか話してくれないって、ほんとうに腹立たしいんだけど」

「今度はお説教か?」

いまこそまかり間違えば取り返しのつかないことになる。「もうやめましょう」

「なぜメッセージをくれなかったんだ?」

「送ったわ」サラは携帯電話を取った。スクリーンをウィルのほうへ向けた。「三度。でも返信がなかった。携帯の電源を切ってたんでしょ」

ウィルは指で顎をこすった。

「いまはあなたのうなり声とだんまりを受け入れる余裕はないの、ウィル。普通の人間みたいに、ちゃんと話してくれない?」

彼の瞳に怒りがともった。

怒りならサラは怖くなかった。自分もすでに妹と喧嘩している。レナに腹を立てている。フェイスに嘘をつかれたことに傷ついている。それよりも、ジェフリーのことで深く悲しんでいる。自分がグラント郡でなにかを見落としたせいで異常犯罪者を取り逃がしたのではないかと怯え、変なプライドを捨ててまともに求婚してくれさえすれば結婚したい相手と関係を立てなおしたくて、必死になっている。

「喧嘩するか、ファックするか」

「え？」

「あなたが選んで。喧嘩するか、ファックするか」

「サラ――」

サラはウィルのほうへ歩いていった。いつもいつも、先に動かなければならないのは自分だから。彼の肩に両手をかけ、瞳をじっと見つめた。「話していないことを洗いざらいぶちまけて話し合うか、それがいやなら寝室に行くの」

ウィルの顎がこわばったが、隙が見えた。

「ウィル」サラは彼の髪を後ろへ梳かしあげた。肌が熱かった。アフターシェーブローションの軽い香りがした。怒っていても髭を剃ってくれたのだ。サラが無精髭をいやがるのを知っているから。

彼の唇にそっとキスをした。抵抗されなかったので、もう一度キスをしたが、今度はその口でほかにしたいことがあるとはっきり伝えた。

しばらくは、ウィルもいやがっていないようだった。だが、突然、体を離した。彼はサラの顔を見おろした。ふたりとも話すのを恐れていたことがぶくぶくと浮きあがってくるのが、サラには見えた。

また口論になったら耐えられない。サラはふたたびキスをした。彼のシャツのなかに両手をすべりこませ、波打つ筋肉に指を這わせた。耳元でささやく。「シックスティ・ナインをしたい」

ウィルの息が止まった。鼓動の速さが二倍になった。反応した彼自身がサラの脚を押しているのがわかった。

「サラ――」ウィルの声はかすれていた。「やっぱり――」

ウィルの耳をかすめるように唇をつけた。首にキスをしてシャツのボタンをはずしはじめた。ウィルの手が乳房を包んだが、やはり乗り気ではないのが伝わってきた。もう一度、彼の耳に唇を戻した。キスをする代わりに、耳たぶに歯を立てた。

またウィルが息を止めた。

「少し乱暴にしましょう」

今度はウィルもいままでより激しいキスを返した。サラのウエストをつかんだ。サラはそのまま戸棚に押しつけられた。ふたりの体が密着し、ウィルの手が乳房をぎゅっと握りしめた。サラは欲望が心地よく広がっていくのを感じた。

ところが、ウィルはあとずさった。

腕をのばしてサラを押さえた。「ごめん。これが限界だ」

サラはかぶりを振った。「どうしたの？」

「きみはぼくを限界に追いやったよ、サラ。もう終わりだ」

「いったい――」サラはウィルの後ろ姿に向かって言った。すでに彼は立ち去ろうとしていた。「ウィル」

玄関のドアが閉まった。

サラはキッチンを見まわし、たったいま起きたことを頭のなかで再現した。

限界ってなに？

もう終わりだ、とはどういう意味？

サラはシャツのボタンをとめようとした。指が思うように動かなかった。ウィルはからかっているのだ、駆け引きをしているのだ。たぶんドアの反対側で待っている、サラが追いかけてくるのを待っている。こんなことは前にもあった。サラが限界に達したときに。あのときはサラのほうが隠しごとをしたウィルに、ぬけぬけと嘘をついたウィルに激怒したのだ。消えてと言い放ったら、彼は立ち去ったけれど、ドアをあけたら彼は通路に座ってサラを待っていた。そして言った——。

ぼくはきみから離れない。

サラは両手で顔をこすった。わたしだってウィルから離れない。いま解放されるわけにはいかない。なんとしても修復しなければ。そのために拗ねた大の男に謝らなければならないのなら、拗ねた大の男に謝るまでだ。

ドアへ歩いていき、勢いよくあけた。

通路にはだれもいなかった。

12

グラント郡
水曜日

カイリー・ピアースがレベッカ・カタリノとシェアしていた寮で、ジェフリーは彼女と向き合って座っていた。直感に耳を貸さなかった自分を蹴りつけている場合ではなかった。カタリノの事件はたった二十四時間のあいだに、DOAから事故へ、そして殺人未遂および性的暴行事件に変化した。いま必要なものは事実だ。いままで自分たちがしてきたのは形だけの捜査だ。認めたくないことだが、それは真実だった。

犯人はずっとカタリノを狙っていた。使う予定のないハンマーを持ち歩く者はいない。カタリノは、暴行が目的の人物にキャンパス付近あるいは森に入るあたりから尾行されていたはずだ。

そして今度は、ジェフリー自身の部下がひとりで帰したレスリー・トゥロンが姿を消し、拉致が疑われている。

ジェフリーに残された道はたったひとつ、最初からやりなおすことだった。

「なにを話せばいいのかわかんないんですけど？」カイリーには、質問に答えるのではなく質問をするかのようにいちいち語尾をあげる癖があった。

「うちの署員に話を聞かせてくれたのは知ってるよ。でも、もう一度だけ昨日の朝のできごとを話してくれないか。思い出せることがあれば、ほんとうに助かるんだ」

カイリーはかかとの剝けかけた皮をいじった。ブルーのシルクのパジャマを着ている。手首の内側には漢字のタトゥー。ブロンドのショートヘアは、寝癖でくしゃくしゃだ。

「このあいだも言ったけど、あたしは眠ってたんですよね？」

ジェフリーはノートを見おろした。カイリーに、きみの友達は暴行を受けたと告げるべきかどうか思案した。直感に従うことにした。いわく、カイリーに話したとたん、証人としての彼女の価値は暴落する。彼女はどんなことも自分に引き寄せるたちのようだった。意外ではない。まだこの年齢では、世界を自分のレンズを通して見ることしかできない。

ジェフリーはカイリーに言った。「つづけて」

「ベッキーはあたしたちにめちゃくちゃ怒ってたんですよね？　あたしたちみんなに？それで、すごい勢いでわめきだして、ものを投げたりひっくり返したり？」

キッチンは大変な散らかりようだったが、ゴミ箱が蹴り倒されたことは見て取れた。プラスチックがへこみ、床にこぼれたゴミからぬるぬるしたものが流れ出ている。蹴られずにすんだのは、冷蔵庫のそばの黄褐色の革のリュックだけのようだった。

「ベッキーはなぜそんなに怒っていたんだ？」

「さあ」カイリーは肩をすくめたが、ジェフリーの見たところ、彼女はベッキーの怒った理由だけでなく、だれに対して怒っていたのかわかっているらしい。「あたしの部屋のドアを蹴ってあけたんですよ？　それで、あたしたちのことが大嫌いみたいな感じで〝くそビッチ〟ってどなってて？　だから、あたしはあの子の部屋まで追いかけていって、なにを怒ってるのか訊いたんですよ？　でも教えてくれなくて？」

「ベッキーの部屋は廊下の突き当たりだね？」

「はい」ようやくカイリーも普通の答え方ができるようになった。「入学したときに、みんなあの部屋がいちばん狭いのを知って、ちょっと揉めるかもしれないって覚悟したんですけど、ベッキーが〝あたしはあの部屋でいいよ〟って言ってくれて、それでみんな仲よくなれたんです」

「彼女はだれかとつきあってたのかな？」

「夏にガールフレンドと別れた？　でも、そのあとはだれともつきあってませんでした。デートもしてなかった。うちの学校って、ばかばっかり？」

「ストーカーはいなかった？」

「まさか。ベッキーはバーには行かないし、ぜんぜん遊ばないんですよ？」カイリーは髪が飛んでいきそうなほど激しくかぶりを振った。「だれかが、えっと、ストーカーしてたら、あたしすぐに警察に相談します。本物の警察にね。キャンパスのおまわりさんもどきじゃなくて」

その違いをわかってくれてありがたいと、ジェフリーは思った。「危険を感じているような話はしていなかったか？　もしくは、だれかに見張られているような気がするとか」

「嘘っ、だれかに見張られてたの？」カイリーはキッチンのなかやドアロ、廊下を見まわした。「もしかしてあたしもやばい？　あたしも危険みたいな？」

「いまのは一応の確認だ。事情聴取でかならず尋ねることなんだ」ジェフリーはカイリーがそわそわするのを見ていた。一時間もすれば、キャンパスじゅうの女子学生がひとり残らず自分もやばいのかと尋ねまわることになるだろう。「カイリー、昨日の朝の話に戻ろう。きみが部屋まで追いかけていったら、ベッキーはなんて言った？」

「えっと、スニーカーを履きながら？　えっと、あの子はよく走りに行くんだけど、超朝早かったじゃないですか？　だからヴァネッサが〝レイプ時に出かけないほうがいい〟って言って、あのときは笑えたんですけど、いまはほんとに心配。だってベッキーは入院してるし？　あと、お父さんのジェラルドから今朝電話がかかってきて、泣いちゃってたからすごくつらくて。だって自分の父親が泣いたところも見たことないし、だからあの人が泣いてるのを聞いてると、こっちも悲しくなっちゃって？」カイリーは目をごしごしとこすったが、その目に涙はなかった。「先生たちに、今週は講義を休ませてくださいってお願いしたんです。なにがあるかわかんないですよね？　ベッキーはジョギングしてただけなのに、頭を打って、危うく命拾いして――どうなるんだろ？　でもほんとに悲しいです。もし自分だったらと思ったら、ベッドから出られなくなっちゃった。あたしもジョギング好きだし」

ジェフリーはノートを前のページに戻した。「デニーシャから聞いたが、ベッキーは前の晩を図書館で過ごしたそうだね」

「いつもですよ。あの子、奨学金を取り消されるのをすごく心配してて？」カイリーはテーブルのティッシュの箱からひとつかみティッシュを取った。「あの子、いつもお金の話をしてたんです。いつもですよ？　普通、そんなにお金の話ってしないじゃないですか？」

ジェフリーもよく聞いたことのある考え方だ。シラコーガで育ったジェフリーは、自分の家が貧しいのを知っていたが、貧しさの逆とはどういうものか思い知ったのは、オーバーン大学に入学した初日だった。

「あれはベッキーのリュックか？」

カイリーはキッチンの奥を見やった。「そうですけど？」

ジェフリーはノートをポケットにしまった。キッチンに入った。ヨーグルトの空き容器やポップコーンの空き袋をまたがなければならなかった。リュックは上等な革で、フラップにイニシャルのＢＣのモノグラムがついていた。卒業祝いのプレゼントだろう。貧しい学生はこういうものに金をかけたりしない。

カウンターの狭い空きスペースに、リュックの中身を慎重に並べた。ペン数本。鉛筆数本。レポート。印刷物。課題。古い機種の折りたたみ式携帯電話。電話を開いてみた。電池は切れかけている。着信はない。履歴は消去されていた。連絡先を確かめた。パパ。ダリル。デニーシャ。

「ダリルとはだれだ？」

「キャンパスのそばに住んでる人？」カイリーは肩をすくめた。「みんな知ってますけど？　前はここの学生だったけど、二年前に退学したんだって。えっと、プロのスケートボーダーを目指すとか?」

「ラストネームはないのか?」

「えっと、そりゃあると思いますけど、知らない?」

ジェフリーは螺旋綴じのノートにダリルの電話番号を書きとめた。電話の通話記録が証拠になるかもしれない。本来なら昨日レナがルームメイトに聴取してやっておくべきことだったのに。

もう一度リュックのなかに手を入れた。有機化学の教科書、テキスタイルの教科書、科学における倫理の教科書が出てきた。ノートパソコンは重さから判断すると新しい機種だ。開いてみると、モニターには〝Rカタリノ化学最終.doc〟というファイル名のレポートが現れた。

レポートに目を通すと、ジェフリーも大学時代にさんざん書いたような衒学的で退屈なものだった。

ジェフリーは目をあげてカイリーを見た。彼女はあいかわらずかかとの皮をむしっている。

「こっちへ来て、なにかなくなっているものがあれば教えてくれないか?」

カイリーは大儀そうにソファから立ちあがった。大股でキッチンへ歩いてきた。教科書やレポートを一瞥し、ジェフリーに言った。「なにもなくなってないみたい? だけど、ベッドのそばにバナナクリップがあるはずなんですけど?」

「バナナクリップ?」

「ほら、髪につけるやつ?」

ジェフリーは直感が信号を送ってきたのを感じた。トゥロンはヘアバンドをなくして、ベッキー・カタリノはヘアクリップをなくしていた。

カイリーを誘導するような訊き方は禁物だ。「いまもベッドのそばにあるのかな?」

「いいえ、だから言ったじゃないですか?」カイリーはとまどうような顔をした。「ベッキーがバナナクリップをなくしたって? みんなで捜したけど、見つからないって? あの婦人警官に話しましたけど?」

署に婦人警官はひとりしかいない。「アダムズ巡査かな?」

「ええ、あの人にベッキーのバナナクリップのことは言いました、ママからもらったやつで、いつもナイトテーブルに置いてあるのになくなってて、最初ベッキーはあたしのせいにして怒ってたけど、あたしじゃないってわかってくれて、だってあたしはそんな大事なものを盗ったりしないし、だっていつもベッキーがママから最後にもらったものだって、最初は借りるだけのはずが、ママが亡くなったから自分のものになったって言ってて?」

ジェフリーは切れ目のない言葉を頭のなかで区切ってみた。「アダムズ巡査に、ベッキーがバナナクリップをなくしたことを伝えた?」

「はい」

今度はジェフリーのほうが語尾をあげる不愉快なしゃべり方になった。「そのクリップはベッキーのお母さんのものだった?」

「はい」

「で、ベッキーはいつもそれをナイトテーブルに置いていた？」

「はい」

「だけど、あの日の朝、クリップを使おうとしたらナイトテーブルになかった？」

「そうです」

「ベッキーの部屋を見せてくれるかな？」

カイリーは先に立って廊下を歩いていった。ジェフリーは、寮のなかに染みついている大麻と汗とセックスのにおいに気づかないふりをした。どのベッドも乱れたままだ。床のあちこちに脱ぎ捨てた服が落ちている。水パイプと下着と使用済みのコンドームがゴミ箱のまわりに散乱しているのが見えた。

「ここです」カイリーは廊下の突き当たりにある部屋の前で立ち止まった。「あたしたち、もう捜しましたよ？　病院に持っていってあげようと思って？　でも見つからなくて？」

ジェフリーは室内を見まわした。ベッキーの部屋も散らかっていたが、ほかの部屋にくらべればずいぶんましだった。ナイトテーブルが見えた。水のコップ。ランプ。押し開いてあるせいで背が折れている詩集。ジェフリーは思わず本を閉じたくなったが、我慢した。両手と両膝をついた。ナイトテーブルの下にはなにもない。ベッドの下を覗いた。靴下が片方。ブラジャー。綿埃（わたぼこり）と、予想どおりの塵。

「ベッキーはレスリー・トゥロンの知り合いかな？」

「行方不明の？」カイリーは眉間に皺を寄せた。「知り合いじゃないと思いますけど？　だって、レスリーは年上？　えっと、もうすぐ卒業するんでしょう？」

「図書館でたまたま会ったことはないのか?」

「あるかも?　でも、すごく広いんですよ?」

携帯電話が鳴った。ジェフリーは発信者を見て、悪態をつきたいのをこらえた。母親から電話がかかってきたのはこれで四度目だ。今日四杯目の酒を舐めながら、ひとり息子が冷淡な人でなしである不幸を嘆いているのだろう。

ジェフリーは呼び出し音を切った。

「署長？」レナが廊下にいた。「寮内でもう一度聞きこみをしました。新たになにか思い出した学生はいません」

ジェフリーは立ちあがった。ズボンの下半分が埃まみれになっていたので、ごしごしとこすって払った。「署に戻るぞ」

レナは脇へどいてジェフリーを通した。ジェフリーはカイリーに名刺を渡しておいた。ルームメイトが事故の被害者ではないと知ったら電話をかけてくるかもしれない。すでに噂はキャンパスに広がっているだろう。だれかがしかるべき人物にうっかり口をすべらせてくれないだろうか。現時点では、それくらいしか解決の糸口がなさそうだから。

ジェフリーは中央の通路でブラッドの姿を捜した。彼も二度目の聞きこみをしているはずだった。やがて、ブラッドはだれかの部屋から出てきた。「カタリノのリュックがキッチンにある。中身をすべて記録しろ」

「はい、署長」

ジェフリーはノートを出した。ダリルという人物に電話をかけた。呼び出し音が一度だけ鳴り、この電話番号は現在使われていないというアナウンスが流れた。

ジェフリーは携帯電話をじっと見つめたが、それでなにかがわかるわけもない。電話番号に間違いがないか二度確かめた。もう一度かけてみたが、やはり同じアナウンスが流れた。この電話番号は使われていない。

レナが尋ねた。「どうしたんですか、署長？」

ジェフリーはエレベーターの前を通り過ぎて階段をおりた。ダリルの番号が使われなくなった理由はいくらでも考えられる。ほとんどの学生は経済的な余裕がない。一方、プリペイド携帯は普及している。だが、通話料を払わなければ使えなくなる。

それでも、このタイミングでつながらないことが気になる。

外に出て、捜査班の者たちのあいだを歩いていくと、レナが小走りについてきた。「車はむこうにあるんですか？」

「そうだ」ジェフリーはわざと大股で歩き、レナを急がせた。「ベッキー・カタリノのリュックは調べたか？」

「調べて――」レナの顔つきが答えになっていた。「事故だった、というかあの時点では事故だと見られていたので――」

「現場で二十四時間前に、事故であってもつねに事件の可能性を考えて行動しろと教えたばかりだろう。違うか？」いまはレナの言い訳を聞きたくなかった。「ヘアクリップの件は？」

「ヘアクリップ――」

「ヘアクリップがなくなった件は、おれに伝えるべきだと思わなかったのか?」

「あの——」

「正式な報告書にも書いてなかったぞ、レナ。ノートにはメモしてあるのか?」

レナはあたふたとシャツのボタンのポケットをはずした。

「あとで書き足してはだめだ。怪しまれる」

「怪しまれるって——」

「今回の件は訴訟騒ぎになる。きみはそれをわかっているのか?」学生の集団が近づいてきたので、ジェフリーは声をひそめた。「レベッカ・カタリノは三十分間、あそこに放置されていた。そのあいだおれたちはばかみたいに突っ立ってただけだ。きみは判事の前で聖書に手を置いて、彼女を発見した瞬間から、自分にできることはすべてやりつくしたと証言できるか?」

レナは賢明にも黙っていた。

「おれもそう思う」

ジェフリーは警備員詰所のドアをぐいと引いた。

チャック・ゲインズはサイズ十二の両足をデスクにのせていた。リンゴを食べながら、コメディドラマ『ジ・オフィス』を観ている。ジェフリーは、この男が勤務中にトイレとランチ以外に席を立つのを見たことがない。ジェフリーが詰所に入っていっても、立ちあがって迎えることすらしなかった。

「ダリル」ジェフリーは、レベッカ・カタリノの携帯電話に残っていた名前を言った。

「以前、ここの学生だった。ラストネームを知りたい」

チャックは口に入れたリンゴを片頬に寄せた。「それだけじゃわからないな、署長」

「スケートボードをやってる。二十代なかば。二年前に退学した」

「ここに学生が何人――」

ジェフリーはデスクにのったチャックの足を蹴り、リンゴを払い落とした。それから、椅子ごと背後の壁に押しつけ、顔と顔を近づけた。「質問に答えろ」

「落ち着けよ」チャックは降参のしるしに両手をあげた。「ダリルだって？」

ジェフリーは一歩あとずさった。「スケートボードをやってる。二年前に退学した。キャンパスでは知られた顔らしい」

「ダリルってやつは知らないが――」チャックは椅子に座ったままアヒル歩きでデスクの前へ戻った。抽斗からカードの束を取り出した。「このなかになにかあるかもしれん」

ジェフリーも聞きこみに似たようなメモカードを使い、署に保管してある。警官ならだれでも、疑わしいけれど公式な報告書に記述するまでもない人物の名前や特徴などを書きこんだカードの束を持っている。

「さて、見てみよう」チャックはカードを束ねた輪ゴムをはずした。どれもチャックが書いたものではなかった。実際にキャンパスをパトロールしている部下たちに書かせたものだ。カードをめくり、目当てのものを見つけた。「あった。図書館のそばでしょっちゅうスケートボードをやってたばか野郎がいたんだ。階段の金属の手すりをだめにしやがった。ほかの学生たちより年上で、たぶん二十代後半だ。茶色い長髪。いつも女子学生をじろじろ見ていた。若いほうが好みだったようだが、そりゃそうだよな？　名前はない。カードには、リトル・ビットと呼ばれていると書いてある。ケチな大麻の売人だ。ハードなやつは専門外らしい」

　レベッカ・カタリノは大学生だ。部屋でマリファナのにおいがしたが、意外でもなんでもない。ダリルからマリファナを買っていたのだとすれば、プリペイド式携帯電話が通じなくなったのもうなずける。売人はしょっちゅう電話番号を変えるからだ。

　ジェフリーはチャックからカードを受け取った。リトル・ビット。スケートボーダー。二十代後半。大麻の売人。いま聞いたとおりのことが書いてあった。

　チャックは椅子を転がし、部屋の隅に落ちているリンゴを拾いに行った。リンゴを歯で挟み、両手でデスクをつかんで椅子を引き戻した。「用件はそれだけか、署長？」

　ジェフリーはもうひとつの名前をあげてみた。「トマシナ・ハンフリー」

　チャックの顔つきから、その名前を知っていることが見て取れた。「あの子か」

「そう、あの子だ。なにか知っていることはあるか？」

　チャックははじめてレナに目をやった。それから、顔をそむけた。「噂を聞いただけだ。急にいなくなったらしい。学生たちは、いつものようにあることないこと噂していた。カルトに入ったとか、自殺未遂をしたとか。ほんとうのことなどだれも知らんよ」

　チャックは知っているのではないかとジェフリーは思ったが、今日はもうこの男に一度恥をかかせている。この先も彼の協力が必要になることもあるだろう。最低限の尊厳は残しておいてやらなければならない。「ハンフリーの連絡先はわかるか？」

「たぶんわかる」チャックはパソコンのキーを叩いた。まっさらなカードを取り出した。それに住所と電話番号を記した。「最後に成績証明書を送った住所だ。いまもここに住んでいるのかどうかは知らんぞ」

見ると、アヴォンデールの住所が書いてあった。サラに聞いた話と矛盾しない。トミは子どものころサラのクリニックの患者だった。だから、シビル・アダムズがサラに助けを求めたのだ。

チャックはふたたびリンゴをかじった。「今度は〝お願いします〟と言えよ」

ジェフリーはカードを上着のポケットに入れて外に出た。

レナがかまってほしい子犬のようについてきた。

「署長」

ジェフリーがいきなり立ち止まったので、レナはぶつかった。「未解決のレイプの届け出を調べろと指示したが、どうなった？」

「ほかの郡には要請しました。今日の夕方までにはメールが届くはずです。グラント郡ではたった十二件だけでした」

「たった十二件だけ」ジェフリーは繰り返した。「十二人の被害者女性がいるんだぞ、レナ。十二人の人生が、取り返しのつかないほど変えられてしまったんだ。二度と〝たった十二件だけ〟とは言わないでくれ」

「わかりました」

「ここは大学町だ。毎年このキャンパスに何千人もの女子学生が出入りする。その全員が嘘つきだと本気で思うのか？　みんな適当な男と寝てそれを後悔している、だから警官として彼女たちを助けなくていいと、きみは思うのか？」

「署長——」

「レベッカ・カタリノの医療カルテの開示を請求したから、あとはまかせたぞ。今回のことは公にしなければならない。ボニータ・トゥロンが署に到着したら知らせろ。できるだけ早いうちに会って話をしたい。レベッカ・カタリノの件はおれから伝える」

「わかりました、署長、でも——」レナは〝でも〟の先になんと言うか少し考えた。「事故ではなかったことをいつ発表するんですか？」

「おれがいまだと思ったときだ。ノートを出してメモを取れ」

レナはあわててポケットを探った。

ジェフリーは待たずに指示した。「カタリノのルームメイトに、ヘアクリップをつけた彼女の写真がないか尋ねろ。レスリー・トゥロンについても同様にしろ。トゥロンはヘアバンドをなくしている。写真があるかもしれない。次に、ダリル・リトル・ビットだかなんだか知らないが、そいつを捜せ。マリファナ売買は相当な理由になるから、自宅を捜査しろ。マリファナが見つかったら逮捕するんだ。見つからなければ、任意同行を求めろ。それから、近隣三郡のレイプ事件の報告書をまとめるまでは、今夜は家に帰れないからな。終わりしだい、おれのデスクに提出しろ。いいな？」

「わかりました」

ジェフリーは職員駐車場にとめた車へ向かった。また携帯電話が鳴りだした。母親だった。いまごろボトルの中身はずいぶん減っていることだろう。ジェフリーはもう一度、呼び出し音を切った。車に乗りこんだ。ギアをリバースに入れ、駐車スペースから出した。アヴォンデールへ向かいながら、次の行動を考えた。レベッカ・カタリノが暴行事件の被害者だったことを公表しなければならない。そうすれば、大学じゅうに衝撃が広がるだろう。そのほうがいい。異常者が無防備な女性をハンマーで襲っているのだから。

「やめろ」ジェフリーはつぶやいた。想像しているうちに、カタリノの胸骨の折れる音を思い出してしまった。他人の頭蓋骨にハンマーをめりこませることなど、自分にはとてもできそうにない。

両手を振って、あの感覚を追い払った。

数時間以内に、レスリー・トゥロンの母親が警察署へ到着する。彼女に尋ねられることには正直に答えたい。リトル・ビットというスケートボーダーも早く見つけなければならない。その男がキャンパスで大麻を売りさばいていて、レベッカ・カタリノの携帯電話に登録されていたダリルと同一人物なら、彼女は顧客だった可能性が高い。ダリルを容疑者と確定するか、それとも除外するか、判断するのは最優先事項だ。

最後に、レナ・アダムズだ。彼女が収集した情報はひとつ残らず検証が必要だ。ジェフリーに言わせれば、彼女の補助輪は完全にはずれた。リアルタイムでまっとうな仕事をしてみせる気がないのなら、荷物をまとめさせるしかない。

携帯電話が鳴りはじめた。またもや母親だ。飲みすぎているのは明らかだ。でも、母親を責めることはできない。できそこないの息子だから。くそっ、できそこないの署長、できそこないの指導者、できそこないの夫だ。

自分の失態をくよくよ考えているうちに、人口四千三百八人のアヴォンデール市内に入ることを示す看板を通過した。チャックにもらった住所を確認した。本来ならハンフリー家がいまでも同じ住所に住んでいるかあらかじめ調べておくべきだが、結局は必要なかった。家の正面にとまっている車をひと目見て、トミがここにいることがわかった。

サラの銀色のＺ４が郵便受けの前にとまっていた。いい天気なので、ルーフは全開にしてあった。

「ちくしょう」ジェフリーは八万ドルのスポーツカーの後ろに車をとめた。しばらく座ったまま苛立ちを呑みこんだ。せいぜいダサい南部の成金オタクらしく、ドリー・パートンを大音量でかけながらルーフを全開にして走りまわればいい。

ジェフリーはノートを開いた。ここへ来るあいだ考えたやることリストを書きこんだ。ジェフリー自身、メモの取り方にもっと慎重にならなければならない。いつもレナとブラッドには、なにかあったときにつけこまれないようにしろと指導している。こんなふうに考えたくないが、ジェラルド・カタリノが本気で訴訟を考えているのなら、ジェフリーこそつけこまれないようにしておく必要がある。

ノートを閉じてペンをポケットに差し、車を降りた。ハンフリー家を見あげた。アヴォンデールはかつて鉄道の保全拠点だったころにブルーカラーの労働者が集まってきた。やがて彼らは堅実な中産階級になり、立ち並ぶ住宅もその変化を反映した。四面とも煉瓦の壁。アルミ枠のはまった窓。コンクリートの私道。すべて一九七五年には最新の便利な設備だった。

ハンフリー家の外観はそのころから少しも変わっていないようだった。白い塗料は黄ばんでいたが、はげかかってはいない。私道の車は古いモデルのミニバンだ。玄関のドアはつややかな黒。

ジェフリーが一度ノックをしたと同時に、ドアが開いた。

出てきた女性は硬い表情をしていた。ジェフリーより少し年上のようだが、髪は完全に灰色になっていた。カールした髪はごく短くカットしてある。目は黒いくまに縁取られていた。前身頃にファスナーのついたハウスドレスを着ている。彼女のまなざしに、ジェフリーは申し訳ないような気持ちになった。たぶんサラに会えば、もっと気が滅入りそうだ。

「ミセス・ハンフリーですね？」

彼女は私道を見まわし、通りをうかがった。「ブルーのフォードのトラックを見かけなかった？」

「いいえ」

「夫が帰ってきたら、すぐに出ていって。あの人はトミを苦しませたくないの。いい？」

「わかりました」

ミセス・ハンフリーは、やっと通れる程度にドアをあけた。「あの子たちは裏庭にいるわ。どうぞ、急いで」

家に入ると、予想どおりの長方形を小さな部屋に区切った造りで、中央をまっすぐに貫く廊下があった。ジェフリーは壁にかかった写真をさっと眺めた。トミ・ハンフリーはひとりっ子らしい。どの写真にも、友人たちに囲まれて幸せそうな娘が写っていた。マーチングバンドではフルートを担当していた。科学コンテストにも何度か出場している。犬を何頭か飼ったあとに猫を一匹飼い、プロムにエスコートしてくれるボーイフレンドがいた。最後の数枚はグラント大学の寮の前で撮ったとおぼしき写真で、引っ越しの段ボール箱を抱えている。

それ以降の写真はなかった。

ジェフリーはガラスの引き戸をあけた。ピクニックテーブルを前に、サラが痛々しいほど痩せた若い女性と座っていた。真っ白な肌。髪はいま、黒くて短い。トミ・ハンフリーは二十代前半のはずだが、もっと年上に見えると同時に幼い感じがした。煙草を吸っている。数メートル離れていても、彼女の手がぶるぶる震えているのが見て取れた。

サラはジェフリーを見ても驚かず、トミに言った。「ジェフリーよ」

トミはわずかに首を巡らせたが、ジェフリーのほうを見ようとはしなかった。

ジェフリーはサラの合図で動いた。彼女はテーブルの反対側の椅子を指し示した。指示されたベンチにジェフリーは座った。両手は膝に置いた。職務上、レイプの被害者の事情聴取は何度も経験している。最初に学んだのは、被害者の反応はさまざまだということだ。怒りを抱えている人もいる。一時的に記憶を失う人もいる。復讐を望む人もいる。ほとんどは、一刻も早く帰りたがる。少数だが、被害にあったときのことを笑いながら話す人もいる。そのような予測のつかない感情の動きは帰還兵にも見られるものだと、あるときジェフリーは気づいた。トラウマはトラウマだ。反応には個人差がある。

サラはジェフリーに話を聞かせるつもりだが、視線はトミのほうを向いていた。「ね、あなたがいま話してくれたことはとても重要なの。ジェフリーに話してくれる？」

ジェフリーはテーブルの下で両手を握り合わせた。いまはじっと耳を傾けること以外になにもしてはいけない。

サラは言った。「わたしが彼に伝えてもいいのよ、そのほうが楽だったら。そうしてもいいって、さっき言ってくれたよね。あなたがいちばん楽な方法で話しましょう」

トミは吸い殻でいっぱいの灰皿の端で煙草の灰を落とした。チェーンスモーカーらしく、ぜいぜいという呼吸の音が聞こえた。ジェフリーは、廊下に並んでいた写真を思い浮かべた。原子爆弾を引き合いに出したサラは正しかった。暴行を受ける前のトミは潑剌として、友人に囲まれて幸せだった。いまの彼女は、以前の彼女の暗い影のようだ。

「わたしたちに早く帰ってほしかったら、そうするわ。だけど、あなたの言葉でジェフリーに話してくれると助かるの。わたしの命を賭けて約束する、あなたは安全よ。ここでする話は公にはならない。あなたは証言をしなくてもいい。ここで話したことは絶対にだれにも知らせない。わかった？」

いまのはジェフリーに向けられた質問だ。ジェフリーはなかなか答えられなかった。同意できないからではなく、いまこの瞬間に間違ったことを言えば、この女性をもう一度傷つけることになるからだ。

思いきって言えることはひとことだけだった。「わかった」

深々と煙を吸いこんだトミの胸がふくらんだ。彼女はしばらく煙を肺にとどめた。ようやく顔をあげた。だが、あいかわらずジェフリーと目を合わせなかった。視線はジェフリーの後ろのどこかを見ている。口から煙が漏れた。「二年生のときだった」

そっけない口調だった。過去形で自分のことを語るその口ぶりには、なにかが決定的に終わったような感じがあった。

「キャンパスのジムから歩いて帰るところだった。何時ごろだったかはわからない。暗くなってた」トミは煙草をくわえた。指先がニコチンに染まっているのがジェフリーには見えた。「後ろで音がした。男がわたしの頭になにかを振りおろした。それがなにかは見えなかった。なにか固いもの。わたしは驚いた。男に捕まえられた。男はわたしをバンに引きずっていった。なにかを飲ませようとした」

ジェフリーはいつのまにか身を乗り出し、耳を澄ませていた。

「わたしはむせた。咳きこんで吐き出した」トミは首に触れた。「瓶に入ってた。液体が」

ジェフリーは、トミの頬を涙が伝い落ちるのを見ていた。ハンカチを取り出そうとしたが、サラが袖からティッシュを引っぱり出した。

トミは涙を拭かなかった。ティッシュをきつく握りしめた。

「ゲータレードだった。それか、別のスポーツドリンク。青いやつ。首にこぼれて、べとべとした」

ジェフリーは、首のその部分に触れる彼女の指がわなないていることに気づいた。

「わたしが吐き出したから、男はすごく怒った。頭の後ろを殴られた。抵抗するなと言われた。抵抗しなかった」

トミはパックから新しい煙草を出し、いままで吸っていた煙草で火をつけようとした。両手がひどく震えて煙草の先端を触れ合わせるのも難しそうだった。火がくすぶっている煙草をくわえた。

「気がついたら森のなかだった。目が覚めたら森だった。たぶん、ゲータレードを少し飲んでしまったんだと思う。それで気を失った。しばらくして目を覚ました。男がそばに座ってた。待ってた。わたしが目を覚ましたことに気づいた。わたしの口を手でふさいだけど、わたしは声も出なかった」

トミはもう一度、煙を吸いこんだ。しばらく肺にため、言葉と一緒に吐き出した。「動くなと言われた。動いてはいけない。麻痺しているふりをしろと言われた」

ジェフリーは、自分の唇が開くのを感じた。あたりに漂うニコチンの味が舌を刺した。

「なにかを持ってた。編み針みたいなもの。わたしの首に当てていた。言うことを聞かなければ、一生麻痺させると言った」

ジェフリーの目がサラの目と合った。彼女の表情は読み取れなかった。サラは存在を消そうとしているかのようだった。

「わたしはじっとしていた。両腕は体の脇におろした。脚は無理やりまっすぐにのばした。目を閉じるなと言われた。目を閉じなかった。こっちを見るなと言われた。見ないようにした。暗かった。なにも見えなかった。なにもわからなくて……引き裂かれるような感覚だけがあった。ずたずたに」

煙草が唇からぶらさがっていた。煙が顔を取り巻いた。

「しばらくして終わった。男はわたしを拭いた。焼けつくように痛かった。切れていたから。血も出ていた。男はわたしの顔も拭いた。両手も。わたしは黙ってた。じっとしてた。麻痺しているふりをつづけた。男はわたしに服を着せた。シャツのボタンをはめた。下着をはかせた。ジーンズのファスナーを閉めた。だれかに言ったら、ほかの人にも同じことをすると言った。わたしが黙っていたら、なにもしないと」

サラは顔を伏せた。目を閉じていた。

「わたしは男を見ないようにした」トミは言った。「顔を見なければ逃がしてくれると思ったから。そうしたら、逃がしてくれた。わたしを森に置き去りにしていなくなった。わたしは仰向けに倒れていた。動けなかった。そのままそこにいた。麻痺してるふりをしろと言われた。ずっと麻痺していた。息をしていたのかわからない。自分は死んだと思った。死にたかった。これで終わり。あのときの話はこれで全部」

ジェフリーはまだサラを見ていた。訊きたいことがあったが、訊き方がわからなかった。サラが息を吸った。目をあけて尋ねた。「トミ、バンの色とか、なにか特徴は覚えてる？」

「覚えてない」しばらくして、トミは言った。「黒っぽかった。バンの色は黒っぽかった」

「森のどのへんに置き去りにされたか、だいたいの位置は覚えてる？」

「いいえ」トミは煙草の灰をとんとんと落とした。「いつ立ちあがったのかも覚えてない。キャンパスに歩いて帰ったのも覚えてない。覚えてるのは、生理がはじまったと思ったことだけ。よかったって思ったの、だって……」

生理が来てよかったと思った理由を説明する必要はなかった。

サラは浅く息を吸いこんだ。「拭いたときになにを使っていたか覚えてる？」

「タオル。漂白剤みたいなにおいがした。毛が――」トミは煙草を見おろした。「そこの毛の色が薄くなってた」

「タオルは男が持って帰ったの？」

「全部持って帰った」

サラはジェフリーを見た。ほかに訊きたいことがあれば、いましかない。「トミ、ジェフリーがもう少し訊きたいことがあるんだけど、大丈夫？　あと少しだけ」

彼女の言いたいことはジェフリーに明確に伝わった。ジェフリーはできるだけ穏やかに尋ねた。「そのときより前に、だれかに見張られているような気がしたことはあるかな？」

トミは灰皿で煙草を揉み消した。「もうひとりの自分はよく思い出せない。以前の自分は。わたしは――いまはもう、わたしはあの人間を知らない。どんな人間だったのかも覚えてない」

「わかった」ジェフリーは家の裏面を見やった。キッチンのシンクのそばにトミの母親が立っているのが見えた。こわばった顔で、三人の様子を注意深く見守っている。「そのころ、なにかなくさなかったかな？　身につけるものとか――」

トミはぎくりとしたようにジェフリーの目を見た。

「もし覚えていたら――」

いきなり裏口のドアがあいた。作業服姿の大柄な男がドア口に立ちふさがっていた。レンチを握りしめている。

ジェフリーが銃に手をかけて立ちあがりかけると、男は声を発した。

「いったいなにをしている?」男は問いただした。「娘から離れろ」

「ミスター・ハンフリー――」

サラはジェフリーの手をつかんだ。その手のおかげで、ジェフリーはわれに返った。

「だれだ、おまえは?」ハンフリーは階段をおりてきた。「なぜ娘を泣かせてるんだ?」

「警察です」

「警察なんかいらん」ハンフリーはレンチを振りまわして庭を歩いてきた。「プライベートなことだ。娘に話しかけることは許さん」

ジェフリーはトミに目を戻した。彼女は周囲が見えていないかのように、また新しい煙草に火をつけようとしていた。

「出ていけ、くそ野郎」ハンフリーはどんどん歩いてきた。

ジェフリーはハンフリーがレンチで殴りかかってくるのを待っていた。どう見ても、この男は家族を怖がらせている。妻は彼を恐れている。娘はすでに壊れている。

「ジェフ」サラの手がジェフリーの手を強く握った。「行きましょう」

ジェフリーは不本意ながらサラに導かれて家の脇へ向かった。前庭にたどり着いたときには、引き返す方法を考えていた。

「やめて」サラは犬をリードで制止するように、ジェフリーの手をぐいと引いた。「出しゃばってもなんにもならない。事態を悪くするだけよ」

「あの男は――」

「傷ついているの。娘を守ろうとしている。やり方は間違ってるけど、ほかにどうすればいいのかわからないのよ」

ジェフリーはトミの母親が正面のカーテンを閉めるのを見た。母親はすすり泣いていた。

「やめて」サラは手を離した。「あの子の父親を殴っても、あなたがすっきりするだけで、あの子の助けにはならない」

ジェフリーは車のルーフに両手をついた。まったくの役立たずになった気分だった。あの女性を壊した怪物を捜し出し、棒のようにへし折ってやりたかった。

サラは腕組みをして待っていた。

「きみは知っていたのか？　レイプ犯が編み針をあの子の首の後ろに突きつけたという話は、前にも聞いたことがあったのか？」

「事件が起きたときは聞いてなかった。さっき、あなたが来る前にはじめて聞いたの」

「治療しながら詳しいことを尋ねなかったのか？　おれがなにかしてやれたかもしれないのに？」

「尋ねなかった。話したくなさそうだったから」

「五カ月前だよな？　離婚が成立した直後だ。これはおれに対する罰か？　おれを罰したかったのか？」

「車に乗って。路上でこんな話はしたくない」

ジェフリーは車に乗った。サラはシャシーが揺れるほど荒っぽくドアを閉めた。

「わたしが仕返しのために隠しごとをしたなんて、本気で思ってるの？」

ジェフリーは家のほうを振り向いた。「サラ、きみはあの子に被害届を出させるべきだった」

「乱暴にレイプされたばかりの女性に無理強いできるもんですか、被害届を出したところで、もう安全だと思えるようになるわけじゃない」サラは身を乗り出し、ジェフリーに家が見えないようにした。「病院へ行くときを除いて、トミはあれから自宅の裏庭でも十メートルと出られない。夜は眠れない。父親の帰りが遅かったら泣きだす。音やにおい、二十年前から知っている郵便配達員の姿、全部トリガーになる。あの森でなにがあったか、話すかどうか決めるのはトミなの。話をしない権利がある」

「それがあの子のためになってるのか。ほとんど緊張病じゃないか」

「あの子には選ぶ権利がある。それを奪うの？」サラはつけたした。「それに、あの子が被害届を出したとして、いまあなたの部下にちゃんと処理できる人がいる？」

「ちくしょう」ジェフリーはイグニッションに差したキーをまわしたが、まだ出発する気はなかった。「そもそも、きみはなぜここに来たんだ？　あの子をそっとしておけと言ったのはきみだろう」

「あなたがそっとしておいてくれないのはわかってたから、トミに準備をしてもらいたかった。ちなみに、あなたには感謝する。おかげではじめて女性にあんなむごいことをしたわ」

「今度はレイプ被害者の守護聖人になったのか」

「わたしはあの子の医師よ。あの子はわたしの患者」サラは拳で自分の胸を叩いた。「わたしの患者なの。あなたの証人じゃない」

「きみの患者は去年、女子学生をレイプした異常者がいると、おれに教えることができたはずだ。ベッキー・カタリノが被害にあうのを防げたはずなんだ」

「あなたたちこそ、レスリー・トゥロンが行方不明になるのを防げたんじゃないの?」

「いまのは卑劣な攻撃だ」

「この世は卑劣な攻撃だらけよ。ひどいことばかり。生きていたらそうなるわ、ジェフリー。自分にできることをするしかない。悪いことばかりがつづいているからといって、その責任をトミが背負ってくれるなんて思わないで。自分のケアだけで精一杯なのに。それに、あの子をほんとうに傷つけた男の代わりに父親を殴っても、なにも解決しない」

「おれは――」ジェフリーはハンドルを拳で殴りそうになって、寸前でこらえた。「あの男を殴るつもりはなかった」

ジェフリーが自分の誤った思いこみをつらつらと考えているあいだ、サラは黙っていた。サラの沈黙は癪に障るが、ときに彼女は沈黙を上手に使う。ジェフリーは、こわばっていた体がゆるみはじめるのを感じた。頭のもやもやが晴れてきた。これはサラの白魔術だ。サラのおかげで、なにも世界はおまえを粉々に打ち砕こうとはしていないと思えるようになった。この瞬間がずっとつづくなら、なんだってするのに。

ジェフリーはもう一度、家のほうを振り向いた。トミ・ハンフリーがいつか同じように心の平穏を見つけることができるよう、真剣に願った。

サラが咳払いした。「トミは、犯人になにかで頭を殴られたと言った。それがなにかは見えなかったけれど、意識を失うほどの威力があるものだった」

ジェフリーはレベッカ・カタリノの頭蓋骨のX線写真に写っていた三日月形のへこみをまた思い出した。

「ハンマーか」

「陰毛の色が抜けていたと言ったのは誇張じゃない。襲われた翌朝、シャワーを浴びたあとだったけれど、まだ漂白剤のにおいがしたの」

いま徹底的に検討しなければあとがなく、ジェフリーはすがる思いでうなずき、先を促した。

「犯人はずっとトミを見張っていたような気がする。彼女がジムを出たときに、チャンスだと思った。犯人はハンマーを持っていた。DNAを拭き取るために、漂白剤を染みこませた布を用意していた。つまり、前もって万全に準備をととのえて、チャンスをうかがっていたのよ」

ジェフリーもカタリノの犯人の行動について同じ仮説を立てていた。「ベッキーも見張られていたんだろう。彼女は午前五時ごろに図書館を出た。七時にシビルと会う約束だった。犯人はベッキーの予定を知っていて、寮の外で待ち構え、あとをつけるつもりだったかもしれない。だが、彼女がジョギングに出かけるのを見て、いまがチャンスだと考えた」

「では、おそらく犯人はさほど若くなくて、性急ではないタイプ。町に溶けこむことができる。自分の思いどおりにことを運びたい。手際がいい。入念に準備をする」

ジェフリーは、それが当たっていないことを願いたかった。そのタイプの加害者はもっとも捕まえにくい。

「ベッキーも漂白剤のにおいがしたか？」

「いいえ」サラは少し考えた。「五カ月前にトミを襲ったときは、ハンマーと漂白剤を染みこませた布を用意していたのに、昨日ベッキーにはハンマーは使ったけれど、証拠を拭き取るのに無香性のものを使ったわけよね。これはどういうこと？」

「MOが変わっている。やり方を改善しているんだ」それが町にどんな影響を与えるか、考えたくもなかった。「ゲータレードについてはどうだろう？」

「青のゲータレードね。ベッキーの喉に詰まっていた未消化の食物はゲータレードのような青だった」

「彼女の吐瀉物もそうだ」あのとき着ていたシャツとズボンは捨ててしまった。証拠として必要になるかもしれないので、ゴミ箱から取り出さなければならない。「飲み物に薬が入っていたのは間違いないな」

「ロヒプノールか？　GHBか？　被害者が動けないようにしたかったのよね。どっちの薬も、筋肉の弛緩、朦朧(もうろう)状態、記憶障害、多幸感を引き起こす」

「デートレイプ・ドラッグだな」大学町で仕事をしていると、デートレイプ・ドラッグに詳しくなる。「犯人は被害者に目をあけていろと命じた。自分がしていることを見せつけたかったが、抵抗されたくはなかったんだ」

「薬を盛ると、被害者は意識を失う。トミは、森で目が覚めるまで犯人が待っていたと言ったわ。たぶん何度かぼんやり目を覚まして、また眠りこんだ。トミはレイプされたときにどんなことをされたか詳しく話してくれたけれど、まだほかにもあったの」

ジェフリーはかぶりを振った。まだ〝ほか〟のことを聞く覚悟ができていなかった。

「トミが突きつけられた編み針は？ ベッキーを麻痺させるのに使った道具と同じものだろうか？」

「いいえ。ベッキーのＭＲＩに写っていた傷は、直径がもっと小さかった。別のものを使ったのよ」

「別のものを使うことを学習したわけだ」ジェフリーは言った。「犯人に医学的な知識はあるんだろうか？」

「インターネットが使えるのはたしかね。でも、学習したというのは正しいわ。トミのときとベッキーのときと、手口が変わっているのが、まるで実験をしているみたい。レイプのあいだ意識を失ってほしくないけれど、抵抗はされたくない。それが彼独特の嗜好。五カ月かけて、自分の嗜好を満足させる方法を完成させた」

ジェフリーは前方の空いた道路を見つめた。レスリー・トゥロンはまだ見つからない。ゆうべ森を徹底的に捜索したが、暗闇では難航した。いまも彼女は半死半生で横たわり、森から出られずにいるのかもしれない。

ジェフリーは尋ねた。「まだおれに話していない元患者の被害者はいるのか？」

「いいえ」

安堵している場合ではない。「ファンタジーの要素もある。犯人は行動する前に入念に計画している。女性に目をつける。つけまわす。捕食者だ」

「なくしたものはないかトミに尋ねたのはなぜ？」

「カタリノはヘアクリップを大事にしていた。いつもの置き場所からそれがなくなったらしい。レスリー・トゥロンはヘアバンドをなくしたが、カタリノとは違う感じもする。トゥロンは服もなくしているからだ。本人はルームメイトに盗まれたと考えていた」

携帯電話が鳴った。ジェフリーは恐る恐る発信者を確かめたが、今度は母親ではなかった。警察署だ。「どうした？」

「レスリー・トゥロンだ」フランクが言った。「学生が森で彼女の遺体を発見した」

胸のなかに金属の破片がめりこんだような気がした。「遺体の状態は？」

「ひどい。サラを呼んでくれ」

13

アトランタ

ウィルはＧＢＩ本部の自席について目の前の書類の文字に集中しようとした。長さ十五センチの金属製定規を文字列の下に当てたが、それでも文字は蚤（のみ）のように跳ねまわった。ノートを持ち歩くのは数年前にやめてしまった。考えたことは携帯電話に録音し、プリントアウトしてバインダーに綴じこむようにしている。スペルチェック機能は信用できないと、身に染みて知っている。校正は最後のハードルだ。短縮形がとくに困る。普段はよく使う表現なら見ればわかるし、間違いを見つけることもできる。ところがいまは、鏡に映った自分の顔すらわかりそうになかった。

椅子に背中をあずけ、目をこすって眠気を追い払った。腰が痛かった。頭も腫れているような気がする。指を曲げのばしするたびに指の関節から血がにじんだ。

ゆうべはフェイスの家に泊めてもらい、色あせたスターウォーズ柄のシーツがかかったジェレミーのシングルベッドで眠った。足がマットレスの端からはみだした。児童養護施設に戻ったようだと思った。みじめなうえにもみじめで、結構なことじゃないか？

ゆうべのサラとのことを整理するには、世界中のランチトレーを集めても足りなかった。サラと元妻とは似ても似つかないとずっと思っていたが、ゆうべ彼女はまったく唐突にアンジーと同じことをしはじめた。ウィルを苛立たせ、怒らせ、失望させると同時に、自己嫌悪させた。

アンジーとの関係は、最初から最後まで不安定だった。そばにいたと思ったら、ほかのだれかのところにいる。いなくなったと思ったら、帰ってくる。ウィルを崖っぷちへ追いやり、ぎりぎりで引き戻す。十一歳のときから、ウィルはアンジーに利用されていた。彼女と一緒にいると、一瞬たりとも安心できなかった。

そしていま、サラと崖っぷちにいるような気がする。

彼女のアパートメントに入った瞬間から、腹を立てて出ていくことになるだろうという予感があった。だから、彼女に会いに行くのを先延ばしにしたのだ。最初からなにかがおかしくて、彼女がかけている音楽も不可解だった。ポール・サイモン。どういうことだろう。聞いている音楽でサラの機嫌を判断できるつもりだったのだが。ドリー・パートンは悲しいとき。リゾはジムへ行く気分を盛りあげたいとき。ビヨンセはジョギングのお供。書類仕事をするときはNPRのタイニー・デスク・コンサート、ロマンティックな気分のときはアデル、みだらな気分のときはピンクだ。

ポール・サイモンは、ジェフリーのことを考えているときだ。

ウィルが入っていったとき、ダイニングテーブルに彼女の死んだ夫のファイルボックスが積んであった。ウィルとサラが食事をするテーブルに。はじめて愛を交わしたテーブルに。

玄関の鍵の音を聞いて、サラがあわててジェフリーのものを隠そうとしたのは明らかだった。ボトルに残ったスコッチの量から、何杯か飲んでいたのがわかった。彼女の目は充血していた。ひどくやつれて見えた。理由は訊かなくてもわかった。数年前、サラが妹にジェフリー・トリヴァーの手書きの文字がどんなに美しかったか話しているのを立ち聞きしてしまったことがある。彼女はトリヴァーの文字に不思議なほどこだわっていた。

ウィルは自分の印刷したノートを見おろした。口述筆記アプリは神の贈り物だ。ウィルの文字は子どもが書いたように拙い。サインですら鶏の足跡だ。エマのほうが上手に書けるし、しかも彼女が使うのを許されているのはクレヨンだ。

「ウィルバー」アマンダがノックと同時にドアをあけた。威勢よく命令をくだすべく口元を引き結んでいたが、ウィルの格好をひと目見て、かける言葉を修正した。「シガリロを買いに一ドルショップへ行く途中？」

ウィルは今朝、自宅に立ち寄る気分ではなかった。ゆうべ眠ったときのまま、サラのアパートメントへ行ったときの格好のまま出勤した——水色のボタンダウンシャツにジーンズだ。

めずらしくアマンダが返事を待っていた。

「はい」

アマンダは眉をひそめたが、深く追及しなかった。「会議室にみんな集まってるわ。十五分あげる。自分の口で、完全なセンテンスでしゃべる準備をしてきなさい」

ウィルはドアが閉まるのを見ていた。パンサーヴィル・ロードのＧＢＩ本部から市内へ帰り、また戻ってくるまでどれくらいかかるか計算した。とてもじゃないが、十五分では無理だ。

またドアをノックする音がした。ウィルはドアがあくのを待った。ノックをして許可を待つ者などいない。いまから入るぞと一秒前に警告するようなものだ。

まだドアはあかない。

ウィルは言った。「どうぞ」

サラが入ってきた。急に部屋が窮屈になったように感じた。サラはドアを閉めた。逃げ場を確保するかのようにノブを握ったまま、ドアにもたれた。

ゆうべ、朝になってサラと顔を合わせたらどうなるか頭のなかでリハーサルしたなかで、現実になりそうな可能性の高かったシナリオ上位三つは次のとおりだ。

１　会議室で、サラが前に、ウィルは後ろにいる。サラがウィルを見る。ウィルもサラを見る。それぞれ仕事をする。

２　サラは遺体安置所でアレクサンドラ・マカリスターの検死解剖の報告をして、ウィルは隅で辛抱強く聞いている。

３　廊下をフェイスと歩いていて、自分のオフィスへ歩いていくサラとすれ違う。ふたりはプロフェッショナルらしくたがいを無視する。

そのどれも現実にならなかった。これからもなりそうにない。サラが泣きだしたからだ。

「マイ・ラヴ」サラは言った。「ほんとうにごめんなさい」

ウィルは喉に石が詰まったような気がした。

「捜したのよ。あなたの家で待った。アマンダの家にも行った。フェイスの家の前で、ようやくあなたの車を見つけた。すごく心配したけれど、呼び鈴は押さなかった——あなたがひとりになりたがってるのはわかってたから。いまもそう？」

ウィルは、暗い夜道で必死に車を走らせているサラを想像した。自分を捜して。見つけて。そのまま帰ってしまった。

「ウィル」サラはデスクをまわってくると、ウィルの膝に座った。ウィルの片手を両手で握りしめた。「わたしはあなたを信じてる。わたしたちを。あなたにそう言ってあげなければいけなかったのに、わたしにはわからなかった。ごめんなさい」

ウィルは咳払いをしようとした。石はびくともしない。

「もっと早くメッセージを送るべきだったのよね。電話をすべきだった。そばに行くべきだった」サラはウィルの手の甲に唇を押し当てた。「いちばん必要としている人をないがしろにしてしまった。お願いだから、どうすればやりなおせるのか教えて」

方法なら山ほど思いつくが、嫉妬深く聞こえない言い方が、いや、それよりも哀れっぽく聞こえない言い方がわからない——。

死ぬまでともにいたいと言ってくれ。一緒にいたい男はぼくだけだと言ってくれ。ジェフリーより愛していると言ってくれ。

サラは言った。「こんなことをお願いする権利はないとわかってる、でもお願いだから
なにか言って」

ウィルはようやく石を呑みこんだ。それは胃袋のなかで希硫酸に変わった。「もういいんだ」

「よくない」サラはかかとに体重を移した。「あなたを愛してる。わたしの命よ。でも――」

ウィルは四方の壁が迫ってくるような気がした。

「わたしはジェフリーを愛していた。生きていれば、いまも一緒にいたかもしれない」

サラに握られた手を見おろした。もう片方の手はまだ血がにじんでいる。その手をデスクに置いた。サラが次になにを言いだすか見当もつかず、さえぎりたいのを全力で我慢した。

「でも、だからといって、あなたは二番手ではないし、残念賞でも代理でもない。あなたが思っているようなことではないの」

ウィルが思っていることをサラはわかっていない。

「ベイビー、わたしはだれかと一緒にいる必要はないの。一生ひとりで生きていける」サラはひざまずき、ウィルと向かい合った。「でも、わたしはあなたを選ぶ。あなたがいてくれるかぎり、あなたを選ぶ。あなたがいいの。あなたと一緒にいたい」

彼女は言ってほしいことをほとんど全部言ってくれたのに、ウィルは受け止めることができなかった。まだ痛みが残っていた。サラにされたことのせいで負った心の痣が消えて

いなかった。胃のなかの希硫酸を取り除く方法を見つけなければ、どんどんただれていくのはたしかだ。

「アンジーもやったんだ。きみがしたことを」

サラは平手打ちをされたような顔をした。「話して」

早くも彼女の顔に涙がこぼれていた。ウィルはこれ以上、彼女を傷つけてはいけないような気がした。

それでもつづけた。「アンジーは強引だった」

サラは下唇を噛んだ。

「荒っぽくしてほしがった。だけど――」アンジーの名前を口にすると、いつまでも苦い味が残るのがいやだった。「殴ってほしがったわけじゃなくて……。そういうのじゃなくて……。ただ、彼女はそういうやり方でなければだめだった――荒っぽくないとだめだった。それも――それも、きりがなかった。ぼくは合わせようとしたけど……。だめだ」

話せない。ウィルは親指で指の関節の血を絞り出した。血が指を伝ってデスクに落ちるのを見ていた。そして、サラに目を戻した。

サラはウィルがもう一度口を開くのを待っている。

「あれはまるで……」罪悪感が重くのしかかってきた。ウィルだけの秘密の苦しみではないからだ。アンジーの苦しみでもある。他人にはせいぜい想像することしかできない彼女の人生を、暗い場所の奥深くに隠した恐ろしいできごとを、ウィルは知りすぎている。アンジーが暴力に惹かれるのは理由があるのだ。ウィルはときどき、自分は彼女にとってパンドラの箱だと思っていた。それがアンジーと自分の問題だった。たがいにもっとも深い秘密を知っていたことが。サラとは同じ間違いを犯したくない。「いや、わからない」

サラはウィルの髪をそっと耳にかけた。「はじめてあなたと抱き合ったとき、彼女はあなたを受け入れたことがないんだろうと思った」

ウィルは恥ずかしくてたまらなくなった。アンジーには目に見える痕が残らないやり方でさんざん傷つけられた。ウィルは繰り返し生き返る自爆犯のようなものだったが、起爆装置を握っていたのはいつもアンジーだった。

「あなたはわたしのなかに入りこんでる。わたしの心はあなたのもの。わたしのすべてがあなたのものなの」

ウィルはデスクの上の印刷物を見た。文字がぼやけた。自分に万一のことがあったら、三年生でもわかる間抜けなスペルミスだらけの大量の印刷物だけが残るのだ。

「ごめんよ」ウィルはサラに言った。

「マイ・ラヴ、あなたが謝ることはないの。間違っていたのはわたしだもの。昨日、わたしがあなたにしたことはなにもかも間違ってた。あなたがいてくれて、わたしはほんとうに運がいいし、ありがたく思ってる」サラはそっとウィルを自分のほうへ向かせた。「あなたは頭がいいし、おもしろいし、ハンサムでセクシーよ。いつもいかせてくれるところも大好き」

ウィルの顎がこわばった。褒めてほしいわけではないのに、褒められたがっていると思われているなんてばかみたいだ。

「いまはまだぎくしゃくしてるけど、大丈夫よね？」サラの指がウィルのこわばった顎を軽くなでた。その手つきに性的なものはいっさいなかった。ひたすらウィルとつながりなおし、疑念を晴らそうとしていた。「どうすれば、わたしを信じてもらえる？」

答えはわからなかった。サラの言うとおりだ。まだぎくしゃくしている。〝大丈夫〟になるには、しゃべるのをやめるしかない。ウィルはサラを膝に抱きあげた。彼女の両腕に肩を包まれた。サラはウィルの胸に頭をもたせかけた。鼓動を聞いているのだ。ウィルは深呼吸をして、鼓動を静めようとした。混乱し、心が揺れている。サラだけが与えてくれるあの安心感が恋しくてたまらなかった。

二度ノックの音がして、フェイスが入ってきた。

フェイスはウィルの膝にサラが座っているのを見てつぶやいた。「あらま。失礼」

ウィルは体を硬くしたが、サラは顔をあげただけだった。

サラはフェイスに尋ねた。「もうミーティングがはじまるの？」

「はいはい。ごめんごめん」フェイスは両手を握り合わせた。「先に行ってるね」

フェイスはあわててドアを閉めようとして、靴のかかとをドアに挟まれた。

サラはウィルに言った。「家からスーツを持ってきたの。今朝、帰ってこなかったから、着替えが必要だろうなと思って」

ウィルはサラが自分を待っていてくれたのを思い、情けないことに慰められた。

サラはウィルの関節の傷を見た。「あとで消毒してあげる」

ウィルはうなった。

「ミーティングの前にノートを取ってこなくちゃ」サラは立ちあがってワンピースをととのえた。ふわりとした生地が流れるような曲線を描いていた。

そのとき、ウィルはサラがいつものように淡色のパンツに紺のＧＢＩのシャツという仕事のユニフォームを着ていないことに気づいた。波打つ長い髪は、邪魔にならないようクリップでとめるのではなく、背中に垂らしている。靴はヒールだ。アイライナーもいつもより濃い。口紅までつけていた。

サラが入ってきたときに気づいていれば、アンジーの憂さ晴らしが自分を荒っぽいセックスで痛めつけることだったという話をせずにすんだかもしれない。

「じゃあ、あとでね」サラは最後にもう一度、ウィルの頬をなでて出ていった。

ウィルが閉まったドアをぼんやりと見つめているうちに、デスクに落ちた血が固まっていた。プリントアウトしたノートをひとまとめにした。いつもの癖で、椅子にかけたジャケットを取ろうとした。事件に集中しなければならない。レナ・アダムズ。ジェラルド・カタリノ、ベッキー、ヒース。これから彼らについて報告する。みんなの前で。自分を知っている人々の前で。そのなかの数人には、字を読むのが苦手なことを知られている。

アマンダはウィルにミーティングの仕切り役をさせたことはない。いつもは仕切るのが好きなフェイスにまかせる。それなのに、今日は仕事にふさわしい格好をしてこなかった罰なのか、それとも学校の教師と同じで、ウィルが殻から出てくるのを助けるために人前に出る役目を与えたのか、ウィル本人にはわからなかった。実際には、それで助けられたためしはなく、悪夢に晒されるだけなのだが。

廊下でフェイスを探した。彼女のオフィスにも行ってみた。フェイスはキッチンでコーヒーを淹れていた。

「ごめん」ウィルは言った。

「なにが？」

これで話は終わりだ。

ウィルはフェイスのあとから会議室に入った。フェイスは最前列の席に座った。ウィルは、フェイスにどこまで話すか考えなおしたほうがいいような気がした。ゆうべなにも話さなかったわけではない。フェイスの家のドアをノックしたとき、彼女はいったいどうしたのかとは尋ねなかった。大量のアイスクリームをウィルに食べさせ、夜中までゲームの『バイスシティ』でウィルをこてんぱんに負かした。

「やあ」チャーリー・リードがフェイスの隣に座った。そのまた隣にラシード。彼はコーヒーを二杯持ってきたが、どちらも自分で飲むためのものらしかった。サラの助手のゲイリー・クインタナも最前列に座った。ずらりと並んだ彼らは教師のペットのようだった。

ウィルは壁にもたれた。自分は教師のペットではない。

「おはよう」ニック・シェルトンが前を通り過ぎながら、またウィルの肩をつかみながら叩くあの奇妙なしぐさをした。あんなにぴったりしたジーンズだと、はくときに寝転ばなければならないのではないだろうかと、ウィルは思った。ニックはチャーリーから何列か後ろに座った。そして、パッツィ・クラインから盗んできたかのような型押しのレザーのブリーフケースをあけた。

「お疲れさま」サラが入ってきてウィルにウィンクした。ウィルは彼女が最前列へ歩いていくのを見ていた。髪はまとめてあった。フェイスの隣の席に座る彼女の優美な首の曲線を眺めた。サラがフェイスを片腕でハグすると、フェイスもうれしそうにハグを返した。男は拳を軽く打ち合わせて仲直りするが、それの女性版だ。

またアマンダをむっとさせるのを避けるためには着席したほうがよさそうだと、ウィルは思った。サラの横顔が見えるよう、斜め後ろの席に座った。サラはノートに目を通していた。指は無意識に髪をいじっている。

ウィルはサラ以外のものに無理やり目を移した。

会議室は役所によくある長方形の部屋で、カーペットはすり切れ、吊り天井（ドロップ・シーリング）は何度も落ち（ドロップ）たことがある。床から天井までガラス張りの窓からは駐車場が見える。タイルには水漏れの染みがある。デスクはきしむか壊れているか、その両方だ。天井のプロジェクターは古代の遺物だが、アマンダが撤去を許さない。テレビはブラウン管で、木製パレット並みに大きなビデオカセットレコーダーを接続してある。ここが二十一世紀であることがわかるのは、正面の四面の電子ボードだ。双方向ディスプレイにはパソコンやタブレット、携帯電話を接続することができる。

ボードに表示されている資料はフェイスが作ったものだった。ジェラルド・カタリノのクローゼットのなかが四面に映し出されている。フェイスが携帯電話に保存した写真や印刷物、警察の報告書やメモが、すべて並んでいた。

ヒース・カタリノがベッキーの子だとどうしてフェイスが気づいたのか、ウィルはいまだにわからなかった。ダリル・ネズビットが刑務所から送ってきた封筒から採取した唾液によって、フェイスの仮説が正しかったことが証明された。ジェラルドがふたりに見せたのは、男性に子どもの養育費を払わせるために利用されている民間の検査機関によるDNA検査の結果だった。すべての遺伝子マーカーは、ダリル・ネズビットがヒースの父親である可能性を否定していた。ヒースの父親ではないということは、ベッキーを暴行した犯人でもない。

ジェラルドが過去五年間、枕元に銃を常備して眠っていたのも当然だ。

廊下からアマンダの蹄（ひづめ）の音が聞こえてきた。携帯電話でしゃべりながら演台の前に立った。しばらくしてようやく顔をあげた。前置きはなく、いきなり要点に入った。「いくつか不明な点はあるけれど、現時点で明らかなことは以下の通り。ドクター・リントンによれば、グラント郡の二件のレイプ事件とアレクサンドラ・マカリスターの殺人事件に、顕著な関連性が認められた。以上。カタリノ、トゥロン、マカリスターの三件は、未知の同一犯による犯行の可能性が高いという前提で検討します。ほかの新聞記事に載っていた女性たちについては、まだなんとも言えないわ。数字にこだわる人のために言うと、少なくとも三名は被害者がいなければ連続殺人事件ではない。数を数えられない人のために言うと、現在のところ死亡した女性は二名。レベッカ・カタリノは間違いなく生きてるしね。ウィル？　あなたから先に報告して。次がドクター・リントン、そしてフェイス。そのあとニックとラシードに、刑務所のヴァスケス殺人事件について報告してもらいましょう」

ウィルは腹の奥から吐き気がこみあげるのを感じた。ネクタイを締めていたらゆるめるところだ。だから、アマンダはわざとウィルを一番に指名したのだ。

「われわれは――」

「前に出て」

　く、くそっ。

　ウィルは教室の前へ歩いていく十歳児のような気分だった。プリントアウトの束を演台に置いた。ぐしゃぐしゃに乱れた単語の群れを見おろした。緊張のせいで、ますます文字が見えない。数字を認識するのがやっとだった。幸い、昨日はいろいろなことがありすぎて、できごとがすべて脳のひだに刻みこまれている。

「昨日午前十一時四十五分、フェイスとぼくはジョージア州メイコンのレナ・アダムズの自宅で彼女に事情聴取した。アダムズはまったく協力的ではなかった」

　だれかが鼻を鳴らした。たぶんフェイスだ。

「フェイスはアダムズからふたつの有用な情報を引き出した。第一に、ダリル・ネズビットの起こした訴訟には資金援助者がいた。その後の捜査で、その援助者はジェラルド・カタリノだったことが判明。第二に、レスリー・トゥロンの母親ボニータがジェラルド・カタリノに電話で語った話によれば、レスリーは行方不明になる一週間ほど前に私物を盗まれたと言って騒いだ。これもジェラルド・カタリノに確認し、その私物がヘアバンドだったことがわかった。フェイスがさらに追及すると、彼は言葉を濁したが、服などほかのものもなくしていたかもしれないと答えた。けれど、重要なのはヘアバンドだ。ジェラルド・カタリノはさまざまな事故の遺族や生存者と連絡を取ったが、あの八件の新聞記事に載っていた女性たちも髪に関する物品をなくしていた。たとえば櫛、ヘアブラシ、ヘアクリップ。リストはボードを参照してくれ」

「ちょっといい？」サラが挙手した。助けの手を差しのべてくれたのかどうかはわからないが、ウィルとしては話を中断できてありがたかった。「ゆうべ読んだグラント郡警察の記録によれば、カタリノもトゥロンも、盗まれたヘアアクセサリーをいつも決まった場所に置いていたそうなの。ベッキーはヘアクリップをナイトテーブルに置いていた。レスリーはピンク色のヘアバンドを毎晩使う洗顔フォームと一緒にかごに入れていた。以上は全部レナのノートに書いてあったことだから、いつもなら鵜呑みにはしないところだけど――」

「ちょっと待って」フェイスは驚いたように声をあげた。「いまなんて言った？」

サラはファイルを開いた。二枚の写真を掲げた。ふたりの女性の写真で、それぞれの方法で髪をまとめた姿が写っている。「この写真にヘアアクセサリーが写ってる」

フェイスは尋ねた。「レナのノートが手に入ったの？」

「箱のなかにはコピーしか入っていなかったけど、一応は彼女のノートよ」

「やった！」フェイスは拳を突きあげた。「ざまあみろ、子持ち蛇め」

「ドクター・リントン、そのノートをシェアしてくれない？」アマンダはつけくわえた。「では、次にサラの報告を聞きましょう。ウィル、ご苦労さま。いつものように完璧な仕事をありがとう」

サラはすれ違いざまににウィルの手をぎゅっと握り、演台の前に立った。「では、まずはトマシナ・ハンフリーについて」

フェイスはノートの新しいページを開いた。ウィルは隣に座った。首筋の汗を拭った。指の傷がまた破れていた。

サラは話しはじめた。「トミは二十一歳のときに暴行を受けました。子どものころからあの町で育ち、十四歳までわたしのクリニックの患者だったので、わたしは彼女のことをよく知っていました。暴行されるまで性交の経験はありませんでしたが、めずらしいことではありません。女性の六・五パーセントは、はじめての性交がレイプだったという報告があります。被害者の平均年齢は十五歳です」サラはトマシナ・ハンフリーが科学コンテストの展示を背景に立っている写真を掲げた。「トミがひとり目の被害者だったと断言はできませんが、犯人がはじめて性的なファンタジーを実行したのが彼女だったかもしれません。犯人は明らかに、入念な計画を立てて彼女を拉致しています」

ウィルはサラがジェフリーのファイルボックスから見つけた事実を次々と説明するのを聞いていた。彼女はつらそうだった。被害者が知り合いだったからだろうか、レイプについて身をもって知っているからだろうか。

サラはつづけた。「トミが襲われた翌日、わたしはクリニックでシビル・アダムズからの電話を受けました。午前中遅い時間、ランチの前くらいでした。わたしは通りの先にある医療センターでシビルとトミに会いました。当時は救急医療室が整備されておらず、病院も業務を停止していました。それでも、センターには必要な医療器具のほとんどがありましたし、プライバシーも守れたので、そこでトミを診察しました。正直なところ、あれほどひどい性的暴行は見たことがありません。シビルが彼女を説得して連れてきてくれていなかったら、出血死していたかもしれない」

フェイスは深く座りなおした。ペンをきつく握りしめている手がウィルには見えた。

「薄氷を踏む思いで話します。というのも、トミはわたしの患者でしたから。個人情報は明かせません。彼女に話を聞いたときは、正式な記録に残さなければ、暴行事件について警察と話してもよいと、口頭で許可をもらいました。いまから話すことは、ゆうべ読んだノートに書いてあったことです」

サラがジェフリーの名前を言うのを避けているのが、ウィルにはわかった。

サラは眼鏡をかけた。ノートを参照しながら言った。「トミは口、膣、肛門をレイプされていた。臼歯三本が折れていた。肛門に裂傷、結腸にも傷が認められた。出血の大半は子宮頸部から。子宮と膣がつながる部分です。子宮が通常の位置からおりてしまう子宮脱になりかけていた。直腸膣中隔に穴があいていた。小腸が膣の後壁に入りこんでいた。瘻孔と呼ばれる状態です。小腸の内容物が膣に漏れ出ていた。シビルはそのにおいを嗅ぎ取り、生理ではないと気づいたんです」

フェイスの口があいていた。息苦しそうだった。「治せたの？」

「わたしは外科医ではないから。外科医でも、あそこまで損傷がひどいとすぐには治せない。トミは四カ月待って、ようやく手術を開始できるまで回復したの。わたしたちが彼女に話を聞いたときは、最初のふたつの手術が終わったところだった。泌尿器科、神経科、婦人科、整形外科が連携して、全部で八回の手術が必要だった」

「四カ月？　その状態で四カ月生活していたの？」

「ええ」サラは眼鏡をはずした。つらそうな表情に、ウィルの胸も痛くなった。「わたしは最初の治療で、出血をコントロールすること、それから彼女ができるだけ楽になることに重点を置いた。急いで外傷センターへ連れていきたかったけれど、本人が拒んだの。法律上では成人だから、治療を断る権利があった。なんとか説得して、お母さんに電話をかけることは許してもらった。ご両親が来たわ。でも、救急車は呼ばせてもらえなかった。お父さんの車でグレイディ病院へ行ったの」

「そんな」フェイスが言った。「二時間以上かかるでしょう」

「容態は安定していた。モルヒネとステロイドを投与したの。なによりも怖いのが感染症だった。とくに腸が漏れていたからね。証拠になるものを保管してもいいか、トミに尋ねた。トミは拒否した。犯人を引っかいていたら、爪の下に皮膚が入りこんでいるかもしれない。でも、それを採取する許可はもらえなかった。犯人のＤＮＡが残っているかもしれないから、膣と肛門と口のなかを綿棒で拭いてもいいか尋ねた。それも拒否された」

ウィルは顎をこすった。警官としての自分は不満だったが、人間としての自分は、つらいことをくぐり抜けるには可能なかぎり急いで逃げるしかないときもあると知っていた。

「どうして」フェイスがつぶやいた。「どうして穴が？」

サラは一枚の写真を掲げた。「おそらくこれを突っこまれたから」

14

グラント郡
水曜日

ジェフリーは車をキャンパスへと走らせていたが、また携帯電話が鳴った。フランクには、レスリー・トゥロンの遺体が発見されたことを電話や無線で話さないよう指示した。ベテラン刑事が〝ひどい〟という言葉を使えば、ほんとうにひどいのだ。殺人の詳細がマスコミに漏れてはまずい。すでに三人の被害者がいる。そのうちふたりは生きている。かろうじて。

電話を見た。スクリーンにシラコーガの番号が表示されていた。母親が隣人の電話からかけているのだ。呼び出し音を消したが、サラに発信者の番号を見られていた。サラは、ジェフリーの母親がアヴォンデールから十五分走るあいだに三度も電話をかけてきたのをおもしろがっているとしても、顔には出さなかった。

ふたりは暗黙の了解でそれぞれのスペースにこもっていた。いま彼女がなにを考えているのか、ジェフリーにはわからなかった。ジェフリーのほうは、道中で彼女に聞いたことを極力思い返さないようにしていた。

サラはトミ・ハンフリーが身体的にどんな被害を受けたか、難解な医療用語を駆使して語った。話が終わるころには、ジェフリーの口のなかは血の味がしていた。いつか本人が告訴することができるまでに回復する日に備え、サラの話をすべて書きとめ、二十一歳の女性になにが起きたか記録しておきたかった。

時間はトミの味方ではない。拉致だけでも重罪だが、ジョージア州の出訴期限法により七年で時効が成立する。レイプは十五年だ。あいにくトミはサラがレイプの証拠サンプルを採取することを拒否した。細片や口内スワブ、爪の内側に挟まった物質――そのような証拠がひとつでもあれば、時間を稼げたのだが。略取誘拐罪、加重性暴行罪については、容疑者の特定にＤＮＡを使用した時点で告訴できると法で定められているからだ。

たとえば十四年後、被告側弁護士がトミ・ハンフリーになぜすぐに告訴しなかったのか、いまさら細部の記憶に間違いがないと言いきれるのかと尋問したら、日付と時刻入りのノートを根拠に、そいつの喉に証拠を詰めこんでやれる。

ふたたび携帯電話が鳴った。ジェフリーはスクリーンをタップしてスピーカーフォンにした。「どうした、レナ？」

「通称リトル・ビットがだれかわかりました。フェリックス・フロイド・アボット、二十三歳。スケートボードに乗っていて、おかげでこっちは一キロ近く追いかけるはめになりました。マリファナのパケをいくつか持っていましたが、規制量以下でした」

「とりあえずぶちこんでおけ。やきもきさせろ。あとでおれが尋問する」ジェフリーは電話を切った。ダリルではなく、フェリックス・フロイド・アボット。ということは、依然としてベッキー・カタリノの電話帳の男を捜しつづける必要がある。「リトル・ビットというのは、大学で大麻を売りさばいている男だ」

サラはうなずいた。片手をドアハンドルにのせていた。ジェフリーは職員駐車場に車を入れた。サラは早く降りたがっている。

ジェフリーは言った。「ありがとう」

「なにが？」

「トミの件で手を貸してくれて。ここにいてくれて」

礼を言ったのを後悔するようなことを言われてもおかしくなかったのだが、サラはうなずいただけだった。

ジェフリーは車を止め、時刻を確かめた。ボニータ・トゥロンの飛行機は一時間前に着陸している。レンタカーを借りてグラント郡へ直行するとメッセージが届いていた。空港からは早くても二時間。いますぐ彼女に電話をかけないのは怖いからではないと、自分に言い聞かせた。母親は詳しく知りたがるだろう。少しでも多くの情報を差し出せるようにしておきたい。

サラは先に車を降りた。ブロックの葬儀社のバンのほうへ歩いていった。ブロックはバンの後部から葬儀場用の白いテントを運び出そうとしていた。フランクが手を貸そうとして、かえって邪魔になっている。ジェフリーは胃がむかつくのを感じた。フランクはテントが必要だとは言っていなかった。昨日の嵐はカロライナに到達している。現場はひどい様子なので、遺体を覆う必要があるということで意見は一致したのだが。

「ブロック」サラは彼の腕をさすった。「手伝えることがあったら言ってね。出しゃばりとは思われたくないけど」

「やあ、サラ、好きなだけ出しゃばってくれよ。ひどい事件だ。ぼくはこの仕事をつづける自信がないよ」

「大丈夫よ」サラはバンから証拠採取キットを取り出し、ストラップを肩にかけた。「いくらでも手を貸すし、邪魔だったら手出ししないし、あなたの言うとおりにするから」

ジェフリーはフランクからテントのポールの束を受け取った。

フランクは森を指さした。「遺体はこの先、三百メートルほどのところにある」

ジェフリーは彼の指の指す方向に目をやった。ケヴィン・ブレイクの学長室が近い。ブレイクはいまごろ理事会や大学の顧問弁護士や市長に電話をかけまくっているのだろう。彼らがなにを相談していようが、ジェフリーの知ったことではない。もはや署長の職を失おうがどうでもいい。三人の女性を傷つけた獣を捕まえることさえできれば。この町を守るのが自分の責任だ。すでに三人もの被害者がいて、ひとりは警察を信頼せず、ひとりは警察がぼんやり突っ立っているあいだに死にかけ、あとのひとりはキャンパスまで三十分の道のりをひとりで帰され、結局は帰り着けなかった。

なかでも、レスリー・トゥロンの死は完全にジェフリーの責任だ。

フランクが言った。「ブラッドの話では、トゥロンは昨日の朝、カタリノの現場で会ったときと同じ格好だ。ヨガをするときのようなやつだ。遺体は冷たく、硬直していた。一晩中、あそこにいたんだろう」

ジェフリーは吐き気を覚えた。サラを見た。サラはなにも言わなかったが、ジェフリーははじめて彼女の考えていることがはっきりとわかった。

フランクに言った。「十五人体制で森を捜索したのに。どうして見つけられなかったんだろう？」

フランクはかぶりを振ったが、答えがわからないからではなく、あまりにも明白だったからだ。森は広い。ゆうべは月が出ていなかった。真っ暗闇の捜索には限界がある。

ジェフリーはもうひとつ尋ねた。「フェリックス・アボット。通称リトル・ビット。知ってるやつか？」

「いや、だがアボットってのはメミンジャーに多い名前だ」フランクはパックから煙草を振り出した。「デュー・ロリーは、メミンジャー郡の荒廃した二本の通りが交差する危険な地区だ。メミンジャー郡とは郡をひとつ挟んでいるので、そこの住民はジェフリーの管轄外だ。メミンジャー郡の保安官がとりわけ間抜けな犯罪者たちを〝本物のデュー・ロリー〟と呼ぶのを聞いたことは一度ならずある。

ジェフリーは言った。「カタリノの携帯電話には、ダリルという人物の番号が登録されていた。フェリックス・アボットの周辺にその名の人物はいないか？」

「ダリル？」

「ラストネームはなかった。ダリルだけだ」

「ピンとこないが、知ってのとおりおれの記憶力はポンコツだからな。なぜ訊くんだ？　そのふたりを疑ってるのか？」

「町全体を疑ってる」ジェフリーは、サラがテントのペグとロープを集めるのを見ていた。犯罪現場へ向かう彼女の顔はこわばっていた。トミ・ハンフリーの傷をじかに見ているのだ。四人のなかでサラだけが、森の奥になにがあるのか真に理解している。

ブロックが重たいテントを肩にかついだ。「サラ、お母さんがゆうべうちに来てくれたんだ、お礼を言っておいてくれないか。お袋に会いに来てくれたんだ。お袋の喘息が悪化していてね。また入院することになるかもしれない」

サラはまたブロックの腕をさすった。「お母さんが大変そうだったら、いつでも呼んでね。ほんとうに遠慮しないで」

「ありがとう、サラ。すごく心強いよ」ブロックは顔をそむけた。袖で涙を拭いた。

フランクが言った。「トゥロンはジェッサ・コープランドという学生が発見した。マットが署で調書を取ってる」

「家族か友達が迎えに来るまで帰すなと伝えてくれ」

「あいつなら心得てるさ」フランクは煙草に火をつけた。四人のなかで、なにも運んでいないのはフランクだけだった。もともと健康体ではなく、おまけに三百メートルのハイキングをしたばかりとあれば、賢明かもしれない。「発見者のコープランドは森でジョギングをしていた。行き止まりに当たって道をはずれた、そのとき、トゥロンに気づいたんだ。掲示板に出ていた学生だとすぐに気づいた。おれはマットとブラッドと駆けつけた。ブラッドがいま現場にいる」

「遺体の様子は？」

「カタリノと同じだ。仰向けに倒れていた。着衣に乱れはない。ここに痕があった」フランクは耳の上を指先でとんとんと叩いた。「真っ赤でまん丸、大きさは二十五セント玉くらい」

サラは振り返ってジェフリーを見た。

ちょうどハンマーの頭くらいの大きさ。

「死んでることはひと目でわかったが、一応、おれが脈を確認した。マットもな。ブラッドも脈がないのを確認して、念のため遺体の胸に耳を当てた」

ジェフリーは〝ひどい〟の部分に取りかかった。「それから？」

「血だ」フランクは自分の下半身を指し示した。「血まみれだった」

サラは尋ねた。「遺体は斜面に横たわっていたの？　下半身のほうが胸より下になってた？」

「いや」

「血が流れ出す理由はふたつしかない。重力と、拍動している心臓。彼女はしばらく生きていたのね」

「ひどいな」ブロックはつぶやいた。「かわいそうに、そんなふうに傷つけられて」

サラは空いているほうの腕をブロックの腕と絡めた。ブロックとサラは同い年だが、彼はつねに実際より年長に見せたがるタイプの男だった。サラは低く優しい声で彼に語りかけた。ブロックは慰められているようだった。

フランクはジェフリーに言った。「おれがブロックの後任になってもいいぞ」

「実はもうひとり、生きている被害者がいる。今回のことに関係があるかもしれない」ジェフリーは、詳細は伏せておくつもりだった。「性犯罪者のリストを調べる必要がある」

「楽勝だな」

ジェフリーはフランクの皮肉を聞き流した。ＧＢＩは登録された性犯罪者を検索できるデータベースを維持する権限を法によって与えられているが、議会はそのための追加予算も人材も承認していない。田舎の郡はいまだにダイヤルアップ回線を使っている。司法省の調査で、州の記録が最初から不完全だったことも判明した。

だからといって、やらないわけにはいかない。

ジェフリーはフランクに言った。「パトロール組から何名か引き抜いてパソコンの前に座らせろ」

「タイタニックに乗っているあいだにもうひとつ非常口のサインをつけろってか？」

「ほかにましな選択肢があるか？」ジェフリーはぴしゃりと返した。手がかりはなく、容疑者もわからず、唯一の証人は第二の犯罪現場で遺体となって横たわっている。「チャック・ゲインズはなにか言ってたのか？」

フランクは顔をしかめた。「いちもつをぶんぶん振りまわしながらやってきた。とっととねぐらへ帰れと言ってやったよ。マットが防犯カメラをチェックしているが、犯人がキャンパスに車をとめるとは考えにくい。森の反対側から来たはずだ。たぶん消防道路だろう」

「いなくなって二十四時間以上が経過している」ジェフリーは周囲を見まわした。木々が鬱蒼と茂っている。靴のまわりには蔦がはびこっている。「一晩中、ここにいたんだろうか？」

「手首と足首には縛られた跡がなかった。健康で若い。抵抗したかもしれない。犯人に縛られたかもしれない」フランクは咳きこみ、痰を吐いた。「とはいえ、おれは検死官じゃないからな。もちろん監察医でもない。昨日のカタリノのことでも、あれが事故じゃなかったなんておれにわかるわけがなかった」

ブロックが言った。「きみがいてくれて幸運だったよ、サラ。ぼくだって正しく疑いを抱いたとは思えない」

ジェフリーは不本意ながら、ジェラルド・カタリノが訴訟を起こす可能性について考えていた。証言台で突っこまれそうな〝もしも〟の話はしないほうがいい。

トゥロンの事件に意識を戻し、トミ・ハンフリーが語ったことのなかにレベッカ・カタリノの犯人と関連のある事実があったのを思い出した。

「トゥロンの口元や喉に、青いものが付着していなかったか？」ジェフリーはフランクに尋ねた。

フランクが足を止めた。「なんでわかった？」

サラが関心を示していた。「わかったって、なにが？」

「唇のここが青く染まっていた」フランクは自分の口を指さした。「ダーラが小さなころ、クールエイドをがぶ飲みするとそうなってたのを思い出すよ」

ジェフリーはサラとまた目が合った。クールエイドではない。おそらくブルーのゲータレード。トゥロンの手首と足首に縛られた跡がなかった理由はこれだ。トミ・ハンフリーと同様に、薬を盛られたのだ。

フランクは尋ねた。「いったいどうなってんだ？」

ジェフリーはフランクにうなずいて先導させた。

フランクが先頭に立ち、四人は縦一列に並んで森の奥へ進んだ。ジェフリーはテントのポールをまとめなおしてしっかり抱えた。頭のなかで、トミ・ハンフリーとレベッカ・カタリノの暴行事件の共通点を整理した。遺体のそばへたどり着くまでに情報を意識の最前線に準備しておきたかった。

ブルーのゲータレード。森。大学。ハンマー。ハンフリーには漂白剤が使われた。カタリノには無香性のウェットティッシュが使われた可能性がある。

共通点は多いが、まだ充分ではない。

ジェフリーは相違点をあげてみた。カタリノは同性愛者。ハンフリーは異性愛者。カタリノは一年生。ハンフリーは二年生だった。カタリノはひとりでいるのが好きだった。ハンフリーは友人たちに囲まれていた。ハンフリー家の廊下に飾ってあった写真を見れば、暴行事件までのトミの姿がよくわかった。以前の彼女はややぽっちゃりしていた。金色の髪をボブにしていた。グループ写真のなかでは、友人たちより背が低いようだった。

一方、カタリノは痩せすぎと言ってもいいほど華奢だった。茶色い髪は肩の長さ。身長は百七十センチ近い。トミはあまり活動的には見えなかったが、カタリノは運動をよくする。現時点でわかるかぎり、カタリノはトミと違って内臓は損傷していない。

もっとも、犯人は途中でレスリー・トゥロンに邪魔されたのかもしれない。もう一度、レナのノートを確認する必要がある。トゥロンをキャンパスへ帰す前に彼女から聞いたことをメモに取ってあるはずだ。正式な報告書は読んだが、手がかりになるような些末な情報はノートに残っているかもしれない。

もはや、疑わしきは罰せずでレナを信用することはできない。

ブラッド・スティーヴンスの姿が見えるより先に、彼の警察無線の音が聞こえた。ブラッドは昨日の朝と同様に、黄色いテープで非常線を張っていた。数人の学生が遠巻きに眺めている。じりじりと前進しているようだ。なかにはカメラを持っている者もいる。ブラッドは彼らから目を離さなかった。いつもより顔色が悪い。彼の警官人生において、この二日間で目の当たりにしたような暴力を体験することは二度とないかもしれない。

運がよければ、だが。

「署長」ブラッドは背筋をのばした。「現場は保護してあります。三人で被害者の死亡を確認しました」

「昨日、きみはカタリノの脈を確認したか？」

「いえ、署長」ブラッドはジェフリーから目をそらしたいのを必死に我慢しているようだった。「死亡していると思いこんでいました」

死んでいるのだから確認は必要ないとレナに言われたのだろうと、ジェフリーは思った。

後輩のブラッドが従うのは無理もない。「昨日、きみは生きているレスリー・トゥロンに会っている。きみは彼女となにか話したか？　それとも、レナだけが彼女と話して、ひとりでキャンパスまで帰すことに決めたのか？」

「ぼくは――」ブラッドはレナを批判できなかったのか、それとも批判したくなかったのか、途中で言いよどんだ。「ぼくもそばにいました、署長。でも、なにも言わなかった。申し訳ありません。二度とあんなことはしません」

「ほら」ジェフリーは彼にテントのポールを渡した。「テープをもっと持ってこい。あと十五メートル、非常線の範囲を広げろ。野次馬の整理にあと二名呼べ。それから、テントを組み立てろ」

「はい、署長」

　サラはひざまずき、テントのペグとロープを地面に置いた。ジェフリーは証拠採取キットのストラップを彼女の肩からおろしてやった。地面がでこぼこしているので、立ちあがるときにふらつかないよう、サラの肘に手を添えた。下草が生い茂っていた。シダや太い蔓、棘のある藪が服を引っかいた。靴に踏まれた泥がぴしゃぴしゃと音をたてた。リスたちの交わす鳴き声が聞こえた。

　ジェフリーは地面を見おろした。昨日の雨で、やわらかい地面のへこみに水がたまっていた。ゆうべの捜索で地面が水浸しになっていることはわかっていた。靴にも泥がこびりついている。

　いま目に見える足跡は、自分たちがつけたものばかりだ。

サラも地面を見おろしていた。やはり気づいたのだ。

昨日の朝、ふたりで救急車を待っているあいだに激しい雨が降りだした。犯人が足跡を残さない亡霊でなければ、レスリー・トゥロンはキャンパスの保健センターへ向かう途中で襲われたに違いない。時間の枠は三十分間。レベッカ・カタリノが森に横たわっていた時間と同じだ。

いい、いいい、いか。

またしてもレナか。

風向きが変わった。血と排泄物の鼻をつくにおいがジェフリーの嗅覚を襲った。ジェフリーは鼻の下に手の甲を当てた。

ブロックが言った。「被害者の腸の中身が漏れたんだ」

ジェフリーはブロックが差し出したマスクを受け取った。ブロックは葬儀管理者なので、毎日のように遺体の処理をしている。この現場を理解しようと一生懸命だが、老人ホームで少しずつ意識を失いながら下を汚した女性の遺体をきれいにするのとはわけが違う。

ジェフリーはマスクをつけたが、それでも悪臭はあたりの空気に食いついていた。

レスリー・トゥロンは仰向けに倒れていた。幼い感じがする。それがジェフリーの抱いた第一印象だった。年齢があがるにつれてなくなっていく子どものようなやわらかさが、顔立ちにまだ残っていた。目はあいたまま、梢の隙間から覗く青空を見あげている。唇も開いていた。顔の内部の血は後頭部にたまりはじめていた。肌が羊皮紙の色になっている。唇も血の気のない唇の上で、フランクが話していた青い染みが目立っていた。

サラはトゥロンの脈を確かめた。頬の脇に手のひらを当てた。指や肘の柔軟性を確かめた。「一般的に死後硬直のピークは十二時間後、四十八時間後には解ける。気温は低かったから、進行が遅くなったはず。肝温を測る必要があるけれど、おそらく死後一日以上、昨日の朝には亡くなっていたと思う」

昨日の朝。レナがトゥロンをキャンパスまで徒歩で帰らせた直後。ハンマーを持った異常者が、森のなかで彼女を尾行した直後。

ジェフリーは深呼吸して落ち着こうとしたが、肺が一杯になる前に咳きこんだ。悪臭はコットンのマスクを通り抜けてきた。目の前の被害者に注意を戻した。サラが語ったトミ・ハンフリーに起きたことと、レスリー・トゥロンに起きたかもしれないことを区別するのが難しくなっている。

それに、ベッキー・カタリノとも類似点がある。

トゥロンの遺体の体勢からすると、森で転倒して後ろ向きに倒れ、意識を失ってそのまま死亡したと考えることもできる。一見、着衣に乱れはない。襟ぐりをカットしたグラント大学のスウェットシャツを着ている。白いスポーツブラのストラップが襟ぐりから見える。白いヨガパンツは腰の上まで引きあげてある。サラが着ているものと同じ、ルルレモンというブランドだ。スニーカーはブルーのナイキ。アンクルソックスを履いている。

類似点は以上だ。

レスリー・トゥロンの脚のあいだからは、血が川のように流れ出ている。

白いパンツは血でぐっしょりと濡れていた。雨も洗い流せないほど大量の血。落ち葉や小枝も黒く染まっている。遺体が横たわっているのは斜面ではない。必死に拍動をつづけようとした心臓が血を押し出したのだ。

それでも、ジェフリーは確認したかった。「殺人事件で間違いないな？」

サラは訊き返した。「犯行にかかった時間は三十分から四十五分くらい？」

ブロックが尋ねた。「サラ、すまないが、どうしてそうなるのか、参考までに教えてくれるかな？」

ジェフリーが答えた。「レスリー・トゥロンは昨日の朝六時ごろにカタリノが襲われた現場を去った。雨が降りだしたのが、その三十分後だ」

「なるほど」ブロックは言った。「雨で足跡が流れてしまったんだ」

ジェフリーはサラに尋ねた。「なにが起きたと思う？」

「雨が降りはじめた正確な時刻を確認しなければならないけど、大まかに考えて、シナリオはふたつあると思う。ひとつ目、レスリーはキャンパスへ徒歩で向かっていた。拉致されて、どこかそう遠くないけれど人目につかない場所、たとえば車の後部座席に連れていかれた。そこでレイプされて殺された。犯人は彼女を肩にかついでここへ戻した。その後、雨が降りはじめた」

ジェフリーは、ありえなくはないが可能性は低いと思った。「ふたつ目は？」

「暴行と殺人はここでおこなわれた。雨のせいで、揉み合った形跡が流れてしまった」サラはブロックにも意見を求めた。「ほかになにか思いつく？」

「いや。でも、ふたつ目のほうが当たってる気がするな」ブロックは言った。「拉致した場合、容疑者は汚れるよね。被害者を抱えて運んだらってことだけど」

「かなり血で汚れるでしょうね」

「この子をかついで運ぶには、かなり大柄な男じゃないと無理だろうな。ぼくなんか、せいぜい十五キロかそこらのテントを運ぶのが精一杯だったから」

サラはしばらくしゃがんでいた。彼女の目が悪臭のせいで潤んでいることに、ジェフリーは気づいた。サラは口で呼吸をしていた。

ブロックが言った。「被害者を無理やり連れ去って、また運んでくるのはリスクが大きい。そもそも襲うこと自体が危険だ。踏み分け道をはずれてはいるけれど、さほど離れているわけじゃないし」

指摘されるまでもなく、この殺人犯があえて危険を冒すタイプであることはジェフリーにもわかっていた。乏しい手がかりから推測すれば、犯人は背景に溶けこむのを楽しんでいる男だ。

ジェフリーは、悪臭から逃れて少し離れた場所に立っているフランクのほうを振り向いた。「この一帯の地勢図がほしい。消防用道路との位置関係を知りたいんだ。犯人がトゥロンを車へ連れていったにせよ、ここで殺したにせよ、車は近くにとめていたはずだ」

立ち去りかけたフランクに、ジェフリーは言った。「制服巡査をもっと集めてくれ。消防用道路まで徹底的に調べたい。被害者を襲ったのがどこにしても、犯人はここまで来たわけだ。非常線をもっと広げて、野次馬連中に証拠を踏み荒らされないようにしてくれ。捜索隊には、ときどき顔をあげて上を見ろと伝えるんだ。証拠は地面に落ちているとは限らない」

「了解」フランクは無線を口に当てて歩いていった。

サラはブロックを見た。「目視検査をするなら、撮影してあげる」

「いや。きみは医師だ。重要なことはきみがやってくれ」ブロックは証拠採取キットをあけた。年代物のソニーのビデオカメラを取ろうとしたが、ごつごつして重たいカメラが手からすべり落ちた。「すまない。あまりにひどい事件だから」

「わかるわ」サラはうなずいた。「でも、一緒にこの子のケアをしてあげましょう。ね？」

「ああ、きみの言うとおりだ」ブロックはビデオカメラのなかにＶＨＳテープが入っているのを確認した。レンズキャップをはずし、ポケットに入れた。

ジェフリーはノートとペンを取り出した。三人ともどこか尻込みしていた。レスリーの脚のあいだから流れ出している血の量は、だれも知りたくない事実があるのを物語っている。ジェフリーはボニータ・トゥロンと電話で話したことを思い返した。いまごろメイコンに着いているのではないだろうか。長年のあいだに親に子どもの死を伝えたことは何度もあるが、レスリーの母親が到着したら、どんなふうに話せばいいのか見当もつかなかった。真実は母親を打ち砕くだろう。ジェフリーも打ち砕かれるかもしれない。

お嬢さんは激しい暴力を振るわれました。薬を盛られ、性的暴行を受けたのです。異常者に襲われて森に置き去りにされ、じわじわと失血死しました。それから、もうひとつ申しあげるべきなのは、お嬢さんの事件は防ぎ得たということです。でも、だからといって怒らないでいただきたい。

サラは検査用手袋をはめ、ブロックに尋ねた。「準備はいい？」

ブロックはうなずいて赤いボタンを押した。ビデオカメラが低い音をたてて起動した。サラは日付と時刻を言った。記録用に、その場にいる者の名前をあげた。それから、予備検査に取りかかった。

ペンライトで眼球を照らした。「点状出血は認められない」首を絞められたり、喉を詰まらせたりしたのではないということだ。

サラは被害者の首をそっと横に倒し、耳の上の赤い痣を見た。ジェフリーに言った。「痣ができてる。たぶん、これが一発目。位置からして、一発で気を失ったかもしれない。凶器はハンマーと考えても矛盾しない」

ブロックが息を呑んだ。カメラに目を戻した。LEDのスクリーンを傾け、ピントの調節をした。ジェフリーは、その手が震えているのを見て取った。

ジェフリーの手は震えていなかったが、ひどく汗ばんでいた。この仕事をしていれば、不自然死に立ち会うことは避けられないが、この被害者には、この事件には、全身を恐怖で絡め取られそうだった。

殺人犯もレイプ犯も、何度となく狩った。

だが、けだものを狩るのははじめてだ。

サラは被害者の鼻孔と口のなかを覗きこんだ。喉に指を当てた。「障害物は感じられない」

「障害物？」ブロックが尋ねた。

「カタリノの喉には、たぶん未消化のパンが詰まっていたの」

ブロックは慎重に遺体のまわりを移動しながらうなずいた。

サラは被害者の首をもう少しひねり、首の後ろを検めた。ジェフリーには、小さな穴のまわりで血が凝固しているのが見えた。

「C5に刺し傷。これで目的を達成したわけね」

「目的？」ブロックがまた訊き返した。

ジェフリーは言った。「犯人は被害者を麻痺させようとしたらしい」

ブロックは顔をしかめてかぶりを振った。ジェフリーは、彼の顔に脇に汗が伝い落ちるのを見た。

サラは体の下のほうを調べはじめた。スウェットシャツをめくりあげた。上半身には数箇所の痣があった。「殴られたのね。肋骨が一本折れてるみたい」

ジェフリーはノートを見おろした。ページは真っ白だ。遺体を大雑把にスケッチした。木や石も描きくわえた。

サラはヨガパンツのウエストバンドの下に指を走らせた。ブロックに言った。「これを近くから撮って」

検査用手袋に赤いものがついていたが、血ではなかった。ジョージア州特有の赤錆色の土だと、ジェフリーにはわかった。

ブロックが尋ねた。「ひっくり返したほうがいいかな？」

「ええ。背中側を見てみましょう」

ブロックはジェフリーにカメラを渡し、手袋をはめた。やや手間取った。汗ばんだ手にビニールの手袋が貼りつくせいだ。

「すまない」ブロックはとうとう手袋を手首のほうへ無理やり引っぱった。バンドの部分が裂けた。ジェフリーは、彼の手首の内側に古い傷痕があることに気づいた。

「よし」ブロックは被害者の頭のそばにひざまずいた。両手を肩の下に入れた。サラはウエストの下に手を入れた。ふたりは協力して被害者を横向きにした。

トゥロンのヨガパンツのウエストバンドは腰の下で丸まっていた。むき出しの臀部に土や小枝がくっついている。

サラは言った。「地面に横たわっているあいだに、パンツを引きあげたのね」

ブロックは尋ねた。「それはどういうことかな?」

ふたりは慎重な手つきで被害者を元どおりにした。

「犯人が現場に戻ってきたかもしれないってことよ」

「いったん置き去りにしたあとに?」ブロックは尋ねた。「どうして戻ってきたんだ?」

サラは被害者の両手を見た。指先が赤く染まっていた。「あるいは、この子は自分でパンツを引っぱりあげようとしたのかもしれない」

ジェフリーはそれがなにを意味するのか考えた。ここでレスリー・トゥロンは血を流して死にかけながらも、自分の体を覆おうと精一杯手をのばし、途中で力尽きたのだろう。

サラは彼女の両脚をそっと開かせた。

ジェフリーは歯を食いしばってにおいに耐えた。

「パンツのクロッチが破れてる」サラはまたペンライトを使った。脚をもっと広げた。ジェフリーに言った。「拡大して撮って」

ジェフリーは、ＬＥＤのスクリーンを見ながらマクロモードに切り替えた。被害者の脚のあいだの伸縮性のある生地が破れていた。乾いた大きな血の塊、そして爆発の途中で静止したかのように、ガラスの破片に似た細かいかけらが生地に刺さっているのが見えた。パンツは内側から外側に向かって裂けていた。

ブロックが尋ねた。「それはなんだ？」

「木製の柄」サラは言った。「犯人は被害者の体に突っこんだハンマーを折ったのよ」

15

アトランタ

フェイスは折れた木製の柄の写真をまじまじと見つめた。写真を撮った人物は、白い紙にそれをのせ、隣に定規を並べていた。洗浄されているものの、血や排泄物が木目に入りこんでしまっている。ハンマーのヘッドがあった部分は、折れてなくなっていた。折れたところは割れた歯のようにぎざぎざしている。

サラは言った。「これはレスリー・トゥロンの体内に残っていたものよ。膣円蓋を切ってようやく取り除いた。恥骨丘が折れるほど奥に突っこまれてたの。たぶん、犯人はハンマーの頭を足で蹴った。ハンマーの柄はいちばん細い部分、つまりネックのところで折れた」

フェイスは息を止めていた。写真から目をそらさずにはいられなかった。

サラはつづけた。「柄の端にメーカーのマークがついていた。整備工ハンマー、あるいは機械工ハンマーと呼ばれるタイプのもの。柄は下のほうが太くて、ネックに向かって細くなる」

ウィルが言った。「車のパネルのへこみを叩いてなおすのに使うようなやつだ」

「そのとおり。ヘッドの片方は平らで、もう片方はくさびを長くのばしたような形で先端が尖ってる。わたしの記憶では、特別なものではなかった。ホームセンターで買えるし、通販でも手に入る」

「記憶？」アマンダが尋ねた。「それは記録してあった情報ではないの？」

「ゆうべ見たファイルのなかには検死報告書のコピーはあるけれど、わたしの個人的なノートはいま手元にないんです。ブロックの保管している記録のなかに、毒物など各種検査結果やさまざまな測定の結果、現場で撮影した写真などと一緒に入っているはずです。法的には彼が郡の登録検死官だったので、わたしはアドバイザーの扱いでした。証拠保全の一貫性は保たなければなりません」

アマンダは言った。「ブロックが持ってる情報がほしいわ」

「わたしが電話します」サラは検死結果の説明を再開した。「レスリー・トゥロンはＣ５に刺し傷がありました。ビデオの映像をもとに、刺し傷の円周と長さはベッキー・カタリノを麻痺させた凶器と一致していることが確認できました」

アマンダは言った。「ホワイト郡の被害者のアレクサンドラ・マカリスターも、昨日の検死解剖で同じタイプの傷がＣ５にあることがわかったのよね」

「ほかに共通点は？」フェイスは尋ねた。「マカリスターにも瘻孔があった？」

「いいえ、でもひどいレイプを受けていた。膣周辺と内部が裂けていたし、膣壁は鋭いもので引っかかれていた。クリトリスはちぎれていた」

サラが言葉を切り、フェイスはつかのまの沈黙をありがたく思った。

「捜査の観点から見れば、わたしたちは運がよかったんです」サラは言った。「マカリスターがはいていたハイキングパンツの素材は、厚手のウォータープルーフでした。普通、肉食の生物は開口部から食べていくから、殺人犯はレイプ中に生じた傷を野生動物の仕業に見せかけることができると考えたかもしれない」

フェイスは思わず尋ねた。「検死官はクリトリスがちぎれているのに気づかなかったの？」

「骨盤内の検査をする正当な理由がなかったの。エンバーミングの際に気づいたかもしれないけどね。体液が漏れるのを防ぐために綿を詰めるから」

フェイスは戦慄を抑えきれなかった。

「昨日の午前中にマカリスターを目視検査したときには、検死官の判定どおり、事故死で間違いなさそうでした。X線写真がなければ、頭部の傷も岩にぶつけたための骨折と考えられた。ところが、脊髄に刺し傷があるか確認して、ようやくグラント郡の事件との共通点が認められた。自分がなにを探しているのかわかっていなければ、わたしも見落としていたかもしれません。見落としていたら、マカリスターの遺体をここへ搬送して検死解剖することもなかったでしょう」

明らかに、情報開示が重要だという教訓はアマンダに向けられたものだったが、本人は涼しい顔で応じた。「古い話をありがとう、ドクター・リントン」

サラはつづけた。「グラント郡では、犯人は初心者だと考えられていました。女性を襲うたびに学習し、スキルを磨いていったわけです。ましな言い方が見つからないんですが、トミのときはまだ下手だった。ベッキーは生き延びた。トゥロンは亡くなった。ここで八年、時間を早送りします。アレクサンドラ・マカリスターの事件は、いかにも事故死らしく見えた。これらの四件を並べて見ると、トミからはじまってアレクサンドラ・マカリスターまでつながるはっきりとした線があるという仮説を排除できません」

フェイスはノートをペンで小刻みに叩いた。もっと情報がほしい。「性器を傷つけるのがこの犯人の特徴なの？」

「麻痺させるのが特徴よ。犯人自身の言葉からそれがわかる。彼はトミに、麻痺しているふりをしろと命じた。従わなかったら麻痺させると編み針のようなものを突きつけて脅したの。マカリスターのときは、おそらくそういう脅迫はなかったと思う。C5で脊髄を突き刺した。両腕も動かせないようにした。体は完全に麻痺していても、呼吸はできたし、意識もあった。犯人は、トミもその状態にしたかったけれど、できなかった」

「ひどい」フェイスがノートに〝麻痺〟と書いたのは、気力を取り戻す時間がほしかったからだ。

「ドクター・リントン」アマンダが言った。「ほかの共通点を説明して」

「もっとも明白な共通点は、頭部の傷のX線写真で証明できます。カタリノの頭蓋骨は三日月形に陥没していました。ハンマーの形と一致します。レスリー・トゥロンの側頭部にあった赤い痣も、彼女の体内に残っていたハンマーの形と一致しました。昨日検死したアレクサンドラ・マカリスターも、頭蓋骨骨折の形がハンマーのヘッドの形と一致しました」

フェイスは情報を書きとめながら尋ねた。「トミはどうだったの？」

「とても硬いもので殴られたと話していた。それがなにかは見えなかったそうよ」

アマンダが先を促した。「次の共通点は？」

「トミは八年前、ゲータレードと見られる青くて甘い液体を無理やり飲まされたと話していました。レベッカ・カタリノの吐瀉物と、喉に詰まっていたものは、鮮やかな青色でした。レスリー・トゥロンの胃にも青い液体が残っていたことが検死解剖で確認されています。昨日の午後、アレクサンドラ・マカリスターを解剖したときも、似たような青い液体を胃と喉と口のなかに認めました。サンプルを毒物検査に出しています」

フェイスは尋ねた。「グラント郡の検死官は――」

「ダン・ブロックだった」

「トゥロンも毒物検査にかけたの？」

「ブロックはすべてのサンプルをGBIに送ったの。当時はどんなに急いでも結果が出るまで数カ月かかるのが当たり前だった。結果を見せてもらおうとは思いもしなかったわ。あの時点では、ダリル・ネズビットが犯人とされていたから」

アマンダが携帯電話をタップしはじめた。「うちに検査結果のコピーがあるはずよ」

「よし」フェイスはいったん整理したかった。「犯人は犯行を重ねるうちに学習して手際がよくなった。ハンマーとゲータレードが共通していることもわかった。でも、カタリノは少しはずれるよね。たしかに暴行は受けたけれど、ほかのふたりのように性器を傷つけられることはなかった」

「ちょっといいか?」ニックはアマンダがうなずくのを待った。「署長たちは、犯人は被害者を拉致したのではないかもしれないという仮説も立てていた。森へ向かうところを尾行したのかもしれない。そして、被害者を殴って気絶させ、もっと人目につかない場所、たいていは小道からそれたところへ運んでいく。それから、薬を飲ませて前後不覚にする。レイプする。被害者をその場に置き去りにして、しばらくして戻ってきて、そのたびに危害をくわえる。やがて遺体が発見されると、また次の被害者を探す」

フェイスは気分が悪くなった。「被害者はずっと生きてたってこと? 犯人が戻ってきて、また傷つけられるのを待つしかなかったの?」

「麻痺させられてね」サラが言った。「三日間は水がなくても生きられる、三週間は食べ物がなくても生きられる。でも犯人が戻ってきたら――わからない」

「テッド・バンディも被害者のもとへ戻ってきたのよね」フェイスは言った。「犯人がバンディみたいなタイプだったら、捕まる可能性に興奮してたかも」

「ニック」アマンダが言った。「プロファイリングで推定された犯人像を教えてあげて」

ニックは派手なブリーフケースを開き、ホチキスでとめた紙の束を取り出した。「署長に頼まれて、FBIにプロファイリングを依頼した。知ってのとおり、顔見知りの犯行ではない殺人事件は厄介だ。おれたちは、犯人は森や学生のたまり場に詳しい町の住民だと考えていた。一年後にFBIから戻ってきたプロファイリングがこれだ」

フェイスはプロファイリングをあまり当てにしていない。なにしろプロファイリングの担当者がたいていはみずからも人格的な問題を抱える年配の白人男性だからだ。「当ててみせましょうか。犯人は母親を憎んでる、でしょ」

「それが、一時的動因は父親だとさ。父親はいい人生を送っていたが、犯人は違った。社会的に孤立していた。学生のころはとくに目立った問題はなかったが、勉強熱心ではなかった。手を使う仕事についた。三十代なかばから後半。自己評価が低い。女性と出会えず、もちろん長くつきあうこともない。自分は男として劣っていると感じていて、そこへ父親の問題が関わってくる。犯人は罰されたがっている、被害者をわりあい人目につく場所に置き去りにし、発見されるまで現場に戻ってくるのはそのためだというのが、ＦＢＩの見解だ。おれはよくある〝犯人は阻止してほしがっていた〟ってやつはありえないという立場だが——捕まりたがっている殺人犯なんかいないだろう——でも、今回の人でなしは、たしかに大きな危険を冒している」

　アマンダが尋ねた。「サラ？」

「そのプロファイリングにはうなずけます。グラント郡は保守的な田舎町です。犯人は、大勢の親族がいて、コミュニティに溶けこんだ白人の女子学生を狙っていた。注目してほしがっている感じがする」

　ニックは言った。「アトランタで昼夜かまわず売春婦を殺してチャタフーチー川に捨てても、それが同一犯の犯行だとはだれも思わないからな」

「質問」フェイスは手をあげた。「父親を憎んでいるのなら、どうして男性を殺さないの？そして、性器を傷つける意味は？」

「母親を憎んでいるから」

いい、ほらね。

「とにかく」ニックはつづけた。「プロファイリングでは、ダリル・ネズビットは犯人像にばっちり当てはまると出た。養父は経営者として成功していた。逮捕されるまでのことだがね。ダリルは正式な養子ではなかったから、必要とされていないと感じて育った。母親は覚醒剤にはまって売春をしていた。ダリルが八歳のときにオーバドーズで死亡している。十六でハイスクールを中退して、単純労働の現場を転々とした。プロスケートボーダーのトニー・ホークを目指していたのが、日雇いで税金逃れにこっそり現金を受け取る毎日だった」

サラは言った。「大雑把なことは言いたくないけど、ネズビットの養父の一族は評判が悪かった。数年前には、養父の工場が盗難車を解体してさらに部品を盗んでいたことがわかってる」

ウィルが言った。「車の解体には機械工ハンマーを使う」

「そういうことだ」ニックは言った。「証拠はすべてダリル・ネズビットを指し示していた。現場の近くに住んでいた。犯行に使われたハンマーはどこでも手に入るものだったとはいえ、まったく同じものが身近にあった。被害者たちと接点があった。動機、手段、機会。すべてそろってた」

フェイスは思わず余計なことを口走りそうになり、舌を噛んだ。犯人はあいかわらず犯行をつづけているのだから、それらの〝証拠〟は実際には証拠ではなく、むしろはずれた仮説と言うべきではないのか。

「最初は犯人も捕まえてほしかったのかもしれないけど。そのうち、逃げるほうがもっとおもしろくなると気づいたんじゃないかな」

ウィルが咳払いした。「犯行を重ねるたびに学習していたのなら、抜け目なく州全体にターゲットを広げるだろうな」

「バンディもそうだったしね」

アマンダは視線で釘を刺した。フェイスは肩をすくめた。自分には事実しか言えないし、連続殺人犯の犯行であることは事実だ。

サラは言った。「フェイスがいま言ったことに関して、死生学的見地から興味深い数字をあげましょうか」

部下たちの話に耳を貸さないアマンダも、サラに対しては違う。「その数字とは？」

「連続殺人犯の十六パーセントが、被害者を殺したあとになんらかの形で体の一部を切除している。遺体損壊は十パーセント以下。死姦と人肉食は五パーセント以下。三パーセントは、遺体にショッキングな形のポーズを取らせる」

「カタリノとトゥロンはポーズを取らされたというの？」

「ふたりとも麻痺させられてはいたけれど、どちらも仰向けの状態で発見された。ということは、犯人が仰向けにしたと考えるのが自然です。アレクサンドラ・マカリスターも最初は仰向けにされていたのかもしれませんが、野生動物たちが遺体を奪い合った。だから、彼女は死亡後に動かされたんです」

「なるほど」フェイスは話についていくために表を作った。「ハンフリー、トゥロン、マカリスターのあいだには、確実な共通点が四つある。頭部をハンマーで殴られたこと、ブルーのゲータレード、麻痺、性器を傷つけられたこと。カタリノはハンマー、ゲータレード、麻痺、でも性器は傷つけられていない。トゥロンとカタリノはヘアバンドとバナナクリップをそれぞれなくした」

ウィルは言った。「でも、ジェラルド・カタリノはヘアバンドの件は言葉を濁していた。なくなりやすいものがなくなっただけかもしれない」

フェイスはノートに書いた表を見ていた。ダリル・ネズビットの新聞記事に載っていたほかの女性たちについて、黙ってチェックした。もう一度、アマンダに挑んでみたい。

「ちょっとだけ、さっきの話をしてもいいですか？」

アマンダは〝さっきの話〟がなにかわかっていた。「三十秒あげる」

「犯人がシリアルキラーとは言えない、三人以上の女性を殺した証拠がないし、あたしたちがただ直感で連続殺人だと言ってるだけで、具体的な共通点はない。そういう話でしたよね？」

アマンダは腕時計を見た。

「ところで、例の新聞記事の八名も被害者かもしれない。彼女たちがみんなうっかり屋のハイカーだったのではなく、殺人の被害者である証拠を得るには、それぞれの事件の捜査員や検死官や目撃者に話を聞く必要がある、そうですよね？」

アマンダはまた腕時計を見ている。

「だったら」フェイスはひときわ大きな声で言った。「さっさと捜査員や検死官や目撃者に話を聞けばいいんじゃないですか？」

アマンダは腕時計から目をあげた。「現時点では、被害者の人数は重要ではないわ。殺人犯がいる。そいつが殺人を犯しているということはわかっている。こういう状況でめったに手に入らないものが、いまわたしたちの手元にはある。奇襲の可能性がね」

ニックが言った。「われわれは真犯人がいるのを知っているが、犯人はそのことを知らない」

「そういうこと。わたしたちが十人から五十人のゴシップ好き警官たちがうろついている管轄署のドアを端から叩いていったら、奇襲できる可能性はどんどん低くなっていくと思わない？」

フェイスは訊き返した。「でも、あたしたちに失うものはありますか？」

「得られるものはある？　不審死ではないと断定されたから検死報告書はない。八件のうち半分は、遺体が火葬された。捜査は完了しているどころか、最初からおこなわれていない。遺体がどこで発見されたのか、いつから行方不明だったのか、死亡者の名前も住所も職業も、親族の名前も、全部すでにわかっている。そのほかに、なにが得られると思う？」

「検死官の判定に納得していない捜査員がいるかもしれません」

「CNNにわたしたちの一挙一動を追いかけられることになるのと、どっちがいい？　あるいはフォックスにプライムタイムの特番を作られるのと。新聞やレポーターや警官が、いままでの経緯だの手がかりになりそうな事柄だの容疑者だのをオフレコで話しだすかもしれない。犯人がそういう番組を見たり、リークされた情報を聞きつけたりして、MOを変えるかもしれない。地下に潜ったり、わたしたちの権限の届かない別の州へ逃げたりするかもしれない」

フェイスは反論できなかったが、関係者の話を聞くのが刑事にとって最良の、ときには唯一のツールだと腹の底では思っていた。

アマンダは言った。「新聞記事の件は、最後の最後までこの壁の外には出さないこと。電話一本かけるのも、情報源に接触するのも、わたしの許可なしでやるのは禁止。いい？」

「いやだと言っても無駄でしょう？」

「ええ、無駄。ドクター・リントン？　ほかにある？」

サラはかぶりを振った。

「では、ジェラルド・カタリノの件に行きましょう」アマンダは言った。「フェイス、あなたの番よ。記事の話も遠慮なくどうぞ」

フェイスもそのつもりだったが、エマがいたらうらやましがりそうなほど大きなため息をついた。ノートを逆にめくりながら、サラと交替して演台の前に立った。シャーリーズ・セロンと交替したバリー・ファイフのような気分だった。今日のサラはジョン・ヒューズの映画のように、オタク少女がメイクをして眼鏡をはずしたら突然そこにはジュリア・ロバーツが、みたいなことをしていた。フェイスはいつものフェイスだ――二歳児にどうしてここが濡れているのかと問いただすことに出勤前の時間の九割を食われたシングルマザー。

フェイスはゆうべの半分を情報の照合に、朝のほとんどを電話に費やしていたが、アマンダにあてこすりを言うチャンスをみすみすふいにするつもりはなかった。「詳細を知りたければすべてサーバーに保存したけど、とりあえずアマンダの言うとおり、新聞記事の女性たちから話をはじめましょう」

アマンダは涼しい顔をしている。

「ジョーン・フィーニー。レニー・シーガー。ピア・ダンスク。シャーリーン・ドリスコル。ディアンドラ・ボーム。シェイ・ヴァン・ドーン。バーナデット・ベイカー。ジェシカ・スピヴィー」フェイスは電子ボードのリモコンを押し、あらかじめアップロードしておいた映像を呼び出した。「ジェラルド・カタリノは八件の検死報告書のコピーを持ってた。先ほども話があったとおり、どの遺体にも不審なところは認められなかったから、検死解剖はおこなわれなかった。ジェラルドは電話で、あるいは直接、亡くなった女性の遺族や友人と話をした。地元警察の警官からも話を聞いてる。彼のノートから推測すると、シーガー、ドリスコル、スピヴィー、ベイカー、ボームは除外してもいいと思う」

「理由は？」アマンダが尋ねた。

「シーガーは何度か自殺未遂をしている。ドリスコルは産後鬱にかかっていた。スピヴィーは明らかに転倒による事故死。ベイカーには嫉妬深い夫と、さらに嫉妬深い愛人がふたりいた。ボームは浅瀬で溺死。怪しいけれど、わたしたちが問題にしている怪しさではない」フェイスは残りの女性を指し示した。「ジョーン・フィーニー。検死官の報告書では、野生動物に胸部、肛門、膣を食べられていた。ピア・ダンスク。やはり野生動物に食べられていた。場所の記述はなし。シェイ・ヴァン・ドーン。ドゥーガル郡の検死官である歯科医の記録によれば、〝性器〟に野生動物の捕食の痕」

ウィルが補足した。「ジェラルド・カタリノは性器の傷のことを知らなかったから、調べていなかったんだ」

サラが言った。「わたしの知るかぎり、トミはずっと沈黙しているし、レスリー・トゥロンの事件は厳密に言って未解決だから、情報開示を請求できる対象ではない」

「そのとおりよ」アマンダが言った。「フェイス？」

フェイスは急かされるのが好きではないが、ジェラルドの調査室の壁面から集めてきた画像を切り替えた。

「ピア・ダンスクの親友によれば、ピアは祖母から譲り受けた銀色のヘアブラシがなくなったのをとても気にしていた。ジョーン・フィーニーは体育の授業で友人にヘアバンドを借りた。自分のヘアバンドはいつもジムバッグに入れてあったのに、なぜかなくなっていたから。シェイ・ヴァン・ドーンは隣人の娘と車に乗っていた。その子に櫛を貸してと言われて、いつもの場所にないことに気づいて驚いていた。また、ジェラルドによれば、三人とも失踪するしばらく前から、だれかに見張られているような気がすると友人や家族に相談していた。つまり、遺体を見るまでもなく、共通点はすでにふたつある。ヘアアクセサリーがなくなったことと、亡くなるしばらく前からストーキングされていると感じていたこと」

サラは尋ねた。「遺体の埋葬方法はわかる？」

「ヴァン・ドーンを除いて火葬された」フェイスは一枚の電子ボードの前へ歩いていった。「でも、ひとつ重要なことがあるの。最近の三件には共通したパターンが見られる」

アマンダが言った。「殺人の証拠はないけど」

フェイスは顔をしかめた。「フィーニー、ダンスク、ヴァン・ドーン。この三名が使っていたSNS、出会い系サイト、クレジットカードの履歴、出入りしていた場所など、通常の調査はしたけれど、共通点はなかった。ところが、そのあと日付を整理したら発見したの。フィーニーとダンスクは三月の最終週にいなくなった。ヴァン・ドーンは十月の最終週に消えた」

サラは言った。「トミ・ハンフリーが襲われたのは十月の最終週よ。カタリノとトゥロンは三月下旬」

「アレクサンドラ・マカリスターは十月に殺された。犯人は年にふたりずつ、だいたい半年ほどの間隔を空けて殺しているの」

シリアルキラーの仕業だと言っているも同然のフェイスに、アマンダはまた鋭い視線を投げた。

ニックが言った。「FBIのプロファイリングでは、犯人はしばらく前から女性を襲う想像をしていたようだ。犯行にはファンタジー要素がある。そのうち、なにかがきっかけで犯行に至った。また仕事をクビになったとか、床に靴下を脱ぎっぱなしにするなと母親に叱られたとか、それでキレた」

「待って、鑑識の報告があがってきたわ」アマンダは携帯電話を見た。何度かスクリーンをタップして、黙って目を通した。やがて言った。「GBIには、八年前にグラント郡から依頼されたレスリー・トゥロンの毒物検査の報告書はない」

ニックが言った。「あのころはまだファックスを使ってましたから。おれの古いファイルにコピーがあるかもしれない。おれからブロックにファックスしたときに、署長にも同送したはずだ」

サラは言った。「彼のファイルにはなかったわ」

アマンダはニックに言った。「探して」

ニックはブリーフケースを閉じて出ていった。

「ブロックもコピーを持っているはずよ」サラは言った。

「よろしい」アマンダは言った。「ラシード、刑務所に戻ってヴァスケス事件の捜査をつづけて。ゲイリー、あなたはまだ補助輪がついてる。ここから先は外に出ていて」

「わかりました」ゲイリーはノートを閉じ、ラシードと立ち去った。

アマンダはドアが閉まるのを待っていた。

「ヒース・カタリノの件は？」アマンダはフェイスに尋ねた。

サラとウィルが昨日の発見について話し合ったとは思えなかったので、フェイスはサラのために説明した。「ベッキー・カタリノには七歳の息子がいるの。今度のクリスマスに八歳になる」

サラは下唇を噛んだ。計算したのだ。

フェイスは、ダリル・ネズビットが刑務所からジェラルドに手紙を送っていたことをサラに話した。「ジェラルドは、切手と封筒のフラップから採取したＤＮＡの検査報告書を見せてくれた。アメリカ血液銀行教会認定、裁判所認可の民間の検査所によって、ダリル・ネズビットは父親ではないと判定されたの」

「つまり」サラはこの新しい情報をなんとか理解しようとしていた。「ダリルがヒースの父親でなければ、ベッキーを襲った犯人でもない。ということは、レスリー・トゥロンを殺した犯人でもないわけね」

フェイスは役に立つ面を強調してみた。「容疑者が見つかりしだい、検査でヒースの父親だとわかれば、ベッキーをレイプしたことを証明できるよ」

アマンダは言った。「証明できるのは、ベッキーが襲われたころに彼女と性交したことでしょう。彼女はレズビアンと言っていたかもしれないけれど、普通に仕事ができる弁護士なら、セクシュアリティの流動性を根拠に異議を唱えるでしょうね。真実は関係ない。本人は反論できる状態じゃないんだから」

フェイスは演台に肘をついた。なにを言ってもアマンダに打ち返されるのにはうんざりだ。ラスヴェガスの大通りに着陸しようとしているも同然に、そこらじゅうでネオンサインがぴかぴか光っているのに。

アマンダはフェイスの不機嫌に気づいたようだ。「フェイス、あなたならだれよりも少しずつ前進する（ベイビー・ステップ）ことに慣れてるでしょう。片足を前に出して、次にもう片方の足を出す。わたしたちは部屋のむこうまで一気にジャンプしたりしない。ゆっくりと確実に、捜査を積みあげていくの。Love2CMurder のウェブサイトはどうだった？」

フェイスはすぐには答えず、納得していないことをあらわにした。「ウェブサイトによれば、ダーク・マスターソンはデトロイトの元殺人捜査課刑事。十人の孫たちのそばにいたくて、元教師の妻とジョージア州へ引っ越してきた。郵便物の送付先はマリエッタの郵便局の私書箱を指定している。デトロイトにはダーク・マスターソンという名の警官がいた記録はない。一方、ジェラルド・カタリノから一万ドルを巻きあげてる」

「ダーク・マスターソン」アマンダは言った。「ポルノ俳優の名前かしら」

アマンダがそんな発言をしたことに、三人とも居心地悪そうにもぞもぞした。

フェイスは言った。「インターネット・プロバイダーに情報の開示を請求したので、正体はいずれわかります。彼の事件ファイルとやらを読みました。彼が警官のまねをするのと、あたしが鶏のまねをするのとでは、うまさは五分五分ですね」

「今日中にそいつの正体を突き止めて。それから、過去八年間、十月と三月に失踪届が出ている女性のリストをわたしにメールして。わたしは何人かに内密の電話をかけてみる」

フェイスは希望の光を垣間見たが、あえて皮肉を返した。「決まったパターンのあるシリアルキラーを捜してるわけじゃないのなら、最近失踪したとか、見張られているような気がすると相談に来た女性の情報を集めたほうがいいんじゃないですか？」

アマンダは険しい目になった。「そうして」

「どうも」

アマンダはサラに向きなおった。「トミ・ハンフリーは証言してくれると思う？　いまでも生きていて、証拠になる情報をくれる被害者は彼女しかいないわ。九年がたってるし。

なにか思い出しているかもしれない」

　サラは明らかに渋っていた。「ネズビットが逮捕されたときに、トミに彼のマグショットを見せたんです。参考になるかどうかわかりませんけど、トミは彼ではないと言いました。でも、その日のうちに実家の裏庭で首を吊ろうとしたんです。私立の病院で治療を受けました。その一年後くらいに、家族でグラント郡から出ていってしまった」

「トミを襲った男は彼女に話しかけたのよね。黙っていれば、これ以上は女性を襲わないと言った。ほかにもなにか話していると推測できるわ。トミはなにか思い出したかもしれない。いいえ、むしろなにかを隠しているかもしれない」

「そうですね」サラはそう答えたものの、やはり気が進まないようだった。

　アマンダはたたみかけた。「あなたにトミ・ハンフリーの聴取をまかせると言えば、素直に連絡を取る気にならない？」

　サラは質問をかわした。「トミは犯人の顔を見ていないんです。犯行時には薬を飲まされていましたから。ほとんど意識がなかった。薬を飲まされただけでも記憶を失うことがありますし」

「事件の数日前、数週間前のことは覚えているかもしれないでしょう。だれかに見張られているような気がしなかったか？　大切なものがなくなっていなかったか？」

　サラはあいかわらず気が進まないようだったが、それでも答えた。「わかりました」

16

ジーナ・ヴォーゲルは、だれかに見張られているような、どうにも落ち着かない気分を振り払うことができなかった。ジムで視線を感じた。スーパーマーケットで感じた。視線を感じないのは自宅のなかにいるときだけだったが、それは日中でも家じゅうのブラインドとカーテンを閉めているからだ。

わたしはおかしいのだろうか?

シュシュがひとつなくなったくらいで、お金と名声と才能のないハワード・ヒューズになりかけている。足の爪までヒューズっぽくのびている。行きつけのネイルサロンにペディキュアの予約を入れていたが、キャンセルしてしまった。二年前から月に一度通っていたのに。女が生きていたら、自分の足の爪を安全に切ることすらできなくなる時期が来る。老眼鏡がなければ自分のつま先もよく見えないという時期だ。

わたしはそこまで家を出るのが怖いの?

ジーナはうなじに手を当てた。産毛が逆立っていた。両腕に鳥肌が立っている。シュシュがなくなって、変なやつにストーキングされているような気がするくらいで、わざわざ自分からおかしくなろうとしている。なんとなくいやな感じがするというだけで証拠はなく、殺人事件の実録番組を見すぎただけなのに。

出かけなければだめだ。

ジーナは玄関へ向かった。部屋着姿だが、隣近所の人々はみんな出かけている。とにかく、ジーナの気に入っている隣人はみんな留守だ。どこもおかしくない人間のように、郵便受けへ行って、郵便物をチェックするだけでいい。

コンクリートの階段からポーチの階段におりた。一台の車が前を通過した。アキュラ。ダークグリーン。運転席に母親。後部座席に子ども。なんの変哲もない。よくあることだ。学校かクリニックへ行く親子。プールに飛びこむのを怖がっている臆病者のように、自宅の玄関階段をおっかなびっくりおりている洒落た部屋着姿の女など、だれも気にしない。

ジーナはもう一段下に足をおろした。通路を歩き、右に曲がって歩道に出たら、そこに郵便受けがある。

郵便受けの中身を取り出す手はおどおどしていた。入っていたのはいつものゴミばかり――クーポン、カタログ、チラシ。クレジットカードの請求書に気が滅入り、選挙運動の葉書に腹が立った。つややかな表紙の母校の同窓会誌にはびっくりした。フェイスブックのページに、二十周年の同窓会のテーマは〝ファックしてる？　結婚してる？　死んでる？〟がいいんじゃないかと投稿したらブロックされたのに。

同窓会誌がぶるぶると震えだしたが、それはジーナが震えだしたからだ。やかんのなかで沸騰している湯のように、体じゅうで恐怖がしゅうしゅうと蒸気をあげているのを感じた。また手がうなじをさわった。途切れ途切れに息を吐いた。肺がこわばっていた。息を吸いこめない。だれかが見ているのはわかっている。そいつは背後に立っているのだろうか？　いま足音が聞こえなかったか？　首をつかもうと両手をのばして近づいてくる男の足音が聞こえるのでは？

「くそっ」ジーナはささやいた。全身がガタガタと震えているのに、両脚が動いてくれない。膀胱が痛くなってきた。目を閉じた。無理やり後ろを向いた。

だれもいない。

「くそっ」今度はもっと大きな声でつぶやいた。

ジーナは家へ歩いていった。ばかみたいに何度も後ろを振り向いた。通りの向かいに住んでいる女が見ていたのかもしれない。あのお節介ばばあは、近所のみんなのすることに目を光らせている。ご近所ＳＮＳのネクストドアに、ゴミ箱を通りに出しっぱなしにして片付けない人がいるとか、資源ゴミをきちんと分別しない人がいるとか、長々と書きこんでいる。気をつけないと、だれかが彼女の日産リーフに残飯のハムをべったり叩きつけて、それがシャーク団とジェット団みたいに踊りだすかもしれない。

膝が折れそうになるのをこらえて、ポーチの階段を駆けのぼった。玄関に入り、すかさずドアを閉めた。郵便物を取り落として床にばらまいてしまった。デッドボルトに手をのばした。鍵はかけなかった。

鍵をかけずに外へ出てしまった。そのあいだにだれかが忍びこんだのでは？　郵便受けの箱の部分のようにくるりと向きを変え、しばらく家に背を向けていた。だれかがこっそり家に入ったかもしれない。いまも家のなかにいるかもしれない。

「くそっ！」ジーナは大あわてで窓やドアの鍵を確認してまわり、クローゼットやベッドの下を覗いた。最近の自分はこんなふうにおかしくなっている。

じっとしていると変になるとは、こういう感じだろうか？

ジーナはソファに戻った。iPadを取った。グーグルで〝スター・クレイジーの症状〟を検索した。

アンケートクイズが表示された。

1　気分がふさいでいますか？

2　セックスをしたいと思わなくなりましたか？

3　不安だったり、気分が落ち着かなかったりしますか？

4　ひどく疲れていたり、日中も眠くなったりしますか？

どの質問にもイエスの欄にチェックを入れたのは、お気に入りのバイブレーターには文字が読めないからだ。

結果：鬱が進行している恐れがあります。セラピストに相談しようと考えたことはありますか？　お住まいの地域には、閉所性のストレスの専門家が四人います。

ジーナはiPadをソファに置いた。インターネットに鬱を知られてしまった。鬱に効く自然療法だのサプリメントだののスパム広告がどっさり送られてくるだろう。

薬は必要ない。必要なのは、冷静になることだ。自分の性格型にパラノイアは当てはまらない。自分は目標指向型だ。自発的だ。計画的だ。几帳面だ。人づきあいはまめにするが、ひとりで過ごす時間も同じくらい楽しめる。二年前にグーグルで〝わたしは自宅勤務に向いているか?〟と検索した結果、向いている人間の性質をことごとく備えていた。

自宅勤務を許可してもらうのは簡単だったが、定期的に脚の無駄毛を剃り、髪を洗う理由が必要だと早々にわかった。解決法は、週に三度はジムに行くこと、月に二度はランチデートの予定を入れることだった。

iPadでカレンダーを呼び出した。驚いたことに、六日間も家から出ていなかった。ランチの約束はキャンセルした。ジムをさぼった。仕事のミーティングに無断欠席した。普通はあちこち電話をかけて状況修復するところ、ジーナは入念な計画を立てはじめた。ポストメイトとインスタカートに食料を配達してもらえば、あと一週間は家にこもっていられる。一週間後には、ボスの十二歳児の命令で、北京のクライアントとビデオカンファレンスがあるので会社へ行く予定だ。久しぶりにボタンとファスナーのある服を着て、かならず出勤しなければならない。なぜなら〝夜中の十二時過ぎにうっかりモグワイに食べ物を与えちゃって〟なんて言い訳は、一九八五年の十二歳児でなければ通用しないから。

ジーナはカレンダーのマス目を見つめた。あと一週間で十三日間、家に閉じこもっていることになる。十三日間なんてあっというまだ。十三日間ランチしか食べないフランス人がいた。ジーナ自身、十三日間近く低糖質ダイエットをつづけられたことがある。大学時代は十三日間以上、ラーメンだけで食いつなぐこともざらだった。そうだ、十三年間、いろいろな男の前で中イキするふりをしてきたじゃないの。

ソファから立ちあがり、キッチンへ行った。冷蔵庫をあけた。ジップロックのビニール袋にスライスしたトマトが四個分入っている。ダイエットコークが二十六缶。いやらしい形のキュウリが一本。食べかけのカインドのナッツバー。

警察に冷蔵庫の中身を見られたら、シリアルキラーだと思われそうだ。

抽斗からメモパッドとペンを取り出した。インスタカートに注文するものを書き出しはじめた。スープやチャウダーはもちろん、キャセロールも作ることができる。いつもストレスを抱えすぎて開いてないけれど、瞑想アプリも山ほどダウンロードしている。話題になっているけれど、まだ読んでいない本がある。あれをダウンロードすればいい。本を読む人間のようにあの本を読めばいい。北京のプレゼンの資料を期日までに作るために夜遅くまで作業する必要もある。この胸騒ぎは、健康的な食事と運動、読書、充分な睡眠など、いままでの日常に明らかに欠けていたセルフケアを全部やることで追い払うことができる。

日光！

そうだ、それが必要だ。子どものころ、母親によく叱られていた。

本を閉じて、外に遊びに行きなさい！

いや、外をなかに持ってくればいい。ジーナはリビングルームのブラインドをあけた。外の通りの様子をうかがうと、こちらを見ている怖い男などいない、いつもの通りがそこにあった。寝室のカーテンもあけた。キッチンへ引き返し、勝手口をあけて新鮮な空気を取りこんだ。窓の鍵をあけようと、シンクに身を乗り出した。

いや、いま必要なのは、ナンシーに電話することだ。姉ならこの不安から助けてくれるはずだ。あのピンクのシュシュのことを思い出すかもしれないけれど、できれば娘にはジーナが盗んだのよと言わないでほしい。なぜならいまのジーナは、地上最悪のおばだと叫ぶ猿の相手をする余裕がないから。

そこでジーナのはかない空想は泡のようにはじけた。

姉のナンシーは生まれながらにお節介ないばり屋だった。それだけならまだしも、娘のいちばんの味方であろうとして、結果として案の定とんでもないことになっている。

ジーナはふたたび空想の泡をふくらませようとした。

ナンシーは娘にシュシュのことは黙っていてくれるかもしれない。ワインを持ってきて、一緒にばかげた不安を笑い飛ばしてくれる。それからふたりで自宅リフォームの番組を見よう。二十五歳のカナダ人が十万ドルの頭金を払わずにすむ一方で、最近のジーナの検索履歴に残っているのは〝カビの生えたパンの生えていない部分は食べられるか?〟だ。

ジーナは窓枠に置いてある空のボウルを見つめた。

シュシュはここに入っていたのに。

それがいまはない。

どこかに置き忘れたのではないことはたしかだ。自分はどこかに置き忘れる人間ではないから。ものは元の場所にきちんとしまう。几帳面でしっかりしていて、きれい好きだから。だから、あのアンケートクイズで自宅勤務が向いているという結果が出たのだ。

「わたしのばか」

ジーナの指は窓の鍵を元に戻した。ナンシーには電話しない。この話は姉には絶対にしない。なぜなら、ふたりの人間の証言があれば、ひとりの人間を二十四時間体制の監視付き精神科病院に入院させることが法的には可能で、いまのジーナには、姉と母親が自分を隔離室に入れない理由がひとつも思いつかないからだ。

家のなかを逆戻りして、ドアに鍵をかけ、カーテンとブラインドを閉めた。また室内は暗くなった。ジーナはソファに座った。グーグルの検索画面を開いた。キーボードの上の指は動かない。寒気がした。だれかが墓の上を歩いたのか、いや、もう後戻りできない一線を越えようとしていると体が教えてくれたのだ。

タブレット上で点滅しているカーソルを見つめた。室内を見まわした。リモコンはいつものようにコーヒーテーブルの縁と平行に置いてある。ブランケットはいつものようにきちんとたたんで椅子の背にかけてある。ジムバッグは勝手口の脇。鍵は廊下のコンソールテーブルの上。バッグはキッチンの椅子の背にかかっている。

デイジー柄のピンクのシュシュをいつも入れてあったボウルは、あいかわらず空っぽだ。

ジーナは検索窓に入力した――。

〝銃を購入してジョージア州アトランタまで配達してもらえるか？〟

17

サラは自席でミーティングの内容をノートに書きとめた。レベッカ・カタリノの名前をじっと見つめた。いつのまにか、八年前に何度も自分に問いかけたことをふたたび繰り返していた。もしレナが、脈があることに気づいていたらどうなっていたか？　もしサラがもっと早く森に到着していたら？　あの失われた三十分があれば、犯人の顔を見ていたかもしれない被害者が、未知の後遺症に一生苦しめられることにならずにすんでいたのだとしたら？

レスリー・トゥロンはいまでも生きていたかもしれない。ジョーン・フィーニーも。ピア・ダンスクも。シェイ・ヴァン・ドーンも。アレクサンドラ・マカリスターも。あのときベッキー・カタリノを襲った真犯人がわかっていたら、彼女たちの命は奪われずにすんだかもしれない。

あるいは、トミ・ハンフリーを襲った真犯人がわかっていたら。

トミのことを思うと、胃がきりきりと痛んだ。アマンダの指示に応じて、トミに連絡すると言ってしまったものの、やはり間違っていた。トミに尋ねなければと思うたびに、実家の裏庭で立てつづけに煙草を吸っていた若い女性の姿が脳裏に浮かぶ。あのとき、自分はピクニックテーブルの下で両手をきつく握り合わせていた。ジェフリーは黙って聞いていた。目の前の女性ふたりが同じトラウマを抱えていることも知らずに。

サラはノートに注意を戻した。

ヒース・カタリノ。もうすぐ八歳。成長に伴う痛みがはじまるころだ。永久歯が生えてくる。批判的な思考が芽生える。ユーモアを表現する言葉を使いはじめる。

こんな疑問を抱くようになる――。

ぼくはだれ？　ぼくはどこから来たの？　ぼくはどうしてここにいるの？

まだ先になるかもしれないが、いずれかならず、自分が衝撃的な状況のもとで生まれたことを知る。それらの疑問に母親は答えることができず、祖父は答えるのを拒んでも、インターネットがすべて教えてくれる。母親が暴行された事件の記事を読むかもしれない。サラと同様に計算をして、フェイスと同様に観察をして、子どもが背負わなくてもよい重荷を背負わされることになるかもしれない。

いくつもの〝もしも〟が現実にならなかったことによって、多くの人生が取り返しのつかないほど変えられてしまった。

また過去に溺れている場合ではない。サラはフェイスがスキャンしたノートの画像をダウンロードした。目の前の女性たちに集中しなければならない。

ジョーン・フィーニー。ピア・ダンスク。シェイ・ヴァン・ドーン。アレクサンドラ・マカリスター。

フェイスはミーティングの前に独自に捜査を開始していたようだった。彼女のノートによれば、フィーニーとダンスクの遺体は火葬された。検死解剖はおこなわれていない。どちらの検死官も、遺体の大雑把なスケッチをして、ほぼすべての創傷を記録していたが、それ以上は調べようがなかった。

シェイ・ヴァン・ドーンは違った。遺体は土葬された。フェイスは両親の情報と、土葬を請け負った葬儀社の電話番号をメモしていた。抜かりのないフェイスらしく、葬儀社に電話をかけて遺体の在処(ありか)も確認してある。シェイ・ヴァン・ドーンは、GBI本部から九十五キロほど東のヴィラ・リカに埋葬された。メモのなかに、サラの目を引いたひとことがあった。フェイスは〝棺ケース〟という言葉を大文字で書き、さらに丸で囲んでいた。

サラはアマンダの内線電話の番号を押した。

「手短に。あと四分で電話会議なの」

「新聞記事の女性まで捜査を広げたくない理由は承知していますが」

「が？」

「ひとつの管轄区、ひとりの検死官、ひとつの警察と交渉するだけだったら？」

「つづけて」

「シェイ・ヴァン・ドーン」

「遺体を発掘したいの？」

「彼女は棺ケースに入れて埋葬されました。棺を保護するケースです。四種類の素材のうちどれかでできています——コンクリート、金属、プラスチック、それ以外の合成樹脂。水の浸入を防ぎ、土の重みでつぶれないように設計されています。高価なものは空気も通しませんが、隙間を溶接するわけではないんです。法的には、遺体を永久に保存すると保証してはいけないことになっていますが、わたしはほとんど状態の変わっていない遺体を発掘した経験があります」

「三年ものの遺体が完璧に保存されているかもしれないというの？」

「腐敗はしていても、損傷は最小限だろうと言ってるんです。もしアレクサンドラ・マカリスターたちのように性器を傷つけられていれば、彼女が被害者だとわかります。もしかしたら、犯人を指し示す証拠も見つかるかもしれない」

「ほんとうにそうなると思う？」

期待を持たせるようなことは言いたくないが、可能性は皆無ではない。「犯人は八年間、気づかれることがなかった。なまじ経験を積んだせいで油断することもあります。ジェイ・ヴァン・ドーンももうひとりの被害者かもしれない。どうせ藁をつかむなら、わたしは真っ先にこの藁をつかみます」

「両親に無理なお願いをすることになるわね」アマンダは言った。「ジェラルド・カタリノがヴァン・ドーンの両親と電話で話した内容は見た？」

「いえ、まだ」

「読みなさい。わたしにはメッセージを送って。遺体の発掘がどうしても必要なら知らせて」サラが電話を切ろうとしたとき、アマンダは言った。「生きた証人がいるのを忘れないで」

サラの胃がまた痛んだ。トミ・ハンフリーの家の裏庭で、ジェフリーの向かいに座っている自分。暴行されたときのことを説明しろと迫ったら、トミは言った――。

〝いまはもう、わたしはあの人間を知らない。どんな人間だったのかも覚えてない〟

その感覚は、サラも肌身で知っている。スティーヴ・マンとプロムへ行ったサラも、メディカルスクールに入学が決まって有頂天になったサラも、自信たっぷりでグレイディ病院の研修に出願したサラも、いまではぼんやりとしか思い出せない。その記憶はほかのだれかのもの、たとえば共通点がなくなっていつしか疎遠になった古い友人のもののような気がする。

サラはアマンダに言った。「やるだけやってみますけど。話す義務はトミには課されていませんので」

「ありがとう、ドクター・リントン。わたしも合衆国の憲法はよく知ってるわ」

サラはうんざりして目を上に向けた。

「ヴァン・ドーンの遺体をどうするか知らせて」アマンダは言った。「こっちでもなにか進展があったら教えるわ」

サラは電話を切ったが、すぐ仕事に戻る気力がなかった。

トミの姿が脳裏から消えなかった。目を閉じて忘れようとした。ほんとうはウィルに電話をかけ、このことで自身がレイプされたときの恐ろしい記憶がよみがえってくるのだと話したかった。二十四時間前ならすぐにそうできたのに。いまでは、ひりつく傷に塩を塗りこむようだ。

いまは手元の仕事に集中するしかない。

　サラはノートパソコンに目を戻し、ドゥーガル郡の検死官によるシェイ・ヴァン・ドーンの報告書を開いた。この検死官の本業は歯科医だが、報告書の冒頭から、彼が地図に詳しいことが読み取れた。

〝ヴァン・ドーンは三十五歳の白人女性。ACT川流域のアッパー・タラポーザ川小流域の北北西の端でうつ伏せの状態で発見された。ミル・ロード・パークウェイから五十一キロ、北緯三三・七三一九四四、西経八四・九二、UTMゾーン一六S　六九二七〇一　三七三四三七八〟

　サラは地図をクリックして、その川を見つけた。

　幼稚園教諭だったヴァン・ドーンはハイキングが趣味ではなく、普段職場へ行くときの服装だった。足をすべらせて岩で頭を打ち、硬膜下血腫、つまり一般的には外傷性脳出血で亡くなったと見られていた。

　歯科医はその時点でサラを失望させた。X線写真も撮らず、頭蓋内を視覚化せずに死因を判定できたとすれば、医学的な奇跡だ。

　外傷の概要を読んで、ふたたびサラは失望した。歯科医はこう記していた。〝性器を野生動物が捕食。図を参照〟

　クリックすると、遺体のスケッチがあった。目と口をバツ印で消している。胸部と骨盤が丸で囲んであり、矢印の先に〝写真を参照〟というコメントがある。

　サラはフォルダーにJPEGファイルを見つけた。歯科医をやや見なおしたのは、百枚以上の写真を撮っていたからだ。ホワイト郡の検死官が撮ったアレクサンドラ・マカリスターの写真のように、せいぜい二十枚くらいだろうと思っていたのだ。ドゥーガル郡の検死官は数歩先へ踏みこんでいた。年に千二百ドルしかもらえない、趣味同然の仕事に数千ドルと数百時間を費やす男の努力が見て取れた。

サラは写真をタブで表示していった。遺体は室内で、おそらく地元の病院か葬儀社のステンレスの台にのっていた。ライティングは申し分なかった。プロ並みの腕前だ。歯科医はあらゆるアングルから遺体を撮影していたが、サラが求めているものはなかった。外傷の部分をクローズアップしすぎているか、遠すぎるかのどちらかだった。外傷の周囲が写っていない。腱の裂傷が肉食動物によるものなのか、それともメスによるものなのか、これでは判断できない。〝性器〟の写真は控えめだが、ドゥーガル郡の規模を考えればしかたないのかもしれない。サラがトミ・ハンフリーをよく知っていたように、シェイ・ヴァン・ドーンは歯科医の知り合いだったかもしれない。

サラは残りの写真にざっと目を通していった。両手と足を写したシリーズと、開いた口のなかを写したシリーズがあった。

口のなかを撮影する本来の目的は、気管に異物が詰まっていないのを確認することだが、歯科医は三十五歳女性の右上顎に生えている親知らずを記録したかったのではないかと、サラは思った。ほかの三本だけ抜歯してあるのはめずらしい。普通は二本ずつ、あるいは全部抜いてしまうからだ。

サラはＪＰＥＧファイルを閉じた。

メインメニューからふたたびフェイスの資料を開いた。ジェラルド・カタリノがヴァン・ドーンの両親、ラリーとエイミーと電話で話したときのメモが見つかった。シェイが亡くなったあと、両親は離婚していた。ふたりとも再婚はしていない。ジェラルドはそれぞれ別々に話していた。

ラリーが娘について語った内容に目を引くところはないが、それが普通だろう。サラ自身は父親と非常に仲がいいが、父親は急いで問題を解決しようとする傾向があるので、あえて話さないこともある。

エイミーによれば、シェイは近所の子どもを車で誕生日パーティへ送っていったときに、バッグから櫛がなくなっていることに気づいた。最初は職員室に手癖の悪い同僚がいるのだと言っていたが、櫛がなくなったのを気にしていたのは明らかだった。母親には、最近だれかに見張られているような気がして不安だと話していた。最初はスーパーマーケットで、次には園の外で、三度目はジムのトレッドミルで走っているときに視線を感じた。母親は深刻に受け取らなかった——女性ならだれでもときどき視線を感じるものだ——が、娘が亡くなったときにそのときの会話を思い出した。

サラはメモを取った。〝森で発見。頭部に外傷があるかも（ハンマー？）。性器に傷（？）。事故死と判定（見せかけ？）。櫛がなくなった。ストーカーの可能性〟

両親は娘の死に不審なところがあると感じていた。シェイは活動的だが、ハイキングはしなかった。森にはめったに行かない。携帯電話とバッグを黄色いフィアット500のトランクに入れていた。ラリーは、シェイが鬱っぽかったかもしれないと話した。エイミーは否定した。シェイには友人が多く、教会の合唱隊でソプラノを担当していた。自宅のデスクには、作成途中の指導計画が置きっぱなしになっていた。つきあいはじめたばかりのボーイフレンドは、車で一時間半のアトランタでカンファレンスに出席していた。

サラはジェラルド・カタリノが電話をかけた日にちを確認した。彼はシェイの葬儀からきっかり二週間待ち、両親に電話をかけていた。それから三年が経過した。けれど、ラリーとエイミーが悲しみから立ちなおったとは思えない。どんな親でも、子どもの死から完全に回復するのは不可能ではないだろうか。

両親に発掘許可を求めるには、どんな段取りを踏むべきか。これはアマンダにまかせていいことではない。彼らの娘の遺体を切り開くのはサラなのだから。サラが両親に許可を求めなければならない。交渉するのは大変だろう。宗教のバリアもあるが、感情的なバリアのほうがはるかに堅固だ。多くの人は発掘を冒瀆だと考える。サラも否定はできない。

まず、ジェフリーの遺体を地中から掘り出すのを思っただけで、涙がこぼれそうだ。

まず、ラリーとエイミーは発掘でなにを見つけようとしているのか知りたがるだろう。簡単な答え方などあるはずもない。シェイ・ヴァン・ドーンの胃の内容物はエンバーミングの際に吸引されただろうから、ブルーのゲータレードを発見する可能性は低い。脊髄の刺し傷はもちろん確認しなければならない。〝性器〟を人の手で傷つけた痕が残っているかもしれない。アレクサンドラ・マカリスターの検死解剖では、先の鋭い道具で引っかかれた筋が膣壁に認められた。シェイ・ヴァン・ドーンにも似たような傷があるかもしれない。

サラはノートパソコンから目をあげた。

トミ・ハンフリーは編み棒で脅された。犯人が暴行の回数を重ねるごとに学習していることはわかっている。彼はレスリー・トゥロンを殺したときにハンマーを壊した。編み棒の新たな使い途を思いついたのではないか。

メモを見おろした。

〝森で発見。頭部に外傷があるかも（ハンマー？）。性器に傷（？）。事故死と判定（見せかけ？）。櫛がなくなった。ストーカーの可能性〟

棺ケースのおかげで、シェイとほかの犯罪を結びつけることができるかもしれない。サラは遺体の発掘を監督したことがある。エンバーミングの効果がつづくのはせいぜい数週間だ。地上に掘り出した瞬間から急速に腐敗する。棺が密封性の高いケースに入っていた場合、遺体は埋葬された日とほぼ変わらない状態に見えた。長い時間が経過したことを示す唯一のしるしは、上唇に生えたカビだった。

ふたたびジェフリーを思った。彼が暴力によって殺されたことはたしかな事実だ。サラ自身が目撃している。けれど、死因がじつは間違っていたと知ったら、どんな気持ちになるだろう？

サラは携帯電話を手に取り、アマンダにメッセージを送った――。

ヴァン・ドーンの両親に会ってできるだけ詳しいことを伝え、その先どうするかはふたりに決めてもらおうと思います。

間髪入れずに返信が来た。

了解。

なるはやで日時を決める。

やっぱりブロックのファイルが必要。

ハンフリーはどうなった？

サラは携帯電話を置いた。椅子にぐったりともたれた。普通、先延ばしするものは家の雑用であって、仕事上やるべきことではない。やりたくないけれどやらなければならないことを先延ばししていたら、メディカルスクールは卒業できない。

それなのに、なぜいまはぐずぐずしているのだろう？

パソコンでブラウザを開き、検索窓に〝トマシナ　トミ　ジェイン　ハンフリー〟と入力した。

トミはフェイスブックもツイッターもスナップチャットもインスタグラムも使っていなかった。ＧＢＩのデータベースや個人別電話帳やグラント大学の掲示板にも、彼女の名前はなかった。ネット全体では、スコットランドに数人、ウェールズに十数人がヒットしたが、ジョージア州、アラバマ州、テネシー州、サウス・カロライナ州にはひとりも見つからなかった。

トミが体験したことを考えると、極力目立たないようにするのも理解できる。

サラは、デリラ・ハンフリーとアダム・ハンフリーでも同様に検索してみた。『グラント・オブザーバー』紙のサイトに関連する記事が掲載されていた。四年前、アダム・ハンフリーは車の修理中にジャッキからはずれた車体に押しつぶされて死亡していた。遺族は妻と娘。通夜はブロック・ファミリー葬儀社でおこなわれた。献花の代わりに全米家族計画連盟に寄付を呼びかけていた。

サラはほほえんでいる丸顔の男性の写真を見つめた。アダム・ハンフリーには二度会ったことがある。一度目は、彼が傷ついた娘をバンの後部座席に乗せてアトランタへ向かったとき。二度目はハンフリー家の裏庭であんなひどい会い方になってしまった。アダムは娘を守るために、危うく警察官に暴力を振るうところだった。

サラはブラウザを閉じた。選択肢を考えた。アマンダには、手をつくしたけれどだめだったと報告してもいいが、厳密に言えばそれが事実ではないことは伝わるだろう。

グラント郡に関しては、インターネットよりよほど役立つ情報源がある。サラの母親はハンフリー家と同じ教会に通っていた。キャシーはハンフリー親子の所在を知らなくても、知っているだれかを知っているはずだ。ただ、なぜハンフリー親子を捜しているのかと訊かれるだろう。嘘をついても、声で気づかれる。そうしたら面倒な話し合い、いや、口論になる。なぜなら、キャシーはウィルを嫌っているからだが、サラはいまウィルの悪口を言う者の目玉を引っかいてやれるような元気はない。

警察署のマーラ・シムズはいざというときの頼みの綱ではあるが、ジェフリーの思い出に近づいてしまいそうなことはできるだけ避けたい。振り返ってばかりいると、前に進めなくなる。

サラはとうとうデスクに肘をついて頭を抱えた。

海岸に打ち寄せる大波のようにゆうべの記憶が襲ってきた。睡眠不足でまだ頭がぼんやりする。いくらメイクをしても、目の下の腫れはごまかせない。ウィルは会議室を出ていくときに笑顔を見せてくれたが、あのハンサムな顔に浮かぶ本物の笑みがどういうものかは知っているし、あの笑顔が本物ではなかったこともわかっている。ふたりのあいだに距離を感じるのがいやだ。インフルエンザで寝こんだときのように、体の節々が痛む。

携帯電話が鳴った。ウィルではなかった。アマンダがまた矢継ぎ早に送信してきた。ウィルがメッセージを送ってくれたのかと思い、サラはすかさず電話を取った。ウィルではなかった。アマンダがまた矢継ぎ早に送信してきた。

トゥロンの検査結果は紛失。

ニックはコピーを見つけられず。

なるはやでブロックから原本を。

いつハンフリーと話すのかなるはやで連絡を

アマンダはほんとうに〝なるはや〟が好きだ。

返信する代わりに、〝探す〟アプリを開いた。ほんとうに愛しているならストーキングではないし。

ウィルの最後のロケーションは、レナの自宅のままになっていた。

サラはデスクに携帯電話を置いた。

ゆうべ、ウィルが電話の電源を切っていたことを知ったときは苛立った。今朝もまだそのままだったのを知って、もうだめだと思った。地図上で彼のアイコンが動いたのを見たくて躍起になった。頭では、同じ建物のどこかにいるはずだとわかっている。フェイスのオフィスへ行く前に、自動販売機で菓子パンを買っているのかもしれない。彼の手に絆創膏を貼ってあげるのをすっかり忘れていた。まだしつこく血が出ていたのに。縫合するには時間がたちすぎている。抗生剤の処方箋を書いてあげなくては。いますぐ彼を見つけて、そして――。

そして、どうするの？

あきれるほど愚かなことをしでかす前にここを出たくなった。ゆうべしたことを思えば、ほんとうにやりかねない。サラはバッグをつかんでオフィスを出た。駐車場へ歩きながら、アマンダに返信した。

ブロックに会いに行きます。ハンフリーと連絡を取る方法は考え中。進展があれば、なるはやで連絡します。

メッセージの前半は簡単だ。ブロックは、自分ひとりでは母親の介護に手がまわらなくなったのがきっかけで、アトランタへ引っ越してきていた。家業の葬儀社は売却し、その利益で母親を州で指折りの介護付き老人ホームに入れた。彼の職場はＧＢＩ本部から車を南へ二十分ほど走らせたところにある。サラは年に二、三度、彼とランチやディナーをして近況を報告し合う。サラがいま取り組んでいる事件がなにか知ったら、きっと熱心に協力してくれるだろう。

メッセージのトミの部分には、不安で胸が一杯になる。やはりあの子に連絡を取るのは気が引ける。

あの子。

トミ・ハンフリーもうすぐ三十歳、命を奪われかけた残酷なレイプ事件から十年近くたっている。傷が癒えて、結婚して、ひょっとしたら子どもを引き取っているのでは。も

し運命が彼女の味方をしていたら、自身の子どもを産んだのでは。そんなふうに想像できればいいのだけれど、

そのどれも叶わなかったことがわかるかもしれないと思っただけで萎縮してしまう。とくに最後のひとつ。サラはレイプのせいで子どもを産めなくなった。トミ・ハンフリーに会い、自身の言葉にできない喪失の悲しみを鏡像のように見てしまうのが怖い。

サラは空を見あげた。雨の予報が出ていたが、当たりそうだ。長いため息をついたとき、自分の車の隣に、いつものようにウィルの車がとまっていることに気づいた。その前を通り過ぎながら、ボンネットに触れた。ポルシェ・カイエンの運転席に乗りこんだ。BMW・X５は数カ月前にめちゃくちゃにされた。ポルシェを買ったのは、ウィルがポルシェを愛しているからで、ジェフリーを苛立たせるためにZ４を買ったときと同じだ。カーディーラーの店内に入ったとたんに、サラのフェミニスト精神は急ブレーキがかかるらしい。

サラはイグニッションスイッチをひねった。エンジンがうなりをあげて動きだした。ウィルの車を見やり、感傷的になっている自分を叱った。ウィルはいずれ許してくれるはずだ。きっとすべて元の鞘に収まる。頭ではそれがわかっているが、いますぐ建物のなかに引き返したい気持ちに負けそうだった。まるで捨てられた女だ。

いや、完全に常軌を逸した女だ。

駐車場から車を出しながら、実家に電話をかけた。たちまち、キッチンで料理をしている母親と、新聞を音読している父親が目に浮かんだ。壁かけ式の電話にはコードがついて

いっぱってるが、サラとテッサがプライバシーを確保するためにしょっちゅうデッキへ引っぱっていったせいでのびきっている。

「姉さんとは話さないから」テッサは挨拶もせずにいきなり言った。「なんの用？」

サラは目が上を向きそうになるのを感じた。「母さんと話したいの。トミ・ハンフリーに連絡を取りたくて」

「デリラはアダムが亡くなったあとによその州へ引っ越したのよ」

「母さんはデリラの番号を知らないかな？」

「自分で訊けば」

「だからそうするつもりで――」サラは自分を抑えた。「テス、通行許可証をくれない？　いまはわたしに怒ってる人が多すぎて、もう限界なの」

「姉さんは完璧だと思ってたけど」テッサは辛辣に言った。「わたしのほかに怒ってる人なんているの？」

思いがけず、サラは目尻から涙があふれそうになるのを感じた。

テッサは聞こえよがしにため息をついた。「わかった、許可証をあげる。どうしたの？」

サラは手の甲で目を拭った。「ウィルと喧嘩をしたの」

「なんで？」

サラは震えながら息を吸った。「一日中、ジェフリーのことを考えていたらウィルにばれて、そこでわたしがしくじって、ウィルはわたしを置いて出ていった」

「待って、ウィルが姉さんを置いて出ていった？」驚いたせいで、テッサの声から辛辣さがなくなった。「それで?」

「ウィルの電話にメッセージを残した」

「もし頭が変になりそうなら、証拠は残しちゃだめ」テッサは母親のアドバイスを引用した。「それで?」

「それで――」サラはゆうべのクライマックスを話した。こんな恥ずかしい話は妹にしかできない。「ウィルが戻ってくるのを待ったんだけど、戻ってこなかったから、車で家に行ったの。それからアパートメントに帰ってみたけど、やっぱりウィルはいない。それからYMCAに行って、ウェンディーズとマクドナルドとデイリー・クイーンと、あの人がいつもブリトーを買うガソリンスタンドにも行ってみた。それからバックヘッドのアマンダの家にも行った。ひょっとしてすれ違ったかもしれないから、またウィルの家に行った。いないから自分のうちに帰った」

「それで終わりじゃないでしょう?」

「ええ」サラはまた目を拭った。「フェイスの家に行ったら、ウィルの車が私道にとまってて、あの人たち、なにごともなかったみたいな顔してソファで『グランド・セフト・オート』をやってたの。だから、そのまま帰ってきた。そして、またウィルを待った。またウィルの家へ行って、彼が身支度しに帰ってくるのを待った。だけど、帰ってこなかった。わたしは帰ってメイクして職場へ行って、オフィスにウィルを見つけて、彼の足元に身を投げ出して許してほしいと懇願したの。そのうち許してくれると思うけど、それまでは胸のなかに詰まってる輪ゴムの塊はなくならない」

テッサはしばらく黙っていた。

サラはハンドルを握りしめた。なぜ車に乗っているのか、これからどこへ行くのか、思い出さなければならなかった。

「ソファで『グランド・セフト・オート』」テッサは言った。「やけに詳しいね」

サラは正直に言った。「リビングルームの窓から覗いたの」

「家の前？　裏？」

「裏」

「フェイスが警官で銃を持ってて、自分は夜中に不法侵入も同然のことをしてるって気づいたのはいつ？」

「エマの砂場の蓋につまずいて、顔から着地したとき」

テッサは声をあげて笑った。

サラは止めなかった。

「あーあ、姉さんってば。ほんとにウィルに夢中なんだ」

「そうよ」サラは最悪の部分を絞り出した。「どうしたら修復できるのかわからない」

「待つしかないよ」テッサは言った。「時間が最良の薬」

それも母親のアドバイスだ。

テッサはつけたした。「イケアでなにか買って、組み立て方がわからないふりをするとか」

「うまくいきそうにないな」サラは出口の看板を探した。あと十分ある。「ウィルはとても傷ついてるから。無理もないの」

「手でやってあげてもだめ？」

「だめ」

「フェラは？」

「それができればねえ」

「アナル舐め？」

「あなた今朝、助産師の面接を受けたんでしょ、どうだったの？」

「まああね。でも、おもしろいことを言う人だった。なんでも知ってる超一流医師の姉がいるって話をしたのね。そうしたら、箱舟はアマチュアが造ったけど、沈没したタイタニックはプロが造ったでしょって言うの」

「箱舟って大虐殺の話じゃない？」サラはセミトレイラーを先に行かせるために隣の車線に入った。「ノアとお仲間だけが生き残って、全世界の生き物が地上からきれいさっぱり消えちゃったっていう」

「ノアの物語はメタファーでしょ」

「大虐殺のね」

「はい、許可証の期限が切れました。用件は母さんに伝えとく」

電話は切れた。

サラはバッグからティッシュを取り出して洟をかんだ。バックミラーをちらりと見ると、ウォータープルーフのマスカラがその名に期待される仕事をしていない。あいかわらず手は震え、胸はざわめいている。ゆうべの常軌を逸した行動を妹に打ち明けたら、かえってますますおかしくなったような気がする。この世に生を受けて以来、男にこんなふうに振りまわされたことはない。ジェフリーが浮気していると確信したときですら、びりびりに破れたホテルのレシートをテープでつなぎ合わせ、逆上したナンシー・ドルーさながらに彼をつけまわしたのはテッサで、おかげでサラは正しい道を行くことができた。

いまのサラは正しい道から大きくそれ、深海の底にいるも同然だ。

スピードメーターはいつのまにか時速百四十五キロを指していた。サラは速度を落として低速車線に入った。色あせた〝嘘はつかない！〟のステッカーをバンパーに張ったピックアップトラックの後ろについた。この二十四時間で何度も繰り返した自責の言葉を頭のなかでなぞった。ベッキー・カタリノ。トミ・ハンフリー。ジェフリー。ウィル。テッサも追加しなければならない。妹に対して自分はフェアではなかった。テッサは一人前の大人であり、ひとりの母親であり、もうすぐ離婚する。どう見ても人生の危機だ。からかうのではなく、支えてあげなければならない。

修復しなければならない関係がもうひとつ増えた。

ブロックの職場に近い出口には、思ったより早く着いた。メルセデスに乗った女がポルシェを追い越す瞬間に、サラに向かって険しい顔で中指を立てた。サラは右へ曲がって大きな通りに入った。ファストフード店があちこちにある。周辺は工業地区で、倉庫やカーディーラー、自動車部品販売店が多い。

長年のあいだに、サラは職場のブロックを何度か訪ねたことがあったが、久しぶりなので正確な場所を忘れてしまった。ポルシェの音声案内を使って、住所録に登録した番地へ向かった。カーナビによれば、オールケア・アフターライフ・サービスまではあと一キロ半らしい。

ブロックの勤め先は、ソーティーのイングル葬儀社の親会社である複合企業、ダニーデン・ライフ・サービス・グループにくらべれば、規模はずっと小さい。ブロックはオールケアにヘッドハントされ、家業のブロック・ファミリー葬儀社の売却益にくわえて高額のボーナスを受け取って入社した。彼の部門の業務は、地元の葬儀社の地下室でおこなわれているとだれもが思っているような裏方仕事だ。

ジョージア州の人口はおよそ一千五十万人。毎年六万人が死亡する。大企業を大企業たらしめるのは〝規模の経済性〟だ。葬儀ビジネスの場合、何人ものエンバーマーがいる巨大施設へ遺体を集め、洗浄し、エンバーミングをほどこし、服を着せて棺に入れ、葬儀を執りおこなう地元の葬儀社へ送り返す。ほとんどの人がいざそのときまで考えることのないプロセスを合理化することによって、大金が流れこんでくるのだ。

サラは、なんの特徴もないが見覚えのある建物に到着した。オールケアの看板が大きなキャノピーの下に押しこまれているのは、なかでなにがおこなわれているか一般市民に気づかれにくくするための配慮だろう。サラは来客用駐車場に車を入れた。ブロックにあらかじめ連絡しておくべきだったが、気づくのが二十分遅すぎた。彼はいつも歓迎してくれるので、サラはそれをいいことに甘えないよう、ときどき自分に言い聞かせなければならなかった。

やっぱりいまさらだ。

サラは携帯電話をバッグのおもてのポケットに入れながら、ウィルが携帯電話の電源を入れたか、あるいは奇跡が起きてメッセージを送ってきているか、確認しなかったのはささやかな勝利だと思った。

オールケアの施設は横幅も奥行きもあり、形も広さもちょうどフットボールのフィールドと同じくらいだった。駐車場は高級車で埋まっていた。ちょうど忙しくなる時間帯だった。遺体の受け渡しに来た葬儀社のバンが並んでアイドリングしている。数えてみると、六箇所のローディングドックに六台のトレイラートラックがとまっていた。二台は地元の棺製作業者、一台は葬儀用具の業者、残りの三台はUPSのトラックだ。

三人のドライバーが棺の箱を満載したカートを倉庫へ押していった。連邦法によって、葬儀社はオンラインで購入した棺を受け入れなければならない。ほかの分野の消費財と同様に、コストコとウォルマートとアマゾンが巨大市場を支配している。オールケアのような企業にとっては残念なことに、値引きはかなりの額になる。大企業をねじ伏せることができるのは、別の大企業だけだ。

携帯電話がメッセージの着信を告げた。アマンダか、願わくはウィルならいいと思ったが、妹からだった。

テッサ：姉さんはやなやつだよね

サラは返信した。わたしの妹もそうよ

携帯電話を手に持ったついでに、〝探す〟アプリをチェックした。ウィルのロケーションはレナの自宅から一ミリも動いていない。電話をバッグの奥にしまいこみ、入口のコンクリートの階段をのぼった。

ロビーに入ると、オールケアの受付係がにこやかに言った。「おはようございます。ご用件をうかがいましょうか?」

「おはようございます」サラは名刺をカウンターに置いた。「ダン・ブロックに会いたいの」

「いま会議から戻ったばかりです」彼の名前を聞いたとたんに、受付係の笑顔がさらに明るくなった。「おかけになってお待ちください。ダンを呼びますので」

サラはじっと座っていられなかった。ここは一般市民が出入りする建物ではない。壁のポスターは業界向けのものばかりだった。万一のときのための葬儀契約、トレジャード・トリビュートの棺ケース、影で顔立ちを際立たせるメイクの講習会の告知。玄関のドアの上には〝安全運転を! これ以上死人はいりません!〟ステッカーが貼ってある。

〝安全運転を! これ以上死人はいりません!〟

「サラ?」振り返ると、ブロックが満面の笑みを浮かべていた。「いったいどうしたんだ?」

返事をするより先に、ブロックは両腕を広げてサラを抱きしめた。エンバーミングの薬液とオールドスパイスのにおいは、彼と友達になった十歳のころからまったく変わらない。

「びっくりだな、今日はとてもお洒落をしてるじゃないか。パーティに行ってきたのか?」

サラはほほえんだ。「仕事で来たの。いきなりでごめんなさい」

「きみならいつでも大歓迎だよ、サラ。わかってるだろ」ブロックは受付係がドアをあけるのを待った。「さあどうぞ」

ブロックのオフィスはエンバーミングのエリアを見渡せるよう、建物のいちばん奥にある。閉まったドアや広い休憩室が並ぶ長い通路を歩きながら、ブロックは近況を話した。彼の母親はまた喘息がひどくなったが、老人ホームそのものは気に入っている。ハーツデールのメソジスト教会の牧師が疑惑の末にいなくなったらしい。ラッキー・スティッフという葬儀業界のシングル向け出会い系アプリができたので、ブロックも試しに使っている。

サラは尋ねた。「リズとはうまくいかなかったの？」

ブロックは顔をしかめた。いつも出会いに苦労しているのだ。彼は話を変えた。「お母さんやみんなは元気にしてる？」

「ウィルは元気よ」サラはやや希望的観測を交えて答えた。「父さんはセミリタイア。母さんはあいかわらずバタバタ走りまわってる。テッサは助産師になるかもしれない」

ブロックはエンバーミングエリアのドアの前で立ち止まった。「へえ、それはすばらしいね。テッサはほんとうに優しいもんな。最高の助産師になれるよ」

テッサにはじめて相談されたときになぜそう言ってあげられなかったのだろうと、サラは悔やんだ。「勉強は大変だけどね」

「教科書を記憶するだけならだれだってできる。ぼくをごらん。でも、共感する力は勉強では身につかないだろう？　もともと持ってないとね」

「たしかにそうよ」

ブロックは笑った。「きみだけだよ、ぼくにそう言ってくれるのは。さあ、入って」

エンバーミングエリアのドアをあけた。ホルムアルデヒドの強烈なにおいに、サラは顔に石を投げつけられたように感じた。エンバーミングの薬液の主成分だ。少なくとも三人のエンバーマーが三十体の遺体に屈みこんでいる。エンバーマーのほとんどは女性で白人だ。葬儀業界の差別はよく知られている。

サラは床を這っている長いホースをまたいだ。排水口から水を吸いこむ音がする。三十台のポンプが三十人分の頸動脈に薬液を送りこみ、頸静脈から血液を排出させている。ローディングドックでは最後の業務がおこなわれていた。棺は待っている葬儀会社のバンか配送業者のボックスに積みこまれる。

ブロックは言った。「ちょうど、ハニー・クリーク・ウッドランドとの会議から帰ってきたばかりなんだ。連中はなかなか手強（てごわ）いよ」

自然葬の流行は、サラもなにかで読んだ。エンバーミングエリアを見まわすと、人々がエンバーミングを避けてより自然な環境に愛する者を埋葬したがるのが理解できた。「〝灰は灰に、塵は塵に〟とは言うけどね」

「その言葉はここじゃ禁句だよ」ブロックはほがらかに笑った。「メイコン・ビブ郡には感謝してるよ。すべての埋葬に防漏型の棺ケースの使用を求める条例案を通してくれて。州全体で法制化してくれるといいんだけど」

「棺ケースといえば」サラはこれ幸いと切り出した。「三年前に埋葬された遺体を発掘するかもしれないの。葬儀社の話では、密封性の高いケースで埋葬されたらしくて」

「合成樹脂？　コンクリート？」

「まだわからないの」

ブロックは奥のオフィスのドアをあけた。室内の照明は蛍光灯だけだった。二箇所の窓は、黒っぽい木製のシャッターできっちりと覆われていた。室内は広かった。いや、広そうだった。ブロックは以前から整理整頓が得意ではない。書類の束や本がそこらじゅうに置きっぱなしになっていた。書類戸棚もあふれている。

「すまないね。この三年間でふたりも秘書に辞められてしまったんだ。ひとり目はしかたないと思うけど、ふたり目はランチで飲むんだ。ぼくがどういう気持ちかわかるだろう」

ブロックの父親が高機能アルコール依存症だったことは、町では公然の秘密だった。彼は飲んでさえいれば感じよく振る舞えたからだ。

「コーヒーか紅茶はどう？」

サラはそれよりも、ホルムアルデヒドのにおいをシャワーで洗い流したかった。「ありがとう、でもいいの。まだ勤務中だから」

「気が変わったら言ってくれ」ブロックは小さなテーブルの前の椅子からものをどけて、サラが座れるスペースを作った。彼は別の椅子に座った。「さて、遺体の保存状態は保証できないっていう法律上の難しい話は省くよ。知ってのとおり、密封性の高い棺なら、いい状態で保存されている確率は高い。ただし、コンクリートのケースだと話は変わってくる。そこが問題かもしれない。長年のうちに劣化した例はあるよ。とくに、地下水の水位が高い海岸地帯ではね」

「遺体はヴィラ・リカにあるの」

「だとすれば、希望が持てる。あのへんの土壌はいいよ。葬儀社は三社ある。どこも合成樹脂のケースを使っていて、密封する技術も高い。ヴィラ・リカはぼくのなじみの町でもあるんだ」ブロックは壁にテープで貼ったジョージア州の地図を指さした。どうやら青で塗りつぶした郡がオールケアの担当地域のようだ。アレクサンドラ・マカリスターが発見されたホワイト郡は、ブロックの担当地域ではなかった。

「サラ、ちょっと不思議なんだけど。うちは、遺体の発掘はしないんだ。地元の葬儀社の仕事だ。ぼくに仲介してほしいの？」

「あっ、いいえ、そうじゃないのよ」サラは説明した。「二件の古い事件を再捜査することになったの。レベッカ・カタリノとレスリー・トゥロンの」

ブロックの顔から笑みが消えた。八年前と同じように、愕然(がくぜん)とした表情になった。「ごめんよ、あのかわいそうな子たちのことはしばらく忘れていた。検死官を辞めることにしたのも、あの事件がきっかけだったから」

「わかってる」

「驚いたな」ショックがおさまらないようだった。「あれから十年くらいたってるだろう。あの子、レベッカは、いまも車椅子なのか？」

「ええ」サラは詳しく話した。「発掘したい遺体は、ふたりの事件と関連があるの」

「えっ、まさかあいつが出所したのか？」

「ダリル・ネズビットね、いいえ、まだ服役してる。彼が犯人ではないことを示す証拠があるの。暴行と殺人に関しては無罪かもしれない」

「証拠？　ええと、それは――」ブロックは黙った。書類と本の山が答えを教えてくれるわけでもないのに、あたりをきょろきょろと見まわした。「否定するわけじゃないけど、ジェフリーはあのダリルってやつを現行犯逮捕したんじゃなかったのか？　町のだれもが、ネズビットの「仕業」だと知って納得してたし。父さんはいつもデュー・ロリーの連中が鶏ガラを巡って殺し合ってるおかげで、うちは不景気でもやってこれたって言ってた。ジェフリーが間違ってたなんて信じられないよ」

「間違ってたのよ」そう言うのは裏切りのように感じたが、それでも事実は事実だ。「GBIが、犯人がいまだに犯行をつづけているかもしれないという情報を入手したの」

「いまだに？」ブロックは真っ青になった。「被害者がほかにもいるのか？」

「ええ」

室内は静まりかえり、外のポンプの音だけが聞こえた。

「同一犯に見せかけようとしてるやつがいるんじゃないのか？」ブロックはそう言ったそばから、かぶりを振って打ち消した。「ほんとうに凶悪なやつだよ、サラ。なんだか気分が悪くなってきた。ぼくらはなにを見落としていたんだろう？」

「それが知りたくて、ここへ来たの」

「もちろんそうだ。ぼくの検死官時代の報告書が必要だよね。きみの解剖のノートや、検査結果や――」ブロックはデスクへ言った。抽斗からキーホルダーを取り出した。「全部、Uストアに預けてある。五百二十二番だ。ぼくは会議から戻ってきたばかりだから、いますぐは行けないけど。仕事のあと、今夜一緒に行ってもいいし、きみひとりで行ってくれてもかまわない」

「いますぐ行きたいの」サラは、彼が小さな南京錠(なんきんじょう)の鍵をキーホルダーからはずそうとするのを見ていた。「急いで手がかりを追ってるのよ」

「ほんとうに、なにを見落としたんだろうな。どう見てもダリル・ネズビットが犯人だったのに。それに、あのハンマーのこともあった」ブロックもサラと同じく答えが思い浮かばないらしく、かぶりを振った。「彼が犯人ではないことを示す証拠があるって言ったよね?」

「ええ」

「それは――いや、もちろん言えないよね。訊いたりして悪かった」ブロックは鍵をはずした。「どうなったか教えてくれる? 話せる範囲でいいから。現時点では内密にしておかなくちゃいけないんだろうけど、それにしてもまだ女性が殺されていたとはね。レスリー・トゥロンはかわいそうだった。そいつはシリアルキラーだな、サラ」

サラは鍵を受け取った。ブロックの汗でぬるぬるしていた。「今度こそ捕まえるわ」

「成功するよう祈ってるよ。でも、ジェフリーが知らなくてよかった」ブロックは言った。「ジェフリーはあの町を愛していたもんな。自分が間違ってたのを知ったら、もう一度殺されるようなものだったかもしれない」

思いがけず涙があふれそうになり、サラは下唇を嚙んでこらえた。

ブロックは、しまったという顔になった。「ごめん、ほんとうにごめん。ぼくは――」

「いいのよ」ダムが決壊する前にここを出なければならない。「あとで連絡する」

「送っていこうか――」

「大丈夫。ありがとう。近いうちに食事しましょう、ね？」

「もちろんだよ、でも――」

ブロックが言い終える前に、サラはオフィスを出た。

うつむいたまま、鼻で息をしないように口をあけ、エンバーミングエリアを通り抜けた。休憩室へ向かう従業員たちの集団とぶつかった。通路に並んだオフィスは従業員でいっぱいで、だれもが通り過ぎるサラのほうへ目をあげた。ロビーに出ると、受付係がよい一日をと声をかけてくれたが、よい一日にはなりそうになかった。

階段をおりながら悪態をついた。デリラとトミ・ハンフリーがいまどこにいるか、ブロックに訊けばよかった。噂を収集するのに教会より適した場所といえば、地元の葬儀社に決まっている。ブロック・ファミリー葬儀社は、二代にわたって近接三郡の葬儀を引き受けてきた。ブロックも母親も、地元の話題には詳しかった。

サラは途中で足を止めたが、すぐにまた歩きだした。

またあのなかに引き返すなんてとんでもない。サラは車へまっすぐ歩いた。窓をあけて新鮮な空気を取りこんだ。いまだに口で呼吸しなければならなかった。鋭い痛みが走り、南京錠の鍵を握っている手を開いた。強く握りしめていたせいで、手のひらに鍵の跡がついていた。

ブロックが資料の保管場所にＵストアを選んだ理由は、たぶんサラと同じだろう。グラント郡で唯一の空調機能付き貸倉庫だからだ。空調機能がなければ、ジェフリーの警察の資料もサラの検死解剖報告書も、湿気で腐るか暑さでぼろぼろになっていたに違いない。もう一度テッサに倉庫へ行ってもらうわけにはいかなかった。断られるからではなく、書類の管理には規定があるからだ。サラ本人が行かなければならないのだが、するとグラント郡まで車を走らせなければならず、昨日と同じ罪悪感と闘うはめになる。

ウィルに電話をかけて、これからグラント郡へ行くと伝えようかと思ったが、〝探す〟アプリの件は別として、彼との関係は信頼で成り立っている。自分の行動を逐一報告する必要はないし、そんなことをすればウィルはとまどうだけだろう。

それなのに、なぜ彼を裏切っているような気がするのだろう？　Uストアはマーサー・アヴェニュー沿い、ジェフリーが埋葬されたハーツデール・メモリー・ガーデンズの向かいにあるから？

倉庫の位置はサラにはどうしようもできない。いまは一刻も早くレスリー・トゥロンの検死解剖報告書の内容を検めることを優先すべきだ。ページのどこかに、見逃していたなにかが、殺人犯を見つけるための手がかりがあるはず。

サラは、いちばん楽な道を取り、アマンダにメッセージを送った――。

ブロックのファイルを取りにグラント郡へ向かいます。ハンフリーの居場所はまだわからず。なるはやで本部に戻ります。

生まれてはじめて、故郷に帰るのが怖いと思った。

18

グラント郡
火曜日

ジェフリーは署内の照明をつけてまわった。いつものように、だれよりも早く出勤してきた。コーヒーを淹れた。オフィスのブラインドをあけた。それから、デスクについた。パソコンの時計は午前五時三十三分だった。サラは一晩中、作業をしていた。そろそろレスリー・トゥロンの検死解剖が終わっているころだろう。ブロックが補助についていた。フランクが立ち会った。通常はジェフリーが立ち会うのだが、この十二時間は関係者に話を聞き、レベッカ・カタリノの寮をくまなく捜索し、レスリー・トゥロンのルームメイトや大学職員の聴き取りをし、森で証拠を探し、レスリーの母親のボニータに泣きつくための肩を貸した。

そのどれも成果はなかった。昨日のこの時刻からなにひとつ進んでいない。ただし、死亡した大学生をひとり抱えこむことになったが。

ジェフリーは森の地勢図をデスクに広げた。俯瞰（ふかん）すると地形がよくわかる。くぼみに谷。

うねる斜面。池に川。車のボンネットに広げていたせいで、まだ湿っている。定規と色つきのシャープペンシルで、森じゅうに線を引いた。赤はベッキー・カタリノがジョギング中に通ったかもしれない道だ。青はレスリー・トゥロンがベッキーを発見したあと、キャンパスまで歩いて帰るのに通った可能性がもっとも高い道。雨でどちらも洗い流されているが、それでも三キロの道を徹底的に捜索するよう命じた。

レスリーは、キャンパスから湖の北側へのびている未舗装の道から三十メートルほど離れた茂みで見つかった。彼女が自分の足でそこまで歩いていったのか、犯人に運ばれていったのか、定かではなかった。わかっているのは、彼女の下半身が麻痺していたこと。おそらく薬を飲まされていたこと。レスリーが死に場所となるあの茂みに横たわってなにを考えていたのか、ジェフリーは想像したくなかった。もし自分が敬虔(けいけん)な人間だったら、レスリーが完全に気を失っていたことを神に願っていただろう。

レスリーが倒れていた場所には青いバツ印を描いてある。そのあたりは等高線の間隔が広い谷間で、ジェフリーが実際にその場所に立ったときに傾斜に気づかなかったのもうなずける。キャンパスの防犯カメラの映像を確認したところ、犯人はキャンパス側から森へ接近したのではなさそうだった。現場から二・四キロほど離れたところにＩＨＯＰ地区がある。レスリーの遺体からもっとも近い道は、フランクの言ったとおり消防用道路だ。

ジェフリーは、犯人がレスリーの遺体のある場所から、舗装をしていない一車線の消防用道路へ戻るのに使った可能性のある小道に緑色の点線を描いていた。犯人が車を隠しそうな場所は、やはり起伏がゆるやかだった。タイヤの跡はなかった。足跡もなし。雨が路上をなめらかな泥の地面に変えていた。

黒っぽいバン。トミ・ハンフリーが、ひどい暴行を受けた夜のことで思い出せるのはそれだけだった。ジェフリーは隣接三郡で登録された黒っぽいバンをざっと調べてみた。メミンジャー郡もベッドフォード郡もグラント郡の大部分と同様に、塗装業者や電気工事業者、配管業者、大工が多く住んでいて、さらにただバンが好きで運転している人々もいる。勘定していくと千八百九十三台にのぼり、ジェフリーがあきらめたときにはまだそれ以上あった。

ジェフリーはふたたび地勢図に目を戻した。消防用道路をたどると、シュテーリク・ウェイの起点に出る。シュテーリク・ウェイからは、ネイガー・ロードが北へ、リクター・ストリートが南へのびている。リクター・ストリートからマーサー・アヴェニューに入って三キロほど行った丘陵地にハーツデール・メモリー・ガーデンズがある。

その向かいで、貸倉庫を建設している。

ジェフリーはブラックベリーを手に取った。レナ・アダムズに、出勤前に建設現場へ寄るようメールで指示した。作業員が怪しい車両、おそらく黒っぽいバンを見かけているかもしれない。もしくは、怪しい車両に乗っている作業員がいるかもしれない。ジェフリーは、過去三カ月間にその現場で働いた作業員や来訪者全員の名前を調べるように、レナにもう一通メールを送った。

町の外から来た人間がたまたま消防用道路を見つけた可能性がないわけではないが、森で襲われた女性ふたりのことを考えれば考えるほど、犯人は土地勘のある人物だと思えてならなかった——キャンパス内か、その近くに住んでいる学生か教授、消防署の署員、消防団のメンバー、会社の配達部門の者、出張でよく町に来る営業マン、臨時雇いの労働者、管理人、便利屋、生まれたときからこの町に住んでいた男。

学生の数を含めると、郡の人口は二万四千人に達する。必要であれば、郡内の住宅を一軒一軒まわってもいい。しかし、郡は島ではない。犯人が隣接する郡から来た可能性は捨てきれない。メミンジャー郡とベッドフォード郡を入れれば、人口は十万人になる。州の南部まで範囲を広げれば数百万人だ。

レナがデスクに残していったフォルダーを探した。指示したとおりに、隣接三郡の警察に届けられたレイプ被害をすべてまとめてあった。犯人がわからないものが全部で三十六件あるが、やけに切りのいい数字だ。犯行の手口がグラント郡の事件と一致するものはない。被害者たちと、トミ・ハンフリー、レベッカ・カタリノ、レスリー・トゥロンとのあいだに類似点は見られない。

ジェフリーはフォルダーを閉じた。

ポリス・アカデミーでも、その後に参加したどの研修でも、レイプ犯はひとつのタイプに固執すると教わった。彼らはある特定の年齢層や外見にこだわる。ブロンドをポニーテールにした若い女性、ピンカールの老女、チアリーダー、売春婦、シングルマザー。レイプ犯は、胸くその悪いファンタジーに一致する相手を選んで襲う。

だが、その仮説はグラント郡の事件には当てはまらないようだった。トミが襲われたときはブロンドのショートカットだった。ベッキーはブルネットで長くのばしている。レスリーは黒髪のボブ。ひとりはおそらく処女、ひとりはレズビアン、あとのひとりは母親によれば経験者。三人ともグラント大学の学生だったが、年齢も体格も肌の色も、顔の形も、まったく異なる。

ジェフリーは顔をこすった。いつまでも堂々巡りをつづけていてはだめだ。二日間でふたりの女性が襲われた。もう三日目がはじまった。まだつづくのか？

もう一度、時刻を見て、なじみ深い番号に電話をかけた。

「おはようございます」ニック・シェルトンが言った。「どうしました？」

「ジェフリーだ。ＦＢＩにプロファイリングを依頼すると、結果が出るまでどのくらいかかるんだろう？」

「あんたが退職するのはいつだ？」

「なんだって。そんなにかかるのか？」

「依頼する相手を間違えなければ、一年まで短縮できるかもしれない」

ジェフリーは、そんなに長引いたらどうなるか考えたくもなかった。レスリー・トゥロンの無残な姿を見ている。トミ・ハンフリーがどんなことをされたか聞いている。「ニック、正直に言うが、今月末までに解決しなければ、州に捜査を要請するつもりなんだ。犯人は学習している。彼はまた女性を襲うはずだ」

「うちのボスと一戦交える気か？」ニックは喉を鳴らして笑った。「悪く思うな、彼女のいちもつはおれとあんたのを足したよりもでかいぞ」

ジェフリーは目をこすった。油断すると、いまだに折れたハンマーの柄が目に浮かぶ。

「おれの自尊心なら大丈夫だ。なんとしてもこの犯人を止めたい」
「わかったよ。詳細を送ってくれ。プロファイリングを依頼してみよう。うちが引き継ぐかどうかは別として、公判の証言台にＪ・エドガーみたいなＦＢＩが立てば陪審にアピールするかもな」
「今日中に送るよ」ジェフリーは受話器を置いた。そのまま受話器に手を置いていた。ブロックに報告書を持ってくるのを急かそうかと一瞬考えたが、解剖中にめぼしいものが見つかれば、サラがすぐに電話をかけてくるとわかっていた。

地勢図を巻いて片付けた。メールに目を通した。市長が話したがっている。学長が打ち合わせをしたがっている。地区検事が出頭を求めている。グラント郡大学の学生新聞が書面でのインタビューを申し込んできた。『グラント・オブザーバー』紙からも取材の申し込み。ジェフリーは、あんたらがやりたいことと、やるべきことは違うのだと言いたい気持ちをこらえ、当たり障りのない返信を送った。

とりあえず母親の件は片付いていた。何度も電話を無視したあげく、ようやくメイに誕生日を祝う電話をかけることができた。メイが吠えだすと、ジェフリーはすかさず実の親にぬけぬけと嘘をついた。話してもいないことをさぞ話したかのように、何カ月か前に、誕生日の次の週末に食事に連れていくと約束したのを〝覚えているか〟と、偽の記憶を作りあげたのだ。メイはいかにも酔っ払いらしく、覚えているふりをした。そしてジェフリーはいかにも酔っ払いの子どもらしく、親の嗜癖を利用する方法がわかって満足し、親をだました罪悪感を呑みこんだ。

くよくよと反省しているひまもなく、背後でファックスが紙を吐き出しはじめた。ブロックからで、サラがレスリー・トゥロンの膣から取り出したハンマーの詳細が書いてあった。運のいいことに、先端にメーカーのマークと品番がついていた。

ジェフリーはパソコンでメーカー名と品番を検索した。黄色と緑のストライプは、ジェフリーも知っている道具メーカーのしるしだ。

ブロウリーの二十四オンスのクロスピーン・ハンマーは、〝機械工の強烈な一撃キット〟という、いかにもそれらしい名前のついた三本組みのハンマーセットのうちの一本だった。クロスピーン・ハンマーは金属加工に使われる。この〝ピーン〟とは、金属板の表面を叩いて強度を改善することを指す。ブロウリーのデッドブロー・ハンマーのセットには、ほかにストレートピーン・ハンマーとボシング・マレットが含まれていた。

ジェフリーはハンマーの特徴を調べた。一・五ポンドのボシング・マレットのヘッドは、なかに砂が詰まっていて、ポリウレタンでコーティングされている。二本のハンマーは、ヘッドの平らな側をプラスチックの円盤で覆われている。三本とも素材の表面を叩いたときの衝撃を吸収するように設計されているので、木製の柄のネックが細くても殺傷力のある凶器になる。

ハンマーの写真を拡大した。金属のヘッドがなんとなくまがまがしく見えた。ヘッドのくさび形のほうは先が尖っていて、金属板を折り曲げるのに使われる。トミ・ハンフリーにもこのハンマーが使われたかどうか知るすべはない。犯人は犯行のために ハンマーを購入したのか、それとも職場にあるものを使ったのか？

ブロウリーは全国規模で有名な工具ブランドで、スナップオンやクラフツマンと同様に、どこでも手に入る。ブロウリーのクロスピーン・ハンマーをインターネットで検索すると、ペップ・ボーイズ、ホーム・デポー、コストコ、ウォルマート、アマゾンで購入できるようだった。近隣地域の販売記録の提出を要請しても、ダビデとゴリアテの戦いになるだろう。グラント郡の地区検事はほかに本業を持っている。要請が認められるまでに数日かかる。数日待つ余裕はない。

タブを閉じ、ブロウリーのサイトに戻った。デッドブロー・ハンマーのキットは〝金属加工〟のカテゴリに入っていた。サブカテゴリを表示してみた。目につくものはない。〝木工〟のカテゴリを開くと、探していたものが見つかった。

〝ネイルセット・錐(きり)〟

ジェフリーはネイルセットを調べた。釘の頭を木の板に埋める道具だ。鍛鋼の細い円柱形の道具で、長さはおよそ十五センチ、頭はハンマーで打つために平らで、先端は釘の頭を埋めるために細くなっている。ジェフリーは拳を握りしめた。ネイルセットは持っている。凶器として使うには小さすぎ、ましてや脊髄を突き刺すには心許ない。

錐のサブカテゴリをクリックした。丸錐。菱(ひし)錐。突き錐。

突き錐の写真を拡大すると、スクリュードライバーに似ていた。ただし、先端がマイナスやプラスの形になっているのではなく、鋭く尖っている。これもジェフリーにはなじみのある道具だ。釘やネジを正しい位置に打つために、木材にしるしをつけるのに使う。女性の脊髄を突き刺すには、長さも精度も充分だ。

点呼室で動きがあった。マットがコーヒーをマグカップに注いでいた。フランクはスーツの上着を脱いで椅子の背にかけていた。

ジェフリーは署長室を出て、フランクに尋ねた。「解剖はどうだった?」

フランクはかぶりを振った。「気分が悪くなっただけだ」

予想どおりの返事だが、それでも苛立ちがつのった。「板金塗装の工場とか自動車修理工場は町にどれくらいあるんだろう?」

「アヴォンデールからマディソンあたりまで?」マットが訊き返した。「いま思いつくだけでも十二はある」

マットが先にその情報をくれたので、ジェフリーは彼に言った。「工場を全部まわって、ブロウリーのクロスピーン・ハンマーがなくなっていないか、それとなく訊いてきてくれないか」

「ブロウリー」フランクが言った。「おれのブランドだ」

マットが訊かれもしないのにつけたした。「おれはミルウォーキー一択だね」

ふたりは偶然にもいいところを突いていた。男は工具のブランドにこだわる。ジェフリーの作業台はデウォルトのあの山吹色でいっぱいだ。

ジェフリーはマットに言った。「工員はたいてい自前の工具を使ってる。ブロウリーを買ってるやつに注意してくれ」

「了解」マットは敬礼して入口へ向かった。

ジェフリーはフランクに尋ねた。「カタリノの携帯電話のダリルはどうなった?」

「事故報告書も聞きこみカードも職務質問の記録も全部確認した。出てきたダリルはファーリー・ダリル・ゾワスキー八十四歳だけだ」

「また気分が悪くなるな」だれもが知っている有名な露出狂だ。ジェフリーはグラント郡に来たばかりのころ、小学校の外でゾワスキーを逮捕したことがある。

フランクに尋ねた。「性犯罪者のデータベースはどうだ?」

「うちの郡では三人が正式に登録されている」

実数はその十倍だろうと、ジェフリーは思った。「八時にミーティングをする。トゥロンの解剖報告もそれまでには届くだろう。戦略を練るぞ」

「どんな戦略だ?」フランクは真剣に知りたがっているようだった。「この犯人はおれらよりずっと頭がいいぞ」

ジェフリーもそれには言い返せなかったが、フランクに尋ねた。「なぜそう思う?」

「手際がよくて、用意周到だ。若い女をこそこそつけまわしてるんだろう? 行き当たりばったりで、白昼堂々と女をさらうことはできまい」フランクは肩をすくめた。「被害者とはまったく関係のない人間による拉致事件がいちばん難しいんだ。これが連続犯だとしたら、まあ勝負は決まったな」

フランクの口調はぞんざいだった。彼ほど長く警官をやっていれば、どんなに恐ろしい事件であっても人間の所業に衝撃を受けなくなるのだろうと、ジェフリーは思った。

ジェフリーは言った。「なるほど、彼は被害者をつけまわしている。それからどうする?」

「たぶん被害者を遠くへ連れていくことはない、そう思わないか？　消防用道路にバンをとめたかもしれんが、さっさと逃げるためだ。つまり、やつは森でレスリーを見かけた。道の外へ無理やり連れていった。目的を遂げて、彼女を置き去りにした」

「そうだとすれば、カタリノを襲ったあとに森にとどまっていたことになる。そして、レスリーを見かけた」

「いや、むしろレスリーがやつを見かけたんじゃないか？」

「いまおれの気に食わないやつのリストの上位にレナがいるが、いくらレナでもレスリー・トゥロンがベッキー・カタリノを襲った男の顔を見たと言っていたら、忘れずに報告するだろう」

「ああ、だがトゥロンは犯人を見たとは思っていなかったのかもしれない。いいか、レスリーは事故だと信じたから、キャンパスまで歩いて帰ったんだ。犯人はレスリーのあとをつけた。レスリーは以前から知っている男がつけてくることに気づいた、だからそいつは彼女を襲った。いや、レスリーが気づく前に殺した可能性もある。たんに邪魔されて逆上したのかもしれない」

ジェフリーは、トミ・ハンフリーとレスリー・トゥロンが体内を傷つけられたことを考えていた。レベッカ・カタリノはその恐怖は体験せずにすんだ。フランクはそのうちふたりの被害者しか知らない。「トゥロンは犯人がなにをするのを邪魔したんだろう？」

「レイプを邪魔したんだろ？」フランクはまた肩をすくめた。「テッド・バンディは遺体のもとへ戻ってきたんだよな。アトランタで研修を受けたとき、ＦＢＩのあほうがそう言ってたぞ。詳しい資料があった。バンディは数日後、数週間後、場合によっては数カ月後に戻ったそうだ。遺体に化粧をして、髪をととのえて、マスをかいて突っこんだ。完全にいかれた人間だよ。ときには遺体の首を切断して、しばらく家に保管していたそうじゃないか」

事件に絡めてテッド・バンディの話をされるのは心外だった。あのシリアルキラーは三度逮捕され、そのうち二度は脱走したあとの再逮捕だったが、警察がシャーロック・ホームズばりの推理で捕まえたわけではない。三度とも、交通違反の車両を停止させたら、たまたまバンディが運転していたのだ。グラント郡がそんな幸運に恵まれることはなさそうだ。

フランクは言った。「バンディは学生を狙った。好きなタイプがあった——ミドルクラス、長くて黒っぽい髪、痩せ型、若い。よく考えたらおれと同じだ」

署長室でブラックベリーが鳴りだした。ジェフリーは、ボイスメールに切り替わる前になんとか応答した。発信者の番号はボニータ・トゥロンのものだった。三時間前、アヴォンデールのクズ・アームズで別れたばかりだ。少しでも眠るように言ったのだが、無理な話だとふたりともわかっていた。

「トリヴァーです」

電話の反対側から息を呑む音がした。ジェフリーは署長室のドアを閉めた。デスクの端に腰かけ、ボニータの泣き声を聞いた。

「ご、ごめんなさ——」

「大丈夫ですよ。聞いています」

「あの、あの子は――」途中でなんと言っているのかわからないむせび泣きになった。

ジェフリーは、娘を失ってクズ・アームズにひとりで座っている母親を思い浮かべた。いつもじめじめしている茶色のカーペット。たわんだ天井、煙草が散らばったバスルームのシンク。サラに自宅から追い出されたあと、ジェフリーはあの幹線道路沿いのわびしいモーテルで毎晩酔いつぶれていた。ときどきはひとりで、たいていは女性と。翌朝、彼女たちは電話番号を置いていくが、ジェフリーが連絡することはないと双方とも承知していた。

「ご、ごめんなさい」ボニータが言った。

「どうぞ、謝らないでください」

その言葉に、ボニータはまたひとしきり号泣した。ジェフリーは黙って耳を傾けていた。それが精一杯だからだ。ボニータは点呼室に目をやった。フランクは自席にいる。マーラ・シムズはコーヒーを注いでいる。レナがいないことにむっとしたが、貸倉庫の建設現場へ行って、関係者の名前を調べてこいと指示したのを思い出した。

「わたし――」ボニータが言った。「わたし――あの子が亡くなったことが信じられないんです」

大事なお嬢さんを奪った男をかならず捕まえて罰します、などという愚かな約束を口走らないよう、ジェフリーは歯を食いしばった。「ミセス・トゥロン、正義がなされるように全力を尽くします」

「正義」悲しみに溺れ死にそうになっている人間には役に立たない言葉だ。「わたし――写真を見つけたんです。あの子がヘアバンドをしている写真。見たいとおっしゃってましたよね」

彼女は昨日サンフランシスコを発ったとき、行方不明の娘を捜すために写真が必要なのだろうと思っていたはずだ。それがいまや、葬儀で使う遺影を選ばなければならない。

「あの子の――」また声が詰まった。「あの子のルームメイトたちと話したら、たしかに断りもせずにものを借りることはあったそうです。服とか。化粧品とか」

「ご自宅からお持ちになった写真のコピーもいただけますか」いずれニックと協働することも考えなければならない。フランクの仮説を紙に書きとめた。遺体のある場所へ戻ってくるのは、犯人にとって危険が大きい。遺体に近づくたびに証拠を残す恐れがあるからだ。雨が降ったのは偶然か、それとも最初から見越していたのか。

「どうすれば――どうすればいいんでしょうか。どうすれば――いつになったら――あの子を連れて帰れるんですか。早くうちに連れて帰りたいんです」

「検死官から連絡させます。詳しいことは彼女に訊いてください」厳密にはブロックの仕事だが、サラにこの女性を助けてほしかった。「まだしばらくホテルにいらっしゃいますか？」

「い、いると思いますけど？」ボニータは引きつった笑い声を漏らした。「どこにも行くところなんかないわ。できることもないし。なんにもできない」

ジェフリーはボニータが先をつづけるのを待ったが、電話は切れた。

ブラックベリーにサラの電話番号を入力した。緑色のコールボタンの上で親指が止まった。赤いボタンを押して番号を消した。

クズ・アームズのせいで、思い出したくないことを思い出した。寝室に入ってきたサラ。湖に自分の車を転落させたサラ。彼女は徒歩で実家へ向かった。ジェフリーは追いかけたかったが、彼女が遠ざかっていくにつれて、ふたりを縛りつけていたロープがゆるんでいくような気がした。あのときからジェフリーは、サラが綱引きをしているのか、自分の首に縄をかけようとしているのかわからなくなった。

臆病者の選択をして、サラのメールアドレスを探した。彼女は両親と仲がいい。彼女自身は子どもを産めない――学生時代に盲腸の手術がうまくいかなかったのが原因らしい――が、ブロックの知らない慰め方を知っている。ボニータ・トゥロンに連絡を取り、レスリーの遺体の搬送を手配してほしいと、サラにメールで頼んだ。

解剖の報告書の残りをファックスが受信していた。総括のページまでめくった。サラの発見した証拠はフランクの仮説を裏付けていた。予想どおりだ。脊髄に刺し傷、胃に青い液体。言い換えれば、新たにわかったことはない。ＧＢＩから毒物検査の報告書が返ってくるのは、あと三、四週間先だ。ＧＨＢかロヒプノールが検出されても、それが新しい手がかりになるわけではない。

「おはようございます」ブラッド・スティーヴンスが封をした証拠袋を入れた箱を抱えて点呼室に入ってきた。彼は夜通しレスリー・トゥロンのアパートメントですべての私物を一覧表にまとめていた。

ジェフリーはブラッドに声をかけた。「なにか見つかったか？」

「いえ、署長、とくになにも」ブラッドは署長室に入ってきて、箱をデスクに置いた。「指示されたとおりに彼女の携帯電話の通話履歴を調べましたが、どれも名前がなくて、番号だけでした」

ジェフリーはポケットからノートを取り出した。レベッカ・カタリノの携帯電話からダリルの番号を書き写したページを開いた。

ブラッドはレスリー・トゥロンの携帯電話を開き、通話履歴をスクロールした。「ありました、三番目です」

ジェフリーは自分の目で確かめた。ふたりの被害者が、同じ十桁の番号と通話していた。もっとも、ふたりとも大学生だ。ダリルがマリファナの売人なら、キャンパスの携帯電話の半分に同じ番号と通話した履歴が残っているだろう。

だが、ダリルがマリファナの売人かどうかはまだわからない。

チャック・ゲインズのカードに記録が残っていたリトル・ビットは、昨日の午後にレナが逮捕した。

ジェフリーはレナに電話をかけようとしたが、そのときデスクの前に座っている彼女が目に入った。時計を見た。建築現場に立ち寄ったにしては早すぎる。

「レナ！」必要以上に声が大きくなった。ブラッドが縮みあがり、証拠の箱を抱えてそそくさと出ていった。

「署長？」レナはあいかわらずだぶだぶのジャケットを着ていた。ファスナーの歯が当たって、喉が赤くなっている。「どうかしましたか？」

「ドアを閉めろ」

ジェフリーはレナに座るよう合図したが、自分は立っていた。「ブラックベリーをまめにチェックしないなら、料金を払ってやる必要はないな？」

レナはぎょっとした。ジャケットのポケットに手を入れてブラックベリーを探す彼女を、ジェフリーはじっと見ていた。

「朝一番にマーサー・アヴェニューの建設現場へ行けと指示したはずだが」

レナは聞きながらメールを読んでいた。「すみません、署長。一晩中――」

「一晩中、仕事をしていたんだろう、レナ。それが仕事だ。きみには無理な仕事か？」

「いえ――」

「リトル・ビットについて聞きたい」

「あ――」レナはまだ混乱していた。「フェリックス・フロイド・アボット。昨日、逮捕しました。いま留置場で――」

「通称リトル・ビットで間違いないと確認できたのか？」

「うん、いえ、はい、署長。チャックから聞いている特徴にも一致します。スケートボーダー、長髪、違法にならないぎりぎりの量を所持」

「きみのノートは？　コピーを提出するように言っただろう」

レナは椅子から跳びあがった。あたふたとデスクへ走り、数枚のコピー用紙を持って戻ってきた。「レイプ事件を調べたあと、コピーしました」

ジェフリーはひったくるように受け取った。きちんとそろったブロック体の文字に目を走らせた。まるでパワーポイントのプレゼンテーションだ。「書きなおしたな」

「わたしは――」

「これはきみが昨日見せてくれたものとは別物だ」レベッカ・カタリノの生死を確認したときの状況が、箇条書きで書いてある。頸動脈も手首もそれぞれ二度、脈を確認したという一行が、新たに追加されていた。「判事の前で聖書に手を置いて、これが真実だと誓えるか？」

レナの喉が動いた。「はい、署長」

「くそっ」ジェフリーはコピーをぱらぱらとめくった。どのページもタイプライターで打ったように文字がととのっていた。一ページ目をひっくり返した。

レスリー・トゥロン　最初の聴取

・黒いニット帽の男

・年齢、髪の色、目の色　不明

・服装　覚えていない

・会話はしていない

・怪しいところはなかった

ジェフリーは顎の関節に鋭い痛みを感じた。レナの正式な報告書には目を通している。

黒いニット帽の男がいたことなど、ひとことも書いていなかったじゃないか。「これはいったいなんだ？」

「え」レナは首をのばしてコピーを見た。「彼女が言ったとおりです。レスリーが。とりあえずメモを――」

「レスリー・トゥロンはレベッカ・カタリノの第一発見者だ、その彼女がニット帽の男を見かけた。おれに報告すべき重要な事実だと思わなかったのか？」

レナの表情を見ると、彼女がとんでもない間違いを犯したことに気づいたのがわかった。

「それほど重要には思えませんでした、署長」

「あきれたな。あらゆることが重要だと教えたはずだ。レスリーはほかになんと言っていたんだ？」

「なにも。いえ――わたしがメモしたことだけ。それだけしか言ってません。神に誓ってほんとうです。近くでだれか人を見かけなかったか尋ねたら、彼女は四人いたと答えました。知らない女性が三人、でも三人ともたぶん学生で、男性がひとり、それがそのニット帽の男です。でも、これといった特徴はなかった。彼女が話したのはそれだけです。なにも言ってません。みんなカタリノは事故だと思ってたじゃないですか」

「みんなじゃない」手に力が入り、紙をくしゃりと丸めてしまった。「レスリー・トゥロンは性器を傷つけられていた。彼女がどんな目にあったか教えてやろう。きみがひとりで歩いて帰らせた証人がどうなったか」

ジェフリーはサラが書いた報告書をレナのほうへ放った。レナはあわてて受け止めた。

それから、文面を読んだ。ジェフリーは、彼女の顔に恐怖が広がるのを見ていた。

「そういうことだ」ジェフリーは報告書に指を突き立てた。「それが犯人の顔を見た女性に起きたことだ。きみが歩いて帰らせた。背中に標的を背負っているも同然なのに、きみが森をひとりで歩いて帰らせた。そうしたら、彼女はこうなった」

レナの顔色は真っ青だった。

ジェフリーは、いい気味だと思った。

「署長――」

「バッジを取りあげられて、点呼室から羽交い締めで追い出される前に、さっさと建設現場へ行ってこい」

レナははじかれたように立ちあがった。

ジェフリーは簡単に逃がすつもりはなかった。「終わったらすぐに戻ってこい、いいな? ぐずぐずするな、逃げても無駄だぞ。すぐに戻ってこい。わかったか」

「はい、署長」

ジェフリーは、レナが小走りにフランクの横を通ってスイングドアから出ていくのを見送った。

窓のほうを向くと、レナが駐車場にいた。セリカのロックを解除しようとしている。

「署長?」フランクがどうしたんだと言いたそうな顔でドア口に立っていた。

「あとにしてくれ」素手で署をめちゃくちゃに破壊してしまう前に、外に出ていかなければならない。「ミーティングまでには戻ってくる。なにかあったら電話しろ」

フランクは脇へ退き、ジェフリーを通した。

マーラが受付カウンターの前で口を引き結んでいたが、ジェフリーは点呼室の面々を無視した。スイングドアを蹴りつけたかったが、我慢した。なんとかこらえて、歩道に出た。

「くそくそくそっ」低く毒づき、ポケットのなかで拳を握りしめた。

冷たい向かい風に逆らいながら、メイン・ストリートを歩いていった。それでも、左へ曲がって湖に向かうころには汗ばんでいた。湖面を渡ってくる風はナイフに変わった。草の葉はまだ朝露で濡れていた。ジェフリーは、グレーのパンツの裾が水を吸ってじわじわと黒く変わっていくのを見ていた。

握りしめていた拳を無理やり開いた。なぜこんなに腹が立つのか考えた。レナはしくじったが、部下だ。彼女の犯したミスの責任はすべてジェフリーの両肩にのしかかってくる。レナの視点に立ってみた。自分はノートをまとめろと指示した。彼女は指示どおりにまとめた。彼女はレスリー・トゥロンの聴取をしたとき、レベッカ・カタリノは不運な事故で死亡したと信じていた。自分だったらレスリーをキャンパスまで送り届けたと、ほんとうに言いきれるのか？　黒いニット帽の男が犯罪現場の近くをうろついていたことは、絶対に上司に伝えただろうけれど。

どんなニット帽だろう？　これといった特徴がないとは、どういうことか——平均的な身長、平均的な体格、平均的な髪の色？　それとも、顔に髭がなかったとか、ピアスをしていなかった、タトゥーもなかったとか、そういう意味か？

「くそ」

もう一度レナと話さなければならない。今度は声を荒らげずに。元のノートがどこかにあるはずだ。レスリー・トゥロンの聴取でどんなやり取りがあったのか、詳しく知る必要がある。

振り返って湖畔に並ぶ家々を一瞥した。署までは一キロ弱。サラの家までは、反対方向へ四百メートルほどだ。ちょっと訪ねてみようか。解剖の結果を聞きに来たふりをして。ファックスを見ていないふりをすればいい。サラは夜通しの作業でくたびれているだろうが、出勤する準備をしているはずだ。裏のポーチでコーヒーを飲みながら事件の話をして、彼女に例の白魔術をかけてもらって頭のなかがすっきり晴れたら、署に戻って、嗜虐的な殺人犯がまた別の学生を襲うのを阻止する方法を考える、というのはどうだろうか。

ジェフリーは口元をこすった。

空想している分には悪くない。

二軒の住宅のあいだを抜けて、サラの家のある通りに入った。濡れたパンツの裾がくるぶしに絡みついた。太陽がぎらついている。目の上に手をかざして日光をさえぎった。サラが五十メートルほど先に立っていた。ジョギング用の服装で、髪を後ろでひとつにまとめ、ひんやりした朝の空気のなかで彼女の吐息が曇って見えた。サラは両手を腰に当てていた。

彼女はジェフリーに気づいても、少しもうれしそうではなかった。

ジェフリーは手を振りかけたが、サラはさっと背を向けて走りだした。

気づいたときには、ジェフリーはサラを追いかけていた。ばかなのか、やけくそなのか、それとも警官の性か。逃げる者がいたら、つい追いかけてしまう。

サラは急なカーブを曲がって湖畔へ走っていく。ジェフリーは必死に腕を振り、スピードをあげた。彼女のほうが先にスタートしているが、ジェフリーのほうが体力はある。サラはミセス・ビーマンの前庭を突っ切った。ジェフリーはポーター家の私道に入り、裏庭を抜けた。湖にたどり着いたときには、ふたりの距離は二十メートルほど縮まっていた。

サラは草地を走るのが得意ではない。肩越しに振り返った。ジェフリーはその隙に五メートル稼いだ。口を大きくあけて息を吸い、悲鳴をあげている両脚を酷使した。さらに五メートルの差を縮めたが、サラはすでに自宅の敷地に入っていた。急な斜面をのぼっている途中で足をすべらせた。ホンダが湖へゆっくりとおりていった斜面だ。

ジェフリーはどんどん距離を詰め、擁壁を飛び越え、芝生を突っ切った。サラの汗のにおいがわかるほど近づいた瞬間、彼女は階段を駆けのぼった。ジェフリーは階段のいちばん上に跳びのった。体勢を立てなおしたが、勢いは止まらなかった。ドアが閉まるのが見えたそのとき、ワイリー・コヨーテよろしく顔からドアに衝突した。

「ちくしょう！」両手を鼻に当てた。指のあいだをだらだらと血が伝った。「ちくしょーっ！」

ジェフリーは体をふたつに折った。血がデッキにしたたり落ちた。星が見えた。鼻の骨が折れたに違いない。ふたつ目の心臓のようにずきずきと拍を刻んでいる。

「サラ？」ジェフリーはドアを激しく叩いた。「サラ――」

エンジン音が聞こえた。Ｚ４だ。あの低いうなりはよく知っている。署長室にいると、サラが通りの向かいで八万ドルのスポーツカーのエンジンをかけるたびに聞こえるのだ。

両手の血を払い落とした。後ろポケットからハンカチを取り出した。走り去るサラの車を見送りに行かないよう、ありったけの自制心を振り絞らなければならなかった。

19

アトランタ

ジーナ・ヴォーゲルは、近所のスーパーマーケット、ターゲットの通路でカートを押しながら、耳にくっつくほどすくめている両肩から無理やり力を抜いた。生理のせいでやむを得ず外に出てきた。バッグからタンポン二本、ジムバッグから一本を見つけたが、そこで選択肢は尽きた。インスタカートの若い男性配達員とは親しくしすぎているので、配達してもらうわけにはいかない。アマゾンの翌々日配送では二日遅すぎるし、店へ行けば八ドルで買えるものに、いくら翌日届くからといって四十九ドル六十五セントをほいほい出すほどいかれてはいない。

それに、タンポンだけを買えばいいというものでもない。チョコレート、鎮痛薬のアドビル、さらにチョコレート、それからミニサイズのチョコレートバーも必要だ。なぜならお菓子はひと口で食べたらカロリーにならないから。

お菓子という誘惑がありながらも、家から脱出するのはわれながらあきれるほど難しかった。限界までぐずぐずし、丸めたトイレットペーパーでしのいでいるうちに、バスルームのなかは食人鬼ジェフリー・ダーマーのキッチンもかくやという状態になった。そうなってもまだ、ジーナは出かけない言い訳を見つけた。家じゅうに掃除機をかけた。壁下の幅木を水拭きした。シーリングファンと照明器具と、手が届くかぎり、閉じたブラインドの羽根一枚一枚の埃を拭った。夜は北京に提出するレポートを仕上げた。

はっきり言って、ここまで躁状態になるのは三百回コカインをやった大学時代以来だ。

なによりも大変だったのが、服を着ることだった。ジーナは以前から、適切な服装をすれば——ジム用のウェアとか仕事用のスーツとか食べられるパンティとか——その服装に適応したタスクをこなす準備がととのうタイプだった。スウェットパンツをはくのはまったく苦ではない。なにしろ、スウェットパンツはガラニマルのキッズ用ラウンジウェア上下セットの必須要素だ。ただ、ドアの外に出て、向かいの詮索好きの住人のみならずそのへんの人にまでそんな姿を晒すのは、耐えがたいほどリスキーな案に思えた。

ジーナは監視されている。それは事実としてわかっている。だが、姉に相談できるほどの確信がない。もしくは、警察に相談できるほどの。

九一一に通報するのを想像しただけで頰が熱くなった。

ええ、家から出たいので助けてくれませんかいえほんとにわたしは正気なんですけどでも気難しくてかわいくない姪っ子からシュシュを盗みまして——ええ、それです——そしたら今度はそのシュシュをだれかに盗まれてしまってどこにいても視線を感じて……ええ……待ってます……もしもし？　もしもし？　だれか聞いてますか？

自分が感じているこの恐怖は、映画に出てくる銀行強盗がかぶっているストッキングのマスクに似ているのではないか。現実の銀行強盗もかぶっているのだろうか。どっちでもいい。とにかく、恐怖が薄い膜になって顔を締めつけているような気がする。

家を離れるのを恐れるあまり、二度スタートを失敗してしまった。車まではなんとかたどり着き、一度はエンジンまでかけたのに、ホラー映画の間抜けな娘のように家のなかに駆け戻ってしまった。つまずいて転んでチェーンソーでまっぷたつにされる、あの手の女の子のように。

大学では社交クラブに入っていたし。まったく、らしいではないか。

そんなジーナをついに外の世界へ押し出したのは、姉からの電話だった。

ナンシーは娘にひどく腹を立てていた。ジーナにとっては陰険なよろこびを味わえる貴重な機会だった。というのも、ナンシーが娘のすぐ拗ねる癖を認めたのははじめてだったからだ。今回は、妊娠の恐れがあった。だって、コンドームで避妊に失敗することがあるなんてだれが思う？　どうしてそういう注意書きがないわけ？　テレビでやってもいいんじゃない？

ジーナは適切なタイミングで〝あらまあ〟と〝よくもまあ〟と〝嘘、まさか〟と合の手を入れ、際どい話をどんどん引き出したのだが、一時間もするとナンシーもようやくジーナにいまなにをしていたのかと尋ねてきた。

「ちょうどターゲットに出かけようとしていたの」ジーナは言った。声に出してそう言うことが最後のひと押しとなり、ジーナはドアから外に出ただけでなく、車の運転席に座っただけでもなく、公道で正しく車を運転できる一人前の大人のように車を運転した。

ありがたいことに、近所のターゲットは午前中の早い時間なら空いている。買い物客より店員のほうが多そうだった。突然、カートが傾いて手を離れ、ジーナはうめいた。カート置き場から一台出して三メートル進んだところで、キャスターがひとつ壊れかけていることに気づくというへまをやらかしたのだ。そこで三メートル引き返せばいいものを、次の山を越えれば食べ物にありつけると信じてやまなかった西部開拓民グループのドナー隊のようにとぼとぼと進みつづけた。

ジーナはカートのなかの商品を頭のなかのメモと照合した。トイレットペーパー、ペーパータオル、アイスクリーム、チョコレートシロップ、ミニサイズのチョコバーの大袋ひとつ、大きなチョコレートバーを数本、二本入りクッキーバーのツイックスは寂しがらないように二袋、関節炎の人用のキャップがついたアドビルを選んだのは、まだ若いから必要はないけれど、拡大鏡がなければ矢印を合わせることも難しい程度に年を取っているからで、だいたいどうしてこんなにあけるのが難しいキャップにしたの?

「そんなの当たり前でしょ」ジーナはつぶやいた。

タンポン。

もちろん、生理用品の売り場は店の反対側、赤ちゃん用おむつや尿漏れ用パンツなど、男性が目のやり場に困るような商品と一緒に、いちばん奥にある。

台所用品。ベッドリネン。タオル。スポーツグッズ。

ターゲットに銃は売っていない。ウォルマートにもディックスにも売っていない。驚いたことに、オンラインで銃を購入して配達してもらうのは違法だった。ネットで見つかった最寄りの銃屋、というかなんというのか、とにかく銃を売っている店は、この地区の外だった。ほんとうにこの用心深さは異様だし、ひょっとしたら精神的に壊れかけているのかもしれないが、地区の外へ出かけるのは絶対に無理。それにしても、ここはアメリカだ。全米ライフル協会はいったいなにをしているの？　どこの地下鉄の駅を出ても自動販売機でＡＫ47を買えるようにしなくちゃだめじゃないの。

生理用品。

ジーナはナプキンの大きな箱の前を通り過ぎた。カートをゆっくり押しながら、もっと目立たない商品を吟味した。タンパックスには〝光り輝く(ラディアント)〟というラインがあり、それを見たとたんに、自分のあそこから光が放たれているのを想像してしまう。真珠を見ると牡蠣(かき)を思い出し、さらに元ボーイフレンドが見せてくれた漫画を思い出す。それは、目の見えない男の人が魚売り場の前を歩いている絵で、吹き出しのなかにはこう書いてある。

「おはよう、ご婦人方」

ハハ。

ハハハ。

、、、、、、、

元ボーイフレンド。

ジーナの視線は商品から商品へ飛びまわるが、どれも赤ちゃん用品のようにピンクと水色ばかりが使われている。厚紙のアプリケーター。プラスチックのアプリケーター。アプリケーターなし。多い日用。普通の日用。軽い日用——だれが使うの？　クリック・コンパクトという製品名は婦人科の膣鏡を連想させる。スポーツ・フレッシュ・生理でも汗をかきたい人のために。スムース：赤ちゃんのお尻。あと九カ月は産む予定はないけど。セキュリティ：膣の南京錠。ジェントル・グライド：最低の口説き文句。オーガニック：堆肥でも作れば？　アンチ・スリップ、ラバリー・グリップ：ソルト・ン・ペパーの新曲。

結局、昔なじみのプレイテックス・スポーツのフレックスフィットに決めた。箱の配色はありふれたピンクと水色だが、楽しそうにジョギングしている女性が緑色のシルエットで描かれている。『ゴーン・ガール』風の髪を顔の横になびかせてｉＰｈｏｎｅをストラップで腕に装着し、イヤフォンのコードを両耳からぶらさげているのは、彼女もジーナと同じで、あの白い耳だれみたいなコードレスイヤフォンの使い方を調べるのが面倒くさいからだ。

ジーナはプレイテックスのマーケティング会議を思い浮かべた。男性社員は溌剌とした緑色の若い女を提案し、女性社員はほとんど黒に近いダークレッドで、更年期前の女がバスルームの床で胎児のように丸まって叫んでいるシルエットを提案する。

そして苦渋の決断。

壊れかけているキャスターのせいで、カートがおむつの陳列に突っこみそうになった。ジーナは陳列を突き崩したらスカッとするだろうかと思ったが、その手の乱暴者ではない。とりあえずいまのところは。よっこらしょとカートの向きを変えた。レジへ向かう途中で単三乾電池の二十四個パックをつかんだ。このところバイブレーターが生理中のセックスにご執心なのだ。

リーダーに読み取らせるカードを探していたら、神経をすり減らす病的な不安を忘れて十分はたっていることに気づいた。見るからにくたびれた母親が赤ん坊と格闘している。女性店員があくびをしながらクリップボードを眺めている。レジに座っている若者は、ジーナの顔をろくに見もせず、ＦＢＩプロファイラーなら〝月経セット〟と呼びそうな大量の商品をスキャンしていった。

最後に心から頬がゆるむのを感じてから、丸一週間が過ぎた。ああ、人生とは絢爛(けんらん)たるタペストリーなり。〝マシンガン　自宅へ配達〟で検索しまくっていた次の瞬間には、外の世界に出てきてミューザック・バージョンの〈ファンキー・コールド・メディナ〉に合わせて足でリズムを刻んでいる。

This brother told me a secret... on how to get more chicks...

トーン・ロックの先見性はたいしたものだ。ビル・コスビーの凋落とルポールのめざましい台頭を予言したのだから。

「奥さん？」レジの若者が待っていた。

ジーナは〝奥さん〟という言葉に楽しい気分を台無しにされるつもりはなかった。アメックスをリーダーに通した。署名欄にサインをした。レジ係に必要以上に礼儀正しくしてしまい、どうやらそれを熟女の媚びと勘違いされたようだった。いや、熟女ではなくただのおばさんか。ジーナは長いレシートをバッグにしまった。反抗的なカートを押して、自動ドアの外へ出た。

Sunshine!

車は駐車場のいちばん奥にとまっていた。このショッピングセンターに到着したとき、サバイバル番組『フィアー・ファクター』ばりのチャレンジをみずからに課したのだ。おかげでいい運動になった。ほぼ一日二十四時間、ピティパットおばさんスタイルでソファと密着していたせいで、ハムストリングスはクエスチョンマークの形に丸まっている。もちろん、下腹は痛むし汗かきのデブになった気がするが、大人になったジーナ史上はじめて、生理が目下の生活でなによりもつらいことではなかった。プレイテックスはタンポンの箱にジーナのシルエットを使うべきだ。ジーナ・ドロッとした経血もバッチ来い！

車のトランクをあけた。壊れかけているキャスターのせいでカートがバンパーにぶつかったが、うきうきした気分が萎えることはなかった。買い物袋を車に放りこんだ。ツイックスを買い物袋から一袋取り、包装を歯で破った。チョコレートがけのさくさくしたクッキーバーを二本そろえて、タイプライターに巻きこまれる紙のように口に入れた。三十歳以下の人間には通じない比喩だ。

鼻持ちならない連中とは違い、カートを店の前へ戻しに行かなかった。それでも、一応は車の脇の草地に置いた。運転席に乗りこんだものの、トランクからもうひと袋のツイックスを取ってこようかと考えた。でも、アイスクリームが溶けそうだ。ターゲットに引き返してスプーンを買おうか？　まさか、手でアイスクリームをほじくるわけにはいかない。まさか、神話の神が無力な乙女から救いを得たように、カートンを傾けてそのおいしい中身をぺろぺろ舐めるわけにはいかない。

そのとき、ジーナの背後で物音がした。

ジーナの目が恐る恐るバックミラーのほうを向いた。

男の手が見え、それから腕、肩が見えた。いつもとは違い、ジーナの視線はそのまま彼の顔へは向かわなかった。目はさっと正面に戻り、金属に反射する日差しを見つめた。ツイックスでいっぱいの口があんぐりとあいた。目が大きく開くのを感じた。鼻孔が広がった。ハンマーが振りあげられ、自分のこめかみへまっすぐ振りおろされる軌跡がスローモーションで見えた。

そのとき思ったのはひとことだけ、それも信じられないほど間が抜けていた。ほらね、や、やっぱり。

20

ウィルは両手をパンツのポケットに突っこみ、廊下を歩いていった。だが、指関節の痛みに思いなおした。手の甲にまた血が伝っていた。サラはあとで絆創膏を貼ってあげると言っていた。忘れるなんて彼女らしくないが、ふたりとも新しい体験に慣れなければならない。

サラはウィルの気持ちを尊重して距離を空けてくれている。本や雑誌にそう書いてあるとなるほどと思えるが、実生活では、ウィルは他人に距離を空けてもらったことがないし、ましてや気持ちを尊重してもらったこともない。どうすれば元に戻れるのかわからなかった。

アマンダに腹を立てれば、彼女は意地悪をして恥をかかせて、ウィルの気力をくじく。フェイスは大げさに謝り、ひれ伏し、自分は悪い人間だと言いつのるので、ウィルは根負けし、もういいよと言って気まずさを取り繕う。アンジーにはしょっちゅう傷つけられたが、彼女が家出をして帰ってきたころには、ウィルの怒りは萎えていた。代わりに性欲がたまっていて、それもアンジーがウィルを操る方法のひとつだった。

サラはそういう戦法を使わない。ウィルがサラのような人をほかに知らないということが、彼女のいちばんの強みだった。だが、この距離云々は異世界も同然の領域だ。サラがウィルのほうから動くのを待っているのは、失敗なのではないだろうかという気がした。ウィルは正直なところ、サラに茄子の絵文字を送って、サラがカウガールの絵文字を返してくれれば、なにもかも元に戻ると思っていた。

ウィルは手の血を洗い流すつもりで給湯室に入ったが、気がつくと自動販売機の前にいた。一時間以上なにも食べていない。スロットに一ドル札を差しこんだ。販売機のなかの螺旋構造の棚がまわった。菓子パンが落ちてきた。ウィルは釣り銭の二十五セント硬貨を取ったが、スプライトを買うにはもう一枚足りない。空いている左手で右のポケットから硬貨を取り出した。

スプライトの販売機の前へ行った。ウィルはハイテクな機械を偏愛している。スロットに硬貨を入れた。ガラス越しに、ロボットアームがおりていき、ロボットハンドがスプライトの缶をつかんでその下のかごに入れるのを眺めた。

「よう、なにしてるんだ?」ニックが背後から現れ、またあの変な肩をつかむようなさするような動作をした。「署長に依頼されてFBIがプロファイリングした件で、あれからもう少し考えて気づいたことがある」

ウィルはカウンターに菓子パンとスプライトを置き、シンクで手を洗った。ニックに肩をつかんでさすられるのが神経に障りだした。神経に障ることならもうひとつある。ニックがトリヴァーを署長と呼ぶことだ。リトル・ビッグ・ホーンでカスター将軍を追い詰めたクレイジー・ホースばりの英雄扱いで、やばい犯罪者を刺激して殺されるはめになった田舎警官のこととは思えない。

ウィルは手を拭きながら振り返った。「どんなことだ？」

ニックはジーンズのポケットをまさぐって小銭を探した。指の形がわかるほどタイトなジーンズだ。「二十五セント、持ってないか？」

「ない」ほんとうは大量に持っているが、つかんでさすられすぎた肩が痛むので取り出せない。「プロファイルがどうした？」

「ああ。古いノートを見ていたら、署長と話したことを思い出したんだ」ニックはポケットから手を出した。自動販売機に硬貨を入れながら、ウィルに話した。「そのとき、おれたちはプロファイルを読んでいた。逮捕から一年後のことだ、わかってるか？　署長はプロファイルの結果に合点がいかないようだった」

ウィルは、ミーティングでニックが話していたことを思い出した。「ネズビットは犯人像にばっちり当てはまったと言ってたじゃないか」

「そうなんだが、ノートを見なおすと、署長がなにに引っかかっていたかわかった。プロファイルが当てはまりすぎてるんだ。まるで、ＦＢＩの小役人が逮捕されたネズビットに合わせて犯人像をでっちあげたかのようだ」ニックは肩をすくめた。「悪党を捕まえたいのは、おれたちも連中も変わらない。ひょっとしたら、少しばかり熱心すぎて、ネズビットの特徴のほうにプロファイルを合わせちまったかもしれない」

ウィルはカウンターにもたれ、ニックがボタンを押すのを見ていた。

「くそ、あんたが最後のスプライトを買ったな？」ニックはもう一度ボタンを押した。ガラスに顔を近づけて、缶の列を見た。

ウィルは後ろを向き、スプライトの缶を何度か強く振り、ニックに向きなおった。「やるよ。オフィスにまだあるんだ」

ニックは缶を受け取った。「悪いな」

「で、署長はなぜＦＢＩのやっつけ仕事だと思ったんだ？」

ニックはウィルの棘のある口調に気づいたらしく、ちょっと黙ったが、話をつづけた。

「当時、おれたちの手元にはトゥロンが殺された現場の写真と、カタリノが襲われた現場をブラックベリーで撮った写真があるだけだった。類似点のほとんどない現場がふたつ。こんなことがあったらなにを疑う？」

答えを求められているようだが、ウィルはかぶりを振った。

ニックはスプライトの缶を指で二度叩いた。「統計的結論の妥当性だ」

説得力に欠ける研究を根拠にしたのではなく、捜査結果にもとづいた結論ではないかと思ったが、ウィルは言った。「かもね」

「かもね？　おれは左のタマを賭けてもいい」ニックは言った。「おれは自分の記憶より署長を信じる。おれの言いたいことはわかるな。署長はずば抜けた切れ者だった。最高の警官だった。あんなにすごいやつはほかに知らない」

彼の言いたいことはウィルにもわかった。

「まあいい」ニックは缶のプルトップを引いた。

スプライトが間欠泉のように噴き出した。

「うわっ！」ニックはあとずさったが間に合わなかった。ジーンズの股間はぐっしょり濡れていた。髭にもソーダがまばらにかかっている。「くそ」

ウィルはペーパータオルを取ってやった。

ニックは計算するような目でウィルをじっと見ている。

ウィルも計算した。

明らかな数字のデータがある。ニックのほうが十五歳上で十キロ以上軽く、言うまでもなく三十センチは背が低い。しかし、変数も多い。ふたりは同僚だ。サラも関わっている。長いあいだたがいに下手な芝居をしていたので、いまそれをやめれば、そもそも最初から茶番だったと認めることになる。

「あなたたち？」アマンダが音もたてずに給湯室に入ってきていた。

ニックはスプライトの缶をゴミ箱に叩きこみ、給湯室を出ていった。

アマンダは片方の眉をあげてウィルを見た。「なぜかあなたの携帯につながらないんだけど？」

ウィルは携帯電話の電源を切ったことをすっかり忘れていた。アマンダに電話を掲げてみせた。

「今朝は何本、越えてはならない線を越えそう？」

「二本です」ウィルは着替えたスーツを指さした。「一本目は修正しました」

アマンダは眉をひそめたが、聞き流した。「もう待たされるのも飽きたけど、いまなにを待ってるの？」

この待機状態から抜け出せるステップがある、それはシリアルキラーについて各管轄署に連絡を取ることだ、と頭のなかでフェイスが言ったが、ウィルはフェイスではないし、すでに今日はいろいろな線を踏み越えている。

「ダーク・マスターソンのインターネット・サービス・プロバイダーに情報開示請求をして、返事を待っているところです。フェイスはジェラルド・カタリノのクローゼットの中身を見なおしています。ぼくは、女性が行方不明になったりストーカーの被害を訴えたりしていないか、州全体に警告を発信しました。それから、未解決事件を調べました」

「まあ、現実的な捜査法ね。で、経過は？」

ウィルは大まかに報告した。チャトゥーガの放火事件の犯人が逮捕目前であること。マスコギーで酒類販売店の連続強盗の容疑者がポリグラフ検査にかけられる予定があったこと。連続レイプ犯の被害者かもしれない女性がいたので、フォーサイスへ似顔絵捜査官を派遣したこと。トロイトレン郡保安局から、保安官補が唾液のサンプルを持ってくること。

「そう。報告書はキャロラインにメールして。わたしは今日忙しいの。キャロラインにあとはまかせてあるから」

キャロラインはアマンダの助手で、叱責などものともしない、辛抱強い女性だ。「わかりました」

「サラはグラント郡へ向かってるわ。元検死官に貸倉庫の鍵を借りたの。毒物検査の報告書が見つかったら電話するように言っておいた」

ウィルは顔を殴られたように見えないよう、精一杯取り繕った。いまサラにはグラント郡へ行ってほしくなかったが、それはいかにも横暴でわがままなボーイフレンドが思いそうなことだ。

アマンダは腕時計を見た。「キャロラインに、シェイ・ヴァン・ドーンの両親を呼ぶように指示してあるの。サラが間に合えばいいんだけど。それと、ダーク・マスターソンの件はなるはやで処理して。プロバイダーに電話をかけて、急かしてやりなさい」

「マスターソンがなにか知ってると思うんですか？」

「ボスはわたしだし、あなたはわたしの言うとおりにすればいいと思う」

ウィルに異論はなかった。菓子パンを持って給湯室を出た。携帯電話の電源を入れた。居場所をサラに知られないようにしたのは陰険なやり口だった。もともとサラの携帯電話に〝探す〟アプリを入れたのはウィルだった。そのときは、サラはどうせ使わないだろうと思っていた。

ウィルはサラの居場所を探した。すでにグラント郡に到着していた。マーサー・アヴェニュー。青いピンは、サラがUストアという場所にいることを示していた。ウィルは地図を拡大した。航空写真に切り替えた。サラは緑の丘陵の向かいにいるらしい。

墓石の並ぶ丘陵の。

「ちくしょう」

茄子とカウガールを何個やり取りしても無駄だ。ウィルはポケットに携帯電話を突っこんだ。フェイスのオフィスのドアをノックすると同時にあけた。

フェイスはデスクの前に座ってインシュリンを注射していた。

ウィルはあとずさりしかけたが、フェイスは座れと合図し、スピーカーフォンになっている電話を指さした。

「ねえ」フェイスはシャツの裾をおろし、ペン型注射器を片付けた。「あたしにはどうしようもないよ。会って話すことね。電話じゃなくて。ちゃんと話し合いなさい」

ウィルはフェイスのその声音を知っている。彼女が不滅の愛と軽い苛立ちの混じったその声音を使うのはわが子だけだ。

「お願いだよ、母さん」ジェレミーが懇願した。「困ったらいつでも頼れって言ってただろ。だから頼ってるのに」

フェイスは笑った。「いい反撃だね、だけど、年間二万四千ドルの保育料を節約させてくれる人との関係をあたしがぶち壊しにすると思ってるのなら、あなたは自分の母親をわかってない」

ジェレミーのうめき声はフェイスそっくりだった。「週末に洗濯物を持っていくよ」

「洗剤もお忘れなく、洗濯するのはあなただからね」フェイスは電話を切り、ウィルに言った。「ジェレミーはわたしの母に腹を立ててるのよ。わたしはあの子に、これを機に学んでほしいの」

ウィルはここぞとばかりに切り出した。「お母さんとジェレミーは、その、少し距離を置いたほうがいいんじゃないか？　ほら、ジェレミーが自分の気持ちを整理するために」

フェイスはぽかんとウィルを見た。「人さらいが聞いてるのなら、一度だけまばたきして」

ウィルは咳払いした。もはや引き返せない。「いや、だって――ジェレミーは傷ついてるんだろう？ でも、時間がたてば許せるだろうから、お母さんはちょっと離れたほうがいい。そうしたら、ジェレミーももう大丈夫だって言えるかも。何時間かたてば。それとも数日か。数日かかるのかな？」

「数日は長いね」

「じゃあ、数時間？ 数時間って何時間？」

「十二時間？」フェイスはウィルの顔を見た。「ううん、三時間だ」

ウィルは菓子パンのビニール袋を破り、ひと口かじった。

「あたしってだめ人間だ」フェイスは本気で自分自身にがっかりしているようだった。「息子が母親と喧嘩してもほったらかしてるし。娘にひとりでトイレに入らせてくれたら名探偵ピカチュウに会わせてあげるって言っちゃったし。マザーロードのチートを使わなくちゃシムたちにふさわしい人生を送らせてあげられないし。健全な心の大人になる方法をあたしに訊くのって、間違ってない？」

ウィルは菓子パンを眺めた。白いアイシングが溶けかけていた。もうひと口かじった。

「あたしって役立たずよね。むかつくよね。ひどい人間よね」

「大丈夫だよ」ウィルは直近五分間の会話を消してしまいたかった。「みんないろいろ理由があってやるべきことをやってるわけだし」

「もう、アナ雪の歌なら聞き飽きてるよ」フェイスはウィルの言いたいことを察し、パソコンの前へ椅子を戻した。「ニックに会った？ 探してたよ」

ニックはいまごろトイレのシンクでタマを洗っているはずだ。「ノートを見たら思い出したことがあると言ってた。トリヴァーはプロファイリングに納得していなかったそうだ」

「署長が？」

だからフェイスはいいやつなんだ。「トリヴァーはやり方が逆だと思っていたようだ」

フェイスはデスクを指で小刻みに叩いた。「ＦＢＩが間違うこともあるって周知の事実よね。線状痕鑑定の不祥事があったでしょ。顕微鏡を使った髪の毛の分析の不祥事とか。不祥事の不祥事とか」

ウィルは菓子パンを食べ終えた。「レナのノートのコピーはどうだった？」

フェイスは笑い声をあげた。「ディケンズみたいだった。ほんとにディケンズよ。つまり、だれかが消費者向けに整理して編集して印刷したって感じ。手書きの文字もタイプライターで打ったみたいだった」

予想どおりだったので、ウィルは落胆しなかった。

「なぜトリヴァーはあの人をそばに置いてたのかな」

フェイスは返事を求めていなかったが、それでもウィルは答えた。「人にやりなおしのチャンスをやることには利点がある。間違いを犯したのを認めないことにも」

「頑固なせいでレナの欠点が見えてなかったってこと？」

「サラがそう言ってたんだ。彼はレナのことを見誤っていたのを認めようとしなかった、と。ぼくは、レナはトリヴァーにとって灰色のウサギだったんじゃないかと思う」長年のうちに、ウィルはどこの警察署でもさまざまな力関係が働いているのを見てきた。「署長は汚れ仕事が必要になると、灰色のウサギを灰色の領域に放つ。そうすれば自分の手は真っ白なままだ。秘密を知られていたから、クビにはできない。また必要になるかもしれないから、手放せない。普段はおたがい敵と取引しているとは思っていないし、利害は一致してる。死なばもろともってやつかもな」

フェイスはしばらく黙っていた。悪口を言われているのが殉職警官で、しかも親友の死んだ夫だったら、しばらく黙りたくなるのも当然だ。「うなずける話ではあるね。レナはメイコン署でも同じ役目を担ってるんじゃないかな」

ウィルは指についたアイシングを舐めた。

「よし、これはレナとはぜんぜん関係のない話だけど」フェイスはデスクの上で両手を組んでウィルと向き合った。「ひとつだけ、人間関係のアドバイスがあるの。さっきジェレミーに言ったのと同じで、たぶんあなたがいちばん聞きたくないアドバイス。サラと話し合いなさい。じかに会って話すの。あなたがどんなふうに感じてるか。どうしたら関係を修復できるのか。サラはあなたを愛してる。あなたはサラを愛してる。なんとかなるよ」

ウィルは顎をこすった。指がべたべたした。フェイスのパソコンのほうへ顎をしゃくった。ジェラルド・カタリノのクローゼットの壁面がモニターに表示されていた。「どう?」

「悲しいね」フェイスはパソコンに向きなおった。「犯罪が家族にどんな影響を与えるのか、あたしは知ってる。毎日のように見ていて、魂を殺されるような残酷なことだと思うけど、ジェラルドのしていることは――情報開示請求をして、弁護士を雇って上訴して、調査員を雇って、資料を作って、あちこち電話をかけて、大金をかけて……」

フェイスはそれ以上なにも言えず、かぶりを振った。

ウィルは言った。「アマンダがマスターソンを早く見つけろと急かすんだ。なぜかわからないけれど、くさいにおいを嗅ぎつけたみたいで、そういうときのアマンダはたいてい正しいんだよな」

「オースティンのプロバイダーのオフィスまで車を飛ばして、連中の膝に座って急かすしかないかもね」フェイスはデスクの上に一枚のプリントアウトをすべらせた。「これ、探偵ダークの請求書。支払期限が過ぎて、再請求されてる。これがいちばん最近のやつ。カタリノはこいつに三万ドル近く注ぎこんでる」

ウィルはページ上部の数字を見た。「住所が書いてある。小切手は私書箱に送ることになってると言ってなかったか？」

フェイスはもう一枚、地図とメールアドレスと電話番号が印刷された紙をよこした。「メール・センター・ステーション。運送会社のサービスで、私書箱と住所を借りられるの」

ウィルもよく知っているサービスだった。別れた妻が頻繁に偽の住所を使っていたからだ。ウィルは何度か違法すれすれの方法で彼女を捜さなければならなかった。

「令状が出ていると言われるのと、召喚状が出ていると言われるのとでは、一般の人はどっちが怖いかな？」

フェイスは少し考えた。「どうだろう、召喚状なんてしょっちゅう無視されてるし。令状じゃない？」

ウィルはフェイスの固定電話のボタンを押してスピーカーフォンにした。これで相手の電話の発信者IDにジョージア州捜査局と通知されるはずだ。

「ちょっと、あたしの電話を砂糖まみれにする気？」

「うん」ウィルは番号を押した。呼び出し音は一度だけ鳴った。

「メール・センター・ステーションです」若い男が愛想のよい声で応答した。「ブライアンです。ご用件をどうぞ」

「ブライアン」ウィルは声をいつもより高くして南部ジョージア訛りをくわえた。「ジョージア州捜査局のニック・シェルトン特別捜査官だ。おたくの私書箱三四二一号を借りている人物に逮捕状を請求している。判事がその人物の名前を知りたがってるんだ。逃亡犯逮捕チームの派遣を承認するためにね」

フェイスはウィルの口上を聞いてかぶりを振った。法をざっくりとでも理解している人間なら冷笑するだろう。

ブライアンは冷笑しなかった。

フェイスは、ブライアンがキーボードを叩く音に目を丸くした。

ブライアンは言った。「わかりました――特別捜査官。ちょっと待ってください……調べますので……よし、三四二一号を貸しているのはミランダ・ニューベリーです。住所は必要ですか？」

フェイスはあわてて書くものを探してペン立てをひっくり返した。

ウィルが言った。「ああ、頼む」

「三〇〇六二、マリエッタ、ダッチ・ドライブ四八二五番地」

「ありがとう」ウィルは電話を切った。

「なにいまの！」フェイスはフィールド・ゴール成功を告げる審判のように両腕をあげた。

「やったね！」

「ミランダ・ニューベリーだって」

フェイスはさっとパソコンのほうを向いた。キーボードを叩きはじめ、眉をひそめ、うなり声をあげた。「ちょっと、これはいったい――」

彼女が立てつづけにマウスをクリックするあいだ、ウィルは待っていた。

ようやくフェイスは言った。「ミランダ・ニューベリー、二十九歳、独身、公認会計士、ジョージア州立大学卒業、趣味は犯罪ブログの執筆――ふざけてんの？　ヤングアダルト本の掲示板も、六つもやってる。それこそ余計なお世話ってやつよ。郊外に住むミレニアル世代の白人が、あたしの褐色の娘に文化的にふさわしい本とはなにかをあれこれ指図してくださらなくても結構」

「詐欺だね」ウィルは言った。オンラインで別人格を使うのはかならずしも犯罪ではないが、営利目的でやるのは間違いなく違法だ。「警察官になりきってるのか？」

「ねえ、これ見てよ」フェイスはモニターを指さした。「たったいま、ビッグ・チキンの写真をインスタにあげてる。一時間後にボーイフレンドとランチだって」

ウィルは立ちあがった。「ぼくが運転する」

ビッグ・チキンはコブ・パークウェイとロズウェル・ロードの交差点にある。名前の由来は二十メートル近い巨大な鶏の形の看板で、それがなければ普通のケンタッキー・フライドチキンだ。地元の人々はこの店をランドマークにしている。道案内するときは、ビッグ・チキンの前にいるか裏にいるか、右にいるか左にいるかが基準になる。

店のドアがあき、ウィルは肩越しにそちらを見た。店内は近所の会社からランチを食べに来る人々でいっぱいだった。フェイスが奥のブース席に座っているのが見えた。携帯電話を見ている。ふたりは、十五分遅れたミランダ・ニューベリーより十五分早く到着していた。

ドアがあいた。ウィルはまたそちらをちらりと振り向いた。

ミランダ・ニューベリーはまだ現れない。

ウィルはソーダマシーンからカップにドクター・ペッパーを注いだ。フェイスのほうへ歩いていきながら、ほかのブースに目を走らせた。ミランダ・ニューベリーのフェイスブックのカバー写真には、『俺たちに明日はない』のような格好で二匹のポメラニアンを抱いている華奢な女性が写っている。フェイスが小型犬をネタにしたジョークを言ったが、ウィルは黙って聞き流した。ウィルの飼い犬ベティはチワワだ。人間、生きていれば小型犬を押しつけられて世話をするしかないこともある。

「来ないね」ウィルが向かいに座っても、フェイスは携帯電話から目をあげなかった。「どうやら根っからの嘘つきみたい。ボーイフレンドに会うっていうのも嘘かも。きっとカナダに住んでるのよ」

ウィルはなにも言わなかった。ハイスクールのころにつきあっていたカナダ人の女の子を思い出した。あの子はスーパーモデルだった。

「なにか追加で食べるか？」

フェイスは顔をしかめた。彼女のサラダはだれかの食べかけに見えた。「どうしてあたしはあのヤングアダルトのブックレビューがこんなに気に入らないんだろう？」

ウィルはドクター・ペッパーを飲んだ。

「まあね、たしかにあたしは典型的な白人女に見えるよ、チーズに追加の五十セントを払うのがいやで、オムレツ屋の店員をどなりつけるような女」フェイスは息を継いだ。「でもさ、あたしがコカインをやらなかった唯一の、たったひとつの理由は、『スイート・ヴァレー・ハイ』のレジーナ・モローよ。『ゴー・アスク・アリス』の話はさせないでよ。あの本には震えあがったんだから。エンジェルダストがなにか知らなかったけど、それでも怖かった。たとえ二百歳のゴーストライターが若い子たちも〝楽しんでるかい？〟なんて言い方をすると思っていても、怖さは変わらないよね」

ドアがあいた。

フェイスがはっとした。

ウィルはかぶりを振った。

フェイスはディスペンサーからナプキンを数枚つかみ取り、携帯電話を拭きはじめた。

「いつか話したよね、ｉＰａｄにこぼれたワカモーレを拭き取ってたら、ハイスクールの同級生だった子が――」

「来たぞ」

またドアがあいた。

ミランダ・ニューベリーは写真のとおりだった。前髪はもっと短い。鮮やかなオレンジ色の地にブルーとグリーンの花柄のワンピースを着ている。バッグは長いフリンジとビーズ刺繡をほどこした餌袋のようだった。ウィルは、飛び出しナイフから三五七マグナムまで、その大きなバッグに隠せそうな武器を頭のなかに並べていった。SNSだけを根拠に判断すれば、犬の着替えと盗んだクレジットカード数枚が入っていると考えたほうが妥当だけれど。

フェイスはカメラを自撮りモードにして、背後を監視しはじめた。

ミランダは、一緒にランチをとるはずのボーイフレンドを探そうとはしなかった。混雑したカウンターから少し離れたところで、携帯電話を掲げ、笑顔で自分の写真を撮り、またドアから出ていった。

フェイスにつづいてウィルもブース席から飛び出した、ふたりは店内を走った。外に出ると、ミランダは彼女の名義で登録されている白いホンダ・CRXには乗っていなかった。ビッグ・チキンの裏手へまわって狭い通りを渡った。やがて、植えこみのむこうへどんどん歩いていった。

「見失わなきゃいいんだけど」

フェイスは冗談を言っている。派手なオレンジ色のワンピースは駐車場の三角コーン並みに目立つ。

「どこへ行くんだろう？」フェイスは二台の白いバンの隙間を抜けた。

ウィルはフライドポテトのにおいを嗅ぎ取った。「ウェンディーズだ」

当たり。ミランダは平屋のレストランへまっすぐ歩いていき、ドアをあけた。

ウィルとフェイスは歩調をゆるめた。板ガラス越しに、ミランダが注文の列に並んでいるのが見えた。席は半分ほどしか埋まっていない。駐車場も空いていた。ウィルはたったいまビッグ・チキンで三ピースのビッグ・ボックスを食べたばかりなのに、ポテトのにおいでまた食欲が湧いてきた。

ふたりは店内で役割を分担して二手に分かれた。ウィルは空いているブース席に座った。フェイスはミランダの後ろに並んだ。ウィルが座っているところからでも、フェイスが背伸びしてミランダの肩越しに彼女の携帯電話のスクリーンを覗いているのが見えた。ご多分に漏れず、ミランダもすっかり携帯電話に気を取られている。スーツのジャケットの下に銃を携帯している警官が背後に立っているとは、まったく気づいていない。

ウィルが見ていると、新たにふたりの客が入ってきた。ミランダになったつもりで考えた。食事をするつもりのないレストランで写真を撮り、存在しないボーイフレンドと食事をするとSNSに投稿するのはどんな人物だろう？　娘を傷つけられて思い詰めた父親から三万ドルをだまし取るようなやつだ。

注文したものがそろうのを待っているミランダの後ろで、フェイスがウィルに目配せした。苛立っているようだが、いつものことだ。カウンター係がフェイスに呼びかけた。フエイスは体を横に向け、ミランダから目を離さないようにして注文した。

あいかわらずミランダは気づいていない。携帯電話に表示されているなにかに夢中だ。ずっと首を前に傾けているので、首の後ろの背骨が頭とつながる部分の小さな出っぱりがウィルには見えた。

ついにミランダが顔をあげた。注文品がそろったのだ。彼女はカウンターに置かれたトレーを取った。ハンバーガー、フライドポテト、ドリンク。ストレートのアイスティーをカップに注いだ。フェイスがその隣でソーダを注いでいるあいだに、ミランダはセルフサービスのカウンターへ移動した。

ストロー。紙ナプキン。塩。プラスチックのカトラリー。ディスペンサーから小さな紙カップ六個にケチャップを絞り出した。

ミランダはフロアの端、向かいの自動車修理店が見える窓に沿って細長いカウンターがあり、背の高いスツールが並んだ場所へ向かった。

「ちょっといいですか？」フェイスはミランダにＩＤをちらりと見せた。

ミランダはトレーを落としそうになった。

「あちらへどうぞ」フェイスはウィルのほうを指さした。いかにも警官らしい態度に、店内の目がいっせいに彼女のほうを向いた。「早く」

ウィルはミランダの目が店内をきょろきょろと見まわすのを見ていた。いかにもやましそうだ。ウィルは適当に席を選んだわけではない。この席なら、フェイスとふたりですべての出口をふさぐことができる。

ミランダのカップからアイスティーがこぼれた。両手がひどく震えているせいだ。ウィルのいる席のほうへのろのろと歩きだした。だが、フェイスが警官らしさを全開にしたとたん、足を速めた。フェイスは小柄だが、いざとなったらにらみが利く。

ミランダはウィルの向かいに座った。フェイスはその隣に腰をおろし、ミランダを奥へ押しやり、壁と自分の体のあいだに閉じこめた。

いつもはウィルが静かでなにを考えているのかわからない警官役をするのだが、今日はフェイスにその役をまかせて、自己紹介をした。「トレントだ。こっちはミッチェル」

ミランダはウィルのＩＤをじろじろと見た。手はまだ震えている。「これ、本物？」

フェイスは名刺をテーブルに置いた。「電話をかけて確かめたら？」

ミランダは名刺を取った。しげしげと眺めた。目が涙で潤んでいた。ウィルは、彼女が歯ぎしりしているのを見て取った。

名刺はテーブルの上に戻された。

ミランダはフライドポテトを一本取り、六個のカップに順に浸して口に入れた。

彼女が黙ってもぐもぐと口を動かしているので、ウィルはフェイスを見た。どうやらミランダは、ふたりがいないふりを決めこみ、あきらめて立ち去るのを待とうという肚だ。

ウィルは言った。「ジェラルド・カタリノの件で話がある」

一瞬、ミランダの口の動きが止まったが、彼女は次のポテトをまた六個のカップに浸して食べた。

フェイスは手をのばし、ジェンガのようにポテトを一本つまみ出した。

ミランダがこれ見よがしにため息をついた。「自分の権利は知ってるから。警察に話したくなければ話さなくていいのよね」

ウィルは内なるフェイスを召喚した。「きみはポリス・アカデミーでそれを学んだのか、マスターーソン刑事？」

ミランダは咀嚼するのをやめた。「オンラインで偽名を使うのは違法じゃないでしょ」

「それは異論の余地があるな」ウィルはフェイスっぽい苛立った口調に自分流のひねりをくわえた。「だが、警官になりすますのは明らかに違法だ。存在しない退職警官だろうが、違法だ」

それを聞いて、ミランダはぎょっとした。

フェイスは椅子の背に腕をかけた。ジャケットの前が開いた。視線をちょっと下に向ければ銃が目に入る。

ミランダは視線をちょっと下に向けた。

彼女が唾を呑みこむ音が聞こえた。

「犬が病気になったの」ミランダは言った。「手術が必要で、そうしたら今度は車が壊れちゃって」

「三万ドルもかかるのか？」

「一年間はタダ働きだったのよ。でも、お金をもらわないわけにいかなくなって、だって――」声が大きくなりすぎたことに気づいたらしい。「だって、お金をもらったほうが怪しまれないから」

「悪知恵が働くね」フェイスが言った。

ミランダはフェイスのほうをさっと見たが、ウィルに言った。「マスターソンの名前を使えば信じてもらえる。わたしが女だって知ったら取り合わないでしょ。あんたにはわからないだろうけど、女は大変——」

フェイスが鼻で笑うふりをした。

ミランダは言った。「罰金を払う。お金は返す。それでいいでしょ」

「きみは公認会計士だろ？」ウィルは彼女がうなずくのを待った。「調査の収入は申告してるのか？」

彼女の目がまた泳いだ。「してる」

「調査員免許のコピーと、Love2CMurder の事業許可書のコピーと、雇用主番号か社会保障番号を提出してもらおうか——」

「三万ドルは二年以上にわたってもらったの。ジェラルドは贈与税を免除される」

フェイスが尖らせた唇からふーっと息を吐いた。

ウィルはフェイスの十八番を繰り出した。「たわごとはほどほどにしないか？」

ミランダの顎がこわばった。「あなたたちに話すことはないわ」

「身分詐称だけでも逮捕できるんだぞ」

ミランダはトレーを押しやった。「ねえ、たしかにわたしはジェラルドからギフトとしてお金を受け取った。でも、ほんとうに彼を助けてあげたのよ。あのおじさんがインターネットの海に潜る方法を知ってると思う？」

フェイスはもはや黙っていられなかった。「グーグルアラートを設定して、適当な記事を探してあげるだけで三万ドルって、いまはそれが相場なの？」

「わたしはその何倍のことをやってあげたの。相当時間をかけたんだから。データを分析して、パターンを見つけてあげた」ミランダはバッグに手をのばした。

フェイスはミランダの手首をつかんだ。

「いたっ！」ミランダは顔をしかめた。「携帯を取ろうとしただけよ。バッグのなかに入ってるの」

フェイスはミランダのトレーからプラスチックのフォークを取り、餌袋バッグのなかをまさぐった。しばらくして、うなずいた。

「まったくもう」ミランダは携帯電話を取り出した。親指でスクリーンをスワイプしはじめた。「あんたの言うとおりよ。ベッキーと似たような暴行事件が新しく見つかったら通知が届くように、グーグルアラートを設定してあげたの。ベッキーの写真を見た？　もう少しで死ぬところだったのよ。ほかにもたくさんの女性が死んでる。わたしが調べてるのは、複数の殺人事件じゃない」「恐ろしいシリアルキラーを捜してるの」

ウィルは彼女を甘やかすつもりはなかった。「ジェラルドにどんなパターンを見つけてやったんだ？」

ミランダは携帯電話を操作しながら答えた。「全部、三月最終週か十月最終週に起きてる。女性たちが姿を消したのは、午前五時から正午までのあいだ」

ウィルはフェイスが体をこわばらせたのがわかった。女性たちが消えた時間帯は知らなかったからだ。

「ぼくたちも日付と時間帯は知っている。ほかには？」

「ヘアアクセサリーのことはジェラルドから聞いた？　それと、ストーカーのことは？」

「聞いてる」

「どの事件の話を聞いたの？」

ウィルははぐらかした。「どの事件だと思う？」

「最初から話すわ」ミランダは携帯電話を横向きにして、ウィルとフェイスの両方に見えるように角度をつけて掲げた。「これは、ジェラルドに送った生データのエクセルのスプレッドシート。わたしはまず、過去八年間にジョージア州で失踪した女性を調べたの。行方不明届が出されたあとの経過を調べるのは、何日もかかった。いいえ、何週間も何カ月も、一年かかったものもある。使えるデータベースにまとめるのに何千時間もかかったんだから」

「つづけて」

「このセルには、彼女たちがどうなったか書いてある」ミランダはスクリーンをスワイプして次の列を表示した。「大多数は帰ってきたし、数日の家出はめずらしくもない。女はときどき休みが必要になるの。残りはドラッグだのなんだので逮捕されるか、夫のＤＶから逃れて女性専用シェルターにいた。どこにいるのかわからない人もいたけれど、州外に出たり、駆け落ちしたりしたのかもしれない。そして、ごく少数が遺体で見つかってる。ここを見て」

フェイスは読みあげた。「ジョーン・フィーニー。ピア・ダンスク。シェイ・ヴァン・ドーン。アレクサンドラ・マカリスター」

ジェラルドのリストに載っていたのと同じ名前だ。

ウィルは言った。「ジェラルド・カタリノは、ほかにも犠牲者がいると話していたが」

「それは間違い。ほんとよ、あの人は自分が見たいように見てるだけ。あなたたち、この表は見てないでしょう」ミランダはまたスクリーンをスワイプした。「このセルは、過去八年間の十月に起きた失踪事件。こっちは三月。ジェラルドは、家族と連絡がつかない女性と、ヘアアクセサリーをなくしたと言っていなかった女性、それから、だれかに見られている気がすると言っていなかった女性を除外したの。だけど、そのなかにはほかの条件には合致する女性がいると、わたしは思ってた」

ウィルは、フェイスの顔つきがかすかに変わったのを見て取った。彼女は先を読んでいる。ミランダがなにかをたくらんでいるのを知っている。

「その条件とは？」

「さっきも言ったように、みんな三月最終週か十月最終週の午前中に姿を消した。カタリノとトゥロンを除けば、みんな決まりきった日課――ジョギングとか職場へ出勤する途中とか、スーパーやドラッグストアに買い物に出かけたときに、さらわれてるの。それからしばらくして、みんな森のなかで発見される。道から少し離れた場所で、遺体を荒らされて。検死官は野生動物のせいにしてるけど」

「せいにしている？」ウィルは訊き返した。

「だって、検死解剖をしてないから、ほんとうのところはわからないでしょ。このシリアルキラーは賢くて、捜査のやり方をわかってる。バンディみたいに、いろいろな管轄区へ行動範囲を広げてる。デニス・レイダーみたいに被害者を拷問してる。エドマンド・ケンパー並みに手際がいい。抜け目がなくて、野生動物のいる場所に遺体を置き去りにして食べさせる。もしかしたら、ウィッカとかドルイドを勝手な解釈で信じてるかもね。神に生け贄を捧げるみたいな。動物に人間を食べさせるんだけど」

脱線しているとウィルは思ったが、黙っていた。

「ちょっと貸して」フェイスはミランダの携帯電話を取り、タップしはじめた。「このスプレッドシートをあたしにメールするから」

「どうぞ」ミランダは言った。「わたしひとりじゃ限界だもの。最終的なつながりを突き止めるのに、どうしても必要な情報があるの」

「なんの情報？」

ミランダは電話を返してくれと手を差し出した。

フェイスはメールが送信されたのを確認し、電話を返した。「ベッキーはひとり目の被害者で、八年前の三月に襲われた。でも、彼女は生き延びたから、犯人はもうひとり、レスリー・トゥロンを襲って殺した。その年の十一月、フォーサイス郡のラニアー湖畔の森で女性の遺体が見つかった」

ウィルはなんの話か気づいた。「ピア・ダンスクだ」

「そのとおり。ダンスクは十月二十八日朝にいなくなったと届け出があった。そして、二週間後に遺体で発見された。動物に食い荒らされていた」

この件は正式な記録に残っているので、ウィルも知っている。「それで？」

「それで、ベッキーはひとり目の被害者だった。犯人は八年前に犯行を開始した、そうよね？」

ウィルはうなずいた。ミランダはトミ・ハンフリーの事件を知らない。これから知ることもない。

ミランダはつづけた。「それ以来、年にふたりの被害者が出てる。ふたりかける八年半。それにベッキーとレスリーを足して、全部で十九人のはずよね。だけど、そのリストには十六人しかいない」

フェイスは自分の携帯電話でスプレッドシートを開いた。傍目にもわかるほどの驚きを隠そうとしながら尋ねた。「この列にある三人はだれ？　アリス・スコット、去年の十月に失踪。テリーサ・シンガー、四年前の三月。キャリー・ザンガー、二年前の三月。この人たちはだれ？」

「シンガーはPTSDと解離性健忘を患ってる。普段は自分の名前も思い出せない。スコットは外傷性脳損傷。両親が所有する牧場で介護を受けてる。ザンガーはアトランタに住んで、ダウンタウンで働いているけれど、電話をかけても話してくれない。フェイスブックにDMを送ったり、メールを送ったりしてみた。昔ながらの手紙も郵送してみた。そうしたら、とうとうこれ以上はつきまとうなって通告書が返ってきちゃった。すごいお金持ちょ」

「ちょっと待って」フェイスは言った。「いったいなにを言ってるの？」

「この三人は、過去八年間に行方がわからなくなった女性よ」ミランダは答えた。「シンガー。スコット。ザンガー。殺されずにすんだ人たち」

21

グラント郡
木曜日

ジェフリーが話すたびに、鼻のなかで折れた骨が小さなシンバルのように鳴った。だが、黙っていることはできなかった。朝のミーティングがもうすぐ終わるところだが、目の下がすでに腫れはじめているのがわかった。こんなときでなければ、通りを渡って医師に治療してもらうのだが、その診療所に勤める医師のひとりに目の前でドアを閉められたせいで鼻を折ったのだとは言いづらい。

八人のパトロール巡査は、署長が鼻にトイレットペーパーを詰めているのを不審に思っているかもしれないが、あえてコメントする度胸はないようだった。ジェフリーは、カタリノとトゥロンの事件について、あまりに残酷な部分は伏せておいたが、概要は伝えた。自分がなにをしているのか、できるだけ部下に見せたほうがいい。彼らはこの町で暮らしている。この町で育った。ジェフリーと同様に、町を守る責任を感じている。なによりも、彼らにはこれから退屈な任務を命じるが、最大限に協力してもらわなければならない。

ジェフリーはホワイトボードの数字を指さしながら説明した。「隣接三郡では合計一万一千六百八十台のバンが登録されている。グラント郡に絞ると三千四百九十八台だ。そのうち一千六百九十九台が黒っぽい色のバン。出発する前に、リストを一部ずつ持っていってくれ。普段どおりパトロールをしてくれればいいが、ひと息入れるときには近所の家をノックして、住人を観察して、特徴を書きとめてくれ。ダリルという人物に出くわしたら、とにかくおれかフランクかマットにすぐ電話しろ。刺激はするな。いったんその場を離れろ。そして電話をかける。安全を確保しろ。いいな？」

八名がそろって答えた。「はい、署長」

ジェフリーはノートをまとめた。視線をおろすと鼻がずきりと痛む。鼻血を吸いこんだ。視界に星が散らばった。

巡査たちと入れ替わりにフランクが入ってきた。「チャック・ゲインズと話したぞ。学生用掲示板に警告を張り出してもらう。レスリー・トゥロンが森で会った三人の女子学生と黒いニット帽の男がだれかわかるといいんだが」

「ありがとう」ジェフリーは期待していなかった。カタリノが襲われた日に警告は出している。二十二名の学生が連絡してきたが、だれもなにも見ていなかった。そのうち半分は、事件の起きた時刻に森に行ってもいない。

ジェフリーは言った。「レナのやつ」

フランクは椅子に片足をかけ、膝に肘をついた。

しばらく出ていくつもりがないらしいと、ジェフリーは思った。「なんだ？」

「レナはいい警官だ。いつかうちでだれよりも有能な警官になるかもしれない」

「おれにはそう見えないな」

「だったら、もっとよく見ることだ。おれだってあいつと同じ間違いを犯したかもしれん」フランクは肩をすくめた。「おれも現場にいたんだ。倒れているベッキー・カタリノを見た。そして、死んでいると思いこんだ」

「レナの話からすると——」

「カタリノは死んでいるように見えた。これはほんとうだ。おれがレナだったら、学生の遺体があって、遺体を発見した学生がいて、その学生が自分で帰ると言ったら、帰りたければ帰っていいと言うだろうよ、当たり前だろう？」

ジェフリーはかぶりを振った。自問すればするほど、自分だったらトゥロンをひとりで歩いて帰らせたりしなかったと確信が強まるからだ。カタリノが事故で死んだと思いこんでいたとしても、トゥロンはまだ若かった。死体を見つけたばかりだった。放っておいていいはずがない。

フランクはしばらく黙りこみ、鬱血した肺にぜいぜいと空気を取りこんでいた。「なあ、おれがおまえの仕事を辞退したのはわけがあるんだ。署長職なんかまっぴらだ」

「そうか？」

「おまえはいい署長だ。私生活は保証できんがな。もしおまえがおれの娘とやってたら、その鼻を折るくらいじゃすまんぞ」フランクは笑みではない笑みを浮かべた。「バーミンガムにいたころ、殺人事件をどのくらい担当した？」

ジェフリーはかぶりを振った。バーミンガムはグラント郡の十倍の規模だ。年に百件以上の殺人事件が起きていた。

「数十件くらいだろう？　現場で死亡が確認された事件のほかにも、毎週、いや、毎日のように流血沙汰を目の当たりにしていたはずだ。ナイフ、銃、ありとあらゆるくそを見ただろう。ところがこのグラント郡じゃ、オーバードーズが数件、交通事故、トラクター事故、それから女が殴られるくらいか」フランクはまた肩をすくめた。「おまえはバーミンガムのやり方をグラント郡に持ちこもうとしてる」

バーミンガムでもトミ・ハンフリーやレスリー・トゥロンのような事件は起きたことがない。「そもそも、そのためにおれは雇われたんだ」

「それなら、そうするがいいさ。レナには伸びしろがある。あいつは勘がよくて、仕事をちゃんとやる。レナをいい警官に育てる署長になるのか、それとも憂さ晴らしにあいつをずたずたにするくそ野郎になるのか、おまえしだいだ」

「あんたが精神科医だとは知らなかった」

フランクはジェフリーの肩をぎゅっとつかんだ。男が相手を犬のように従えようとするときにやるしぐさだ。「おれもおまえが嘘つきだとは知らなかったが、これでおたがいよくわかったな」

「おかげでやる気が出たよ、フランク」

「どういたしまして、署長」フランクはもう一度、屈辱的な肩叩きをしてから出ていった。

ジェフリーはいつもの癖でホワイトボードを壁のほうへ向けてから署長室を出た。演台からノートを取った。また顔がずきずきと痛んだ。鼻筋をそっとなでてみた。明らかに、突き出ているはずのない部分が突き出ている。息を止めてその部分をぐっと押さえ、折れた骨を元の場所にはめこもうとした。

目が潤んだ。痛みは強烈すぎた。これから死ぬまで一九三〇年代のギャングみたいな顔で過ごしたくなければ、隣の町のさらに隣の町へ行き、医師に診てもらわなければならない。

「署長」マーラが冷凍のフライドポテト一袋を片手に、もう片方の手に鎮痛薬のアドビルを持って入ってきた。「ダイナーのピートからポテトを借りてきたの。あとで返しておいてね」

ジェフリーは袋を鼻に当てた。マーラにうなずきながらアドビルの蓋をあけた。「レナは戻ったか？」

「ダイナーから帰ってきたときに、レナの車が入ってくるのが見えたわ」

「ありがとう」ジェフリーは水なしでアドビルを飲み、点呼室に入った。

レナがかさばる上着を脱いでいた。ジェフリーに気づき、いつものようにヘッドライトに照らされた鹿のような顔をした。そんなふうに怯えた目をするなと、ジェフリーは思った。警官の仕事の九割は怒った男を相手にすることだ。上司ひとりに怯えていては、現場でやっていくことはできない。

ジェフリーはレナに声をかけた。「署長室へ来い」

レナはジェフリーのあとから部屋に入った。指示されなくてもドアを閉めた。椅子に座りかけたレナを、ジェフリーは制止した。

「立ってろ」ジェフリーはフライドポテトの袋をデスクに放り出し、椅子に座った。鼻は高さが変わったとたんに、ますます痛みがひどくなった。

「署長――」

ジェフリーはレナのノートのコピーに人差し指を突き立てた。「このたわごとはなんだ？」

レナは息を吸いこんだ。朝の叱責のつづきがないことを願っていたらしい。

「見てみろ」ジェフリーはコピーをレナに渡した。「きみは警官だ。いつか刑事になりたいんだろう。そのノートのどこがおかしいか言ってみろ、刑事志望なら」

レナはきれいにそろった文字を見つめ、さまざまな選択肢から慎重に行動を組み立てていった。「このノートには――」咳払いをした。「このノートには間違いがひとつもありません」

「それだ」ジェフリーは言った。「どの文も行をまたいでいないし、インクの汚れもないし、バツ印で消してもいないし、綴りのミスもない。この建物でだれよりも賢いのか、だれよりも愚かなのかどちらかだ。どっちだ？」

レナはコピーをデスクに置いた。緊張した面持ちで、体の重心を移した。

「おれはどっちのノートを保管すればいいんだ、レナ？　ジェラルド・カタリノの弁護士に情報開示を請求されたら、どっちを提出すればいい？　あるいはボニータ・トゥロンに。彼女の娘は、きみがキャンパスまで歩いて帰れと言ったあとに殺されたんだが」

レナはじっと目を伏せていた。

「きみは宣誓をして証言しなければならない。どっちのノートが真実なんだ？」

レナは目をあげなかったが、コピーに手を置いた。「こっちです」

ジェフリーは椅子に背をあずけた。冷凍ポテトの袋がデスクを濡らしていた。「オリジナルのノートはどこにある？」

「家です」

「処分しろ」ジェフリーは言った。「これがきみの選択なら、ちゃんと備えておけ」

「わかりました」

「レスリー・トゥロンとどんな話をしたのか再現しろ」

レナはそわそわと体を揺らした。「わたしは、この近くでだれか見かけなかったか訊きました。トゥロンは森に入ってくるあいだに、三人の女性とすれ違ったと答えました。大学のほうへ向かっていたそうです。そのうちふたりはグラント大のシャツを着ていた。もうひとりは着ていなかったけれど、やはり学生に見えた。三人とも知り合いではなかった。わたしはほんとうに何度も念を押したんです——」

「男は？」

「男も学生だろうと思ったんじゃないかな」レナはジェフリーと目を合わせ、すぐにそらした。「トゥロンが覚えていたのは、ニット帽だけです。黒いビーニーキャップ。顔や髪や目の色も、体格も覚えてませんでした。普通の人、たぶん学生じゃないかと言ってました。ゆっくり道を走っていたそうです」

「ゆっくりと？　急いではいなかった？」

「わたしもそう尋ねましたけど、間違いなくゆっくり走っていたと言ってました。べつに怪しいところはなかった。学生がジョギングに来たんだろうと思ったそうです」

「学生とは、学生くらいの年齢だったという意味か？」

「わたしが尋ねたら、トゥロンはよくわからないけど、若者っぽい走り方だったと言いました。もっと年長の人は、膝が悪かったり、そんなに早く走れなかったりするんじゃないですか？」レナは肩をすくめた。「すみません、署長。あの子が……あの子が亡くなったのは、わたしが……」

レナはジェフリーと目を合わせた。今度はそらさなかった。

ジェフリーはフランクの言葉を思い出した。自分には、いまこの場でレナをつぶすことができる。レナを粉みじんに打ち砕くことを言うことができる。そうしたら、彼女は二度とこの仕事に戻れないだろう。

「レスリーが亡くなったのは、何者かが殺したからだ」

天井の照明がレナの潤んだ目元を光らせた。

「警察の仕事の大部分はソーシャルワークだ」以前にもレナにそう伝えたが、今度こそ肝に銘じてほしかった。「パトロールの仕事を退屈に感じるのはわかる。一日中、チケットを切って、信号無視をして道路を渡るやつを探して、ほとほとうんざりしていたら、遺体が見つかった。それは興奮するだろう」

レナは図星を指されてやましそうな顔になった。

「興奮するのはかまわないが、視野が狭くなる。大事なものを見落とす。つまらないミスを犯す。警官に逃げ道はない。見落としは許されない。ささいなことが生死を分けることがあるんだ」

「申し訳ありません、署長」レナはきっぱりと言った。「二度とこんなことはしません」

ジェフリーにはまだ言いたいことがあった。「おれがバーミンガムからここへ来たのは、ドラッグの売人を撃ち殺した別の売人を逮捕するのに嫌気が差したからだ。自分が守っている市民ともっとつながっていると感じたかった。きみはいい警官になれるんだ、レナ。すばらしい警官に。だが、そのためには、そのつながりを作るようにしろ」

「はい、署長。努力します」

彼女が具体的になにをするつもりなのか定かではなかったが、説教をあと十分延長しようが、十時間延長しようが同じことだ。「座れ」

レナは椅子に浅く腰かけた。

鼻がむずむずして、ジェフリーはくしゃみをしそうになった。冷凍ポテトの袋をまた鼻に当てた。「建設現場の報告をしろ」

レナは短く息を吸いこみ、後ろポケットからノートを取り出した。「建設現場にいる作業員全員に聞きこみをしました。空調完備の貸倉庫を造っているそうです」

ジェフリーはうなずいて先を促した。

「もちろんいろいろな業者が出入りしています。普通の建設作業員のほかには、ガレージのドアを設置する業者とか、溶接工とか、警備員とか。ちゃんとタイプしようと思ってたんですが――」

レナはノートを差し出した。

ジェフリーはそれを受け取らなかった。「現地に行ってきたのはきみだ。気になる名前はあったか？」

「いえ」レナは目をあげ、また伏せた。やましそうな表情が戻ってきた。「前科や目立った逮捕歴がないか、全員の名前をデータベースで検索するつもりだったんですが……」

ジェフリーはその先を聞きたくなかったが、促した。「言ってみろ」

「建設現場で聞きこみが終わったらすぐ戻ってこいと指示されてたんですが――」レナは顔をあげた。「メミンジャーのホーム・デポーに行きました」

ジェフリーは考えた。レナは指示にそむいた――またしてもだ――が、その勘はいいところを突いている。隣接三郡の建設業者は、ホーム・デポーにたむろしている日雇い労働者に頼っている。早朝に労働者を迎えに行き、最低の賃金でこき使い、夜になったらまたホーム・デポーへ送っていく。そして、日曜日には地元の教会へ行き、移民が国をだめにすると不満を言い合う。

「それで？」

「わたしはスペイン語は話せませんけど、たぶん彼らは話をしてくれると思ったんです」

レナはジェフリーがうなずくのを待った。「最初はこの制服に怯えてましたが、いじめに来たわけじゃないってことを伝えました。情報を求めているんだと？」

レナの語尾があがった。またしくじったのではないかと不安なのだ。

ジェフリーは尋ねた。「話をしてくれたのか？」

「何人かは」レナはふたたびためらいがちな口調になった。

「空気を読め、レナ。おれはどなってないだろう」

「半分くらいがあの建設現場で働いたことがあると言ってました。その日の仕事によって交替で働くらしいんですが、こっそり余分に金をもらってるアメリカ人がいると言うんです」ふたたびレナは言葉を切り、ジェフリーがうなずくのを待った。「そのアメリカ人の本名はわからないけれど、BBと呼ばれているそうです。突っこむと、たぶんビッグ・ビットの略じゃないかと」

「ビッグ・ビット」ジェフリーは繰り返した。その名前のなにかが警報を鳴らした。「工具のドリルビット？」

「わかりません」レナは言った。「でも、それでフェリックス・アボットを思い出したんです、なぜなら――」

「そうか」ジェフリーはさっと体を起こした。とたんに、鼻に火がついた。「フェリックスはリトル・ビットと呼ばれていると本人が認めた。リトル・ビットがいるなら、ビッグ・ビットもいるはずだ。もしもビッグ・ビットがダリルなら、そしてダリルが黒っぽいバンに乗っているなら。いまフェリックスはどこにいるんだ？　まだ留置場か？」

ジェフリーが立ちあがったので、レナも立ちあがった。「帰ってきたときに確認しました。裁判所へ移送するバスに乗せられてました。今日、罪状認否なんです」

「連れ戻せ。必要ならバスから引きずり出してこい。逮捕記録と一緒に取調室に入れろ。

急げ」

レナがドアをあけた勢いで窓ガラスが震えた。ジェフリーはキッチンへ急いだ。「フランク？」

「フランク？」点呼室に彼の姿がなかった。

フランクが顔をあげた。シンクに屈みこんでベーコンを挟んだビスケットを食べていた。

ジェフリーは言った。「フェリックス・アボット。二十三歳。スケートボーダー。マリファナの売人」

「なんでそいつの名前がまた出てきたんだ？」フランクの口からビスケットのかけらがぼろぼろこぼれた。「暴行と殺人の容疑で調べるのか？」

「おかしいか？」

「あの家の家系図は脂じみたくそで満タンのトイレだが、違うな。若い世代が一族でやってた違法な商売をばらばらにしちまった。よくある後継者問題だ。三代目が継ぐころには、仕事の倫理もなにもあったものじゃなくなる」フランクは咳きこみ、またビスケットの屑を吐き散らした。「おれならアボットの親父を調べる。やつの――」

ジェフリーはあとずさり、フランクの乱射を逃れた。

「やつのおじと言いたかった」フランクはシンクに痰を吐いた。水道の水でそれを洗い流した。「メミンジャーで怪しげなことが起きたら、疑うべき一族が五つ六つついる。アボット家はその筆頭だ。ただ、だれがどこのだれだかさっぱりわからん。連中はさかりのついた犬みたいに相手かまわずやるからな」

「アボット家について教えてくれ」

「ふん、思い出せるかな」フランクはまた咳きこんだ。「おれの記憶に間違いがなけりゃ、じいさんはふたり殺してステイトヴィルにいる。ばあさんは旦那を逃がそうとして、ウェントワースに五年入ってた。息子が六人、ひとり残らずバーで喧嘩したり女房を殴ったりするやつで、子どもも継子も婚外子も多すぎて数えきれないくらいだ」

「そのなかにダリルはいないのか？」

「おれが知るわけないだろう。連中はメミンジャーの悩みの種だ。おれは名前を聞いて笑ってるだけだ」

「それにしては詳しいみたいだが」

「月に一度、メミンジャーで保安官補と歌の稽古をするんだ。そいつは歌がうまくてね」

警官が歌の稽古と言うときは、教会ではなくバーで歌うことを指す。「アボット家のなかに大学で働いてるやつはいないのか？」

「身元調査ではねられるに決まってる」

「ビッグ・ビットという通称に聞き覚えはないか？」

「いや、だが歌の稽古のときはしこたま飲むからな」フランクは正直に言った。「メミンジャーに電話をかけて、ちょっと調べてみよう」

「頼む。ダリルがマーサー・アヴェニューの建設現場でビッグ・ビットと呼ばれているアメリカ人だと確認できれば、トゥロンが殺された現場に通じる消防用道路の近所をうろついてることになる」

「まずいな」

「ああ、まずい。電話を頼んだぞ」ジェフリーははやる気持ちを抑え、走らないまでも早歩きで取調室へ向かった。

レナがフェリックス・アボットを取調室へ連行していた。彼の両手は後ろで手錠をかけられていた。足枷ははまっていないが、すり足で歩いている。ジェフリーは彼に犯罪者のにおいを嗅ぎ取った。フェリックスが逮捕されたのはこれがはじめてではない。彼は、殴ってみろと挑発するように胸を張っていた。

ジェフリーはその挑発に乗りたかったが、取調室のドアをあけてフェリックスをなかに入れた。フェリックスは歯をむき出しにして笑い、ジェフリーの前を通り過ぎた。胸を張って。ふんぞり返って。

虚勢を張ってはいるが、平凡な二十代男性に見えた。身長は普通、体格も普通。張りのない茶色の髪。チャックの説明どおりだ。服装はスケートボーダーらしく、ボードショーツ、ジップアップのフーディ、色あせたラモーンズのTシャツ。側頭部の痣から、レナがスケートボードで逃げる彼を容赦なくタックルしたことがわかる。

フェリックスはジェフリーの折れた鼻を見て尋ねた。「あんたもこのくそ女にやられたのか？」

ジェフリーは鼻からトイレットペーパーを抜いてゴミ箱に捨てた。取調室は狭いが、警察署によくある仕様だった。床に固定されたテーブル。その両側に椅子。マジックミラーのむこうは、観察室を兼ねた倉庫だ。

レナはフェリックスの逮捕記録をテーブルに置いた。

ジェフリーは座らず、立ったまま逮捕記録に目を通した。フェリックスには大麻所持で二度の逮捕歴があるが、どちらも手錠をかけられただけですんだ。多くのタトゥー。通称リトル・ビット。運転免許証によれば、現住所はメミンジャー。デュー・ロリーの住所は、週払いの安モーテルだ。この若者から聞きたいのはあるひとつの名前だ。ファーストネームはいらない。ダリルがだれかわかれば、ただの手がかりではなく事件を解決に導く手がかりになると、ジェフリーは直感していた。

ジェフリーは前を向いた。フェリックスはテーブルの反対側に立っていた。また挑発的に顎をあげた。その顎先ににきびがぽつりとできていた。膿(うみ)の詰まった白い頭が、ぬめった目のようにジェフリーを見据えた。

「座れ」

フェリックスはわざとらしくのろのろとテーブルをまわった。レナは両手で彼の肩をがっちりとつかみ、プラスチックの椅子に座らせた。

「放せよ！」フェリックスが声をあげた。

ジェフリーは、レナにフェリックスの向かいに座るよう合図した。腕を組み、若者を見おろした。

フェリックスはジェフリーを見あげ、レナに目を戻した。レナも腕組みをしていた。

ジェフリーは手はじめに言った。「きみは大麻所持で逮捕された」

「で？」

「大麻所持で逮捕されるのは三度目だ。地区検事にはすでに連絡した。今後、常習犯はきっちり締めあげようってことになってね」

フェリックスは大げさに肩をすくめた。「で？」

「で、きみは今回、大物御用達の刑務所に入ることになるわけだ。郡のしみったれた刑務所じゃなくてね」

彼はまた肩をすくめた。刑務所にはおじが何人もいるのだろう。ほかの連中にくらべれば、彼の行く道は平らにならされている。

それでも、ジェフリーは反応を待った。

三度目の「で？」が返ってきた。

レナの手がさっと前に出た。フェリックスの顔を平手打ちした。

「いてえなおい！」フェリックスは顔を手で押さえた。「いきなりなにすんだよ？」

ジェフリーはうなずいた。

レナはまたフェリックスを平手打ちした。

「なんだよ？」フェリックスがどなった。「なんでこんなことするんだ？」

ジェフリーは言った。「きみはリトル・ビットという名で通っているな」

「で――」フェリックスは返事のしかたを変えた。「それが違法なのかよ？」

「ニックネームの由来は？」

「おれの――なんだろう。おじ貴のひとりがそう呼んだから？　おれはガキだった。おじ貴たちはみんな一人前だった」

ビッグ。

「くそ」フェリックスは頰をさすった。「なにを考えてるんだ、くそ女?」

ジェフリーはパチンと指を鳴らした。「彼女のことは気にするな。こっちを見ろ」

「気にするに決まってるだろ?」フェリックスは頰に手を当てたままレナに言った。「もう叩かないでくれよ? すげえひりひりする」

ジェフリーは息を吸った。若造の歯がぼろぼろこぼれ落ちるほど揺さぶってやりたかったが、情報を入手する最悪の方法は、こっちがその情報を必要としていることを容疑者に悟られることだ。ジェフリーは拳をテーブルに当てて身を乗り出した。「代わりにおれが殴ろうか?」

フェリックスがぶんぶんとかぶりを振った勢いで、髪が一方に偏った。

ジェフリーは険しい目で彼を見おろした。ダリルが第一容疑者だという推測は間違っているのだろうか? それとも、ベッキー・カタリノに暴行したのはフェリックスなのだろうか? レスリー・トゥロンの脚のあいだにネックが折れるほどの力でハンマーを蹴りこんだのは?

「医者を呼んでくれよ」フェリックスは頰をさすりつづけた。下唇を突き出している。

サイコパスなら相当なものだ。

ジェフリーは尋ねた。「一昨日の午前五時から七時のあいだ、どこにいた?」

「一昨日?」フェリックスは髪を元に戻した。「はっ、覚えてねえよ。自分ちのベッドで寝てたんじゃねえの?」

レナはノートとペンを取り出した。

フェリックスは記録されることを知ってそわそわしはじめた。

ジェフリーは促した。「一昨日の午前五時から七時までは寝ていたんだな？」

「まあたぶんそう？」フェリックスはレナを見て、次にジェフリーを見あげた。「わかんねえよ。最近、目が覚めたらメミンジャーのトラ箱のなかだったことがあった。たぶん一昨日の朝だったかも？」

ジェフリーは、レナがあとでアリバイを確認するために、ノートの端にメモするのを見ていた。

「大学の警備室長が、きみは大麻の売人だと言っていた」

フェリックスは否定しなかった。

「昨日、大学へ行ったか？」

「ああ、行ったよ」フェリックスはまた髪をかきあげた。「図書館の前でベニハナ（スケートボード技の一種）の練習をしてたんだ。警備員には五ドル握らせりゃ目をつぶってくれる」

チャックの部下が買収されていても意外ではなかった。レナのノートを見おろすと、図書館の外の防犯カメラをチェックすることとメモしていた。

「きみは森にはよく行くのか？」

「は？」フェリックスはいやそうな顔をした。「行くわけねえよ。森じゃスケボーできないだろ。泥とか石とか邪魔くせえし」

「きみの一族で、ほかにニックネームで呼ばれている人はいないのか？」

「いるけど、で？」また平手打ちされるのを恐れて、さっと身を引いた。「あんたらなにがしたいんだ？　おれと取引をしたいのかと思ってたのに」

「なんの取引だ？」

「さあ。仕入先とか知りたかったんじゃねえの」

「取引はしない。ニックネームの話をしてる」

　フェリックスはとまどっている。「じいさんはバンピーって呼ばれてた。何人か殺して（バンプ・オフ）るからな。リップっておじもいる。ケツが裂け（リップ）そうな屁（へ）をこくから。バッバってのもいて、それはバッバ・ソーセージの――」

　ジェフリーはフェリックスにしゃべらせた。えんえんとつづいたが、予想どおりだった。男はたがいにニックネームをつける。ジェフリー自身もハイスクールではスリックと呼ばれていた。親友はポッサムだった。

　フェリックスは言った。「アクスルっておじはウィーラーのムショに入ってたんだ、ちょっと笑えるだろ。車軸（アクスル）と車輪（ウィール）なんつって」

　フランクの話から、アボット一族は家族計画に熱心ではなかったことがわかっている。フェリックスには年の変わらないおじがいるかもしれない。

「アクスルはどれくらい入ってたんだ？」

「三カ月くらい？　知らねえ。自分で調べろよ」

　ジェフリーは、レナがまたメモを取ったのを確認した。

「アクスルは自動車の仕事をしてるのか？」

「そうだよ。だからそう呼ばれてるんだ。ウィーラーで生まれたとかじゃない」

ジェフリーはデッドブロー・ハンマーのセット、あのクロスピーン・ハンマーを思い出していた。「自動車修理の仕事か？」へこみや傷をなおしたり」

「アクスルはなんでもやる。生まれながらの天才だ。スケートボードの修理もできる」

ジェフリーははやる心にブレーキをかけた。この若者から情報を引き出せるチャンスは一度きりだ。「きみのスケートボードをなおしてくれるということは、親しいんだな」

「いや、アクスルはおれのボードをなおしたりしねえよ。おれを嫌ってる」

ジェフリーはじっとりと汗ばんでいた。核心に近づいている感触があった。「アクスルはだれのボードをなおしてやってるんだ？」

「息子だよ。ほんとの息子じゃない。ていうか、母親が死んでも、アクスルの養子にならなかった」フェリックスは目にかかった髪を払った。尋問に慣れてリラックスしはじめたらしく、それこそジェフリーの思惑どおりだった。「そもそもおれがスケボーにはまったのはそのいとこの影響なんだ。おれはガキのころからいとこの影みたいに尻にくっついてた。おれがはじめてアーリーウープを決めたときもその場にいた」

いとこ。

レナがノートから目をあげた。

フェリックスがレナから目をそらした。

ジェフリーは選択肢をくらべた。フェリックスの親族を調べ、郡立ウィーラー刑務所に服役したことのあるアクスルというニックネームの人物を捜し出す。それから、アクスル本人から情報を搾り取る。

あるいは、ジェフリー自身がフランクとともに電話をかけまくり、アクスルが正式な養子にはしていない義理の息子を知っている人物を捜す。

あるいは、いますぐこの若造から答えを引き出す。

ジェフリーはふたたびあえて核心から離れた質問をした。「アーリーウープってどんな技だ？」

「難易度たけえよ。魚が水面からジャンプするみたいに、ボードをひねるんだ」

「難しそうだな」

「ああ。腰を悪くすることもあるからな」

「いとこの名前は？」

スイッチが切り替わったかのように、フェリックスの態度が変わった。気さくなスケートボター・モードではなくなった。危険な地区に暮らし、警察に仲間を売ったりしない犯罪者一族に育った者の顔になった。「なぜ知りたい？」

ジェフリーは片方の膝をつき、フェリックスと目の高さを合わせた。「ビッグ・ビットと呼ばれているんだろう？　きみはいとこの影だからリトル・ビットだ」

フェリックスはさっとレナを見て、ジェフリーに目を戻し、ふたたびレナを見た。余計なことをしゃべりすぎたのではないかと考えている。

ビッグ・ビットとフェリックスのつながりは推測でしかない。フェリックス本人の言葉が必要だ。レナを見てドアへ顎をしゃくり、外に出ろと合図した。

レナはノートを閉じて立ちあがった。ペンがカチリと鳴った。レナは部屋を出ていった。

ジェフリーはおもむろに立ちあがった、レナがマジックミラーの反対側へ行くまでの時間を稼ぐため、彼女が座っていた椅子へゆっくりと歩いた。

椅子に腰をおろした。テーブルの上で両手を組んだ。

選択肢を狭めないように言った。「ダリルなら大丈夫だ」

「くそっ」フェリックスの足が床を小刻みに叩きはじめた。「くそくそくそ」

推測は当たっていたのだと、ジェフリーは思った。フェリックスの立場で考えてみた。彼はいとこを売ったりしない。意図して売ることはない。「フェリックス、率直に言おう。これはマーサー・アヴェニューの建設現場の件に関する質問だ」

足で床を叩く音がやんだ。「貸倉庫の？」

「労働安全衛生局が捜査に入る」ジェフリーは、その嘘がドラッグのように脳髄に染み渡るのを感じた。「労働安全衛生局がどんなときに捜査するか知ってるか？」

「ええと、職場のボスが手抜きをしたせいで、労働者が怪我をしたときとか」

「そうだ。労働安全衛生局はその証人を探してる。ビッグ・ビットがあの建設現場で働いていたことはわかっている。オフレコで話を聞きたがっているんだ」

フェリックスは手錠のはまった両手をあげた。顎のにきびをいじった。「ひどい怪我だったのか？」

「ああ、ほんとうにひどい」ジェフリーは、どちらの方向へ進めるか考えた。報奨金が出るというのはいかにも嘘くさいか？　スケボーの話に戻るか？

結局は沈黙を選んだ。フェリックスが痛みに弱いのと同様に、ジェフリーも黙っているのは苦手なのだが。

フェリックスが先に口を開いた。「いとこに迷惑はかけたくない」

ジェフリーは身を乗り出した。「逮捕歴を気にしてるのか？」

的を射たことはフェリックスの顔つきからわかった。ビッグ・ビットには逮捕歴があるのだ。おそらく逮捕状も出ている。だから、ビッグ・ビットは身分証明書のない日雇い労働者たちに交じって、建設現場で現金を稼いでいる。社会保障番号から居場所を知られたら困るのだ。

ジェフリーは言った。「逮捕歴があってもかまわない。今回のこととは関係ないからな」

「あんた、わかってねえな。言っただろう――おれはガキのころからいとこの影だったって」

ジェフリーは嘘をつくのをあきらめ、もっと確実な餌、つまり自己の利益を使ってみることにした。「わかった、フェリックス。取引をするか？　まだ罪状認否はすんでいない。麻薬所持の容疑を取り消してやってもいい。書類は紛失することがある。ビッグ・ビットの名前を言えば、ここを歩いて出ていけるぞ」

フェリックスはまたにきびをいじりはじめた。

ジェフリーは折れた鼻で息をした。ヒューヒューというかすかな音が聞こえた。これで行き止まりだ。なんらかの決断をくださなければならない。

フェリックスに最後のチャンスを与えた。「どうだ？」

「どうだって？」フェリックスはいきなり大声をあげた。「あいつは本物のいとこじゃない。アクスルおじは、あいつの母親がオーバードーズで死ぬちょっと前に一緒に暮らしてたってだけで、あいつを引き取るはめになったんだ。仲はいいけど、ほんとの親戚じゃない。ラストネームだって違うし」

ジェフリーは歯を食いしばって待った。

「まあね、そうだよ」フェリックスはついに言った。「アクスルの家に住んでた。おれがデュー・ロリーでヤク中たちと育ったみたいに、あいつはアヴォンデールのボロ家で育った」

「おれはそいつの名前がほしいんだ、フェリックス」

「ネズビットだよ」フェリックスは言った。「ダリル・ネズビット」

ジェフリーは二日ぶりに肺が広がるのを感じた。安堵のあまりぼうっとして二秒近くたったとき、突然ドアが開いた。

「署長」フランクだった。「ちょっと来てくれ」

ジェフリーは立ちあがった。めまいがした。

ダリル・ネズビット。

さらにフェリックスを尋問し、カタリノとトゥロンがダリルと電話でなにを話したのか突き止めなければならない。ダリルも大麻を売っていたのか？　携帯電話の番号だけを根拠に、ダリルを連行することができるだろうか？

ネズビットは消防用道路に近い建設現場で働いていた。父親は自動車修理の仕事をしていた。アクスル・アボットの道具箱のなかにはデッドブロー・ハンマーのセットがあったかもしれない。彼が服役しているあいだに、義理の息子が勝手に借りた道具箱のなかに。

ダリルの身近に黒っぽいバンはあるだろうか？　彼は過去二日間に大学付近に姿を現していなかったか？　携帯電話の通話記録が必要だ。それからクレジットカードの利用記録。逮捕記録。SNS。

「こっちへ来てくれ」フランクがジェフリーを廊下の先へ引っぱっていった。

ジェフリーは頭のなかからリストを締め出し、フランクに言った。「ついにダリルの正体が――」

「学長から電話があった」フランクが言った。「また学生がいなくなった」

22

アトランタ

「うー」フェイスは車酔いしないように携帯電話から目をあげた。

ウィルに運転をまかせ、フェイスは警察の報告書や新聞記事、ＳＮＳの投稿を検索して、キャリー・ザンガーの人物像を探っていた。ミランダ・ニューベリーの八つのタブと色で分類したスプレッドシートが間違っていることを証明するつもりが、いまのところ、すべては生き延びた被害者がいることを示していた。

ウィルが尋ねた。「どう？」

「まず、キャリー・ザンガーはすごい美人」

ウィルは道路から目をそらし、フェイスの携帯電話に表示された写真をちらりと見た。黙っていたが、なにも言う必要はなかった。ザンガーは美人だ。豊な長い髪、完璧な形の鼻、ダイヤモンドも削ることができそうな顎。毎朝四時に起きてピラティスをやり、叶えたい夢をコラージュしたビジョンボードを見なおすタイプだ。

フェイスのビジョンボードに貼ってあるのは眠っている自分の写真だけで、それもとっくにぼろぼろになっている。

「ザンガーは、ガスリー・ホッジズ・アンド・ザンガーっていうWASP御用達の弁護士事務所の共同経営者。子どもはいない。専門は税務訴訟。四十一歳。住まいはハイ・ミュージアムの向かいにそびえたつワン・ミュージアム・プレイスの六百万ドルのペントハウス。二年前の三月二十八日に行方不明届が出された」

「早朝？」

「たぶん。水曜日午前中の定例ミーティングを無断欠席した。明らかに本物のタイプAで、ミーティングを無断欠席したことなんかなかったから、みんなびっくりした。病院や警察に電話をかけて、自宅やジムも調べた。ＢＭＷは駐車場にとめてあった。ザンガーの母親、ヴェロニカ・ヒューストン・ベイリーは、正午にはアトランタ市警に家族の顧問弁護士を連れてきた。だから、市警は二十四時間後にもう一度来てくださいとは言わなかったのね」

「ヒューストン・ベイリーって、ヒューストン・ベイリー不動産の？」

「それ」アトランタ最大の商業不動産会社だ。「私見だけど、市警が早く動いたのはよかったと思う。有力者で政治家にもコネのある女性弁護士がふっつり消えるなんて事件以外にありえないもの。とくに、大金が絡んでもつれにもつれた離婚訴訟の真っ最中で、毎日のように新聞やテレビに顔が出ているときにはね」

「市警は夫を調べたんだろう？」

「ロッド・ザンガーね、もちろんヴェロキラプトルの群れよろしく食いついた。ロッドからは、妻の居場所はわからない、失踪した理由もわからないと、型どおりの答えしか返ってこなかった。でも、彼女が消えた水曜日の朝のアリバイは証明できなかった。領収書も電話の通話記録も証人も、いっさいなし。風邪をひいてバックヘッドの豪華な自宅にこもっていたというのが、本人の証言。メイドは休みを取っていた。庭師も。市警は彼を疑って、相当調べてる」

「キャリーの車は職場の駐車場にあったのか？」

「ワン・ミュージアムの駐車場。あいにく、防犯カメラには映らない場所だった。天気のいい日は徒歩で出勤してた。ただ、バッグと携帯電話は車のトランクのなかにあった」

「どこかで聞いた話だな」

「ほとんどパターンよね。このふたりの結婚のニュースは覚えてる？　逆玉婚って騒がれたでしょ。ふたりはデューク大のロースクールで出会った。ロッドはワイオミングの貧しい家庭で育ったカウボーイ。そんな男が、南部の裕福なお嬢さまに心を奪われた。金で買われたなんて書きたてられたよね」

ウィルはかぶりを振った。彼が読むのは車雑誌と車雑誌と車雑誌だ。

携帯電話がメッセージを着信した。フェイスは顔を携帯電話に近づけるのではなく、携帯電話を顔の前に掲げた。ジェレミーがしつこく協力を求めている。

フェイスはメッセージをスワイプして消し、ウィルに言った。「興味深いのはここからよ。行方不明届が出されて三十六時間後、ザンガーは夜中にカスケイド・ロードをふらふら歩いているところを保護された。朦朧とした状態で、頭部から出血していた。服は破れていた。全身が土で汚れていた。靴は履いていなかった。病院では、脳震盪と低体温症の治療を受けた」

「頭の怪我は？　ハンマーで殴られた形跡は？」

「警察の報告書には書いてないし、新聞記事もやけにぼかしてある。でも、ザンガーはグレイディ病院で治療を受けていて、サラは当時、グレイディに勤務していたから……？」

「サラに守秘義務を破れと言うのか？」

やっぱり世迷い言だった。「ザンガーは翌朝、退院した。新聞記事によれば、ほかの都市圏内の病院に入院した記録はない。市警によれば、ザンガーは被害届を出すのを拒否し、非公式の事情聴取すら断った。だれとも話をしたがらなかった。夫も口をつぐんだ。母親も取りつく島もなかった。そういうわけで、捜査は終了せざるを得ず、離婚調停は内密におこなわれ、新聞も書きたてるネタがなくなって、それから二年がたった」

ウィルは尋ねた。「カスケイド・ロードからどうやって病院へ行ったんだろう？」

「孫を寝かしつけるために、老夫婦が車を走らせていたの。ちなみにこれ、親がやってもだめだから。自分の子には通用しないの」

「カスケイド・ロード沿いには森が多いよな」

「ジョージア州全域の巨大な航空写真がほしいな。女性たちの住んでいる場所と、発見された場所と、最後に無事な姿を目撃された場所に印をつけたい」

「きっとミランダがやってるだろ」

フェイスはむっとした。ウィルはそのためにミランダの名前をあげたのだ。「なぞなぞだ、バットマン。ダ、ー、ク、・マ、ス、タ、ー、ソ、ン、はシ、リ、ア、ル、キ、ラ、ー、を狩、っ、て、い、る、と確信してるのに、なぜ警察に訴えなかったのか？」

「なるようにしかならないとわかってたからじゃないか？」

フェイスはことさらに携帯電話を見つめ、ジェレミーに返信を打った。ウィルは、ミランダとジェラルド・カタリノが立てた法的拘束力のある利子つきの返済計画には目をつぶったが、ボニー・パーカーが二度とクライド・バロウとは銀行強盗をしないと指切りしたからといって見逃すのだろうか。

ウィルは言った。「ミランダが立派な市民だとは言わないよ。でも、彼女がいなかったらここまで進めなかったのは事実だ。ジェラルドのために情報を集めたのは彼女だ。ジェラルドはその情報をネズビットに流した。そしてネズビットがぼくたちをここまで走らせた」

「この二日間をまとめてくれなくても結構よ。ミランダ・ニューベリーはランチになにを食べるか、それすら嘘をつく人間よ。偽の会社と偽の名前と偽のウェブサイトをでっちあげて、でも小切手を現金化できるように、銀行口座だけは本物。そんなやつがジェラルド・カタリノだけを食い物にしてると思う？」

今度はウィルも黙っていた。

「嘘つきはどこまで行っても嘘つきよ」フェイスは言った。「だけど、わかりきった話じゃない？　あたしだったら、だれかが税金のかからない三万ドルをぽんとくれたら、ウェンディーズでハンバーガー食べてピエロのおならみたいな色のワンピースは着ないな」

ウィルの電話が鳴りはじめた。彼は応答ボタンをタップした。

「それ、あたしたちにでしょ。スピーカーフォンにして」

アマンダが尋ねた。「ザンガーのオフィスまであとどれくらい？」

フェイスは答えた。「五分くらい？」

「サラも五分後くらいに本部へ帰ってくるわ。ヴァン・ドーンの両親が早く到着したの。キャロラインが会議室に通して待たせてる。ふたりともなるはやで帰ってきて」

両親に遺体の発掘許可を依頼することになったようだ。フェイスは、いまシリアルキラーの話はしないことにした。「ラッシュアワーにぶつかりそうです。いつ戻れるかわかりません」

ウィルが尋ねた。「ブロックの記録はどうなりました？」

「サラが確認したわ。すべてそろってた。検死官の報告書。検死解剖のノートの原本。検査結果、写真、犯罪現場を撮影した動画もある。血液と尿から大麻以外の反応は出なかった。トゥロンは学生だったから、当然の結果ね。以下はサラから。ロヒプノールとGHBは半減期が短くて代謝が早いから、薬物検査で検出されなくても、薬を飲まされた可能性は排除できない。症状は次のどれかか全部。記憶障害、意識喪失、多幸感、強迫観念、運動麻痺、つまり四肢が動かせなくなることね。効果がつづくのは八時間から十二時間」

「青いゲータレードは？」

「検査の結果、スポーツドリンクと一致する糖分を含んだ青い飲料が胃の内容物から検出された。ザンガーと会ったら、すぐに帰ってきなさい」

「ちょっと待ってください」フェイスはやはり我慢できなかった。「シリアルキラーのスプレッドシートのことは訊かないんですか？」

「疑問があるとすれば、探偵を装った一般市民がたまたま見つけた可能性に、なぜうちの熟練捜査官がもっと早く気づかなかったのかってことね」

明らかに自分に対する嫌みだと、フェイスは思った。「パソコンの前で六十億時間座ってる余裕があったら、あたしも事件に気づいたかもしれませんね」

ウィルが横目でフェイスを見た。

「犯したミスから学ばないとね、フェイス、学ぶまで同じミスを犯しつづけるわよ」

フェイスは口を開いた。

その口から言葉が出てくる前に、ウィルは電話を切った。

ウィルは一拍置いて、フェイスに言った。「アマンダが裏で動いてるのはわかってるだろ？」

フェイスはいまここで、アマンダの出し惜しみ癖について話し合うつもりはなかった。アマンダはカーテンの裏に隠れた魔法使いをやりたいだけなのだ。ドロシーのバスケットに座っているのはもううんざりだ。

「アマンダはマスターソンのことでなにかピンとくるものがあった。だから、プロバイダーをしつこくせっついた。アマンダもこれが連続犯だとわかってるよ。アマンダにも考えがあると信じよう。ぼくらが暴走しないように手綱を引いてるんだよ」

「あたしは馬じゃないって言うの、昨日からこれで二度目だ」

ウィルは前方の道路をまっすぐ見ている。「ザンガーは四十六時間、行方がわからなくなった。なぜ被害届を出さなかったんだろう？」

「恐怖のせい？」フェイスは言った。被害届を出さない理由の多くがそれだ。ふたつ目をあげた。「信じてもらえないとあきらめてたから？」

「病院へ行かなければならない重傷を負ってたんだろ。暴行を受けた証拠があったのに」

「面倒は避けたかったとか？　離婚調停ですごく揉めてたし。ロッド・ザンガーは複数のストリッパーと浮気をしていた。相手が暴露したの。そうしたら、キャリーの元ボーイフレンドが、彼女は学生時代にアデロールにはまってたと言いだした。地元のゴシップじゃ終わらなかったのよ。全国ニュースになったの。そのうえ、レイプされたとなったら？」

フェイスはレイプされた経験こそないが、若年妊婦が魔女扱いされて火あぶりになっていた時代に十五歳で妊娠した。噂の種になり、白い目で見られ、プレパラートに挟んだ微生物のように分析されるのがどんなことか、よく知っている。

「森でキャリー・ザンガーになにがあったのか、ほんとうのところはなにもわかってないよね。コインをひっくり返してみて。職業柄、いつも忙しくてストレスが多い。そこへ持ってきて、離婚調停は難航していて、まったく関係のない人たちにごく私的なことまでばらされた。キャリーはもう限界だったかもしれない。そして、すべてを終わらせるために森へ行った。でもうまくいかなくて、考えなおして森を出た。結果、決まりが悪くて話したくない」

ウィルは、すぐには返事をしなかった。「本気でそう思う？」

フェイスは、そんな女性だったら森へ行く前にフォー・シーズンズのスパへ行くだろうと思っていた。「いいえ」

「ぼくもだ」

フェイスは携帯電話でグーグル・マップを開き、道を間違えていないか確認した。ウィルの古いポルシェ911にはカーナビがついていない。ウィルの手によって内装はきれいに復元され、往年の光輝を取り戻してはいるが、その輝かしい時代にはカップホルダーはなかったし、地球温暖化も進んでいなかった。エアコンは暖房をつけているかのように効きが悪い。

「こっち」フェイスは右を指さした。「クレセント・アヴェニューをまっすぐ行って。ビルの裏から駐車場に入れる」

ウィルはウィンカーをつけた。「あらかじめ電話をかけるか、それともいきなりオフィスへ行く？」

フェイスは信号待ちのあいだに考えた。「ザンガーは警察の聴取に応じなかった。ダーク別名ミランダには停止通告書を送りつけた。調べてほしくないと、はっきり拒否したのよね」

「税務訴訟の弁護士だろ、犯罪専門じゃなくて。ＧＢＩから電話がかかってきたらひどく心配するんじゃないかな。でも、突然会いに来たら……？」

「ひどい暴行を受けた女性を怖がらせようってわけ？　人生で最悪の一日を忘れようとしてようやく二年が過ぎたところに、いきなり現れたあたしたちにかさぶたを引っかかれて、また血を流すことになるの？」

「三つ、考えられると思うんだ」ウィルは指を立てて説明した。「事件はトラウマになっていて、だから話せない。あるいは、犯人にまた襲われるのを恐れている、これもトラウマになる。あるいは、離婚調停のときに世間の注目を浴びたのがトラウマになっていて、また注目されるのを恐れている。あるいは、その全部。でも、どれかは問題じゃない。どれにしても、彼女はトラウマを負っていて、ぼくらは彼女がやりたくないことをやらせようとしている。つまり、なにがあったのか語らせようとしている」

フェイスはふたりとも避けていた疑問を口にした。「彼女がトミ・ハンフリーのように傷つけられていたらどうする？」

車内に沈黙がおりた。

思い出そうとしなくても、今朝のミーティングの一場面を思い出した。サラが全員に見せた、折れたハンマーの柄の写真。

四カ月。

百二十日間。

それほど長いあいだ、トミ・ハンフリーは体に受けた傷を治療できるまで耐えなければならなかった。心の傷はいつ癒えるかわからない。ダリル・ネズビットが児童ポルノ所持で有罪になった日、彼女は首を吊ろうとした。アマンダは、トミに連絡を取るようサラに指示した。連絡は取れないかもしれない。トミ・ハンフリーはついにみずから命を絶ち、墓のなかで安らぎを得たかもしれない。

フェイスは言った。「トミ・ハンフリーはどうすれば過去から脱することができたのかな」

ウィルは咳払いした。「そのことはひたすら話さないようにする、とか」

「そうね」

また車内が静まりかえった。血が砂に変わったかのように、フェイスの体は重くなった。

ウィルが言った。「ぼくがやろうか――」

「あたしがやる」フェイスはガスリー・ホッジズ・アンド・ザンガー法律事務所の代表番号に電話をかけた。応答した受付係に、ＧＢＩの特別捜査官であることを告げ、キャリー・ザンガーに取り次いでほしいと頼んだ。

クレセント・アヴェニューに入り、ウィルが駐車場の入口を探しているあいだに、ザンガーに電話がつながった。

「用件は？」ザンガーの声は本人の顎と同様に尖っていた。

フェイスは言った。「わたしはＧＢＩの――」

「それは聞いたわ。なんの用？」ザンガーの声はしわがれていた。聞いていて心苦しいほど狼狽(ろうばい)しているが、まったく取り合ってくれないわけでもない。

フェイスはまず手っ取り早い方法を試してみた。「ご迷惑をおかけして申し訳ありません、ミズ・ザンガー。今朝、わたしの上官、つまりＧＢＩの副長官がある記者から電話を受けたんです。取材は広報部門にまわしましたが、いくつかあなたに確認したいことがあります」

「確認したいことってなに？　ノーコメントでほっとけばいいでしょう」

フェイスはウィルに目をやった。彼は路上の駐車スペースに車を入れていた。

「あいにくわれわれは政府機関なので。ノーコメントがいつも使えるわけじゃないんです。市民の疑問に答える責任があります」

「とぼけないで」ザンガーは険しい声で言った。「わたしには話す義務なんかない――」

「それはわかっています」フェイスは別の手を使うことにした。「でも、話してくださったほうがいいと思います。また同じ目にあうのではないかと恐れているのだったら」

「それは違うわ」

ザンガーの声はきっぱりとしていた。フェイスは言った。「お話は完全なオフレコでうかがいます」

「完全なオフレコなんかありえない」

「わかりました」もはや手は尽きた。「わたしはいま、あなたの事務所が入っているビルの前にいます。通りを渡ったところにレストランがありますね。これから十分間、そのレストランのバーで待ってます。いらっしゃらなければ、オフィスへうかがいます」

「勝手にすれば」

ガツンガツンと二度音がしたあとに、ザンガーはようやく受話器を受け台に置くことができたようだった。

フェイスは自分がいやになった。最後に聞こえたのは、ザンガーのつらそうな嗚咽だった。

両手で顔を覆った。「こんな仕事、大嫌い」

ウィルが言った。「彼女はきみひとりで来たと思ってるだろうね」

「わかってる」

フェイスは車を降りた。あいかわらず血管に砂を詰まらせたまま、洒落た外見のレストランへ歩いていった。外のパティオでうるさい音楽が鳴っていた。自分の姿が映っているガラスドアを押した。ウィルが五メートルほど後ろにいた。キャリー・ザンガーが現れたら怖がらせないように、距離を空けているのだ。

フェイスは、キャリーが来てくれるように祈った。あの電話のせいで、彼女のオフィスで小さな爆発が起きたかもしれない。ウィルと一緒にオフィスへ行ってＩＤをちらつかせれば核爆発は避けられない。

腕時計を見て、だれもいないバーの席に座った。間抜けなポークパイハットをかぶったバーテンダーにアイスティーを注文した。あと七分。レストランのなかを見まわした。夕方までまだ時間がある。バーに座っている客はフェイスだけだ。テーブル席にひとりで座っているスーツ姿の男性客が、ウィルのほかにふたりいた。

フェイスがキャリー・ザンガーだったら、日常に邪魔が入ったことに憤慨するだろう。けれど、ピア・ダンスクだったら、と考えないわけにはいかない。ジョーン・フィーニーだったら。シェイ・ヴァン・ドーンだったら。アレクサンドラ・マカリスターだったら。レベッカ・カタリノだったら。レスリー・トゥロンだったら。被害者が多すぎて、全員の名前を思い出せなかった。携帯電話を取り出した。ミランダが作ったスプレッドシートを開いた。八年間。十九人。トミ・ハンフリーを含めたら二十人だ。

「ミッチェル捜査官ね？」

フェイスは役職名を訂正しなかった。キャリー・ザンガーは写真のとおりだった。メイクは薄く、髪はひっつめているが、隣のバースツールにどすんと腰かけた瞬間ですら美しかった。

キャリーはバーテンダーに言った。「ケテル・ワンをダブルで。ライムツイストを添えて」

いかにも言い慣れたリズムに聞こえた。フェイスは、報酬の高い税務訴訟専門の弁護士はワインかせいぜいウィスキーを飲むものと思っていた。ストレートのウォッカは酒飲みの酒だ。

キャリーは言った。「あの刑事の知り合い？　マスターソンって人」

「いいえ。それから、彼は刑事じゃない」

キャリーはいまいましそうにかぶりを振った。「当てましょうか、記者でしょ？」

フェイスは彼女を見つめた。ひどくやつれているように見えた。トミ・ハンフリーのように、回復に時間がかかったのだろうか。そんなふうについ思ってしまい、感情に邪魔をさせた自分を内心で叱りつけた。プロ意識に徹しなければならない。

「お待たせしました」バーテンダーが帽子を少し持ちあげ、ウォッカのダブルをカウンターに置いた。

フェイスが見おろすと、ウォッカは気前よく注がれていた。

キャリーは気にもとめていなかった。マドラーでグラスの中身をかき混ぜた。バーテンダーが立ち去ってから、フェイスに言った。「帽子で個性的なふりをする男は大嫌い」

フェイスはたちまち彼女を気に入った。

「ロッドのことを聞きたいんでしょう？」

「どうしてそう思うの？」

「だって、わたしをさらったのは元夫だから」

フェイスはキャリーがグラスを一気に半分空けるのを見ていた。なにを言えばいいのかわからなかった。ロッド・ザンガーはいままで名前すらあがっていない。フェイスはバッグに手をのばし、ノートを取り出そうとした。

「完全なオフレコ」キャリーは言った。「あなた、電話でそう言ったわ」

フェイスはバッグを閉じた。

キャリーはさらにひと口でグラスを空にした。バーテンダーにおかわりの合図をした。

「オフレコなんて無理、そうでしょう？」

この女性に嘘はつけない。「ええ」

キャリーは空のグラスからマドラーを抜いてカウンターの上を転がした。「はじめて男に勝手に体をさわられたのは十三歳のときだった」

フェイスはマドラーがキャリーの指のあいだをすり抜けるのを見た。

「歯のクリーニングをしてるときに、歯科医に胸をつかまれた。このことはいままでだれにも話したことがない」キャリーはフェイスを見た。「なぜ話さなかったんだろう？」

フェイスはかぶりを振った。自分でも覚えのある話だ。「嘘つき呼ばわりされるから」

キャリーは声をあげて笑った。「どうせ嘘つきって言われるのよ」

フェイスも笑ったが、ヒントを組み合わせていた。「ロッドに暴力を振るわれていたのね？」

キャリーはのろのろと、ほとんどわからないくらい小さくうなずいた。

訊きたいことが次々と浮かび、フェイスは舌を嚙んでこらえた。黙っているのはウィルのほうがずっとうまい。フェイスはひたすらアイスティーをちびちびと飲んで待った。

バーテンダーが戻ってきた。また帽子をちょっと持ちあげ、ウォッカのダブルをカウンターに置いた。今度は気前よいどころか、トリプルと言ってもいいほどたっぷりと注がれていた。バーテンダーはフェイスにウィンクをして立ち去った。

キャリーは透明な液体をじっと見おろした。唇の内側を嚙んでいた。「知らないうちに、車にGPSが取りつけられていたの」

「二年前のこと？」

「ええ。離婚調停をやってるときだった」キャリーはグラスをくるくるまわしはじめた。「黒い金属の箱に入れて、マグネットでタイヤの格納部にくっつけてあった。あのとき、なぜ車のなかをチェックしたのか自分でもよくわからない。でも、探して見つけたの。監視されているような気がしていたから。ロブがなかなか離婚してくれないのはわかってたたし」

「当時、だれかに相談した？」

「離婚弁護士に」キャリーは目をあげてフェイスを見た。「弁護士の言うことは聞くものよ。いちばんよくわかってるから」

その口調から皮肉を言っているのがわかった。

「そのままにしておけと言われたの。ロッドに気づかれたくないからって。わたしたちは秘匿特権を維持したかったから、弁護士の事務所がIT技術者と直接契約して、GPSの受信者を調べてもらった。でも結局、調べるには情報開示請求が必要だとわかって、でも請求すればロッドに伝わってしまう。だから……」

フェイスはメモを取りたかった。キャリーが秘匿特権を放棄すれば、数時間以内に請求できるのに。

「では、事件が起きたときのことを聞かせて」

「わたしは自分の車に座っていた。職場へ出かけるところだった。ミーティングの予定があったけれど――」キャリーは、どうでもいいというように払いのけるしぐさをした。

「実際にやったのはロッドじゃないと思うの。ほかのだれかを雇ったに違いないわ。あいつはわたしを殴りながら、わたしの顔を眺めるのが好きだった。でも、あのときの男はわたしに顔を見られないようにしていた」

キャリーは酒をあおった。グラスを叩きつけるように置いた。震えてはいないものの、手つきが危うかった。

「いまでもはっきりと思い出せる。あのハンマー。たまたまバックミラーを見たの。理由はわからない。そうしたら、ハンマーが振りおろされるのが見えた。ヘッドが変な形だった。インターネットで調べたんだけど、ハンマーって何百種類もあって、柄がグラスファイバーだったり木製だったり、木造の家を建てるときに使うもの、石壁を叩くのに使うもの、とにかくいろいろなの。それに知ってる？　他人の頭をハンマーで殴る方法なんて動画がユーチューブにあるのよ」

フェイスは心臓が腹のなかに落ちこんだような気がしていたが、平静を装ってかぶりを振った。

三月の最終週。早朝。ハンマー。

キャリーはバーテンダーにおかわりを注文した。「友達にも一杯持ってきて」

フェイスは止めようとした。

キャリーは言った。「オフレコなんでしょう？」

フェイスはバーテンダーにうなずいた。

バーの反対側へ歩いていくバーテンダーを、キャリーは見ていた。

「素敵なお尻」

バーテンダーの尻など、フェイスはどうでもよかった。空気が層を作ってよどんでいるような気がした。鏡に目をやると、ウィルはあいかわらず部屋のむこう側のテーブルにいた。携帯電話を持っているが、目はバーに向けている。

「次に気がついたときのことは覚えてる？」

「目を覚ましたら、よりによって森だったの」キャリーは深呼吸をした。「わたしたち、はじめてのデートでビルトモアへピクニックに行ったの。ロッドは昔からそういう計算高いところがあったのよ。高級レストランや会員制クラブなんか、わたしがなんとも思わないのを知ってたのね。お金で買えないものをくれたわ。手作りのサンドイッチ、ポテトチップス、紙ナプキンにプラスチックのカップ。ポエムまで書いてきた。ロマンティックなカウボーイさんって感じ」

キャリーは森の記憶から逃げようとしている。フェイスは引き止めなかった。

「はじめてロッドに殴られたのは、結婚式の一週間前だった。めちゃくちゃに殴られた。文字どおり、わたしのなかで警報器が鳴ったわ」キャリーはもっと飲みたそうに空のグラスを見つめた。「でも、そのあとロッドは赤ちゃんみたいに号泣したの。それがかわいそうでね。体の大きなたくましいカウボーイが、わたしの膝に顔をうずめて、許してくれ、二度とこんなことはしないって懇願するんだもの。だから……」

フェイスは彼女の声が途切れるのを聞いていた。その声は悲しそうだった。キャリー・ザンガーは賢い女性だ。どの時点で人生が狂ってしまったのかわかっている。

キャリーはちらりとフェイスを見た。「よくある話でしょ？　警官だったら、何度も聞いたことあるんじゃない？」

フェイスはうなずいた。

「ああいう男が全部同じ、筋のわかりきった退屈な脚本どおりにやるのって、ほんとうにばかみたいよね。男に泣かれて、女は許してしまう。そのうち泣き落としはもう効き目がないとわかると、今度は女に罪悪感を抱かせる。その手も使えなくなると、次は脅し。そしていつのまにか、彼と別れるのも一緒にいるのも怖がっているうちに十五年が過ぎて

「……」

今度は話を途切れさせることはできなかった。「それでも、ついに別れることにした理由は？」

「妊娠したの」キャリーは薄く笑った。「ロッドは子どもをほしがらなかった」

その先は聞かなくてもわかった。キャリーの言うとおりだ。同じ話を何度となく聞いている。

「正直に言えば、あれでよかったのよ。自分のことも守れないのに。子どもを守れるわけがないでしょう？」

バーテンダーが三度目にやってきた。今回は帽子を持ちあげるしぐさを省略した。慣れたふうに手首をひねって二個のグラスを置いた。彼は以前にもここでキャリーを見かけているのだろう。ダブルがトリプルを意味すると知っている。なに食わぬ顔をすることでチップをはずんでもらえるのを、おそらくわかっている。

キャリーはフェイスに言った。「ぐいっといっちゃって」

フェイスはグラスを両手でつかんだ。よく冷えていた。ひと口ちびりと飲むふりをした。キャリーはごくりと飲んだ。トリプルを二杯飲み干し、もはやほろ酔いだ。レストランに来る前にも飲んでいたのだろうかと、フェイスは思った。キャリーのまぶたは重たげだった。ずっと唇の内側を噛んでいる。

「離婚調停のあいだ、ロッドにもてあそばれた」キャリーは言った。「頭がおかしくなりそうだった」

フェイスはまたグラスに口をつけたが、飲まなかった。

「結婚したばかりのころ、ものを元の場所に片付けたか、いつもチェックされたわ。元どおりになっていなかったら――」最後まで言う必要はなかった。「家を出て、ひとりで暮らしはじめたときに思ったの。もう整理整頓なんかしない。服は床に脱ぎ捨てたままほっといて、牛乳も冷蔵庫にしまわない、めちゃくちゃに暮らすんだって」

彼女の笑い声はクリスタルが割れたように響いた。

「牛乳を外に出しっぱなしにするとどうなるか知ってる？」目を天に向けてみせた。「十五年間、厳しく躾けられたからね。急に整理魔の癖をやめることはできなかった。散らかると落ち着かないのよ。それに、ものがどこにあるのかわかってるほうがいいし。ところが、なぜかものの位置が変わるようになったの」

フェイスは胸のなかがぎゅっと縮こまるのを感じた。「たとえば？」

「はっきりとは言えないんだけど。ほんとうは、あるべき場所にあったのかもしれない。コメディアンのネタで、他人のアパートメントに入って、そこにあるものを全部一センチだけ動かすっていうのがあったでしょう。気持ち悪い話よね？」

フェイスは黙っていた。

「なんとなく……細かく調べられた、みたいな感じかしら？」キャリーはその言葉に納得していないようだった。「持ち物を探られたような。さわられたような感じ。なにもなくなってはいなかったけれど、ある日、気に入っていたヘアゴムが見つからなくなったの」

グラスを握るフェイスの手に力が入った。

「ヘ、ヘアゴムよ」キャリーは取るに足りないものだということを強調するように繰り返した。「バッグから取り出そうとしたらなくなっていて、あのときはかなりうろたえたわ。部屋じゅうひっくり返して探したけれど、見つからなかったの」

「見た目は?」

「ただの赤いヘアゴム」キャリーは肩をすくめた。「値段は二、三百ドルだったかな」

フェイスはキャリーの髪をまとめているヘアアクセサリーを見やった。ゴムから金色のチャームがぶらさがっている。Cが背中合わせに並んだロゴはシャネルのものだ。

「ばかげてると思われるのはわかってるけど、あのヘアゴムはわたしにとっては大事なものだったの。以前はガムひとつ買うにもロッドの許可が必要だった。あのヘアゴムは、わたしがはじめて自分で買ったものだったの。ロッドにはいつも髪をおろせって言われていたから。いつもよ。職場にも抜き打ちで見に来たわ」小さく苦笑した。「だから、あいつはわたしのアパートメントに侵入して盗んでいったのよ」

「防犯カメラにロッドは映ってた?」

キャリーはかぶりを振った。「見ていないの。ヘアゴムをなくしたくらいで大騒ぎするヒステリックな女がいるなんて、管理人からアパートメント全体に広まったら最悪でしょう」

フェイスはそれまで、六百万ドルのペントハウスにはそれなりの恩恵があるものと思っていた。

「それがロッドのやり口だったの。わたしは自分がおかしい、だれかに相談しても絶対に信じてもらえないと思いこんでた」

フェイスはそっと話を元に戻した。「ハンマーで頭を殴られたのね。その後、三十六時間、行方がわからなくなってた。そして――」

「そして、ギフトをもらった」キャリーは、これだけは事実だというように、きっぱりと言った。「ロッドはわたしを法廷に引きずり出して、内輪の恥をひとつ残らず外に出すつもりだったの。大げさに言ってるんじゃないわ。わたしだけじゃなくて、家族みんなを追い詰めようとした。母も。母の会社も。なにもかも焼きつくそうとしたの。だけど、ロッドはあのギフトをくれた。忌まわしい、残酷なギフトをね。わたしは沈黙と引き換えに自由を手に入れたの。ロッドは身ひとつでワイオミングの巣穴に引っこんだ。わたしは自分の人生を歩きだした」

フェイスは手のなかのグラスを見おろした。キャリー・ザンガーは復讐に成功して勝ち誇っているようだった。だが、話を聞けば聞くほど、彼女の思い違いだということが明確になってくる。

「車で気を失ったあと、森へどうやって連れていかれたのか覚えてる？」

「いいえ。頭を強く殴られたあとに記憶がなくなるのはめずらしくないと、医者が言ってたわ」キャリーはウォッカを飲み終えた。フェイスのグラスに目をやった。「飲んでるふりって、見ればわかるのよ」

フェイスはグラスをキャリーのほうへすべらせた。アルコール依存症者は見ればわかる。

「森のなかを歩いていたことは覚えてる」キャリーはグラスの中身をあおった。酒が半分に減った。「その前に、何度か目を覚ましたの。頭の怪我のせいか、あいつに飲まされた薬のせいかわからないけど、目を覚ましては眠りこんで、また目を覚ますのを繰り返してた」

「なにを飲まされたの?」

「わからないけど、完全におかしくなってた。変に舞いあがった気分になったの。頭のなかをコントロールできなくなってた。怖くてたまらなかったのに、次の瞬間にはふわふわといい気持ちで漂ってる感じがするの。腕も脚も動かせなかった。どこにいるのかも、自分がだれなのかも思い出せなかった」

ロヒプノールの作用そのものだと、フェイスは思った。「知ってる味だった?」

「ええ、尿と砂糖を混ぜたみたいな味よ。わたしはこっちのほうが好きね」キャリーはグラスを掲げ、残りを一気に飲み干した。たちまちアルコールに絡め取られたようだ。目の焦点が合わなくなった。空のグラスをカウンターに置くのも苦労していた。

フェイスはグラスに手をのばした。

「ねえ、切ないのは、そもそもロッドのだめなところがわたしを惹きつけたことよね。あいつはつねにわたしを支配せずにはいられなかった。だから、わたしを置き去りにして死なせることもできなかったのよ。戻ってこずにはいられなかった。三度か四度、目を覚ましたら、あいつがそばにいたわ」

「姿を見たの?」フェイスは尋ねた。「顔は見えた?」

「いいえ、顔を見せないように用心していた。だけど、わたしにはあいつだとわかったの」キャリーはのろのろと首を振った。「ロッドはいつもわたしをじっと見てた。知り合ったばかりのころは、それがすごくセクシーだと思ったの。カフェに行っても、図書館に行っても、背が高くてたくましいカウボーイが物陰から思い詰めたような顔でこっちを見てるのよ」

フェイスが見ていると、キャリーはグラスを唇へ運び、中身がないことに気づいて顔をしかめた。

バーテンダーは厨房へ消えていた。ウィルはテーブル席でコーラを飲みながら、鏡に視線を据えている。

「若いころはそういうのがどうしようもなくロマンティックに感じてしまうのよね。でもいまは、あれはストーカー行為だったとわかるわ」キャリーは訳知り顔でフェイスを見た。「男って三カ月つきあえば正体を現すのよ」

フェイスはキャリーを森へ押し戻した。「ほかに覚えてることはない？」

キャリーは眠そうに目をこすった。ウォッカのせいで、口がなめらかになっている。「影。落ちてくる木の葉。ロッドのカウボーイブーツがぬかるみにはまる音。わたしが気を失っているあいだに大雨が降ったの。あいつは最初からそのつもりだったんじゃない？」

フェイスには答えようのない質問だった。

ヘアゴム。森。ゲータレード。麻痺。

キャリーは言った。「あいつに髪を梳かされてる夢を見たのを覚えてる。あいつが泣きだして、わたしも泣きだしたの。変な感じだったわ、なんだか妙に安らいじゃって。死んでもいいと思った。でも死ななかった。生き延びた。最高なのは、わたしが生き延びたのはあいつが失敗したからなの。大失敗だった」

「失敗？」

「あいつはわたしをレイプしたの」キャリーはこともなげに肩をすくめた。「それがはじめてじゃなかったけどね。ええ、何度やられたか。ほんとにつまらない男よ、ロッドは。新しい脚本を手に入れるべきね」

そのあっけらかんとした口調が痛みに対処しようとするメカニズムであることは、フェイスにもわかっていた。

「ロッドは暗くなるのを待ってた。顔を見られないようにね。わたしは動けなかった。感覚がなかった。でも、体が――」キャリーはスツールの桟の上に立ち、また座り、また立って、セックスの動きをまねた。「そのとき思ったの、あんたがわたしにこんなことをするのはこれで最後よ、ロドニー・フィリップス・ザンガー」

キャリーはまた肩をすくめたが、バーテンダーを探しはじめた。

フェイスは言った。「キャリー、それから――」

「それからそれからそれから？」キャリーは呂律のまわらない口調で連発した。「十五年の結婚生活はそれからそれから次の痛みに慣れるように躾けられて終わったわ。拳で殴られて、肋骨が折れてないふりができるようになって、鎖骨が折れてないふりができるようになって。お尻から出血していないふりができるようになって」

キャリーは不適切な冗談を口走ったと言わんばかりに、口に手を当てた。

「それから？」

「ロッドはわたしをレイプするのを終えて、あれを飲ませた。わたしは飲みこんだ。ロッドはいなくなった。わたしは吐いた」キャリーはほほえんだ。「寄宿学校でくそ意地悪な女の子たちに教わったおかげよ、吐きたいときに吐けるの」

フェイスの喉が、炎を呑みこんだかのように熱くなった。

「胃袋の粘膜がはがれたんじゃないかと思うくらい、ひどく吐いたの」

その誇らしげな口調がやりきれなかった。

「気持ち悪い色だった」キャリーはおぼつかない手つきでブラウスの前を払った。「しかたないから服は捨てたわ。別に惜しくはないんだけど、まるであのグループ、ドラムに合わせてダンスをする——なんて名前だっけ？　みんな青いグループ。ヴェガスでパフォーマンスしてる」

「ブルー・マン・グループ？」

「それ」キャリーはまたバーテンダーを探した。「ブルー・マン・グループに集団で襲われたのかって感じだった」

キャリーは声をあげて笑っていたが、その目に涙が光っているのが見えた。

「まあとにかく、わたしは胃のなかのものを全部吐いちゃったの。そして、立ちあがった。歩きだした。歩いてたというより、よろめいてた。脚がスパゲティみたいで。道路が見えた。そして、親切な夫婦が拾ってくれた。ああ、ほんとうに申し訳なかったな。ひどい格好のわたしをとても心配してくれたの。あとでお金を払おうとしたの、助けてもらったお礼に。でも受け取ってくれなかった。しつこくお願いして、ようやく教会を建てる基金に寄付させてもらったわ。五〇一条C三項に該当するんだけど、申告はしなかった。内緒よ。仕事をなくしちゃう」

キャリーはまた笑った。「まさか。あの臆病者が認めるわけないでしょう。臆病者であることが、あいつのいちばん知られたくない秘密なのよ。だから女に暴力を振るう。女を恐れてるから。いまではわたしを恐れてるわ」

フェイスは喉の熱い塊を呑みこもうとした。「ロッドは自分だと認めたの？」

フェイスは両手を握りしめた。キャリーはすっかり酔っ払っている。その勝利は、ついに果たした復讐はすべてまやかしだったと、どんなふうに伝えればいいのだろう？

「ロッドと弁護士のオフィスで会ったの」キャリーはフェイスに向きなおった。「ふたりきりにしてもらった。弁護士にそう頼んだの。わたしは髪をおろした。シンディ・ファッキン・クロフォードみたいに髪をばさっと振って、ロッドに言ってやった。〝あんたの生死はわたしが握ってるわ、くそったれ。わたしがパチンと指を鳴らすだけで、あんたはもうおしまいよ〟」

「彼はなんて言った？」

「ふん、いつものとおりよ。おまえはいかれてる、全部おまえが仕組んだんだろうって。でも目を見てわかったの」キャリーは自分の目を指さした。「あいつはわたしを怖がってた。両手がぶるぶる震えてたわ。ひざまずいて、どうか警察には行かないでくれ、もう手は出さないと泣いて懇願しはじめた。愛してる、二度と傷つけないって」

苦々しい笑い声が店内に響いた。

「わたしがなんて言ってやったと思う?」

彼女は明らかに反応を求めていた。

フェイスは唾を呑みこみ、訊き返した。「なんて言ったの?」

「あいつと向き合って、あの醜い豚の目をまっすぐ見据えて言ったの。〝わたしの勝ちよ〟」キャリーはカウンターを拳で叩いた。「〝死ね・ロッド。勝ったのは・わたし〟」

23

ジーナは目をあけることができなかった。

できるのかもしれないが、そうしたくなかった。眠るとはどういう感じだったか忘れてしまった。というか、本物の眠りはどういう感じだったか。子どものころ、それから思春期と大学に入るまでのあの甘美な時期の眠りは。あのころは、目を閉じて次に目を覚ましたらもう翌日の正午で、満ち足りた気分だった。

ここはどこだろう?

その〝ここはどこだろう〟という疑問は比喩ではない。物理的なものだ。つまり、〝わたしの体は地球上のどの地点にあるのか〟、という意味だ。

うっすらとまぶたをあけた。

薄闇、木の葉、土、小鳥は鳴き、木々はざわめき、虫は虫。

ああ、ターゲットのキャンプ用品のディスプレイはすばらしく現実に即したものだったんだ! ジーナは焚火(たきび)でマシュマロを焼くにおいがするような気がした。それに、ベイクド・ビーンズとか。『ブレージングサドル』のあの場面みたいに、みんないっせいにおならをぶっ放しはじめたりして。

ジーナは笑った。

そして、咳きこんだ。

彼女は森のなかに仰向けで横たわっていた。ハンマーで殴られた頭部の傷から出血していた。これからレイプされるに違いない。早く逃げなければ。

なぜ動けないの？

人体の仕組みには詳しくない。たしか、脳から脚につながっていて、脚をあげたりおろしたり横に出したりして、寝返りを打たせたり立ちあがらせたりする電線のようなものがあったはずだ。

ジーナは目を閉じていた。頭のなかの靄を払わなければならない。電線を思い描いた。その線に電流を送るように念じた。起きて、電線。ちょっと動いてみてよ、電線。もしもし、電線。

おれはこの郡の架線工……。

いやだ、R.E.M.の《ウィチタ・ラインマン》を褒めたら、母親に笑われたんだった。もとはグレン・クローズが歌って有名になった曲なのだ、と。

い、い、い、グレン・クローズ？

グレン・キャンベルだ。

ところで、マイケル・スタイプは最近どうしているんだろう？　あの人ってジュリアン・アサンジがユナボマーとファックしたみたいな感じだったよね。

ジーナの目に涙があふれた。これからレイプされる。レイプされる。レイプされる。

どうして脚が動かないの？

つま先。足。足首。膝小僧。手の指。肘。まぶたも。

どこもかしこも動かない。

麻痺しているの？

呼吸の音が聞こえた。自分の肺が呼吸している音には聞こえなかった。だれかが後ろにいる。後ろに座っている。

車にいた男だ。

ハンマーを持った男。

男はすすり泣いている。

ジーナはそれまで大人の男が泣くのを一度だけ見たことがある。9・11のとき、父親が泣いていた。ジーナは最初の一機のニュースが伝えられたとき、図書館にいた。あわてて車に飛び乗り、知るかぎり世界一安全な場所、つまり実家に行った。三人で抱き合ってテレビを見た。ジーナと母親と父親の三人で。姉のナンシーは職場が封鎖されて帰れなかった。アンカーのダイアン・ソイヤーが赤いセーターを着ていた。三人は目の前で何千人もの人々が殺されるのを見ていた。父親はジーナを手放すのを恐れているかのように、しっかりとしがみついていた。父親の涙がジーナの涙と混じった。みんな泣いていた。国じゅうが泣いていた。

それから一年もたたずに、父親は肺癌（はいがん）で亡くなった。

そしていま、ジーナは森にいる。

泣いている男は父親ではない。

これからジーナをレイプするのだ。

彼はハンマーでジーナを殴った。

森へ連れこんだ。

薬を飲ませた。

これからレイプするために。

ジーナは車のなかで男の顔を見ていた。脳の奥のほうで記憶がうごめいている。はっきりとした顔立ちは思い出せないが、なんとなく見たことがあるような気がした。どこかで会っている。ジムで会ったのだろうか？　スーパーマーケットで？　月に一度のミーティングに出るため、オフィスへ行ったときに？

その顔は、ジーナをずっと見張っていた男のものだ。ジーナの病的な不安の原因はこの男だ。シンクのボウルからピンクのシュシュを盗んだのもこの男だ、ジーナがブラインドを閉めきり、鍵を確認し、家に閉じこもるようになった原因もこの男だ。

ナンシーは、ジーナがいなくなったことに気づいていないだろう。ターゲットへ出かける前に電話で話したばかりだ。姉は月に一度くらいしか電話をかけてこない。母親は週に一度だが、最後の電話は昨日だったから、次は六日後だ。

六日後。

十二歳のボスには北京のレポートを提出してしまった。メールを送ってくるだろうが、ジーナはボスの長ったらしいメールに即返信するのを期待されないよう、大人はパソコンに詳しくないのだと、ことあるごとに彼に言い聞かせている。詮索好きの隣人は、実のところそれほど詮索好きではない。ジーナの不在に気づきそうな唯一の人物は、インスタカートの配達員だが、彼はほかの家に行くので忙しい。

ジーナの脳はカチリと現在に戻ってきた。

男のすすり泣きは、水が排水口に吸いこまれるように聞こえなくなった。

彼は最後に一度、鼻をすすった。

立ちあがり、ジーナの前へやってきて、腰にまたがって両膝をついた。

いい、いい、いい、いい、いい、レイプされる。レイプされる。

これからレイプされる。

ジーナは彼の指に頰を押されるのを感じた。無理やり口をあけさせられた。抵抗したかったが、筋肉が反応しなかった。喉の奥へペニスを突っこまれるのだと思った。覚悟した。突っこまれた瞬間に顎をがっちりと閉じることができるよう、つかのま力を戻してほしいと祈った。

プラスチックが歯に当たった。

彼はペットボトルをジーナの唇に当てていた。

ジーナは咳きこみ、むせ、口のなかを満たした液体を飲みこんだ。この味は――なんだろう？

砂糖。**綿あめ**。**尿**。

ジーナは口を閉じた。

男はジーナの上からいなくなった。ジーナは頭を持ちあげられた。男が落ち葉の上で尻をずらした。ジーナの頭を股間に置いた。うつ伏せではなく、仰向けに。半分勃起したものがジーナの首をつついていた。男はジーナの体を挟むように両脚をのばした。つきあいの長い恋人同士が七月四日の花火を一緒に眺めているかのように、男はジーナを膝にのせていた。

ジーナは頭皮を引っぱられるのを感じた。頭になにかが当たっている。そっと引っかくようななじみ深い感覚。

男はジーナの髪にブラシをかけていた。

24

サラはいらいらしながらＧＢＩの本部ビルに入った。睡眠不足が祟(たた)った。グラント郡から一時間半のドライブのはずが、交通事故とラッシュアワーに巻きこまれて三時間にのびた。退屈のあまり、意識が遠のきかけた。ブロックの職場のホルムアルデヒドのにおいと、Ｕストアのかび臭いにおいが服に染みついていた。コーヒーが飲みたくてたまらなかったが、すでに集合時間に遅れている。階段室のドアをぐいとあけた。階段をのぼっているうちに、頭蓋骨のなかで脳そのものが鼓動しているような気がしてきた。

「ドクター・リントン」アマンダが一階で待ち構えていた。携帯電話から目をあげた。「キャロラインがヴァン・ドーンの両親を会議室に通したわ。ウィルとフェイスはダウンタウンで、新たな被害者かもしれない女性と会ってる」

サラはすぐにトミ・ハンフリーを連想した。「被害者ってだれですか？」

「キャリー・ザンガー。税務関係の弁護士。ふたりが帰ってきたら、詳細を聞きましょう」アマンダは階段をのぼりはじめた。「シェイ・ヴァン・ドーンの遺体を埋葬した葬儀社に電話をかけたの。遺体は樹脂材のケースに入っていると確認が取れた。あなたが言っていたように、密封性の高いもの。両親の名前は、エイミーとラリー。シェイが亡くなったあと、少したって離婚した。キャロラインから再捜査をしている話は伝えておいたけれど、理由はまだ」

「あなたが話をしたんじゃないんですか？」サラは立ち止まった。「キャロラインにまかせた？」

「そうよ、ドクター・リントン。詳細を知らない人間のほうが、詳細を知らないと言いやすいでしょう」アマンダは足を止めなかった。「キャロラインによれば、両親はたがいに気まずそうにしているらしいわ。ふたりで揺さぶりをかけましょう」

サラは揺さぶりをかけるという言葉を不快に思ったが、顔には出さなかった。両親は悲しんでいるのに。三年前とはいえ、思いがけず子どもが亡くなったのだ。それからすぐに結婚生活も破綻した。ここへ来たのはふたりを操るためではない。ふたりに選択してもらうために来たのだ。

「できれば、わたしひとりでふたりに話をしたいんですが」

「なぜ？」

骨の髄まで疲れていて、論争は避けたかった。「そうしたいからです」

「好きにしなさい、ドクター・リントン」アマンダは早くも携帯電話を見つめ、階段をのぼっていった。

サラは目をこすった。マスカラがダマになっているのがわかった。会議室へ向かう途中で鏡を見るためにトイレに入った。鏡はかろうじて基準に合格していると教えてくれた。とにかく目のまわりがアライグマのように黒くなっていないだけでもよしとすることにした。水で顔を洗った。服のにおいはどうしようもない。ヴァン・ドーンの両親には誠実に話をする以外にどうしようもない。サラは気を引き締めながら、会議室へ歩いた。

サラが会議室のドアをあけると、両親はともに立ちあがった。

ふたりはそれぞれ、長方形の会議用テーブルの両端の席についていた。どちらも外見はサラの予想とは違っていた。サラはなぜか、一九五〇年代のコメディドラマの主婦ジューン・クリーヴァーのようなシャツドレスの初老の女性と、バズカットにスーツの男性をイメージしていた。

母親のエイミー・ヴァン・ドーンは黒いシルクのブラウスに黒いタイトスカート、ハイヒールという出で立ちだった。父親のラリーはだぶだぶのジーンズにネルシャツ。綿埃のような髪はサラより長く、後ろで一本の三つ編みにしていた。離婚した夫婦は、都会の人間と田舎の人間の違いを体現していた。

「ドクター・リントンです。お待たせして申し訳ありません」

三人は握手を交わし、自己紹介をして、あえて室内の緊張感に気づかないふりをした。サラはふたり同時に話しかけることができるよう、テーブルの中央に座った。できるだけ苦痛のないように話すには単刀直入に切り出すしかないと、自分に言い聞かせた。

「わたしはジョージア州の監察医を務めています。お嬢さんの事故について再捜査を検討していることは、キャロラインからお話ししたと思います。再捜査の理由は、シェイの事故を担当した検死官の報告書を見なおしたところ、いくつか矛盾する点が見つかり――」

「ほらね、ラリー！」エイミーは元夫に人差し指を突きつけた。「あの事故はどこか変だった。わたしはそう言ったでしょう！」

サラはラリーはエイミーの剣幕にぎょっとしていた。

ラリーはエイミーが立ちなおるのを待ち、エイミーに尋ねた。「検死官の報告に納得できない点がありましたか？」

「いくつかあるわ」エイミーはずばりと言った。「シェイは森へ出かけたことはないの。一度もない。服装も仕事用だった。幼稚園で子どもたちが待っているのに、どうしてハイキングへ行くの？　バッグと携帯電話が車のトランクに残っていたのはなぜ？　それに、少し前からあの子は気味悪がっていた。わたしにはなんでもないと言っていたけれど、母親は娘の様子がおかしければ気づくものよ」

サラはラリーを見た。

ラリーは咳払いした。「シェイは鬱っぽかったじゃないか」

エイミーは両腕を組んだ。「いいえ、鬱なんかじゃなかった。変わり目の年齢だっただけよ。女は三十代なかばになれば人生を考えなおすのよ。わたしもそうだったし、母もそうだった」

ふたりはこのことでよく口論していたようだ。サラはラリーに尋ねた。「シェイがふさぎこんでいた理由はなんだったんでしょう？」

「毎日の生活かな」ラリーは言った。「シェイは年齢を重ねて、職場の人間関係も難しくなっていた。タイラーとはうまくいっていなかったし」

「あの子がつきあっていた相手よ」エイミーが説明した。「大学時代からつきあっていたんだけど、シェイは子どもをほしがっていなくて、タイラーはほしがっていた。だから、別れたほうがいいということになったの。つらかっただろうけれど、ふたりで決めたことなのよ」

サラは言った。「警察の報告書を読んだかぎりでは、シェイには新しい相手がいたようですが」

「真剣なつきあいじゃなかったわ。ちょっとした気晴らしよ」

ラリーが異論を唱えた。「夜はいつも一緒に過ごしていたじゃないか」

「気晴らしを求めてるからこそ、だれかと一緒にいたいものでしょう」エイミーはサラに言った。「シェイはまだタイラーを愛していたのよ。わたしはあの子がそのうち子どもを産んでもいいと思うようになるかもしれないと思っていたけれど、頑固だったわ」

ラリーが言った。「だれに似たんだろうな？」

口論になりかねない言葉だが、正反対の効果をもたらした。エイミーはほほえんだ。ラリーも笑っている。ふたりのあいだにはまだつながりがあるのだと、サラは感じた。そのつながりとは、娘のシェイだ。

サラは言った。「こんなことをお願いするのは心苦しいのですが、シェイのご遺体をもう一度検査することをお許しいただきたいんです」

両親はふたりともすぐには反応しなかった。しばらく顔を見あわせた。そして、ゆっくりとサラに向きなおった。

ラリーのほうが先に口を開いた。「どうやって？　機械でもあるのか？」

「ラリー」エイミーが言った。「この人はソナーの話をしてるんじゃないのよ。シェイを地面の下から出してもいいかと言ってるの」

ラリーの乾いた唇が開いた。

「正式には、遺体発掘と言います。でもおっしゃるとおり、お嬢さんのご遺体をお墓から掘りあげることをお許しいただけないでしょうか」

ラリーは両手を見おろした。その手は関節炎を患い、節くれだっている。右手の親指と人差し指のあいだの皮膚が硬くなっている。道具を使い、ものを作ったり修理したりしていたのだろう。エイミーは見るからにビジネスウーマンで、細かい雑用を一手に引き受けているようだ。

サラは言った。「ご遺体を発掘する過程をご説明します。疑問があれば、遠慮なくなんなりと訊いてください。できるだけ正直にお答えします。そのあと、わたしは退室しますのでおふたりで相談なさってください。外に出て話してもかまいません。わたしがお伝えすることにもとづいて、判断していただきたいんです」

「わたしらの許可がなければ発掘できないのか？」ラリーが尋ねた。

アマンダならはぐらかすだろうが、サラにそのつもりはなかった。「はい、書面で許可をいただかなければ、ご遺体を発掘することはできません」

「もしシェイが……」ラリーは言葉を探した。「もしシェイがみずから選んでそうしたんだったら、あんたにはわかるのか？　教えてくれるか？」

「保証はしかねますが、自害の証拠があれば、見つけることができるかもしれません」

「つまり、なにを探しているのかはわからない、なにが見つかるかもよくわかってないということか」

父親にむごい事実まで伝えることはできない。「できるかぎりお嬢さんのご遺体に敬意を払い、遺漏のないようにすると申しあげることしかできません」

「でも」エイミーが言った。「なにかを疑っているんでしょう。怪しいところがあるから、こんなことをするんじゃないの？」

「おっしゃるとおりです」

「わたしらには――」ラリーは言いなおした。「わたしには金がない」

「発掘の費用も、再度埋葬する費用も、お支払いいただかなくて大丈夫です」

「そうか。わかった」もう一度心を打ち砕かれるということ以外に、ラリーが発掘を拒否する理由はなくなった。「いつまでに返事をすればいいんだ？」

「どうぞ、じっくりお考えください」サラは、エイミーが疎外されていると感じないように彼女を見た。「簡単に決められることではありませんから。でも、期限があるほうがよかったら、早ければ早いほうが助かりますと申しあげておきます」

ラリーは了解し、のろのろとうなずいた。「決めたらどうするんだ？　なにか書くのか？」

「所定の書式が――」

「書式なんかいらないし、説明も時間もいらないわ」エイミーが言った。「あの子を掘り出して。体のなかを調べて。なにがあったのか教えてちょうだい。わたしは許可するわ、いますぐやって。ラリー？」

ラリーは手のひらで胸を押さえていた。まだ覚悟ができていないのだ。「三年もたってる。あの子は……」

「葬儀のときに、お嬢さんを棺ケースで埋葬してくださいましたよね。ケースの密閉性は損なわれていないと思いますが、それならご遺体はいまでもきれいなはずです」

ラリーは目を閉じた。涙が絞り出された。サラの要求に抗うかのように、全身をこわばらせていた。

エイミーも元夫の苦悩に気づいていた。それまでよりやわらかな声でサラに言った。

「やっぱり説明してもらおうかしら。どんな手順でやるの？」

「発掘は早朝におこないます。関係のない人が通りかかる可能性がもっとも低いので」サラはラリーがたじろぐのを見ていた。「立ち会っていただいてもかまいません。立ち会っていただかなくても大丈夫です。どちらでもどうぞ。すべて、おふたりで決めてください」

「あの子に――」ラリーはためらった。「あの子に会わせてもらえるか？」

「それはやめておいたほうがいいと、強く申しあげます」

エイミーはバッグからティッシュを取り出した。アイラインを崩さないように注意しながら涙を拭き取った。「解剖はここでやるの？」

「はい。お嬢さんをこの建物へ連れてきます。骨折やひびの入った箇所、異物など、前回見逃されたところがないかX線で確認します。それから、解剖して臓器や組織を調べます。

エンバーミング処理をされているので、毒物のスクリーニング検査はできないのですが、髪や爪を調べるとわかることがあります」

「そんなにすぐわかることなの？」エイミーが尋ねた。「なにを疑ってるのか教えてくれない？」

今度もサラは詳細を伏せた。「シェイは事故で命を落としたのか、それとも別の原因で亡くなったのか判定して、おふたりに結果をお伝えしたいと思っています」

エイミーが尋ねた。「殺されたのかもしれないということ？」

「殺された？」ラリーは懸命に言葉を継いだ。「どういう意味だ、殺されたとは？　だれがわたしらの――」

「ラリー」エイミーが優しく言った。「シェイがあの森で事故にあったのでなければ、みずから死を選んだのか、だれかに殺されたのよ。それ以外にないでしょう」

ラリーは答えを求めるようにサラを見た。

サラはうなずいた。

「もしも――」ラリーの声が詰まった。「ほかのこともわかるのか？」

エイミーが尋ねた。「ほかのこと？」

ラリーがなにをもっとも恐れているのか、サラにはわかった。「ミスター・ヴァン・ドーン、もしお嬢さんが殺されていたとすれば、レイプされた可能性があります」

ラリーはサラと目を合わせようとしなかった。「わかるのか？」

「どうやって？」エイミーが尋ねた。「精液で？　ＤＮＡがわかるの？」

「いいえ。遺伝子検査のサンプルになるようなものは吸収されてしまっているので」サラは慎重に言葉を選んだ。「痣、あるいは内部の裂傷があれば、いまでもはっきりと残っているかもしれません」

ラリーが尋ねた。「裂傷？」

「はい」

彼は言葉を失い、サラをじっと見た。サラと同じ、淡いグリーンの瞳で。

サラの父親と同じ色の瞳で。

エディはサラにレイプ事件のことを詳しく訊こうとしなかった。だが、事件の重みは親子の関係をかすかに変えた。キャシーは、知恵の実を食べたアダムに喩えた。ふたりとも楽園から追放されたのだ、と。

「ラリー」エイミーはまた腕組みをした。感情を抑えようとしているのが、傍目にもわかった。「わたしの立場はわかってるでしょう。でも、これはわたしひとりで決められることじゃないの。シェイはあなたの娘でもあるんだから」

ラリーはねじれた両手を見おろした。「賛成ふたつか反対ひとつだな」

サラはその言葉を以前勤めていた児童診療所でよく聞いた。多くの親が、重大な決定をする際には両親ふたりの賛成票が必要だという格言を頼りにする。両親のうち、理由がなんであれひとりでも反対したら、話し合いはそれで終わりにするということだ。

ラリーは尻を浮かせて後ろポケットからハンカチを取り出し、洟をかんだ。

サラは、ふたりだけにしましょうかと言いかけたが、ラリーに制止された。

「わかった」彼は言った。「あの子を掘り出してくれ。事実を知りたい」

サラはレスリー・トゥロンに関する書類を数台のデスクに広げ、ずっと頭に引っかかっているものがなにか考えていた。天啓はひらめかない。集中力はつづかない。脳は論理的な考え方ができなくなっている。この会議室は今朝全員でミーティングをした場所だが、睡眠不足にくわえて、この十二時間のストレスは大きかった。

タイミング。頭に引っかかっているのはタイミングだ。

大きなあくびが出て、思考が途切れた。コーヒーを二杯がぶ飲みしたが、期待した効果はなかった。いますぐデスクのどれかに突っ伏して、五分だけ仮眠したい。壁の時計を見た。午後七時二分。床から天井までの窓の外は不吉な闇だ。目をこすると、まだマスカラが睫毛(まつげ)にこびりついていた。遺体安置所でシャワーを浴びたのに。スクラブからはゲイリーがテーブルを拭くのに使う薬品のにおいがしたが、ホルムアルデヒドのにおいとUストアのかび臭いにおいにくらべればずっとましだ。

もう一度、時計を見た。時間の間隔がなくなっていた。分別を忘れるような不安にさいなまれて一晩中車を走らせていればそうなる。とりあえず、テッサには笑いを提供できたけれど。

ついまた時計に目をやってしまった。

午後七時三分。

ミーティングがはじまる前に、気力を回復させなければならない。ミーティングが終われば、家に帰ってベッドに倒れこむことができる。

そのときウィルがそばにいるかどうかは、自分にはどうしようもないことだ。

「先生」ニックがラインストーン付きカウボーイ仕様のブリーフケースを椅子に置いた。「アマンダから聞いたよ、今日グラント郡へ行ってきたそうだな」

「トンボ返りだけどね。ブロックに貸倉庫の鍵を借りたの」

「あいつのお袋さんに似た格好の剝製はあったか？」

その冗談に、サラはぞっとした。「今回の事件を捜査するのに必要な記録はあったわ。ブロックが協力してくれてほんとうにありがたいと思ってる」

ニックは眉をあげたが、謝罪はしなかった。シャツに引っかけていた読書用眼鏡をかけた。デスクに並んだ書類を見おろした。「これで全部か？」

「ええ」

ニックは報告書の段落をいくつか指でたどった。「ジェフリーがこの件でミスをしたと認めるのは、おれにはつらいんだ」

「署長がミスをしたのが？」

ニックはページに目を落としたままだったが、口元はほころんでいるのがサラには見えた。彼がジェフリーを名前で呼んだことはない。

「ニック、あなたがウィルにしてることだけど」サラは言った。「ジェフリーはありがたがるかもしれないけど、わたしは違う」

ニックは眼鏡のフレームの上からサラを見つめた。そっけなくうなずいた。「言いたいことはわかったよ」

「ドクター・リントン」アマンダの頭頂部がまず部屋に入ってきた。いつものように携帯電話をタップしている。「ヴァン・ドーンの書類をヴィラ・リカへ送ったわ。発掘作業は明日の朝五時からよ。詳細はサーバーにあるから」

「素敵ですね」サラは言った。夜明けに温かなベッドで眠っていられず、薄暗くて寒い墓地に突っ立っているなんて、素敵以外のなにものでもない。

ニックはアマンダに尋ねた。「ザンガーはどうでしたか？　彼女はやはり被害者なんですか、それともおれたちはあのミランダって小娘に一杯食わされたんですか？」

「報告はまだ受けてないの」アマンダはサラに尋ねた。「トミ・ハンフリーは？」

サラの脳は反応するのに一瞬遅れた。フェイスとウィルがミーティングに遅れるのはめずらしい。「インターネットでトミを見つけることはできませんでした。うちのデータベースでも、SNSでも。母に探してほしいと頼んであります」

「ハンフリーに連絡を取るのは最優先事項よ」

サラは唇を嚙み、なんでもかんでも最優先にするのは不可能だと言ってやりたいのをこらえた。「もう一度、母に電話します」

「そうして」

サラはとうとう我慢できずに目を上に向けながら、廊下に出た。壁にもたれて目を閉じた。疲労で体が震えていた。連続勤務もこなしていた内なる医学生を呼び覚ますこともできない。

携帯電話が振動した。何度かまばたきして、ようやく目の焦点を合わせた。メッセージをスワイプした。捜査官から報告書の催促が届いていた。ゲイリーは飼い猫を獣医に連れていきたいので休みがほしいと言ってきた。州検事は、ある事件の裁判の前に準備の話し合いを持ちたがっている。ブロックからも、Uストアで必要なものが全部見つかったかとメッセージが届いている。それらすべてに返信しなければと思っただけでうんざりした。後ろめたいので、ブロックには返信した――。

全部あった。助かる。鍵はすぐ戻します。感謝。

ついでに母親にも連絡しておこうと思った。電話は重荷に感じた。キャシーにいつも言われるように、普通の文章でメッセージを書いた――

母さんへ。テッシーから、トミ・ハンフリーの電話番号か住所を調べてほしいって聞いてる？　トミのお母さんの番号でもいい。重要事件の捜査のために必要なの。できるだけ早くトミと連絡を取りたい。愛してる。S。

サラは携帯電話をポケットにしまった。母親からすぐに返信が届くとは思えなかった。たぶんキャシーの携帯電話は、彼女が家にいるときのつねで、キッチンのカウンターの上で充電器にのったままになっている。

サラの手は勝手にポケットのなかへ戻った。携帯電話が出てきた。親指がスワイプした。まるで依存症患者だ。最後の一本から数時間が経過した。これ以上、誘惑には抗えない。

〝探す〟アプリを開いた。

地図上にレナの自宅ではなく、ウィルの現在地が表示された。

ウィルがまた居場所を教えてくれるようになったのだ。いまこの建物内にいる。サラは安堵のあまり泣きそうになった。ここまで切羽詰まっていた自分を叱りつけながらも、携帯電話を胸に押し当てずにいられなかった。

そのとき、階段室のドアがあいた。ウィルが脇へ退き、フェイスを先に通した。サラが真っ先に気づいたのは、フェイスが自分より参っていることだった。フェイスは背中を丸め、バッグをフットボールのように抱えていた。普段は威勢のいい仏頂面の彼女が、思い詰めた表情になっている。

フェイスは左へ曲がって会議室に入りながら、サラに言った。「こんな仕事、大嫌い」

ウィルもフェイスと同様に生気のない顔をしていた。サラになにも言わず、かぶりを振った。

サラはふたりのあとから会議室に入った。

アマンダが尋ねた。「どうしたの？」

「はいこれ」フェイスはデスクにバッグを放った。中身が床にこぼれ落ちた。フェイスは窓のほうへ数歩歩いた。両手を髪に突っこんだ。ウィルを除いただれもがぽかんとした。フェイスは決して自棄（やけ）にならない。サラの知っているフェイスは、なにがあっても動じない。

サラはウィルに目をやったが、彼は片膝をついてフェイスのものを拾ってバッグにしまっていた。

アマンダがウィルに言った。「報告して」

ウィルはバッグをデスクに立てて置いた。「キャリー・ザンガーのオフィスの外に車をとめて、そこから電話をかけました」

それから、フェイスとキャリーの会話を丁寧に再現した。いつものウィルなら、ミーティングで発言を求められると落ち着きがなくなる。それなのに、いま彼の口調は平板で、機械のようだった。サラはいちばん前に座った。ウィルはフェイスに向かって話していた。フェイスはすべて知っているはずなのに。そのときサラは気づいた。ウィルはパートナーに必要とされたらすぐにそばへ行くつもりで様子を見守っているのだ。

彼は報告をつづけた。「ザンガーはフェイスとバーにいました。ぼくは、三メートルほど離れたテーブル席にいました」

サラは彼の口調がぶっきらぼうになったのを聞き取った。キャリー・ザンガーの証言に、彼もまた傷ついている。ウィルは痛ましい事実を順番に話した。拉致について。ザンガーが、自分をハンマーで殴ってレイプし、森に放置したのは元夫だと確信していることについて。

ウィルは話しながら、手の傷を親指でこすっていた。血が指を伝った。キャリー・ザンガーから見た拉致の一部始終を話し終えるころには、彼の足元のカーペットに血が点々と染みになっていた。

「ザンガーは、犯人は夫だと信じていました。ぼくらは否定しませんでした」

い、ぼくらと言ったが、ウィルがザンガーと話をしていないことは、報告を聞いていればわかった。

「バーテンダーは、ザンガーが自分で運転して帰らないように注意すると言いました」ウィルは言った。「ぼくらはバーを出ました。以上です」

「言えなかった」フェイスは椅子に座って背を丸めていた。一日の重みにつぶされそうに見えた。「キャリーは、自分が勝ったと思いこんでた。そう言ったの。〝わたしの勝ち〟って」

だれもすぐには返事をしなかった。

ニックはブリーフケースの角の糸をいじっていた。

ウィルは壁に寄りかかった。

アマンダは長々と息を吐いた。このなかでだれよりも非情な捜査官だが、フェイスの家族とは親しい。若いころはフェイスの母親、イヴリンとパートナーを組んでいた。フェイスのおじとつきあったこともある。ジェレミーとエマは、彼女をマンディおばさんと呼ぶ。

「ニック」アマンダは言った。「わたしのデスクのいちばん下の抽斗にバーボンが入ってるの」

ニックはさっと立ちあがって出ていった。

フェイスは言った。「あたしは遠慮します」

「わたしが飲みたいの」いつも立っているアマンダが、フェイスの隣に座った。それからウィルに尋ねた。「ロッド・ザンガーは?」

「シャイアンにいました。三カ月前からララミー郡の刑務所に入っています。再婚して妻に暴力を振るったようです」

フェイスは両手で頭を抱えた。「言えませんでした。あの人はやっとのことで持ちこたえてるんです。あたしもそう」

アマンダはウィルに尋ねた。「車についていた発信機は？」

「理由を言わずに提出を求めることはできません」

「そんなことはしたくなかったんです」フェイスは言った。「あの人からこれ以上奪うようなことはできなかった」

アマンダはウィルにうなずいて先を促した。

「ロッドは十年前、SNSの有名人でした。グラント郡の事件が起きた前後一週間は、税務関係のカンファレンスでキャリー・ザンガーとアントワープにいました。有名なオレンジ色の木のエスカレーターに乗っているふたりの写真がありました」

「たしか、妻が拉致されたときのアリバイはなかったわね？」

「はい。自分ではないと主張していました」

「ロッドじゃありません」フェイスはあきれたようにアマンダに向きなおった。「もういいかげんにしてくれませんか？　証拠はそろってるじゃないですか。ヘアゴム。ハンマー。日付と時間帯。森。ブルーのゲータレード。キャリーの証言には全部そろってる。今朝、この部屋でみんな集まったときにも証拠はそろってたのに、あなたはシリアルキラーと決めつけるなとしつこくネチネチ言いましたよね、手がかりはひとつ残らずシリアルキラーの犯行だと示しているのに」

アマンダは非難を聞き流し、ウィルに言った。「ザンガーが行方不明になったときの担当捜査員と話をしたいの。それから、ワン・ミュージアムの管理人に電話をかけて。二年前のハードドライブが管理人室に転がってるかもしれない。防犯カメラの映像が残っていたら——」

フェイスは立ちあがった。レスリー・トゥロンの検死解剖の写真を見ていた。「十九人の女性がいるんです、アマンダ。十九人が暴行された。十五人が亡くなって、しかもそのなかにはトミ・ハンフリーは含まれていない。犯人が彼女になにをしたか知ってるでしょう。知ってるでしょう！」

アマンダは糾弾を真っ向から受け止めた。「知ってるわ」

「だったら、どうしてシリアルキラーじゃないふりなんか——」フェイスは一枚の写真を掲げた。声が震えていた。「これを見てください！　これが犯人のやってることです。キャリー・ザンガーだって、頭がぼうっとして体が動かなくて、自力で森を出ていくことができなかったら、こうなってたかもしれない！」

アマンダは怒りを発散するフェイスを止めなかった。

「ほかにも被害者がいるかもしれないでしょう？　いまこのときにも犯人は女性を襲ってるかもしれないんですよ、アマンダ。いまこのときにも。なぜならそのくそ野郎は女性を狙うシリアルキラーだから。そう、シリアルキラーなんですよ」

アマンダは一度だけうなずいた。「ええ、わたしたちが追っているのはシリアルキラーよ」

その言葉に、フェイスは息を呑んだ。

アマンダは尋ねた。「名前がついたら、気分がよくなった？」

「いいえ。あたしの話は聞かないくせに、ミランダ・ニューベリーのくそくだらないスプレッドシートは真に受けるんですね」

「情報のソースがなんだろうが、どうでもいいわ。チャンスは準備した者にのみ降り立つのよ」

「信じられない」フェイスはどすんとデスクに腰をおろした。

アマンダはウィルに目をやった。「グラント郡の事件とアレクサンドラ・マカリスターを除けば、遺体が見つかった場所は十三の管轄区に分かれるわ。被害者が生き延びた三件は、さしあたって除外しましょう。明日の朝一番で、あなたとフェイスはニックと十三の管轄区のどこを担当するか決めなさい。電話をかけまくって、会って話を聞く段取りをつけて。さりげなくね。余計なことは言わないように」

ウィルはまだフェイスを心配しているようだが、アマンダに言った。「行方不明者を州の全域から無作為に抽出して調べていることにしますか」

「それで行きましょう。報告過程の合理化を検討しているということで。わたしたちのリストに載っている女性に注目すること。目撃者の証言、検死報告書、写真、記録、科学捜査の検査結果、地図、犯罪現場の略図、捜査官のメモ、現場にいた人物の名前、なんでも手に入れて。ただし、穏便にね、ウィルバー。今朝、あちこち電話をかけたら早くも小波（さざなみ）が立ってるわ。捜査本部を立ちあげるための準備をしていると犯人に感づかれたら、地下に潜られてしまう」

「今朝、電話をかけたのは捜査本部を立ちあげるためだったんですか」フェイスが言った。

「だったら、スプレッドシートだけがきっかけじゃないんですね？　ミーティングのときからすでに動いていたのに、なぜか隠していた。そして、目の前にある証拠を無視しろとあたしたちにしつこく言ってたんですか？」

「今朝からひそかに動いていたのよ、それが適切な言い方。あなたは気づいてないみたいだけど」アマンダはずけずけと言った。「なによりも避けたいのが、バッツ郡の田舎保安官に、次の切り裂きジャックがホームグラウンドをうろついてるなんてマスコミにぺらぺらしゃべられること。それを阻止するのがこれ。ベイビー・ステップよ」

フェイスは苛立たしげに息を吐いた。

アマンダはこれ以上この話をする気がなさそうに見えたが、思いなおしたようにフェイスに言った。「そうね、もっと早く話せばよかったかもね」

「でも？」フェイスは訊き返した。

「でも、もっと早く話せばよかった」

サラの知るかぎり、アマンダがミスをほぼ認めたのはこれがはじめてだった。

フェイスはそれでも表情をやわらげなかった。まだ不安が残っているのだ。「あたしは言えません、マンディ。そのときが来ても、キャリー・ザンガーに犯人はあなたの元夫じゃなかったとは言えない」

アマンダはフェイスの背中をさすった。「そのときは、一緒に崖から飛び降りましょう」

ニックがバーボンを持って戻ってきた。給湯室からセラミックのマグカップも持ってきていた。カップにバーボンをたっぷり注いだ。それをフェイスに差し出した。

フェイスはかぶりを振った。「運転しなくちゃいけないから」

「わたしが送るわ」アマンダが言った。「エマは父親といるんでしょう。イヴリンの家に行きましょう」

フェイスはマグカップを取り、口をつけた。部屋の反対側にいるサラにも、フェイスが中身を飲みこむ音が聞こえた。

「ドクター・リントン」アマンダは言った。「犯人は被害者のもとへ戻ってくるのよね。ザンガーの証言もパターンがあることを裏付けてる」

サラは不意に呼ばれてびくりとした。頭が疲れていて、急に変わる話についていけなかった。

「ドクター・リントン？」

サラはもっともらしい言葉をひねり出そうとした。

ウィルが助け船を出してくれた。「パターンとしては、犯人は被害者の運動能力を奪う。おそらくハンマーで。それから、森へ連れていく。薬を飲ませる。薬の効果が切れたら、脊髄を刺す。目的は被害者を麻痺させ、完全にコントロールするため。そして、被害者が発見されるまで、定期的に戻ってくる」

サラは言った。「アレクサンドラ・マカリスターの腕神経叢が切断されていたことから、犯人は進歩していると言える」

アマンダは訊き返した。「トミ・ハンフリーのときからくらべて？」

「グラント郡の被害者三人全員とくらべてです」サラの頭はようやくまともに働きだした。「三人の被害者——ハンフリー、カタリノ、トゥロンの事件は、まるでエスカレートしていく犯行の事例研究みたいだと、ずっと思っていたんです。実は、犯人は正しい技術、ゲータレードに混ぜる薬の正しい量、被害者を麻痺させるのに最適な道具とタイミングを探っていたんじゃないでしょうか」

アマンダは疑問を口にした。「なぜ薬入りのゲータレードを飲ませるの？　すぐに麻痺させないのはなぜ？」

推測で答えるしかない。「ロヒプノールには収穫逓減の法則が当てはまるかもしれない。薬理学を学んでいなければ、扱いの難しい薬です。副作用がひどければ死ぬこともある。呼吸抑制による低酸素血症が起きると、数分で脳死に至る」

ウィルが言った。「犯人がずっと被害者のそばにいたのでなければ、薬を飲まされたときから脊髄を刺されるまでのあいだに、逃げるチャンスがあったはずだ」

「犯人は何人もの女性で実験を繰り返してる」サラは言った。「女性を襲うたびに学んでる」

ニックが言った。「ＦＢＩのプロファイリングを参考にするなら、犯人はあえてリスクを冒すタイプだ。わざと最初は逃げるチャンスをあげるのかもしれない」

ウィルは言った。「現に、ハンフリーとカタリノは逃げた。ザンガーも逃げた」

フェイスは咳払いをした。まだつらそうだったが、それでも言った。「キャリーは青い液体を吐いたと言ってた。ただ吐いたのではなくて——胃が空になるまで吐いたの。それで少し回復して、なんとか立ちあがって助けを求めることができたのよ」

ウィルはつけたした。「ミランダ・ニューベリーは、ほかにも生存者かもしれない女性をふたり見つけてる。ふたりとも森から逃げたが、深刻な後遺症を負った」

そのときサラは、トゥロンの解剖報告書のなにが頭に引っかかっていたのか、ついに糸口をつかんだ。「レスリー・トゥロンは例外のように感じるの。遺体には犯人の手口の特徴が残ってた――性器損傷、脊髄損傷、青い液体――でも、彼女は襲われて三十分以内に殺されて、性器を傷つけられた。徐々に命を奪われたのではない。犯人はなにもかも一度にやっている」

「一切合切やったわけね」アマンダはまとめた。

「犯人はパニックに陥ってたんじゃないか」ニックが言った。「トゥロンは目撃者かもしれないだろ」

サラはまだ考えていた。「トゥロンの血液や尿からロヒプノールが検出されなかったことが引っかかるの。ロヒプノールは代謝が早いけれど、死亡後は体の代謝機能が止まる。だから、胃の内容物から検出されるはずなの。唇が青く染まっていたけれど、おそらくそれは故意につけられたものよ。いま思い返せば、あの現場でなにより印象に残っているのは、わざとらしく仕立てあげられた感じがしたことなの。仕立てあげたのはベッキーを襲った犯人よね。そういうことをする意味がわからない。でも……重要な違いのような気がする」

ニックは言った。「ジェフリーは、犯人があわてていたと考えていたぞ。犯人は警察が自分を捜していることは知っていたはずだ。キャンパスは警官だらけだったし、町中が警戒態勢だったからな」

サラはまだ気になっていることの核心をつかめずにいた。「レスリーを襲ったのが別の人間だったと言いたいわけじゃないんだけど、動機は違ったのかもしれないとは思うの。ネックが折れるほどの力でハンマーを蹴りこんだ。それは怒りのこもった行動のように思える。いまのところ犯人についてわかっている事実のなかには、彼が衝動的な怒りを抑えられないタイプであることを示すものはない。むしろ、自制心が働くタイプと考えられる」

ウィルが言った。「ハンマーの柄を折るには相当な力がいる。何度も蹴らないと折れない」

アマンダが言った。「レスリー・トゥロンのヘアバンドがなくなった。この事実さえなければ、犯人の顔を知っているから殺されたという説に納得できるんだけど」

「ジェラルドはそのことについては曖昧な言い方をしてた、そうでしょう?」フェイスが言った。「レスリーがルームシェアをしていた学生たちは、たぶん学期の最初に知り合った子たちよね。子どもってしょっちゅう人のものを勝手に借りるのよ。あたしも、いつもいらいらさせられる」

「では、ヘアバンドは共通点から排除しましょう。サラ、どう思う?」

「犯人は以前から自分の痕跡を消すことに関しては徹底していましたよね。トミ・ハンフリーのときは、ＤＮＡを拭い取るための布を持ってきていた。その後の被害者は、事故死に見えるように、入念に偽装した」ようやく頭がフルに回転しはじめた。「考えてみて。犯人は、レスリーの現場には絶対に見落とされることのない証拠をこれ見よがしに残した」

フェイスが言った。「ハンマーの柄にはメーカーの品番がついていた」

アマンダはウィルに尋ねた。「それはめずらしいことなの？」

「はい。普通は金属のヘッド部分に刻印されています」

フェイスはノートを取り出した。完全にやる気を取り戻している。「AたすBはC。トミを襲った人物がベッキーを襲い、レスリーを襲った」

ニックが言った。「ただ、ダリル・ネズビットは間違いなく犯人だと見られていたんだ。彼に不利な証拠があった」

「よし」アマンダが言った。「そこを見なおしましょう。彼に不利な証拠とは？」

「ほとんどはレスリー・トゥロンの現場で見つかったものです」サラはジェフリーがノートにまとめていた事実をあげていった。「レスリーの体内に残っていたハンマーは特定の用途に使われるものだった。ダリルは、アクスル・アボットが服役しているあいだに、彼の道具箱を好きなように使うことができた。ダリルはあの森をよく知っていた。フェリックスと大学キャンパスでスケートボードをしていた。防犯カメラには、ふたりが図書館の前で練習しているところが映っていた。ダリルはレスリー・トゥロンの殺害現場からすぐの消防用道路のそばで働いていた。カタリノとトゥロンと連絡を取っていたプリペイド携帯が自宅から発見された」

フェイスは言った。「ひねくれたことを言ってもいいかな。ダリル・ネズビットが暴行と殺人の罪ではなく、児童ポルノ所持で服役しているには理由があるんだよね。それらの証拠は状況証拠でしょう。いや、証拠にもならない」

振り返れば、サラもそのとおりだと思った。八年前はジェフリーだけでなく、自分もネズビットが犯人だと確信していたのに。

アマンダがサラに尋ねた。「トゥロンの資料に入っていた動画にはなにが映っていたの？」

「まだ見ていないんです」サラはあらかじめひとりで見て心の準備をしておきたかったが、もはや無理だ。

サラは大きなテレビへ歩いていった。ウィルがいつもばかにしたような目で見ているビデオデッキが、ついに本領を発揮するときが来た。サラはビデオテープを挿入口に差し、押しこんだ。リモコンを取った。細いコードをほどきながら座った。再生ボタンを押した。

つかのまジグザグの静止画像が映り、それから動き出した。

ウィルが立ちあがった。彼がダイヤルを少し調整したとたん、サラは不意に八年前の自分の姿を見ていた。

まず思ったのが、やけに若く見えるな、ということだった。髪はいまよりつややかだ。肌もなめらか。唇もふっくらしている。

白いTシャツにグレーのパーカーをはおり、ジーンズをはいている。両手は検査用手袋に包まれている。髪はひとつにまとめてある。若いころのサラはカメラを見て日付と時刻と場所を言った。「わたしはドクター・サラ・リントン。ここにグラント郡検死官のダン・ブロックと警察署長のジェフリー・トリヴァーがいます」

サラは唇を嚙み、若いころの自分が名前を呼んだ人物の顔が順番に映るのを見ていた。ジェフリーはチャコールグレーのスーツを着ていた。口と鼻をコットンのマスクで覆っている。緊張した面持ちだ。三人とも緊張している。

若いころのサラは予備検査に取りかかると、ペンライトで眼球の点状出血をチェックし、頭部の向きを変えて側頭部の丸くて赤い痣を観察した。

「たぶんこれが一発目」と、若いころのサラが言った。

いまのサラは、生きて呼吸をしているサラは、ウィルを見て表情を観察し、彼がなにを考えているのか推測したかった。

でも、それはできない。

画面が傾いだ。焦点が合わなくなった。ジェフリーの白いマスクがぼやけて見えた。遺体が発する排泄物のにおいをまだ覚えている。涙が出てくるほどひどいにおいだった。レスリー・トゥロンの青く染まった上唇をじっと見つめる。それまでサラは、一定の時間をかけて飲み物を飲んだときのような染みが残っているものと思っていた。いまにして思えば、青い液体で唇を濡らし、そのまま乾かしたような染みだ。

「障害物？」ブロックの声はひときわ大きかった。カメラをまわしているのは彼だ。

サラは若いころの自分が説明するのを聞いていた。確信に満ちた口調。八年後のいま、サラはこれほど確信を持って話すことはめったにない。この八年間を生きてきた代償として、絶対に間違いないと言いきれるようなことなどほとんどないと、つくづく思うようになった。

ジェフリーが言った。「犯人は被害者を麻痺させようとしたらしい」

サラの喉に塊がこみあげた。心の準備をする時間がなかったせいで、ジェフリーの声をふたたび聞くことになるのを忘れていた。声はあのころと同じ深い響きがした。以前はその響きに胸の鼓動が乱れるのを感じていた。

若いころのサラがレスリー・トゥロンのシャツをめくり、肋骨の骨折を発見した。

サラは視線をさまよわせ、ビデオデッキの点滅する時計の数字に目をとめた。

「これを近くから撮って」昔の自分がブロックにそう言ったのが聞こえた。

サラは口をあけて、深く息を吸った。ウィルの視線を感じた。彼が頭のなかでくよくよと考えていることが聞こえるようだった。ウィルはジェフリーより少しだけ背が高いが、ジェフリーのような正統的な美男子ではない。ウィルのほうが体を鍛えている。ジェフリーのほうが自信に満ちていた。サラはウィルに心を奪われている。そして、いまだにジェフリーにも？

画面上でブロックが言った。「よし」

サラは目をあげて画面を見た。ブロックと自分が協力してレスリー・トゥロンを横向けにしていた。ジェフリーがカメラをまわしている。彼はズームアウトして、遺体全体をとらえた。レスリーのむき出しの臀部に土や小枝がこびりついていた。若いころのサラが、犯人がパンツをはかせようとしたのかもしれないし、そうでなければレスリーが自分でそうしたのかもしれないと話している。

「待って」フェイスが立ちあがった。「止めて。巻き戻して」

サラはボタンを探したが、フェイスにリモコンを奪われた。

「ここよ」フェイスはスローモーションに切り替えた。「木立のそば」

サラは眉間に皺を寄せた。画面の奥、十五メートルほどむこうに人だかりができていた。黄色い非常線のむこうに立っている。ブラッド・スティーヴンスの顔はよく見えないが、糊のきいた制服、不器用そうな歩き方から、野次馬を整理しているのは彼だとわかる。

「この男」フェイスが画面を一時停止させた。集まった学生たちのなかにいるひとりを指さした。「黒いニット帽をかぶってる」

黒いニット帽はわかるが、顔はぼやけていた。

フェイスは言った。「レナのノートには、カタリノの発見現場でレスリー・トゥロンが証言したことが書かれていた。トゥロンは、森で三人の女性とひとりの男性を見かけたと言ってるの。男の特徴は覚えていない、ただし、学生で黒いビーニーキャップをかぶっていた」

サラはテレビの前へ歩いていき、近くから映像を見た。ビデオテープは古く、デッキはもっと古い。画素が荒く、男の顔ははっきりしない。「ブラッドは知ってるからブラッドだとわかるけど、ほかはだめ」

フェイスはすがるような目でアマンダを見た。

アマンダは唇を引き結んでいた。この映像を拡大する方法はないに等しい。だが、フェイスのために言った。「ITに見てもらいましょう」

　フェイスはビデオを止めた。取り出しボタンを押した。「いますぐ下へ持っていきます」

「行きなさい」アマンダは腕時計を見た。「ロビーで待ってるわ」

　フェイスはバッグをつかんだ。サラは廊下を走っていく足音を聞いた。ここにいる全員と同じで、サラもいても立ってもいられなかった。

「ウィル」アマンダが言った。「明日はフェイスにオフィスで仕事をさせたいの。電話をかけなければならないところが山ほどあるから。十三の管轄署とやり合わなければならないのよ。明日の朝七時にわたしのオフィスに集合して、分担を決めましょう。いい？」

「了解です」

　ニックとウィルはそろって「了解」と言った。

「ニック、聞いていなかった部分はウィルに聞いて。最後は全員に。帰って寝なさい。今日は大変な一日だった。でも明日のほうがもっと大変よ」

　サラはレスリー・トゥロンの検死解剖の記録を集めはじめた。ウィルがニックに捜査本部を立ちあげる話をしているのを聞くともなく聞いた。ポケットのなかで携帯電話が振動した。母親だといいのだがと思った。これ以上、トミ・ハンフリーを見つけるのを先延ばしにはできない。

　メッセージはブロックからだった。クエスチョンマークのあとに——

これはキャシー宛？　よかったらぼくも調べるよ。

母親にメッセージを送ったつもりが、うっかりブロックに送っていたのだ。サラはすぐさま謝罪のメッセージを返信し、文面をコピーしてペーストし、キャシーに送りなおした。

意外にも、すかさず返信が届いた。

スウィートハート、すでにネルソン牧師に伝言しておいたわ。知ってのとおり、もう遅い時間だから、普通の人は電話をかけてこない。でも、アダムが亡くなったあと、デリラは再婚してよその州へ引っ越したんじゃないかとマーラは言ってた。父さんがよろしくって。愛してる――母さんより。追伸・どうして妹と喧嘩したの？

サラは追伸を見つめた。テッサは母親に喧嘩中だと話したのだ。つまり、認めたくはないが、状況は危機的だということだ。

「どうかしたのか？」ウィルが尋ねた。

サラは顔をあげた。ニックの姿はなかった。自分とウィルのふたりしかいない。「母にトミを捜してもらってるの」

ウィルはうなずいた。

そして、そのままそこに突っ立って待っていた。

サラは言った。「大変だったのね――キャリー・ザンガーのこと。きっと――」

「今日、グラント郡に帰ったんだろう」ウィルは空のファイルボックスを抱えてデスクに置いた。「だれかに会った？」

「いいえ、ヴァン・ドーンのご両親に会うために、早く帰ってこなければならなかったから。それなのに渋滞に巻きこまれて、なかなか抜け出せなかった」サラは一瞬、ウィルに隠しごとをしているような気がして後ろめたくなった。正直に話すことにした。「貸倉庫は墓地の向かいにあるの」

ウィルはファイルを集めて箱のなかに入れた。

「墓地には行かなかった」以前はたびたび墓を訪れていたが、穏やかに生きていくために数年前にやめた。「一年に一度、お花を供えに行く。それは知ってるでしょう」

ウィルは言った。「ビデオに映っているきみを見ていると、なんだか不思議な感じだった。違う人のように見えたよ」

「八年分、若かったもの」

「そういう意味じゃないよ」ウィルは箱を閉じた。もっとなにか言いたいことがあるようなのに、結局はこう言った。「疲れたな」

それが肉体的な疲れなのか、ゆうべ出ていったときと同じ疲れなのか、サラにはわからなかった。

「ウィル――」

「これ以上、話したくないんだ」

サラは下唇を噛んで震えをこらえた。

「帰ってピザを注文して、テレビを見ながら眠りたい」

サラは喉に詰まった綿を呑みこもうとした。

ウィルは振り返った。「一緒にそうしてくれる?」

「ええ、よろこんで」

25

グラント郡
木曜日

ジェフリーはフランクを見つめるのが精一杯だった。「いまなんて言った？」

「学長から電話があった」フランクはもう一度言った。「またひとり、学生がいなくなった。ロザリオ・ロペス、二十一歳、五時間前から行方がわからない」

ドアが開く音が聞こえた。レナがモニタールームから出てきた。ブラックベリーを持っている。

フランクはジェフリーに言った。「チャック・ゲインズがキャンパスじゅうを捜させている。森も捜索中だ。学長がボランティアを集めてる」

「かならずふたり組で行けと伝えてくれ」ジェフリーは冷や汗をかいていた。三日間に三人の学生。悪夢が現実になっている。「ジェファーソンとホワイトをパトロールから呼び戻せ。捜索隊にくわえろ。それとは関係なく、あんたにはダリル・ネズビットの情報をできるだけ集めてほしい」

「ネズビット?」

「逮捕歴がある。養父が――」

「ちょっと待て」フランクはノートを取り出した。「よし、いいぞ」

「ダリルには養父がいて、いまは州立ウィーラー刑務所で服役している。通称アクスル、ラストネームはアボット。アヴォンデールに自宅があって、ダリルはそこに住んでいる。税務記録を調べてくれ。自宅の見取り図か、せめて敷地の図面がほしい。マットを自宅へ行かせて、外から様子を探らせろ。パトロール組の残りには、黒っぽいバンの捜索は中断すると伝えてくれ。無線は使うな。ダリルに傍受されないとも限らない」

フランクはまだメモを取っていたが、ジェフリーはレナに向きなおった。

レナは言った。「メミンジャー郡警察に電話をかけました。フェリックスは、カタリノとトゥロンが襲われた朝はトラ箱でぐっすり眠ってました。昼過ぎまでいたそうです。彼じゃありませんね」

ジェフリーはレナに言った。「一緒に来い」

ふたりは取調室に戻った。フェリックス・アボットは顎のにきびをいじっていた。「おい、いつおれは帰れる――」

ジェフリーはフェリックスの胸ぐらをつかみ、壁に叩きつけた。

「なにすんだ――」

フェリックスの喉に前腕を押しつけ、彼を宙に吊りあげた。「よく聞け。いまのおまえは役に立つか立たないか、ふたつにひとつだ。わかるか?」

フェリックスは口を大きくあけて空気を吸おうともがいていた。懸命にうなずいた。

「ベッキー・カタリノ。レスリー・トゥロン」

フェリックスは目を見ひらいた。しゃべろうとしたが、喉がつぶれている。

ジェフリーは数センチ腕をおろした。「ふたりを知ってるな？」

「そいつらは――」フェリックスはあえいだ。「学生だ」

「ダリルの電話番号がふたりの携帯に残っていた。なぜだ？」

フェリックスは必死に息を継いだ。足をばたつかせた。唇が青くなっていた。絞り出すように言った。「草だ」

「ダリルはベッキー・カタリノとレスリー・トゥロンにマリファナを売っていたんだな？　売人か？」

フェリックスのまぶたが震えだした。「そ、そうだ」

「いつからやってる？」

フェリックスはむせた。

「いつから大学でマリファナを売ってるんだ？」

「な、何年も」

「ロザリオ・ロペスは知ってるか？」

「なに――」口をぱくぱくさせた。「わから――」

ジェフリーは彼の目をにらんだ。「ロザリオ・ロペスを知ってるのか？」

「おれ――」ジェフリーの腕が喉に食いこみ、フェリックスはまた息を呑んだ。「知らない」

ジェフリーは腕を離し、フェリックスを床に落とした。

彼は両膝で着地した。顔を真っ赤にして咳きこみはじめた。

ジェフリーはレナに言った。「テーブルに手錠でつなげ。ひとりにしろ。電話はかけさせるな。水を持ってきてやれ。ドアに鍵をかけろ。終わったらおれのところへ来い」

「はい、署長」

ジェフリーはシャツで両手を拭いながら点呼室へ向かった。ブラッドがパソコンの前にいた。マーラは電話中だ。ジェフリーは部屋じゅうに電気が流れているのを感じた。またひとり学生がいなくなった。今度こそ殺人犯を追い詰めることができるかもしれない。

「マットがアボットの家に向かってるぞ」フランクが署長室から出てきた。ノートを見ていた。「ダリル・エリック・ネズビット。二十八歳。最近はおとなしくしているが、メミンジャーのおれの友達によれば、非行歴はおれのいちもつ並みに長い」

「どんな？」

「いかにもデューーロリーだ――喧嘩、万引き、無断欠席。だが、これはやばい。十五のとき、六歳のいとこのベビーシッターをした。その子が帰宅したら下着に血がついていた。母親は警察に訴えたが、親族に説得されて取りさげた」

性犯罪者。前科あり。被害者の知り合い。

ジェフリーはトミ・ハンフリーのことを考えた。彼女はダリル・ネズビットの知り合いだろうか？　それとも、ダリルはキャンパスで彼女を見かけて、狙いを定めたのだろうか？

「署長」ブラッドがパソコンを指さした。

ジョージア州の運転免許証から取ったダリル・ネズビットの顔写真が表示されていた。見るからに犯罪者の顔だ。脂ぎった髪。狡猾（こうかつ）そうな目。マグショットのようにカメラをにらみつけている。

ブラッドは言った。「ネズビットには免許の期限切れで未払いの罰金があります」

「車はバンか？」

「トラックでした。一九九九年型シボレー・シルバラード。郡が押収しています。アヴォンデールの自宅も発見しました。ウッドランド・ヒルズのベネット・ウェイです」

ジェフリーは黒い壁一面を占めている大きな州地図の前へ歩いていった。ウッドランド・ヒルズは、まさに法を守らない自動車工が住んでいそうな地区だ。「番地は？」

「三四六二です」

ジェフリーは通りを指でなぞった。黄色い付箋で目印をつけた。ネズビットの現住所の裏手には家屋が数軒並んでいた。さらにその裏から数キロ先の湖畔と大学キャンパスまで森が広がっている。

いい、いい、いい。

犯罪現場に隣接している。

「自宅は二階建てだ」フランクがブラッドの肩越しにモニターを見ていた。「税務記録には敷地の図面と設計図が載っている」

ブラッドはキーを叩いた。「プリントアウトします」

プリンターからジェフリーが引き抜いた紙は、まだ温かかった。建物の正面図。一九五〇年代のケープ・コッド・スタイルで、四角い玄関ポーチがあり、眉毛のようなふたつの屋根窓が屋根から突き出ている。

二ページ目が出てきた。一階の見取り図。ジェフリーは紙の上下をひっくり返し、玄関を自分のほうへ向けた。裏口の位置は真正面だ。

玄関から入ってすぐ、左手がリビングルーム。右手にダイニングルーム。短い廊下の両側に物入れと階段。その先、左手に書斎。右手にキッチン。裏口を出ると階段がある。

レナがやってきたとき、プリンターは三枚目のページを吐き出していた。

二階。四室。一室だけほかより広い。各部屋に窓が二箇所。小さなクローゼット。天井は屋根に沿って傾斜しているはずだ。廊下の突き当たりにバスルーム。バスタブ、便器、シンク、小さな窓。

三枚目には地下室の見取り図も載っていた。二階へあがる階段の下に地下室に通じる階段がある。図面では、広い空間の一角に機械室がある。四角形の印は支柱と基礎の位置を示している。違法な改築は税務記録には載らないから、地下室に部屋があってもおかしくない。小部屋か洗濯室、ひょっとするとロザリオ・ロペスを閉じこめた檻があるかもしれない。サラによれば、犯人は犯行のたびに学んでいる。カタリノとトゥロンの犯行から、プライバシーが必要だと学んだのではないか。

「署長」マーラが点呼室の反対側から呼んだ。「マットから三番に電話よ」

ジェフリーはスピーカーフォンにした。「いまどこだ？」

「ネズビットが家に入るのを見た。買い物袋をふたつ持っていた——ひとつはバーガーキング、もうひとつはホームセンターの袋だ」

ジェフリーは胃が硬く縮こまるのを感じた。ハンマーはレスリー・トゥロンの体内のなかに残されていた。犯人は新しいものを必要としているだろう。

マットは言った。「ダリルは古いカーゴバンに乗っている。チャコールグレーのGMC・サバナだ。ナンバーは四九九XVM」

ブラッドがキーを叩きはじめた。「ヴィンセント・ジョン・アボットの名義で登録されています」

「養父のアクスルだ」フランクが言った。「三カ月前からウィーラー刑務所に服役しているのは確認ずみだ」

マットは言った。「地下室は完全に地下にある。外部から入れる入口はないが、両側に二箇所、ホッパーがある」

ホッパーとは蝶番で開閉する横に細長い窓で、喚起に使われる。小さすぎて大人はもちろん、小柄な女性でも通り抜けることはできない。

「前を車で通っただけだが、ガレージのなかがちらりと見えた。シャッターがあいていたんだ。なかには縦横百五十センチくらいの道具入れのワゴンがあった。抽斗がたくさんあるやつだ。緑と黄色の縞模様で」

フランクが言った。「ブロウリーの色だな」

レスリーの体内から見つかったハンマーのメーカーだ。

凶器が身近にあった。

ジェフリーは最後のページを見た。敷地の広さと家屋の位置を示した図だ。母屋のほかに二軒の離れがあった。一軒は母屋のリビングルーム側にあるガレージ。もう一軒は、裏口から四メートル半ほど離れた位置にある小さな納屋。

ジェフリーはマットに言った。「裏に納屋がある」

「通りからは見えない」

「家の真後ろにあるんだ」ジェフリーは壁の道路地図を見た。黄色い付箋の上を見つめる。

「双眼鏡はあるか？」

スピーカーフォン越しに、マットが動く音がした。カチッ。グローブボックスが閉まった。「あった」

「ベネット・ウェイの裏にヴァリー・リッジという道がある。通り沿いの家の敷地は奥行きが浅い。ヴァリー・リッジから納屋が見えるかもしれない。電話は切らずに待ってるぞ」

マットがブロックをまわる音が聞こえた。警察無線の音は絞っていた。マットは咳払いをした。停止の標識でブレーキを踏む音。両手がハンドルをまわす音。

耐えがたいほど空気が張りつめていた。全員が電話を見つめて待った。ブラッドは椅子の上で向きを変えていた。レナはいまにも走りだしそうな構えで身を乗り出している。フランクは座って両手をきつく握り合わせていた。いまパトロール中の巡査は八人。ふたりは大学の裏手の森を捜索している。つまり、ジェフリーが動かせるのは十人だ。

頭のなかで作った表をもう一度さらった。

性犯罪者。前科あり。被害者の知り合い。犯罪現場に隣接している。カタリノとトゥロン**を知っている。黒っぽいバンに乗っている。凶器が身近にあった。消防用道路に近いUストアの建築現場で働いていた。**

バンの特徴はトミ・ハンフリーの証言からわかったことだ。正式な供述調書はない。Uストアとのつながりは、ニックネームにもとづいたもので確実ではない。ダリルの電話番号がふたりの被害者の携帯電話に残っていたのは、マリファナの売買のためだったかもしれない。

ダリル・ネズビットの玄関ドアをノックする相当な理由はあるが、強制捜査に踏み切るには充分ではない。手続き上の理由でネズビットを逃がすリスクは冒せない。

だが、もうひとつ。

ロザリオ・ロペス。学生。五時間前から行方がわからない。

汗が背中を伝い落ちた。現時点では、ダリルとロザリオ・ロペスのあいだに明らかな接点はない。直感では間違いないと思うが、直感を根拠に令状を出してくれる判事はいない。

デスクの電話に目を戻した。マットがまた咳払いをした。時間がかかりすぎている。ウッドランド・ヒルズまではここから五キロもない。部下ひとりに近所をうろつかせているあいだに、ロザリオ・ロペスが拷問され、麻痺られ、レイプされていたらどうする？

また胃袋がぎゅっと縮こまり、腹筋が痙攣(けいれん)した。

トミ・ハンフリーの話から、犯人がどんなことをするのかわかっている。レスリー・トゥロンの遺体は、犯人の嗜虐性をまざまざと見せつけていた。またひとり、女性が錐で首を刺されるかもしれないのに、警官がうろうろしているだけでいいのか？

「着いたぞ」ついにマットが言った。「双眼鏡で見てる。納屋の屋根が見える。スキーのジャンプ台みたいな傾斜がついていて、くそっ――」

電話越しに甲高いブレーキ音が聞こえた。

「納屋の裏側に窓がある。塗りつぶされていて、外側に柵が――やばい。側面のドアが見えるが、ドアにも柵がついている。南京錠も」

ジェフリーは、室内の空気が首吊り縄のようにピンと張りつめるのを感じた。

ロザリオ・ロペスは納屋のなかに閉じこめられているかもしれない。

マットが言った。「踏みこむか？」

「まだだ」マットをひとりで行かせるわけにはいかない。ジェフリーは地図の前へ戻った。道路を指でたどった。「ホリスター・ロードに車をとめろ。ネズビットが家を出たら、かならずそこを通る。電話はつなげたままにしろ。こっちの様子が聞こえるようにしておくんだ」

「了解」

「マーラ。携帯電話を使ってくれ。ランドリー、チェシャー、ドーソン、ラム、ヘンドリクス、シュローダーに、マットのいる場所へ集合しろと伝えてくれ。回転灯はつけてもいいが、サイレンは鳴らすな」

マーラは電話に向きなおった。

ジェフリーは手近なデスクの上のものを腕で払いのけた。床に紙やペンが散らばった。家の図面を広げた――正面図、一階見取り図、二階見取り図、敷地の見取り図。ペンを取った。「みんな聞いてくれ。それぞれに役割を与える。マット?」

「聞いてるぞ」

「ヘンドリクスと組め。玄関側から窓と建物側面のホッパーを見張るんだ。近づきすぎるな。ネズビットを驚かせたくない」

マットは言った。「玄関の向かい側に車がとまってる。その後ろに隠れられる」

「よし。レナ、きみは玄関ドアをノックしろ」

レナはぎょっとした。

「おれがすぐ後ろについている」ジェフリーは説明した。「きみはドアをノックする。ネズビットに、期限切れの免許の件で話をしに来たと言うんだ」

衝撃が少しやわらいだようだ。ジェフリー・トリヴァーは交通ルールを守ることにかけてはまったく手本にならないと、郡のだれもが知っている。ジェフリーが払った罰金が署の収入の半分を占めているくらいだ。

「ネズビットを刺激するな。決まりなので来ただけで、大きな問題ではないと言うんだ。任意で署へ同行して罰金か保証金を払えば一時間で帰れると話せばいい。やつがついてくればこっちのものだが、拒否されたら引きさがれ」

レナは驚いたように口を開いた。「いいんですか、それで?」

「家に入るには相当な理由が必要だ」ジェフリーは慎重に言葉を選んだ。「フェリックスは、ダリルがカタリノとトゥロンにマリファナを売ったと証言した。ひょっとすると、ダリルがドアをあけたときにマリファナのにおいがするかもしれない。あるいは、家のなかで物音がするかもしれない。家に入った理由を検事にはっきりと説明できなければならないんだ」

レナはゆっくりとうなずいた。その場にいるだれよりも、レナはジェフリーの意図を理解していた。

「レナ、家に入る相当な理由があると確信したら、おれに合図をしてさがれ。おれが最初に踏みこむ」ジェフリーは一階の図面を取った。廊下にバツ印を描いた。「レナ、ここが要衝だ。ネズビットが地下へおりるにせよ、二階にあがるにせよ、ここにいれば見通せる」

レナは唇を引き結んでうなずいた。

「ここはコート用クローゼットだ」丸で囲んだ。「なかを確認するまでは背中を向けるな。窓、ドアもだ。いいな?」

「はい、署長」

「ブラッド」ジェフリーはペンで裏口を叩いた。「きみは家の裏手の担当だ。ランドリーと組め。ヴァリー・リッジから接近するんだ。側面の窓に注目しろ。だれも外に出すな」

ブラッドは怯えていたが、それでも返事をした。「はい、署長」

「ドーソンとチェシャーはベネット・ウェイの両端に配置する。シュローダーとラムは、念のためにヴァリー・リッジを封鎖する。フランク、納屋を頼む」

フランクの顎に力が入った。

ジェフリーはフランクの肩をつかみ、どちらが上司か思い出させた。傷ついたプライドの手当をしてやる余裕はないし、フランクが二十歩以上走ったら息を切らすせいでダリル・ネズビットを取り逃がすわけにはいかない。「ロザリオ・ロペスが納屋のなかにいたら、あんたに第一発見者になってもらいたい」

フランクは信じなかった。「レナがノックして、ネズビットがドアをあける。感づいてレナを引きずりこんで人質に取ったらどうする？」

「そうしたら、ネズビットがドアを閉める前におれがひたいに一発撃ちこむ」

ジェフリーはポケットから鍵を取り出しながら武器庫へ向かった。ショットガン二挺、弾丸、カートリッジ、スピードローダー、防弾ベストを取り出し、全員に配った。

レナはぶかぶかの上着を脱いだ。ベストを着用した。前身頃はレナの体の幅より広かった。後ろ身頃は尻をすっぽり隠している。

ジェフリーは身頃の板を調整してやった。ストラップを締めて面テープをとめた。レナは両腕を開いてじっと立っていた。ジェフリーは子どもに服を着せてやったことはないが、たぶんこんな感じなのだろう。視線をレナと合わせた。レナは不安そうだが、同時にやる気をみなぎらせていた。だから、彼女を採用したのだ。危険。作戦行動。ジェフリーは、はじめて制服を着たころの自分、実力を証明しようと躍起になっていた自分をレナのなかに見ていた。あのころ以来、鏡のなかに同じ男を見たのは、結婚式のスーツを着たときだけだ。

「行くぞ」

ジェフリーはグロックの薬室に銃弾が入っているのを確かめながら、レナのあとから外に出た。

顔をあげ、日差しに顔をしかめた。いつものように、視線は児童診療所に落ちた。いつものように、サラのＢＭＷがショールームのアングルでとまっている。ジェフリーは口に触れた。折れた鼻から漏れた血が固まっていた。

助手席に座ったレナは防弾ベストに呑みこまれそうになっていた。車内はメイン・ストリートに出るまで静かだった。

レナが尋ねた。「わたしがドアをノックする役目になったのは、彼が女なら油断すると思うからですか？」

「絶対に突っこまれないような、相当な理由が必要だからだ」

レナは一度だけうなずいた。嘘をつく能力を見こまれたのだとわかっているのだ。

「彼はマリファナの売人。わたしはマリファナのにおいを嗅ぎつけた」レナはジェフリーの指示を繰り返した。

「それでいい」

ジェフリーはハーツデールとアヴォンデールの境の急カーブを曲がった。歯を食いしばりすぎて、痛みが走った。一秒一秒がネズビットに逃げるチャンスを与えてしまう。納屋へ行く時間を。通りを歩いていく時間を。ハンマーを携えて森へ行く時間を。

三人の女性が。三日間で。

四人目は阻止しなければならない。

グラント郡警察のパトカーが六台、ホリスター・ロードの入口に集まっていた。マットがランドリー、チェシャー、ドーソン、ラム、ヘンドリクス、シュローダーに指示を出している。手にはブラックベリー。ネズビットの運転免許証の顔写真を見せている。全員が防弾ベストを着用していた。銃の準備はできている。ショットガンは装弾ずみだ。彼らはいつものやり方で緊張を紛らしている——たがいに押し合ったり、その場で体を揺すったりしているが、体の内側ではばねのようにとぐろを巻いたはらわたがいまにも飛び出そうになっている。

フランクとブラッドがジェフリーの車を追い越した。いったん停止してランドリーを拾い、ヴァリー・リッジへ向かった。三名の持ち場は家の裏だ。正面に四名。一帯の道路を四台のパトカーが封鎖する。

不足はないだろうか？

ジェフリーはスピードを落として車を止めた。全員の目を見たかった。

「無線は使わない。三分以内に位置につけ」

「了解」軍隊の小隊のような応答だったが、ひとりひとりはだれかの夫であり、息子であり、ボーイフレンドであり、父親であり、兄弟だ。そして、彼らを前線に送りこむ者として責任を負うのはジェフリーだ。

ジェフリーは彼らがグループに分かれるのを見ていた。四台のパトカーが出発した。マットとヘンドリクスは、両手でグロックのホルスターを脇腹に押さえつけながらダリルの家へ走っていった。

ジェフリーは腕時計を見た。三分間を無駄なく使って準備をしてほしかった。訓練どおりに動かねばならない。位置につき、深呼吸をして、アンフェタミンさながらに血管にほとばしるアドレナリンを調節しなければならない。

レナが口をあけて息を吸いこむのが見えた。

「ベストは大丈夫か？」

レナはうなずいた。顎が襟ぐりにぶつかった。

「明日の朝、備品のカタログを見よう。きっとピンクのベストもあるぞ」

レナはむっとしたが、ジェフリーが冗談を言ったことに気づいたようだ。もう一度、深呼吸をした。ジェフリーに微笑を返した。頬が引きつっていた。

「きみには無理だと思ったら、ここへ来させることはなかった」

ふたたびレナの喉が動いた。彼女はもう一度うなずいた。窓の外を見て待っている。

ジェフリーは腕時計の秒針を見つめた。「よし」

時速五十キロを超えないスピードでベネット・ウェイを走った。マットとヘンドリクスがネズビットの家の向かいにとめた古いシボレー・マリブの陰にしゃがんでいるのが見えた。ジェフリーは、チャコールグレーのバンのすぐ前にタウンカーを止めて封じこめた。

家を見あげた。正面の窓のブラインドがあいていた。ポーチの照明が点灯している。ガラス窓から外を覗いている顔はない。

ジェフリーは、大丈夫だと自分に言い聞かせた。ネズビットはドアをあける。レナは外に出るよう彼に言う。手錠を出す。ロザリオ・ロペスを発見する。ダリル・ネズビットを二度と這い出てくることのできない穴へ放りこむ。

「きみが先に行け」

レナはドアハンドルに手をかけた。もう一度、深呼吸をしてドアをあけた。

ジェフリーはレナのあとから車を降りた。レナは気合いの入った顔でベストを引っぱりおろした。いつも軽犯罪者を逮捕するときのように振る舞うことにしたようだ。警官の仕事は惰性でやるものではないが、ほかとくらべて簡単な業務はある。たとえば、支払期日まで罰金を払わず、トラックを押収された男。六百ドルが署の収入になる。検挙のノルマがまたひとつ減る。ジェフリーはノルマなど否定するが。

レナはチャコールグレーのバンの脇を歩きながら、リアパネルを指でトンと叩いた。

ジェフリーも同じことをした。ガレージにちらりと目をやった。緑色と黄色の道具ワゴンは南京錠で施錠されていた。上に道具がのっているのが見えた。緑色と黄色のストライプ。砂を詰めてポリウレタンでコーティングした一・五ポンドのマレット。ブロウリーのデッドブロー・キットのなかの一本だ。

ジェフリーはホルスターのスナップをはずした。レナが玄関ポーチに立った。ジェフリーは階段の前で立ち止まり、両脚を開いた。ドアまでは三メートル半。ダリル・ネズビットが逃げようとするのに充分な距離。そして、ジェフリーが彼を取り押さえるのに充分な距離だ。

レナは振り向いてジェフリーの合図を待とうとはしなかった。腕をあげてドアを叩いた。

一歩退いた。そして待った。

変化なし。

十九まで数えたとき、レナがまたドアをノックした。

ジェフリーは頭のなかでゆっくりと数を数えた。ジェフリーはレナを正そうとした。これはパトロールの基本のキだ。ノックをしたらネズビットの名前を呼び、警察官だと告げなければならない。

「うるせえな！」だれかが家の奥でどなった。「なんだよ？」

足音。チェーンがすべる音。デッドボルトが引っこむ音。

ドアがさっと開いた。

運転免許証の顔写真を見ていたので、ジェフリーはその男がダリル・ネズビットだとわかった。脂じみた髪は松笠(まつかさ)色だった。黄色いジムショーツをはいている。ほかに身につけているのは青いライン入りの白いジムソックスだけだった。裸の胸は顔まで赤くなっている。三メートル以上離れていても、彼が勃起しているのがわかった。マリファナのにおいはしない。セックスのにおいがした。

レナが顎をあげた。においを嗅ぎつけたのだ。

「なんだ？」ネズビットは険しい目でレナを見おろした。「いったいなんの用だ？」

「ダリル・ネズビットね？」レナは尋ねた。

「ここには住んでねえよ」ネズビットは答えた。「先週、アラバマに引っ越した」

ドアが閉まりかけた。

レナは手をのばした。

一瞬のできごとだったので、ジェフリーはこう思うのが精一杯だった——

やめろ。

レナはネズビットの手首をつかんだ。ネズビットが後ろにさがり、レナはよろめいて引っぱられた。左足が敷居のむこう側に入った。つづいて右足も。レナは家のなかに入っていたが、そのまま前進した。ネズビットの腕がのび、すぐにドア枠の内側へ消えた。ナイフを持っているかもしれない。いや、銃かハンマーを。

ドアが閉まりはじめた。

ジェフリーは、気がついたときにはグロックをホルスターから抜き、引き金に指をかけ、ダリル・ネズビットの頭を狙っていた。

銃声が響いた。

ドアが閉まったと同時に裂けた。

ジェフリーはポーチの階段を駆けのぼった。ドアには鍵がかかっている。一歩さがり、ドアを蹴破った。室内は想像とはまったく違っていた。ダイニングルーム。リビングルーム。キッチン。そのどれもない。ドアだらけで、どれも閉まっている。

「左を通るぞ！」マットがジェフリーの脇を駆け抜けていった。ヘンドリクスがつづいた。銃声はまるで競技開始を合図するピストルだった。マットは薄っぺらいドアを壊して廊下に入った。ヘンドリクスがダイニングルームへ向かった。ジェフリーは一歩前に出た。足がなにか硬いものを蹴った。レナの銃が床をすべっていくのが見えた。

「レナ！」

ショットガンの発砲音がした。

ブラッド・スティーヴンスがキッチンへ転がりこんできた。

「レナ！」ジェフリーは階段を一段飛ばしにのぼった。途中で、二階で待ち構えているだれかに頭を吹っ飛ばされるかもしれないと気づいた。

上体を屈めて廊下を走った。バスルームにたどり着いた。振り向くと、ドアが四枚ある。すべて閉まっている。

レナが悲鳴をあげた。

ジェフリーは主寝室へ向かった。体当たりでドアをあけた。

レナはベッドのそばでぐったりしていた。頭から血を流し、木のデスクに倒れかかっている。ジェフリーは吐き気をこらえながら駆け寄った。おれの責任だ。おれの失敗だ。レナの命が。ジェフリーはレナの脈を確認した。指先に触れる頸動脈の拍動は、ジェフリー自身の鼓動よりわずかに遅くなっていた。

ジェフリーはさっと顔をあげた。

デスクの上のノートパソコンが目に入った。

子どもだ。

ジェフリーはこみあげた酸っぱいものを呑みくだした。室内を見まわした。安物のプラスチックのブラインドがかかった窓。クローゼットのドアはない。服が床に積み重なっている。カーペットにじかに置いたマットトレス。汚れた白いスポーツソックスがくしゃくしゃになって床に落ちている。

「署長！」マットが廊下の奥にいた。ブラッドがその後ろにいる。ふたりはほかの部屋のドアを壊しはじめた。

レナの小さな声がした。「ジェフリー？」

スローモーションになった世界で、ジェフリーは彼女のほうを振り向いた。

レナがジェフリーを名前で呼んだのははじめてだった。その声には奇妙に親密な響きが混じっていた。レナの腕が持ちあがった。手がふらふらと揺れている。

彼女は窓を指さしていた。プラスチックのブラインドが風に吹かれてかさかさと音をたてている。

「くそっ！」ジェフリーはブラインドを引き破った。窓の上半分がギロチンのように下半分のむこうにおりていた。

ジェフリーの目の前で、ネズビットは屋根から飛び出した。両腕が前にのびる。両脚が宙で自転車をこぐようにまわる。納屋の屋根にどさりと着地した。

ジェフリーは考える前に動いていた。

窓を蹴って落とした。一・五メートルほどの奥行きしかない張り出し屋根に飛び降りた。納屋までは三メートル。納屋の屋根はマットが言ったとおり、スキージャンプの踏切台のように傾斜している。

ジェフリーは助走をつけて思いきり飛んだ。

両腕をばたつかせた。着地時に踏ん張れるように足を広げようとした。いつのまにか、あらゆる失敗例を思い浮かべていた。屋根まで届かないかもしれない。ベニヤ板を突き破るかもしれない。屋根に倒れこむかもしれない。脚か腕か、それどころか首を折るかもしれない。

結局、右足のつま先で着地した。衝撃で体がねじれ、背骨に痛みが走った。左足でなんとか踏みとどまり、また右によろめき、とうとう屋根を転がり落ちた。そして、尻で着地した。

かぶりを振って、視界にちらつく星を追い払った。肺から一気に空気が出ていった。あたりを見まわす。

ネズビットは裏庭を走っていた。肩越しにジェフリーを見やり、フェンスをまたぎ越して隣家の裏庭に入った。

ジェフリーは立ちあがって彼を追いかけ、あえぎながらフェンスを跳び越えたが、草で足をすべらせた。頭がずきずきと痛んだ。背中が裂けているような気がする。体勢を立てなおして、家の脇を走った。

ダリルが通りを走っていくのが見えた。両腕を風車のように回転させながら急カーブを曲がってヴァリー・リッジに入った。裸足でアスファルトを蹴る。ジェフリーが角を曲がったときには、ネズビットは三十メートルほど先にいた。

「止まれ止まれ止まれ」ジェフリーは懇願するようにつぶやいた。

距離は縮まらない。ネズビットは足が速い。ジェフリーは通りにいるはずのドーソンを探した。パトカーとの距離は、フットボールのフィールドのゴールライン間ほど遠く感じた。ドーソンはネズビットに気づいていた。車を降りて彼のほうへ走っていく。

ジェフリーが安堵したのもつかのま、女性の悲鳴があがった。

ふたたび世界はスローモーションの映像に変わり、ジェフリーの周囲の家や木々は徐々に動かなくなった。

女性は車へ歩いていくところだった。ジェフリーは、彼女の口が大きく開いたのを見た。ネズビットが拳を振りあげた。

ジェフリーはどなった。「やめろ！」

手遅れだった。女性は地面にくずおれた。ネズビットは彼女の車のキーを拾いあげた。

ジェフリーは走りつづけた。

やっとのことで五メートルの距離を詰めるあいだ、ネズビットはあたふたと赤いステーションワゴンのドアをあけようとしていた。

さらに一・五メートル走るあいだに、ネズビットはエンジンをかけようとしていた。

ジェフリーは最後に残ったアドレナリンを振り絞り、ステーションワゴンの開いた窓目指して突進した。

最初に触れたものをつかむと、それはネズビットの脂ぎった髪だった。

「ちくしょ――」ネズビットはアクセルを踏みながらジェフリーを殴った。

ジェフリーはのけぞった。靴が路面をすべった。また一発パンチを食らい、もう一発食らった。不意に、ジェフリーの全身の筋肉が疲労に屈服した。ネズビットの髪が指をすり抜ける。

ジェフリーは舗道に倒れた。アスファルトでしたたかに頭を打った。早く立ちあがれとなにかに急かされた。両手を舗道につく。顔をあげる。

フロントガラスのむこうで、ネズビットの口がゆがんだ笑みになっていた。ジェフリーを轢こうとしている。ネズビットはアクセルを踏みこんだ。

ジェフリーは横に転がった。

ところが、ステーションワゴンは前進せずにいきなり後退し、縁石を乗り越えて向かいの家に激突した。

家だけではない。

ガスメーターに。

バーベキューグリルに点火したことのある男の例に漏れず、ジェフリーは燃料が引火するのを見たことがある。青と白に輝く炎には、ガスコンロの炎が燃えあがるときのように、陶然と眺めていたくなる美しさがあった。家の前のガスメーターの管には、もちろんガスが充満している。ジェフリーはなすすべもなく、一トンを超える金属の塊がガス管をぐにゃりと折るのを見ていた。マッチを擦ったように金属から火花が散り、あたりの空気がぱっと輝くさまに美しさなどなかった。

ジェフリーの両腕が顔を覆った。

熱い爆風が全身を取り巻いた。ガラスが割れた。車のアラームが鳴り響いた。耳がじんじんする。銅鑼のなかに頭が入りこんでいるような気がした。サウナのような熱。ジェフリーは立ちあがろうとした。バランスを崩し、アスファルトに膝をついた。

「助けてくれ！」

ネズビットがまだ車のなかにいた。閉じこめられている。脱出しようとがむしゃらに肩でドアを押している。

「署長！」ドーソンが十五メートルほど先にいた。両腕を振って走ってくる。

「助けてくれ！」ネズビットがわめいた。上半身が外に出ている。「助けて！」

ジェフリーはよろよろと通りを渡った。熱が顔に噛みついてきた。

「助けてぇ！」ネズビットが金切り声をあげた。背中を炎が舐めている。ドアの外に上体を出して地面を引っかいている。脚がなかに引っかかり、逃げられないらしい。「お願いだ！　助けてぇ！」

ジェフリーは炎をよけ、ネズビットの手首をつかんで引っぱった。

「もっと強く！」ダリルは自由なほうの足でハンドルを蹴りはじめた。

急激に炎の勢いが強くなった。車の塗料が熱で溶けていた。ガソリンタンクの底の平たい金属が赤く光っているのがジェフリーには見えた。

「引っぱってくれ！」ダリルが泣きついた。

ジェフリーは全体重を後ろにかけてのけぞった。

「やめろ！」ダリルが叫んだ。「うわあああ！　やめろ！」

なにかがポンとはずれる感覚があった。シャンパンのコルクが部屋のむこうへ飛んでいくような感覚。ジェフリーは仰向けに倒れた。上からダリル・ネズビットが落ちてきた。

ジェフリーは彼をどけようとした。もうすぐガソリンタンクが爆発する。

「署長！」ドーソンがジェフリーの両脇に手を入れた。炎から引き離す。顔に水をかけられた。だれかがジャケットで肩を包んでくれた。

ジェフリーは咳きこみ、黒い液体を地面に吐き出した。目が燃えている。肌もじりじりと痛い。両腕の毛は焼け焦げてなくなっていた。

「署長？」マットの声がした。隣にブラッドがいる。チェシャー。ヘンドリクス。ドーソン。

ジェフリーは寝返りを打った。喉に血が伝った。鼻がまた折れたようだ。首を横に向けた。

ダリル・ネズビットが仰向けになって両腕を広げ、目を閉じてじっと横たわっていた。

トミ・ハンフリーのように。

ベッキー・カタリノのように。

レスリー・トゥロンのように。

ジェフリーは肘をついて体を起こした。燃えている車まで、芝生の上を太い血の線がつづいているのが見えた。その線を逆にたどると、ネズビットにつながっていた。

シャンパンのコルク。

あれは、ダリル・ネズビットの足首の関節から先がちぎれた感覚だった。

26

アトランタ

ウィルはキーボードをぽつぽつと叩き、情報開示請求の申請フォームの最後の欄を注意深く埋めた。出勤の途中、ワン・ミュージアム・プレイスに立ち寄っていた。キャリー・ザンガーの自宅のあるコンドミニアムの管理人は、朝の五時に叩き起こされて不機嫌だったものの、ウィルの必要な情報はくれた。

管理人室には二年前のハードドライブは転がっていなかった。最先端のセキュリティ・システムが備わったビルの防犯カメラの映像は、クラウドに保存されていた。保険会社から暗号化したデータを五年間保存するように求められているからだ。ウィルは判事に、キャリー・ザンガーが拉致された日の前後各三カ月分の記録を閲覧する許可を求めるつもりだった。

ひとつひとつの単語を指でなぞってミスがないことを確認し、フォームを送信した。そして、ぐったりと椅子にもたれた。判事の許可がおりるまで四時間かかる。それから弁護士に連絡を取る。データが届くまでにおそらく一日かかる。二千時間を超える映像をチェックするには、ウィルの顔についているふたつの目ではとても足りない。

ウィルは時計を見た。アマンダは七時からミーティングを開始すると言っていた。判事を急かすよう、アマンダに頼んだほうがよさそうだ。とりあえず、忙しい一日がはじまるまであと八分休める。

四分間だけ悩むことにした。

まずはフェイスだ。彼女はキャリー・ザンガーの聴取ですっかり参ってしまった。ウィルとて同じだ。本部へ戻る車中はふたりともつらかった。フェイスは泣くのを我慢していたから。そしてウィルは、泣くのを我慢しているフェイスを見ていると、なにかをめちゃくちゃに壊したくなったから。

開いたドアのほうへ耳を澄ませた。フェイスのオフィスのドアは閉まっていた。彼女は十五分前に到着している。ごそごそ動いている音は聞こえるが、ここに顔を出さなかったということは、ひとりでいたいのだろう。

パソコンの時計を見た。一分経過。

次に心配な女性のことを考えた。サラだ。シェイ・ヴァン・ドーンの遺体発掘は簡単な仕事ではないだろう。だが、ウィルが心配しているのはそのことではない。ゆうべはサラとソファで眠った。胸にのっていたサラの頭がひどく重かった。だが、ふたりのつながりを思うたびに、ウィルの頭にはコンセントから五十センチ離れたところに落ちている延長コードのプラグが浮かぶ。

どうすればまたプラグを差しこめるのかわからない。

Uストアは墓地の向かいにあると、サラは話していた。ウィルは、ジェフリーの墓には行かなかったという彼女の言葉を信じているが、いつのまにか署長のことを考えている自分に気づくと、原始人のように彼女をかついでどこかの部屋に連れていき、鍵をかけて閉じこめたくなる。

いや、シリアルキラーのように。

ウィルはサラが指の関節に巻いてくれた絆創膏をいじった。自分がこんなに独占欲の強い人間だとは思ってもいなかった。もっとも、アンジーがほんとうの意味でウィルのものだったことは一度もない。彼女は窓からこっそり抜け出す知恵がついたころから、相手かまわず寝ていた。ウィルはアンジーの悪い噂を耳にすれば軽く苛立ち、彼女が梅毒をうつされたことには憤ったが、彼女がひとりの相手にとどまらないのは無理もないことだとも思っていた。アンジーは子どものころから男たちにさんざん傷つけられてきた。セックスは彼女にとって力を奪い返す手段でもあった。アンジーが本気で愛したのはウィルひとりだけだ。いや、彼女がそう言っていたにすぎない。

サラと一緒にいて、愛するということがほんとうはどんな感じなのかわかると、アンジーはやはり嘘つきだったのだと思い知らされた。

「おはよう、兄弟（ホス）」ニックが颯爽（さっそう）とオフィスに入ってきた。「ミーティングがはじまるぞ」

ウィルは彼を殴ってやろうかと思った。

「ちょっといいか」ニックは返事を待たずにソファに座った。「率直に話してもいいか？」

ウィルは回転椅子をまわしてニックと向き合った。率直に話したいと言うのは、たいていそれまで嘘をついていたときか、これから嘘をつこうとしているときだ。

「はじめてあんたがサラを引っかけたと聞いたとき、正直言って、神も死体を見たがらないだろうってくらい、めちゃくちゃに殺してやりたいと思った」

ウィルはサラを引っかけてはいない。

「いや、いまではサラの心がどこにあるかわかってる」「やってみろよ」

ウィルはなんと言えばいいのかわからず、だから黙っていた。

「それなのに、しくじったな……」ニックは怒ったピエロのように笑った。「墓場の死人から忠告だ。あんたが手のひらで転がしてる女性ほどすばらしい女性は、この地上にはふたりといない」

ふたりはにらみ合った。ウィルはいくつか投げ返す台詞を考えたが、〝余計なお世話だ、ボス〟では引き分けに持ちこめそうにない。

ウィルは慣れたやり方を使うことにした。短くうなってからうなずき、ニックが出ていくのを待った。

もう一度、パソコンの時計に目をやった。

ニックのせいで一分間、無駄遣いしてしまった。

フェイスのオフィスは階段へ行く途中にある。ウィルはドアをノックして部屋に入り、ミーティングの時間だと言おうとした。言葉が喉に詰まった。

フェイスはデスクに突っ伏していた。

ウィルは固唾を呑み、正しい言葉を探した。「フェイス？」

彼女は振り返り、険しい目でウィルを見た。「ひどい二日酔いなの」ほっとしたのもつかのま、ウィルは苛立った。だからアルコールは嫌いなのだ。子どものころ、大人が酔っ払うと、たいてい殴られることになった。「もうすぐ七時だぞ」

「すばらしい」フェイスはノートとスターバックスのコーヒーを取った。服は皺だらけだった。目の下にくまができている。「ゆうべ、アマンダと母さんの合唱の練習につきあわされたの。あたしが気絶したときは、ふたりで『白バイ野郎ジョン&パンチ』のだれとしたいかで盛りあがってた」

ウィルは顔をしかめた。

「でしょ？」フェイスはドアを閉めた。「あたしはエリック・エストラーダならまあいいけど、ラリー・ウィルコックスは勘弁。アマンダが信じられない」

「じゃあ、アマンダとはもう大丈夫なのか？」

「うーん。あたしは変わる気がないし。アマンダもそう。馬は否といななくだけでしょ」フェイスは笑った。「いまのであたしが馬のジョークを言うのは三年間で三度目で最後よ」

ウィルはいまのどこがジョークなんだろうと思ったが、フェイスがいつもの皮肉屋に戻ったのがうれしかった。

階段室のドアをあけた。別れた男がエマとその友達を遊園地のファン・ゾーンへ連れていった話をするフェイスの声が、コンクリートの壁に反響した。

「これで一人前の親よ」フェイスは高笑いした。「六十ドル払って、子どもを伝染病菌に晒したわけよ」

ウィルは次のドアをあけた。フェイスは別の話をはじめた。ウィルはまたぼんやりとサラのことを考えた。胸にのっていた彼女の頭の重みをいまだに感じた。ゆうべのサラはいつもと違っていた。遠慮がちだった。あいかわらずウィルの気持ちを気にしていた。ウィルは自分が情けなくなった。心の奥の暗い部分、ひょっとすると嗜虐的な部分は、サラが不安そうにしているのをよろこんでいたからだ。

アマンダはまだオフィスに到着していなかったが、ニックがすでにソファに座っていた。カウボーイブーツをコーヒーテーブルの端にのせている。フェイスは隣に腰をおろし、普段どおりに雑談をはじめた。ウィルは壁にもたれた。何度もそうしているので、肩胛骨がコンクリートブロックをすり減らしていないのが不思議なくらいだ。

アマンダの小さな足が近づいてくる音がした。いつもとまったく同じに見えた。白髪交じりのヘルメット・ヘア。スカートとそろいのジャケット。控えめなメイク。二日酔いだとしても、見た目からは少しもわからない。

「手短に話しましょう」アマンダはフェイスに紙の束を渡した。ニックをぎろりとにらみ、テーブルから足を降ろさせた。いつもどおり椅子には座らず、机に腰をあずけた。「これから州議会に行って、監視委員会の委員長に報告しないといけないの。被害者のひとりが彼の担当地区に住んでたのよ。大騒ぎされたら困るわ」

ウィルはフェイスが目を通している紙を見おろした。遺体が見つかった場所を管轄している十三の警察署の名前がいくつか読み取れた。

アマンダはウィルに尋ねた。「今朝、情報開示を申請したの？」

ウィルはワン・ミュージアム・タワーに立ち寄ったことを話した。「市警の報告書から、駐車場の防犯カメラになにも映っていなかったことはわかっていましたが、ザンガーのアパートメントの外廊下にもカメラがあります。判事を急かして――」

「ここへ来るまでに、判事には話をつけておいた。待ってるあいだ、ヴァン・ドーンの検死解剖に立ち会って。セコンドとしてね。まさにセコンドよ、サラが殺人と認定しても否定しても、すぐにわたしにメッセージを送って。いい？」

アマンダは返事を待たず、フェイスとニックに言った。「ふたりには、午前中デスクに張りついてもらうわ。リストを見て、アポを取って。忘れないで、行方不明の届け出についてデータを見なおしてるってことにするのよ。くれぐれも慎重にね。疑われたらまずいわ。とにかく――」

「静かにやれ、でしょう」フェイスは言った。

アマンダは片方の眉をあげ、ふたりは黙ってにらみ合った。

ニックが言った。「ちょっといいですか？」

アマンダはゆっくりとニックに向きなおった。

「ダリル・ネズビットのことを考えていたんです」ニックは言った。「ここにいる人はみんな、おれがジェフリー・トリヴァーをどう思ってたか知ってるだろうが、彼がこの件に関しては間違いを犯したと認めるのは、どうにも難しい」

アマンダは手をぐるぐるまわしてニックを促した。

「どうしてあんたたちは、こんなにあっさりとネズビットの無罪を信じるんだ？」

ヒース・カタリノがベッキーの息子で、ネズビットと血のつながりがないことを、ニックは知らないのだ。アマンダは理由もなく隠していたのではない。この情報を極力漏らさないようにしているのは、少年を命の危険に晒さないためだ。

「いい質問ね」アマンダはとっさに嘘をつくのがうまい。ほとんど間髪入れずに答えた。「トゥロンの解剖報告書からＤＮＡの検査結果が見つかったの。それをダリル・ネズビットがジェラルド・カタリノに送った封筒と照合した。その結果、ネズビットと一致しないことがわかったのよ」

ニックは髭を引っぱった。明らかに穴を探している。

真実を知っているウィルは、いままでだれも指摘しなかった大きな穴を見つけた。「ダリルが封筒を舐めたと決めつけてもいいのかな？」

室内は静まりかえり、アマンダのパソコンの音だけが聞こえた。

「くっそー」フェイスはウィルのほうを振り向いた。「たしかに、嘘つきはどこまで行っても嘘つきだわ」

「ニック」アマンダはデスクの電話の受話器を取った。番号を押しながらニックに指示した。「いますぐ刑務所へ行って。正午までに、ダリル・ネズビットの唾液サンプルをラボへ持っていって」

ニックがいなくなるのを待ち、アマンダは受話器を置いた。「話して」と、フェイスに言った。

「ジェラルド・カタリノが見せてくれた検査結果はコピーじゃなくて原本でした。ヒースの唾液サンプルと、ダリル・ネズビットの送ってきた封筒を、アメリカ血液銀行教会認定、裁判所認可の民間の検査所に出したんです。父親かどうかを調べることに特化した検査所です。検査結果は信頼できる。ネズビットが父親である可能性は完全に排除されてました」

「でも、ウィルの言うとおりね。ネズビットが封筒を舐めた人物であるという前提条件があって、その情報は成り立つのだから」アマンダはウィルに向きなおった。「どう思う？」

「ネズビットは八年間、服役している。犯罪者は、たいていの警官より鑑識の仕事やDNA検査に詳しい」

フェイスは補足した。「あいつはチェスのプレイヤーよ。レナ・アダムズですらそれをわかってた。抜け目がない。人を操って対立させる。それに、刑務所に持ちこまれた携帯電話でネットにアクセスできる。あたしたちと同じ計算をして、ヒースの秘密に気づいたのかもしれない」

アマンダはうなずいた。考えは決まっていた。「ネズビットは性犯罪者だから、DNA情報はデータベースに保存されてるわ。ヒース・カタリノのDNAは証拠保全が必要だけど、もちろん開示請求は避けたい」

「ジェラルド・カタリノに、ヒースの唾液サンプルを採らせてほしいと言うんですか？　ジェラルドがヒースを自分の子として育てているのは、ベッキーを襲った犯人に知られるのを恐れているからですよね」

ウィルは言った。「ぼくが行こう――」

「あたしがやる」フェイスは言った。「ウィルはヴァン・ドーンの解剖に立ち会わなくちゃ。防犯カメラの開示請求の返答も待ってるところだし。あたしたちどちらもやるべきことがある」

「わかったわ」アマンダは言った。「電話はほかのチームにまかせましょう。あなたは帰ってきたらフォローして」

フェイスはコーヒーテーブルにリストを置いた。

ウィルは体をこわばらせて彼女を見送った。引き止めたいのか、一緒に行きたいのか、自分でもわからなかった。

アマンダが言った。「ウィルバー、いまとなっては、ネズビットがヒース・カタリノの父親かどうかはささいな問題よ。発掘した遺体から新しい手がかりが見つかるかどうか、それから情報開示が許可されたら防犯カメラから犯人の顔がわかるかどうか、その二点だけに集中しなさい」

さっさと行けという意味だ。ウィルはポケットに両手を突っこみ、階段へ向かった。まだ体に力が入っていたが、急激にこみあげた焦りは急停止していた。いま残っているのは不安だけだ。フェイスをひとりにするのはいやだった。DNA検査の正当性を確かめることを思いつかなかった自分に腹が立った。不安なのは、アマンダが正しいからだ。この八年間、十五人の女性を殺して、五人の女性を傷つけたのは、ネズビットではない。

では、だれだ?

犯罪に詳しい人物。ダリル・ネズビットをはめることができるくらい、彼を知っている人物。巧妙に自分の痕跡を消すことのできる人物。ヘアバンドや櫛やブラシやヘアゴムのコレクションを持っている人物。

ネズビットの協力者？　模倣犯？　いかれたやつ？　殺人犯？

二日前、刑務所のチャペルでそんな話をしたばかりだ。

一階まで階段をおり、ドアをあけた。遺体安置所は本部ビルの裏にあり、格納庫のような金属の建物だ。ウィルはジャケットを風にはためかせながら歩道を歩いた。そのあいだずっとうつむいていた。空に見るべきものはない。黒い雲。稲妻。顔を小さな雨粒に打たれるのを感じた。

葬儀社の黒いバンがローディングドックにとまっていた。バンのドアもドックもあいている。ゲイリーが運転手と協力し、シェイ・ヴァン・ドーンの棺を回転台に移していた。ウィルは最初に遺体を発掘すると聞いたとき、墓守の手に突き破られてもはや棺の態をなしていない、土塊（つちくれ）と混じった腐った木の残骸を思い浮かべた。だが、金属の棺は真新しく見え、黒い塗料はいまだに鏡面のようにつややかだった。たったいま展示室から出してきたのではないとわかる唯一の印は、隅からぶらさがっている蜘蛛（くも）の巣だ。蜘蛛が棺ケースのなかに迷いこんだのだろう。

ウィルは遺体安置所のロビーを歩いていった。解剖室の前面はガラス張りになっている。二名の監察医がすでに作業をしていた。ブルーのスクラブを着て、黄色いエプロンをつけている。白いサージカルマスク。色とりどりの帽子。オフホワイトの検査用手袋。

サラは長い廊下の突き当たりにある小部屋にいた。犯罪現場の写真がコラージュ作品のように壁を埋めている。このバックルームは、一時的な作業場として使われていた。デスクに電話。二脚の椅子。窓はない。

ウィルは歩調をゆるめ、サラを眺めた。

サラの両腕はデスクの上にのびていた。視線の先にｉＰｈｏｎｅがある。スクラブに着替え、眼鏡をかけている。赤褐色の長い髪は、頭頂でゆるいシニヨンにまとめてあった。

ウィルは彼女の横顔を見つめた。

いまではサラの心がどこにあるかわかってる。

自分はなんてひどい男なんだろう。サラは文字どおりひざまずいて、愛している、選んだのはあなただと繰り返し言ってくれたのに、ニック・シェルトンがなにげなく口にした、おまえはサラを手のひらで転がしているという言葉のほうに揺さぶられるとは。

サラはまだウィルに気づかない。ｉＰｈｏｎｅをデスクに置いた。ウィルは、サラがデスクの抽斗をあけるのを見ていた。彼女はハンドローションを取り出した。それを手から腕へのばしはじめた。

シリアルキラーみたいなことはするなといつも自分に言い聞かせているのに、またやってしまったと、ウィルは思った。サラに声をかけて自分がいることを知らせた。「アマンダから解剖に立ち会えと言われたんだ」

サラはウィルに笑顔を向けた。いつもの笑みではない。心許ない笑み。

「デリラ・ハンフリーのメールアドレスがわかったと母から連絡があったの。どうしたら断絶した状態が長引きすぎている。ウィルはデスクのそばの椅子に座った。膝がサラの脚に触れたが、そのままにしておいた。

サラは視線をおろしたが、どうやら脚が触れ合っているだけではだめらしい。

「ぼくの、ええと――」ウィルは咳払いをした。怪我をしていないほうの手を差し出した。「ぼくの手もちょっと乾燥してるんだ」

サラは眉根を寄せたが、調子を合わせてくれた。ローションをウィルの手に塗った。ウィルは彼女の指が優しくローションを広げるのを見ていた。肩の力が抜けていくのを感じた。呼吸が深くなった。サラの呼吸も遅くなった。やがて、窓のない部屋の空気がゆっくりと変わりはじめた。サラもそれを感じているのが伝わってきた。彼女は微笑を浮かべ、ウィルの指を一本一本そっと握ってから、親指で手のひらの筋をなぞりはじめた。ウィルの母親は星占いを信じていた。彼女の遺品のなかには、手相見のポスターもあった。サラがなぞる筋の名前を思い出した。

い、い、い、い、生命線。運命線。知能線。感情線。

サラが顔をあげた。

ウィルは言った。「やあ」

サラも言った。「やあ」

これで、プラグはコンセントにはまった。

サラは身を乗り出し、ウィルの手のひらに唇を押し当てた。やはり彼女は変わっている。ジェフリーの手書きの文字に目がない。そして、ウィルの手に目がない。

ウィルは尋ねた。「メールを書くのを手伝おうか?」

「お願い。ありがとう」サラはまた携帯電話を取った。「いまどこまで書いたか聞きたい?」

ウィルはうなずいた。

「まずは、普通にお久しぶりですって書いたの。それから、文面を残したくなければ電話をかけてほしいと電話番号を書いた。そのあと〝難しいとは思いますが、トミと話をさせていただけませんか。前回と同じく、トミが発言したことは記録には残りません。どうか、わたしに連絡するようお伝えください。無理強いはしません。トミには拒否する権利があります〟」

ウィルは、デリラがこのメールを読んでどう思うか想像した。母親が返信する理由はなく、ましてや娘を巻きこむ理由もない。「理由は書かなくてもいいのかな?」

「そこを決めかねてるの」サラはまた携帯電話を置き、ウィルの手を取った。「トミは、ダリル・ネズビットが自分を襲った犯人だとは考えていない。彼のマグショットを見せたの。でも、彼じゃないと言った。ためらいなくそう言ったの」

ウィルは、ニックとフェイスを州の右と左へ走らせることになった爆弾を落とした。「ネズビットとヒース・カタリノのDNAを再検査することになったんだ」

サラの唇がぽかんと開いた。ウィルよりすばやく穴に気づいた。「ダリルがだれかに封筒を舐めさせたかもしれないということね」

「ネズビットは人を操るし、間違いなく胸に一物ある。自分の罪を他人になすりつけない犯罪者なんか、ぼくは会ったことがない」

「足を失ったのもジェフリーのせいにしたしね。訴訟理由のひとつにしたの」

「ネズビットに不利な証拠は？」

サラはひとつひとつあげた。「犯行に使われたハンマーと同じメーカーのハンマーセットが、ネズビットのガレージで見つかった。森から二本目の通りに住んでいた。土地勘がある。被害者のうちふたりは彼の携帯電話に電話をかけたことがある。犯行時刻のアリバイがない。消防用道路のそばの建築現場で働いていた。トミが覚えていたような黒っぽいバンに乗っていた。もちろん、そのバンで間違いないとトミが証言したわけではない。それから、納屋があった」

ウィルは、気をつけろと自分に言い聞かせた。サラの亡くなった夫の思い出をめちゃくちゃにしたくはなかった。せめて彼女の前では控えなければならない。「三人目の行方不明者が出て、彼が追い詰められていたのはわかるよ。ロザリオ・ロペスだよね。でも、事態が落ち着くと、なんでもなかったとわかったんだろ」

「それは反論できない。だから、ジェフリーも検察に強く言えなかったの。ネズビットが捕まれば、証人がどんどん現れる、あるいはほかにも証拠が見つかると思ってた。そのあと一年かけて、ネズビットの犯行だと示すものを捜したのよ。でも証人は現れず、捜査も進展せず、結局ネズビットは殺人未遂で再逮捕されて……」

ゲイリーがドア枠をノックした。「ドクター・リントン？　準備ができました」

「すぐ行くわ」サラはまた携帯電話に目を戻した。入力しながら読みあげた。「〝わたし宛に電話かメールをお願いしますと、トミに伝えてください。トミが写真について言ったことは正しかった可能性があります〟これでどう？」

「どうだろう。怖がらないかな？」

「怖がらないわけがないでしょ？」

「送信しよう」

メールが送信されるシュッという音を聞いてから、サラは携帯電話を後ろポケットにしまった。

「ゲイリーは発掘した遺体の解剖ははじめてなの。だからゆっくりやるけど、いい？」

「こっちも助かるよ」

サラはウィルの手を握って廊下を歩いていった。備品棚にたどり着くまで、その手を放さなかった。黄色いエプロンをつけて青い手術帽をかぶり、マスクを二枚重ねてつけた。

「アレクサンドラ・マカリスターには、剃刀かメスのような刃物で切られた傷があった。犯人は、血のにおいが野生動物を引き寄せることを知っていたのよ。腕神経叢はすぱっと切断されていた。脊髄の穿刺孔は隠されていたけど、なにを探せばいいのかわかってるから大丈夫。シェイ・ヴァン・ドーンに同じパターンが見られたら、すぐに知らせるわ」

「アマンダもなるはやで知りたがってる」

「アマンダってなんでもかんでもなるはやよね」サラはウィルのほうへ腕をのばした。彼の首の後ろでマスクの紐を結びながら言った。「棺ケースをあけたときにほとんどにおいは発散されたから、マスクはいらないかもしれないけど、つけてもかまわないでしょ」

それから、サラは自分のエプロンの紐をウエストに二回巻きつけた。髪を手術帽のなかにたくしこんだ。検査用手袋をはめる。シェイ・ヴァン・ドーンの解剖の準備をするうちに、彼女の表情が変わっていくのがウィルには見て取れた。こんなとき、緊張をやわらげるために冗談を言う医師もいる。だが、サラはそうしない。解剖の際はつねに遺体に敬意を払い、厳粛に執りおこなう。

ゲイリーが棺を台車で隣の準備室に運びこんだ。蓋に透明なビニール封筒がテープで貼ってある。書類のほかに、古いアルミの窓をあけるのに使うようなクランクが入っているのが見えた。

ウィルはネクタイをゆるめた。照明がヒートランプになって空気を熱していた。照明は天井から突き出たロボットアームのようだった。室内のいたるところにカメラとマイクがあり、棺を真上から撮っているものもあった。たたんだ白いシーツと、首を固定するゴムの台が、金属の解剖台の上で遺体を待っていた。もう一台、服を二次汚染しないために茶色い紙で覆われたテーブルがあった。三台目のテーブルには、拡大鏡と手術用具一式が並んでいる。ゲイリーは、シェイ・ヴァン・ドーンの元の事故報告書のコピーを広げた。その隣に、発見現場のカラー写真の束を置いた。

ウィルはサーバーからその写真をダウンロードしていなかったので、いま確認した。シェイ・ヴァン・ドーンは森のなかで仰向けに倒れているのを発見された。カーキグリーンのチノパンツと白いニットのポロシャツ。野生動物に胸と腹部、腰部を食い荒らされ、服もずたずたになっていた。唇とまぶたは噛みちぎられ、鼻の一部がなくなっていた。

「準備はいい？」サラは全員がうなずくのを待った。フットペダルを踏み、カメラとマイクの電源をつけた。ウィルは、サラが日付と時刻、自分を含めて全員の名前を言うのを聞いていた。

昨夜古いビデオデッキで見たレスリー・トゥロンの発見現場の映像が、どうしても思い出された。サラは別人のようだった。八年たったいま、まったく同じことをしていても、やはり声が違う。

「この部屋で予備検査をして、ゲイリーがX線写真を撮影する。それから、解剖室へ遺体を移します」サラは手順を言い終えた。次に、ゲイリーに言った。「木製の棺の多くは金具で閉じてあるの。もっと高価な棺になると、六角形の鍵で開閉する鍵穴がついている」

「六角棒スパナみたいな？」

「まさにそれ」サラは棺の蓋からビニール封筒をはがした。そして、クランクのようなものを取り出して掲げた。「これが棺の鍵。軸が長いのは、金属の棺の鍵をあけるものだから。遺体の上部を覆っているパネルはリッドと呼ばれる。ゴムのパッキンがあるのはわかる？」

ゲイリーは手袋をはめた指でリッドの縁をなでた。「わかります」

「パッキンが棺の密閉性を高めるんだけど、完全に密閉するわけではない。腐敗の過程でガスが発生する話はしたでしょう。棺か棺ケースを完全に密封したら、どちらかが、あるいは両方とも破裂してしまう」サラは棺の足側へ歩いていった。「かならず棺ケースを使わなければならない州もあるの。そうではない州もある。覚えておいてほしいのが、みんな人生でもっともつらいときに埋葬の方法を決めなければならないこと。だから、その選択がなんであれ精一杯の選択だったんだってことはつねに頭に入れておいてね」

ゲイリーは言った。「祖母はジョージア州が大好きだったんですよ、だから赤と黒の棺に、蓋にはブルドッグの絵をつけたんです」

こいつは録音されているのを忘れているんじゃないか、とウィルは思った。

サラは忘れていないようだ。鍵を鍵穴に差しこみ、レッスンをつづけた。ゲイリーのためだけではなく、未来の陪審のためでもある。「木製の棺は左に四分の一回転であく。金属の場合は何度かまわす必要がある。これで、リッドとフットパネルを締めている金具がゆるむの。いい？」

今度は返事を待たなかった。サラは両手でクランクを握った。力を入れてクランクをまわした。パッキンとフットパネルのあいだに隙間ができた。iＰｈｏｎｅがメールを送信するときとよく似たシューッという音がした。

ウィルは思わず首にさげたマスクに手をやったが、サラの言ったとおりだった。マスクは必要ない。三年前、シェイ・ヴァン・ドーンが金属の箱のなかに納められたときとおそらく変わらない、甘ったるいにおいしかしなかった。

サラはフットパネルの縁に指を走らせた。ゲイリーがリッドの縁に同じことをするのを待った。

ふたりは同時にリッドを持ちあげた。

ウィルはゲイリーの後ろに立っていたが、身長が高いので、棺のなかがよく見えた。

シェイ・ヴァン・ドーンの肌は黄色みがかった蠟のようだった。喉が腫れている。ひたいに点々とカビが生えていた。黒いシルクのシャツを着て黒いロングスカートをはいている。くったりとしたブルネットの髪が肩のまわりに広がっていた。頰は不自然なピンク色で、ふっくらとしていた。唇、鼻、まぶたは、蠟できれいに修復されていた。色がまだらになっていなければ、動物に食べられたとは思えなかっただろう。化粧品は死んだ皮膚には吸収されていなかった。

彼女は両手を胸の上で組んでいた。爪は長くのびて湾曲していた。その手はこの三年間、小さなレースのポーチを握っていた。

サラは丁寧にポーチを取り除いた。中身を手のひらに振り出した。二個の結婚指輪だった。ひとつはシンプルな指輪で、もうひとつは大きなダイヤモンドがついていた。

サラの目が涙で潤んでいることにウィルは気づいた。彼女もジェフリーとの結婚指輪を持っている。それは小さな木の箱に入っている。ウィルが彼女と知り合ったころ、その箱はマントルピースの上にあった。いまは客用寝室のクローゼットの棚にしまいこまれている。

サラはゲイリーに言った。「故人の私物が入っていることが多いの。かならず一覧表を作って、写真を撮って、埋葬する前に間違いなく戻してね」

ゲイリーはポーチを取り、茶色の紙にのせた。

「では、彼女を解剖台に移します」サラは踏み台を運んできた。

　ゲイリーもドアのそばからもう一台持ってきた。

　ウィルは壁に寄りかかった。体重五十キロの女性を解剖台にのせるのに、自分の助けは必要ない。ゲイリーは彼女の肩を抱えた。サラが両脚を受け持った。解剖台にのせたとき、彼女の片手が台の端から垂れさがるのが見えた。ウィルはなにも履いていない足に目をやった。つま先は猫の爪のように丸まっていた。首をのばして棺のなかを除くと、ビニール袋に収めたハイヒールが入っていた。

「肌が蠟のように見えるのは屍蠟よ。死後変化の五段階目、細胞分解の過程で、嫌気性菌が脂肪を分解するの。死後も髪と爪がのびつづけるというのは都市伝説よ。皮膚が収縮して、爪が長くなったように見えるの。エンバーミング液は毛嚢には行き渡らないから、髪はつやがなくなる」

　ゲイリーは棺をのせた台車をカメラの下からどけた。「なぜ靴は履いていないんですか？」

「めずらしくないわ、とくにハイヒールの場合はね。足元に下着を入れた袋が置かれていることもある。検死解剖をされた遺体だったら、臓器の入った密封袋が見つかることもある」

　ゲイリーはぎょっとした。

「どれも業界の慣行からはずれていないことなのよ」サラは彼に言った。「では、服を脱がせます」

ふたりが作業をしているあいだ、ウィルは壁に寄りかかっていた。ゲイリーはシェイのブラウスのボタンをはずして茶色い紙にのせた。ブラジャーはフロントホックだった。プラスチックの留め具は壊れていた。ゲイリーは慎重にブラジャーを取り去った。シェイの胸があったところに綿が詰めこまれていた。開いた傷口に綿の繊維がこびりついていた。腕は体からもげ、脇の下にも綿が詰まっていた。

「エンバーミングの際に、開口部や傷口に綿を詰めるの。体液が漏れるのを防ぐ役目がある」

サラはスカートをおろした。下着はつけていなかった。両脚は分かれていた。脚のあいだに詰まった綿がおむつのように見えた。ウィルは、レスリー・トゥロンやトミ・ハンフリー、アレクサンドラ・マカリスター、あのスプレッドシートにのっていた女性たちのことを思わずにいられなかった。

サラはシェイの首をそっと横に向けた。指で頸椎を数えていった。それから、脇の下を見た。ピンセットで綿の繊維を取り除いた。一・五メートル離れているウィルにも、パソコンから抜いたケーブルのように、神経や血管が脇の下から突き出ているのが見えた。

サラは拡大鏡で傷口を観察した。サラはウィルを見た。一度うなずいた。C５に穿刺孔。鋭い刃物で切断された腕神経叢。

シェイ・ヴァン・ドーンにも、アレクサンドラ・マカリスターと同じ損傷が認められた。

サラが結果を録音しているあいだ、ウィルはポケットから携帯電話を取り出した。カメラのフレームに入らないよう、携帯電話を低い位置で持ち、アマンダにサムズアップの絵文字を送った。すかさずオーケーのひとことが返ってきた。携帯電話をポケットにしまおうとして、フェイスを思い出した。彼女とは位置情報サービスを共有している。フェイスはずいぶん車を飛ばしたらしい。あと二十分でジェラルド・カタリノの自宅に到着する。

激励のメッセージを送ろうかと思ったが、サムズアップは場違いな気がした。フェイスはひとりでキャリー・ザンガーと対峙しなければならなかった。ジェラルドがまた取り乱したら、フェイスは大丈夫だろうか。狭苦しいクローゼットでジェラルドの嗚咽を聞いているのはつらかった。児童養護施設に新しい子どもが入ってきたときのことを思い出した。彼らは何日も泣いたあげく、だれも慰めてくれないと思い知るのだ。

ウィルはサツマイモの絵文字を送信した。フェイスならわかる。

ウィルは顔をあげた。

「なぜですか？」ゲイリーが言った。

サラが説明していた。「まぶたをあけても、注目すべきものは見つからないからよ」

ウィルは携帯電話をしまった。〝注目すべき〟という言葉は文字どおりの意味だ。野生動物に食べられた遺体の眼窩には、まぶたの形を保つプラスチックのキャップが入っているだけだ。注目すべきものはなにもない。

サラはシェイ・ヴァン・ドーンの唇を形成している蠟をはがした。顎は閉じていた。サラは蠟を茶色い紙に置いた。口を指さしながら、ゲイリーに言った。「上下の歯肉、つまり歯茎に、四本のワイヤーが装着されているでしょう？」

「パンの袋を縛るビニタイに似てますね」

「エンバーマーはニードルインジェクターで口を閉じるの。見た目は注射器と鋏が交ざったような感じなんだけど、実際には小さな銛打ち器みたいなものよ。インジェクターで先の尖ったワイヤーを上顎と下顎に打ちこむの。そして、上下のワイヤーをねじり合わせて口を閉じる。小さめのワイヤーカッターで切断しなくちゃ」

ゲイリーはサラにペンチを渡した。

サラはワイヤーを切断した。口があき、顎の骨が折れたときのように上下がずれた。サラは骨に沿って指を当てた。「顎がはずれてる」

その口調から、ウィルはサラが不審に思ったことに気づいた。作業台から検死官の報告書を取った。書式は標準的なものだった。〝損傷の概要〟が三ページ目にあることはわかっている。指でたった一行の文字をたどった。

〝**野生動物による性器の損傷。詳細は図を参照**〟

ウィルは人体図を見た。乳房と腰部が丸で囲んであった。目と口にはバツ印。顎の部分にはなにも書きこまれていない。ドゥーガル郡の検死官は歯科医だ。顎がはずれていたら気づくはずだ。

ウィルは顔をあげた。

サラは口のなかをライトで照らしていた。踏み台を頭の横へ持ってきた。高い位置から覗きこめば、喉の奥が見える。下顎を押し、できるだけ大きく口を開いた。それから、拡大鏡でなかを観察した。

記録のために解説した。「いま、右上顎部を観察しています。第二大臼歯と第三大臼歯のあいだに、ゴムの膜が挟まっています」

ゲイリーはサラの口調が変わったことに気づいた。「それは変なんですか？」

サラは遠回しに答えた。「第三大臼歯、つまり親知らずは十代の終わりごろから二十代はじめにかけて生えるの。たいてい噛み合わせが悪い。ほかの歯を押したりして、ひどく痛むことがある。だから、普通は上下一度に抜歯するのね。三十五歳の女性が一本だけ親知らずを抜いていないって、めずらしいことなのよ」

サラは踏み台から降りた。ウィルに投げた視線が、なにかがひどくおかしいと告げている。サラはドゥーガル郡の検死官が撮影した写真を広げた。そして、目当てのものを見つけた。「ゴムの膜は、検死官が口腔内の写真を撮ったときにはなかった」

ゲイリーは言った。「エンバーマーは手袋をはめますよね？　感染症よけに」

「ええ。ピンセットを取って」

サラはシェイの遺体のそばへ戻った。頭上のライトの角度を調節した。長いピンセットの先端をシェイの口のなかに入れた。ゴムを取り出そうとしたが、のびるばかりではずせない。顎がすべりはじめた。

「顎を押さえて」サラはゲイリーに言った。「ゴムが引っかかってるの」ゲイリーは顎の両脇を指で支え、できるだけ大きく開いた。

サラはもう一度ゴムを引っぱった。それは薄く、ほとんど透明だった。

携帯電話が鳴りはじめた。サラの後ろポケットのなかで音がくぐもっている。

彼女は顔をしかめてウィルに向きなおった。「出てくれる？　もしかすると——」

録音しているので、デリラ・ハンフリーの名前は出せない。

ウィルはサラの後ろポケットから携帯電話を取り出した。画面を彼女のほうへ向けた。

サラはゲイリーに言った。「廊下で話してくる」

ウィルはサラを追いかけて外に出た。彼女は手袋をはめた両手を宙にあげていた。電話に触れてはいけないのだ。

「あなたも聞いていて」

ウィルはスピーカーフォンのアイコンをタップし、電話をサラの口元へ持っていった。

「ミセス・ハンフリーですか?」

雑音がした。ウィルは、応答するのが遅すぎて電話が切れてしまったのかと思ったが、画面のタイマーはカウントをつづけている。

「ミセス・ハンフリー、ドクター・リントンです。聞こえますか?」

また雑音がしたが、女性の声が答えた。「先生、元気?」

サラの目に驚きの念がよぎった。「トミ?」

「見つかっちゃった」トミの声は、ウィルが想像していたよりも低かった。傷ついて怯えた女性を想像していたのだ。だが、電話のむこうの声は鋼のように硬かった。

サラは言った。「迷惑をかけてごめんなさいね」

「〝トミが写真にづいて言ったことは正しかった可能性があります〟」トミはサラのメールを読みあげた。「八年前に言ったでしょう、ダリル・ネズビットじゃないって」

サラは唇を引き結んだ。母親にメッセージを送り、デリラにメールを送ったものの、その先を考えていなかったことがウィルには見て取れた。

「トミ。なにか覚えていたら教えてほしいの」

「なにを覚えてるっていうの？」鋼が剃刀に変わった。「覚えてるわけがないでしょう？」

「つらいのはわかってる」

「ええ、先生がわかってるのはわかってる」

ウィルの抱いた疑問に答えるかのように、サラはさっさとうなずいた。彼女はトミにみずからのレイプ被害を話したことがあるのだ。

「トミ――」

長く苦しげな吐息がサラをさえぎった。ウィルは、トミの口が煙草の煙を吐き出しているのを想像した。

トミはサラに言った。「わたし、子どもを産めないんだ」

サラはふたたびウィルと目を合わせた。目をそらさずに言った。「ごめんね」

その言葉が自分に向けられていることにウィルは気づいた。

ウィルはかぶりを振った。そのことでサラが謝る必要は絶対にないのに。

トミが言った。「わたし、幸せになりたかったんだよね。先生を見てて思ったの、リントン先生が幸せになれるなら、わたしもなれるはずだって」

サラは決まり文句でトミを侮辱しなかった。「つらいね」

ふたたび沈黙。ライターの音がした。煙を吸いこみ、吐き出す音。

「わたし、乱暴な男じゃないとつきあい方がわからなくなっちゃった」

突然の告白だった。ウィルは、サラも自分と同じことをしているのがわかった――ペースを遅くし、トミの声に満ちた覚悟をやりすごす方法を探している。

サラはのろのろとかぶりを振った。方法が見つからないのだ。ひたすらショックを受けているようだ。

トミが尋ねた。「先生もそう?」

サラはまたウィルの顔を見た。「ときどきはね」

トミは長々と煙を吐いた。

また煙草を吸った。

「あいつはわたしのせいだと言ったの。それは覚えてる。わたしのせいだって」

サラは口をあけた。大きく息を吸った。「その理由は言った?」

トミはまた黙り、深々と煙を吸い、ゆっくりと吐き出した。「おまえを見かけて、おまえがほしくなった、でもおまえは思いあがっていて、おれの存在に気づいてもいないから、気づかせてやらなければならないって」

サラは言った。「トミ、あなたのせいなんかじゃないってわかってるよね」

「だから、レイプの被害者にあなたのどこが悪かったのかなんて訊くのはやめて、男に訊くべきなんだよ、どうしてレイプするのかって」

自助会で何度となく聞いたのか、歌うような口調だった。

サラは言った。「その気持ちは理屈で追い払うことなんてできないって、わたしはわかってる。自分を責めてしまうことはどうしてもあるのよ」

「先生も自分を責める？」

「ときどきは」サラは認めた。「でも、いつもじゃない」

「わたしはいつもなんだよね。ほんとに、いつもいつもいつも」

「トミ――」

「あいつは泣いてた。それがいちばん覚えてること。赤ちゃんみたいにわあわあ泣いてた。ひざまずいて、癇癪を起こした子どもみたいに体を揺すって」

ウィルは肺から空気が出ていくのを感じた。首筋に汗がにじんだ。

昨日、そんなふうに泣く男に会ったばかりだ。子どものように泣きじゃくっていた。ひざまずいて。体を揺すって。

ジェラルド・カタリノのクローゼットにいたときのことだ。娘の暴行事件に対する執着が壁一面にべたべたと貼られていた。検死報告書。新聞記事。警察の報告書。供述調書。DNA検査の結果。ブラシ。櫛。シュシュ。ヘアバンド。ヘアクリップ。レベッカ・カタリノとレスリー・トゥロンの事件について、ジェラルド・カタリノ以上に知っている人物はこの世にいない。

ネズビットの協力者？　模倣犯？　いかれたやつ？　殺人犯？

ダリル・ネズビットが封筒のDNAを偽造したと考えていたけれど。

ジェラルド・カタリノだったら？

ウィルは大急ぎでポケットから携帯電話を取り出した。フェイスはいまごろカタリノの自宅の私道に車を入れているかもしれない。警告しなければ。

サラがウィルの様子がおかしいことに気づいた。「トミ――」

「あいつ、母親が入院してたんだって」

「なんですって?」

サラのはっとした声に、ウィルは凍りついた。それほど大きな声だった。

トミは言った。「だから、こうするんだって。それが理由。母親が病気で入院してる。母親が死ぬのが怖い。だれかに慰めてもらいたかった」

「トミ――」

「わたしはほんとに慰み者にされたってわけ」トミは小さく冷笑した。「ねえ、お願いがあるの。この番号は消して。先生を助けてあげることはできない。自分を助けることもできないんだから」

スピーカーがカチッと鳴った。トミが電話を切ったのだ。

ウィルは携帯電話をタップし、フェイスの番号を探した。「フェイスに電話を――」

「ゴム」サラは言った。「ウィル、あれは検査用手袋じゃない。コンドームよ」

27

グラント郡
一週間後　木曜日

ジェフリーは足を引きずらないようにしながら、メイン・ストリートを歩いた。ダリル・ネズビットの自宅に強制捜査に入ってから丸一週間が経過し、町の人々に警察署長は元気だと知らせたかった。鼻は折れ、腰は痛め、肺は病気のチワワのようにぜいぜい音がするが、元気は元気だ。

ロザリオ・ロペスは危険に晒されてはいなかったし、そもそも行方不明でもなかった。カフェテリアで出会った若者の家へ行き、ほかの学生たちと同様に、一日中ベッドで過ごし、テイクアウトの食事を食べて子どものころの話で盛りあがっていただけだった。森の捜索も、彼女が納屋に閉じこめられているのではないかというジェフリーの恐怖も、結局は根拠がなかった。

ロザリオ・ロペスが拉致されたかもしれないと焦っていなければダリル・ネズビットをみずから絞りあげてやったのにと、さんざん自分を責めてもよかったのだが、過ぎたことを悔やんだところで、将来またつまずく原因になるだけだと、ずいぶん前に思い知った。

それに、そんなことより大きな失敗をしでかしたせいで、夜も眠れなかった。レベッカ・カタリノはまだ昏睡状態から目覚めていなかった。彼女の脳がどれほどのダメージを受けたのか、だれにもわからない。様子を見るしかない。ジェフリーは、彼女もいつか回復すると自分に言い聞かせていた。歩くことはできないかもしれないが、命は助かったのだ。大学に戻れるかもしれない。卒業できるかもしれない。郡の保険会社は、父親と保険金の交渉をはじめている。大学も高額の賠償金を払うことになる。そして最後に、ジェフリーは署長職をつづけられそうだ。

さしあたっては。

ボニータ・トゥロンは、娘の遺体とともにサンフランシスコへ帰った。それから二度、電話がかかってきた。どちらのときも、ジェフリーには彼女の泣き声を聞くのが精一杯だった。だれがなにを言っても、彼女の悲しみをやわらげることなどできない。キャシー・リントンの言葉を借りれば、時間が薬になる。

ジェフリーもその万能薬がほしくてたまらなかった。時計の針を進めて、悲しみのむこう側へ行きたかった。暴力的で痛ましい事件から逃げたくて、バーミンガムを去ったのに。グラント郡がジェフリーの戦士の休息の舘（ヴァルハラ）になるはずだった。せいぜいバイクの窃盗か、大学生が車で木に突っこむ事故を捜査していればいいはずだった。

大丈夫だ、とジェフリーは自分に言い聞かせた。ダリル・ネズビットは異常だ。一生に一度会うか会わないかの異常者。今日からまた、ロータリークラブの会議で住民と握手をして、老女たちが飼い猫を探すのを手伝う毎日に戻るのだ。

のどあめを出して口に入れた。

メイン・ストリートは端から端まですっかり春になっていた。先週、森で悲惨な事件があったにもかかわらず、ダウンタウンはあいかわらず絵葉書のように完璧だ。ハナミズキの葉が風にぱたぱたとはためいている。ガーデニングクラブが植えた花は満開だ。ホームセンターの前に展示されたガゼボの下には木のベンチがいつも置いてある。洋品店の店先から、冬物のセールのラックはなくなった。

ジェフリーはまた咳きこんだ。

喉が痛むのは、煙を吸いこんだせいだけではなかった。さっきまで、地区検事と市長を相手に、ダリル・ネズビットに不利な証拠についてやり合っていたせいだ。ハンマー。土地勘。電話番号。

納屋。

ダリル・ネズビットが裏庭に作った監獄を思い出すたびに、ジェフリーはぞっとした。窓やドアのバーは、長さ二十センチの特殊ビスではめられていた。ドアをあけるにはドリルが必要だった。納屋のなかには、淡いピンクのブランケットをかけた寝台があった。隅にはバケツ。ピンクのヘアブラシとそろいの櫛。

床にコンクリートで固定した金属の輪には長いチェーンがつないであった。

血痕はなし。体液もなし。髪の毛もなし。DNAもなし。納屋は独房そのものだったが、独房に似た納屋を所有することは違法ではない。遺体が見つかった場所へすぐに行ける消防用道路のそばで働いていたことも、違法ではない。ブロウリーのデッドブロー・キットに入っている一・五ポンドのマレットを持っていることも。チャコールグレーのバンに乗っていることも。暴行の被害者である女性ふたりの携帯電話に電話番号が残っていることも。

だが、児童ポルノの所持は、ダリル・ネズビットを最短でも五年は刑務所に入れることのできる罪だ。

五年間。

それは、いまから変えられる。いずれ証人が現れる。人々は忘れていたことを思い出す。トミ・ハンフリーは沈黙を破る決意をしてくれる。トミにダリル・ネズビットのマグショットを見せたら犯人ではないと否定されたが、疑いの余地がある。小児性犯罪者をずらりと並べ、暗い安全な場所からトミにじっくりと見てもらいたい。平面的な写真を見るのと実物に会うのとでは大違いだ。

最大の障害物はネズビットの弁護士だった。メミンジャーで開業していて、悪党の弁護に慣れている。面通しを拒むだろう。すでにクライアントに警官が接近するのを拒んでいるくらいだ。メイコン病院で治療を受けたネズビットを郡の留置場に移すのではなく、入院を延長させた。それどころか、強制捜査に相当な理由がなかったことを根拠に告発を不受理にするよう申し立てた。判事が認めたら、ダリル・ネズビットは自由の身になってしまう。

それを阻止できるのはジェフリーとレナだけだった。ふたりとも偽証ではないことを宣誓して供述書にサインした。聖書に手を置き、真実を証言すると誓った。

ふたりとも、自分たちの証言が嘘になることを知っていた。

法律用語に〝毒樹の果実〟というものがある。基本的に、警察が相当な理由がないのに強制捜査をおこなって得られた証拠は、裁判では証拠として認められない。

レナは間違いなく、相当な理由がないのにネズビットの家に侵入した。自宅で勃起していることは完全に合法だ。警察と話すのを拒むことも完全に合法だ。警察の鼻先でドアを閉めようが、罪ではない。レナが犯したミスは、ネズビットの腕をつかんでしまったことだ。ネズビットはあとずさりした。レナは腕を放さずに家のなかに一歩踏みこんでしまった。さらにもう一歩。そしてドアが閉まり、地獄の釜の蓋が開いた。

〝ネズビットからマリファナのにおいがした〟という主張は、あの瞬間に崩れ去った。

幸い、レナとジェフリーにはほかに取るべき道が残っていた。フランクが言っていたことが現実になり、ダリルがレナをつかんでドアを閉めたということにしたのだ。フランクにさんざん〝おれの言ったとおりだろうが〟といやみを言われたが、その価値はあった。マットとヘンドリクスが裏付けてくれた。ふたりともそれが事実だと信じているようだった。十五メートルほど離れていたし、マリブの陰にしゃがんでいた。あの距離では、だれがだれを引っぱったのか見極めるのは難しかっただろう。

嘘で塗りつぶさなければならない恥ずかしい失敗は山ほどあった。レナが警察官だと名乗らなかったこと。マットとヘンドリクスがフォーメーションを崩したこと。ブラッドがショットガンを発砲しながらキッチンへ駆けこんできたこと。フランクが納屋の反対側で倒れていたこと。レナが二階へダリルを追いかける際に拳銃を取り落としたこと。なによりも決定的なのが、寝室で布人形のように倒れていたレナをジェフリーが見つけたこと。レナは頭をデスクにぶつけていた。それで、パソコンがスリープ状態から復帰したのだ。

くそみたいな幸運だが、それでも幸運であることに間違いはない。

あの児童ポルノが唯一の理由となって、ダリル・ネズビットは次の被害者ではなく刑務所の独房に入るのを待つことになった。小児性犯罪者が刑務所でひどい目にあうのはよくあることだ。服役する男たちのなかには、つらい子ども時代を送っている者が多い。ダリル・ネズビットの問題を進んで処理しようとする受刑者が、少なくともひとりはいるだろう。そうでなくても、ネズビットのような男は、いったん独房に入ってしまえば、みずからなにかをやらかしてずっとなかにいる傾向がある。

背中が凝り固まってひどく痛かったが、ジェフリーは平然とした顔を装い、歩道からそれた。グラント郡医療センターに到着するころには、のどあめは口のなかに残っていなかった。駐車場には、リントン・アンド・ドーターズ・プラミングのバンがとまっていた。ジェフリーはテッサがエレベーターに乗ったかもしれないと思い、通用口をあけた。

だが、階段を四段おりたところで、読みがはずれていたことがわかった。下から口笛の音がした。ストロベリーブロンドの頭頂部が見えるものと思いながら、手すり越しに覗きこんだ。

また大はずれだった。

エディ・リントンが見あげた。笑みを浮かべている。

そして、ジェフリーだと気づいた。

いまは走れる状態ではない。早足でも間に合わないだろう。サラの父親は、長年キッチンのシンクの下にしゃがみこんだり、狭い空間を這ったりして過ごしていたのに、やたらと体力がある。

エディはジェフリーの下の踊り場までのぼってきた。腰に作業ベルトを装着している。配管工事と不動産投資のふたつの事業をやっている彼は、町で有数の裕福な男だが、身なりにはまったく気を遣わない。破れたTシャツ。破れたジーンズ。髪に櫛を入れることはめったにない。眉毛はフジツリのようにねじれている。

ジェフリーから沈黙を破った。「どうも、エディ」

エディは腕組みをした。「コルトン・プレイスの住み心地はどうだ？」

「配管工が必要な感じです」

エディはにやりと笑った。「金属のバケツを買うことだ。プラスチックはにおいを吸着するからな」

娘と同じことを言われ、ジェフリーもつい感心してしまった。「いつまでこうなんですか？」

「きみはいつまで生きてるつもりか？」

エディは階段をふさいでいた。ジェフリーは、彼を押しのけるほど愚かではなく、すごすごと立ち去るほど自尊心が低くもない。

エディは言った。「いつのまにかこんなことになったが、どうしようかといろいろ考えたんだ」

少なくともこっちは望んでこんなことになったわけではないのだが、とジェフリーは思った。

「サラが生まれたとき、妻が深いことを言ったんだ。妻は知ってるな?」

ジェフリーはむっとしてみせた。「たしか、おれと同じ教会へ行っています」

「そう、妻はとても賢い女性だ。サラが生まれたときに、妻が言ったことをときどき思い出すんだ。おれたちは産科病棟にいた。おれは美しい赤毛の女の子を抱いて、妻は――それが妻の名前だ――おれにちゃんとしろと言ったんだ。女の子は父親に似た男と結婚するから」なつかしそうにほほえんだ。「あの病院で、おれは娘に優しくし、娘を尊重しようと誓った。娘の話を聞き、娘を信頼し、なんでも最高のものを選んでいいんだと教えていこうと思った」

「この話に要点があるのはわかりますが」

「要点は、おれは時間を無駄にしたということだ」エディは肩をすくめた。「おれは娘をほったらかしにすべきだった。そうすれば、娘も自分をくそみたいに扱う男をどうすればいいかわかっていただろうからな」

エディは手すりをつかみ、階段をのぼってきた。肩をジェフリーにぶつけた。背中の筋肉がホエザルのように悲鳴をあげたが、ジェフリーにはエディ・リントンを満足させる気は毛頭なかった。

ジェフリーは顔をしかめて一段おりた。背中が痛みにがっちりとつかまれている。だが、遺体安置所の閉じたドアを目にしたときに感じた痛みにくらべれば、なにほどでもなかった。

ブロックは検死官の仕事を家業の葬儀社の地下室でおこなう。サラは、このセンターの遺体安置所を使っていた。彼女が仕事をしていた名残で、ガラス窓にはまだ名前がエッチングされたままだった。〝サラ・トリヴァー〟という名前だ。

だが、ラストネームにマスキングテープが貼ってあった。その上に、黒いマーカーで〝リントン〟と書かれていた。

サラを裏切るなら、町でたったひとりの看板職人ではない女性を相手にすべきだったかもしれないと、ジェフリーは思った。

テープの端を引っかいたが、プライドに邪魔されて、はがすことはできなかった。首をかしげ、ドアのむこうの音に耳を澄ませた。いま、テッサに嫌みを言われるのはごめんだ。話し声は聞こえなかった。聞こえたのは音楽だった。ポール・サイモンだ。《恋人と別れる50の方法》。

サラがその曲をかけていた。ジェフリーは肩の力を抜いた。背中が抗議して痙攣したが、放っておいた。ドアをあけた。

サラは膝をついて、手にはゴム手袋、頭には青いバンダナを巻いて、たわしでタイルの床をこすっていた。

眼鏡の縁からジェフリーを見あげた。「父に会わなかった？」

「会った。《神々の黄昏(たそがれ)》をフルでやってくれた」

サラの頬がほころびかけたが、笑みにはならなかった。たわしをバケツに入れた。手袋をはずした。立ちあがって、膝の汚れを拭った。ショートパンツにペンキのついたTシャツ。色あせたオレンジとブルーのハーツデール高校のロゴが入っている。

「ネズビットは？」

「検事は児童ポルノ容疑以外には積極的じゃない。ここだけの話、しかたがないとは思う。説得力に欠けるからな。すべてが状況証拠にすぎないし、状況証拠と見るのも無理があるくらいだ。それに、カタリノの件では訴訟になりそうだ。着地点がわからないのに、ジャンプしたがるやつはいないよ」

「犯人はネズビットで間違いないの？」

「ほかにだれがいるんだ？　状況証拠かもしれないが、犯人は森に詳しい。消防用道路を知っていた。キャンパスにしょっちゅう出入りしていた。被害者をストーキングした。被害者の私物を盗んだ。被害者の日常生活を知っていた。これらのことから、町にいても疑われない男だとわかる」

「そんなの、グラント郡で育った人間みんなに当てはまるでしょう」

「ダリル・ネズビットだ」ジェフリーはきっぱりと言った。

「犯人は三十分間にふたりの女性を襲った。ネズビットが逮捕されてから一週間、だれも襲われていないのは、なによりの証拠かもね」

「裁判の前に、あいつの養父に恨みのあるやつが始末してくれてもいい」

サラは顔をしかめた。彼女は私的制裁は間違っていると信じても許される立場にいる。

ジェフリーは警官として、傷つかなくてもいい者が傷つかないように、倫理的にグレーな領域に踏みこまねばならないこともあると学んだ。ただし、一生をそこで過ごしてしまわないようにすることが肝心だ。

サラは尋ねた。「ブロックと話した？」

ジェフリーは先週、ほかの警官よりもブロックと話していた。彼は根掘り葉掘り、捜査について尋ねた。「五回もボイスメールが残ってたんだ。今回のことでひどくうろたえてるようだった」

「事件のせいだけじゃないと思う」サラは言った。「お父さまを亡くして苦しんでるのよ。彼が人づきあいが苦手なのは知ってるでしょう。彼にとっては家族がすべてなのよ」

サラが意図したとおり、ジェフリーはブロックを電話で軽くあしらったことに罪悪感を覚えた。「まだ母親がいるだろ」

「いつまでもつかわからない。マーナは去年死にかけたの。ひとりで家にいて、ひどい喘息の発作を起こしたのよ。ブロックが気づいたの。数週間は予断を許さない状態だった。彼が泣くのを見たことはあるけど、あんなのははじめてよ。ひどく泣きじゃくってた」

ジェフリーはかぶりを振った。「そんなことがあったかな」

「わたしが日付を覚えているのは、トミ・ハンフリーが襲われたのがマーナの入院中だったからよ」サラはバンダナを頭からはずし、髪をほぐした。「ブロックに、マーナのそばにいてほしいと頼まれたの。お父さんは酔っ払ってたし。ブロックが事実上の経営者なの。だから、彼を休ませるためにしばらくマーナのそばにいてあげた。交替に来たとき、なんだか興奮してたわ。ろくに寝てなかったし、不安だったんでしょうね、そわそわして落ち着きがなかった。その夜は彼のことが心配だった。そして朝になって出勤すると、シビルがトミのことで電話をかけてきたの」

ジェフリーはサラのメッセージを受け取った。「ブロックに電話をかけるよ」

「ありがとう」

サラはプラスチックのバケツを持ちあげた。「これ、持って帰る?」

「金属のほうがいいと言われたよ」

サラは笑みを浮かべてバケツをシンクへ運んだ。

彼女が洗剤の混じった水を流しているあいだ、ジェフリーは遺体安置所のなかを見まわした。ここに入るのは一年ぶりくらいだ。この病院は郡が好景気に沸いた一九三〇年代に建設された。当時から地下は一度も改装されていない。壁の水色のタイルは古く、かえって洒落ている。床は緑色と黄褐色の格子模様だ。解剖台は陶製で、両脇に溝があり、中央に排水口がある。足側に浅いシンクと水栓。スーパーマーケットの生鮮食品売り場にあるような秤(はかり)が天井からぶらさがっている。

「ジェフ?」水が止まった。サラはカウンターに寄りかかっていた。「用件は?」

「そのきれいな青い瞳が見たくなった」

ジェフリーは、サラがあきれたように目を上に向けるのを見ていた。結婚していたころ、よくこのジョークを言った。サラの瞳はグリーンだ。

「ブロックの代わりを務めてくれた礼を言いたかったんだ。郡は監察医を必要としている。

状況は変わっているからな。田舎のコミュニティでも、暴力的な犯罪が起きるようになった」

「警察のワークショップをわたしで試すつもり？」

「すまん。感情の足場がないと、ちょっとバランスを崩してしまうんだ」

ジェフリーが部屋に入ってからはじめて、サラは彼の顔をまともに見た。「肺の調子はどう？　お医者さんに呼吸のエクササイズを教えてもらった？」

「一日三回」ジェフリーはエクササイズをはじめようと決意した。「鼻がどこよりも痛いんだ」

「折れてるみたいね」

「妹に会ったな」

サラは、今度は笑わなかった。眼鏡をはずして、シャツの裾でレンズを拭いた。吹き終わっても、ジェフリーのほうを見なかった。「ほんとうにあなたが浮気をした理由はそれなの？　わたしが家族と過ごす時間が多すぎたから？」

ジェフリーは言いなおそうとした。

「先週、わたしのオフィスであなたがそう言ったじゃない。いろいろ言ってたけど、そのうちのひとつ。家族と一緒にいるよりも、あなたともっと時間を過ごすべきだったって」

ジェフリーはポケットからのどあめを取り出した。丁寧に包み紙をあけた。

「あなたはできごとの順序を忘れてる。わたしはあの日の翌朝、あなたにひとこともなく町へ行って離婚届を出したわけじゃない。あの夜、モーテルに電話したでしょう。わたしはあなたの話を聞きたかったのよ」

ジェフリーは、クズ・アームズではじめて酔っ払った夜のことを思い出した。バスルームにはシャワーを浴びている女がいて、電話のむこうにはもうすぐ元妻になる激怒した女がいた。

「夫婦のカウンセリングに一緒に行こうと言ったでしょう」

彼はのどあめを口に含んだ。「ほかの女性に、あんたは最低だと言われるためにお金を払いたくなかったんだ」

サラはうつむいた。小切手を書くのはサラだったはずだと、ふたりともわかっている。

「話してくれればよかったのに。わたしの家族のことを。それがあなたを悩ませていたことを」

「あのころはそんなに話してなかったな」ジェフリーはとっかかりを見つけた。「結婚する前は、いつも話していた。覚えているか？」

サラは謎めいた表情でじっとジェフリーを見つめた。

「おれはきみと話すのが好きだったよ、サラ。きみの考え方が好きなんだ。おれには見えないものがきみには見える」

サラはまたうつむいた。

「きみの人生はきみの家族しか知らない秘密になってしまったような気がした」

「だってわたしの家族だもの」

「きみのまわりに築かれたジェリコの壁だよ。それは別にいいんだ。きみと結婚したときからわかっていたことだ」ジェフリーは正直に告げた。「きみはどうしてこうなったのかと訊いたな。きみはおれと話さなくなった。それが大きな理由だよ」

　正直な告白をしたのに、短い笑いが返ってきた。「わたしはしゃべらないせいで責められたことはないわ」

「大事なことを言ってるんだ。きみがどう感じているか。なにに悩んでいるのか。仕事に問題はないのか。以前のきみは、おれに相談してくれた。なんでも話してくれたじゃないか」ジェフリーはすべてを晒した。「おれは恋人と結婚しているつもりだった。それがいつのまにか、無口な妻と暮らしていた」

　ジェフリーはサラの体がこわばったことに気づいた。彼女は傷ついたときにいつもこんなふうに体に力を入れてこらえていた。

「おれが」ジェフリーはできるだけ穏やかに言った。「おれがきみと話そうとすると、きみはこうなるんだよな」

「わたしになんて言ってほしいの？」サラの声はささやき声より小さく、それも彼女が傷ついているしるしだった。「わたしになんて言ってほしかったの？」

　ジェフリーはかぶりを振った。彼女が傷ついているのに、これ以上は責められない。

「わたしのなにが悪かったのか教えて」サラは言った。「教えて。いずれは新しい人に出会うんだから、同じ過ちを繰り返したくないの」

　サラが新しい人と出会うことを考えると、ジェフリーはこの建物を壊したくなった。

「さっきも言ったが、おれはきみが家族を選ぶのはかまわないと思っていた。でも、たまにはおれを選んでほしかった」

「それでなにか変わった？　きっと別の理由を見つけたわ。あなたはいままでつきあってきた女性をことごとく裏切ってきた。つねに熱烈な恋愛（リマレンス）をしていないと物足りないのよ」

「リマレンスか」ジェフリーはサラの激しい口調をなだめようと試みた。「以前、きみにおれが一回だけ繁殖する（セメルパラス）生き物だったらよかったのにと言われたことがあったが、あのときみたいにその言葉の意味を調べなくちゃならなくて、また恥をかくのか？」

サラは不本意そうにほほえんだ。「熱中している状態のことよ。だれかにはじめて恋をしたときの気持ち。その人に夢中になる。陶酔する。その人のことで頭がいっぱいになる」

「いいことじゃないか」

「でも、ゴミ出しや支払いをしたり、義理の両親を好きなふりをしたり、それが人間関係ってものよ。リマレンスがきっかけでそうなっても、その状態をつづけるには、なにか別のものがないとね」

「おれがきみを愛していないと言いたいんじゃないことはわかる」

「ジェフリー――」

「どうしたらきみを取り戻せる？」

その質問に、サラは本気で笑った。「わたしはトロフィーじゃないわ」

サラにはわかっていない。

ジェフリーは分別に邪魔される前に言葉を発した。「おれはまだきみを愛してるんだ」

サラはふたたび体をこわばらせた。ジェフリーは彼女の肌を思い浮かべた。やわらかな曲線とクレバス。離婚したあと、ふたりは一度だけセックスをした。サラが真夜中にジェフリーの家のドアをノックした。なぜそこにいるのか尋ねる隙もくれなかった。サラにキスをされ、ふたりでベッドに入った。ふたりの目には涙が浮かんでいた。ジェフリーはそのとき、サラがなにかを失って悲しんでいるのも知らず、自分が貴重なものを取り戻したとばかり考えていた。

「サラ、おれはまだきみを愛している」言葉を重ねるごとに嘘ではないのを実感した。「おれはあきらめない。山を越えるまで岩を押しあげつづける」

サラはかぶりを振った。「シジフォスはどうなった？」

「さあね。二千年前に死んだやつの話なんかどうでもいいさ」

サラの笑顔はまだ本物ではなかった。それでも笑顔は笑顔だ。

「正直に話して。傷は癒えないけど、かさぶたにはなるわ」

サラがなにを聞きたがっているのかわかっていたが訊き返した。「なにを正直に話すんだ？」

「女の人たちのこと。関係を修復したいなら、正直に話して。ジョリーンだけじゃないのは知ってるのよ」

サラはなにも知らない。「言ったじゃないか、サラ。ジョリーンだけだ。それもほんの数回だけ。なんの意味もない」

サラはもういいと言うように、一度だけうなずいた。「もう行かなくちゃ」

「サラ――」

「両親がランチを一緒にとろうと待ってるの」

ジェフリーは、彼女が財布や車のキーをまとめるのを見ていた。

「これで終わりじゃないぞ、サラ。きみを失いたくないんだ」

サラはジェフリーのほうへ歩いてきた。ジェフリーの両肩に手を置き、目を見ることができるように、つま先立ちになった。

ふたりはしばらくそのまま見つめ合っていた。サラは下唇を噛んだ。ジェフリーはその美しい口元に目を奪われた。

ジェフリーは身を屈めかけた。

サラの手が彼の肩を叩いた。「帰るときは電気を消してね」

ジェフリーはドアが閉まるまでサラの後ろ姿を見送っていた。彼女の影は曇りガラスのなかからすぐに消えた。マスキングテープの裏に、まだ〝トリヴァー〟の文字が見える。

煙で傷ついた肺が許すかぎり深呼吸をした。古めかしい遺体安置所を見まわした。サラのオフィスは奥にあった。新しいファイルを保管するための段ボール箱が運びこまれていた。大量のペン。未開封のリーガルパッドの束。ウォークインの冷凍庫の古いコンプレッサーが、モーターの回転に合わせてうなりをあげはじめた。ジェフリーを追い出した翌日、サラはばか高いスポーツカーを買っただけでなく、人生を左右するふたつの決断をした。まず、裁判所に離婚届を提出した。そして、検死官を辞職するという手紙を市長に送った。あれから一年が経とうとしているが、そのうちのひとつは取り消されることになりそうだ。

悪くない確率だ。

ジェフリーはブラックベリーを取り出した。トラックホイールをクリックして、メモを開いた。

ブラックベリーを除いて、ジェフリーの生活は古いものであふれている。まだローロデックスを持っているし、メモやリマインダーはすべて紙に書きとめる。カレンダーも紙のものを使っている。螺旋綴じのノートは箱に詰めて屋根裏部屋にしまってある。退職後もどんな家に住んでいようが、屋根裏部屋に保管することになるだろう。

そして、なにがなんでもサラとその家に住む。

ジェフリーは、スクリーンに表示された名前と電話番号の秘密のリストを見た。ハイディ。リリー。キャシー。ケイトリン。エミー。ジョリーン。

ひとりずつ、最後まで削除していった。

28

アトランタ

サラはシャツを脱いでいた。フェイスが裸の胸に小さなマイクをテープで貼りつけているあいだ、サラは両手を広げて立っていた。ふたりがいるのは、ＧＢＩの科学捜査班のバスのなかだ。車内のモニターには、閉じた後部ドア映像が映し出されていた。カメラはサラのバッグのなかに隠してあった。革にあけた穴は、彼女の小指の円周よりも小さい。

フェイスはテープをもう一枚ちぎった。

サラは天井を見あげた。泣くわけにはいかないが、八年前に見逃したもの、目の前にあったものを考えると、雪崩の中で転げ落ちるような気分になった。

最初の揺れを起こしたのは、シェイ・ヴァン・ドーンの奥歯に挟まっていたゴムの膜だ。あのとき、サラは心のなかで一連の流れをたどっていた——検死のときまでゴムはそこになかったのに、エンバーミングのあとに挟まっていたのはどういうことか。そこへ、トミ・ハンフリーから電話がかかってきたのだった。

二回目の揺れは、聞き覚えのある言葉が原因だ。

トミを襲った犯人は、彼女が思いあがっているから拉致したと訴えた。思いあがっている。

サラは、カフェテリアで人気者専用のテーブルに向かうチアリーダーたちを、ブロックがじっと見つめていたのを覚えている。

「あいつらはぼくに目もくれない」ブロックはささやいた。「思いあがっていて、ぼくの存在に気づいてもいないんだ」

第三の揺れは、すすり泣きだった。

サラはダリル・ネズビットに会ったことはないが、彼が自分の犯した罪で泣く姿は想像できなかった。サラが知っている男のなかでことあるごとに泣くのはただひとり、十年間スクールバスで彼女の隣に座っていた男だ。

四回目の最後の揺れで、空が落ちてきた。

ブロックの母親が入院したのは、十月の最終週だった。詳しいことは思い出せないが、真夜中に迎えに来たブロックの様子が変だったことはいまでも覚えている。彼の卑屈な態度はなくなっていた。彼は妙に興奮していて、浮ついていると言ってもよいほどだった。あのときサラは、母親が心配でそうなったのだろうと思っていた。いま思い返せば、彼がなにに興奮していたのかわかる。

勝利のよろこびだ。

「だいだい終わり」フェイスはサラの後ろに立ち、マイクの送信機をパンツの後ろにとめていた。

ダン・ブロックは、二年間かけて遺体衛生学の準学士号を取得した。授業は厳しく、解剖学、化学、人体解剖学の深い理解を求められる。郡の検死官として、彼はフォーサイスにあるジョージア州公共安全トレーニングセンターで四十時間のトレーニングを受けることを義務づけられた。そこで彼は、科学捜査と犯罪現場の捜査について学んだ。さらに、死因究明の科学の進歩についていくため、毎年二十四時間の追加研修を受けなければならない。

彼なら人を麻痺させる方法を知っているだろう。痕跡を消す方法も知っているだろう。

そして雪の塊の下で、最後の、そしてもっとも決定的な手がかりを見つけた。

サラはブロックの写真をトミ・ハンフリーにメールで送って尋ねた——。

この男？

じりじりするような四分間ののち、トミから返信が届いた——。

こいつよ。

「よし」フェイスが言った。「シャツを着てもいいよ」

サラはシャツのボタンをとめた。指が腫れているように感じた。昨日の朝のミーティングでフェイスが言った計算式を思い出した。

AたすBはC。

トミ・ハンフリーを襲って体に傷をつけた男は、レベッカ・カタリノとレスリー・トゥロンを襲った男と同じである。

ミランダ・ニューベリーのスプレッドシートにのっていた女性たちを殺したのも同じ男

である。

そして、サラが友人と思っていた男も。キャリー・ザンガーを拉致して薬を飲ませ、レイプしたのも彼だ。

涙があふれた。サラは怒っていた。怯えていた。打ちのめされていた。

三十年以上ものあいだ、サラはダン・ブロックに心から親しみを感じていた。幼稚園で彼女の隣に座っていた男の子が、自虐的なジョークで笑わせてくれた不器用なティーンエイジャーが、多くの女性を拷問し、レイプし、殺した怪物であるはずがない。

「しゃべってみて」フェイスはヘッドフォンの片側を耳に当てていた。

サラはできるだけ普通の声を出すようにした。「ワン・ツー・スリー。ワン・ツー・スリー」

「よし」フェイスはヘッドフォンをテーブルに置いた。「ねえ、ほんとうにやりたいの？」

「やりたくない」サラは正直に答えた。「だけど、わたしたちには遺体も犯罪現場もない。あるのは推測とスプレッドシートだけ。それでも、遺族には答えを知る権利があるし、答えを得るにはこの方法しかない」

「賽は投げられた」フェイスは言った。「あいつを逮捕して。死ぬほど怖がらせてやれ。全部吐くかもしれない」

おそらくそうはならない。「公になったら、彼は全力で否定するわ。ヴァン・ドーンの両親も、キャリー・ザンガーも、ジェラルド・カタリノも——それから彼の被害者たちもみんな、真実を知ることはない。ブロックは絶対に記録に残るようなことは言わないから。

とくに母親が生きているあいだはね」

フェイスは不機嫌な顔でドアをあけた。

外でウィルが監視していた。防弾ベストを着て、ライフルを肩にかけていた。体から気迫が汗のように湧き出ている。

彼は無言でサラを見ていたが、その無言がすべてを物語っていた。

サラは深いポケットのある青いカーディガンをはおった。

アマンダがバスに乗りこんできて、サラに言った。「暗号は〝サラダ〟よ」

サラはウィルを振り返った。彼はかぶりを振った。サラにこんなことをしてほしくないのだ。

アマンダはつづけた。「なんらかの理由で中断したいときは、サラダと言ってくれれば、すぐに駆けつけるわ。わかった？」

サラは咳払いをした。「わかりました」

フェイスはモニターを見た。オールケアの施設までは一キロ弱。ニックの車のダッシュボードに設置されたカメラは、施設の正面を映している。プライバシーの観点から、建物内にはカメラが設置されていない。

アマンダは言った。「犯した殺人を洗いざらい自白してくれれば申し分ないけど、カタリノとトゥロンを襲ったときにどうしたのか、具体的な証言を引き出せさえすれば、彼の腕に注射針を刺せるわ」

つまり死刑だ。

「ローディングドックの外と裏に部下を配置しているけど、なかには入れないの。ブロックのオフィスの窓のシャッターがまだ閉まっているかどうかも確認できてない。あなたが建物に入ったら、ウィルとフェイスは通路で待機する。それ以上近づくと危険だから。カメラとマイクが拾ったものはすべてふたりの携帯電話にストリーミングされる。暗号を言ったあと、ふたりがオフィスのドアを破るのにおよそ八秒から十秒かかると思って」

サラはうなずいた。体が麻痺していた。

「はい」フェイスが弾の入ったリボルバーの銃口を下に向けて差し出した。「これを使うときは、シリンダーが空になるまで引き金を引きつづけるの、いい？　六発入ってる。ためらっちゃだめ。犯人に怪我をさせるために撃つんじゃない。止めるために撃つんだからね」

サラは手にしたリボルバーの重さを測った。ウィルをちらりと見た。カーディガンの深いポケットの片方に銃をしまった。

「ニック？」アマンダは無線機に向かって話しかけた。「そっちはどう？」

「ターゲットはまだなかにいます」ニックの声がスピーカーから聞こえてきた。「中番の従業員は全員、建物を出ました。通りに出たところを捕まえて、マネージャーとじっくり話し合ったところです。午後一時まで業務を中断してくれます。通りの両端を封鎖しました。駐車場には九台の車が残っていて、一台はブロックのもの、ほかは従業員のものです。マネージャーは、ほかの従業員たちは休憩室にいるだろうと言っています」

アマンダは言った。「フェイス、第一の仕事はブロックに気づかれないように従業員を外に出すことよ」

「休憩室には建物を見渡せる窓があります」フェイスは郡のウェブサイトで建物の設計図を見つけていた。「用心しなくちゃ」

「最初から最後まで用心を怠らないで」アマンダはサラに向きなおった。「あなたしだいよ、ドクター・リントン。わたしたちはいますぐ彼を逮捕してもいいのよ。トミの証言がある。彼女は有力な証人になるわ。自白がなくても起訴できるのよ」

シェイ・ヴァン・ドーン。アレクサンドラ・マカリスター。レベッカ・カタリノ。レスリー・トゥロン。キャリー・ザンガー。ピア・ダンスク。テリーサ・シンガー。アリス・スコット。ジョーン・フィーニー……。

サラはバッグのストラップを肩にかけた。「準備ができました」

ウィルがバスを降りようとしたサラに手を差し出した。サラはその手を握り、彼の唇にキスをした。

「夕食はマクドナルドにしましょう」

せっかく軽口を叩いたのに、ウィルは真剣な表情のままだった。

「もしブロックがきみに触れたら殺すよ」

サラはウィルの指をぎゅっと握ってから放した。ウィルから遠ざかれば遠ざかるほど、感覚がなくなっていった。麻酔のようなものが手足から胸に広がり、自分の車にたどり着くころには、ロボットのようなぎくしゃくとした歩き方になっていた。サラはシートベルトを締め、エンジンをかけた。ギアを選ぶ。道路に出た。

ウィルとフェイスが黒いセダンでついてきた。バックミラーに映るウィルは、不本意そうに唇を引き結んでいた。施設までの一キロ弱の道のりが果てしなくつづいているように感じた。頭のなかはいっぱいなのに空っぽだ。

自分がやるべきなのか？　できるのだろうか？　もしブロックが話さなかったら？　もしブロックが逆上したら？　ブロックはわたしを傷つけない、襲いたければとっくに襲っている。そうみんなに言ったものの、もし自分の知っているブロックが、女性を苦しめることに快楽を覚えるブロックに変わってしまったら？　狂気の証拠はこの目で見た。彼は女性をレイプするだけでは満足していなかった。女性を破壊した。その彼を追い詰めようとしている。ブロックはわたしも破壊しようとするだろうか？

サラはウィンカーを出して角を曲がった。オールケアの施設は前日と同じように見えた。ただし、同じではないところもある。ＳＷＡＴがすでに屋上にいた。通りのむこう側を見ると、スナイパーが正面玄関を狙っていた。もうひとりのスナイパーが裏口を狙っているはずだ。ロビーに入るコンクリートの階段の両脇にも、黒ずくめの男がふたりいる。

計画どおりに進んでいれば、ブロックは散らかったオフィスでサラを待っているはずだ。サラは、倉庫の鍵を返しに行くと電話をかけておいた。ブロックはサラと会えるのをよろこんでいた。きっとデスクでランチを食べているだろう。家から持ってきたケーキを一緒に食べようと話していた。

いかい、母親のレシピだ。

サラは玄関脇の駐車スペースに車をとめた。呼吸をととのえ、激しく鼓動している心臓を落ち着かせるべきなのだろうが、おそらく無駄だ。なにをしても落ち着くことなどできない。

車から降りながら、右肩にバッグをかけなおした。左手はカーディガンのポケットに入れた。腰に当たらないように銃を握って、入口に向かって歩いた。

ふたりの男がライフルを持ち、コンクリートの階段の両側にいた。彼らは壁を背にしていた。彼らの視線は、階段をのぼるサラを追っていた。背後で車のエンジンが切れ、ドアが開閉する音がした。サラは振り向かなかったが、ウィルが離れてついてきていることはわかっていた。サラの恋人はなんでもリストにする癖がある。いまもあらゆる可能性を頭のなかで一覧表にしているはずだ。

1 ブロックは自白して自首する。
2 ブロックは自白するが自首しない。
3 ブロックはサラを人質に取る。
4 ウィルはブロックを撃つ。

サラは補足した――

5 ブロックがこれはすべてひどい誤解だと弁解する。

だれもいないロビーで、サラはカメラが正面を向くようにバッグの角度を調節した。受付カウンターにはランチタイムのサインが出ていた。プラスチック製の時計の模型は、受付係が戻ってくる午後一時を示している。

サラは浅く息を吸った。バッグの紐を握った。リボルバーを握る手に力が入る。

廊下を歩いていると、頭がぼうっとしてきた。ウィルとフェイスがロビーに入る音が聞こえた。サラは振り返りたくてたまらなかったが、もしウィルと目が合ったら前に進みつづけられるかどうか自信がなかった。

八秒から十秒。

アマンダはウィルとフェイスがブロックのオフィスに突入するのにかかる時間をそう見積もっていた。

サラにはウィルが三秒以上かかるとは思えなかった。

建物の扉まであと五歩。汗が胸を伝った。汗が隠しマイクをすり抜けて、ブラジャーの中にたまるのがわかった。壁の写真に目をやった。

今月の最優秀社員、デイヴィッド・ハーパー。

ハル・ワトソン、施設長。

ダン・ブロック、エンバーミング部門管理責任者。

ブロックの写真の横には、州の地図が貼られていた。青く塗られた部分がオールケアの担当区域を示している。ブロックのオフィスにある地図よりも新しいものだった。ホワイト郡は青一色だった。

ぼくのホームグラウンドだ。

低い話し声が聞こえ、サラは振り向いた。フェイスが従業員を休憩室から追い出していた。ウィルはライフルに手をかけ、指をトリガーガードに添えていた。

ふたりは最後に目を合わせた。

サラは大きく息を吸った。

ドアをあけて倉庫に入った。

感覚が過敏になっていた。ホルムアルデヒドのにおい。部屋のすみずみまで照らす天井照明。ステンレス製のテーブル三十台は、一台を除いて空っぽだった。エンバーマーが自分の持ち場で亡くなった女性の髪を洗っていた。彼女の手は前後に動き、もつれた髪を梳いている。

サラはブロックのオフィスの窓にある木製のブラインドが閉まっていることを確認した。咳払いをした。女性エンバーマーに声をかけた。「ハルがちょっとオフィスに来てくれないかと言っているんだけど」

女性は驚いたように訊き返した。「ハルが？　いまはちょっと——」

サラはふたたびシャッターを確認した。「行って」

女性の目は休憩室の窓を向き、それからサラに戻ってきた。彼女は櫛を置いた。手袋をはずした。エプロンを解いて、そそくさと立ち去った。

ブロックのオフィスに近づくにつれ、サラは鼓動が激しくなるのを感じた。手は震えはじめていた。医師として、外科医として、そして監察医としての長年の経験から、感情を抑える能力は身につけている。それなのに、ブロックのオフィスの閉じたドアの前に立っても、スイッチを入れることができなかった。

ブロックは彼女の古い友人だ。

レイプ犯だ。

殺人犯だ。

サラはドアをノックした。

「サラ？　きみか？」

ドアがさっと開いた。

ブロックはいつもと同じ笑顔だった。彼に抱きしめられそうになり、サラはあとずさった。

「ご、ごめんなさい」言葉がつっかえてしまい、サラはあわてた。言い訳は考えてある。いつもハグしていたので、彼がハグしようとすることはわかっていた。「風邪をひいているの。あなたにうつしたくなくて」

「ここで働くうちにヤギ並みに丈夫になったから大丈夫だよ」彼は手招きした。「ランチに行けなくてごめんよ。打ち合わせの準備をしなければならなかったんだ」

サラの左手はポケットに入れたままだった。手のひらの汗がリボルバーを覆っている。

彼女は脚を無理やり動かした。まわりを見渡した。なにもかもが前の日と同じように見えるはずだった。

ぜんぜん違う。

ブロックのオフィスはきれいに片付いていた。一晩中、掃除していたに違いない。あふれていたファイルは整理されていた。帳票や発注書はラベルの貼ったトレイにきれいに重ねられている。デスクには、大きなリングバインダーが二冊だけのっていた。どちらも十センチ近い厚さがある。ビニールの表紙は深緑色。表には金色でオールケアのロゴが箔押しされている。サラは緊張した様子を見せないようにしながら、閉じた木製のブラインドに目をやった。

外が見えない。外からもなかが見えない。

「ごめんよ、この部屋は暑いよね」ブロックはドレスシャツのボタンをはずし、袖をまくりあげていた。「水かなにか飲む？」

「いいえ、ありがとう」サラは声の震えを抑えようとした。「部屋を片付けたのね」

「昨日、きみが帰ったあと、すごく恥ずかしくなってね。いつもはあそこまでひどいことにはならないんだよ」ブロックは小さなテーブルを示した。「座って。ゆっくりしていけるんだろう？」

サラはバッグをテーブルに置き、カメラがもう一方の椅子に向いていることを確認した。できるだけ彼と距離をあけ、椅子に深く座った。

「きみから風邪をもらわないようにしたほうがいいかな」

ブロックはサラの向かいの椅子には座らず、デスクのむこうへ行って座った。

彼の前に分厚いバインダーがある。彼の手は机の上にあるが、カメラには映っていないはずだ。

バッグの穴の位置が低すぎる。

ウィルが心配しているに違いない。ブロックの手から目を離したくないはずだ。サラは、彼がドアを突き破って入ってこないように祈った。

ブロックは言った。「探していた電話番号はわかった？」

サラは眉が持ちあがるのを感じた。

「デリラの番号は？　母さんに聞いたんだけど、母さんは物忘れがひどくてね」

サラは、下唇が震えるのを感じた。普段どおりすぎる。ここまで普段どおりなのは変だ。

「サラ？」

「ええ」言葉を押し出さなければならなかった。「見つかったわ」

「それはよかった。今朝、ヴィラ・リカでルーカスはよくしてくれた？」

サラは自分の顔に驚きが広がるのを感じた。ルーカスはシェイ・ヴァン・ドーンの発掘を手伝ってくれていた。

「ルーカスは、エンバーミングにオールケアを使っているんだ」

唇の震えが止まらなかった。これ以上、芝居はつづけられない。「ゴムが見つかったの」

ブロックは待った。

「彼女の歯、歯に」また言葉がつっかえた。「シェイの奥歯にゴムが挟まっていた」

ブロックは無表情だった。

「コンドームの。検死解剖で」

ブロックの表情は変わらなかった。彼は緑のバインダーをまっすぐにして、机の端と平行になるようにした。「おもしろい話をしようか、サラ？」

胃袋がずっしりと重くなった。彼を急かしすぎた、早すぎた。「ブロック――」

「昨日きみが帰ったあと、はじめてきみがぼくの友達だと気づいたときのことを思い出したんだ。きっときみは気づいてなかっただろうね、そうだろう？」

もう無理だ。「ダン、お願い」

「きみはいつもぼくに優しくしてくれた。優しいのはきみだけだった」なつかしそうな口調だった。「サラ・リントンはみんなに親切で、ぼくもそのみんなの一部だから、親切にしてもらえるんだと思っていた。でもある日、きみはぼくのために立ちあがってくれた。覚えているか？」

サラは唇を噛んで震えを止めた。彼はなにをしているの？　いま、ゴムが見つかったと話しているのに。エズラ・イングルはおそらくブロックにアレクサンドラ・マカリスターの死体検分の詳細を話したのだ。そしてブロックは、サラが母親ではなく彼に誤送してしまったメールを読んで、トミ・ハンフリーを捜していたのを知っている。

「ぼくたちは六年生だった」ブロックは両手をあげて指をひょいひょいと動かした。「チルダーズ監督」

遠い記憶が意識に入りこんできた。チルダーズは農業を営んでいた。学校で収入を補っていた。「コンバインに巻きこまれた」

「そう、その彼だ。コーンピッカーのローラーに引きこまれたんだ。片手の指が全部なくなってしまった。もう片方の腕はきれいにちぎれてしまった。哀れな男は助けてもらえずに失血死した」

サラはかぶりを振った。ブロックはなにが言いたいのだろう？　なぜこの話をするのだろう？

「父さんがチルダーズ監督を地下室へ連れていったときのことを思い出すよ。ぼくはひとりで地下室におりることは許されていなかったけど、どうしても見たかったんだ」ブロックは子どものころのいたずらを話しているかのようにくすくすと笑った。「みんなが寝静まるのを待って、下に行って遺体袋のファスナーをあけた。チルダーズ監督は仰向けになっていたよ。腕は胸の上のビニール袋に入ってた。指は見つからなかったんだろうな」

サラはようやく思い出した。チルダーズ監督が亡くなった翌日、ブロックは子どもたちの嘲笑の声を浴びながらバスに乗りこんだ。みんな事故の詳細を知っていた。チルダーズ監督の遺体がどこに運ばれたのかも。

サラは言った。「死人の手」

ブロックの笑顔は少しも楽しそうではなかった。「そのとおり。みんないつまでも言ってたよね。死人の手、死人の手」

彼はあのときの子どもたちと同じように手を振った。あのあと、彼は何週間も悪意に満ちたからかいに耐えなければならなかった。

「きみはどうしたか覚えているか？」

彼女は唾を飲みこもうとしたが、口のなかはからからだった。「みんなをどなりつけた」

「ただどなっただけじゃないよ。きみはバスの真ん中に立って、みんなに向かって黙れ、ちくしょうと吠えたんだ」ブロックは、いまだに驚いているかのように笑った。「あのころ、その言葉を実際に聞いたことがあるやつはいなかったんじゃないかな。みんなその意味を知らなかったしね。母さんは〝エディ・リントンは、娘の前で汚い言葉を遣ってるのね〟と言ってたよ。でも、そのあとどうなったか覚えているか？」

これでは普段どおりだ。普段どおりでいられるわけがないのに。

サラは言った。「わたしは居残りになった」

「きみは人生で一度もいじめられたことがないんだね」彼の笑顔が消えた。「きみはぼくのためにそうしてくれたよね、サラ。あのとき、きみはぼくの友達だと気づいたんだ」

サラは唇を結んだ。部屋が暑く感じた。背中に汗が伝い落ちた。どうすればいいのか、なにを言えばいいのかわからない。「お願い」

「ああ、サラ。つらいよね」ブロックは机の上で両手を握り合わせた。「残念だよ」

その声はいつもと変わらず思いやりにあふれていた。サラは、ブロックが数えきれないほどの弔問客に同じ慰めの言葉をかけるのを聞いてきた。サラ自身も、ジェフリーのために葬儀場へ行った日に同じことを言われた。

ブロックは言った。「監督の腕を持って森に行ったんだ」

サラは、ブロックの目に宿る不安に注目した。彼はいつも拒絶されることを恐れていた。

サラは頭のなかのスイッチを無理やり切って、感情を鈍らせようとした。

「ぼくはとても寂しかった」ブロックはサラの様子をうかがい、どこまで話せるか試していた。「ぼくはただ一緒にいてくれる人がほしかった。それだけでよかったんだ、サラ。

ぼくを笑ったり、押しのけたりしない人がほしかった」

サラは口に手を当てていた。心は彼の言っていることを理解しようとしなかった。

「血が潤滑剤になるとわかるまでに時間がかかったよ」

吐き気がこみあげた。サラはそれを呑みこみ、自分を奮い立たせようとした。逃げてはいけない。ブロックに話をつづけさせなければならない。遺族のために。まだわかっていない被害者のために。

「ここに穴をあけるだろ」ブロックは自分の胸を指でこすった。「そこを押せば口のなかに血がたまるんだ」

喉が詰まった。ブロックは穏やかな口調で話しているが、シェイ・ヴァン・ドーンの顎は脱臼していた。コンドームは彼女の歯で破れていた。トミ・ハンフリーは体を傷つけられていた。アレクサンドラ・マカリスターは編み針で引っかかれていた。

サラはそれらのイメージを無理やり頭から消し去った。

ブロックのすがるような目と目を合わせた。ブロックは話をつづける許可を待っている。

「最初はハンナ・ネズビットだった」

まともな声を出す自信がなかったのでうなずいた。

サラは喉が締めつけられたような気がした。

「ぼくは大学から帰省していた。ダリルは子どもで、十歳か十一歳だったかな、彼の母親が死んだばかりだった。調べればわかるだろう？」

ブロックは答えを待っていた。サラは、ダリルが八歳のときに母親が薬物の過剰摂取で亡くなったことを知っていたが、「ええ」と答えた。

「遺族は棺をあけることを希望した。ぼくは霊安室でなにもかもきちんとととのっているかどうか確認していた。そのとき、最後にキスをしなければならないという衝動に駆られたんだ」

最後に？

「控えめなキスだよ。唇を触れ合わせただけだ」ブロックはつかのま息を止め、吐き出した。「振り向くとダリルがそこに立っていた。見ていたんだ。ぼくたちは言葉こそ交わさなかったけど、無言のコミュニケーションがあった。ふたりとも、自分の奥深くにおかしなところがあるのを知っていた孤独な人間だったから」

サラは沈黙を守るのに必死だった。あの霊安室には入ったことがある。ぞっとする光景が頭に浮かんだ。ダリルは子どものころ、大人の男が母親の遺体を冒瀆しているところを目撃してしまったのだ。おそらく怖くて混乱して、その意味はわからなかったかもしれない。

「ぼくは、ダリルがだれかに話すだろうと思った」ブロックはもはやサラを見ることができなくなっていた。デスクをじっと見つめていた。「ぼくはダリルが逃げ出してしゃべるのを待っていたけど、彼はそうしなかった。秘密を守ってくれた。だから、ぼくも彼の秘密を守らなければならなかった」

ブロックは鼻をすすった。手の甲で鼻を拭った。

「父さんは、ネズビットやアボットや、結婚してデュー - ロリーに来た人たちの葬儀を月に一度くらいの割合で引き受けていた。ダリルはいつも幼い女の子につきまとってた。自分のいとこにも。べたべたすり寄ってた。髪をいじったりしてね。ときには女の子をトイレに連れていって、そのあと女の子が泣いて出てくることもあった」

ブロックの目は涙で濡れていた。

「腹立たしかったよ。通報できないとわかっていたから。そんなことをしたら、ダリルに密告されて、父さんと母さんに聞かれて、それで人生が終わってしまう」ブロックはサラを見た。「ぼくは母さんにそんなことはできない。わかるだろう？　母さんには絶対に知られてはいけないんだ」

サラはうなずいたが、同意したわけではない。彼が胸の悪くなるような秘密に子どもを巻きこんだことを告白した時点で、サラの感情のスイッチはオフになっていた。

サラはカーディガンのポケットに手を入れた。リボルバーは汗でべとついていた。

「みんな、酒を飲むとひどいことをするよね。そして、酔いが覚めると、悪いのは自分じゃない、酒だって言う」ブロックはデスクに目を落とした。「でも、ぼくはいつも考えていたんだ。酔っているときがその人のほんとうの姿だとしたら？　しらふの人が演技をしているのだとしたら？」

サラはあるパターンに気づいていた。ブロックは話がそれるたびに、サラが聞き入ってしまうような細かい情報を入れる。そして話が元に戻るまで、長く待たされることはない。

「ダリルの養父のアクスルは、うちで働いていたことがあるんだ。金属製の棺を仕入れると、角がつぶれていたり、へこんでいたりすることがある。保険が適用されるけど、修理すれば商品になる。金属の扱い方を知っている人が修理してくれればね」

サラは言った。「デッドブロー・キット」

「アクスルは棺にハンマーを置き忘れていったんだ」ブロックの弱々しい笑顔が戻ってきた。「なぜそれを取っておいたのか、自分でもわからない。重さは気に入った。先が尖っていて。使えると思ったんだ」

ブロックはふたたびサラから目をそらした。緑のバインダーの角をつまんだ。プチ、プチと音がした。

サラは言った。「あなたはレスリーの体のなかにハンマーを残した。柄の品番で追跡できることを知っていたのね」

「きみがそれを取り出したときに、なにか言うつもりだった。ああ、それ見たことあるよ、とかね。でも、アクスルが刑務所にいるとは知らなかったんだ。みんなで犯行現場に向かって歩いているときに、ジェフリーがフランクにあることを言った――あの日、森のなかであったことを覚えているか?」

サラはビデオの映像を思い出した。レスリーの脚のあいだから流れ出た血。ガラスの破片のように、折れてぎざぎざになったハンマーの柄が突き出ていた。

ブロックは言った。「ぼくは、ジェフリーがダリルのことをフランクに尋ねているのを聞いていた。ジェフリーはすでにダリルを疑ってた。ぼくは、ダリルがアクスルの道具を自由に使えることは知っていた。アクスルが棺を修理するためにダリルを家に連れてくることがあったからね」

サラは録音のために彼の告白を明確にしたかった。「アクスル・アボットを陥れるために、レスリー・トゥロンの体のなかにハンマーを残したの？」

ブロックは小さくうなずいたが、それではだめだ。

サラは言った。「ハンマーはレスリーの奥深くまで押しこまれてたから、切開しなければならなかったのよ」

ブロックは指で口を拭った。はじめて後悔の念を口にした。「ぼくはあわてていた。急いでやらなければならなかったから。キャンパスまであと少しのところで、彼女に追いついたんだ。考えている時間はあまりなかった」

なにも考えていなかったのだ。ブロックはもっとも暗い、もっとも凶悪な本能に駆り立てられていた。レスリー・トゥロンは彼の空想の対象ではなかった。ブロックが異常な欲望に従って行動するのを邪魔した存在だった。

「レスリーからなにか盗んだ？　ストーキングしていたの？」

「あの日、はじめて会った」

たまたま選んだのであっても、許しがたい暴行であることには変わりない。

「サラ、わかってくれないか。あのときは時間がなかった。あの子はキャンパスへ歩いて帰ろうとしていた。森であの子に姿を見られたのはわかってた。もしきみがいなかったら、あの子を探しに行くためにジェフリーに嘘をつかなければならないところだったよ」

サラは、ブロックが木にもたれかかって亡くしたばかりの父親を思って泣いていたのを思い出した。いや、あのときはそう思っていた。いま振り返れば、捕まるのが怖くて泣いていたのではないか。

ブロックは言った。「この機会を逃したらだめだと思った。あの子を始末するには、わずかな時間しかなかった。ハンマーのこともきみの言ったとおりだ。柄に書かれた番号が、ジェフリーがパズルのピースを組み合わせるのに役立つのは知ってた。だから残したんだ。でも、逮捕されるのはアクスルだと思ってたよ。結局ダリルになってしまったけど。なにもかも完璧にそろったんだよ、サラ。神の思し召しのようだった」

ただの運だ。「神のせいにしないで」

「ぼくは小児性犯罪者がより多くの子どもを傷つけるのを止めたんだよ」ブロックは言った。「サラ、あの納屋のことは知っているだろ。ダリルは子どもを誘拐するつもりだった。準備はととのっていた。でも、ぼくがそれを阻止した。ぼくは赤ん坊をレイプしたやつを刑務所に入れるのを手伝ったんだ」

サラは、あなたもレイプ犯でしょうと口走らないように舌を噛んだ。

どのみち、ブロックはサラの反応に気づいていた。目が合わなくなった。彼はまたバインダーの角をつまみはじめた。

プチ、プチ、プチ。

「母さんは父さんが死ぬ前の十月に喘息の発作を起こした。それを知りたいんだろう？」

心臓が喉にせりあがってきた。「ええ」

「ぼくは慰めがほしかった」ブロックは、九年前にトミ・ハンフリーに話したのと同じことを言った。「あんなことをするつもりはなかったんだけど、ずっと彼女を見ていたら、衝動を抑えられなくなって、気がついたら一緒に森にいたんだ」

それは嘘だ。彼はトミを拉致したときに、抜かりなく準備していた。薬入りのゲータレードを持ってきていた。漂白剤に浸した布も。そして、編み針を彼女の首に押し当てた。子どもが産めなくなるほどひどく傷つけた。この嗜虐的な異常者は慰めを求めていたのではない。死人のように無口な妻を創り出したかったのだ。

「彼女の名前を言って」サラは彼に言った。録音のために頼んだのではない。自分自身のため、トミのため、彼が破壊したすべての女性のためだ。「彼女の名前を言って」

ブロックは応じなかった。

「十月のことだ。そして三月、父さんが死んだときだ」

三月。レベッカ・カタリーノ。レスリー・トゥロン。

「ジョアンナ・メテスを覚えているか？　きみは診療所で彼女の子どもを診ていたと思うんだけど」

ブロックの話はいたずらに長い。サラは彼の背中を押そうとした。「ジョアンナは交通事故で亡くなったわ」

「父さんが地下室の階段をおりてきたとき、ぼくは彼女と一緒にいたんだ」ブロックの声は重くなった。「彼女の口のなかに入れていたときに、父さんが入ってきた」

サラは喉に手を当てた。

「父さんは卒倒した。なにかにつかまりもしなかった。ぼくは、階段から落ちたのかと思ったよ。でも、心臓発作が原因じゃない。ぼくを見たせいだ」

ブロックはデスクの抽斗をあけてティッシュのパックを取り出した。ティッシュで目を拭った。

「とても恥ずかしかった。でも、自由になった気がした。もう隠す必要もないし、こそこそする必要もない。母さんは地下室に入らないし。自分のしたいようにできたけど……」声が途切れた。「最初のときは大失敗した。思ったようにはいかなかった。ロヒプノールの適切な投与量を知らなかったんだ。彼女は何度も目を覚まして動きまわった。ぼくは必要なものをもらうことができなかった。言っていることがわかるかな、サラ？　ぼくは彼女にじっとしていてほしかったんだ」

サラは彼がしたことをじかに見ている。「あなたはトミを切り刻んだ」

「あの子は乾いていて、濡らさなくちゃいけなくて――」彼の声はささやくようになった。「興奮しすぎたとは思うよ。ハンマーが何度も引っかかって、編み針があんなに鋭いとは思ってなかったし、それに――それに、ぼくは血が冷たいことに慣れていた。あの子はとても温かかった。人の手に包まれているようで。ぼくはもっとほしくなった。生きて、息をしているものと一緒にいるのが、あんなに気持ちのいいことだったなんて」

怒りの涙がサラの目を焼いた。トミはもの
ではない。

「あの子は一生懸命じっとしていようとしたけれど、すぐにびくびく動いたんだ」ブロックは言った。「だから、ベッキーには錐を使わなければならなかった。動けないようにするためにね」

サラははじめて深呼吸をすることができた。いまのは自白だ。ブロックはついに被害者の名前を口にした。

「錐は下半身を麻痺させるだけだった。試行錯誤しているうちに、修正する方法がわかったんだ」

サラはその試行錯誤の犠牲になった被害者たちのことを思った。

「ベッキーは小さな拳を振りまわしつづけていた。ゲータレードを吐いてしまったんだよ。しかたないから殴った。でも、いいことを教えよう」

ブロックが身を乗り出したので、サラは体を引いた。

「ベッキーは逃げたんだよね？」ブロックは手をあげてサラを制した。「ぼくはみんなにチャンスを与えた。みんなを放っておいた。全員にぼくから逃げるチャンスをあげたんだ」

サラはその嘘に首を振った。彼はみんなにチャンスを与えていたのではない。薬が効かなくなるまで薬漬けにし、錐で麻痺させた。そのあいだのわずかな時間を運よく利用できた者もいたが、ごく少数だ。

「森のなかへ彼女たちを訪ねていって、まだそこにいるのを見たとき、まさに……魔法のようだったよ」

ブロックが唇を指で軽くなぞる様子は、あからさまに性的だった。

「一緒にいてくれた人たちには、時間をかけて接したよ。髪を梳かしてあげたり、化粧をなおしてあげたり。セックスばかりしていたわけじゃない。ときにはただ手を握るだけのこともあった。そして、彼女たちがいなくなると、動物たちに託した。それが自然の摂理というものだろう？　灰は灰に、塵は塵に」

昨日の朝にしたのと同じ話だ。サラはブロックが自分の幻想を正当化するのを許すつもりはなかった。「みんな結局、ここに戻ってきたのね？　廊下の地図を見たわ。遺体を残した郡はすべてあなたが担当している郡だった。だから、シェイ・ヴァン・ドーンの歯にコンドームが挟まっていた。彼女がここに連れてこられたとき、あなたはまた彼女をレイプした」

ブロックは別の抽斗をあけ、なかに手を入れた。

サラは緊張したが、やがてブロックが何をしているのかわかった。

ブロックはバインダーの上にピンクのシュシュを置いた。白いヒナギクの柄がついている。彼の手がふたたび消えた。プラスチックのバレッタが出てきた。ピンクのヘアバンド。赤いシャネルのヘアゴム。銀のヘアブラシ。プラスチックの櫛。歯がひとつ欠けたべっこうのヘアクリップ。数が数えきれなくなったころ、ブロックが最後のトロフィーである長い白いリボンを取り出した。オレンジとブルーの文字を読むまでもなく、ハーツデール・ハイスクールのロゴだとわかった。

「それは――」

「ぼくはきみを傷つけたりしないよ、サラ」

熱がサラの体を駆け巡った。ハイスクール。テニスチーム。サラは、彼の指のあいだに垂れさがっているのとまったく同じリボンで髪を束ねていたのを思い出した。

サラは声を絞り出した。「わたしからそれを盗んだの？」

「そうだよ、でももう使わないみたいだったから」ブロックはそのリボンを二冊のバインダーに丁寧に重ねた。「そうやって、あいつらはぼくの気を惹いたんだ。髪をなびかせて。巻き毛に指を通して。店のなかやジムで、手をのばして……。そんなプライベートな瞬間に、ぼくはいつも心を奪われていた。特別な瞬間で、ぼくだけが気づいていた。女の子のまわりに光が広がるのを見えたよ。スポットライトのようなものではなく、内側から湧き出るような光だ」

サラは頰が濡れているのを感じた。いま、リボンのことを思い出した。テッサから借りたものだった。借りたものなのになくしてしまった。その後、ドアを乱暴に閉める音と金切り声の口論がつづいたあげく、最終的にキャシーはふたりをそれぞれの部屋に入れた。

ブロックは言った。「ジーナ・ヴォーゲル」

その名前はサラの頭のなかで反響した。リボンから目を離すことができなかった。

「ジーナは数カ月前にスーパーマーケットで見かけたんだ。とてもおもしろい人だよ。きみもきっと気に入る」

「え？」サラにはスーパーマーケットにいる自分の姿と、白いリボンを髪からはずす自分を遠くから眺めているブロックの姿しか見えなかった。

「サラ？」彼は彼女が顔をあげるのを待っていた。「ジーナは三月のためにとっておいたんだけど、急がないといけなくなって。これ以上きみをだますのは無理だと思ったから」

サラは、彼が言おうとしていることがふたたび雪崩のように襲いかかってくるのを感じた。

みんながもっとも恐れていたことが現実になったのだ。

「また女性を拉致したの？」

「ジーナはぼくの保険だ」

サラはあらためてオフィスを見渡した。ブロックはこうなることを予期していたのだ。箱には丁寧にラベルが貼られている。すべての書類はファイルに綴じてある。ここは、自分の身辺を整理することを決めた男のオフィスだった。

「ジーナとなにを交換したいの？　あなたは逃げられないわ、ブロック。絶対に――」

「母さんの面倒を見てくれるよね？」

サラは椅子の端に腰をずらした。緑色のバインダーのむこう側が見えた。ブロックは逃げる気がない。カメラに映らないように注射器を置いていた。中身の液体は汚い茶色だった。プランジャーは目一杯引きこまれている。

サラはかぶりを振った。「やめて」

「ジーナの居場所を教えてあげるよ」

「ブロック――」

「きみはとても親切な人だ、サラ。だからこそ、ここにいるんだ。遺族に区切りをつけてやりたいとは思わないのか？」

サラはブロックの視線がバッグへ動くのを見ていた。彼は自分が録画されていることを知っている。

「ジーナはまだ救える。時間内に見つかればね」

サラは彼を止める方法を必死に探した。彼は自分で注射をしようとしている。どうすればいい？　ポケットからリボルバーを取り出して脅す？　撃つ？　暗号を言って、ブロックが自殺する前にウィルが殺してくれることを願う？

ジーナ・ヴォーゲル。

いま、まだ救える。

「きみは賢い女性だ、サラ。きみならパズルのピースを組み合わせることができるよ」ブロックの目はバインダーを見おろした。彼はバインダーの中身を話しはじめた。「裁判はいやなんだ」

「ジーナがどこにいるのか教えて」サラは懇願した。「いますぐこんなことはやめましょう」

ブロックの手はバインダーの後ろでてきぱきと動いていた。注射器のキャップをはずし、プラスチックの筒の中の空気を抜いた。「ぼくが死刑になることはわかってるだろ。死刑になってもしかたがないのかもしれない。ほんとうは、あの女性たちに選択の余地なんか与えてない。それがわからないほど、ぼくは落ちぶれていないよ」

「お願いだから」

「きみの友情に感謝するよ、サラ。ほんとうに心から感謝してる」

「ダン。なんとかなるから。とにかくジーナの居場所を教えて」

「エリジェイから南へ一キロ半、ウォレス・ロードと五一五号線が交差している」

「お願い……」

注射針が血管に入った。ブロックは親指をプランジャーに当てた。「ジーナは、さらに西へ三キロ、消防用道路から五十メートルほど入ったところにいる。ぼくは昔から消防用道路が好きだったんだ」

サラは、彼が最後に聞くであろう言葉を発した。「サラダ」

ブロックは面食らったようだが、親指はすでにプランジャーを押しさげていた。茶色い液体が彼の血管に流れこんだ。彼の口が開いた。瞳孔が開いた。

「ああ」彼は薬の効き目に驚き、息を呑んだ。

ウィルがドアを破って入ってきたときには、ブロックは死んでいた。

29

ジーナは自分の顔になにか湿ったものが当たるのを感じた。最初は犬に小便をかけられたと思い、次にシャワーを浴びていると思い、最後に森のなかにいることを思い出した。

目をあけた。

頭上で梢が揺れている。暗い雲。まだ昼間だ。雨のしずくが眼球を叩いた。

目があいている！

ジーナはまばたきをした。まばたきできることを証明するために、もう一度まばたきをした。自分の目をコントロールしている。上に視線をやると、ものが見える。昼間だ。ほかにだれもいない。男はいなくなっていた。

逃げなくちゃ！

ジーナはおなかの筋肉のことを考えた。ふ――腹筋だ。シックス・パック。エイト・パック。なんだか変じゃない？　なぜ腹筋に関する唯一の知識が『ジャージー・ショア』から来ているのだろう？

なんでもいい。

男は戻ってくる。戻ってくると言っていた。

ジーナは筋肉を収縮させた。全身の筋肉を。全身の筋の入った肉のひとつひとつを。口を開いた。できるだけ大きな声で、できるだけ長く、ひとつの言葉を叫んだ。

「行くぞおおおっ!」

体が横向きになった。どうやって寝返りを打ったのかはわからないが、寝返りを打てたのだから、ほかのこともできるだろう。

けれど、とても疲れた。

そして、世界がひっくり返るほどのめまいがした。

胃の中身が喉に逆流してきた。腹筋を収縮させた痛みがカミソリに変わった。嘔吐が止まらなかった。においで気分が悪くなった。顔はゲロまみれになった。鼻でにおいを嗅いだ。吐いたものは青く、ところどころ黒かった。わたし、青いゲロを吐いたんだ。

喉からうめき声が漏れた。洟をすすった。鼻のなかのゲロの塊が喉に戻ってきた。目を閉じた。

目を閉じちゃだめ!

ゲロの水たまりのなかに自分の手が見えた。顔の近くに。においがした。味がする。自分の指が青くてどろっとした液体のなかを動くのが見えた。立ちあがらなければ。立つ方法は知っている。感覚が戻ってきている。全身の神経が生きていて、発火している。

痛みが……。

痛みに負けてはいられない。動かなければならない。ここから逃げ出さなければならない。男は戻ってくる。戻ってくると約束していた。

男は待っていてくれと、すがるように言っていた。

動け！　動け！　動け！

ジーナは手をついて体を起こそうとした。膝を地面につけて。女の子の腕立て伏せ。それならできる。頭はずきずきする。心臓は車輪のようにぐるぐるまわっていた。まぶたがピクピクしている。ひどく苦しい。

足音が聞こえてきた。

早く逃げなくちゃ、早く！

彼女は靴を見た。黒いナイキ。黒のスウッシュ。黒いパンツ。

男はジーナをレイプするつもりだ。

男はジーナをレイプするつもりだ。

また。

ジーナはぎゅっと目を閉じた。

あれを飲むな。全部吐いてしまえ。逃げろ。

男がジーナのそばにひざまずくと、膝が地面に当たる音がした。男の指が彼女のまぶたを押しあけた。男はジーナに自分の顔を見せようとしていた。ジーナはそれまで、男の顔はわからないし警察には言わない、男を特定することもできない、だから信用してもらって大丈夫だと、嘘をつかずに言えるように、彼の顔から目をそむけていたのに、彼のほうから無理やり顔を見せようとしている。

ジーナは狂犬病の犬のように目をぎょろつかせ、地面やゲロや木や、とにかく男の顔以外のものを見た。

「ジーナ・ヴォーゲルさん？」男が言った。

ジーナの目は勝手に動いた。思ったより若い男だった。黒い野球帽をかぶっていた。つばの上に文字が見えた。黒地に真っ白な文字が縫いつけられていた。

POLICE
「えっ――」声がかすれた。喉がひりひりする。寒さのせいだ。あの男に無理やり飲まされたもののせいだ。吐いたせいだ。

あいつのせいだ。

「もう大丈夫ですよ」と、POLICEは言った。「救急車が来るまでそばにいますから」

彼はジーナの体に毛布を巻いた。ジーナは体を起こすことができなかった。めまいがしていた。目のなかで光が点滅しつづけていた。たくさんの光が。脳はパトカーの回転灯のようにぐるぐるまわり、ときどき現実をとらえるものの、すぐに手放した。

「あなたを襲った男は死にました」POLICEは言った。「彼がこれ以上、女性を傷つけることはありません」

ジーナは拳を唇に当てた。彼の言葉が逃げていかないよう、つかもうとした。わたしは生き延びた。生きている。家に帰ろう。自分を変えよう。もっと健康的な食事をしよう。週に三日はトレーニングしよう。母親にもっと頻繁に電話しよう。すぐ拗ねるかわいげのない姪っ子に優しくしよう。十二歳の上司に、ほんとうはアウトルックのカレンダーを同期させる方法を知っていることを伝えよう。

POLICEはジーナの腕をさすった。「息をするようにしてください、いいですね？　あなたは薬を飲まされています」

そんなのわかってるに決まってるでしょ！

「救急車がもうすぐ来ます。泣いてもいいんですよ。わたしはずっとここにいますから」

ジーナは、自分の拳を口に押しこんでいたことに気づいた。なにもわからない赤ん坊のように自分の指を見た。人差し指。中指。薬指。小指。親指。すべて動かすことができた。ジーナは目を閉じた。まだ指が動いているのを感じた。動かそうと考える必要もなかった。口から笑い声が漏れた。なんてこと、完全にできあがっちゃってるじゃないの。胃袋ごと吐き出したも同然なのに、どうしてこんなにハイになっているのだろう？　地面に広がっている青いゲロはスマーフの糞のようだ。ジーナは指を動かして、アメーバのように空中を浮遊するシャボン玉を捕まえようとした。色彩が輝いている。わたしが輝いている！　まるで万華鏡のなかで転がっているきらきらした粒みたい。いいえ、衣類乾燥機のなかで、ほかほかふわふわの靴下たちとゆったりと踊るほかほかふわふわの靴下。

「大丈夫ですか、奥さん？」POLICEは言った。「奥さん？」

あーあ、やっぱりわたしおばさんなんだ。

30

一週間後

サラはオフィスの窓の外を見つめていた。太陽が沈みかけていた。GBI本部の駐車場にはほとんど人がいなかった。フェイスのミニの横にウィルの車がとまっているのが見えた。サラの車は家にある。ここ数日、ウィルが送り迎えすると言って聞かないからだ。少し離れた正面玄関の近くに、アマンダのアキュラがあった。

ノートパソコンに注意を戻した。ブロックのオフィスで撮影した映像を一時停止していた。最後の十六秒の部分だけを、何度も見返した。

ブロックの顔を観察した。

そこに異常性を、脅威を、攻撃性を見たいのに――

いつものブロックだ。

彼はサラに母親を頼むと言い残した。マーナ・ブロックは老人ホームの自分の部屋で死んでいるのを発見された。髪はきちんとととのい、化粧をほどこされていた。枕元には空の注射器が置かれていた。中身は汚い茶色だった。分析の結果、彼女はホットショットと呼ばれる、ヘロインに致死物質——今回はエンバーミング液を混ぜたものを注射されたことがわかった。

ブロックが自殺に使用した注射器からも、同じ化学物質が検出された。

彼は遺言執行者にサラを指名していた。彼は母親の遺体をどのように処理するか、細かい指示を残していた。葬儀業界では当たり前のことだが、すべての費用はあらかじめ支払われていた。サラは、マーナがハーツデール・メモリー・ガーデンズにキリスト教式で適切に埋葬されるように手配した。墓前には、サラの母親を除いてだれも来なかった。

ブロックの遺骨については、遺言にはなにも明記されていなかった。彼は遺体の処理をサラに任せていた。彼は、サラが親切にしてくれると思っていたのではないか。サラはみずから費用を出し、彼を火葬した。そして、葬儀場のトイレで、彼の遺灰がなくなるまで水を流しつづけた。

サラはスペースキーを押し、映像を再生した。

ブロックが言った。「ほんとうは、あの女性たちに選択の余地なんか与えてない」

そのシーンは何度も見ていたので、目を閉じていても彼の顔に浮かんだ微笑のかけらが見えた。ブロックは、サラが彼のオフィスに入ってきたときから、段取りどおりに行動していた。サラの前でさりげなく腕まくりをした。あらかじめホットショットを用意していた。注射器をバインダーの端に隠しておいた。母親が息子の罪を知らずにすむように処置していた。そして、ジーナ・ヴォーゲルの命をサラの頭上にぶらさげた。

被害者たちとは異なり、彼は自分の意思で命を絶った。

映像のなかでブロックが言った。「ぼくは昔から消防用道路が好きだったんだ」

サラは目をあけた。この部分がずっと気になっていた。ごく小さな肩の動きに気づかなければ、彼が注射していることはわからないだろう。

自分の息遣いが聞こえる。

ブロックがプランジャーを押しさげる。

サラは映像を一時停止した。

ジーナ・ヴォーゲル。まだ救える。

サラの手は拳に丸まった。

テレビ画面の下部に流れるニュース速報のように、この一週間何度も繰り返した自責の言葉が頭に浮かんだ。この手は弾の入ったリボルバーを握っていたのに。この手は注射器を奪い取ることができたはずなのに。この手はダン・ブロックの顔を平手打ちし、めちゃくちゃに殴ることができたはずなのに、なんの危険も冒さず、ポケットのなかにしまわれたままだった。

サラは自分の怒りをどうすればいいのかわからなかった。ブロックが手錠をかけられ、うなだれて法廷を歩いているのを見たい、彼の残虐性が世界に晒されればいいと思っている自分がいる。

その一方で、法廷の反対側にいた過去の自分もいる。レイプ犯を目の前にしている被害者の自分。泣き腫らした目。泣きすぎてひりつく喉。証言台に立ち、弱々しく腕をあげて、自分の存在そのものを奪った男を指し示している。

トミ・ハンフリーにそんなことができるだろうか？　満員の法廷を歩き、証言台に立つことができるだろうか？　ブロックと向き合えば、彼女の心は少しでも癒えるのだろうか？　本人に尋ねる機会はもうない。トミはサラの電話番号をブロックした。デリラはメールアカウントを閉じた。

キャリー・ザンガーについては、トミのように存在しないことにするわけにはいかなかった。フェイスが彼女に直接話した。キャリーには知る権利があった。秘密にするかどうかは、キャリーが決めることだ。

だが、被害者や遺族が秘密にしたくても、おそらくその望みは叶わないだろう。報道機関はすでにジョージア州のサンシャイン法にもとづいて訴えを起こしていた。彼らが求めているのは、緑のバインダーの中身だ。

ダン・ブロックは、被害者の生死にかかわらず自分がどんな罪を犯したか、綿密に記録した厚さ八センチに及ぶ文書を残していた。ストーカー日記は高校時代にさかのぼる。はじめて女性をレイプしたのは、大学でエンバーミングを学んでいたころだ。トミ・ハンフリーを襲ったときに、はじめて性器を傷つけた。レベッカ・カタリノのときに、はじめて被害者を麻痺させた。レスリー・トゥロンがはじめての殺人だった。

被害者の髪の色、目の色、体格、性格などの情報。盗んだヘアアクセサリーを見つけた場所。ブロックはいかにも検死官らしく、被害者の傷の詳細や現場の様子、遺体の腐敗の経過を記録し、被害者をいつ再訪したか、ロヒプノールの効果がどんなふうに薄れていったか、どの時点で被害者を麻痺させることにしたのか記述し、おおよその死亡時刻、証拠を消す目的で野生動物を誘き寄せるために被害者の体を傷つけた道具なども書きこんだ。殺人、レイプ、暴行、ストーカー行為、強制的な肛門性交、死体の切除、死姦。

ダン・ブロックは百件近い罪を記録していた。

そして、そのどれにも責任を取らずにすむように、確実な方法を使った。

「ねえ、助けて」フェイスがドア枠をノックし、さっさとオフィスへ入ってきた。携帯電話をサラに差し出した。「これってエボラ？」

サラはエマの腹部にできた発疹の写真を見た。「最近、洗濯用の洗剤を変えた？」

「この子のケチな父親が変えたんだ」フェイスはどすんと椅子に腰をおろした。「キャリー・ザンガーのコンドミニアムの防犯カメラ、ようやく見終わったの。ブロックは彼女を襲った三カ月前にアパートメントに侵入してた。ストーカー日記に書いてあったとおり」

これから数カ月かけてブロックのバインダーの詳細を検証することになる。彼の言うことを鵜呑みにするのは愚か者だけだ。「レスリー・トゥロンの犯行現場のビデオに映っていた黒いニット帽の男はだれかわかった？」

「わからない。ＶＨＳだもの。分析してもだめだった」

サラは一時停止している映像に目を戻した。ブロックの親指が注射器のプランジャーにかかっている。ブロックをずっとこのままにしておきたい――安易な方法で逃げようとしている姿のまま、永久に凍りついてしまえばいい。

フェイスは言った。「友人として言うよ。もうあのビデオを見るのはやめなよ」

サラはノートパソコンを閉じた。「わたし、もっとなにかすべきだった」

「そもそもあなたがあそこへ行ったから、ジーナ・ヴォーゲルが助かったのよ」フェイスは言った。「あの針に手をのばしていたら、あなたが注射されていたかもしれない。それか、殴られてたかも。ううん、それじゃすまなかったかもよ、サラ。彼はなぜかあなたには優しかったけど、女性を殺害して切り刻むサイコパスだったのよ」

サラは両手を膝の上で握りしめた。ウィルにも同じことを言われた。何度も何度も。

「ブロックが勝手に死んだことに腹が立ってるの。全部あの人の思いどおりになってしまった」

「死人は死人よ」フェイスは言った。「勝ったと思えばいいよ」

勝利ではない。だれも勝っていない。

ただし、レナ・アダムズは勝ったのかもしれない。ネズビットのパソコンから児童ポルノを発見したというレナの証言と矛盾するものは、なにも見つかっていない。またしても、彼女は無傷ですんだのだ。

しかも、今回は赤ん坊と一緒に逃げきろうとしている。

これ以上、怒りの種はほしくない。サラは話を変えて、フェイスに尋ねた。「ジーナ・ヴォーゲルはどうしてる？」

「たぶん大丈夫じゃない？　北京に引っ越すとか言ってるそばから、やっぱりアトランタから離れられないって言うの」フェイスは肩をすくめた。「泣いたかと思うと、笑って、また泣いて。いつか乗り越えられると思うけど、わたしにはなんとも言えないよね」

サラもそれは同じだ。自分はどうにか戻ってきた。けれど、その具体的な方法も理由もわからなかった。運のいい人もいる、としか言えない。

「ダリル・ネズビットが入院したわ。敗血症だって」フェイスは平然とそう言った。「医者はあまりよくないと言ってる。足をもっと削らなければならないそうよ」

これがダリル・ネズビットの終わりのはじまりになるのは間違いない。サラの理性はこの異常に残酷な刑務所システムを非難したかったが、本心では、ダリルが存在しなくなるのをよろこんでいた。ジェフリーを失って、正義にはちょっとした後押しが必要になることもあると思い知った。

「ネズビットは刑務所に持ちこまれている携帯電話の情報と取引したいって言ってたけど、どうなったの？」

「結局は小児性犯罪を記録から消すことなんかできないとわかったからには、そんなことなんかもう忘れてるよ」

「犯罪者はどこまで行っても犯罪者」サラはフェイスが言いそうなことを先取りした。

「まあ、ジェラルド・カタリノは一歩前に進めたかもね」フェイスは肩をすくめた。「ジェラルドはブロックのDNAとヒースのDNAを照合することを許してくれない。でも、ヒースはホームスクーリングをやめて、小学校に入学したらしいよ。それって理由があるよね？」

「そうね」サラは、カタリノがもっともらしい嘘をつきとおそうとしているのではないかと思った。いつか、ヒースは自分の出生の経緯について尋ねるだろう。真実を求めていなければ、楽に嘘をつける。

サラは言った。「ミランダ・ニューベリーが罪を認めたんですってね」

「一年半で出てくるんだって」フェイスは不満そうだった。悲しむ両親や配偶者たち数十人から何万ドルもだまし取っていた。ミランダの被害者はジェラルド・カタリノだけではなかった。

「彼女の捜査はたいしたものだったけどね。スプレッドシートのほとんどの名前が、実際に被害者だったし」

「捜査をしたいなら、ポリスアカデミーに行くか、調査員の免許を取るべきよ」フェイスは努力していまの仕事についた。そうではない人には手厳しい。「ほら、よく言うじゃない？〝道化のまねごとをすると、道化が噛みついてくる〟」

「ジェーン・オースティン？」

「モニークよ」フェイスは立ちあがった。「じゃあね。その映像はもう見ないでね」

フェイスがいなくなるまで、サラは唇に無理やり笑みを浮かべていた。

サラはノートパソコンを開いた。もう一度ビデオを再生した。

ブロックが緑のバインダーの上に白いリボンを置いた。

なぜあのリボンをなくしたことをはっきりと覚えているのだろうか。テッサと大喧嘩になったのはあのときだけではない。サラは子どものころからロングヘアだった。長年にわたって、何百ものヘアゴムやヘアバンドをなくしてきた。ブロックにあのリボンを盗まれたことには気づいていなかった。オールケアの施設内にあるブロックのオフィスに入ったとき、彼が自分を傷つけることはないと確信していた。

その確信は間違っていたかもしれない。

携帯電話が鳴った。ウィルが車の絵文字を送ってきた。走っている女性とデスクに向かっている男性の絵文字で、彼のオフィスへ行くと伝えた。

パソコンをブリーフケースに突っこんだ。外側のポケットに入っている茶色い紙袋がくしゃくしゃになっていた。すべて取り出して、整理して入れなおした。バッグをソファから取る。鍵を持っていることを確認し、オフィスのドアに鍵をかけた。

階段をおりながら、テッサに電話をかけた。

テッサは「元気、スイムファン？」と応答した。水泳選手をストーキングする高校生を描いたサスペンス映画のタイトルだ。サラは笑って受け止めた。サラがウィルを捜して街じゅう走りまわった夜のことを、妹は死ぬまで忘れさせてくれないだろう。「考えごとをしていたの」

「自分を傷つけないで」

サラは目を丸くした。遺体安置所のドアを押しあけた。「わたしはアトランタで傷ついたときにはグラント郡に帰った。そして、グラント郡でまた傷ついてアトランタに戻った」

テッサは大げさなため息をついた。「姉さんがなにを言いたいのか当てる方法を忘れちゃった」

「あなたは傷ついて帰ってきた。だったら、わたしは支えてあげないとね」

「やっと気づいたんだ」

「許してくれてありがとう」サラは、廊下の照明を消した。「あちこち電話して、ほんとうにいい助産師を探してるの。助産師はいつでも見習いを募集してる。詳しくは帰ってからメールするね」

テッサが短く息を吐く音が聞こえた。彼女をなだめるのは簡単ではない。「ウィルとはどう？」

サラは背後をちらりと振り向いた。ウィルの手にローションを塗ってやった小部屋が、遺体安置所の奥に見えた。「あなたの言うとおりだった。手でしてあげたらたちまち解決」

「よくできました」テッサが言った。「わたしはまだ姉さんに怒ってるんだからね」

サラは携帯電話を見た。また電話を切られた。

本館へ向かって歩きながら、自分のなかの毒舌家と交信した。妹のことは愛しているけれど、ほんとうに厄介な妹だ。

また階段をのぼった。ＧＢＩでの毎日はレゴのなかにいるようなものだ。ブリーフケースを反対側の手に持ちかえ、バッグを肩にかけなおした。ウィルに会うことを考えると、少し緊張した。ブロックが自殺した日から、彼はとても辛抱強く接してくれていた。夜はサラがいつまでも寝返りを打っているせいで、ウィルもろくに眠れないはずだ。それなのに、サラをソファに追い出さない。ウィルはトラウマに満ちた子ども時代を送った。ひたすら耳を傾けることしかできないときもあると知っている。

サラがドアをあけると、廊下は暗くなっていた。アマンダとフェイスはすでに帰っていた。ウィルのオフィスの照明だけが、廊下のカーペットに白い三角形を描いていた。彼のパソコンからブルース・スプリングスティーンが流れていた。《アイム・オン・ファイア》だ。

サラは後ろに手をのばしてヘアゴムをはずし、髪を肩におろした。ウィルが気づくのを入口で待った。

彼はほほえんだ。「やあ」

「やあ」サラは隅にあるラヴシートに座った。ブリーフケースとバッグを床に置き、隣のクッションを叩いた。「こっちに来て。あなたに見せたいものがあるの」

ウィルは不思議そうな顔をしていたが、隣に来て座った。

サラは落ち着こうと息を吸った。何日も前からこの瞬間を頭のなかでリハーサルしていたが、いざそのときが来ると、ひどく緊張した。

ウィルは尋ねた。「なにか心配ごと？」

「そうじゃないの」

サラはブリーフケースから茶色の紙袋を取り出し、上部をあけてふたりのあいだに置いた。

ウィルは笑った。マクドナルドのロゴに気づいたようだ。身を乗り出して、袋のなかを覗きこんだ。「ビッグマックだ」

サラは待った。

彼は袋から箱を取り出した。笑顔が消えた。「なにか入ってるけど、ビッグマックの重さじゃないな」

「あなたがどうしてビッグマックの重さを知ってるのか、あとでじっくり聞かせてもらうわ」

「了解。でも、中身は普通のゴミ箱に捨てたのか？　死んだ人のゴミ箱に捨てたのか？」

「ベイビー、ハンバーガーのことは忘れて」

ウィルはまだがっかりした顔をしていたが、すぐに変わるだろうと、サラは思った。

ウィルは箱をあけた。

サラが黒いティッシュペーパーの上に置いたブルーのティファニーのリングクッションを、ウィルは見おろした。

チタンとプラチナでできた結婚指輪は、外側は黒く、内側は明るい色をしていた。ウィルはアクセサリーを身につけない。最初に結婚したときの指輪は質屋で買ったものだった。ウィルが自分で買ったのだ。アンジーはなにひとつウィルにあげなかった。

彼は指輪を見つめたが、黙ったままだった。

サラは頭のなかで考えた。指輪の幅が広すぎたのだろうか、色が気に入らないのだろうか、それとも気が変わったのだろうか。

とうとう尋ねてしまった。「気が変わったの？」

ウィルはふたりのあいだにそろそろと箱を戻した。

「仕事のことをいろいろ考えていたんだ。給料のことじゃないよ、たいした給料じゃないけど、そうじゃなくて仕事のやり方をね」

サラは唇を引き結んだ。

「ぼくのやり方は、悪党の立場になって考えることだ。そうやって、悪党の考え方を突き止める」

サラは喉が締めつけられるのを感じた。ウィルは指輪を完全に無視している。「ぼくは殺人犯や泥棒や、妻を殴る人やレイプ犯の考えることを想像できる。ブロックのこともそれなりに理解できるんだ。いろいろなことを想像するのは得意だけど、きみが死んだらどうするのかは想像もできない」

涙が目にしみた。もしウィルを失ったらと思っただけでも耐えられないが、ジェフリーが死んだときに自分が味わった地獄をウィルが経験するのだと思うのも、同じくらいつらい。

「八年前のグラント郡のテープであなたを見たとき、最初はきみがわからなかった」

サラは目を拭った。八年前のことが何十年も前のことのように感じられた。

「児童養護施設では、どんなに悪いことが起きても、ほかのだれかに起きたことだ、自分とは関係ないと言い聞かせてやり過ごしてた。自分を切り離して、新しい自分が生きていけるように」

サラは口をつぐんでいた。ウィルは子ども時代の話をほとんどしないので、下手なことをして彼を止めたくなかった。

ウィルは結婚指輪に目を落とした。

お金をかけすぎたのかも。ウィルはこの色が好きではないのかも。金属が重すぎたのかも。

「ぼくの母親が売春婦だったことは知っているよね」

やはり結婚はやめようと言いたいのだ。「ベイビー、わたしは気にしてないのに」

ウィルの顔は指輪のほうを向いたままだった。「母の遺品をもらったら、こういう安物のアクセサリーがたくさんあった」

サラは舌を噛んだ。この指輪は決して安いものではなかったのに。

「首飾りや腕輪、それにアマンダがジャケットにつけてる変なやつ、なんて言うんだっけ？」

「ブローチ」

「ブローチか。母のネックレスはとても古くて紐がぼろぼろだった。銀の腕輪は全部黒ずんでた。少なくとも二十個はあった。全部一緒につけてたのかもな。ああいう銀の腕輪はなんて言うんだっけ？」

「バングル」

「バングルか」ウィルはようやく指輪から顔をあげた。ソファの背もたれに手を置き、サラの髪の先をいじった。「犬の首輪のような、首にはめる首飾りは？」

「チョーカー。わたしのノートパソコンで写真を見てみる？」

ウィルはサラの髪を優しく引っぱった。サラはウィルにからかわれていることに気づいた。

「きみはすごくきれいだ」

サラの胸は高鳴った。ウィルの笑顔を見ていると夢見心地になる。ひと目惚(ほ)れの経験はあるが、膝から力が抜けそうになる相手はウィルだけだ。

「きみの目は独特な緑色で、まるでつくりものみたいだ」

ウィルはサラの髪を耳の後ろにかけた。サラは猫のように喉を鳴らしたいのをこらえた。

「きみにはじめて会ったとき、どこかで見たことのある色だと気になってしかたがなかった。思い出せなくていらいらしたよ」彼の手はサラの髪から離れてソファの背もたれに戻った。「何カ月も指輪を探したんだ。プリンセスカットだのマーキーズカットだのクッションカットだの。おまけに八万ドルも出さなきゃいけないのかと思うと、パニックになってしまって」

「ウィル、あなたは――」

彼はポケットに手を入れた。小さな銀の指輪を取り出した。安物のコスチュームジュエリーだ。金属はへこんでいた。緑色の石の側面には傷がついていた。

サラの瞳とほぼ同じ色の石。

「これは母のものだったんだ」

サラは両手を口元に当てていた。ウィルはその指輪をずっとポケットに入れていたのだ。チャンスを待って。

ウィルは尋ねた。「どう？」

「ええ、マイ・ラヴ。よろこんで結婚するわ」

プロポーズの言葉などいらないと、サラは思った。

今度こそ、しくじるもんですか。

著者あとがき

読者のみなさま

まず最初に、これは重大な警告です。ここから先はネタバレだらけなので、本書を読む前に読んでしまうとストーリーが台無しになってしまいますが、そうなってもご自身以外にだれも責めることはできませんよ。いいですね！　このあとがきを読んだせいでストーリーが台無しになったなど と、ゆめゆめおっしゃいませんように。ここまでお読みになりましたね、では声を大にして申しあげます。**どうなっても知らんぞ！**

警告が終わりましたので、ここではじめて本シリーズを読んでくださった方にも、最初から読んでくださっている方にも、感謝を申しあげたいと思います。もしあなたが最初から読んでくださっていて、『開かれた瞳孔』（原題：*Blindsighted*）から何年たったのかしらと考えていらっしゃるなら、十九年ですとお答えします。（編集部注：日本刊行は二〇〇二年）

あなたが考えていることはわかります――「たしか『開かれた瞳孔』を読んだのは最初の子が生

まれたときだったのに、いまやその子が最初の子を妊娠してるなんて！」

読者さま、それはたしかに心温まるお話ですが、わたしは耳をふさぎたくなります。

本書のアイデアを練りはじめたころ、自分がグラント郡に帰りたがっているのはわかっていたのですが、十九年（と十六冊）ものあいだサラを想像の及ぶかぎり凶悪な状況に追いこんでおきながら、サラを四十歳にすることができないのもわかっていました。〈ウィル・トレント〉シリーズでは、ジェフリーの死から現在まで五年しかたっていません。〈ウィル・トレント〉シリーズの世界ではそれでまったく支障はありませんでしたが、本書の構成を組み立てるにあたって、ひとつの問題が持ちあがったのです。それはおもに、ふたつのシリーズのあいだにテクノロジーが大きく進歩したことによるものです。二〇〇一年には、Ｙａｈｏｏ！とブラックベリーが最先端でした。フェイスブックもグーグルもｉＰｈｏｎｅも、まだアイデアすら存在していなかった、あるいは開発の初期段階にありました。わたしは当時、執筆に使っていたブラウン管モニターのパソコンのかたわらに、コースター代わりにＡＯＬのＣＤロムを置いていたのを覚えています。ノートパソコンなんて、わたしの猫と同じくらいの重量がありました。

こうした難題を前に、わたしは自分の作品がフィクションであるという事実を利用することにしました。『開かれた瞳孔』から本書までに流れた時間は十九年ではなく、八年です（奇妙な偶然ですが、現実世界のわたしも『開かれた瞳孔』からサラとウィルが出会うまでに八歳、年を重ねました）。グラント郡では、サラはＺ３ではなくＺ４に乗っています。レナはブラックベリーを使っています。マーラ・シムズはＩＢＭのセレクトリックを使っていますが、二〇〇一年当時でもすでに古代の遺物扱いでした。ジーナ・ヴォーゲルの苛立ちの理由も、いまはおわかりですね。

みなさまには、この量子力学的な飛躍をお許しいただけますように。ふたたびジェフリーと会い、いままで書かなかった彼とサラの関係を書くのはほんとうに楽しかった。でも、やはり自分がどんなにウィルを愛しているのか思い知りました。そして、ジェフリーの物語を終わらせようと決めたときに、彼の名誉を守る最善の方法はウィルに名誉を勝ち取らせることだと、自分に言い聞かせたのを思い出しました。注意深く読んでくだされば、ウィルがたしかに名誉を勝ち取ったのはおわかりいただけたでしょう。わたしにとって、サラが人生で出会ったふたつの大きな愛を端的にあらわしているのが、本書の最初のほうで彼女がこう思う場面です。〝サラは、ジェフリーには自分と同じくらいの強さで彼を愛せる女性が何十人も、ひょっとしたら何百人もいるかもしれないと思っていた。だが、ウィルにふさわしい愛し方ができる女はこの世で自分だけだと、きっぱり言いきれる〟

きっとみなさまは、わたしがひそかにラブストーリーを書いていたことにお気づきではないでしょうね。

美しくはない、凶暴なラブストーリーではありますが。

十九年前（カリン時間では八年前）に作家のキャリアをスタートさせたころ、次から次へつながっていくものを書いていこうとわたしは決意しました。だから、ジェフリーを手放すことにしたのです。だから、女性に対する暴力をありのままに書くことにしたのです。暴力とはどういうものか容赦なく描写すること、いつまでも消えないトラウマの影響を可能なかぎり現実に即して探ることは、重要だと感じています。暴力の被害を生き延びた人々や現在も暴力と闘う人々、母親たち、娘たち、姉妹たち、妻たち、友人たち、悪党たちの声は普段あまり聞かれることがありませんが、このふたつのシリーズがそんな人々の真実を伝える物語になっていれば幸いです。

最後に、みなさまから訊かれたい質問に先回りしてお答えすると、サラとウィルの物語はつづきます。前途に待ち構えている旅を楽しみにしています。

ジョージア州アトランタにて

カリン・スローター

謝辞

まずはいつものように、最初からずっとそばにいてくれたケイト・エルトンとヴィクトリア・サンダーズに感謝を。次に、ハーパーコリンズのみなさん、同社のグローバルチームの方々に（ほとんどは女性です）。何人かの方のお名前を本書の被害者の人物名に拝借しました。どういたしまして！　それから、ＷＭＥのヒラリー・ザイツ・マイケルとＶＳＡのダイアン・ディケンシャイド、バーナデット・ベイカー＝ボウマン、ジェシカ・スピヴィーに。

そして、作家仲間に拍手を！　キャロライナ・デ・ロバーティスは今回もわたしに下品なスペイン語を教えてくれました。アラフェア・バークは法律に関するアドバイスを惜しみなく与えてくれました。ほかの分野はシャーレイン・ハリスに助けてもらいました。リサ・アンガーは、わたしが眠りにつくまでユニコーンの話をしてくれました。ケイト・ホワイトのケイト・ホワイトさは最高です。

医療に関しては、医学博士のデイヴィッド・ハーパーはいつものように親切かつ信じられないほど役立つ人でいてくれました。デイヴィッドにはグラント郡シリーズの初期から人間を暴力で殺す方法を（ときには救う方法も）教わっていて、彼の忍耐力には心から感謝しています。間違いがあれば、責任はすべてわたしにあります――ので、あなたがもし医療従事者だったら、どうか本書はフィクションであることをご承知おきくださいね。医療従事者でなければ、本書に書いてある方法をご自分で試したりなさらないように。

ドクター・ジュディ・メリネックには、カリン時間で八年にわたって監察医の立場から重要なアドバイスをいただきました。ドクター・スティーヴン・ラスカラは、靱帯と関節について講義してくださいました。カローラ・ヴレンドｰシュリンクの葬儀の話には夢中になりました。ドナ・ロバートソン特別捜査官がGBIを退職なさったことは、ジョージア州にとっては大きな損失ですが、わたしにとってはありがたいことです（そして地元の図書館にとっても）。ドクター・リン・ナイガードは、科学用語について教えてくださいました。本書にはレニー・シーガーとして登場するテリーサ・シンガーは、わたし主催のダンス・コンテストで優勝して登場権を勝ち取りました。がんばった甲斐があったと思ってくれますように！

最後はいつものように、カリン時間で八年以上わたしの心の中心にいるDAと、あいかわらず執筆中にスープを持ってきてくれるけれど、今年は何度かコーンブレッドを添えるのを忘れていた父に。

書かずにいられないので書くけれど、そういうミスは容認しませんので。

本書の内容についてお伝えしたいことがあります。ジョージア州、フロリダ州、ノースカロライナ州の国有林で二〇〇七年から二〇〇八年にかけて少なくとも四人を殺害した犯人の名前は、思うところがあって触れませんでした。また、ジョージア州下院法案第一三二二号を支持することをここに表明します。

訳者あとがき

本書の全訳原稿を編集部に送ってしばらくぼんやりとしていたのは、長い作業のあとの疲労や達成感が理由ではなかった。カリン・スローターの作品を訳すと、いつも日常生活に戻ってくるのに少しばかり意志の力が必要なのだが、今回はいつにも増して彼女の世界に引きずりこまれた。スローターは本書のためにこの〈ウィル・トレント〉シリーズを書きつづけてきたのではないか。もっと言えば、〈グラント郡〉シリーズを終わらせたときに、本書が書かれることは決まっていたのかもしれない。作家本人にそれがわかっていたかどうかはともかくとして。

未読の方のために、〈ウィル・トレント〉シリーズと〈グラント郡〉シリーズの関係について簡単に説明しておく。〈グラント郡〉シリーズではジョージア州の田舎町を舞台に検死医サラ・リントンと警察署長ジェフリー・トリヴァーが凶悪な事件を捜査する。このシリーズは人気が絶頂を極めた六作目でいったん幕を閉じたのだが、その閉じ方が世界中の愛読者を動揺させた。その後、ジョージア州捜査局（GBI）特別捜査官ウィル・トレントを主人公にした本シリーズがはじまり、三作目の『ハンティング』でウィルとサラが出会った。

それから三年。サラはGBIの検死官となり、私生活ではウィルと半同棲している。ウィルはおもに複雑な生い立ちのために自分の殻に閉じこもりがちだが、サラのおかげで変わりつつある。本書ではそんなふたりが、八年前にグラント郡で起きた二件のレイプ事件を再捜査することを余儀なくされる。女子大学生ふたりがレイプされ、ひとりは殺され、もうひとりはいまも後遺症に苦しめられている。犯人と目された男はレイプ事件については証拠不十分で不起訴処分となったが、別件で有罪判決を受けて服役していた。その男は、レイプ事件の真犯人が現在も女性を殺していると訴え、自分が刑務所に入るはめになったのは、八年前の事件の捜査を担当した警察官にはめられたからだと主張する。男が嘘つきの腐敗警官だと名指ししたのは、かつてサラの最愛の夫だったジェフリー・トリヴァーだった……。

二〇〇一年のデビュー以来、女性と子どもが受ける暴力の理不尽さと被害の痛みを書きつづけてきたスローターの姿勢は本書でも変わらない。彼女は数年前のあるインタビューで、なぜ異常に凄惨な事件ばかり書くのかと問われ、こんなふうに答えている。「異常に凄惨な事件を書いているとは思いません。（中略）読者はなにが起きたかではなく、なにかが起きたあとにどうなるかを知りたいのではないでしょうか――たとえば、むごい虐待を受けた女性がどんなふうに人生を立てなおすのか？（中略）わたしは登場人物の人生と、彼女たちが直面する犯罪に対する感情の反応を深く掘りさげます。つねにフォーカスしているのは社会の様相です。暴力のための暴力に興味はありません」

その信念は本書にも貫かれている。加害の内容がつまびらかに提示されたあと、被害者の女性たちや家族の絶望や悲しみや怒りが吐露される。読者は彼女たちの体と心のすさまじい苦痛から目をそらすのを許されない。被害者のいる暴力がエンターテインメントとして消費されるのを拒むスローターの倫理観は、彼女を信頼できる書き手にしている理由のひとつだ。前作『破滅のループ』の霜月蒼氏による解説の書き出しは「カリン・スローターは容赦を知らない」だった。わたしはここに、カリン・スローターはつねに真摯だ、とつけくわえたい。

スローターはこうも語っている。「モー・ヘイダーやテス・ジェリッツェンやわたしのような作家が（男性作家と）同じように暴力を書くと、やたらと注目されるんです。（中略）でも、多くの国では読み手の多くは女性です。（中略）そろそろ、ただ暴力を書くだけではなく、暴力の問題を語るときに女性の視点を持ちこむべきでしょう」

本書には、スローターのデビュー作にして〈グラント郡〉シリーズの第一作『開かれた瞳孔』以前のジェフリーとサラが出てくる。ふたりともまだ若く、未熟なところがあるのだが、とりわけジェフリーの自覚のない女性蔑視に、まさに社会の様相を見ることができる。男性女性を問わず、いわゆる〝いい人〟が無邪気に見せるミソジニーにぎょっとさせられるのはめずらしいことではない（し、そのたびに自分にもそういうところがあるのではないかと、ひやりとする）。

サラは夫だった男のそんな部分を目の当たりにし、過去の性暴力被害を打ち明けることができない。それ以前に、結婚生活全般において沈黙する妻（サイレント・ワイフ）になっていた。それでも、その後ジェフリーが変わったからこそ、サラはふたたび彼と夫婦になることを選んだのだ。人は変われるという希望がそこにはある。

ところが、サラが現在愛しているウィルもまた沈黙する男であるのは皮肉だ。本シリーズはサスペンスであり警察小説であると同時に、著者あとがきに書かれているように、サラとウィルの関係を描いたラブストーリーでもある。だが、そこはカリン・スローター、一筋縄ではいかない。恋愛のすばらしさだけではなく、恋をしている人間の身勝手さや愚かさをきっちり書き、ひいては恋愛感情の暴力性にまで踏みこむのが彼女の怖いところだ。本書でも、ウィルが話すべきことを話さないために、サラは彼の領域を侵してしまう。

『破滅のループ』で印象に残っている場面がある。サラがテロリスト集団に拉致されたあと、ウィルは首謀者が小児性犯罪者であることを知り、警察官として子どもが被害にあうのを危惧するより先に安堵する。サラが暴行される可能性が低くなったからだ。そんなウィルを見て、同僚のフェイスはこっそりと泣く。あのときのフェイスの涙の理由はなんだったのだろうか。命を預けているほど信頼するパートナーが恋人を心配するあまり〝壊れかけている〟ことへの幻滅か、悔しさか、悲しみか、その全部か、それともまったく別の理由だったのか、いまだに考えている。

このように、カリン・スローターの作品には喉に小骨が刺さったような読後感を残すものが多く、本筋の事件が解決してもカタルシスなど皆無だったりするけれど、そんな一連の作品から逆接的に救いを得ているのはわたしだけではないと思う。それにしても、なぜカリン・スローターは世界中で熱狂的なファンを獲得しているのだろうか。冒頭の数ページで読者を摑まえて放さず、ラストまで一気に連れていく力業は、間違いなくスローターの長所だ。くわえて、本シリーズの場合は、なんといってもウィルを中心とした登場人物たちの関係が癖になる要素だと、何度でも言っておきたい。ウィルは周囲の女性たちの活躍の陰に隠れがちだが、スローターが彼を主人公に据えたのは、きっと理由がある。それについて書きはじめると紙幅が足りなくなるので、またの機会に譲るとして、最後に〈グラント郡〉シリーズと本シリーズのリストをあげておく。ウィルとサラの物語はまだつづくそうだが、本書で一区切りついたので、未読のものがあれば、ぜひこの機会に手に取っていただきたい。二〇二一年冬には、〈グラント郡シリーズ〉の"*A Faint Cold Fear*"の刊行が予定されているとのこと。この調子でジェフリーのその後の変化が描かれている〈グラント郡〉シリーズのつづきが邦訳されることを切に願う。

〈グラント郡〉シリーズ
『開かれた瞳孔』北野寿美枝訳、『ざわめく傷痕』田辺千幸訳（以上ハーパーＢＯＯＫＳ）、"*A Faint Cold Fear*" "*Indelible*" "*Faithless*" "*Beyond Reach*"（以上未訳）

〈ウィル・トレント〉シリーズ
『三連の殺意』多田桃子訳、『砕かれた少女』多田桃子訳（以上オークラ出版）、『ハンティング』拙訳、『サイレント』田辺千幸訳、『血のペナルティ』拙訳、『罪人のカルマ』田辺千幸訳、『ブラック&ホワイト』拙訳、『贖いのリミット』田辺千幸訳、『破滅のループ』拙訳（以上ハーパーＢＯＯＫＳ）※電子書籍を除く。

二〇二一年五月

訳者紹介　鈴木美朋

大分県出身。早稲田大学第一文学部卒業。英米文学翻訳家。主な訳書にスローター『ハンティング』『血のペナルティ』『ブラック＆ホワイト』『破滅のループ』（以上ハーパーBOOKS）、ヤング＆ベイカー共著『音楽を感じろ：デジタル時代に殺されていく音楽を救うニール・ヤングの闘い。』（河出書房新社）など。

ハーパーBOOKS 

スクリーム

2021年6月20日発行　第1刷

著　者　カリン・スローター

訳　者　鈴木美朋（すずき みほう）

発行人　鈴木幸辰

発行所　株式会社ハーパーコリンズ・ジャパン
東京都千代田区大手町1-5-1
03-6269-2883（営業）
0570-008091（読者サービス係）

印刷・製本　中央精版印刷株式会社

この書籍の本文は環境対応型の植物油インクを使用して印刷しています。

Printed in Japan
ISBN978-4-596-54156-7

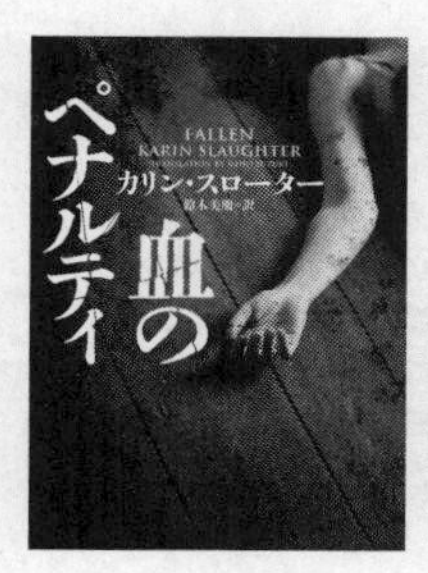

カリン・スローターの好評既刊
〈ウィル・トレント〉シリーズ

破滅のループ

鈴木美朋 訳

CDCの疫学者が拉致された。
1カ月後、爆破テロが発生。
捜査官ウィルと検死官サラは
逃走中の犯人たちに鉢合わせ、
サラが連れ去られる。
シリーズ最大の危機!

定価:本体1236円+税
ISBN978-4-596-54137-6